DYGWYL ENEIDIAU

GWEN PRITCHARD JONES

Gwasg
Gwynedd

Argraffiad Cyntaf – Awst 2006

ISBN 0 86074 230 X

26.09.06	329761

*Cyhoeddwyd ac argraffwyd
ar ran Llys Eisteddfod Genedlaethol Cymru
gan Wasg Gwynedd, Caernarfon*

Er cof annwyl am fy nhad,
John Pritchard Jones

Diolch

Dymunaf ddiolch i bawb a fu o gymorth imi wrth
ymchwilio ac ysgrifennu'r nofel hon. Mae'r rhestr
yn rhy faith i enwi neb; serch hynny, mae fy nyled
iddynt oll yn fawr, a'm diolch yn ddiffuant.

Ceir coeden deulu Bodwrda a'r cefndir hanesyddol,
yng nghefn y nofel ar gyfer y rhai sydd â diddordeb.

Aberdaron – Sir Griffith Piers, Vicar, is presented. A dead child of Hugh Thomas laid unburied from Saturday to Sonday, for that Vicar cd not be found to bury the same.

Item that ye said Vicar came to read on prayer uppon a Sonday, and was not well; but seemed to be overseen by drinke . . . Evening prayer went . . . the alehouse.

Item that ye sd Vicar being warned upon Saturday to come and bury one upon a Sonday, did not come at all neither to bury the dead body nor to read service here that day . . .

> *Rhan o gyhuddiad a ddygwyd yn erbyn y Ficer Griffith Piers o Aberdaron, gerbron y Tad Parchedig yn Nuw, Lewis, Arglwydd Esgob Bangor, 1623.*

Prolog

Dygwyl Eneidiau, 31ain Hydref, 1624

Disgleiria haul yr hydref ar ffenestr ddwyreiniol yr eglwys fechan, gan yrru bysedd o olau i dreiddio drwy'r gwyll oddi mewn. Maent yn cyffwrdd yr allor syml gyda'i lliain gwyn a'i chanhwyllau arian, cyn symud ymlaen i ddarganfod blwch bychan o bren a'i gaead ar y llawr. Ond nid arhosant yno. Hyd yn oed pe byddent â grym pelydrau'r haf, ni allant fyth gynhesu'r wyneb bychan yn ei amdo. Teimlant eu ffordd ymhellach i'r gwyll, nes cyffwrdd wyneb y fam ac anwesu'r rhychau o dristwch yn ei hieuenctid blinderus. Chwaraeant ar gyrff y ddau blentyn byw y naill ochr iddi, ond heb allu eu cynhesu hwythau chwaith: maent yn rhynnu yn eu carpiau. Rhydd y fam ei breichiau'n amddiffynnol amdanynt, yn cynnig ac yn derbyn cysur.

Fel petai'n ymwybodol o'u methiant, tynna'r haul ei belydrau'n ôl, gan adael y triawd mewn tywyllwch. Eisteddant yno gyda holl amynedd y tlawd, y byw wedi eu hynysu yn nhawelwch y meirw. Mae'r distawrwydd i'w deimlo. Mae'n dyrnodio'r bachgen ac yn brawychu'r ferch fach i syfrdandod llygaid-lydan, mud.

Daliant i eistedd a disgwyl, wedi eu rhwydo yn y tawelwch, pob ymdeimlad o amser wedi diflannu gyda phelydrau'r haul. Disgwyl am y ficer, disgwyl i gladdu'r meirw, disgwyl i ailafael yn y frwydr chwerw i oroesi o'r naill ddiwrnod i'r llall.

Rhuthr o seiniau'n datgan bod y drws wedi ei agor.

Gyda gobaith disgwylgar, clywant sŵn y môr yn sugno a chrafu ar gerrig mân y traeth, gwylanod yn sgrechian, chwiban ysgafn y gwynt o Enlli wrth iddo yrru'r llwch a'r tywod mewn trobyllau bychain ar draws y llawr cerrig. Gwelant ddyn tal, cydnerth, yn sefyll yn y drws. Try'r fam ei phen i edrych arno. Mae'n amneidio arni. Cwyd hithau'n araf, gan gymryd plentyn ym mhob llaw, a cherdda allan o'r eglwys. Mae'n codi ei llygaid i'w wyneb mewn ymbil mud, ond ysgydwa ei ben. Cymera ei braich i'w thynnu o'r eglwys, ond mae hi'n gwrthod symud. Denir ei llygaid yn ôl at yr arch fechan, o'r golwg yn awr yng ngwyll yr eglwys. Plyga'r dyn i lawr i sibrwd yng nghlust y bachgen. Mae yntau'n tynnu yn llaw ei fam, gan geisio'i harwain yn araf oddi wrth yr eglwys. Petrusa hithau, ond yn raddol mae'n derbyn cael ei hebrwng i ffwrdd. Mae hi'n plygu i godi'r ferch fach, sydd erbyn hyn yn wylo, a'i chario adref. Gwylia'r dyn y cefnau diamddiffyn yn cerdded i ffwrdd, ei gynddaredd yn cynyddu, yna mae'n tyngu:

'Duw fo'm tyst! Mi ladda i'r ficer diawl am hyn!'

*　*　*

Daw'r dyn ato'i hun yn raddol, a darganfod ei fod yn mygu mewn tywyllwch. Mae rhywbeth yn rhwystro'i anadl, rhywbeth garw, daearol, llaith ar draws ei ffroenau a'i geg. Llenwir ei glustiau â phwyo dwl, ond nid yw'n sicr ai'r gwaed yn hercian yn ei ben ydyw neu dwrw pell, llurguniedig y môr. Mae gwayw ym mhob rhan o'i gorff, pob aelod, pob cyhyr, fel petai wedi syrthio i lawr grisiau cerrig serth. Drwy'r niwl o boen sy'n drysu'i feddwl, mae'n gorchymyn ei ddwylo i glirio'r rhwystr o'i ffroenau, ond nid yw'r dwylo'n ufuddhau. Yn raddol, daw i sylweddoli na all ei ddwylo ufuddhau, gan eu bod wedi eu clymu, fel mae ei fferau, tu ôl i'w gefn. Daw tonnau o ddychryn, o arswyd, i ffrydio drosto, gan wneud iddo wingo a dyrnu'r llawr anwastad, caregog megis pysgodyn newydd ei ddal, yn boddi'n ingol yn yr awyr.

'Ha! Effro o'r diwedd, ydan ni, ficer?' Mae'r llais yn chwerthin yn y tywyllwch. Llonydda'r dyn yn syth, a gorwedda'n llonydd, yn ceisio cymhathu, ceisio meddwl yn glir.

'Pwy wyt ti? Beth wyt ti isio?'

Nid yw'n adnabod ei lais ei hun. Nid dyma'r oslef ddofn, beraidd a arferai ddarllen yr ysgrythur mor ddeallus ar y Sul, ond rhywbeth croch, poenus, llawn ofn, yn cael ei fygu gan y sachlïain drewllyd sydd wedi ei rwymo, sylweddola bellach, am ei ben. Mae'n disgwyl, ond nid oes ateb. Ydi o wedi siarad mewn gwirionedd, ynteu ai yn ei feddwl yr ynganodd y geiriau? Meddylia y dylai geisio gofyn unwaith eto, ond cyfyd poen cyfoglyd o'i stumog. Melltithia'i hun am yfed yr holl gwrw'r noson honno. Rhydd ei stumog wasgiad annymunol, a daw llif o gyfog o'i geg i lenwi'r sach nes iddo ofni boddi yn ei chwydiad ei hun. Mae'n sgrechian mewn arswyd. Chwardda'r llais eto. Teimla'r dyn rywbeth yn gafael ym mrethyn ei gôt a'i halio ar ei bengliniau.

'Pam na wnei di weddïo, ficer?' mae'r llais yn gwatwar. 'Rwyt ti'n gwybod sut i weddïo, siawns? Neu wyt ti wedi anghofio? Wedi bod yn rhy hir ers y tro diwetha i ti fynd ar dy liniau, ia?'

Teimla'i gorff crynedig boen fel nodwydd yn y fraich dde wrth i rywbeth miniog, fel cyllell neu gleddyf, gael ei yrru i'r cnawd. Dechreua weddïo'n wyllt, gweddïo'n uchel, yn orffwyll, yn ymbiliol. Chwardda'r llais eto.

'Nid fod gweddïo'n mynd i dy helpu, wrth gwrs,' mae'n poenydio. 'Rhy hwyr i hynny. Mae dy siwrnai i uffern wedi cychwyn yn barod. Ond dal ati, ficer, waeth iti weddïo ddim, rhag ofn!'

Daw toriad arall drwy ei fraich chwith, ac yna doriad ar ôl toriad i bob rhan o'i gorff, yn llosgi, yn arteithiol, yn arswydus, ond heb fod yn angheuol. Mae drewdod ei gyfog ei hun yn creu ysfa i chwydu eto, ond mae ofn yn rheoli'r ysfa. Rhed dagrau o boen i lawr ei ruddiau, gan dorri sianelau drwy'r llanast sy'n glynu yn ei ên wrth i ddŵr y cyfog ddiferu drwy'r sachlïain fel glasddwr caul drwy fwslin. Gyda phob archoll mae ei gorff yn hercian. Byddai wedi cwympo drosodd oni bai am y llaw gadarn sy'n gafael yn sach ei fwgwd a'i gadw ar i fyny. Mae patrwm i'r archollion: un i lawr, tair ar draws, yn cael ei ailadrodd dro ar ôl tro nes bod y disgwyliad o'r ergyd nesaf cyn waethed â'r boen. Mae ei sgrechiadau ingol yn gymysg â cherydd y llais iddo weddïo, gweddïo, gweddïo: deuawd erchyll sy'n adleisio o'r waliau anweledig.

Peidia'r archolli'n ddisymwth, y gorffwylltra wedi ei dreulio. Mae ei sgrechiadau'n cilio, yn distewi. Er bod pob cyhyr a phob nerf yn disgwyl yr ymosodiad nesaf, mae'n graddol sylweddoli ei fod ar ei ben ei hun. Llacia'i ysgwyddau mewn rhyddhad, ond ni feiddia adael i'w gorff lluddedig, poenus, suddo i'r llawr mewn blinder rhag ofn boddi eto. Os gall gadw ar i fyny, gŵyr y caiff fyw am ychydig rhagor, a'i unig gysur bellach yw gobaith. Defnyddia bob tamaid o'i nerth i gadw ar ei liniau. Gall holi a chwestiynu pam rhywdro eto, pan fydd yn rhydd o'r sefyllfa echrydus yma. Cadw'r pen i fyny, peidio syrthio drosodd. Anwybyddu'r boen yn y pengliniau, y cluniau, yr ysgwyddau. Peidio â syrthio! Cadw ar i fyny! Gweddïo!

'Dduw mawr Hollalluog, edrych i lawr ar dy was annheilwng a maddau iddo.' Teimla'i ben yn dechrau troi a thywyllwch yn bygwth ei orchfygu, ond mae'n brwydro ymlaen. 'Arglwydd Dduw, ein Tad nefol, maddau i'th was ei holl bechodau gan iddo edifarhau'n ddirfawr am ei

wendidau. Rho nerth iddo yn awr ei ddigofaint . . . '
Mae'n anos cadw'r düwch i ffwrdd, ond rhaid aros ar i
fyny, rhaid, rhaid! Gwell dibynnu ar eiriau cysurus,
cyfarwydd. 'Ein Tad, yr Hwn wyt yn y nefoedd . . . '
Amser yn mynd heibio, a'r boen yn ei goesau bron â'i
orchfygu, ' . . . a maddau i ni ein dyledion, fel y
maddeuwn . . . ' Daw synau i'w glustiau, er nad yw'n sicr
bellach a ddônt o'r tu mewn ynteu o'r tu allan i'w ben.
Rhyw lusgo rhyfedd, a thrawiadau, fel petai rhywbeth
trwm, meddal yn cael ei lusgo ar hyd y llawr. Corff rhyw
druan arall? Rhywbeth yn taro yn ei erbyn, corff cynnes,
meddal, blewog. Blewog? Sut mae'n gwybod hynny,
meddylia'n wyllt, ac eto mae'n hollol sicr. A'r drewdod
mwyaf dychrynllyd yn goresgyn ei ddrewdod ei hun.
Drewdod rhechen Satan.

'Cadw draw! Cadw draw!' Y sgrechiadau'n llenwi ei
ben, ei feddwl yn wallgof o arswyd. Sŵn nadu cras yn ei
glust. 'O Dduw, gwared fi. Crist, gwared fi!'

Yna mae'r sibrwd yn dechrau, sibrwd a sisial Satan ei
hun efo'i lu dieflig.

'Maledictus qui maledixerit patri vel matri . . . '

'Ymaith, Beelzebub! Ymaith, y ffieidd-beth! Duw, O
Dduw, paid â'm gadael!'

*'Maledictus qui pervertit judicium ad venæ, pupilli, et
viduæ . . . '*

'Dos i ffwrdd, Adramelech! Cadw dy fudreddi asynaidd
oddi wrtha i! Dos, Moloch, dos, Onoskelis! . . . '

*'Maledictus qui accipit munera, ut percutiat animam
sanguinis innocentis . . . '*

'Rwy'n edifarhau am bopeth! Duw, gwared fi! Rwy'n
addo byw'n berffaith . . . '

*'Maledictus homo qui confidit in homine, et ponit cor
ejus . . . '*

'Na! Na, o na!'

'*Maledicti immisericordes, scortatores, adulteri, avari, calumniatores, ebriosi, rantores* . . . '

Daw gwaredigaeth.

'Ewch o'ma'r giwed annaturiol! Ewch, brysiwch! Mae popeth yn barod. *Omnis paratus est.*'

Y llais yn ôl, y llais yn ei arbed rhag pob diafol yn uffern! Y llais yn gyrru ei boenydwyr i ffwrdd! Y sisial a'r siffrwd yn diflannu. 'Diolch, syr, o diolch,' mwmialai drwy ei ddagrau. Diolchgar i'r un a'i cadwai yma mewn ofn am ei fywyd? O ie, mwy na diolchgar! O leiaf mae'r llais yn feidrol. Does dim gobaith am drugaredd yn Uffern.

'Diolch?' daeth yr ateb yn siriol. 'Ficer bach, fi ddylai ddiolch i chi! Wedi'r cyfan, rydach chi wedi rhoi Aberdaron yn fy nwylo i!'

Beth roedd o'n ei olygu? Oedd llygedyn o obaith yma? 'Allwch chi mo fy rhyddhau i, syr?' plediai. 'Os oes gennych galon, syr, trugarhewch wrthyf.'

'Calon?' ebe'r llais yn ei glust unwaith eto, yn beryglus o dawel. 'O oes, mae gen i galon, ficer, calon sy'n llawer mwy cywir nag unrhyw eiriau a ddisgynnodd o'r gwefusau bach tew yma.' Mae'r geiriau olaf yn cael eu dweud yn araf, gariadus, wrth i flaen y llafn wthio'i ffordd drwy'r sachlïain ac agor gwefus isa'r dyn. Disgynna gwaed a chŵd drwy'r rhwygiad yn y defnydd. Mae'r llais yn gostwng ymhellach. 'Y cwestiwn yw, ficer annwyl, oes gennych chi? Beth sy'n curo'n y fron 'ma, ficer? Beth am inni chwilio, ia?'

Rhwygir ei gôt oddi ar ei fron, a'r crys oddi tano. Dau doriad hir, bwaog, wrth i'r llafn dorri siâp calon yn ei fron. 'Dduw Mawr! Dangos dosturi!' mae'n sgrechian. Mae ei fron ar dân, un deth wedi ei haneru, ond mae'r llais yn ei glust eto, yn feddal, gariadus, erchyll.

'Paid â phoeni, ficer bach, dwyt ti ddim yn marw – eto! Dewch i ni weld, mae gennym ni fwy o waith chwilio, yntoes? Dyna'r trwyn 'ma, i ddechrau, byth a beunydd ym musnes pobol eraill, yntê ficer? A'r llygaid yna, yn rhythu ar bethau nad oes a wnelo dim â nhw. Ond arhoswch! O, ie, beth sydd gennym ni fan hyn, deudwch? Ie wir, mae pawb yn gwybod am hwn, yntydyn, ficer?'

Mae'r llafn yn pigo'n ysgafn yn erbyn ei fol, gan dynnu dafnau bychain o waed wrth dorri drwy ei lodrau a chodi cynffon ei grys. Er gwaetha'r llosg yn ei anafiadau, gall deimlo awel oer yn cyffwrdd ei aelodau preifat. Ni all reoli ei bledren rhagor. Mae'r chwerthin yn torri allan eto.

'Roeddech chi bob amser yn llawn gwynt a dŵr, doeddech, ficer? O leiaf rydan ni wedi cael gwared o'r dŵr!' Teimla'r dyn oerni'r metel yn cnocio'n ysgafn yn erbyn ei geillgwd. Mae'n crio'n gwynfannus. 'Mae holl blant y plwy yn adnabod y dyn bach yma, yntydyn, ficer? Os ydyn nhw eisiau hynny neu beidio. Beth ydan ni'n wneud efo anifeiliaid sy'n cyfathrachu'n ddireol, tybed, ficer?'

'Na, na!' mae'n sgrechian, yna teimla'r boen fwyaf arteithiol wrth i'w geilliau gael eu gwahanu oddi wrth ei gorff. Mae'n disgyn yn ddiymadferth oherwydd y boen. Wrth i'w waed bwmpio allan rhwng ei goesau, try'n anymwybodol ac yna ddadebru am yn ail. Mae ei synhwyrau simsan yn sylweddoli bod llais arall yn siarad.

'Dduw mawr! Beth wyt ti'n wneud? Rho'r gorau iddi, er mwyn Duw!'

'Dim ond cael 'chydig o hwyl, dyna'r cyfan,' meddai'r llais yn amddiffynnol.

'Ti'n waeth nag anifail! Lladda fo rŵan, a gorffen y peth.'

'Pam trafferthu? Mi fydd wedi gwaedu i farwolaeth o fewn munudau. Mi wnaiff hynny roi taw ar ei geg fawr o!'

'Gorffen y peth! Rŵan!' medd y llais newydd yn floesg.

Mae'n ymwybodol o'r rhaff yn brathu am ei wddf wrth

i'w ben gael ei godi oddi ar y llawr, ond syrthia i dywyllwch eto, ac ni theimla'r llafn yn hollti ei wddf o glust i glust.

1

Ple gorau plwy a gwerin,
I amal gael mêl a gwin?
Brodir ail i Baradwys,
A llawen le yn Llŷn lwys.
Lle cowir serch, lle ceir son,
Ar bur dir Aberdaron;

Morus Dwyfech (1523–90)

Llanwodd calon Siôn Rhisiart â chymysgedd anghysurus o orfoledd ac ofn wrth i arfordir Aberdaron ymddangos ar y gorwel a graddol ddynesu tuag ato. Ei waith ar y llong bellach ar ben, safai ger y canllaw derw, ei lygaid yn craffu am y cip cyntaf o'r olygfa gyfarwydd. Sawl newid fu, tybed, ers y tro olaf iddo wylio'r un olygfa, un mlynedd ar bymtheg yn ôl, ond ei fod, bryd hynny, yn gadael y tir am y môr mawr, ei feddwl yn ddiddeall a hurt, ei galon yn torri a'i glustiau'n atseinio i gnul undonog cloch yr eglwys?

Gallai weld to'r adeilad hwnnw'n awr, yn swatio'n isel rhag llid y tywydd ar glustog werdd y fynwent. Daeth i'w gof y tro olaf iddo fod ynddi efo'i fam a Nansi, yn disgwyl, disgwyl . . . ond roedd meddwl am ei deulu'n gwneud i'w stumog a'i fron wasgu nes peri anhawster anadlu. Haws canolbwyntio ar bethau ymarferol: y môr, y creigiau serth a godai y naill ochr i'r bae, y pentref. Edrychodd arnynt â'i lygaid milwr. Pa mor hawdd fyddai ymosod? Er bod y bae yn helaeth, roedd y dŵr yn fas, a byddai'n rhaid angori ymhell o'r lan a chludo milwyr mewn cychod rhwyfo. Byddai'n haws gwneud hynny dan gysgod y nos, neu ar doriad gwawr, gyda'r gobaith na fyddai gwylwyr ar y clogwyni. Dichon na fyddai neb o uchelwyr yr ardal yn fodlon gwario eu harian prin ar amddiffynfeydd! Unwaith y byddai canolfan wedi ei sefydlu ym Mhen Llŷn, hawdd iawn fyddai ymgyrchu i'r dwyrain i ymosod ar diroedd Lloegr, a defnyddio Iwerddon i fwydo'r anghenion milwrol. Gwyddai fod cynlluniau o'r fath eisoes wedi eu trafod mewn cynghorau dirgel.

Dychwelodd i'r presennol wrth glywed sŵn yr angor yn plymio i'r môr a chrochlefain y mêt wrth i'r llongwyr troednoeth garlamu i fyny'r mastiau i halio ar yr hwyliau. Craffodd arnynt yn yr entrychion uwch ei ben, ei lygaid bron ynghau i'w harbed rhag disgleirdeb haul gogoneddus diwedd Hydref. O'i safle ar y bwrdd, edrychai'r gwylanod fel petaent yn cyffwrdd â phennau'r morwyr wrth iddynt sgrechian a throelli rhwng y mastiau. Ond doedd dim rheswm dros oedi rhagor. Trodd i ffwrdd a mynd at y capten i nôl ei gyflog. Roedd y cwch rhwyfo eisoes wedi ei ostwng i'r môr, a gwelai ei drwnc yn disgyn yn araf ar raffau ac yn diflannu heibio'r canllaw, a phentwr o sachau yn disgwyl eu tro i wneud yr un siwrnai. Wrth dderbyn ei dâl, cafodd gynnig gwaith ar y llong unrhyw bryd yn y dyfodol: roedd môr-dywyswyr da yn brin, ac yn werth eu halen. Wedi diolch i'r capten, disgynnodd i lawr y rhaff ac eistedd yn dawel yng nghefn y cwch, ei glogyn destlus wedi ei blygu'n ofalus ar ei liniau, ei esgidiau ynghlwm wrth ei gilydd o gwmpas ei wddf.

A'r môr yn dawel fel llyn, gadawodd i'w feddwl grwydro'n synfyfyriol yn ôl ac ymlaen fel y llithrai'r rhwyfau'n rhythmig i mewn ac allan o'r dŵr. Heibio i ynysoedd Gwylan Fawr a Gwylan Fach, a Thrwyn Ebolion, yr enwau cyfarwydd yn codi'n naturiol i'w feddwl fel petai'n eu defnyddio'n feunyddiol. Mor braf fyddai cael siarad Cymraeg unwaith eto, cael ymollwng o bob twyll a chelwydd, cael bod yn ef ei hun mewn modd nad oedd rywsut yn bosib wrth siarad iaith estron. Wrth ddysgu iaith newydd, meddyliodd, mae dyn yn magu agweddau newydd ar ei gymeriad ei hun, neu o leiaf agweddau oedd gynt yn guddiedig, ddarostyngedig, megis actor yn gwisgo mantell cymeriad estron mewn drama. Nid mater o eirfa yn unig ydoedd, na chystrawen, na disgwyliadau ystrydebol o gymeriad cenedlaethol unrhyw wlad, ond rhyw gymysgfa amwys o'r cyfan wedi ei hidlo drwy'r meddwl unigol i greu personoliaeth newydd ar gyfer pob iaith a siaredir, pa un ai Ffrangeg, Lladin neu Saesneg. Ond Cymraeg oedd iaith ei galon, iaith yr aelwyd, iaith ei gartref. Gartref! Am air hudolus. Teimlodd ei galon yn chwyddo ac yn ei fygu wrth feddwl am ei hen gartref. Sut byddai pethau yno erbyn hyn? Oedd ganddo'r hawl i obeithio fod ei deulu'n dal yn fyw? Gallai cymaint o bethau ddigwydd mewn un mlynedd ar bymtheg – roedd wedi dysgu hynny, o leiaf, yn ystod blynyddoedd o ryfela yn Ewrop.

Dychrynwyd ef o'i fyfyrdodau gan dwrw megis catrawd o fwsgedi'n tanio o guddfannau ar y lan. Teimlodd y düwch cyfarwydd yn bygwth ei lethu a gwasgodd ei fysedd i estyll y cwch wrth geisio rheoli ei arswyd tra oedd rhan fechan o'i reswm yn ceisio sicrhau ei gorff nad oedd y fath beryglon yn bosib. Dim ond twrw gwaelod y cwch yn crensian a chrafu ar y gro mân a glywai: doedd dim i'w ofni. Pa bryd y byddai'n llwyddo i orchfygu'r hen ofnau yma? Disgwyliodd i'w galon dawelu tra oedd y morwyr yn dadlwytho'r sachau a'r trwnc, yna camodd allan o'r cwch, gan na feddyliai'r morwyr am ei gario yntau. Onid oedd wedi ei wisgo yr un mor dlawd a charpiog â hwythau? Roedd sioc yr oerfel sydyn yn ddigon i godi clymau chwithig ar gyhyrau ei goesau, ond o leiaf fe chwalodd y cysgodion o'i feddwl.

Roedd yn falch o daflu ei glogyn dros ei ysgwyddau pan gyrhaeddodd y lan. Wrth sychu ei draed â gwaelodion y clogyn, sylwodd ar y cwch bach yn gwibio'i ffordd yn ôl at y llong, ac ysai rhan ohono am gael hedfan gyda hi. Ond roedd hi'n rhy hwyr. Roedd wedi bwrw'r coelbren, a rhaid oedd iddo dderbyn y canlyniadau, doed a ddêl. Pan ddaeth dau lefnyn o'r tanws i 'mofyn y sachau, rhoddodd gildwrn bach iddynt i gario'i drwnc i dafarn y Llong. Gwisgodd ei esgidiau a'u dilyn hwy'n araf o'r traeth ar hyd y llwybr heibio'r eglwys. Roedd fel petai'n cerdded i mewn i freuddwyd, a golygfeydd cyfarwydd yn ymddangos ar ogwydd oherwydd amser a chof plentyn. Roedd popeth mor fach: y rhwydwaith nentydd a ynysai nifer o adeiladau, y pontydd tila. Mor fawr yr ymddangosent yn ei feddwl pan gofiai chwaraeon ei blentyndod! Gwelai'n awr nad oeddynt fawr mwy na diferion glaw yn rhedeg i lawr gwydr ffenestr o'u cymharu â'r afonydd mawr a welsai yn Ewrop – y Rhein, y Daniwb, y Po.

Ai'r un ieir a bigai'r stryd, ai'r un mochyn ar ei dennyn a drwynai drwy domen sbwriel y dafarn? Doedd dim yn ymddangos fel pe bai wedi newid. Dal i swatio'n isel rhag y môr a wnâi'r rhes o fythynnod pysgotwyr a adwaenai mor dda, eu toeau grug yn bendrwm fel mop o wallt afreolus. Ar ben pob drws roedd stôl gyda'i bentwr bach o wau. Lle'r oedd y gwragedd, tybed, a'r plant? Doedd dim hanes o enaid byw yn unman nes i'r pobydd ddod allan o'i siop, a thaflu marwydos o'r crasu bore ar y domen sbwriel. Arhosodd y pobydd am ennyd i syllu'n fud ar Siôn cyn troi'n ddigyfarch yn ôl at ei waith o baratoi tân oer ar gyfer y bore. Wrth gwrs, roedd hi'n awr ginio, pawb wrth ei fwrdd, pob gwraig wedi hebrwng ei thorth a'i dysgl fwyd o siop y pobydd i'w gynnig i'w theulu.

Anadlodd arogleuon iach y gwymon sych a'r pysgod meirw. Roedd pentrefi glan y môr gymaint yn lanach na phentrefi tirol, ac roedd hyn yn arbennig o wir am Aberdaron, gan fod yr afon yn carthu pob sbwriel i'r môr cyn iddo allu creu gormod o ddrewdod. Cerddodd ymlaen gan ei gysuro'i hun: os nad oedd fawr ddim wedi newid yma, onid oedd hi'n argoeli'n dda i bethau eraill fod yr un fath hefyd? Arhosodd ar y bont gerrig a syllu'n hir i fyny'r Daron i gyfeiriad bwthyn ei fam. Roedd ar drothwy wynebu ei ofnau gwaethaf. Ond safodd yno'n rhy hir, nes bod ei benderfyniad yn diflannu gyda'i gysur cynharach. Na, ni allai wynebu mynd yno'r funud honno. Trodd ar ei sawdl a cherdded yn ôl am y dafarn.

Adnabu Joshua, y tafarnwr, yn syth, gyda'i ben moel a'i geg fingam. Roedd ar fin ei gyfarch wrth ei enw, ond tawelwyd ef gan yr olwg yn y llygaid penwaig, oeraidd a syllai'n ddrwgdybus arno. Sylweddolodd mai gweld dieithryn oedd Joshua, ac felly fel dieithryn y gofynnodd am wely am y noson. Gyda dau was ar y blaen yn cario'i drwnc, dilynodd Siôn y tafarnwr i fyny'r grisiau simsan at ystafell gyda phedwar gwely mawr wedi eu gwthio yn erbyn y waliau isel lle'r oedd y to'n dod i lawr i'w cyfarfod. Trodd y tafarnwr yn swta, gan amneidio ar ei weision, a gadael Siôn i edrych o'i gwmpas. Roedd arwyddion o esgeulustod ymhobman, o'r haenau trwchus o we pry cop a lwyr orchuddiai wellt plethog y nenfwd, i'r arogl anhyfryd o leithder a dreiddiai o'r muriau a'r gwelyau. Doedd neb wedi aros yn yr ystafell hon ers peth amser, er gwaetha'r ymdrech lugoer i sgubo'r llawr a adawodd farciau gwiail yr ysgub yn y llwch. Cofiodd Siôn fel y byddai sôn am hen daid Joshua'n melltithio'r hen frenin am ddifetha bywoliaeth y werin a dinistrio'r wir grefydd er mwyn ei chwantau afreolus ei hunan. Dros ganrif yn ôl, byddai'r dafarn a'r pentref yn fwrlwm prysur o bererinion Enlli yn mynd a dod.

Brwydrodd yn erbyn yr ysfa i ymgynefino â phob drws a dihangfa yn yr adeilad, gan resymu nad oedd tebygrwydd iddo fod mewn perygl yn ei bentref ei hun. Ond gwell fyddai newid o'i ddillad morwr carpiog. Roedd am wneud gwell argraff ar ei deulu na hynny. Dewisodd grys lliain, dwbled o wlanen fain a chlos lledr, gan wthio'r hen ddillad o'r golwg i waelod y trwnc. Roedd dilladau drudfawr yno hefyd, ond nid oedd am wneud gormod o sioe ar y dechrau. Gwell edrych yn llewyrchus yn hytrach nag yn gyfoethog – nid oedd am dynnu gormod o sylw ato'i hun, pa mor ddiogel bynnag y teimlai. Gwthiodd ei bwrs llawn aur yn ddwfn i'w ddwbled o afael gweision a morynion trachwantus. Gadawsai gist fechan gyda chyfoeth pellach yng ngofal ffrind ym Mryste nes y byddai wedi cwblhau ei genhadaeth.

Roedd yr olygfa wedi newid yn llwyr erbyn iddo adael y dafarn: tri henwr ar fainc yn dymuno dydd da iddo, a'r gwragedd yn ôl ar eu stolion, yn gwneud yn fawr o'r heulwen brin, eu gweill yn hedfan cyn gyflymed â'u cegau, y bysedd yn gweithio'n annibynnol wrth iddynt gloncian wrth eu gwaith. Eisteddai ambell un gyda'i baban yn fwndel mewn siôl ar ei bronnau, tra oedd babanod hŷn yn cropian a chwarae yn y llwch wrth eu traed. Syrthiodd ysbaid o dawelwch wrth iddynt sylwi ar y dieithryn, cyn ailgydio yn y gwau a'r sgwrs, ond gan daflu ambell edrychiad chwilfrydig i'w gyfeiriad bob hyn a hyn. Cofiodd Siôn fel y byddai yntau a Nansi'n chwilota'r grug a'r mieri am dalpiau bychain o wlân er mwyn i'w fam allu eu nyddu cyn gwau sanau ar gyfer y masnachwyr o Amwythig, gan ennill ceiniog neu ddwy werthfawr mewn blwyddyn.

Roedd y tanws, y felin wlân a'r felin geirch yn fwrlwm o weithgaredd wrth iddo groesi'r bont a gweld gofaint Twm Elias, ei hen feistr a ffrind pennaf ei dad. Twm, cawr o ddyn oedd â'i galon mor gynnes ag yr oedd ei haearn yn galed, oedd wedi bod yn gymaint o gefn i'w fam pan foddwyd ei dad mewn storm yn Swnt Enlli ychydig wythnosau cyn y dydd y gyrrwyd Siôn i ffwrdd. Dacw fo'n sefyll y tu allan i'r efail yn siarad â rhywun – ei wraig, efallai, er nad oedd yn briod pan aeth Siôn i ffwrdd – ac roedd ei chefn at Siôn fel na allai weld ei hwyneb. Roedd hi'n ymestyn piser ac yn ei gynnig i Twm, ac yntau'n ei dderbyn. Tu cefn iddynt roedd bachgen tua deuddeg oed yn hogi llafn pladur ar galan hogi enfawr, ac un iau, rhyw ddeg oed, yn gofalu am dân yr efail, gwaith yr arferai ef ei wneud yno, meddyliodd yn drist. Ond doedd dim pwrpas ochneidio dros yr hyn a allasai fod, ceryddodd ei hun. Roedd yn rhaid cychwyn ar yr orchwyl rywbryd, a gallai ymateb Twm i'w ddychweliad fod y maen prawf cyntaf iddo'i wynebu. Wrth iddo gerdded y llwybr tuag atynt, daeth lleisiau Twm a'r wraig yn fwy eglur i'w glyw, gan ddeffro cof bregus yn ei isymwybod, cof a barodd iddo arafu'i gamau mewn gobaith arswydus.

'Mam?' sibrydodd, ei lais yn floesg, fel petai'n cael ei ddagu gan y frwydr rhwng ei ofn a'i obaith. Gwelodd cefn y wraig yn sythu, yna'n troi'n araf i'w wynebu.

'Siôn?' meddai hithau'n anghrediniol.

Ni allai dim a feddyliodd nac a ddywedodd wrtho'i hun yn ystod ei deithiau fod wedi ei baratoi ar gyfer yr eiliad honno. Diflannodd hunllef ac ofn y ddwy flynedd ddiwethaf o'i feddwl dan ddylanwad y don o hapusrwydd a yrrodd y ddau ohonynt i freichiau'i gilydd i gofleidio'n swnllyd mewn dagrau o ddiolchgarwch.

'Siôn? Siôn Rhisiart, myn cebyst i!' ebychodd Twm Elias wrth ymuno yn y gorfoledd, a gwên anferthol yn rhwygo'i farf lwyd-ddu. Cofleidiodd y ddau yng nghylch ei freichiau a'u codi oddi ar eu traed nes bod y tri ohonynt yn dawnsio yn yr unfan, yn sboncio i fyny ac i lawr i rythmau cyhyrog y gof, ac yn hollol anymwybodol o lygaid soserog y ddau brentis yn gwylio'r olygfa ryfeddol.

Torrodd ei fam yn rhydd er mwyn cael golwg dda ar ei mab. Ymestynnodd ei llaw i redeg ei bysedd dros ei wyneb fel petai'n ofni o hyd mai rhith ydoedd. Roedd ei chyffyrddiad mor ysgafn â thraed pry copyn. Gafaelodd yntau yn ei bysedd a'u cusanu.

'Rwyt ti'r un ffunud â dy dad,' meddai wrtho mewn rhyfeddod.

'A dydych chithau ddim wedi newid dim,' atebodd Siôn. Beth oedd ambell gudyn gwyn, ambell rych yn y croen llyfn, o'i gymharu â chyfaredd cael ailddarganfod ei fam yn holliach, wedi'r holl hunllefau?

'Paid â chellwair!' dwrdiodd gyda gwên. 'Wnaiff geiriau teg ddim tycio efo dy fam, cofia!' Sobrodd yn sydyn. 'Yr holl amser yna! A minnau wedi hen anobeithio dy weld di fyth eto . . . ' Torrodd ei llais a chododd dagrau i'w llygaid. Lapiodd ei breichiau o'i amgylch i'w wasgu at ei bron. 'Diolch i Dduw holldrugarog!'

'Meinir fach,' meddai Twm, oedd newydd sylwi ar rai o'r pentrefwyr chwilfrydig yn ymgynnull ar y bont i wylio'r cyfan, 'pa fath o groeso 'di hwn? Dos â'r hogyn adra ac mi ddo' inna ar eich hola cyn gynted ag y galla i gau'r efail.'

Gan blethu ei braich ym mraich Siôn, arweiniodd Meinir y ffordd i fyny'r llwybr wrth ochr y Daron. Teimlodd ei mab yn arafu wrth y troad i'w hen gartref, ond fe'i harweiniodd ymhellach i fyny'r afon i gyfeiriad Bodwrda.

'Dydan ni ddim yn byw yna rhagor, Siôn,' meddai wrtho.

'Ni?' neidiodd Siôn ar y gair yn syth. 'Ydi Nansi'n dal i fyw efo chi?'

'Na. Mi briododd hi efo hwsmon ar stad Boduan. Mae ganddi dri o blant, rwy'n credu – mi fydda i'n clywed ei hanes hi bob tro mae rhywun yn dod o Nefyn.'

'Felly pwy ydi . . . ?'

Deallodd ei fam ar unwaith. Trodd ei phen i edrych i fyny ato, gan wenu'n swil. Sylweddolodd Siôn yn sydyn pa mor dlws fu wyneb ei fam yn ei hieuenctid. 'Mae Twm a finnau'n briod, Siôn.'

'Yn briod?' atseiniodd Siôn, gan sefyll yn stond. Er mawr gywilydd iddo'i hun, teimlodd eiliad o dramgwydd cyn ei geryddu'i hun. Pa hawliau oedd ganddo fo, mewn gwirionedd, dros ei fam?

'Roedd bywyd mor anodd ar ôl i ti fynd, Siôn, ac mi roedd Twm mor ffeind, a Nansi'n dotio arno fo . . . '

'Mam, Mam, does dim rhaid i chi egluro,' torrodd ar ei thraws, gan fygu'r chwerwder sydyn yn ei galon wrth glywed ei geiriau. Nid dyma'r lle i drafod hynny. 'Twm ydi'r dyn caredicaf yn Aberdaron. Allwn i ddim dewis neb gwell i chi fy hun. Sawl brawd a chwaer arall sydd gen i?'

Ysgydwodd ei fam ei phen, ei llygaid yn drist. 'Welodd y Bod Mawr mo'i ffordd i roi rhagor o blant i ni, gwaetha'r modd. Ond mae Twm a minnau'n ddigon cytûn, ac yn diolch i Dduw am hynny.'

Cyn pen dim roeddent wedi cyrraedd y bwthyn. Dotiodd Siôn at lewyrch popeth. Bwthyn to grug ydoedd, yn ddigon hir i gadw anifeiliaid yn y pen pellaf. O'i flaen, roedd gardd wedi ei hamgylchynu â wal gerrig, gardd ddestlus oedd yn ffieiddio at chwyn, gyda llysiau hwyr yn dal i dyfu, a chongl ohoni'n llawn perlysiau meddygol a sawrus. Yn y cefn caed rhes o gytiau moch, a buarth bach lle crafai ieir. Ymddangosodd haid o wyddau o'r gongl bellaf, yn chwythu'n ddrwg eu tymer ac, ar eu sodlau, ddaeargi bach gwyn a gwinau yn rhuthro i'r golwg, ei gyfarthiad bygythiol yn troi'n wichiadau o lawenydd wrth iddo adnabod ei feistres. Dechreuodd snwyro coesau a thraed Siôn, a darganfod elfen gyfarwydd yn ei arogl, oherwydd neidiodd yn uchel mewn gorfoledd gan ymdrechu i lyfu llaw Siôn, a throelli o amgylch ei draed wrth iddynt fynd i mewn.

'Paid â rhoi gormod o sylw i'r ci 'na,' meddai ei fam, 'neu chei di ddim llonydd. Ryff, dos lawr!' Anwybyddwyd hi'n llwyr gan Ryff, oedd wedi darganfod yn syth fod Siôn yn gyfaill naturiol i gi. Cafodd y ddau bleser mawr yn chwarae â'i gilydd tra oedd y fam yn tynnu ei chlogyn a throi ei sylw at y tân. 'Wyt ti wedi bwyta?'

'Mi gefais i blatiad o benwaig gan Joshua,' atebodd Siôn.

'Est ti i'r dafarn gyntaf?' holodd ei fam yn siomedig.

'Mam, wyddwn i ddim sut oedd pethau, os oeddech chi'n . . . '

'Na, siŵr iawn,' cytunodd, wedi deall ei betruster. 'Ond mi rwyt ti am aros efo ni rŵan, on'd wyt ti?'

'Mi rydw i wedi llogi gwely yn y Llong heno, ac mi wyddoch chi sut un ydi Joshua os ydi trefniadau'n cael eu newid.'

'Wel, gwna di'n siŵr dy fod yn deud wrtho fo dy fod yn aros efo dy fam o fory 'mlaen.' Dechreuodd brocio'r marwydos a gosod talpyn o bren arnynt i fwydo'r tân. Manteisiodd Siôn ar y cyfle i edrych o'i gwmpas. Roedd pared o wiail a chlai i gau'r anifeiliaid oddi wrth yr ystafell fyw, a rhannwyd yr ystafell hon gan balis derw, y drws yn ei ganol yn ddigon agored i ddangos gwely a phegiau dillad tu hwnt. Roedd nenfwd pren i'r ystafell wely fechan, a hwnnw'n ymestyn allan dros hanner yr ystafell fyw i ffurfio llawr y daflod uwchben, gydag ysgol i'w chyrraedd yn pwyso yn erbyn un wal. Roedd gwaith llaw Twm yn amlwg ym mhobman, o'r bachau yn y distiau i hongian cig mochyn a selsig a chaets bara, i'r sosbenni, padelli, llwyau ac offer ar y waliau. Ond yr hyn a ddenodd sylw Siôn fwyaf oedd y lle tân. Yma roedd Twm wedi dyfeisio teclyn o gadwynau a bariau fel bod ei fam yn gallu gostwng a chodi sgiled neu sosban dros y tân yn ôl yr angen. Penderfynodd y byddai'n rhaid iddo astudio'r ddyfais yn fanylach er mwyn iddo allu llunio rhywbeth cyffelyb yn ei gartref ei hun yng nghesail mynyddoedd yr Orlikĕ ym Mohemia. Sylwodd hefyd fod gan ei fam bopty bara yn wal y simdde – moethusrwydd yn wir! Doedd dim angen iddi hi grasu ei bara mewn ffwrn fach yn yr ardd, fel pob gwraig dyddyn arall.

Cafodd fraw pan neidiodd Ryff ar ei lin, ond nid oedd yn ddig – yn amlwg, roedd y ci bach eisiau gwneud ffrind pennaf ohono. Tynnodd yn dyner yn y clustiau melfedaidd tra mwynhâi arogleuon y llaeth a'r anifeiliaid glân a thoes y bara'n codi mewn padell bridd ger y tân – arogleuon cartref. Clywodd sŵn y giât yn agor a ffrwydrodd Twm i'r ystafell. Drwy gil y drws sylwodd Siôn ar y ddau brentis yn cerdded heibio. Ble roedden nhw'n cysgu, tybed? Roedd Twm fel corwynt yn y gegin, gan ruthro allan i'r bragdy yn y cefn i ymofyn piser o gwrw pan sylweddolodd mewn cywilydd nad oedd Meinir wedi cynnig lluniaeth i Siôn. Tywalltodd dair dysglaid ohono a'u gosod ar y bwrdd. Gydag arwydd i bawb ddod i eistedd, dechreuodd sgwrsio.

'A pha newydd dwi 'di golli, felly? Rwbath pwysig?'

'Dim byd ond fod Siôn yn aros yn y Llong heno,' atebodd Meinir.

'Yna dwi 'di colli dim, achos mi glywis i hynny'n y pentra! Ti'n destun rhyfeddod i bawb o fewn deng milltir,

Siôn!' chwarddodd. 'Rŵan, deud dy hanas. Deud y cyfan wrth dy fam a finna.'

Ond cyn i Siôn allu dechrau ar ei stori, neidiodd ei fam i'w thraed.

'Y bara!' meddai. 'Arhoswch funud i mi gael gosod y dorth yn y popty, neu fydd 'na ddim i'w fwyta fory.' Gwyliodd y ddau wrth iddi brysuro i gymhennu'r popty wal, a gosod y toes yn ei le yn y canol, cyn aileistedd gyda hwy. Cychwynnodd Siôn gyda'r elfennau pwysicaf.

'Mi adewais i Aberdaron i chwarae'r drwm yng nghatrawd John Owen Clenennau, a rŵan rydwi'n uwch-ringyll mewn catrawd o fysgedwyr ym myddin Ei Fawrhydi yr Ymerawdwr Ferdinand y Trydydd. Ar ben hynny, rydwi'n ddyn cyfoethog, efo llawer o diroedd yn Ewrop.' Ni theimlai unrhyw gywilydd wrth ddweud un celwydd bach wrthynt. Wedi'r cyfan, nid oedd wedi ildio'i swydd yn y fyddin, er nad oedd wedi bod ar faes rhyfel yn ystod y ddwy flynedd ddiwethaf.

'Gwarchod y Nefoedd! Tiroedd yn Ewrop?' ailadroddodd Twm, ei lais yn llawn edmygedd. Roedd ei fam yn fwy ymarferol.

'Ble yn Ewrop?' holodd.

'Lle o'r enw Neustadt ar afon Mettau,' atebodd, a phan welodd eu bod yn dal yn y niwl, ychwanegodd, 'tref yn Bohemia, wrth draed mynyddoedd yr Orlikĕ.'

'A sut wnest ti gyrraedd Bohemia, dwed?'

Amlinellodd ei hanes yn fyr: cyrraedd Fflandrys, yna'r Iseldiroedd, a'i lwc anhygoel o gyfarfod Walter Leslie, mab ieuengaf un o arglwyddi'r Alban, oedd yn Ewrop i wneud ei ffortiwn fel milwr, ac wedi llwyddo.

'Mae o wedi cael ei urddo gan Frenin Hwngari a'r Ymerawdwr, ac wedi cael tiroedd a theitl Terzka fel gwobr.' Gallasai fod wedi brathu ei dafod am ymffrostio gormod, ac ynganu enw'r bradwr, y Cownt Terzka. Nid oedd am sôn amdano, na'i gyd-fradwr Von Wallenstein, heddiw o bob diwrnod. Wrth lwc nid oedd yr enw dieithr wedi golygu dim i'r hen Gymry, felly prysurodd ymlaen gyda'i hanes. 'Rhan o'r tiroedd hynny gefais i ganddo, am achub ei fywyd ddwywaith.'

'Ew!' ebychodd Twm, 'mi wyddwn i'n iawn mai hogyn da oeddat ti! Mi ddeudis i hynny 'rioed, yndo, Meinir?' Gwenodd ei fam yn hoffus ar ei gŵr. 'Pwy fasa'n disgwl i hogyn bach diniwad o Lŷn godi i'r fath safle! Fasa ti byth 'di gallu llwyddo fel'na yng Nghymru, ngwas i, na fasat wir.'

Teimlodd Siôn yr hen chwerwder yn codi unwaith eto, ond ni ddywedodd air. Prynhawn o lawenhau oedd hwn i fod.

'Ac oes gen ti wraig i rannu dy holl gyfoeth?' gofynnodd ei fam.

'Dim eto, Mam,' atebodd. 'Doedd 'na fyth amser rywsut. Bob gwanwyn roeddan ni'n gadael am y rhyfeloedd, a phob gaeaf yn cael ei dreulio mewn gwersyll milwrol – dim y lle gorau i gael gafael ar ferch rinweddol! Ond mae digon o amser i hynny rŵan.' Gwelodd fod ei ateb wedi plesio'i fam.

'Ond pwy sy'n edrach ar ôl dy diroedd di rŵan?' holodd Twm.

'Mae stiward Walter Leslie yn cadw llygaid ar bethau i mi tra bydda i i ffwrdd.'

'Wyt ti ddim yn bwriadu aros yng Nghymru, felly?' gofynnodd ei fam yn drist.

'Twt, twt, Meinir, dim ond newydd gyrradd ma'r hogyn heb i ti ddechra sôn am iddo fynd eto!' dwrdiodd Twm. 'P'run bynnag, mae gwaith yn galw. Os cawn ni dendiad yr anifeiliaid yn weddol gyflym, mi gawn ni fwy o amser i sgwrsio dros swper.'

Prysurodd Twm allan i'r buarth, a dilynodd Siôn ef gan

feddwl helpu. Ond buan iawn y gwelodd fod gan Twm a'r ddau brentis eu trefn eu hunain, ac mai dim ond rhwystr iddynt oedd ei ymdrechion ef. Felly, aeth i'r beudy lle'r oedd ei fam yn godro'r fuwch. Cariodd y bwcedi llefrith i'r llaeth-dy a sylwodd fod glanweithdra a threfn yn y fan honno hefyd. Eglurodd ei fam fod merch o'r pentref yn dod i fyny bob dydd i'w helpu gyda'r gwaith trymaf, ond ei bod yn mynnu corddi menyn ei hunan. Roedd yn ymfalchïo yn ei dawn yn y grefft hon, gan ddweud bod y menyn dros ben a werthai yn y farchnad bob dydd Mercher a Sadwrn yn uchel ei glod gan ei chwsmeriaid. Sylwodd Siôn fod pum talpyn pwys o fenyn, wedi'u gorchuddio â mwslin a dail tafol wedi'u piclo, yn barod ganddi ar gyfer marchnad trannoeth.

Wedi gorffen bwydo'r moch, aeth Twm i godi ychydig o'r cennin oedd yn weddill yn yr ardd, ac fe aeth Meinir i'w paratoi ar gyfer swper, gan eu berwi'n ysgafn. Yna gwnaeth saws o fenyn a chaws, a'i flasu â llysiau'r gwewyr. Llanwyd Siôn unwaith eto ag edmygedd o ddyfeisgarwch Twm wrth weld yr hwylustod i'w fam o allu codi a gostwng y padelli gyda thrawiad ysgafn ar y bariau. Dim ond mewn ceginau palastai yr oedd o wedi gweld teclynnau cyffelyb o'r blaen, ac roedd yn sicr nad oedd Twm erioed wedi gweld y fath bethau. Wedi galw pawb i'r tŷ, pentyrrodd ei fam y cennin ar dafelli trwchus o fara, ac arllwys y saws dros y cyfan. Blasai'n fendigedig wrth i Twm a Siôn gystadlu yn erbyn y bechgyn i orffen gyntaf.

Adroddodd Siôn ychydig mwy o'i hanes wedi i'r prentisiaid gael eu hanfon i'r gwely yn llofft y beudy, gan ei gyfyngu ei hun i storïau am gymeriadau a digwyddiadau doniol o'i hanes. Cadwodd ei fam a Twm yn ddiddig tan y daeth yn amser iddo ddychwelyd i'r Llong. Cofleidiodd ei fam, gan addo dod i aros gyda hwy fore trannoeth. Daeth Twm a Ryff i gadw cwmni iddo ar y llwybr yn ôl i'r pentref, Twm yn cario llusern i oleuo'r ffordd.

'Mi ddo i draw i roi help llaw i ti gario d'eiddo yn y bora,' addawodd Twm, 'cyn gyntad ag y bydda i wedi helpu dy fam i fynd i'r farchnad.'

'Ond beth am yr efail? Fyddwch chi ddim angen bod yno?'

'Mi fydda i'n cau bob Calangaea, ond am 'i fod o ar y Sabath 'leni mi rydan ni'n cynnal y dathliada fory,' atebodd Twm. 'Rhyw ddeddf newydd, medda Sgweiar, yn gwahardd cael hwyl ar y Sul.' Wedi seibiant bach, aeth Twm ymlaen. 'Fi sy 'di bod yn gyfrifol am drefnu dathliada'r pentra 'cw yn llofft stabal Bodwrda ers rhai blynyddoedd bellach, byth ers i'r gwaith fynd yn ormod i'r hen Ifan.'

'Go wahanol i waith gof,' meddai Siôn. 'Gobeithio'u bod nhw'n talu'n dda.'

Cododd Twm ei ysgwyddau. 'Ma'n cyfri fel un o'm dyddia gwaith, rhan o'm rhent. Ond mi fydda i'n mwynhau fy hun, ac ma pawb arall i weld yn mwynhau hefyd.' Safodd yn ei unfan am eiliad a throi at Siôn. 'Pam na ddoi di efo fi pnawn fory?'

'Efallai na fydd croeso i mi yno, Twm,' atebodd Siôn yn anniddig.

'Twt lol, ma blynyddodd ers hynny bellach. Fydd neb yn debygol o sôn am yr helynt hwnnw.' Ond er sicred ei eiriau, teimlai Siôn fod tinc anesmwyth yn llais Twm. 'P'un bynnag,' aeth yn ei flaen, 'fydd teulu Bodwrda ddim yna. Maen nhw'n cal 'u dathliada'u hunain yn y plas. Ma Sgweiar wedi gwahodd ei holl gymdogion a'i gyfeillion i barti Calangaea er mwyn cyfarfod darpar wraig John.'

'Dydi John ddim wedi priodi, felly?'

'Ddim eto, ond mi fydd erbyn y gwanwyn, os na fydd

Miss Catrin wedi rhedag cylchodd o'i gwmpas cyn hynny! Ma hi'n dipyn o lond llaw, decini, er yn bictiwr gwerth ei gweld. Mi fasa hi'n torri sawl calon petai hi'n ferch y pentra.'

'Catrin?'

'Ia, dyna'i henw hi. Catrin Williams. Wyt ti'n cofio Mistras Gwen, chwaer Sgweiar?'

Ysgydwodd Siôn ei ben yn araf. 'Na. Rwy'n cofio clywed amdani, ond roedd hi wedi mynd o Fodwrda i briodi cyn i mi gael fy ngeni.'

'Oedd, wrth gwrs. Be haru mi! Mi briododd hi Griffith Williams, aer y Penrhyn, ochra Bangor 'na. Wel, hi ydi mam Catrin – ma John a hitha'n gefndar a ch'neithar cyfa.'

Dychwelodd yr hunllef, er gwaetha'r cyfan. Deffrodd â'i gorff yn wlyb o chwys oer, ei galon yn curo fel gordd yn ei frest. Yr un freuddwyd bob tro. Mae'n arwain ei ddynion drwy goedwig enfawr, gan chwilio am unrhyw elyn sy'n llochesu yno. Maent yn cyrraedd llannerch o wellt glas ac yn fferru o weld symudiad yn y pen draw. Disgwylia Siôn, ei gleddyf yn ei law a'i reddfau'n barod am ymosodiad sydyn, tra mae rhai o'i ddynion yn sleifio drwy'r coed i amgylchynu'r llecyn. Ond mae'n ymlacio pan ddaw'r arwydd fod popeth yn iawn. Gwêl wedyn mai defnydd carpiog wedi ei daflu dros ganghennau i greu lloches oedd achos y symudiad. Daw arogl cyfarwydd i'w ffroenau, a gweinia ei gleddyf. Dim ond meirwon sydd yma.

Mae'n mynd at y corff cyntaf, sy'n gorwedd ychydig lathenni draw o'r ddau arall. Corff plentyn, corff mor denau fel ei fod eisoes bron yn sgerbwd a'r stumog llwglyd, chwyddedig fel tiwmor ffiaidd yn ymwthio o'r esgyrn truenus, a phob arwydd o'i ryw wedi ei ddileu gan newyn. Mae'r llygaid ar agor, pryfetach yn cerdded drostynt heb ymyrraeth. Gall Siôn weld staeniau gwyrdd o amgylch y geg, a thalpyn bach o wellt yn dal i orwedd ar y tafod. Ni fu glaswellt y llannerch yn ddigon i'w gynnal.

Nid oes eto olion pydredd ar y corff, ac mae Siôn yn troi at y lleill: plentyn arall, llai, a'r fam. Gorwedda ar ei hwyneb, ei braich yn ymestyn tuag at ei phlentyn. Mewn gobaith ffôl, gafaela yn ei hysgwyddau a'i throi drosodd, a dyna pryd mae'r freuddwyd yn troi'n hunllef. Newidia'r llannerch yng nghoedwig Sacsoni i fod yn llecyn wrth y Daron, a'r wraig ddieithr yn troi'n wyneb cyfarwydd ei fam. Cyfarwydd ac eto'n ddychrynllyd, y cnawd wedi diflannu gan adael dim ond esgyrn dan haenen dynn o groen melynfrown, y llygaid dwfn ar agor ac yn ei gyhuddo'n arswydus. Daw llais main, ymbilgar o'r genau, yn gofyn drosodd a throsodd, 'Pam wnest ti'n gadael ni fel hyn? Pam aethost ti i ffwrdd?' Ac yntau'n ateb, 'Ond Mam, chi *yrrodd* fi i ffwrdd!' Dyna pryd y deffry bob tro.

Gwyddai o brofiad na ddychwelai cwsg cyn y wawr – ac nis mynnai, os deuai'r hunllef eto yn ei sgil. Rhedodd ei feddwl yn ôl ddwy flynedd, at y tro cyntaf iddo ddioddef yr hunllef ar ôl darganfod teulu bach mewn amgylchiadau cyffelyb i'w freuddwyd, er nad oedd tebygrwydd gwirioneddol rhwng y wraig honno a'i fam. Dyna pryd y dechreuodd y gwewyr meddwl yma a'i harweiniodd i ddychwelyd i Gymru er mwyn ei sicrhau ei hun o ffawd ei fam. Ond nid dyna'r cyfan o bell ffordd. Gyda dyfodiad yr hunllef, diflannodd ei allu i frwydro. Cyn hynny, roedd wedi llwyddo, rywsut, i gadw'i feddwl ynghau rhag erchyllterau'r blynyddoedd diddiwedd o ryfela: y bwtsiera, y llosgi, y llwgu. Ond y noson honno agorwyd y llifddorau a boddi ei galon yng ngofid ac ing y diniwed nes iddo ei deimlo'i hun yn marw o'u poen.

Cadwodd i'w babell am dridiau wedyn, er gwybod mai dienyddiad fyddai ei gosb am esgeuluso'i ddyletswyddau. Dangosodd Walter Leslie ei gyfeillgarwch a'i ddyngarwch pan ddaeth i weld beth oedd yn bod arno. Yn lle gorchymyn ei farwolaeth, rhoddodd orchmynion gwahanol iddo, gorchmynion a fyddai'n ei gadw o faes y gad, ac yn gwneud yn fawr o'i ddoniau amlieithog. Dyna sut y teithiodd Siôn i balastai Fiena, Prâg a Buda, gan gario negeseuon cudd i ddynion tawel, difrifol yng nghorneli llychlyd, anghysbell yr adeiladau gwych. Gwnaeth ei waith yn llwyddiannus a diffwdan, a derbyniodd wobrwyon lawer, yn ogystal â'r stad gyfoethog gyfochrog â thiroedd Walter yn Neustadt am Mettau.

Dyna sut y'i cafodd ei hun hefyd yn teithio'n ôl i Gymru, gyda chaniatâd i aros tan y gwanwyn dilynol i gwblhau ei fusnes ei hun. Rhoddwyd negeseuon iddo i'w cario'n ddirgel i Loegr ac Iwerddon wedi i'r Ymerawdwr ddechrau pryderu am y sefyllfa yn Lloegr. Ffieiddiai fod dynion iselanedig yn gallu herio hawliau a grymoedd brenin a ordeiniwyd gan Dduw, ac ofnai y gallai'r un cancr, pe byddai'n llwyddiannus yn Lloegr, ledaenu drwy Ewrop a heintio'i safle yntau. Gydag arweiniad ei gynghorwyr, gwelodd gyfle i ymyrryd yng ngweithgareddau gwlad dramor a chyflawni dau nod, sef sicrhau hawliau'r brenin Siarl yn erbyn ei ddeiliaid gwrthryfelgar, ac ailsefydlu'r wir gred ar diroedd Ynys Prydain. Mewn cydnabyddiaeth ddiolchgar, ymresymasant, byddai Siarl yn cefnogi hawliau'r Ymerawdwr yn yr Iseldiroedd, ac yn anfon milwyr i helpu sathru'r Iseldirwyr beiddgar.

Bellach, roedd wedi cwblhau ei ddyletswyddau, ac fe ddylai fod ar ben ei ddigon o ddarganfod ei fam nid yn unig yn fyw ac yn iach ond yn fodlon a llewyrchus. Pam, felly, y daeth yr hunllef i'w boenydio unwaith eto? A fyddai'n rhydd ohoni byth? Crafodd ei gnawd yn wangalon lle'r oedd y chwain gwely gwancus wedi gloddesta, a throi ei feddwl at y gymdeithas fechan y daeth ar ei thraws yn Llanfaches, a'r geiriau mwyn, hudolus a lefarodd Walter Cradoc a Morgan Llwyd wrtho. Pe bai ond yn gallu eu derbyn i'w galon! Roedd wedi pendroni dros y geiriau sawl gwaith o'r blaen, ac wedi dod i'r casgliad fod yn rhaid iddo fynd yn ôl at wreiddiau ei holl drallodion, yn ôl at y digwyddiadau hynny a achosodd iddo gael ei anfon o Aberdaron, a darganfod y rheswm pam.

Llofruddiaeth erchyll y ficer, dyna'r dechreuad. Pwy laddodd o, a pham? Pam oedd angen ei yrru ef, Siôn, oddi cartref? Unwaith eto rhedodd ei feddyliau ar hyd y rhigol gyfarwydd. Y Sgweiar anfonodd ef o'i gartref. Pam wnaeth o hynny? Os credai fod Siôn wedi bod yn dyst, neu wedi gweld rhywbeth o bwys, yna, fel Ustus Heddwch yr ardal, fe ddylai fod yn ddiolchgar a chymryd ei dystiolaeth. Ond os *ofnai'*r Sgweiar iddo fod yn dyst, fe fyddai'n egluro pam yr anfonwyd ef i ffwrdd, a hynny'n gallu golygu dim ond un peth – mai'r Sgweiar ei hun oedd y llofrudd!

Sgweiar John Bodwrda o Fodwrda, Aberdaron. Ustus Heddwch. Dyn tal, pryd tywyll, a grym yn tasgu ohono. Dyn a chanddo rym diamod dros ei denantiaid a thrigolion y plwyf, a'r grym i anfon bachgen deg oed, diniwed, ymhell oddi cartref gyda'r gobaith – na, gyda'r sicrwydd – na fyddai'n dychwelyd yn fyw. Y Sgweiar, a fu'n gyfrifol am ei holl ofnau, ei hunllefau, ei anobaith ysbrydol, heb sôn am y peryglon o ryfela am flynyddoedd, yn byw'n gysurus a di-boen yn ei blasty hardd. Llofrudd yn byw bywyd y dyn cyfiawn, a neb, hyd yma, i fynnu

35

cyfiawnder. Ond roedd pethau ar fin newid, a Siôn fyddai'n gyfrifol am y newid hwnnw. Roedd am brofi mai Sgweiar Bodwrda lofruddiodd y Ficer Griffith Piers. Dyna'r unig ffordd iddo allu cefnu ar ei brofedigaethau ac anelu at y tangnefedd hwnnw yng Nghrist y cafodd gipolwg arno ymysg cwmni dethol a dedwydd Llanfaches.

2

Fy nhad a dd'wede im hyn mai gorau
Im garu dyn gwrthun
A'r galon sydd yn gofyn
Gwas glân hardd ysgafn ei hun

Alis ferch Gruffudd ab Ieuan c. 1547

Rhoddodd Catrin ei chyllell i lawr am ennyd er mwyn gwthio cudyn o wallt yn ôl i'w le priodol dan ei chap. Roedd gwres y gegin yn annioddefol wrth i bob popty a ffwrnais a thân gael eu defnyddio yn y paratoadau ar gyfer dathlu Calangaeaf. Ysai am gael dianc, ond roedd gan Modryb Jane lygaid ym mhob rhan o'i chorff – hyd yn oed yn ei phen-ôl, tybiai. Gallai ei modryb weld y segurdod lleiaf o unrhyw gwr o'r gegin, a'i geryddu gyda'r cyfarthiad 'Catrin!' nes bod gas ganddi sŵn ei henw ei hun. Gydag ochenaid ddiamynedd ailgydiodd yn ei chyllell a mynd ati i dafellu'r bricyll sych ar gyfer addurno'r sílabyb. Ar Modryb Dorothy roedd y bai, meddyliodd yn sarrug. Roedd Modryb Jane wedi pwyso arni i ddod i helpu'r bore 'ma, ond fe lithrodd oddi yno ar doriad dydd, yn ôl ei harfer, heb feddwl dim am yr holl waith a wynebai pawb. Roedd tymer waeth nag arfer ar Modryb Jane o'r herwydd, a theimlai mai hi, Catrin, oedd yn dioddef waethaf. Cafodd fraw pan lithrodd ei chyllell a thorri drwy rimyn o'i gewin. Rhoddodd y gyllell i lawr a chymryd ysbaid.

Edrychodd o'i chwmpas ar yr holl fwrlwm. Fel rheol, y gegin oedd un o'i hoff ystafelloedd ym Modwrda. Roedd yn oleuach na'r rhelyw ohonynt, a châi ei gwyngalchu bob blwyddyn. Disgleiriai dysglau copor ac efydd ar fachau yn y waliau, ac roedd aroglau perlysiau'n melysu popeth. Heddiw roedd hi'n debycach i ffair bentymor, y gweision a'r morynion yn rhuthro'n ôl a blaen mewn bwrlwm gwyllt: morynion yn paratoi llysiau ar gyfer y pasteiod, eraill yn eu cario i'r crasty tu cefn, a'r gwas bach yn sgubo'r sborion mewn cylch diddiwedd o gwmpas eu traed. Ond er yr holl brysurdeb, gwnâi pawb eu gwaith yn fud, heblaw am ambell gyfarthiad o du Modryb Jane a Malan, y gogyddes.

Edrychodd tuag at y pantri a gweld, drwy'r drws bwaog, ddarlun o lonyddwch ymhlith yr holl weithgaredd. Safai Modryb Jane a Malan mewn pelydryn o olau llychlyd a syrthiai o'r ffenestr uchel yn wal y pantri, y goleuni'n taro'r capiau gwynion ac yn gyrru llwydni eu gwisgoedd ymhellach i'r gwyll. Ymbalfalai Modryb Jane wrth ei gwregys am y gadwyn o oriadau a gadwai yno, ac ar ôl dewis un yn ofalus, agorodd gist y sbeisys. Estynnodd Malan ei llaw fel petai i'r sagrafen, a chochni ei chroen yn rhoi lliw i'r darlun. Derbyniodd ronynnau prin o bupur y Caribî i'w llaw o'r gist dderw, a dyna'r ddefod yn gyflawn. Fflachiodd y darlun gwawdlyd, poblogaidd i feddwl Catrin: y ddwy hen ferchetan yn tywys epaod yn uffern! Cael eu haeddiant, meddyliodd yn filain.

Gadawodd Modryb Jane y gegin a manteisiodd Catrin ar ei habsenoldeb i gymryd hoe fach. Roedd syched arni, ond wrth gychwyn am y piser ger y ffenestr, tarodd ei throed yn erbyn rhywbeth meddal. Yr hen ŵr afiach oedd yno, yr hen Ifan, dyn oedd wedi bod yn stiward ym Modwrda, yn ôl Modryb Jane, nes iddo fynd yn rhy hen i gyflawni'i ddyletswyddau. Pan ddaeth yr henwr i'r gegin ar doriad gwawr y bore hwnnw, roedd Catrin am i'r gweision ei daflu allan, cymaint oedd ei fudreddi a'i ddrewdod, ond derbyniodd gerydd cyntaf y diwrnod gan ei modryb. *'Y neb a gauo ei glust rhag llef y tlawd, a lefain ei hunan, ac nis gwrandewir ef,'* meddai wrthi. Dyletswydd i Dduw oedd edrych ar ôl y tlodion ac fe fyddai'n dda i Catrin gofio hynny. Felly anfonodd Malan am un o'r gweision i fynd â'r hen Ifan i ymolchi yn y stabal, a chael gwisg o ddillad glân. Ond roedd o'n dal i ddrewi.

Syllodd Catrin i lawr ar y cudynnau prin o wallt gwyn yn croesi'r pen moel wrth iddo swatio ar y llawr yn troi'r cigwain. Roedd wedi ymgolli'n llwyr yn ei waith, cadach yn ei law rhag llosgi ar yr haearn, yn troi a throi wrth wylio croen y mochyn yn graddol godi'n swigod bach euraid cyn ffrwydro a diferu ffrwd o saim i'r badell islaw. Plyciai ei ffroenau fel cwningen, ei lygaid yn pefrio wrth iddo fwynhau'r gwres a'r aroglau bwyd, pethau na phrofai fawr arnynt bellach. Pan welodd Catrin y glafoerion yn syrthio o'i geg, corddodd ei stumog; cododd ei sgert fel nad oedd berygl iddi gyffwrdd â'i aflendid a rhuthro am y piser dŵr.

Aildaniodd ei dig. Pam oedd raid iddi weithio fel morwyn fach fel hyn? Nid oedd ei mam yn y Penrhyn yn disgwyl iddi hi na'i chwiorydd wneud y fath beth. A doedd dim perygl i Meistres Elin, chwaer-yng-nghyfraith y Sgweiar, godi bys bach. Daeth i Fodwrda, yn ôl y sôn, i nyrsio ei chwaer, sef mam John, a phan fu farw Modryb Margaret, arhosodd ymlaen i ofalu am eneidiau plant Margaret druan'. Dynes dduwiol, yn ei golwg ei hun, yn rhy brysur yn gweddïo, astudio'r Beibl a chadw llyfr myfyrdodau i helpu Modryb Jane yn y plas. Roedd y ficer, gŵr ifanc a welai ddyfodol disglair iddo'i hun yn yr eglwys, ac a oedd eisoes wedi mabwysiadu osgo archoffeiriadol o'r herwydd, yn galw heibio'n ddyddiol i weddïo gyda hi ac egluro adnodau o'r Beibl. Roedd o yna gyda hi'n awr, tra oedd pawb arall yn llafurio'n wyllt. Os oedd bod yn grefyddol a da yn eich galluogi i osgoi dyletswyddau beunyddiol, meddyliodd Catrin, yna efallai y dylsai hithau fod yn 'grefyddol', ac ennyn parch ac edmygedd pawb o'i chwmpas, fel Meistres Elin. Yr hyn a'i corddai fwyaf oedd fod Meistres Elin wedi traethu wrthi'r bore 'ma, mor hunangyfiawn a diffuant, am y wraig dda: ' . . . ni fwyty hi fara segurdod . . . Hi a egyr ei llaw i'r tlawd, ac a estyn ei dwylaw i'r anghenus'. Ac eto fe welodd yr edrychiad yn llygaid Alis un tro pan ddaeth cardotes yn ei bryntni ati i ofyn am gardod, a chael ei gwrthod.

Wrth dywallt llond dysgl o ddŵr iddi'i hun, sylweddolodd mai'r hyn a'i digiai fwyaf oedd hi ei hun, a'i hanallu i dorri'n rhydd o'r arferiad o ufudd-dod, yr iau yma oedd yn llethu ei henaid. Doedd hi ddim eisiau bod yma, ym mhen draw'r byd, ymhell o gwmni gwaraidd a'i bleserau, a doedd ganddi'r un awydd lleiaf i briodi John, ei chefnder diflas. Roedd yn rhy fyr o gorff o lawer i'w chwaeth hi, efo'i wallt cringoch a'i lygaid gwantan, gleision, ei dalcen yn ymwthio allan ymhellach o lawer na'i ên. Ac eto, dyma hi, yn gwyro i'r drefn yn wylaidd. Pa ddiffyg oedd ynddi i ymblygu i'w ffawd?

Syllodd allan ar y cwrt yng nghefn y tŷ gan ysu am weld ei brawd, Edmwnd, yn marchogaeth i'r cwrt, er na ddisgwyliai ef tan y prynhawn. Bu Edmwnd yn brysur gyda'i ddylestwyddau i'w hewythr, John Williams, Esgob Lincoln, byth a beunydd yn teithio rhwng Llundain a'r Penrhyn, yn cario newyddion o'r brifddinas gythryblus i'w thad. Roedd wedi addo rhoi lluniau iddi yn ei lythyr diweddaraf, lluniau o wisgoedd merched llys y Frenhines yn Oatlands. Bwriadai ofyn i wniadwraig gopïo'r gwisgoedd. Yn fwy na hyn, fodd bynnag, roedd am gael newyddion am ei theulu. Beth oedd ei chwiorydd yn ei wneud rŵan, tybed? Oeddan nhw'n helpu eu mam gyda'r paratoadau ar gyfer eu dathliadau eu hunain?

'Catrin!' daeth llais Modryb Jane i'w llusgo o'i myfyrdodau. 'Rydan ni am gael cinio buan. Tyrd i helpu, – brysia!'

Os meddyliodd Catrin y byddai ei dyletswyddau ar ben wedi clirio cinio, cafodd ei dadrithio'n fuan iawn. Cafodd orchymyn i fynd i'r lloft stabal i oruchwylio'r paratoadau yno.

'Gwna'n siŵr fod y llawr yn cael ei sgubo cyn gosod y brwyn i lawr, a bod y byrddau'n cael eu sgwrio – ond nid efo sebon, cofia! Dweud wrthyn nhw am ddefnyddio tywod bwmis – a rho rywbeth mwy addas dros d'ysgwyddau.'

'O'r gorau, Modryb Jane,' atebodd Catrin, gan gasáu ei hun am fod mor llywaeth. Yn y buarth, gwelodd Twm yn gwylio dau was yn cario bwrdd i fyny'r grisiau cerrig cul i'r llofft stabal. Llithrodd troed un ohonynt wrth i gongl y bwrdd daro carreg a fylchai allan o'r wal, a rhuthrodd y gof i'w ddal rhag iddo ddisgyn y deg troedfedd neu fwy i'r cerrig islaw. Wedi ei sicrhau ei hun eu bod yn ddiogel, disgynnodd yn ôl i'r buarth a'i gweld.

'Miss Catrin!' cyfarchodd hi. ''Di dod i weld ydyn ni'n gneud bob dim yn iawn?' Chwarddai ei lygaid, gan roi ar ddeall i Catrin ei fod yn deall ei sefyllfa i'r dim, ac yn ddim dicach am hynny. 'Dewch ffor' hyn, i fyny'r grisia. Gnewch le i'ch gwell, hogia bach!' gwaeddodd wrth y bechgyn a ddeuai i lawr o'r llofft gydag ysgubellau. Swatiodd y ddau yn erbyn y wal a chyffwrdd â'u hetiau mewn parch wrth i Catrin a Twm ddringo heibio. 'Cymerwch ofal rŵan, Miss,' meddai, gan roi ei law anferth dan ei phenelin. Sylwodd Catrin mor drwchus oedd ei fraich flewog, mor drwchus â choes derw bwrdd mawr y neuadd.

Dyma'r tro cyntaf erioed i Catrin weld llofft y stabal, a chafodd ei synnu o'r ochr orau. Ystafell gysgu'r gweision ydoedd fel arfer, ond heddiw roedd wedi ei chlirio o'u meddiannau a'i sgubo'n lân. Roedd o leiaf un o orchmynion Modryb Jane wedi ei gyflawni heb air ganddi hi, meddyliodd Catrin yn fodlon. Gadawodd Twm iddi gerdded yn araf i lawr yr ystafell. Ymestynnai dros hyd cyfan yr adeilad, gyda lle tân mawr yn y pen pellaf gyferbyn â'r drws. Roedd goleuni hyfryd o'r pedair ffenestr ar ochr y môr a'r pedair a edrychai dros y buarth, y cyfan gyda gwydr ynddynt. Pam lai, meddai wrthi'i hun. Os oedd ei thaid wedi gwario mor ddrud ar adeiladu un o dai harddaf Cymru, pwy fyddai'n gwarafun iddo'r ymffrost o roi gwydr yn ffenestri ystafell ei weision?

Clywai lais Twm ar waelod y grisiau unwaith eto, yn siarsio'i weithwyr i fod yn ofalus, i beidio â llithro, i'w chymryd hi'n araf deg, i beidio â malurio'r coedyn. Roedd rhywbeth arbennig o drwm yn dod i fyny nesaf, a barnu wrth y tuchan a'r clonciadau dwfn a glywai. Trodd i wylio pen y grisiau'n chwilfrydig, heb fawr ddisgwyl yr olygfa a'i hwynebai: pen-ôl yn ymddangos hanner y ffordd i fyny'r wal, fel trwyn o flaen wyneb, a hwnnw'n ben-ôl wedi ei wisgo mewn clos o ledr llwydfelyn, pen-ôl siapus a chyhyrog, a oedd yn amlwg yn delio â phwysau trwm, y cyhyrau o dan y defnydd tynn yn chwyddo a gostwng fel cyhyrau march drudfawr. Yna daeth coes i'r golwg, yn camu'n ôl i'r ris uchaf, coes wedi ei dilladu mewn hosan wen, a'r droed mewn clocsen bren.

'Un hwyth eto, hogia,' daeth llais Twm i'w chlustiau, 'Rydan ni bron yna!'

Ail goes yn dilyn, yna'r cefn a'r ysgwyddau, mewn crys o liain mor wyn fel y byddai wedi ennyn edmygedd

Modryb Jane hyd yn oed. Gwelodd y corff cyfan yn ei baratoi ei hun ar gyfer un ymdrech olaf, y traed ar led, y pengliniau'n plygu, yr ysgwyddau'n bochio i gymryd y pwysau, a dyma'r gasgen fwyaf a welsai erioed yn ymddangos yn y drws. Ond nid y gasgen oedd yn mynd â'i bryd. Llawer mwy diddorol oedd y pen a safai ar yr ysgwyddau ysblennydd. Pen yn llawn gwallt toreithiog o liw cnau castan, yn hirach na gwallt John o lawer, wedi ei glymu'n ôl â rhuban o felfed du. Y cyfan yn edrych fel corff gŵr bonheddig, heblaw am y clocsiau. Wel, wel, meddyliodd, os oedd hyn yn rhagflas o'r cwmni heno, yna roedd yn addo bod yn barti campus!

Hwth arall, ac ymddangosodd Twm a dyn arall ar ben y grisiau. Wedi sodro'r gasgen ar ei hymyl, rholiwyd hi i mewn i'r ystafell gan y tri, a'i gadael rhyw ddwylath o'r drws. Edrychodd y gŵr dieithr o'i gwmpas fel petai'n ceisio penderfynu lle byddai orau i'w gosod, ac yna sylwodd ar Catrin. Gwelodd hi'r syndod sydyn ar ei wyneb, yna moesymgrymodd yn isel a'i chyfarch.

'Mae'n ddrwg gen i,' ymddiheurodd, 'wyddwn i ddim fod boneddiges yn bresennol.'

Llais ysgafn, dymunol, meddyliodd Catrin, llais nad oedd yn amharu ar y glust, ond yn hytrach yn gwneud iddi fynnu clywed rhagor. Ni wyddai sut i'w ateb, cymaint oedd ei swyn. Hoeliwyd ei sylw gan bâr o lygaid llwyd-las, a chylch anarferol o ddu iddynt, llygaid oedd yn llawn dealltwriaeth a hiwmor. Trwyn syth oddi tanynt, a cheg yn gwenu, y gwefusau'n denau ac ystwyth, ond ôl hen graith yn amharu ychydig ar ei wedd, craith a ymestynnai o gongl y llygad dde i lawr at y geg.

'Miss Catrin! Miss Catrin, ga i gyflwyno fy llysfab i chi, Siôn Rhisiart. Mae o'n aros gyda'i fam a finna am 'chydig – gartref o'r fyddin, wyddoch chi.'

'Croeso i Fodwrda,' cyfarchodd Catrin ef yn ffurfiol.

43

'Gobeithio nad ydan ni'n eich gweithio'n rhy galed!'
Gwenodd arni, heb ddweud gair ond gan ddal i edrych
arni, yn amlwg yn edmygu yr hyn a welai, nes iddi
deimlo'n anghysurus. 'Beth yw pwrpas y gasgen?'
holodd, er mwyn torri'r distawrwydd rhyngddynt.

'Ma Siôn yn mynnu cal yr hen gêmau,' eglurodd Twm.
'Mi fyddan ni'n ei llenwi hi toc efo dŵr. Gwell i ni
benderfynu lle i'w gosod.' Aeth y dynion ati unwaith eto
i symud y gasgen. Cafodd Catrin gyfle i astudio wyneb
Siôn. Gellid ei alw'n olygus, er gwaetha'r graith, y croen
yn llyfn ac iach, croen dyn a fwynhâi'r awyr agored,
tybiai. Ond roedd set benderfynol i'r geg, gan argoeli'n
ddrwg i unrhyw un fyddai'n sefyll yn ei ffordd.

Wedi gosod y gasgen yn ei lle er boddhad i bawb,
diflannodd Siôn i lawr y grisiau. Roedd Catrin yn ddigon
bodlon yn gwylio'r holl weithgaredd. Gweision yn
llenwi'r gasgen, eraill yn cario basgedi o afalau a chnau,
ac ysgubau o frwyn yn barod i'w gwasgaru ar y llawr, tra
oedd y morynion yn sgwrio'r byrddau â phwmis – heb
unrhyw ymyrraeth gan Catrin – cyn eu gorchuddio â
llieiniau glân. Pawb wrthi gyda mwy o egni nag arfer,
tybiai Catrin, a chyda gwell llygaid am berffeithrwydd
nag a ddangosent yn eu gwaith beunyddiol, gan mai
iddynt hwy eu hunain yr oeddent yn gweithio. Toc daeth
Siôn yn ei ôl (yn gwisgo sgidiau uchel y tro yma, sylwodd
Catrin gyda gwên), a stôl odro goeshir yn ei law. Gwnaeth
sioe o'i glanhau cyn ei chyflwyno i Catrin. Eisteddodd
hithau gyda chymaint o urddas â brenhines ar ei gorsedd,
gan gadw'r naws gellweirus. Cyn iddi allu diolch iddo,
fodd bynnag, galwyd ef i ffwrdd unwaith eto gan lais Twm
yn gofyn am help i gario'r casgenni cwrw a chwrw bach.

Yn fwy cyfforddus bellach, gwyliodd Catrin fel roedd y
brwyn yn cael eu lledaenu ar y llawr, a pherlysiau melys
yn gymysg ynddynt. Roedd rhai o'r morynion yn eistedd

mewn cornel yn didoli'r cnau i ddysglau llai, ac yn gyrru llinyn drwy ganol nifer arswydus o afalau. Doedd bosib eu bod am ddefnyddio'r cyfan yn eu chwarae! Roedd bechgyn mewn cornel arall, eu cyllyll wedi eu hogi, yn naddu rwdins i wneud llusernau dygwyl eneidiau. A'r cyfan mewn awyrgylch mor wahanol i'r gegin y bore 'ma! Chwerthin a gwamalu rhwng y genethod, a rhyngddynt hwy a'r gweision, er bod ambell edrychiad yn cael ei daflu i'w chyfeiriad hi, sylwodd. Dyna brif bwrpas Modryb Jane o'i chael hi yno, mae'n siŵr, i gadw trefn fel na fyddai pethau'n mynd dros ben llestri'n rhy gynnar yn y dydd.

Roedd Twm a Siôn yn ôl a blaen drwy'r amser, yn goruchwylio'r cyfan, gydag ambell orchymyn yma ac acw. Sylwodd Catrin fod Siôn yn cadw golwg arni hithau, hefyd, a theimlodd yn gysurus o wybod hynny. Cafodd pawb egwyl pan ddaeth morwyn i fyny efo stên fawr o laeth enwyn a dysglau. Camodd Siôn ymlaen i dywallt llond dysgl, a'i gario draw ati hi.

'Rwy'n deall y dylwn eich llongyfarch ar eich dyweddïad â John,' meddai wrthi.

'Ydych chi'n adnabod John?' gofynnodd mewn syndod.

'Roeddan ni'n arfer bod yn ffrindiau pennaf pan oeddan ni'n blant,' atebodd.

'Peth rhyfedd,' meddai hithau, 'chlywais i 'rioed mohono'n sôn amdanoch chi.'

'Pam ddylai o?' meddai Siôn gan godi ei ysgwyddau. 'Dim ond mab i bysgotwr oeddwn i, ond bod y ficer wedi sylwi 'mod i'n fwy deallus na'r rhelyw. Gofynnodd i'r Sgweiar a fyddai modd i mi gael gwersi gyda John, i weld a allwn i wella rhywfaint arnaf fy hun. Mi roeddan ni'n ffrindiau da, John a minnau, y tu allan i'r dosbarth yn ogystal â thu mewn.'

'A wnaethoch chi?' holodd Catrin, ac wrth weld ei olwg hurt, ychwanegodd, 'Gwella'ch hun?'

'Do, mae'n debyg. Y Prif-ringyll Rhisiart o fyddin Ei Fawrhydi yr Ymerawdwr Ferdinand y Trydydd at eich gwasanaeth, f'arglwyddes,' meddai'n gellweirus eto, gan glicio'i sodlau at ei gilydd. Clywsant chwerthin o gongl y morynion, a throi i weld bod pob pâr o lygaid yn y lle wedi'u hoelio arnynt. Gwenodd y ddau ar ei gilydd. Aeth Siôn i mofyn dysglaid iddo'i hun ac, wrth iddo yfed, syllodd Catrin ar ei ddwylo. Y cledrau'n sgwâr, a'r bysedd yn hirion, siapus. Dwylo cadarn, y blew bach ar y cefn yn euraid, yn oleuach na lliw ei wallt. Gwelodd fod craith losg fach ym môn un bawd, y croen yn gylch gwyn, a sawl craith fân yn gris-croes ar draws y cefn. Roedd edrych ar y ffordd roedd y bysedd hirion yn estyn o amgylch y ddysgl ac yn ei hanwesu yn rhoi teimlad dieithr, cynhyrfus iddi, ac roedd arni ofn ei bod am gochi. Yna sylwodd ar y fodrwy anarferol a wisgai ar drydydd bys ei law dde.

'Beth ydi honna?' gofynnodd, gan amneidio at y fodrwy.

Am eiliad, syllodd Siôn i lawr ar ei fys cyn gostwng ei law nes bod y fodrwy o'i golwg. Serch hynny, cafodd amser i sylwi mai modrwy aur oedd hi, gyda rhyw fath o arfbais arni. Sêl-fodrwy, tybiodd. Daeth Twm yn ei ôl, ac o weld pawb yn segura, fe'u siarsiodd yn flin i ddychwelyd at eu gwaith. Cymerodd Siôn y ddysgl wag oddi wrth Catrin, ac roedd ar fin codi oddi ar ei stôl pan welodd Modryb Dorothy yn sefyll ar ben y drws, gan syllu'n fyr ei golwg i'r ystafell. Edrychodd heibio i Catrin fel petai heb ei gweld.

'Chwilio amdana i, Modryb Dorothy?' galwodd. Rhoddodd ei modryb naid fechan, cyn cerdded ymlaen yn araf gan graffu gyda'i llygaid glas di-liw. Cerddodd

Catrin ati. 'Ydi Edmwnd wedi cyrraedd?' holodd yn obeithiol.

'Edmwnd?' atseiniodd ei modryb, fel petai erioed wedi clywed yr enw o'r blaen. Gafaelodd Catrin yn ei braich a'i harwain tuag at y grisiau, ond cyn iddynt eu cyrraedd, camodd Siôn o'u blaenau.

'Foneddigesau,' meddai, gan foesymgrymu, 'a gawn ni'r anrhydedd o'ch cwmni chi yma heno?'

Trodd Dorothy ei phen i ffwrdd yn ddisymwth, a gallai Catrin ei theimlo'n crynu. 'Mae gennym ein dathliadau'n hunain,' atebodd yn ffroenuchel, wedi synnu at ei hyfdra, ac eto heb fod yn ddig. Camodd yntau o'u ffordd heb ddweud rhagor, ond moesymgrymu iddynt.

Tywysodd Catrin ei modryb i lawr y grisiau ac ar draws y buarth. O'r holl fodrybedd yn y plas, Dorothy oedd ei ffefryn, gyda'i gwallt cringoch oedd bellach wedi pylu i liw hesg yn yr hydref. Roedd hi'n od, a dweud y lleiaf, yn arallfydol, a dyna'i hapêl i Catrin. Âi o'r plas ar doriad gwawr bob dydd, i grwydro'r nentydd a'r bryniau a'r traethau, yn casglu blodau gwyllt, aeron a chnau yn eu tymor, ac roedd yn gasglwr madarch heb ei hail, yn ôl Modryb Jane. Ond er paroted oedd Modryb Jane i'w cheryddu yn ei chefn, ni ddywedai'r un gair croes yn ei hwyneb. Diolchai ei chwaer yn gynnes am bob offrwm a ddygai adref, a siaradai'n dyner â hi bob amser. Sylweddolodd Catrin ei bod hithau'n ymddwyn yn yr un ffordd tuag ati. Roedd rhyw eiddilwch, rhyw ddiniweidrwydd, o'i chwmpas a oedd yn gwneud i Catrin fod eisiau ei hamddiffyn, ei hanwesu fel plentyn bach, ac esmwytho cymaint ag y gallai ar ei byd.

Dyna pam yr oedd agwedd Ewythr John tuag at ei chwaer mor rhyfedd. Ni allai oddef ei gweld o gwbl, gan droi ei ben i ffwrdd os deuai i'w olwg. Ac yn union fel petai hithau'n gwybod hynny, cadwai hithau o'i ffordd bob amser. Ni fyddai byth yn bwyta gyda'r teulu.

Hanner y ffordd ar draws y buarth, safodd Modryb Dorothy'n stond.

'Jane,' meddai, 'Jane yn dweud ei bod yn amser newid.'

'Sut un ydi o, Mistras?' holodd Lleucu'n eiddgar. 'Ydi o mor olygus ag y mae'r genod yn honni?'

'Mi gei di ei weld o dy hun heno,' atebodd Catrin. 'Fydda i mo dy angen di eto tan amser gwely, felly mi gei di fynd i'r llofft stabal.'

'Ga i wir? O, diolch, Mistras!' Gweithiodd ei bysedd yn gyflym a sicr, gan osod un cudyn ar ôl y llall o wallt du Catrin yn gelfydd yn eu lle, a'u hangori â phinnau gwallt. Eisteddai Catrin o flaen ei drych yn gwylio gwaith ei morwyn. Roedd Lleucu a hithau wedi prifio gyda'i gilydd, yn gyntaf yng Nghonwy ac wedyn yn y Penrhyn, ac wedi bod yn ffrindiau erioed, yn rhannu hwyl a gofid plentyndod. A hithau'n ferch i un o stiwardiaid ei thad, penodwyd Lleucu'n forwyn bersonol iddi ar ei phen blwydd yn un ar bymtheg oed, ac yn awr, ychydig dros flwyddyn yn ddiweddarach, cysur pennaf Catrin oedd ei chael hi'n gwmni iddi yma ym Modwrda. Heb ei morwyn, byddai bywyd yn annioddefol o unig.

'Beth ddeudodd o wrthach chi, Mistras? Mi ddeudodd y genod eich bod chi'ch dau'n siarad am hydoedd.'

'Dim byd o bwys,' atebodd Catrin, gan godi'i hysgwyddau'n ddi-hid. 'Hyn a'r llall, wyddost ti.' Roedd eu sgyrsiau'n aml fel hyn, fel gêm, Lleucu'n crefu am wybodaeth, a Catrin yn mynnu ymatal, gan gadw'r llaw uchaf tan y munud olaf.

'Mae'r genod yn deud 'i fod o'n dywysog mewn gwlad

bell, a bod ganddo fo ddigon o arian i brynu Bodwrda ddeng gwaith drosodd.'

'Mae'r genod yn deud gormod o lawer. Mi fasa'n well iddyn nhw roi mwy o sylw i'w gwaith.'

''Da chi'n swnio fel Mistras Jane rŵan, Mistras,' meddai Lleucu'n slei, gan dynnu cadachau oedd yn clymu'r cyrls mân ar dalcen Catrin. Daliodd y ddwy lygaid ei gilydd yn y drych, a phwffian chwerthin. Roedd Catrin wedi meddwl yr un peth â hi. Beth bynnag oedd y gwahaniaeth yn eu safle mewn bywyd, o fewn eu hystafell wely roedd y ddwy bron yn gyfartal.

'Mi ddeudodd y genod hefyd,' mentrodd Lleucu ddilyn yr un trywydd wedi i'w chwerthin ostegu, 'ei fod o wedi gofyn i chi ddod i ddathliadau'r pentra. 'Da chi am ddod?'

Cwestiwn da, meddyliodd Catrin, er mai'r ateb priodol fyddai 'Na'. Na, doedd hi ddim yn rhydd i fynd oherwydd ei dyletswydd i'w darpar ŵr a'i deulu. Allai hi ddim mynd, er cymaint yr ysfa yn ei chalon, os na . . . ? Fyddai yna unrhyw ffordd ar wyneb daear y gallai hi berswadio John i fynd â hi draw i'r llofft stabal? Pa esgus allai hi ei roi dros fod eisiau mynd yno, tybed?

'Mi fydda'r genod yn falch 'taech chi ddim yna, Mistras, er mwyn iddyn nhw gal siarsio'i lwc efo fo, a hitha'n noson Calangaea a phopath,' aeth Lleucu yn ei blaen, gan dynnu'r lliain oedd yn arbed gwisg ddrudfawr Catrin oddi ar ei hysgwyddau. Roedd wedi gorffen trefnu gwallt ei meistres, ac yn bles gyda'r canlyniadau. 'Os dowch chi, fydd ganddo fo lygaid i neb ond chi.'

Cododd Catrin ar ei thraed, ei llygaid ynghlwm wrth y drych, gan newid osgo'i phen y ffordd hyn a'r ffordd acw, er mwyn gallu gweld pob ongl bosib o'i gwallt. Ar ôl ei bodloni ei hun, roedd yn barod am yr addurniad olaf. Estynnodd siôl fechan allan o gist dderw, siôl lês a wnaed ag edafedd aur a ddisgleiriai yng ngolau'r canhwyllau fel gwlith ar we pry copyn yn heulwen gynta'r bore, er nad oedd dim cymhariaeth yn y pwysau. Cafodd help gan Lleucu i'w gosod dros ei hysgwyddau. Gwyddai y byddai'n anodd dawnsio dan ei phwysau, ond fe'i gwisgai doed a ddêl. Roedd yn anrheg gan Edmwnt, ei brawd, yn un o'r anrhegion mwyaf costus iddi ei derbyn erioed, ac roedd am i bawb ei hedmygu. Ond yn fwy na hynny, roedd yn gweddu'n berffaith gyda'i gŵn taffeta sidan newydd, gŵn symudliw a efelychai fflamau'r tân gyda phob symudiad, yn oren a choch ac aur, gŵn oedd yn rhan o'r dillad priodasferch a gasglodd ei rhieni mor ofalus ar ei chyfer.

'Mi rydach chi'n edrych yn bictiwr, Mistras,' edmygodd Lleucu'n ddiffuant. 'Ew, tasa'r Siôn Rhisiart 'na'n eich gweld chi rŵan . . . '

Ie, petasai'n ei gweld hi rŵan, pa ddylanwad fyddai ganddi drosto? Oni fyddai'n hwyl cael dyn mor olygus, mor fydwybodus, mor brofiadol, yn talu teyrnged iddi? Sut y gallai hi ymweld â'r llofft sgubor heno? Sut, sut, sut?

3

A great temporal blessing it is, and a great heart's ease to a man, to find that he is well-descended . . .

Syr John Wynn o Wydir (1553–1627)

Die Lunes, 25° Octobris 1641
Ordered, That the House be called on Friday come Sevennight: And that such Members as are then absent shall undergo such Fine, and further Displeasure of the House, as shall be imposed upon them for their Neglect.

Dyddlyfr Tŷ'r Cyffredin

Roedd migyrnau John Bodwrda'n wyn wrth iddo wasgu ochrau ei dancard lledr. Doedd o ddim eisiau eistedd mewn twll o dŷ ffarm yn gwastraffu arian da ar gwrw dyfrllyd y ffermwr, ei gefn yn fferru yn y drafftiau rhewllyd a chwibanai rhwng styllod y ffenestri di-wydr a'r lleithder yn treiddio hyd fêr ei esgyrn. Damia Prins! Damia'r tywydd! Ac yntau wedi edrych ymlaen cymaint at gael dangos clyfrwch ei weilch, ac wedi dychmygu pawb yn edmygu ei ddulliau newydd o'u hyfforddi, gan ei annog i rannu ei wybodaeth. Wythnos gyfan o waith gofalus yn mynd yn afrad, a'r cyfan oherwydd penderfyniad y tywydd i newid dros nos o haul bendigedig i niwl trwchus a orchuddiai gopaon y mynyddoedd. Ond dyna fo, onid dyna'i lwc ddiawledig arferol ef? Trefnu popeth yn ofalus, edrych ymlaen, a'r cyfan yn mynd i'r gwellt . . .

51

'Gras y Nefoedd, John! Dydi hi ddim yn ddiwedd y byd! Ti'n ddigon i godi'r felan ar bawb! Dipyn o niwl, dyna'r cyfan – daw diwrnod gwell eto.'

Gwenodd John yn llipa, ond corddai oddi fewn o deimlo'r dirmyg yn y llais. Digon hawdd i'w gefnder, John 'Prins' Griffith o Gefnamwlch, fod mor ddi-hid, ac yntau â digon o arian i'w wastraffu, a gweision dirifedi i ddiwallu pob mympwy twp a ddeuai i'w ben. Ceisiodd guddio'i gasineb pan atebodd,

'Ond roeddwn i wedi gweithio mor galed i'w chael hi'n barod ar gyfer heddiw. Roedd hi'n hedfan yn wych ddoe, ei phwysau hi'n berffaith – mi rydw i wedi dyfeisio rhaglen fwydo hollol unigryw . . . '

'Duw a'i holl Seintiau, gwared ni! Dyna ddigon, John. Os clywa i air pellach o dy ben di am yr aderyn diawl, mi dafla i'r cwrw 'ma dros dy ben di!'

Brathodd John ei dafod. Mi fyddai'n hawdd iawn ganddo fod wedi taro Prins am feiddio bod mor haerllug, ond doedd o ddim am dynnu gwarth ar y teulu o flaen y dieithryn a eisteddai gyda hwy, er i hwnnw fod yn perthyn o bell i Prins ar ochr ei fam. Fel petai'n synhwyro'i feddyliau, gwenodd y trydydd gŵr arno'n addfwyn.

'Rhaid i ni drefnu diwrnod i chi hela yng Nglynllifon,' meddai'n ddymunol. 'Mi faswn i'n hoffi clywed beth yw'ch dulliau newydd chi, a chael eich barn ar ein trefn ninnau. Gwahanol dirwedd, wrth gwrs, ond fe fyddai'n ddiddorol gweld eich gweilch yn hela drosto.'

Llonnodd calon John. Cael gwahoddiad i ymweld â Glynllifon! Fe fyddai hynny'n sicr o ennyn edmygedd ei dad. A dyn wrth fodd ei galon yntau, yn amlwg yn gwerthfawrogi gweilch da. Torrwyd ar draws ei feddyliau eto wrth i Prins floeddio ar y ffermwr am biser arall o gwrw. Mynnodd fwyd hefyd, ond atebodd ei westeiwr druan fod ei wraig yn golchi dillad yn yr afon, ac nad oedd ganddo ddim i'w gynnig. Wfftiodd Prins. Gwrthododd John rannu'r piser, gan ofyn am ychydig o gwrw bach, cwrw heb ei fragu, gan egluro ei fod am gadw pen clir ar gyfer eu dathlu ym Modwrda'r noson honno.

'Mor braf yw cyfarfod dyn cymedrol,' gwenodd Edmwnt Glynne arno eto. Teimlodd John ei fod, o'r diwedd, wedi cyfarfod dyn o'r un anian ag yntau. Dyma'r tro cyntaf iddo gyfarfod Edmwnt Glynne, er iddo gyfarfod teulu Glynllifon sawl tro yng Nghaernarfon pan oedd ei dad yn mynychu'r Sesiynau Chwarterol. Yn Llundain y treuliai Edmwnt ei amser gan mwyaf, yng nghwmni ei frawd arall, John Glynne y cyfreithiwr. Trodd Edmwnt at Prins, i'w gadw yntau'n rhan o'r sgwrs. 'Ac am ba hyd fyddwch chi'n y cyffiniau yma?'

'Wel, mae 'nhad yn gwella'n raddol, felly rydw i'n gobeithio cael dychwelyd at bleserau Caer cyn bo hir, allan o'r twll lle 'ma.'

'Dwyt ti ddim am fynd yn ôl i'r Senedd, felly?' holodd John mewn syndod.

'Dydi o ddim yn lle iach i fod ar hyn o bryd, wsti, o dan yr amgylchiadau. Dydw i fawr o un am gynnwrf a helynt, fel y gwyddost.'

'Ond dwyt ti 'rioed yn rhoi'r gorau i dy sedd?'

'Pwy ddeudodd 'mod i'n rhoi'r gorau i unrhyw beth? Y cyfan ddwedes i oedd nad oeddwn i'n mynd yn ôl i Lundain ar hyn o bryd. Mae'r pla'n dal yn ddrwg yno, a ph'un bynnag, mae'r lle'n llawn o ddihirod a phenboethiaid crefyddol yn bloeddio dinistr a thân o bob twll a chornel.'

'Onid oes angen pobl gyfrifol pan mae pethau mor ddrwg yn y wlad?' awgrymodd John. Mi fyddai ef yn rhoi'r byd am gael bod yn aelod seneddol, ac fe wyddai Prins hynny'n iawn. Onid oedd John wedi holi ei ewythr,

John Cefnamwlch, dro ar ôl tro ynglŷn â sut y câi ei ethol? Chwerthin am ei ben wnaeth Prins.

'Pa sothach moesol wyt ti'n ei ddarllen, John? Fyddai neb call yn mynd i Lundain y dyddiau hyn, coelia fi.'

'Ond mae John yn llygad ei le, serch hynny,' meddai Edmwnt, ei lais yn llyfn, sidanaidd. 'Mae ar y Senedd angen pob dyn cadarn i gadw pethau rhag mynd ar chwâl.'

'All y Senedd wneud dim tra mae'r Brenin yn yr Alban,' atebodd Prins. 'Mi fydd fy nhad a finnau'n dychwelyd pan ddaw'r Brenin yn ei ôl.'

'Ond mae Pym yn gofyn i'r aelodau ddychwelyd rŵan.'

'Pah! Pym! Y rheswm pennaf dros gadw draw. Mae'r dyn yn llawn castiau, a phob un ohonynt yn ddrygionus.'

'Dim ond y fo sy'n cadw'r wlad 'ma rhag bygythiadau'r holl gynllwynio sy'n mynd ymlaen.'

'Yn fy marn i,' atebodd Prins, 'fo sy'n gyfrifol am y rhan fwyaf ohonynt. Mae'n talu iddo fo gadw'r wlad ar bigau'r drain er mwyn iddo allu ymddangos fel ein gwaredigaeth.' Gwagiodd Prins dancard arall o gwrw cyn ychwanegu, 'Ei freuddwyd ef ydi gallu dinistrio'r Brenin a'r frenhiniaeth heb ormod o wrthwynebiad.'

'Mae'n beryglus dweud y fath bethau tu allan i'r Senedd, Prins,' rhybuddiodd Edmwnt. 'Does gen ti ddim hawliau rhagorfraint fan hyn.'

Roedd John wrth ei fodd yn gwrando ar y sgwrs a theimlo'r tyndra rhwng y ddau ddadleuwr. Sylwodd fod Prins yn llygadu Edmwnt yn ofalus am rai eiliadau cyn ymateb.

'Rwyt ti'n gwybod nad ydw i'n cytuno efo dy frawd ar hyn,' atebodd o'r diwedd, 'na 'nhad chwaith. Mae'n gwbl gywilyddus fod y Brenin yn cael ei drin yn y fath fodd gan Pym a'i griw. Pa bynnag newidiadau y cytuna'r Brenin iddynt, mae Pym yn hawlio mwy a mwy.'

'Eisiau diogelu'r wlad *a*'r Brenin mae Pym, gyfaill,' protestiodd Edmwnt. 'Diogelu'r Brenin rhag cyhuddiadau o ffafriaeth a bod dan ddylanwad drwg oedd Pym pan fynnodd ddienyddio Strafford, rwyt ti'n gwybod yn iawn.'

Syllodd Prins arno'n sarrug. 'Os wyt ti'n credu hynny, mi rwyt ti'n dy dwyllo dy hun fwy nag wyt ti'n fy nhwyllo i.'

'Ond pam fod Pym yn mynnu chwalu'r fyddin yn Iwerddon?' Penderfynodd John roi ei gnegwarth i mewn. 'Onid oes angen byddin yno i gadw'r Gwyddelod rhag ymuno â'r Ffrancwyr neu'r Sbaenwyr yn ein herbyn? Mae pawb yn gwybod mai am ein harfordir ni y bydden nhw'n anelu, a beth fyddai'n digwydd i'n tiroedd a'n teuluoedd ni pe bai hynny'n digwydd? Meddyliwch am y peryglon.'

Bu bron i John neidio allan o'i groen pan ollyngodd y ffermwr ei biser pridd nes iddo falu'n deilchion ar y llawr mwd caled, gan dasgu'r cwrw i bob cyfeiriad. Ymbiliodd ar John. 'Peryglon, syr? 'Dan ni mewn peryg oddi wrth y Gw'ddelod ffyrnig 'na?' holodd, ei lais yn grynedig. Rhuthrodd Prins i'w draed gan afael yng nghrysbais y dyn a'i ysgwyd nes bod ei unig ddant yn crynu yn ei ben. Fe'i cosbai am ddangos y fath hyfrdra yn gwrando ar sgwrs ei well, heb sôn am feiddio ymuno ynddi. Bygythiodd bob mathau o dyngedfennau erchyll i'r dyn druan pe bai'n meiddio ailadrodd y fath ffwlbri wrth unrhyw berson o fewn pum plwy, gan gynnwys colli ei fywoliaeth ar y fferm. Wedi ei sicrhau ei hun fod y dyn yn swp o'i ofn, trodd i ffwrdd gyda gwên fleiddaidd a hebrwng ei ddau gydymaith allan at y gweision a'r ceffylau.

'Roeddet ti'n galed ar y dyn,' ebychodd John. 'Oedd angen ei ddychryn fel yna?'

'Dy fai di oedd y cyfan,' oedd yr ymateb chwyrn. 'Pe

bait ti heb agor dy geg dwp a sôn am beryglon o Iwerddon, fasa dim rhaid i minnau wneud yr hyn wnes i. Roedd yn rhaid i mi gau'i geg o rywsut, neu mi fyddai wedi dychryn pawb yn yr ardal.' Yna, yn nodweddiadol ohono, newidiodd ei lais yn llwyr. Gwenodd arnynt yn siriol a chlapio'r ddau ar eu cefnau. Rhoddodd arian i'w was i dalu'r ffermwr am ei gwrw, yna rhuthrodd am ei geffyl Andalusiaidd drudfawr. 'Y dwytha i Dyddyn Llwyd sy'n talu am y cwrw!' bloeddiodd dros ei ysgwydd wrth sbarduno'i farch a charlamu'n wyllt i lawr y bryn. Dilynodd y ddau arall, eu ceffylau'n llawer mwy cymedrol eu camau.

Teimlai John ei wyneb yn fflamgoch. Beth fyddai Edmwnt yn ei feddwl o'r sioe fach yna? Doedd o ddim eisiau gwybod, a dweud y gwir. Wrth lwc, roedd hwnnw fel petai'n mwynhau marchogaeth mewn distawrwydd, ac yn cymryd dim sylw ohono. Diawliodd Prins drachefn. Roedd o wedi ei gwneud hi eto! Dim ond iddo ddechrau mwynhau sgwrs, a dyna'r Prins ddiawl 'na'n sbwylio'r cyfan. Pwy gebyst mae o'n feddwl ydi o? Ceidwad y sir? Yr Uwch Siryf ei hunan? Fo a'i ddilladau moethus, ei wallt tywyll yn gyrliog i lawr at ei ysgwyddau, a'i farf Van Dyke ffasiynol. Pwy ond rhyw gadi-ffan hunanymwybodol fyddai'n ymfalchïo mewn tyfiant oedd mor debyg i gedor merch, meddyliodd yn watwarus. Er bod gorchestion Prins â'r rhyw deg yn ddiarhebol, ni allai John ddirnad beth welai'r merched yn ei gefnder. Ond dyna fo, ffyliaid oeddan nhw i gyd; sut gellid disgwyl gwell gan bethau mor wirion? Wedi ymgolli'n llwyr yn ei feddyliau, ni sylwodd fod y niwl yn graddol godi oddi ar gopa'r Garn, na bod heulwen wantan yn rhoi ychydig o liw yn ôl i'r ddaear soeglyd. Roedd o mor anymwybodol o'r wraig a gamodd yn frysiog o ffordd ei geffyl – y fasged olchi anferth a orchuddiai ei phen a hanner ei hwyneb yn simsanu'n beryglus nes i'w llaw goch-amrwd, grafangllyd ei sadio – ag yr oedd o'r defaid a borai gerllaw.

Cafodd ei hun yn meddwl am ei ddarpar wraig, a'r bwrlwm paratoadau a fyddai ym Modwrda heddiw. O leiaf roedd wedi gallu osgoi'r diflastod hwnnw, beth bynnag am y siomedigaethau eraill a ddioddefodd. Siawns na fyddai'n cael rhywfaint o bleser o gyflwyno Catrin i'r gymuned. Roedd ei phrydferthwch yn siŵr o ychwanegu at ei barch o fewn y gymdeithas, a'i gwisgoedd moethus yn adlewyrchiad perffaith o bwysigrwydd teulu Bodwrda. Serch hynny, teimlai'n falch mai ei thad oedd yn gyfrifol am gostau ei dillad hyd yma – roedd Catrin yn dangos tueddiadau peryglus tuag at afradlonedd. Byddai'n rhaid iddo gadw llygad barcud ar ei gwario pan fyddent yn briod.

Daeth pesychiad tawel o enau Edmwnt Glynne, gan dynnu sylw John yn ôl at ei gydymaith. Dechreuwyd ar drafodaeth hynod ddiddorol ar weilch, milgwn a cheffylau, pynciau oedd wrth fodd calon John, nes i Edmwnt Glynne newid y pwnc yn ddisymwth. Ysgydwodd ei ben yn drist, a phletio'i wefusau.

'Mae'n drueni, wyddoch chi,' meddai'n dawel.

Roedd John ar goll yn llwyr. 'Trueni, syr?' atebodd yn ddryslyd.

'Ie, wir. Dydy pethau ddim wedi bod yn dda i Prins a'i dad ar ôl iddynt wrthod arwyddo gorchymyn dienyddiad Strafford. Wyddoch chi, all Pym na'm brawd ymddiried bellach yn y Straffordiaid, ac felly maen nhw allan o ffafr yn Nhŷ'r Cyffredin. Dyna pam maen nhw'n cadw draw o'r Senedd mewn gwirionedd. Mae ymddygiad Prins wedi gwaethygu ers hynny.' Synnodd John o glywed y fath gyfrinachau, ac roedd yn eiddgar i glywed rhagor. Tewi wnaeth Edmwnt, fodd bynnag, o leiaf am funud neu ddwy cyn ailgychwyn. 'Ie wir, roeddech chi yn llygad eich lle yn sylwi fod angen pobl gyfrifol i arwain y wlad. Byddai John fy mrawd yn falch o gael mwy o gefnogaeth o'r ardaloedd hyn, coeliwch chi fi. Teimla Thomas, fy mrawd hynaf, ei fod yn rhy hen bellach i fentro'i lwc mewn lecsiwn, ond mi fyddai'n fodlon cefnogi gŵr ifanc o gymeriad a chefndir da.'

Llamodd calon John mewn gobaith. I ble'r oedd y sgwrs yn arwain? Ai cynnig dymuniad pennaf ei galon iddo oedd Edmwnt? 'Mae gan bob sedd yng ngogledd Cymru aelod ar hyn o bryd,' meddai, gan geisio cadw'r chwilfrydedd o'i lais.

'Wel,' atebodd Edmwnt yn araf, 'mae'r hen John Griffith mewn gwth o oedran ac yn wael ei iechyd – pwy a ŵyr pryd bydd angen aelod newydd ym Miwmaris? A ph'un bynnag, mae peth amheuaeth am ddilysrwydd y lecsiwn ddiwethaf. Pe byddai amser yn y Tŷ i drafod y mater, mae'n debyg y byddai'r canlyniadau'n cael eu gwyrdroi. Ond mae un mater arall roeddwn i am ei drafod efo chi – yn breifat, fel petai.'

Er mawr syndod – a phleser – i John, aeth ymlaen i gynnig trafod telerau trefnu priodas rhwng un o ferched John Glynne a Griffith, ei frawd iau oedd yn dal i astudio yng ngholeg Sant Ioan, Caergrawnt, dan ysgoloriaeth John Gwynn. Roedd yn gas ganddo orfod cyfaddef na allai ateb dros ei dad, ond prysurodd i sicrhau Edmwnt y byddai teulu Bodwrda'n edrych yn ffafriol iawn ar gysylltiad o'r fath. Penderfynwyd y byddai Edmwnt yn dod draw i Fodwrda cyn ymadael â Phen Llŷn er mwyn cael gair gyda John Bodwrda'r hynaf.

Erbyn iddynt gyrraedd Tyddyn Llwyd, roedd Prins wedi colli ei limpin. 'Lle ddiawl 'da chi 'di bod? Cynllwynio tu ôl i 'nghefn i, ie?' Er iddo geisio ymddangos yn gellweirus, roedd elfen o lymder yn ei lais, llymder wedi ei hogi gan yr holl gwrw a yfodd tra oedd yn disgwyl amdanynt. Ni chymerodd John fawr o sylw o gastiau ei gefnder: roedd ei feddwl yn llawn o'r dyfodol disglair a gynigiai geiriau Edmwnt iddo. Twrw pryfetyn diflas ar ffiniau ei ymwybyddiaeth oedd galwadau parhaus Prins am ragor o gwrw a chwmni merch ddeniadol gwraig y ffer. A phan ddaeth y lluniaeth – pastai cwningen a chosyn o gaws dafad a bara ceirch – fe fwytaodd y cyfan heb sylwi ar y perlysiau hyfryd a flasai'r bastai. Bod yn Aelod Seneddol, ynghanol prysurdeb a phwysigrwydd y brifddinas! Cael cefnogaeth John Glynne, a'i ddylanwad yn dod ag ef i sylw Pym nes iddo ddal swyddi hollbwysig yng nghyfundrefn y wlad! Nid oedd hyd yn oed yn gwrthwynebu'r cwestiynau dirifedi a ofynnai Edmwnt iddo. Wedi'r cyfan, roedd yn naturiol i deulu Glynllifon fod yn awyddus i'w sicrhau eu hunain o'r ffeithiau. Oedd, roedd ef ei hun wedi bod yng ngholeg Sant Ioan, Caergrawnt, ac oedd, roedd ei hen ewythr, Owen Gwynn, yn bennaeth y coleg a'i ewythr William, brawd ei dad, yn gymrawd. Oedd, mi roedd ei ddarpar ewythr, yr Esgob John Williams, yn un o noddwyr y coleg hefyd, ac wedi rhoi bywoliaeth plwyf Aberdaron i'r coleg wedi marwolaeth Griffith Piers dros bymtheng mlynedd yn ôl.

Cododd Prins ei glustiau pan sylwodd, er gwaetha'r holl gwrw, ar enw'r Esgob John Williams. 'O, ia,' crechwenodd, 'mae John bach ni yn priodi cyn bo hir, yn tydi? Ac mae hi'n dipyn o bictiwr, dwi'n deall. Pryd ydan ni'n mynd i'w chyfarfod hi, John?'

'Mi fasach chi'n ei gweld hi heno tasach chi wedi derbyn ein gwahoddiad,' atebodd John yn finiog.

'O, ia, mae'n ddrwg gennym ni am hynny. Nhad ddim digon da i deithio eto, wsti,' meddai Prins gyda gwên ffals. Trodd ei ben i alw ar y wraig ffer, 'Ble mae'r hogan fach ddel 'na, mistras? Ydach chi'n ei chuddio hi oddi wrtha i?' Trodd yn ôl at ei gymdeithion a sibrwd yn uchel ac aflednais, 'Peth fach bropor ar y naw. Mae gen i flys rhoi 'chydig o wersi natur iddi!' Chwarddodd i'w gwrw.

Ffieiddiodd John ato. Roedd un peth yn sicr: byddai'n gwneud llawer gwell Aelod Seneddol na'i gefnder anghynnes, ac yn llawer mwy cydwybodol gyda'i ddyletswyddau. Dim rhyfedd nad oedd gan Pym fawr o barch ato. Gorffennodd ei fwyd mewn distawrwydd, gan hanner gwrando ar y wraig fferm yn sicrhau Prins mai wedi mynd i'r farchnad yn Aberdaron oedd ei merch, ac y byddai adref unrhyw funud rŵan.

Pan agorodd y drws, dechreuodd gwên fodlon ledaenu dros wyneb Prins. Ond cyn iddo allu yngan gair, roedd Edmwnt ar ei draed ac yn sefyll rhwng Prins a'r ferch ifanc a gerddodd i'r gegin. Er mawr syndod iddi, gafaelodd yn ei braich a'i thywys at setl ger y lle tân, gan alw ar y fam i ddod â rhagor o gwrw i Prins. Ofnai John ffrwydrad ofnadwy wrth wylio wyneb Prins yn duo, ond fe lwyddodd ei gefnder, rywfodd neu'i gilydd, i gadw rheolaeth ar ei dymer. Cadwai Edmwnt ei gefn at Prins, a siaradai'n fwyn â'r ferch drwy gydol yr amser. Edmygai John y ffordd y rheolai Edmwnt y sefyllfa: dyna ddyn i'w efelychu. Roedd gan Edmwnt ddigon o ddylanwad, felly, i gadw trefn ar ei gefnder. Yn raddol, llwyddodd Edmwnt i ddenu Prins i'r sgwrs, gan drafod pynciau dibwys megis y tywydd a gwaith y fferm a'r cynaeafau. Sylwodd John fod y fflam drachwantus yn llygaid Prins yn graddol ddiflannu, a diflastod diamynedd yn cymryd ei le. Gwingai ar ei sedd ac edrych o'i gwmpas am y wraig fferm fel petai am dalu ei ddyled ac ymadael.

'A pha newyddion o'r farchnad sydd gennych chi i'ch mam?' holodd Edmwnt toc, fel petai wedi hen arfer sgwrsio â merched fferm distadl. Gloywodd wyneb y ferch a dechreuodd ddweud ei stori gydag afiaith.

'O, syr, newch chi byth gredu hyn! Ma'r stori dros Aberdaron i gyd. Ma 'na ŵr pwysig wedi glanio 'no, a ma 'na sôn 'i fod o mor gyfoethog â'r Brenin ei hun!' Cafodd y ferch ei phlesio'n enfawr gan eu hymateb. Roedd y tri bonheddwr yn syllu arni'n syn. Dyn pwysig yn Aberdaron, meddyliodd John yn hurt. Pam na fyddai ef neu'i dad wedi cael gwybod am hyn? Fel fflach, daeth yr ateb iddo. Un o'u gwesteion ar gyfer y dathliadau ydoedd, siŵr iawn.

'O na, syr,' atebodd y ferch pan ddywedodd hyn wrthi. 'Ma nhw'n deud mai 'di dod i weld 'i fam mae o. Mi gyrhaeddodd o ddoe, oddi ar y llong yn cario rhisgl derw i'r tanws.'

'Glywist ti beth ydi ei enw o, 'mechan i?' gofynnodd Edmwnt iddi.

'Siôn, syr. Siôn Rhisiart. Ma nhw'n deud iddo fo gal 'i eni'n y pentra – a ma nhw'n deud 'i fod o'r dyn hardda'n yr holl fyd!'

Teimlai John fel petai wedi derbyn ergyd drom yn ei gylla. Roedd eisiau chwydu wedi clywed yr enw yna ar ôl yr holl amser.

'John, ydych chi'n iawn?' holodd Edmwnt yn ofidus o weld ymateb y gŵr ifanc. 'Ydi'r enw'n golygu rhywbeth i chi?'

Gadawodd John i'w wynt ddianc yn araf o'i ysgyfaint cyn ateb. 'Oeddwn, mi roeddwn i'n ei adnabod,' atebodd. Ei adnabod un mlynedd ar bymtheg yn ôl, ac wedi treulio un mlynedd ar bymtheg yn ceisio'i anghofio. Bu bron iddo lwyddo, hefyd, nes i'r ferch fach yma ddod â'r cyfan yn ôl ac agor blwch Pandora yn ei feddwl. Sychodd y chwys oer oddi ar ei dalcen wrth i Edmwnt ei wylio'n ofalus. Doedd Prins, fodd bynnag, ddim fel petai wedi sylwi ar ymateb ei gefnder. Pan ruthrodd John am y drws, galwodd yn watwarus ar ei ôl, 'Ar ras i gyrraedd dy wraig fach newydd, wyt ti? Mae'n iawn arnat ti, yn tydi?'

Arhosodd John fel petai wedi ei daro. Trodd ar ei sawdl i wynebu Prins a dweud yn araf, 'Dydan ni ddim wedi priodi eto.'

'Ond mi rydych chi wedi dyweddïo, on'd ydych? Wedi cael y seremoni ymuno dwylo?' aeth Prins ymlaen gan godi oddi wrth y bwrdd ac anelu heibio John am y drws. 'Mae hynny'n ddigon da yn fy nhyb i!'

'Wel, dydi o ddim yn fy nhyb i!' meddai John, ei ddwylo'n ddyrnau wrth ei ochr a'i wrychyn wedi codi.

'Beth, dwyt ti ddim wedi ei chael rhwng y cynfasau eto, gefnder? Mi rwyt ti'n fwy llugoer nag a dybiais!'

Daeth cri daglyd o wddf John wrth iddo'i lansio'i hun ar Prins, ond roedd Edmwnt wedi camu'n frysiog rhyngddynt. 'Ewch adref, John, ac anghofio'r hyn ddwedodd o. Dydyn nhw'n ddim ond geiriau gwag meddwyn. Mi ofala i amdano a'i gael adre'n ddiogel.'

'Nhad, ydych chi wedi clywed y newyddion?' meddai John yn wyllt wrth ruthro'n ddiseremoni i lyfrgell ei dad, heb guro ar y drws na derbyn gwahoddiad i fynd i mewn. Arhosodd yn ansicr pan welodd fod Enoch Evans, asiant y stad, yn eistedd gyda'i dad.

'Ara' deg, John,' ceryddodd y Sgweiar, 'nid yw'r fath ffwdan yn gweddu i ddyn. Onid yw'r Llyfr Mawr yn dweud "a'r hwn sydd brysur ei draed a becha"? Eistedd a chymer dy amser.' Amneidiodd ar i'w fab gymryd cadair ger y tân, gan godi o'r tu ôl i'w fwrdd ac eistedd gyferbyn ag ef. Roedd yn ddyn mawr o gorff, unwaith yn nerthol ond bellach â'i gyhyrau'n troi'n fraster. Adlewyrchai croen coch yr wyneb ei natur frochus, y llygaid cul bob amser yn ffromi. Eisteddodd yn ôl yn ei gadair a phlethu ei ddwylo dros ei stumog helaeth, gydag edrychiad disgwylgar yn ei lygaid. Tynnodd John anadl ddofn cyn rhannu ei newyddion.

'Mi glywais i gan un o denantiaid Cefnamwlch fod Siôn Rhisiart yn ei ôl!'

Siomwyd ef gan yr ymateb. Daliai ei dad i edrych yn ddisgwylgar arno, fel petai ganddo ragor i'w ddweud. Ni ddangosai unrhyw arwydd o siom na syndod.

'Ai dyna'r cyfan?' holodd yn y man.

'On'd ydi hynny'n ddigon, Nhad? Beth ydan ni'n mynd i'w wneud yn ei gylch o?'

Cip-edrychodd y Sgweiar ar ei asiant am eiliad cyn gwyro 'mlaen yn ei gadair. 'Oes angen i ni wneud rhywbeth, John? Dydw i ddim yn deall.' Daeth tinc diamynedd i'w lais. 'Rydan ni'n gwybod hyn eisoes. Mi glywodd Enoch yn y pentref y bore 'ma. A dweud y gwir, mae'r llanc yn y llofft stabal y funud yma, yn helpu Twm gyda'r paratoadau.' Ysgydwodd ei ben a chraffu ar ei fab fel petai'n gweld ynfytyn. 'Wn i ddim pam rwyt ti'n cythryblu dy hun fel hyn. Pa wahaniaeth a ydi o wedi dod yn ôl ai peidio?'

'Ond Nhad . . . ' Teimlai John yr hen analluedd yn llenwi ei galon, 'allwn ni ddim gadael iddo fynd yn rhydd fel hyn!'

Twt-twtiodd ei dad dan ei anadl, fel petai'n delio â phlentyn bach. 'Yli John, hanes ydi'r cyfan bellach, hen hen hanes. Does neb am ei atgyfodi. Anghofia'r peth.'

'Ond alla i mo'i anghofio! Allwn ni ddim ei adael o'n rhydd ar ôl yr hyn wnaeth o i Modryb Dorothy!' Cyn gynted ag yr ynganodd yr enw yna, sylweddolodd ei gamgymeriad. Disgynnodd distawrwydd bygythiol dros yr ystafell wrth i'w dad rythu arno, gyda'r hen edrychiad a adwaenai John yn dda o'i blentyndod, edrychiad fyddai'n arwydd sicr fod y wialen i ddilyn. Cododd Enoch yn dawel o'i gadair ac anelu am y drws.

'Aros lle'r wyt ti, Evans! Dydan ni ddim wedi gorffen ein busnes.' Moesymgrymodd yr asiant at gefn ei feistr ac eistedd drachefn. Aeth y Sgweiar yn ei flaen. 'Wyddost ti beth yn union wnaeth o, John? Wyddost ti?' Roedd y llais yn codi'n fygythiol eto. 'Oes gen ti unrhyw dystiolaeth? Oes?'

'Ond Nhad, mae pawb yn gwybod . . . '

'Siarad gwag, clecs pentref! Dyna'r cyfan sy gen ti. Does dim pwt o dystiolaeth ar gael, ac fe wyddost hynny cystal â minnau.' Roedd ei lais bellach wedi codi'n floedd a tharodd fraich ei gadair â chledr ei law. Yna ymdrechodd i'w reoli ei hun, a siarad yn fwy rhesymol. 'Ystyria, John. Pa effaith ar dy fodryb a gâi codi'r holl helbul eto? Mae hi eisoes yn ddigon gwan ei meddwl.'

'Ond mae'n rhaid gwneud *rhywbeth*,' ymbiliodd John, ei lais bron yn ddagreuol. Cododd ei dad a cherdded o amgylch ei fwrdd.

'Rhaid i ti, syr, fynd i ymbaratoi ar gyfer ein gwesteion. Mae rhai ohonynt wedi cyrraedd yn barod. Dos, rŵan, a dim gair rhagor am y busnes yna.'

A'i gynffon rhwng ei goesau, ufuddhaodd John.

4

Rhanna, rhanna, Dwgwl eneidia,
Rhan i 'nhad am g'weirio sgidia,
Rhan i mam am g'weirio sana,
Rhan i'r plant sy'n aros gartra.

Rhigwm traddodiadol

Sychodd Siôn y chwys oddi ar ei dalcen â llawes ei grys. Roedd eisoes wedi tynnu ei ddwbled a'i rhoi i'w fam i'w gwarchod. Roedd y gwres yn cynyddu ar yr un raddfa â'r hwyl a'r sŵn wrth i'r ffidlwyr ffidlan a'r dawnswyr guro'u traed mewn patrymau rheolaidd ar hyd llawr y llofft stabal. Curai'r gwylwyr eu dwylo mewn cymeradwyaeth rythmig. Sŵn siarad a sŵn chwerthin, sŵn cnau cyll yn clecian yn y tân wrth i'r merched ifanc geisio dyfalu'u dyfodol drwyddynt, a Mari Grepach wrth law i ddehongli'r patrymau. Llusernau maip ar bob sil ffenestr yn creu patrymau iasoer o oleuni a chysgodion, eu persawr yn gymysg ag arogleuon chwys a chyrff, er bod pawb yn eu gwisgoedd gorau. Wrth edrych o'i gwmpas ar yr holl wynebau, yn goch o wres y tân a'r dawnsio a'r cwrw, atgoffwyd Siôn o ddarlun gan Breugel a welodd unwaith mewn tŷ dyn cyfoethog yn Antwerp.

Roedd Mari Grepach yn ei helfen: hi'r wraig hysbys oedd brenhines y noson, ffynhonnell pob gwybodaeth am y celfyddydau tywyll. Eisteddai wrth y tân yn yr unig gadair yn yr ystafell, tra gwnâi stolion a meinciau'r tro i'r gweddill. Cofiai Siôn fel yr oedd ef a'r plant eraill yn credu mai gwrach oedd hi, yn herio'i gilydd i sbecian drwy ffenestr ei bwthyn ac yna sgrialu dan sgrechian pan ddeuai i'r drws a gweiddi bygythion ar eu holau. Edrychai mor hynafol yn awr ag y gwnâi bryd hynny. Sylwodd ar ei llygaid craff yn saethu yma ac acw, yn gwylio a nodi a chasglu gwybodaeth am y pentrefwyr. Llygaid pwerus, peryglus, yn anfon ymaith linynnau cudd megis pry copyn yn nyddu gwe a gysylltai bob dyfaliad, pob gobaith a thrallod, pob pechod bach, a'u rhwydo'n ofalus ar gyfer y dyfodol er mwyn bwydo'i bri fel un hollwybodus. Ai deallusrwydd ydoedd, tybed, ynteu cyfrwystra cynhenid?

Trodd ambell ben pan agorodd drws y llofft stabal gan yrru awel fach i oglais fflamau'r canhwyllau a gwneud iddynt ddawnsio'n wyllt. Disgynnodd tawelwch dros y rhai agosaf at y drws, tawelwch a ledaenodd drwy'r ystafell i gyd, gan lyncu'r hwyl a'r chwerthin fel tywod wedi ei daflu ar lawr i sugno pwll o gwrw. Safai gweledigaeth yn y drws, gweledigaeth loyw a adleisiai fflamau'r tân gyferbyn wrth i Catrin ymddangos o'u blaenau. Llosgai'r canhwyllau'n gryfach a mwy disglair, fel petaent yn cydnabod rhyw gydweddiaeth â lliw a sain sibrydol y taffeta sidan, ac, mewn gwrthgyferbyniad, codai gwddf Catrin o'r ffwrnais wawn yma fel colofn o alabastr oer. Roedd ei gwallt, o ddu y Celtiaid, wedi ei dynnu'n ôl o'i thalcen uchel, gan ddisgyn yn gudynnau cyrliog ar ei hysgwyddau, a'r ffiligri o edafedd aur yn coroni'r cyfan. Pefriai ei llygaid glas tywyll, a gwenai'n hollol hunanhyderus o'i phrydferthwch. Roedd ei phresenoldeb yn unig yn ddigonol iddi arglwyddiaethu ar y cwmni cyfan.

Bu bron i Siôn chwibanu mewn edmygedd, ond fe'i ataliodd ei hun mewn pryd. Penderfynodd yn ystod y prynhawn ei bod yn brydferth ond, o'i gweld yn awr, cymharai'n ffafriol ag unrhyw ferch brydferth a welsai yn llysoedd mawrion Ewrop. Na, roedd hi'n well na hwy, oherwydd yn gymysg â'i phrydferthwch roedd yna elfen o naturioldeb a loywai ei hwyneb o'r tu mewn, prydferthwch merch ifanc ar fin concweru calonnau dynion. Roedd edrych arni'n ddigon i greu ysfa i edmygu, i warchod, ym mron pob dyn ifanc, a deallodd Siôn yn union yr hyn a ddywedodd Twm wrtho amdani y noson cynt. Roedd llygaid pob dyn yn yr ystafell wedi eu hoelio arni, a phob ceg yn syrthio'n agored mewn rhyfeddod. Rhedodd Catrin ei llygaid dros y cwmni, gan gyfarfod a dal ei lygaid ef am ennyd ddwys, cyn symud ymlaen.

Y gnawes fach, meddai wrtho'i hun gan wenu. Mae'n siŵr ei bod wedi ennill calon dynion y plas, ac yn awr mae'n dod i'r fan hon i weld a yw'n haws dal calonnau dynion israddol. Torrwyd yr hud gan Twm wrth iddo ruthro ymlaen i gyfarch y criw o uchelwyr a safai ar y trothwy y tu ôl i Catrin, criw nad oedd Siôn wedi sylwi arno ynghynt.

'Croeso, foneddigion a boneddigesau,' meddai Twm yn ei arddull grandiaf, gan foesymgrymu a'u harwain i mewn i'r llofft stabal wysg ei gefn. 'Can croeso i chi ymuno yn ein dathliadau bach pitw. Mae'n anrhydedd inni gael eich presenoldeb yma. Meinir,' trodd at ei wraig, 'edrycha di ar ôl y boneddigesau a gwneud lle iddynt eistedd. Foneddigion, dewch gyda mi.'

Gwyliodd Siôn wrth i'r osgordd symud ymlaen, Twm yn dal i foesymgrymu a cherdded yn ôl, a Meinir mewn gwewyr wrth geisio sicrhau lle i'r merched ysblennydd. Dyfalodd sut y byddai Mari Grepach yn ymateb i'r newydd-ddyfodiaid. Fyddai hi'n grwgnach o orfod ildio'i lle? Ond siomwyd ef o'r ochr orau pan welodd yr hen Mari'n codi'n urddasol ac yn amneidio'i phen yn frenhinol tuag at y gadair wag, arwydd i Catrin gymryd ei lle. Gwenodd ar y ferch ifanc gan ddangos stympiau duon ei dannedd.

'Siôn,' galwodd Twm, 'ma'n bryd i'r hogia ddowcio am 'fala. Nei di edrych ar ôl petha?'

Yn gyfeiliant i'r dowcio roedd sgrechiadau'r bechgyn, a chwerthin ac anogaeth gan yr oedolion. Yn ystod y miri, cafodd Siôn gyfle i fwrw golwg ar y criw o'r plas. Roedd Mari Grepach wedi'i sodro'i hun wrth ochr Catrin, gan orfodi'r ddwy foneddiges arall i eistedd un lle ymhellach oddi wrthi. Nid adwaenai'r gyntaf o'r ddwy, ond teimlai fod yr ail yn gyfarwydd, er na allai roi enw iddi. Byddai'n rhaid iddo ofyn i Twm. Roedd yn gyfarwydd â'r dynion. Yn gyntaf roedd Maredydd o Feillionydd, wedi tyfu'n ŵr ifanc tal a thenau, wedyn Evan Carreg, ychydig yn hŷn na'r gweddill, ac . . . ond wrth gwrs! Roedd gweld Evan wedi ei atgoffa o'r drydedd ferch. Elin oedd hi, chwaer Evan, a thebygrwydd teuluol cryf rhyngddynt. Adnabu'r trydydd yn syth, yr un a eisteddai agosaf at y tân. John Bodwrda, ei hen gyfaill, ond a oedd heno'n gwrthod edrych i fyw ei lygaid. Unwaith roedd wedi tynnu ei sylw oddi wrth Catrin, roedd Siôn wedi bod yn barod i wenu a chamu ymlaen i ysgwyd llaw â'i ffrind, ond anwybyddwyd ef yn llwyr. Cerddodd John heibio iddo fel pe na bai'n bod. Dyna'r ffordd mae'r gwynt yn chwythu, felly, meddyliodd Siôn. Yn awr, eisteddai John gan syllu'n syth o'i flaen, fel petai'n ysu am gael bod yn rhywle arall ymhell o'r llofft stabal. Nid oedd dim o hwyl y plant yn cael effaith arno. Eisteddai'n stiff a llonydd, ond am y cnoi a wnâi ar ei wefus isaf, arferiad a gofiai Siôn o'u plentyndod. Wedi i'r bachgen olaf gerdded ymaith yn wlyb diferol gydag afal enfawr wedi ei bicellu rhwng ei ddannedd, cododd Twm.

'Ardderchog, Robin bach,' meddai. 'Ti'n haeddu bob

tamad o'r afal 'na! Wel, blantos, ma'n amsar gwely rŵan
– ac yn amsar i ninna'r hen betha gal 'chydig o hwyl!'

'Ma'r plant wedi cynhyrfu gormod o lawar i allu cysgu,
Twm,' galwodd Mari Grepach. 'Pam na ddeudi di stori i'w
tawelu nhw? Neu'n well fyth, cal Siôn i ddeud stori.
Dwi'n siŵr fod ganddo stôr ddirifedi o straeon difyr i ni
o'r gwledydd tramor 'na.'

Roedd Siôn wrthi'n ei sychu ei hun ar liain pan
siaradodd Mari. Fflachiodd syniad beiddgar drwy'i
feddwl. Feiddia fo fentro rŵan? Ai dyma'r amser a'r lle
gorau i ddechrau ei ymholiadau, ynteu a fyddai'n well
iddo ddisgwyl a holi'n ddistaw bach mewn corneli tywyll?
Ar y llaw arall, roedd y pentref cyfan yma, a chyfle heb ei
ail i gychwyn pethau. Feiddiai fo? Rhoddodd wên fawr
i'w gynulleidfa, gan dynnu anadl ddofn. Roedd y plant
eisoes wedi dechrau siantio 'Sto-ri, sto-ri!' arno. Cododd
ei fraich i hawlio tawelwch.

'O'r gorau,' cytunodd, 'ond mae'n rhaid i chi'r plant
addo un peth i mi. Rhaid i chi eistedd yn dawel drwy'r
cyfan. Iawn?' Cytunodd y plant yn eiddgar, felly dyma
Siôn yn tynnu'r stôl oddi wrth y gasgen ac yn eistedd
arni. Eisteddodd y plant o'i amgylch gan ddisgwyl yn
awyddus iddo ddechrau, a Robin bach yn cnoi ei afal fel
ceffyl yn cnoi rwdan.

Gwyddai Siôn sut i drin cynulleidfa. Eisteddodd yn
dawel a llonydd nes sicrhau bod sylw pawb arno. Daliai i
amau a oedd yn gwneud y peth iawn. Ynteu a oedd o'n
mynd i ddifetha'r noson, neu'n waeth, ddifetha'i
ymweliad cyfan? Edrychodd unwaith eto ar yr wynebau
o'i gwmpas, fel petai'n eu mesur fel mesur gelynion.
Syrthiodd ei lygaid ar Catrin, a rhoddodd hithau wên
fach iddo. Gwenodd yn ôl yn swil cyn gadael i'w lygaid
grwydro 'mlaen i gydnabod John a'r gweddill.

'Mae'n dda gweld hen gyfeillion eto,' dechreuodd. Nid

atebodd neb, ond o farnu yn ôl y gwenu a'r nodio pen, roeddent yn teimlo'n gyfeillgar tuag ato. Aeth ymlaen. 'Mae gweld yr holl wynebau cyfarwydd yn f'atgoffa o'r tro olaf i mi fod yma'n dathlu dygwyl eneidiau. Mae'r hyn ddigwyddodd y noson honno'n gwneud stori arswyd heb ei hail.' Arhosodd am ennyd i wylio'r wynebau. Roedd rhai ohonynt yn dechrau ymddangos yn anniddig wrth iddynt sylweddoli pa stori roedd am ei hadrodd. Twm oedd yr un i ddatgan yr anniddigrwydd hwnnw.

'Ti'n siŵr fod y stori yna'n addas, Siôn? Fyddai hi ddim yn well deud dy hanesion dramor? Ma pawb yma'n gwbod be ddigwyddodd . . . '

'Na, Twm, dydi pawb ddim. Dydi'r plant yma ddim, bid siŵr.' Unwaith y penderfynodd ar ei gwrs, ni fynnai i neb ei droi oddi wrtho. Cafodd gefnogaeth annisgwyl gan y plant eu hunain wrth iddynt ddechrau mynnu ei fod yn dweud y stori. O sylweddoli pwy oedd o'i blaid, anelodd ei sgwrs yn gyfan gwbl at y plant, gan anwybyddu'r oedolion.

'Fel y dwedais i, fe ddigwyddodd y cyfan ar ddygwyl eneidiau yn y flwyddyn un chwech dau pedwar. Roedd hi'n ddiwrnod bendigedig o braf, diwrnod i'r gwiwerod gasglu'r cnau olaf ar gyfer eu stôr dros y gaeaf. Roeddan ni'r plant wedi gweithio fel gwiwerod hefyd, yn casglu coed tân ar gyfer ein coelcerth ar Gastell Odo – coelcerth fwy nag a welodd yr un ohonan ni 'rioed o'r blaen. Roedd yn cyrraedd mor uchel nes cyffwrdd yr hancesi o gymylau a wibiai heibio.' Edrychodd o'r naill blentyn i'r llall. 'Ydych chi wedi bod yn gwneud coelcerth heddiw?' Syllai'r plant arno'n ddiddeall, fel petai'n dweud rhywbeth hollol hurt. 'Beth, dydych chi ddim yn gwneud coelcerth?' holodd, ei lais yn llawn arswyd ffug.

''Dan ni ddim 'di cal coelcarth ar ôl y noson honno,'

daeth llais yr hen Ifan o gornel yr ystafell. 'Trueni. Rown i wrth fy modd efo coelcarth dda.'

Ysgydwodd Siôn ei ben yn drist ar y plant. 'Wedi gorffen y goelcerth, roedd hi'n bryd i mi a'm ffrindiau . . . ' Edrychodd i fyny at John, ond roedd hwnnw'n syllu o'i flaen yn benderfynol, 'chwilio am gerrig gwastad. Ydych chi'n chwilio am gerrig gwastad?' gofynnodd eto i'r plant, a derbyn yr un edrychiad ag o'r blaen.

'Does dim pwrpas cal carrag wastad os nad oes 'na goelcarth,' meddai Ifan yn rhesymol o'i gornel. Teimlai Siôn awydd ei wahodd i ddod i eistedd gyda'r plant.

'Pam oeddech chi'n chwilio am gerrig, Siôn?' gofynnodd Robin bach, ei geg yn llawn afal.

'Roeddan ni'n gwneud hynny bob Calangaeaf. Roedd o'n draddodiad, ac fe ddylai traddodiadau gael eu parchu a'u cadw, er mai hwyl oedd y cyfan,' meddai'n llym, yna gwenodd. ''Da chi'n gweld, roedd swyn yn y cerrig yma. Byddai pawb yn chwilio am garreg wastad, lefn, siap wy, heb unrhyw nam arni. Roedd y lliw yn bwysig hefyd. Carreg frith oedd y fwyaf lwcus. Felly mi es i efo'm chwaer, Nansi, i lawr at yr afon i chwilio am gerrig. Roedd gennym ni le cyfrinachol i gael rhai da. Buan iawn roedd ein traed a'n dwylo wedi troi'n goch-las yn y dŵr oer, ond mi ges i hyd i garreg ardderchog yn y man, felly dyma fynd adref i roi'n marc arnyn nhw.'

'Pam oeddach chi'n gwneud hynny, Siôn?' Roedd Robin fel petai wedi'i ethol ei hun yn gynrychiolydd y plant. Yn lle ateb, winciodd Siôn arno a tharo ochr ei drwyn â'i fys.

'Roedd pawb i ymgynnull ar y bont yn y pentref, ac yna cerdded gyda'n gilydd i fyny i Gastell Odo. Erbyn i ni sgriffio'n marciau orau gallen ni ar ein cerrig, roedd hi wedi tywyllu, mor dywyll â bol buwch, mor dywyll â cheseiliau Satan ei hun.' Cymerodd Siôn seibiant bach, fel petai'n creu effaith ddramatig, ond mewn gwirionedd er mwyn iddo allu teimlo'r awyrgylch, a'r effaith a gâi ei eiriau. Manteisiodd Twm ar y seibiant i geisio'i rwystro eto.

'Dwi wir ddim yn meddwl fod hon yn addas . . . '

'Pam ddim?' torrodd llais Mari Grepach ar ei draws. 'Mae'n fwy diddorol i'r plant na rhyw bethau pell-i-ffwrdd na welan nhw fyth.' Roedd ei rhesymeg wedi newid i siwtio'i hoffter o feithrin anniddigrwydd. 'Mi rydach chi am i Siôn ddeud ei stori, yn tydach, blant?'

Roedd ymateb brwdfrydig i'w geiriau. Gwenodd Siôn arni, a chael winc ddireidus yn ateb. Synhwyrai fod Mari'n gwybod yn iawn beth roedd am ei ddweud, a'i resymau dros ddweud hynny, a'i bod yn ei annog ymlaen.

'Fel y dwedais i, roedd hi mor dywyll ag y gallai fod ar noson Calangaeaf, ac yn oer, bobol bach, mor oer. 'Da chi'n gweld, blant, ar ddygwyl eneidiau, mae pob bedd ym mhob mynwent yn agor er mwyn i'r meirwon gerdded y ddaear, ac mae oerni'r bedd yn fferru'r byd.' Dechreuodd un ferch fach grio mewn ofn, ond shwshwyd hi gan ei chyfeillion. 'Daeth y Ficer allan o'r dafarn gyda'r dynion eraill, pawb â'i ffaglen i oleuo'r ffordd. Pan welodd ni'r plant, dechreuodd y Ficer neidio a sgrechian o gwmpas y lle fel dyn gwyllt. Dechreuodd Nansi grio, ac roedd wrth ei fodd efo hynny. Peidiodd ei antics a galwodd hi draw ato. Doedd hi ddim am fynd nes i un o'r plant hŷn roi hergwd ymlaen iddi. Tynnodd y Ficer rywbeth o'i boced a'i ddangos iddi heb i ni'r plant eraill fedru gweld. Yna rhedodd Nansi'n ôl at Mam, a welais i ddim ohoni weddill y noson.

'Beth bynnag, cychwynnodd yr orymdaith i fyny'r allt, y Ficer ar y blaen, ac roedd yna lawer o ddawnsio a chanu wrth i ni ddilyn. Os ydw i'n cofio'n iawn, Ifan, Huw Tŷ Hen oedd yn arwain y canu'r noson honno, yntê?'

'Ti'n llygad dy le, fachgan,' atebodd Ifan, 'yn llygad dy le. A doedd dim llais addfwynach i'w gael tu allan i'r Côr Nefol, nag oedd wir. Beg pardwn, Gwilym,' ychwanegodd yn frysiog gan droi at y cantor presennol. Chwarddodd hwnnw'n rhadlon.

'Roedd Joshua o dafarn y Llong wedi anfon casgenni o gwrw a chwrw bach i fyny'r bryn gyda'i fulod yn ystod y prynhawn, ar gost y Sgweiar' – rhedodd murmur o gydnabyddiaeth drwy'r cwmni ar hyn – 'ac fe aeth y canu a'r dawnsio'n wylltach a gwylltach fel yr âi'r noson yn ei blaen, wrth i bawb geisio dawnsio'r ysbrydion drwg i ffwrdd o'r pentref. Pan alwodd y Ficer ei bod yn hanner nos, taflodd pawb ei garreg i mewn i'r tân, yna rhedeg am adref nerth eu carnau rhag i'r Hwch Goch Gota eu dal a'u llarpio.'

'Mae'n amser i ni ailymuno â'n gwesteion,' torrodd llais John ar draws y stori fel bwcedaid o ddŵr oer. Roedd pawb, gan gynnwys Siôn, wedi neidio yn eu seddau o glywed y llais annisgwyl, ond ailafaelodd Siôn yn y sefyllfa'n gyflym. Wedi mynd cyn belled, teimlai'n fyrbwyll a di-hid.

'Dewch, dewch, Meistar John. Rwy'n siŵr y byddai Miss Catrin yn hoffi clywed gweddill y stori. Wedi'r cyfan, rydan ni i gyd yn gwybod mai ofergoeliaeth ydi o.'

Trodd y ddau i edrych ar Catrin. Edrychodd hithau'n ôl, heb wybod sut i ateb.

'Wrth gwrs ei bod hi eisiau clywed y diwedd,' daeth llais Mari'n uchel i lenwi'r distawrwydd, mor hunan-feddiannol fel na fentrodd neb ei gwrth-ddweud, ddim hyd yn oed John. Parhaodd hwnnw i eistedd yn ddigon tawel, ond roedd ei wyneb yn llawn dicter, ei wefusau'n llinell fain a'i ddwylo'n ddyrnau caled. Aeth Siôn yn ei flaen fel petai dim wedi digwydd.

'Cyn pen dim roeddan ni'n ddiogel yn ein gwlâu efo

Mam, heb fawr wybod beth ddigwyddodd allan ar y mynydd. Yn y bore, roedd pawb yn siarad am wraig y Ficer druan, yn rhedeg o ddrws i ddrws i ofyn a oedd rhywun wedi gweld ei gŵr. 'Da chi'n gweld, doedd o ddim wedi dod adref o gwbwl y noson honno.'

'Ti'n siŵr, Siôn?' daeth llais o'r cefn. 'O be dwi'n gofio, roedd hi wedi hen arfer efo fo allan drwy'r nos!' Clywyd ambell chwerthiniad gwawdlyd yma ac acw, a rhai merched yn ffieiddio at y sylw cras, ond anwybyddodd Siôn hwy. Daliai i annerch y plant gyda'u llygaid ynghlwm wrth ei wyneb.

'Roeddan ni'r plant yn awyddus i chwilio am ein cerrig, felly dyma ni'n rhedeg yn ôl i Gastell Odo a chwilio drwy'r lludw. Roeddwn i wrth fy modd pan gefais hyd i fy un i, a hithau'n dal yn gyfan. Taflais hi i'r awyr, yn ôl yr arfer. Gwnaeth Nansi'r un peth efo'i hun hithau. Ond wedyn, dyma ni'n clywed y dynion yn dod tuag atom, ac fe wyddem fod rhywbeth mawr o'i le. Roeddan nhw wedi cael hyd i'r Ficer.

'Rhedodd Nansi'n ôl at y tân, gan alw arna i i'w helpu. Disgrifiodd fel roedd y Ficer wedi dangos ei garreg iddi'r noson cynt, carreg ddu, efo patrwm gwyn, siâp mellten, yn rhedeg drwyddi. Wedi chwilio eto'n y lludw, daeth Nansi o hyd i'r garreg, ond roedd wedi hollti'n ddwy ar hyd y patrwm gwyn. Mae'n rhaid mai rhyw wendid yn y garreg oedd y patrwm, a bod gwres y tân wedi ei hollti. 'Da chi'n gweld, blant, os oedd eich carreg yn gyfan yn y bore, byddech yn byw yn holliach am flwyddyn arall. Ond os byddai'ch carreg wedi hollti, yna byddai Cŵn Du Arawn, brenin Annwn, yn dod ac yn eich rhwygo'n ddarnau mân. Dyna ddigwyddodd i'r Ficer. Roedd tameidiau o'i gorff wedi eu taflu yma ac acw ar hyd Mynydd Ystum, wedi i'r Cŵn ei larpio.'

Bu distawrwydd llethol ar ddiwedd ei stori,

distawrwydd a barodd nes i gneuen gyll ffrwydro yn y tân gan beri i bawb neidio, ac i Elin Carreg druan sgrechian dros y lle.

'Gobeithio dy fod yn fodlon rŵan,' meddai ei fam wrth Siôn yn llym. 'Rwyt ti wedi dychryn pob enaid byw yn y lle 'ma! Sut wyt ti'n disgwyl i'r plant gysgu rŵan?' Ond er syndod iddi, boddwyd ei geiriau gan grochlefain y plant wrth iddynt guro dwylo'n awchus pan dorrodd y tensiwn. Roeddent am ragor o storïau, ond daeth y mamau ynghyd mewn cydsyniad mud a'u hebrwng yn swnllyd, gyda llawer o brotestio, i ffwrdd am y gwely. Ynghanol y ffwdan, ymadawodd criw uchelwyr Bodwrda yn dawel â'r llofft stabal.

5

Yn Ffrainc yr yfais yn ffraeth – win lliwgar,
Yn Lloegr, cawl odiaeth;
Yn Holand menyn helaeth,
Yng Nghymru, llymru a llaeth.

Huw Llwyd, Cynfal (1568?–1630?)

'Ydi o'n arferiad yn y gwledydd tramor 'na i sbwylio hwyl pawb ar ganol dathliad, dwed?' gofynnodd Twm yn sychlyd wrth iddynt gerdded adref o Fodwrda. Nid atebodd Siôn. Teimlai'n ddigon euog yn barod. Collwyd yr hwyl, rywsut, ar ôl i'r plant fynd am eu gwlâu, er holl ymdrechion y ffidlwyr. Do, bu rhai yn dawnsio, ond heb fawr o asbri, ac yn raddol teimlai Siôn fod y pentrefwyr yn troi yn ei erbyn. Ni wyddai a oedd hynny oherwydd iddo eu hatgoffa o gyfnod tywyll yn hanes y pentref, neu'n hytrach am iddo ddifetha'r noson. Ond ymateb ei fam a'i synnodd fwyaf: roedd hi'n dal yn ddig efo fo.

'Dduw mawr holldrugarog!' meddai. 'Beth oedd ar dy ben di, Siôn?' Gallai ddychmygu ei bod yn plycio'i dwylo mewn gofid, ond ni allai weld yn y tywyllwch. 'Pam na faset ti'n gwrando ar Twm? Pam fod raid i ti fynnu codi'r hen grachan yna eto ar ôl yr holl amser?'

Teimlai Siôn i'r byw. 'Mam! Does dim ots gennych chi? Mi ges i'n hel i ffwrdd oherwydd y noson honno! Dydach chi ddim eisiau gwybod pam?'

'Ond mae'r cyfan yn y gorffennol bellach, ac mi rwyt ti'n ôl efo ni'n ddiogel. Mae pob dim yn iawn, rŵan.'

'I chi, efallai,' atebodd Siôn yn chwerw.

'Paid ti â meiddio siarad fel'na efo dy fam, 'ngwas i,' bygythiodd Twm. 'Ma hi wedi diodda digon yn 'i hamsar. Siarada di'n barchus efo hi, neu mi gei di 'i heglu hi o 'cw.'

'Mae'n ddrwg gen i, Twm, Mam, ond 'da chi'm yn gweld? Alla i ddim anghofio'r peth. Mi roddodd y Sgweiar ddedfryd am oes i mi – dedfryd marwolaeth cyn belled ag y gwyddai ef – a finnau heb wneud dim drwg i neb. Allwch chi ddim deall fod gen i angen cael gwybod pam?'

'Ac elli di ddim deall y gallai'r Sgweiar ein troi ni allan o'r bwthyn a Twm o'r efail os wyt ti'n ei gynddeiriogi, a beth fyddai'n hanes ni wedyn? Cardota ar strydoedd Pwllheli fel cymaint o drueiniaid eraill?' dadleuodd ei fam, gan ychwanegu'n feddylgar ar ôl ennyd fer, 'P'un bynnag, mae sawl bachgen wedi gadael cartref erbyn iddo fod yn ddeg oed.'

'Ond ddim fel yna, pan mae o eisoes wedi ei rwymo wrth brentisiaeth . . . '

'Nawn ni'm trafod mwy fan hyn yn y twllwch, Siôn,' torrodd Twm ar ei draws. 'Gwell aros nes byddan ni gartra.'

Roedd y bwthyn yn oer, a'r awyr yn llawn lleithder ac arogleuon anifeiliaid. Gwirionodd Ryff o'u gweld, gan sboncio a chyfarth mewn llawenydd i ddangos maddeuant am iddynt ei garcharu'n gynharach. Arweiniodd Meinir y ffordd tuag at y palis rhwng y beudy a'r gegin, gan fod ychydig wres o'r anifeiliaid yn treiddio drwyddo i roi ymdeimlad o gynhesrwydd. Aeth Twm i gyrchu clogynnau croen dafad iddynt, ac eisteddodd y tri ar y fainc, mor glòs wrth ei gilydd â phosib er mwyn cynhesu. Neidiodd Ryff ar lin Siôn a throelli sawl gwaith cyn gollwng ei hun yn glewt a syrthio i gysgu efo ochenaid fawr. Mwythodd Siôn ei ben heb feddwl. Ceisiai chwilio am y ffordd orau i egluro wrth ei fam a Twm. Penderfynodd ddechrau o'r dechrau. Cododd darlun ar ôl darlun i'w gof.

Y darlun cyntaf oedd o'r gŵr tal, tenau hwnnw, gyda'i drwyn hirfain, trwyn digon hir i weithredu fel picell mewn argyfwng brwydr! John Owen, Clenennau, yn edrych i lawr ar y bachgen dryslyd, ei aeliau'n codi mewn syndod. Y llygaid oeraidd yn syllu drwyddo'n ddifater wrth iddo orchymyn i'w ringyll golli'r bachgen i'r presgang cyn gynted â'u bod nhw wedi cyrraedd Lloegr. Drwy drugaredd, dyn calon-gynnes oedd y rhingyll, yn cofio'i hiraeth am ei deulu ei hun a adawsai flynyddoedd lawer yn ôl. Gwarchododd y bachgen rhag y gofidiau sy'n wynebu bachgen golygus mewn cwmni o ddynion heb ferched, nes iddo gyflawni gorchymyn ei feistr.

Cyfogi nes bod ei gorff yn wantan a gwag ar ei wely ar un o longau'r Llynges ym mae Biscay, tra oedd twrw gwrthryfela yn treiddio i lawr o'r dec uwchben, y twrw'n gorffen gyda chlecian a chwiban chwip. Cropian i fyny am awyr iach wedi iddynt gyrraedd Gibraltar, a gweld pedwar corff yn hongian ar raffau oddi ar y mastiau. Gweld gwylanod yn gwledda ar eu gwefusau a'u llygaid, yna symud i lawr wrth i'r stumogau chwyddo yn y gwres, a rhwygo'r perfedd chwyddedig nes gollwng drewdod ffiaidd ar y bwrdd islaw wrth i'r llong godi a gostwng yn y dyfroedd gwyllt. Y cyrff yn pydru'n ddrewllyd ar eu crogbren fel rhybudd yn erbyn terfysg pellach.

Llongau Lloegr a'r Iseldiroedd ochr yn ochr ym mae Cadiz wrth i'w harweinyddion wneud llanast o'r gwarchae. Cuddio rhag ei gyd-forwyr, gwehilion cymdeithas a'r carchardai, wedi eu gorfodi i weithio i Lynges ei Fawrhydi; dynion wedi eu cynddeiriogi gan newyn a salwch, a diffyg trefn o'r Iarll Cecil i lawr, nes iddynt ymddwyn fel llygod mawr, er gwaetha'r fflangellu a'r crogi a'u cadwodd dan reolaeth ar y dechrau; dynion a ofnid gymaint gan eu swyddogion fel na feiddient eu herio rhag iddynt gael eu llofruddio.

Roedd cof o'r noson honno yn Cadiz yn dal i godi arswyd arno. Y noson yr achubwyd ei fywyd gan forwr o'r Iseldiroedd pan ymosodwyd arno gan ei gyd-longwr er mwyn dwyn ei fisgeden galed, gynrhonllyd. Un Sais treisgar yn ymosod arno oherwydd mai bachgen bach ydoedd, a Chymro, oherwydd fod y Sais yn casáu'r Cymry'n fwy nag unrhyw genedl ar wyneb daear heblaw am y Gwyddelod. Cofiodd fel y neidiodd Johannes a'i ffrindiau, yr Iseldirwyr, ar fwrdd y llong ar ôl clywed ei gri am help. Ni theimlai'r Iseldirwyr ddim byd ond dirmyg at y Saeson, eu cynghreiriaid bondigrybwll, dirmyg am eu diffyg rheolaeth a'u diffyg trefn pan oeddan nhw eu hunain yn rhyfelwyr mor ddisgybledig. Cofiodd fel y teimlai'n ddiogel ar fwrdd eu llong, ei stumog yn llawn, wrth hwylio'n ôl i'w porthladd eu hunain, a'r hiwmor trwm, caredig wrth iddynt geisio'i ddysgu i siarad eu hiaith.

Nosweithiau mewn gwersylloedd gaeaf yn Fflandrys, Sacsoni, Bohemia, yr Eidal. Yr oerfel chwerw, y rhew a'r eira trwm, gaeafau ymhell o brofiad bachgen bach wedi arfer â mwynder penrhyn Llŷn. Fflamau canhwyllau'n neidio a llamu wrth i wyntoedd creulon Siberia ysgytian gorchuddion y ffenestri. Ei fysedd, wedi eu rhwymo mewn cadachau rhag ewinrhew, yn ceisio dal ar dudalennau ei lyfrau rhag ofn iddynt rwygo a diflannu tua'r gorllewin. Walter Leslie yn eistedd wrth ei ochr yn dysgu Saesneg a Lladin a Ffrangeg iddo yn ystod y misoedd gaeafol hynny, nes deuai'r gwanwyn unwaith yn rhagor i'w rhyddhau i ryfela a lladd eto.

Disgrifiodd ei freuddwyd – ei hunllef – wrthynt, y cyrff newynog, ysgerbydol, yr olion gwellt ar y gwefusau, y tebygrwydd rhwng y wraig a'i fam. Gwelwodd ei fam o'i glywed. Ceisiodd egluro sut na allai ei feddwl na'i galon na'i stumog oddef rhagor o ladd, rhagor o greulonderau a dioddefaint, rhagor o gyrff. Cyrff ar faes y gad gydag anafiadau ofnadwy, cyrff wedi eu llwgu, cyrff wedi eu treisio a'u difrodi, cyrff wedi eu llosgi, cyrff dynion a merched a phlant, cyrff y diniwed yn marw o flaen eu hamser. Ceisiodd egluro iddynt sut y daeth i gasáu crefydd ar adegau, gan ei fod yn rhoi esgus i ddynion wneud pethau dychrynllyd i'w gilydd.

Roedd ei fam ar fin edliw wrtho pan glywodd hyn, ond wedi syllu i'w wyneb anrheithiog, brathodd ei thafod. Gafaelodd yn y llaw oedd yn dal i fwytho Ryff, a'i chodi at ei gwefusau i'w chusanu.

'Siôn bach, Siôn bach,' meddai drosodd a throsodd, gan ddal ei law yn dynn. Dechreuodd yntau wylo, gan siglo'n ôl a blaen yn ei herbyn. Gwylltiodd yn erbyn ei wendid a cheisiodd ennill rheolaeth drosto'i hun drwy ddwyn i gof y gymuned fach honno yn Llanfaches. Tynnodd ei law oddi wrth ei fam a'i rhedeg drwy ei wallt dro ar ôl tro nes ymdawelu.

Disgrifiodd sut y cafodd loches ganddynt, rai misoedd ynghynt, ar noson o law trwm, ac fel y cafodd dderbyniad gwresog, digwestiwn ganddynt, ac eto heb ffwdan yn y byd. Doedd dim ffwdan na rhwysg yn perthyn iddynt, meddai, a phawb i weld yn gyfartal gytûn. Arhosodd yno'n hirach na'r angen, gan iddo gael ei gyfareddu gan eu cwmni. "Da chi'n gweld, Mam,' ceisiodd egluro, 'roedd ganddyn nhw ryw dawelwch unigryw o'u cwmpas, rhyw heddwch ysbrydol oedd yn eu hamddiffyn rhag holl drallodion bywyd.' Trodd i ffwrdd, ei wyneb yn drist, a syllu i lawr ar ben y ci bach ar ei lin. 'Mi rown i'r byd i gyd am gael gallu teimlo'r fath dangnefedd,' ychwanegodd yn dawel. Ond sut oedd obaith am hynny, ac yntau â gwaed cynifer o ddynion ar ei ddwylo? Aeth ymlaen i adrodd hanes ei sgyrsiau gyda dau ymwelydd arall â'r gymuned, sef Walter Cradoc a Morgan Llwyd. Roedd y ddau mor ddirodres, mor angerddol, nes iddo agor ei galon iddynt a gofyn am arweiniad. Ond sut i egluro wrth ei fam yr hyn a ddywedodd y ddau wrtho, pan na allai ei lawn ddeall ei hunan? Sut i egluro am y goleuni sydd o fewn pob enaid, y goleuni hwnnw y mae Duw, drwy ei fab Iesu Grist, yn ei gofleidio a'i sancteiddio, gan arllwys Ei ras mewn llif o gariad dros bob pechadur sy'n gwir edifarhau ac yn chwenychu ffordd y Nefoedd? Sut y gallai dderbyn hynny pan oedd ei enaid dan y fath orthrwm o bechod ac euogrwydd? Haws egluro am ei ddyhead i gael rhannu yn y tawelwch ysbrydol hwnnw; egluro mai ei unig obaith o allu gwneud hynny fyddai drwy ddeall yr hyn ddigwyddodd iddo un mlynedd ar bymtheg yn ôl. 'I wneud hynny, rhaid i mi ddarganfod y ffeithiau, darganfod a deall beth ddigwyddodd ar gychwyn fy helyntion.' Tawodd yn lluddedig.

Eisteddodd yr hen gwpwl yn fud am beth amser, yn ceisio treulio a deall y cyfan a ddywedodd Siôn wrthynt. Dechreuodd Twm siarad, yna petrusodd, cyn ailgychwyn yn araf.

'Siôn, ti'n gwbod y gneith dy fam a minna rwbath i'th helpu. Ond roedd 'na straeon yn dew drw'r pentra ar ôl i ti fynd . . . '

'Dyna'r math o beth yr hoffwn i chi ddeud wrtha i.' Trodd Siôn at ei fam. 'A roddodd y Sgweiar unrhyw eglurhad i chi pam roeddwn i'n gorfod gadael?'

Ysgydwodd Meinir ei phen yn araf. 'Na. Mi gyrhaeddodd y bwthyn a dweud ei fod wedi clywed am gyfle ardderchog i ti. Roedd perthynas iddo'n chwilio am fachgen i chwarae'r drwm gyda'i gatrawd wrth iddo gychwyn am Ewrop. Mi ddwedodd dy fod yn cael cyfle gwych i wneud rhywbeth ohonat dy hun, ac y basat ti'n gwneud yn llawer gwell yno nag fel prentis i'r gof . . . ' Treuliodd ei llais i ffwrdd a throdd yn euog at Twm. Rhoddodd yntau winc iddi dan wenu.

'Mi roedd o'n iawn, yn ôl pob golwg,' chwarddodd. 'Faswn i byth yn gallu cynnig tiroedd yn Bw . . . yn Bo . . . lle bynnag!'

'Ond doeddach chi ddim yn gweld y peth yn rhyfedd?' meddai Siôn. 'Mi fyddai unrhyw fachgen ar ei stad ei hun wedi gwneud y tro i chwarae'r drwm. Pam chwilio am un mor bell i ffwrdd ag Aberdaron?'

Edrychai ei fam yn ddryslyd. Ni fyddai erioed wedi meddwl cwestiynu'r Sgweiar. Pwysodd Siôn arni ymhellach.

'Wnaethoch chi ddim ceisio'i rwystro? Sut oeddech chi'n meddwl y basech chi'n gallu byw hebdda i, a Nansi'n ddim llawer mwy na babi?' Roedd ei lais yn graddol galedu wrth i'r hen frad a'r hen chwerwder, a gladdwyd cyhyd, ailgodi eto yn nes i'r wyneb. Ceisiodd addfwyno tôn ei lais. 'Sut oeddech chi am gael dau ben llinyn ynghyd, a Nhad newydd foddi ychydig wythnosau ynghynt, a'r babi'n marw? Doeddech chi mo f'angen i?'

'Wrth gwrs 'mod i dy angen di! Ond roedd y Sgweiar yn dweud y baset ti'n cael bywyd gwell! Roeddwn i'n meddwl fy mod yn gwneud y gorau i ti. Ac mi roedd y Sgweiar ar gymaint o frys. Roedd o'n dweud nad oedd amser i'w golli, fod yn rhaid iti hwylio am Gricieth cyn i'r llanw droi, neu golli dy gyfle. Chefais i ddim amser i feddwl.'

Erbyn hyn roedd ei fam yn wylo. Estynnodd Twm ei fraich am ei hysgwyddau i'w chysuro, a'i thynnu'n nes ato. Clywsant y fuwch yn brefu'n anghysurlon yr ochr arall i'r pared, fel petai'n ymwybodol o'r tensiwn. Cododd

Ryff ei ben i edrych ar yr wynebau hoff, cyn dylyfu gên a syrthio'n ôl i gysgu. 'Dim ond wedyn y cychwynnodd y siarad, y sibrydion,' aeth Meinir yn ei blaen, y cryndod yn rhedeg drwyddi ac yn ei rhwystro rhag siarad. Gwasgodd Twm ei llaw yn dyner.

'Roedd 'na sibrydion dy fod wedi rhedag i ffwrdd,' parhaodd Twm, 'mai ti oedd ar fai rwsut am farwolath y Ficar, ac wedi rhedag i ffwrdd yn hytrach na wynebu'r gosb.' Gostyngodd ei lais yntau. 'Roedd 'na hyd yn oed sibrydion mai fi oedd 'di'i ladd o.' Ysgydwodd ei ben. 'Duw a ŵyr y baswn i 'di gallu gneud hynny'r pnawn hwnnw, a chitha'ch tri 'di bod yn disgwl amdano am oria i gladdu'r babi. Ond diolch i'r drefn, roedd gen i dyst. Ceffyl Alex Bodfel wedi colli pedol, wsti, ac ynta angan teithio i Fodfel y noson honno. Mi dreuliais i'r amsar yn pedoli'r march – roedd 'na ddwy bedol arall yn rhydd hefyd, ac mi roedd raid i mi ailosod y cyfan. Mi ddeudis hyn wrth ddyn y Crwnar, a dwi'n credu fod Alex Bodfel wedi cadarnhau fy stori wrtho.' Tawelodd am funud, ei aeliau'n crychu, fel petai rhywbeth yn chwarae yng nghefn ei feddwl. Teimlai Siôn yn rhy luddedig i'w annog ymlaen. Rhwbiodd Twm ei law yn feddylgar dros ei farf lwyd-ddu. 'Roedd 'na ryw sôn, hefyd,' aeth ymlaen, 'fod rwbath o'i le ar Meistres Dorothy. Welodd neb mohoni am fisodd wedyn, a dydi hi ddim 'di bod yr un fath byth ers hynny.'

'Meistres Dorothy?' Sythodd cefn Siôn mewn eiliad. 'Ond mi wnes i . . . ' Tawodd ei lais wrth i'r hen arferiad o beidio â chynnig unrhyw wybodaeth na ofynnwyd amdani ailgydio ynddo. Edrychodd Twm arno'n ddisgwylgar, ond gan na ddywedodd Siôn ddim rhagor, ysgydwodd ei ben yn drist.

'Does dim allwch chi neud yn erbyn sibrydion,' meddai. 'Dyna pam na ddaru dy fam a minna ddim byd am y peth. Roedd yn well gadal i'r cyfan fynd yn angof, a dyna ddigwyddodd.'

'A dyna pam mae gen i gymaint o ofn i ti ailgyfodi'r helynt eto,' meddai ei fam. 'Ond os ydi o mor bwysig i ti, mi wnawn ni bopeth y gallwn i helpu, gwnawn Twm?'

Nodiodd yntau ei ben mewn cytundeb. Gafaelodd Meinir eto yn llaw Siôn a'i rhwbio mewn cylchoedd bach dros y croen gwyn ym môn ei fawd. Eisteddodd Siôn yn dawel gan geisio gwneud synnwyr o'r hyn a ddywedodd y ddau wrtho. Roedd cyffyrddiad ei fam yn gysur.

'Ma gin i botal o frandi 'di'i chuddio'n y simdda,' meddai Twm, gan godi i'w hestyn. ''Di golchi i'r lan gaea dwetha ar ôl storm. Y prentis welodd hi, a'i gwerthu i mi am geiniog. Rown i'n meddwl y bydda'n dda 'i chael hi rhag salwch, ond ma mwy o'i hangan arnan ni rŵan, dwi'n credu.' Daeth â'r botel lychlyd, wedi ei gorchuddio â huddug, at y fainc ynghyd â thair powlen fechan. Tywalltodd lymaid i bob un.

Llyncodd Siôn ei ddiod mewn un cegaid, a thywalltodd Twm ragor iddo. Sipiodd Meinir ei brandi'n ddrwgdybus, gan dynnu ei hanadl i mewn drwy ei dannedd wrth deimlo'r hylif dieithr yn llosgi ei ffordd i lawr i'w stumog. Roedd pawb yn fud, pob un ynghlwm wrth ei feddyliau ei hun. Roedd meddwl Siôn yn chwrligwgan gwyllt: darluniau o'i orffennol, ei ddicter yn erbyn y Sgweiar, a Catrin yn ei gŵn lliw'r fflamau. Roedd ei stumog yn corddi. Caeodd ei lygaid i geisio sadio'i fyd. Gallai glywed y gwellt ar lawr y beudy yn siffrwd wrth i'r fuwch biso, yna ailorwedd yn gysurus ar ei gwely gwellt, gan frefu'n dawel. Clywai goed y to yn clecian o bryd i'w gilydd, a llygoden fach yn 'sgythru ar lawr y daflod. Clywai gri tylluan yn y goedwig tu allan. Agorodd Twm ei geg led y pen a chodi ar ei draed.

'Ma hi'n hwyr, Meinir fach,' meddai, 'a finna 'di blino

cymaint fel na allwn weithio allan sut i sgwennu f'enw fy hun, heb sôn am betha mor ddwys â hyn. Tyrd, mi drafodwn ni eto'n y bora.' Casglodd y dysglau bach a'u gosod ar y bwrdd. 'Diolch i'r drefn ma hi'n ddydd Sabath fory – ac mi gawn ni weddïo am arweiniad.'

Ceisiodd Catrin beidio â deffro Elin Carreg, oedd yn rhannu'r gwely gyda hi am y noson. Gorweddai'n effro yn y tywyllwch clòs, y llenni trwm yn cau'r byd allan, gan greu is-fyd bach oddi mewn, byd anesmwyth o atgofion o'r noson cynt. Allai hi mo'u tawelu. Neidient drwy ei meddwl yn wyllt, anystywallt.

Yn gyntaf, ei siom chwerw pan ddeallodd nad oedd ei brawd, Edmwnd, yn gallu dod. Daeth llythyr i egluro'i fod wedi ei ddal yn ôl gan faterion pwysig, ac y byddai'n ceisio bod gyda hi ymhen ychydig ddyddiau.

Trodd ar ei hochr. Daeth sŵn bychan o gyfeiriad Elin. Roedd Meistres Elin mor awyddus i'r ddwy fod yn ffrindiau, gan ganmol sobrwydd a duwioldeb y ferch, a'i hawydd i ddysgu a chynorthwyo bob amser. Pe bai Elin heb fod yno ei hunan, yn gwrido a phwffian chwerthin yn hunanymwybodol i gefn ei llaw, mi fyddai Catrin wedi cymryd yn ei herbyn yn syth. Yn lle hynny, gwenodd yn siriol ar y ferch, gan roi'r camargraff iddi fod y wên yn wahoddiad iddynt fod yn gyfeillgar.

Erbyn hyn, roedd ganddi gywilydd o'r ffordd yr oedd wedi defnyddio'r ferch ddi-lun i'w dibenion ei hun drwy gydol y noson. Cafodd hi i 'mofyn pob mathau o ddanteithion o'r bwrdd bwyd iddi, i godi ei gwyntyll bob tro y disgynnai i'r llawr (ac fe ddisgynnai'n amlach nag oedd yn naturiol), a'r holl ddyletswyddau bach hyn yn cael eu gwobrwyo gyda storïau a hanesion bywyd ar stad y Penrhyn, a digwyddiadau'r prynhawn ym Modwrda. Ailadroddodd straeon y morynion am ddychweliad Siôn, ond heb yngan yr un gair am iddi hi ei hun ei gyfarfod yn y llofft stabal. Sylwodd fod y newydd wedi llawenhau Elin. Dywedodd Elin wrthi fel yr oedd hi a'i brawd, Evan, yn arfer dod draw'n aml i Fodwrda pan oeddan nhw'n blant, i chwarae efo John, ei frodyr Huw a Griffith – doedd Owen heb ei eni bryd hynny – a'u chwaer Elizabeth. Dywedodd fel yr oedd John a Siôn yn ffrindiau pennaf a diwahân erstalwm, bob amser mewn rhyw helbul neu'i gilydd. Gwrandawai Catrin gyda gwir ddiddordeb, er iddi gael trafferth cysoni'r gŵr sychlyd, dihiwmor yr oedd hi am ei briodi ymhen ychydig fisoedd, gyda'r darlun o blentyn direidus a grëid gan atgofion Elin.

Atgoffwyd hi o ymddygiad od John drwy gydol y noswaith. Trodd eto ar ei chefn a syllu i'r düwch uwchben. Beth oedd wedi ei gythruddo gymaint? Doedd bosib fod ei siom gyda'r hela wedi lliwio'i dymer drwy'r noson gyfan? Prin ei fod o wedi sylwi arni, er iddi deimlo'n sicr ei bod yn edrych yn dda. Doedd Maredydd Meillionydd ddim wedi tynnu ei lygaid oddi arni o gwbl! Rhaid iddi gydnabod bod ei mam wedi dewis yn ddoeth gyda'r defnydd yna. Roedd gwehydd â gallu arbennig wedi ei greu, gan ddewis lliwiau o oren, melyn a choch mor gelfydd fel yr efelychai fflamau. Yr unig ymateb oddi wrth John oedd rhyw fath o ebychiad dan ei anadl, a chŵyn am afradlonedd gwisgoedd merched.

O leiaf nid oedd raid iddi fynd ato a gofyn am gael mynychu'r llofft stabal. Byddai'n ddiolchgar am byth i Elin am wneud y gofyn drosti. Cyn gynted ag yr awgrymodd Catrin tybed na fyddai gan Elin awydd gweld Siôn eto, neidiodd at y syniad, a rhuthro i ffwrdd yn syth i ofyn i John fynd â nhw yno. Er mawr syndod i Catrin, cytunodd yntau. Roedd yn dal i ryfeddu yn awr, yn enwedig o ystyried ymddygiad John cyn gynted ag y cyrhaeddodd yno. Wnaeth o ddim byd ond gwgu ac edrych yn sarrug ar bawb. Pam na allai guddio'i deimladau'n well? Yn lle hynny, roedd y byd i gyd yn gwybod ei fod yn flin ynghylch rhywbeth. Ai stori Siôn oedd ar fai?

Cododd dagrau i'w llygaid wrth gofio'r hyn ddigwyddodd ar ôl iddynt ddychwelyd i'r plas. Gofynnodd i Meistres Elin, yn gwbl ddiniwed, a oedd stori Siôn yn wir. Dychrynwyd hi gan yr ymateb. Mewn distawrwydd llethol, arweiniodd Meistres Elin y merched i gyd i'w hystafell breifat er mwyn iddynt allu gweddïo ar Dduw i faddau cabledd Catrin. Mewn dryswch a braw, gorfodwyd hi i arwain yr orymdaith i'r ystafell ddigysur, wag, ac yno y penliniodd pawb gan rynnu, eu pennau'n isel tra oedd Meistres Elin yn gweddïo'n ddiddiwedd. Galwodd ar i Dduw faddau i Catrin am ailadrodd ofergoeliaeth baganaidd, ac yna gofyn iddo lyffetheirio ei chwantau am foethusrwydd, ei ffyrdd penchwiban, a dysgu iddi gymedroleb ym mhob peth, doethineb yn ei dyfodol fel gwraig a mam, a gostyngeiddrwydd ac ufudd-dod i'w gŵr ac i Dduw ym mhob agwedd o'i bywyd.

Ei hunig gysur ar ôl y fath waradwydd oedd y gwahoddiad tawel oddi wrth Anne, gwraig y ficer, oedd yn feichiog gyda'i phlentyn cyntaf, i ddod draw i'w gweld yn y ficerdy'r prynhawn canlynol. Er i draed Catrin ddilyn camau'r dawnsiau urddasol, tawel y caniataodd Meistres Elin i'r bobl ifanc eu mwynhau am weddill y noson, dawnsiau na fyddai'n tramgwyddo'i duwioldeb, nid oedd ei chalon yn y gerddoriaeth, a baglodd ar draws traed ei phartneriaid sawl tro.

Dechreuodd Elin chwyrnu'n dawel wrth ei hochr. Penderfynodd Catrin ganolbwyntio ar elfennau pleserus y noson – neu'n hytrach, yr unig elfen bleserus, sef Siôn. Siôn yn gwenu'n braf arni, yn dal ei llygaid, Siôn yn chwerthin gyda'r plant, yn eu taflu i'r awyr mewn hwyl, a'u dal yn ddiogel yn ei freichiau cryf. Meddyliodd am y breichiau, pa mor gryf oeddynt, ac am addfwynder y dwylo. Ni allai beidio â meddwl am ei ddwylo, mor gadarn a chryf, ac eto mor addfwyn. Roedd y cof amdanynt yn llenwi ei meddwl cymaint ag y gwnâi eu gweld ar y pryd. Roedd wedi eu gwylio mor ofalus, wedi ysu am eu teimlo, teimlo'u siâp, eu nerth, y bysedd hirion â'r pennau sgwâr, y blew bach euraid, y cris-croes o greithiau mân ar gefn y dwylo. Sut y cafodd y creithiau yna? Sut oedd o wedi cael y graith ar ei wyneb? Dyheai am gael gwybod y cyfan amdano, ac am iddo yntau wybod y cyfan amdani hi.

Dychmygodd sut deimlad fyddai cael ei dal gan y breichiau yna, a'r dwylo yna'n anwesu ei gwallt, ei hwyneb, ei chorff. Wrth feddwl fel hyn, lledaenodd rhyw wefr ryfedd drwy ei chorff, a dolur dyheus yn codi o'i pherfedd. Rhedodd ei bysedd yn ysgafn, ysgafn, dros liain ei gŵn nos, gan ddychmygu. Daeth yn ymwybodol o'i bronnau, ac fel y safai'r tethi'n galed yn erbyn y defnydd. Llithrodd ei llaw y tu mewn i'w gŵn yn arbrofol, gan gwpanu'r llawnder meddal. Dychmygodd mai ei law ef oedd yna, a gwasgodd y deth. Syfrdanwyd hi gan y ffrwd o bleser a lifodd drwy'i chorff, gan wneud i'w phengliniau saethu i fyny at ei chanol.

Symudodd Elin yn anniddig wrth ei hochr, gan fwmial rhywbeth. Llanwyd Catrin ag ofn a chywilydd. Oedd Elin yn ymwybodol o'i hymddygiad cywilyddus? Oedd hi'n slwt? Yn hoedan? Yn butain? A fyddai marc y diafol ar ei hwyneb yn y bore yn blaen i bawb ei weld? Gwasgodd ei dwylo'n galed rhwng ei phengliniau a chaeodd ei llygaid yn dynn, dynn, gan ei gorfodi ei hun i geisio cysgu.

6

Rhowch gymmod parod ŵr purwyn – i Siôn
Er nas haeddo un gronyn;
Na ddigiwch yn rhy ddygyn
Er Iesu nawdd ŵyr Siôn Wyn.

Siôn Ifans Pwlldefaid i Sgweiar Bodwrda
(oddeutu 1640–44)

Camodd John yn ddiamynedd dros gorff ei was, ynghwsg
ar ei wely gwellt y tu allan i'w ystafell. Pa hawl oedd gan
y diawl i gysgu pan oedd ei feistr wedi treulio'r noson
gyfan yn troi ac yn trosi, ac wedi gorfod codi o'r diwedd
cyn toriad gwawr, am na allai oddef rhagor yn y gwely?
Chwyrnai'r gwas yn uchel, a chafodd John gryn drafferth
i ymatal rhag rhoi cic haeddiannol iddo, i dalu'n ôl iddo
am yfed gormod yn y llofft stabal, ond doedd ganddo mo'r
amynedd i oddef y rhincian dannedd a'r gofidio fyddai'n
dilyn.

Safodd ar drothwy drws y gegin ac edrych ar yr awyr
oedd bellach yn dangos arwyddion o lwydni drwy'r
düwch. Teimlodd frathiad yr hydref a chaeodd ei siaced
gynnes yn dynn am ei frest. Wrth groesi'r buarth, sylwodd
ar rimyn o olau'n disgleirio drwy slatiau ffenestri'r
stablau lle cedwid y ceffylau gorau, a daeth sŵn
chwibanu ysgafn i'w glyw. Doedd dim peryg i'r gweision
fod wrth eu gwaith y bore hwnnw – roedd pob un o'r
diawliaid diog yn chwyrnu yn eu cwrw. Roeddan nhw'n
lwcus mai'r Sabath oedd hi, neu mi fasa fo'n siŵr o'u
deffro gyda'i chwip! Na, ei frawd bach, Owen, oedd yno,

yn swnio'n rhy hapus o lawer. Maldodi ei farch newydd, mwy na thebyg, wedi gwirioni'i ben efo'i bwrcas, er bod John yn gweld yr anifail yn llawer rhy goegwych ac anwadal, ac Owen wedi talu dwywaith yn ormod amdano. Oedodd John am eiliad, gan gysidro atgoffa'i frawd am agwedd eu tad tuag at unrhyw fath o chwaraeon neu hela ar y Sul, gan gofio'r adeg honno pan oedd ef a Huw, ei frawd agosaf, wedi mentro pysgota ychydig flynyddoedd yn ôl ac wedi teimlo cynddaredd y wialen am eu pechod. Ond aeth yr eiliad heibio, ac anwybyddodd yr ysfa. Ni fyddai Owen wedi gwrando, p'un bynnag, felly pam gwastraffu ei anadl? Roedd yn rhaid iddo ddysgu derbyn canlyniadau ei weithredoedd, fel pawb arall. Cerddodd ymlaen i gyfeiriad yr afon, gan feddwl dilyn y llwybr am y pentref.

Croesodd y meysydd nes cyrraedd ymylon y llethr coediog a derfynai'r borfa, lle'r ildiai'r glaswellt i briddglai o ddail pydredig. Sylwodd fod amryw o olion traed anifeiliaid i'w gweld ynddo ac, o graffu'n fanylach, tybiodd weld ôl traed llwynog yn eu mysg. Syllodd drwy'r coed i geisio dilyn llwybr y llwynog, ond daliwyd ei lygaid gan symudiad draw ynghanol y goedwig. Dechreuodd gerdded i fyny'r llethr yn chwilfrydig, cyn sylweddoli mai dyn oedd yno, yn cerdded tuag ato, a chi bychan gwyn a gwinau wrth ei draed. Fferrodd John wrth iddo adnabod y dyn.

'Bore da, Meistar John,' cyfarchodd Siôn ef yn siriol. 'Beth sy'n dod â chi allan mor fore?'

'Mi allwn i ofyn yr un cwestiwn i ti,' atebodd John yn oeraidd, 'a gyda gwell hawl. Beth wyt ti'n da ar dir Bodwrda?'

'Tir Bodwrda? Ond . . . roedd y lle'n perthyn i bawb erstalwm.'

'Mae hynny wedi newid bellach. Mae'n rhan o diroedd Bodwrda rŵan, ac rwyt ti'n tresmasu. Dos o'ma.'

'Nid dyna'r unig beth sydd wedi newid, 'choelia i fyth,' meddai Siôn, a'r dicter yn codi yn ei lais. Camodd ychydig yn nes at John. 'Beth sy'n bod arnat ti, John? Roeddan ni'n ffrindiau pennaf cyn i mi fynd i ffwrdd.'

Ni wyddai John p'un ai i chwerthin neu wylltio. Y fath hyfdra! 'Sut allwn ni fod yn ffrindiau ar ôl beth wnest ti?' Crygodd ei lais dan ddylanwad ei emosiynau. 'Pa hawl sydd gen ti i ddod 'nôl yma a dangos dy wyneb yn nhŷ fy nhad? Sut allet ti fod mor wyneb-galed, ar ôl yr holl niwed wnest ti i ni?'

'Niwed?' meddai Siôn yn anghrediniol. 'Pa niwed? Beth wyt ti'n feddwl? Pwy niweidiodd pwy, dwed?'

'Paid â bod mor ddiniwed efo fi, Siôn Rhisiart! Rydw i'n gwybod sut un wyt ti o dan y wên ffals yna! Ac mi ddeuda i hyn wrthyt ti: os meiddi di ddod yn agos i'm chwiorydd neu i Catrin eto, mi dystia i o flaen Duw y cei di gurfa dda.' Sylwodd fod ei eiriau wedi taro'r nod, a bod ei elyn yn gwingo, er iddo geisio ymateb yn bowld.

'Duw, Duw, on'd ydi o'n geiliog pen tomen! A sut wyt ti'n mynd i gyflawni hynny, *Meistar* John? Wyt ti'n mynd i gael rhai o ddynion dy dad i geisio 'nghuro?'

'Y diawl bach!' gwaeddodd John, gan golli ei reswm yn llwyr. Neidiodd am wddf Siôn a suddo'i fysedd a'i ewinedd i'r cnawd meddal megis un o'i hebogiaid ei hun. Llanwyd ef â'r ysfa i ladd, ei wyneb yn troi'n goch-biws a'i geg yn glafoerio wrth i synau bach anifeilaidd ddod ohono. Teimlai ei holl nerth yn ffrydio'n bwerus i'w fysedd wrth iddynt rwygo a gwasgu a thagu'r enaid o'i elyn.

Syrthiodd Siôn yn ôl dan bwysau'r ymosodiad a llithrodd ei droed, gan dynnu John i lawr ar ei ben. Rholiodd y ddau'n blith draphlith i lawr y llethr deiliog, mwdlyd nes i gefn Siôn daro yn erbyn bonyn coeden a'i atal. Gwibiai Ryff o'u hamgylch, wedi myllio'n llwyr ac yn cyfarth nerth esgyrn ei ben. Brwydrodd John yn erbyn nerth breichiau Siôn wrth iddynt geisio llacio'i ddwylo ar wddf ei elyn, ond roedd eu nerth yn drech nag ef. Teimlodd ei ddwylo'n colli eu gafael.

'John! John!' ymbiliodd Siôn, wrth i'r anadl pêr lifo i'w ysgyfaint unwaith eto. 'Rho'r gorau iddi! Wyt ti'n gall?'

Ateb John oedd anelu dyrnaid galed â'i law dde nes i waed dasgu o drwyn Siôn. Dechreuodd y sgarmes o ddifrif. Dyrnau'n hedfan drwy'r awyr ac yn glanio'n boenus, coesau'n chwifio a chicio, a Ryff yn brathu tameidiau o gnawd yn ddiduedd bob cyfle a gâi. Yn raddol, cliriodd y gwylltineb o feddwl John, a sylweddolodd mai ffolineb oedd cychwyn brwydr yn erbyn un oedd cymaint talach a chryfach nag ef. Pan deimlodd afael Siôn yn llacio am ennyd, ceisiodd godi ar ei liniau, ond dyma hergwd ffiaidd o gefn llaw Siôn yn ei yrru'n glewt ar wastad ei gefn. Ailgydiodd ei wylltineb. Gallai dderbyn dyrnodio, pa mor boenus bynnag ydoedd, ond roedd slap cefn-llaw yn gerydd mam i'w phlentyn, yn sarhad i'w ddyndod. Llamodd unwaith eto am wddf Siôn, a dawnsiodd y ddau ynghlwm wrth yddfau'i gilydd ar hyd llawr y goedlan.

Dychrynwyd hwy gan sgrech o enau benywaidd, a syrthiodd John ar ei liniau wrth i Siôn ei ollwng fel petai'n ddarn o haearn eirias.

'Mam! Be 'da chi'n wneud yma?'

Ymbalfalodd Meinir dros y dail a'r brigau coed marw, a syllu'n wyllt o wyneb ei mab at fab y Sgweiar ar y llawr.

'Be haru ti, Siôn? Be wyt ti wedi'i wneud?' Roedd dagrau ac ofn yn gymysg yn ei llais. Penliniodd wrth ochr John, gan estyn ei llaw at ei ysgwydd. 'Ydach chi'n iawn, Meistar John?'

'Mam! Wnes i ddim byd. Fo ddechreuodd!' Yn union fel hogyn bach pump oed, meddyliodd John yn wyllt. Wel, mi gaiff dalu am hyn!

'Bydd ddistaw, Siôn,' atebodd Meinir yn ddi-lol. Gafaelodd ym mraich John a'i helpu i godi.

Doedd dim tamaid o nerth ar ôl yn ei goesau. Teimlai'n wantan a simsan, er na fyddai wedi dangos hynny i'r gwerinwyr yma am bris yn y byd. Ysgydwodd ei ben a rhwbio'i wyneb â'i ddwylo. Roedd mwd a dail yn glynu wrth ei ddillad, a brigau mân yn britho'i wallt, a dychmygodd ei hun fel un o'r bobl Adda-ac-Efa wallgo yna. Edrychodd gydag atgasedd ar y fam a'i mab, a derbyniodd rhyw gysur wrth sylwi bod Siôn yn yr un cyflwr, os nad yn waeth, gyda gwaed yn llifo i lawr ei wyneb.

'Mae golwg ddifrifol ar y ddau ohonoch!' ceryddodd Meinir hwy. 'Dewch yn ôl i'r bwthyn efo ni, Meistar John, ac mi gewch chi lanhau'ch hun cyn mynd adref.' Trodd at ei mab. 'Mi ddois i allan i chwilio amdanat ti, Siôn, pan glywais i Ryff yn cyfarth. Tyrd yn dy flaen, mae gen ti amser i newid a chael tamaid o fwyd cyn mynd i'r eglwys. Dowch yn eich blaenau.'

Diflannodd gwylltineb John yn ddisymwth gyda geiriau cyffredin y fam, gan ei adael yn teimlo'n llipa a diymadferth. Ysgydwodd y dail a'r brigau oddi ar ei ddillad wrth iddo'u dilyn hwy'n dawel, ei foch yn llosgi ar ôl y glustan. Roeddent wedi cyrraedd y bont pan ddaeth mwy o drallod i'w ran. Suddodd ei galon wrth glywed sŵn cylchoedd haearn olwynion y goets yn clecian ar y ffordd o Fodwrda. Mi fuasai'n well ganddo fod wedi neidio i'r afon na wynebu'r teulu y foment honno, ond roedd gormod o ofn arno dorri'i wddf. Doedd dim modd, chwaith, iddo gyrraedd drws y bwthyn cyn i deithwyr y goets eu gweld. Felly gwthiodd ei hun yn erbyn wal y bont a gweddïo yr âi'r goets yn ei blaen heb arafu. Wnaeth hi ddim. Ar orchymyn o'r tu mewn, tynnodd y gyrrwr ar yr awenau, ac ymddangosodd pen dig ei dad yn nhwll y ffenestr.

'A beth, syr, sy'n egluro'ch cyflwr cywilyddus?'

Pam oedd ffawd mor greulon wrtho? Cochodd at fôn ei glustiau wrth sylwi ar wynebau Elin a Catrin y tu mewn i'r goets, a'r ddwy'n ceisio peidio pwffian chwerthin. Baglodd ar ei eiriau. 'M . . . mm . . . mae'n ddrwg gen i, syr.'

'Dos i lanhau dy hun, a gwna'n siŵr dy fod yn yr eglwys ar amser. Wna i ddim goddef meth-addolwyr dan fy nho,' atebodd ei dad yn chwyrn. Gydag arwydd diamynedd â'i law, gorchmynnodd y gyrrwr i fynd yn ei flaen, a thynnodd orchudd lledr y ffenestr i lawr gyda chlec. Cychwynnodd y goets i fyny'r bryn yn llafurus, y ceffylau'n gwyro i mewn i'w coleri, wedi colli'r momentwm a fyddai wedi eu helpu i fyny'r llethr serth.

A'i deimladau ar chwâl, fe'i cafodd John ei hun yn dilyn gorchmynion Meinir fel petai'n fachgen bach unwaith eto. Tynnodd ei ddillad gwlyb yn yr ystafell winscot lle'i gyrrwyd ganddi, ymolchodd yn y ddysgl o ddŵr cynnes a wthiodd hi drwy'r drws, a gwisgodd yn araf mewn dilladau glân – dilladau o eiddo Siôn, sylwodd un rhan o'i feddwl, y llodrau'n rhy hir iddo ond yn dynn am ei wasg. Roedd ffyrnigrwydd ei deimladau cynharach wedi ei flino'n llwyr, ac nid oedd ganddo'r egni i wrthwynebu dim ymhellach. Cododd rhyw hiraeth dieithr yn ei galon wrth glywed y sgwrsio naturiol rhwng Siôn a'i fam yr ochr arall i'r pared. Nid yn aml y byddai'n cofio am ei fam ei hun, a chafodd ei hun yn dyfalu, gyda phoen, sut y buasai ei fywyd pe bai hi wedi cael byw. Bu farw wrth eni plentyn bach, plentyn oedd hefyd wedi marw o fewn tridiau i'w mam, ychydig cyn ei ben-blwydd ef yn naw oed. Sylweddolodd gydag ysgytwad a'i tynnodd o'i syrthni mai marwolaeth ei fam oedd man cychwyn y newid er gwaeth yn ei fywyd. Y flwyddyn ddilynol fe gollodd ei ffrind gorau ar ôl dirgelion marwolaeth y ficer, a'i dad yn ymddangos fwyfwy fel bwgan bygythiol, awdurdodol, didrugaredd.

'Dewch i gnesu'ch hun o flaen y tân,' torrodd llais Meinir ar ei fyfyrdodau. 'Mae gen i uwd yn y sosban. Gymerwch chi beth? Mi wnaiff eich cadw rhag y dwymyn, a chitha wedi gwlychu a phopeth. Mae 'na ddigon o amser i chi fwyta os cymerwn ni'r llwybr i lawr yr afon. Mi gyrhaeddwn ni mewn pryd i'r gwasanaeth, rwy'n siŵr.'

Camodd o'r ystafell winscot i weld Siôn yn plannu cusan ar dalcen ei fam a'i siarsio i beidio ffwdanu. Eisteddodd ar stôl wrth y bwrdd a derbyn dysglaid o uwd gyda llefrith a mêl. Dechreuodd fwyta, a sylweddoli bod ganddo archwaeth helaeth. Diflannodd pob diferyn o'r uwd, y cynhesrwydd yn lliniaru ei gorff a'i deimladau.

'John,' dechreuodd Siôn ar ôl iddynt orffen bwyta, 'mi rwyt ti'n ymddwyn fel petait ti'n fy nghasáu i. Wn i ddim a yw hynny'n wir, na pham y dylet ti deimlo felly . . . ' Agorodd John ei geg i wrthwynebu, ond cyn iddo allu dweud dim, prysurodd Siôn yn ei flaen. 'Does 'na ddim digon o amser i siarad rŵan, ond rwy'n erfyn arnat ti i ddod yn ôl yma ar ôl y gwasanaeth ac fe gawn ni drafod y sefyllfa.' Gwyrodd Siôn ymlaen tuag ato, ei lais yn gostwng mewn angerdd. 'Cof am dy gyfeillgarwch di oedd y peth pwysicaf yn fy mywyd i am flynyddoedd, yn rhoi nerth i mi ddal ati ar adegau caled. Mae'n fy mrifo i feddwl mai cof ffals oedd o . . . na, paid â gwylltio, gad i mi orffen . . . y cyfan roeddwn i am ofyn oedd, os wyt ti'n ei chael hi'n anodd siarad efo mi, a fuaset ti'n fodlon gwrando ar yr hyn sydd gan Mam i'w ddweud?'

Ni wyddai John sut i ymateb. Roedd Siôn yn amlwg yn ddiffuant ei eiriau, ac ymffrostiai John yn ei gred mewn tegwch a chyfiawnder. 'O'r gorau,' cytunodd yn araf, 'cawn siarad yma, wedi'r gwasanaeth.'

Wrth wrando ar y ficer yn mynd drwy'r defodau, ceisiodd Siôn feddwl am y ffordd orau i gael John o'i blaid. Roedd cael ei gefnogaeth yn hollbwysig i lwyddiant ei ymgyrch. Gallai John agor drysau fyddai ynghau iddo ef, a chael gafael ar wybodaeth yn rhwyddach o lawer. Serch hynny, teimlai bigiadau o euogrwydd am iddo ddefnyddio'r mab i rwydo'r tad. Ond ni allai fforddio bod mor feddal ei gydwybod. Onid oedd Sant Paul ei hun wedi dweud: *'Gwnawn ddrwg, fel y dêl daioni'*? Y ffordd orau, fwy na thebyg, fyddai cael ei fam i ddechrau egluro. Rhaid ei thrwytho'n drylwyr ar y ffordd adref o'r eglwys.

'Ddywedodd Siôn mo'r stori gyflawn wrth y plant neithiwr,' dechreuodd Meinir yn betrusgar. Arhosodd Twm o'r neilltu, gan esgus ymweld â hen ffrind. 'Mi welodd o'r Ficer wedyn, ar ôl i bawb daflu'r cerrig i'r tân.'

'Welais i mohono fo,' gwrthwynebodd John, 'ac mi roeddwn i efo Siôn.'

Ofnodd Siôn am ennyd y byddai ymateb chwyrn mab y plas yn ddigon i lyffetheirio'i fam, ond roedd yn falch o'i gweld yn ysgwyd ei phen yn bendant. 'Roeddech chi wedi dechrau rhedeg am Fodwrda. Mi welodd Siôn o'n llithro i ffwrdd o'r goelcerth, fel petai o ddim am i neb sylwi arno'n mynd. Ceisiodd Siôn ei ddilyn, ond roedd hi'n rhy hawdd ei golli yn yr holl dwmpathau eithin a cherrig mawr sydd 'na ar fynydd Ystum. Beth bynnag, wedi methu ei weld, daeth Siôn adref.' Tawodd am funud, fel petai'n chwilio am y geiriau priodol. Archwiliodd Siôn wyneb John i fesur ei ymateb, ond roedd yn rhy gaeëdig i ddatgelu dim. Ailgychwynnodd ei fam. 'Ar y ffordd adra roedd o, ar y llwybr sy'n rhedeg lawr y Daron am y pentref, pan ddaeth o ar ei thraws – ar draws eich modryb Dorothy.' Neidiodd John i'w draed, ond roedd Siôn yn barod i'w rwystro gan roi ei law ar ei fraich yn dawel. Edrychodd John yn ansicr o'r mab i'r fam, ac aileisteddodd. Anwybyddodd Meinir yr ymyriad. 'Roedd hi'n gorwedd yno, yn fwndel truenus ynghanol y llwybr, ar ei phen ei hun yn y tywyllwch.' Tawodd eto, a phenderfynodd Siôn barhau â'i stori.

'Mi fu bron i mi faglu drosti, oni bai i mi ei chlywed yn crio mewn pryd. Wyddwn i ddim beth i'w wneud. Cofia, dim ond bachgen deg oed oeddwn i, a hithau ond ychydig flynyddoedd yn hŷn. Roedd hi'n gweiddi crio, druan fach, a wyddwn i ddim a ddylwn i gyffwrdd ynddi i geisio'i chysuro ai peidio. Doedd hi ddim fel petai'n gwybod 'mod i yna. Roedd gen i ofn codi mwy o fraw arni. Yna daeth y lleuad allan o'r tu ôl i gwmwl, a gwelais rywbeth yn disgleirio wrth ei thraed. Gwyrais i lawr, a gweld mai ei loced hi oedd yna, a'r gadwyn wedi torri.'

'Roedd hi wedi torri am dy fod ti wedi'i rhwygo hi oddi ar ei gwddf, y diawl!' rhegodd John.

'Naddo, wir, Meistar John,' neidiodd Meinir i amddiffyn ei mab. 'Fyddai Siôn byth yn gwneud y fath beth.'

'Dwyn y loced? Beth roddodd y syniad yna i ti?' Sut aflwydd oedd John wedi cael y fath syniad? 'Penderfynais godi'r loced, gan feddwl ei chynnig yn ôl iddi, ond mae'n rhaid fod fy symudiad wedi tynnu ei sylw, achos mi welodd fi, a dechrau sgrechian. Sgrechian a sgrechian yn ddi-baid. Roeddwn i wedi dychryn wedyn. Roedd rhan ohona i eisiau rhedeg i ffwrdd, a sawl tro wedyn rydw i wedi edifarhau na wnes i, ond allwn i ddim meddwl am ei gadael yno, ar ei phen ei hun yn y tywyllwch, mewn cymaint o ofn.' Ysgydwodd ei ben wrth gofio'i ansicrwydd a'i ofn ei hun. 'Wyddwn i ddim beth i'w wneud, felly sefais yno, yn syllu arni. Clywais swn gweiddi wedyn, a thraed yn rhedeg i lawr y llwybr, a daeth dy dad ac Enoch Evans i'r golwg.' Fel petai angen cynnig eglurhad, ychwanegodd Siôn, 'Mi glywais 'i fod o'n asiant i'r stad rŵan, ond bryd hynny dim ond porthmon oedd o, yn Aberdaron ar gyfer y mwstwr gwartheg.

'Aeth dy dad heibio i mi a phenlinio ger ei chwaer. Cododd hi yn ei freichiau a'i dal yn dynn, a cheisio'i chysuro. Roedd gan Enoch lusern, ac mi welais am y tro cyntaf gymaint o olwg oedd ar dy fodryb. Ond tawelodd ei sgrechiadau'n raddol, a gosododd dy dad hi ar ei thraed a thaflu ei glogyn am ei hysgwyddau. Arweiniodd hi adref i Fodwrda, gan fy anwybyddu i'n llwyr. Ond gafaelodd Enoch Evans yn fy mraich a'm llusgo ar eu holau. Roedd Ifan yn aros amdanon ni yn y gegin, ac fe'i gyrrwyd i 'mofyn Meistres Alis a Meistres Jane, ac mi aethon nhw â Meistres Dorothy i'w gwely. Roedd Enoch yn dal i afael yn fy mraich. Roedd o'n gwasgu'n dynn, dwi'n cofio, ac yn fy mrifo. Dechreuais wingo i geisio torri'n rhydd, a dyna pryd y gwelodd o'r loced yn fy llaw. Llusgodd fy mraich i fyny i'r awyr, a dechrau fy nghuro ar fy mhen. Roedd o'n fy ngalw'n lleidr bach, a llawer, llawer gwaeth pethau, nes i dy dad ei rwystro.' Ffromodd Siôn wrth gofio hynny – roedd wedi bod yn benbleth iddo erioed.

'Gollyngodd Enoch fy mraich, a thynnu dy dad i gornel a sibrwd yn ei glust. Buont yn sibrwd am amser, ac yn edrych arna i o bryd i'w gilydd. O'r diwedd, daeth dy dad ataf, a gofyn beth roeddwn i wedi'i weld. Mi ddwedais innau'r gwir, nad oeddwn i wedi gweld fawr o ddim. Dwedais fy mod wedi gweld y loced ar lawr, ac wedi ei chodi gan feddwl ei rhoi yn ôl, ond bod Meistres Dorothy wedi dechrau sgrechian.

'Anfonwyd Enoch o'r ystafell, ac yna aeth dy dad â fi adref. Ar y ffordd, dywedodd wrtha i am beidio â dweud dim wrth neb am yr hyn ddigwyddodd, ac y byddai yntau'n gwneud yn siŵr fod pethau'n iawn efo Mam. A dyna fu. Bore wedyn, fel y gwyddost, mi ddaethon nhw o hyd i gorff y Ficer. Amser cinio, fe ddaeth dy dad yn ôl, a dweud y byddai'n well i mi fynd o'r pentref, a'i fod wedi cael hyd i safle i mi gyda pherthynas iddo.'

''Da chi'n gweld, Meistar John,' torrodd Meinir ar ei draws, 'roedd eich tad yn ofni fod Enoch Evans wedi bod yn siarad yn y pentref, ac y byddai pobol yn meddwl y gwaethaf am farwolaeth y ficer. Roedd yn well i Siôn fynd i ffwrdd, meddai, er y gwyddai na fyddai Siôn yn gwneud unrhyw niwed i neb, heb sôn am niwed i Meistres Dorothy.'

Os gobeithiai Siôn weld yr hen gyfeillgarwch yn cael ei ailsefydlu'n ddiamod ar ôl i John glywed y gwir, cafodd ei siomi. Roedd ymateb John yn oeraidd. Sylwodd Siôn fod ei ddwylo'n aros yn ddyrnau ar y bwrdd, a'i fod yn cnoi ei wefus yn ddidrugaredd.

'Nid dyna'r stori glywais i,' meddai John toc. 'Pam ddyliwn i gredu'r hyn 'da chi wedi'i ddweud?'

'John, rwy'n erfyn arnat ti,' ymbiliodd Siôn, ei lais yn floesg oherwydd y siom o weld ei ymdrech yn methu. 'Gofyn i dy dad. Mi ddwedith o'r gwir wrthyt ti.'

Neidiodd John ar ei draed, ei wyneb yn gandryll. 'Sut meiddi di . . . ' cychwynnodd, ond tagodd ar ei eiriau ei hun. Rhuthrodd am y drws, gan adael Siôn a Meinir i syllu ar ei ôl mewn syndod a siom.

Mi wela i di fory. Onid dyna eiriau olaf Siôn cyn iddo ddiflannu dros nos o Aberdaron? Gorweddai John ar ei wely, wedi'i gloi ei hun yn ei ystafell, yn ceisio cymhathu'r holl atgofion a wibiai drwy ei feddwl. Ie, 'wela i di fory', a'r llais bachgennaidd yn ddidwyll ddiffuant. Pam gebyst na fyddai wedi sylweddoli arwyddocâd y geiriau cyn heddiw? Bwriad Siôn oedd ei gyfarfod y diwrnod canlynol, ac fe wnaeth yr addewid hwnnw pan oedd corff y ficer eisoes wedi ei ddarganfod, a Modryb Dorothy eisoes yn ei gwely, felly doedd dim arwydd o euogrwydd yn ei eiriau. Pam na allai fod wedi glynu wrth y geiriau hynny ar y pryd, a gwrthod credu'r holl siarad atgas, enllibus a glywai ar bob cwr yn y pentref nes iddo redeg at ei dad a gofyn am eglurhad? Ei dad. Deilliai popeth o'i dad. Corddai ei stumog unwaith eto mewn atgasedd at ei genhedlydd. Celwydd noeth oedd y cyfan a ddywedodd ei dad wrtho. Dweud dim i ddilorni ensyniadau'r pentrefwyr, ond yn hytrach yn rhoi'r argraff gref ei fod yntau'n credu yn euogrwydd Siôn. Llwyr anwybyddu effaith ei eiriau ar ei fab – y boen, y torcalon – gan draethu'n rhesymegol bod ymddygiad Siôn yn siarad drosto'i hunan: pam rhedeg i ffwrdd os oedd o'n ddieuog?

Ac yna'r blynyddoedd unig. Colli ei fam, colli ei ffrind, y ddau wedi ei fradychu drwy ei adael yn ddiymgeledd. Y boen yn troi'n raddol yn gancr o ddrwgdybiaeth a chasineb at bawb, a'r teimladau hynny'n cael eu porthi gan ddisgyblaeth lem, ddidostur ei dad. Oedd o'n rhyfeddod felly na allai wneud ffrindiau pan anfonwyd ef yn gyntaf i'r ysgol yn Amwythig ac wedyn i'r coleg yng Nghaergrawnt? Ochneidiodd yn hir wrth iddo ddod i benderfyniad. Roedd yn rhaid iddo wynebu ei dad, a hawlio'r gwirionedd. Ni fyddai'n fodlon cael ei droi i ffwrdd gydag esgusodion y tro hwn. Roedd bellach yn ddyn yn ei lawn oed a'i amser, nid bachgen bach ofnus.

Serch hynny, roedd rhan o'i galon yn gwegian wrth

iddo nesáu at ddrws llyfrgell ei dad, yn dilyn ymateb arferol y blynyddoedd o gael ei ddirmygu. Mynnai rhan arall ohono fod pethau'n wahanol y tro hwn, fod cyfiawnder ar ei ochr ef. Edrychai'r rhan yma ymlaen at weld ei dad yn gwingo wrth orfod wynebu'r cyhuddiad o ddweud celwydd. Cyfle i dalu ychydig bach o'r pwyth yn ôl am unwaith.

Eisteddai'r Sgweiar wrth ei fwrdd yn astudio papurau'r stad. Ni chododd ei ben pan ddaeth John i'r ystafell ar ôl cnoc ysgafn ar y drws. 'Dyma ti, John,' meddai, ei lais yn dipyn mwy cyfeillgar na'r bore hwnnw er nad edrychai ar ei fab, 'roeddwn ar fin galw amdanat. Mi fydd Enoch yn cychwyn am Lundain mewn tridiau, ac mi . . . '

'Nhad, mae arna i angen siarad â chi.' Er syndod iddo, ni chafodd gerydd am dorri ar ei draws, er i aeliau'r Sgweiar godi mewn syndod ac anniddigrwydd. Heb yngan gair, arwyddodd ar ei fab i eistedd mewn cadair wrth ochr y tân.

Wedi eistedd, ni wyddai John sut i ddechrau. Oni fyddai'n haws gwneud rhyw esgus gwag, rhywbeth i'w wneud â'i adar? Oedd o'n wironeddol barod ar gyfer y storm y byddai'n sicr o'i hachosi? Llyncodd ei boer yn gyflym a bwrw ati cyn iddo allu gwangalonni. Rhuthrodd y geiriau o'i enau.

'Nhad, pan welsoch chi ni bore 'ma, roedd Siôn a minnau newydd fod yn cwffio'n y goedwig. Mi wn i nad oeddech chi am i mi ymyrryd, ond roedd Siôn yno, yn ein coedwig ni, ac allwn i ddim peidio . . . Wel, daeth ei fam ar ein traws, a chynnig i mi lanhau fy hun yn ei bwthyn cyn mynd i'r eglwys.' Tawodd John wrth weld llygaid ei dad wedi eu hoelio arno, a'r edrychiad ynddynt yn llonydd ac oer fel llyn rhewllyd. Disgynnodd ei olwg at y carped prydferth Persiaidd o liw'r gwin oedd dan ei draed. A'i lais yn betrusgar, aeth ymlaen. 'Mi ddechreuon ni siarad am farwolaeth y ficer.' Ennyd arall iddo lyncu poer, ei geg yn grimp. Gorfododd ei hun i godi ei ben ac edrych i fyw llygaid ei dad. 'Fe ddwedodd Siôn stori wahanol i'r hyn ddywedoch chi wrtha i.'

Dim ymateb gan ei dad, dim symudiad, dim gair. Teimlai John fel cwningen o flaen gwenci. Yna trodd ei dad i ffwrdd a syllu allan drwy'r ffenestr. '"... *rhoddwyd i mi swmbwl yn y cnawd, cennad Satan, i'm cernodio, fel na'm tra-dyrchefid"*,' sibrydodd, ei lais mor dawel nes i John hanner amau'r geiriau.

'Nhad?' gofynnodd, ond ni chafodd ateb. Eisteddai'r ddau mewn tawelwch am rai munudau ond, yn hollol ddisymwth, daeth y Sgweiar allan o'i fyfyrdod, ei lais mor llym nes peri i John bwyso'n ôl yn erbyn cefn ei sedd mewn braw.

'Felly, amau 'ngair i, wyt ti?'

'Eisiau'r gwirionedd sydd arna i, syr,' atebodd John yn styfnig.

'Gwirionedd? *Gwirionedd*?' Ynganodd ei dad y gair fel petai'n sarhad. 'Beth yw'r gwirionedd, felly? Gall dyn weld rhywbeth â'i lygaid ei hun, a chredu yng ngwirionedd yr hyn mae wedi ei weld, ond gall arall weld yr un peth yn union a chredu rhywbeth hollol wahanol. Pwy sy'n gweld y gwirionedd, dwed? Oes un ohonynt yn dweud celwydd? Neu a oes dau wirionedd? Does dim o'r fath beth â gwirionedd diamod.'

'Nhad, doeddwn i ddim yn bwriadu dechrau trafodaeth athronyddol,' meddai John yn siomedig. 'Dim ond gofyn am ateb syml i gwestiwn syml: ai rhedeg i ffwrdd wnaeth Siôn, neu cael ei yrru i ffwrdd?'

'Nid lle mab yw holi ei dad.'

'Ond pam na wnewch chi fy ateb?'

'Wyt ti'n mynnu herio dy dad?'

'Mae'r ateb yn bwysig i mi!' Cododd llais John. 'Ar hyd

y blynyddoedd, credwn fod y ffrind gorau oedd gen i'n yr holl fyd wedi fy mradychu, wedi taflu 'nghyfeillgarwch yn ôl yn fy wyneb fel rhywbeth dibwys, diwerth. Allwch chi ddim deall y boen a'r chwerwder a ddioddefais? Dyna pam mae gen i hawl i glywed y gwirionedd rŵan.'

'Does gen ti ddim pwt o hawl ond yr hyn rwy'n ei roi i ti!' rhuodd ei dad. 'Os wyt ti'n mynnu siarad fel hyn, rhaid i mi dynnu'r wialen allan, beth bynnag dy oed!'

'O ie, y wialen! Dyna'ch ateb chi i bob dim, yntê?' Dychrynodd John o glywed ei ymateb ei hun, ond roedd ei wrychyn wedi codi.

'"Ffolineb sydd yn rhwym yng nghalon plentyn, ond gwialen cerydd a'i gyrr ym mhell oddi wrtho".'

'Curo pawb nes byddan nhw'n cytuno efo chi – dyna'ch ffordd chi 'rioed, yntê?' Wedi dechrau, doedd dim modd iddo gau ei geg.

'"Y wialen a cherydd a rydd ddoethineb" – ond mae'n amlwg na wnes i dy guro di ddigon.'

'Duw a'm gwaredo o'ch dyfynnu diddiwedd chi,' gwaeddodd John. 'Gan eich bod chi'n mynnu gwrthod ateb fy nghwestiwn, mae'n rhaid gen i eich bod wedi rhaffu celwyddau melltigedig wrtha i.'

Neidiodd ei dad i'w draed gan bwyso 'mlaen â'i ddwylo ar y bwrdd. 'Paid ti â meiddio siarad fel yna efo fi! "Y neb a felltithio ei dad neu ei fam, ei gannwyll a ddiffoddir yn y tywyllwch du."'

'Mae'n wir, yn tydi? Mi ddeudoch chi gelwydd wrtha i!' Roedd y ddau ar eu traed erbyn hyn. 'Sawl celwydd arall ydach chi wedi'u deud? Celwydd am Fodryb Dorothy? Celwydd am farwolaeth Ficer Piers?'

Gwelwodd wyneb ei dad, ac mewn amrantiad edrychai'n hen. Gwegiodd, gan afael yng nghefn ei gadair am gymorth. 'Melltith arnat ti, fachgen! Dos o 'ngolwg i! Dos!'

7

Harken to me, you that be wives, and give attendance you which are as yet unmarried, regard the words of St Paul, which commands that every wife should love her own husband as Christ the church, . . . not to be high-minded towards him, but humble, not to be self-willed, but diligent, not to be like a strange woman which wandereth abroad in the twi-light to get a prey, but to be constant and loving to him, for why ye be both of one flesh.

Dyfyniad o bapurau'r Thomason Tracts, Medi 1641

Edmygai Catrin ei hadlewyrchiad yn y drych. Ymfalchïai yn ei gwisg farchogaeth o liw llwyd golau, y goler a gwaelodion y llewys o felfed lliw glas yr awyr. Roedd yn arbennig o falch o'i het gyda'i chantal llydan a'i chorun isel, gwastad, a bwcwl arian yn dal pluen estrys o'r un lliw â'r melfed ynghlwm wrth y band. Roedd ar fin cychwyn am y ficerdy – ei gwahoddiad personol cyntaf yn Aberdaron – ac yn well fyth, cafodd ganiatâd i farchogaeth yno, gan fod y plas mor agos.

Rhedodd i lawr y grisiau i'r llawr cyntaf, a sefyll mewn syndod pan glywodd dwrw lleisiau'n gweiddi yn y llyfrgell. Eiliadau wedyn, agorwyd y drws a rhuthrodd John heibio iddi ac i lawr y grisiau heb yngan gair, ei wyneb yn glaerwyn. Clywodd y drws mawr yn agor a chlepian ynghau. Safodd yno'n syfrdan nes i sŵn arall dynnu ei sylw. Sŵn griddfan, a rhyw fyrlymu rhyfedd, yna cadair yn dymchwel i'r llawr. Rhedodd i'r llyfrgell, a gweld ei hewythr yn gwingo ar y llawr, ei law yn crafangu yn ei wddf a'i fron, ei anadl yn fyr a herciog. Aeth ato mewn braw, gan alw ar Modryb Jane. Dychrynwyd hi gan yr olwg ar ei wyneb, a gwelwder llaith ei groen. Cafodd ryddhad pan gyrhaeddodd Modryb Jane, gyda Meistres Elin yn dynn ar ei sodlau, a gwyro dros ei brawd. Llaciodd y goler les am ei wddf.

'Brysia, ferch,' meddai, 'dos i alw un o'r gwastrodion i ffrwyno ceffyl a marchogaeth fel y gwynt i'r ficerdy. Dywed wrtho fod y Sgweiar yn glaf ei galon. Rhaid iddo roi'r ceffyl i'r ficer i farchogaeth yn ôl. A dywed wrth Rhobat am gael dynion i chwilio am ddrws i gludo'r Sgweiar arno i'w ystafell. Elin,' meddai drachefn, 'rhaid i ni gael olew camphor, ac mae gen i ychydig o hylif bysedd y cŵn, ond mae arna i ofn rhoi gormod o hwnnw iddo. Gwell i ni aros am y ficer cyn . . . ' Edrychodd i fyny'n sydyn a gweld Catrin yn dal i sefyll yno. 'Brysia, ferch! Paid â gwastraffu amser!'

'Modryb Jane, gadewch i mi fynd. Roeddwn i'n mynd yno p'un bynnag, ac mae 'ngheffyl i'n barod. Gall Arianna hedfan fel y gwynt, ac mi alla i ddweud wrth Mr Edwardes yn union beth ddigwyddodd.'

'O'r gorau, ond brysia!'

O fewn eiliadau roedd Catrin yn y cyfrwy ac yn mwynhau'r cynnwrf o garlamu am y ficerdy. Drwy drugaredd, roedd Sieffre Edwardes yn sefyll wrth y drws pan ffrwynodd Catrin ei chaseg ac Arianna'n llithro a stampio'i charnau o fewn modfeddi i'w draed.

'Brysiwch!' meddai, a'i gwynt yn ei dwrn. 'Mae f'ewyrth John yn wael iawn. Ei galon! Mae Modryb Jane angen eich help. Cymerwch chi Arianna i farchogaeth yn ôl ar unwaith.'

O fewn eiliadau, roedd y ficer ifanc wedi casglu ynghyd ei offer a'i ffisig. Gofynnodd i Catrin aros gyda'i wraig nes iddo ddychwelyd, gan fod yn gas ganddi fod ar ei phen ei hun. Cytunodd hithau ar unwaith. Ond stopiodd y ficer yn stond pan sylwodd ar y ceffyl. 'Alla i ddim marchogaeth hwnna!' meddai, gan bwyntio at y cyfrwy-ochr benywaidd. Siomwyd Catrin hefyd. Yn eu brys, nid oedd hi na Modryb Jane wedi cysidro'r anhawster yma. Ond nid oedd am ildio i'r rhwystr.

'Mae'n rhaid i chi!' atebodd. 'Allwch chi ddim gadael i rwystr pitw fel hyn eich atal rhag achub bywyd dyn.'

Cytunodd yn anfodlon, gan syllu ar yr unig warthol a'r ddau fraced caled yn eu gorchudd swêd. 'Ond sut . . . ?'

'Neno'r tad! Dydych chi ddim wedi gweld merch yn dringo i'r cyfrwy o'r blaen?' gofynnodd yn ddiamynedd. 'Safwch ar ben y wal yna, ac mi arweinia i'r gaseg atoch.' Dilynodd ei chyfarwyddiadau'n anfodlon. Yn amlwg, doedd y ficer ddim yn hoff o dderbyn gorchmynion gan ferch, ac roedd ei wyneb yn fflamgoch o ddicter neu gywilydd. Ni chymerodd Catrin sylw ohono: a dweud y gwir, roedd yn mwynhau ei annifyrrwch. Edrychodd i fyny i'w wyneb gan wenu'n annwyl.

'Os yw merch yn gallu marchogaeth fel hyn, nid yw'n waith rhy anodd i ddyn,' meddai'n ffug-ddiniwed. 'Mi wnewch chi ddygymod yn gyflym, rwy'n siŵr, ac mae Arianna'n adnabod y ffordd i'w stabal.' Rhoddodd slap bach sydyn ar ochr y gaseg, a thuthiodd honno am adref cyn i'r ficer allu dygymod â'i osgo dieithr. Crafangodd ei ddwylo am y mwng, a llithrodd ei droed chwith allan o'r warthol. Gwyliodd Catrin wrth iddo ddiflannu i lawr y llwybr, a bodlonwyd hi y byddai'n hollol ddiogel. Chwarddodd yn ysgafn cyn troi at y tŷ a'i gwesteiwraig.

Safai Anne ar ben y drws yn ei gwylio. Gwridodd Catrin mewn euogrwydd a chywilydd o fod wedi cael ei dal yn chwerthin am ben y ficer. Ond nid oedd raid iddi boeni. O'r eiliad y sylwodd ar y llygaid brown yn pefrio a'r gwefusau'n plycian yn ysgafn, gwyddai ei bod wedi darganfod enaid cyffelyb. Disgynnodd pob rhwystredigaeth cymdeithasol, a gwenodd y ddwy yn ddireidus ar ei gilydd. Treuliwyd dwyawr ddifyr yn darganfod cydddiddordebau, yn arbennig eu cariad at gerddoriaeth, ac roedd Catrin wrthi'n canu ei hoff fadrigal i gyfeiliant Anne ar ei firdsinal pan ddychwelodd y ficer.

'Beth ydi hanes y Sgweiar?' holodd Anne wrth godi i gyfarch ei gŵr.

'Mae o'n gyfforddus rŵan,' atebodd Sieffre Edwardes. Roedd ei lais yn flinedig. 'Mae o yn ei wely erbyn hyn ac mae Meistres Jane yn nyrs dda. Mi ddylai ddod ato'i hun o gael digon o lonydd a thawelwch.'

'Beth oedd yn bod arno?' holodd Catrin.

'Methiant y galon,' atebodd a'i lais yn flinedig.

Cymerodd Anne y bag o'i law a'i arwain at gadair. 'Eistedd, f'anwylyd, ac mi wna i boset wy iti.'

'Diolch, Anne. Mi fyddai hynny'n dderbyniol iawn.'

Wedi i Anne eu gadael, trodd Sieffre i egluro ymhellach wrth Catrin. Roedd wedi astudio gwaith William Harvey ar gylchrediad gwaed, meddai, gan fod ganddo ddiddordeb erioed yn y cyswllt rhwng calon dyn a'i enaid. Gorffennodd drwy ofyn iddi aros ychydig rhagor nes cawsai ei boset, yna byddai'n ei hebrwng hi adref.

'Does dim raid i chi drafferthu, syr,' atebodd hithau. 'Rydych wedi gwneud mwy na digon i'n teulu heddiw.'

'Serch hynny, Miss Catrin,' mynnodd y ficer, 'mi wnewch chi aros. Dydi o ddim yn weddus i ferch ifanc dramwyo ar ei phen ei hun. Mi fydd yn tywyllu cyn bo hir.'

'Ficer annwyl,' meddai Catrin, gan geisio cadw'i llais yn wastad a chwrtais, 'mae o leiaf awr neu ddwy o olau dydd ar ôl. Alla i ddim manteisio mwy ar eich caredigrwydd. Rydach chi'n flinedig. Does dim rhaid i chi boeni amdana i.'

Sythodd y ficer yn ei sedd, ei wefusau'n ffurfio llinell fain. Heriwyd ei falchder a'i ffydd yn rhagoriaeth dyn. Cododd yn gyflym, gan ymsythu a sgwario'i ysgwyddau. 'Mi gychwynnwn ni ar unwaith,' datganodd. 'Mi dywysaf eich caseg yn ddiogel i'w stabal, a chithau at ddrws eich cartref, Miss Catrin.'

Digwyddodd Anne gerdded i mewn ar yr eiliad honno, dysglaid o boset yn stemio yn ei llaw, ac arogl hyfryd nytmeg a brandi yn codi ohono. Atgoffwyd Catrin o eiriau'r ficer wrth iddo adael am Fodwrda, a defnyddiodd hwy i'w phwrpas ei hun.

'Buaswn yn ddiolchgar iawn o'ch nawdd chi, syr, ond mae'n rhaid meddwl am eich gwraig. Alla i byth ganiatáu i chi ei gadael ar ei phen ei hun er fy mwyn i, syr.' Teimlodd Catrin fflach o fuddugoliaeth wrth weld ansicrwydd yn llygaid y ficer. Gafaelodd yn llaw Anne a'i gwasgu. 'Rwyf wedi darganfod ffrind arbennig iawn yma, ac allwn i byth achosi pryder iddi a dwyn ei chysur drwy gymryd ei gŵr oddi wrthi.'

Deallodd Anne y sefyllfa'n syth, a rhoddodd y ddysglaid o boset ar fwrdd bach ochr. Cofleidiodd Catrin yn ysgafn, a dodi cusan fach ar ei boch.

'Cofiwch alw eto, Miss Catrin. Mi fydda i'n falch o'ch cwmni unrhyw adeg. A diolch am adael i mi gadw fy ngŵr wrth f'ochr.'

Wedi ei ddal gan ddichelldro'r merched, roedd yn rhaid i'r ficer ildio. Hebryngodd ei westai ifanc at ei chaseg mewn distawrwydd urddasol a'i chynorthwyo i'r cyfrwy. Gwyliodd hi'n marchogaeth oddi yno, yna trodd at ei wraig. 'Merch ystyfnig, bengaled,' meddai'n feirniadol.

'Mae hi'n dal yn ifanc,' atebodd hithau. 'Fe ddysgith

hithau blygu i'r drefn yn ddigon buan, a gwyro'i phen dan iau dyletswydd.'

Roedd Catrin yn benderfynol o fwynhau ei rhyddid, pleser na ddeuai'n aml i ran merched o'i dosbarth hi. Gadawodd i'r gaseg ddilyn ei thrwyn drwy'r glaswellt byr, yr eithin mân a'r grug wrth iddi adael i'w dychymyg grwydro'r un mor rhydd drwy bob mathau o sefyllfaoedd cythryblus, pob un ohonynt yn cynnwys Siôn. Roedd sgwrs Lleucu wedi bod yn frith o 'Siôn hyn' a 'Siôn llall' drwy'r bore, fel nad oedd ryfedd iddo fod yn ei meddyliau gydol yr amser. Cyn pen dim, fe'i cafodd ei hun yn y pentref, a doedd dim enaid byw i'w weld yn unman. Wrth gwrs, buasai pob person parchus dan do erbyn hyn a hithau'n noswylio. Wedi cyrraedd giât yr eglwys, synnodd Catrin o weld ceffyl cyfarwydd wedi ei glymu wrth y pren. Beth ar y ddaear roedd John yn ei wneud yn yr eglwys yr adeg yma o'r dydd? Aeth ei chwilfrydedd yn drech na hi, a disgynnodd oddi ar gefn ei chaseg, ei chlymu wrth ochr y llall, a cherdded at y porth. Roedd ar fin codi'r glicied pan glywodd sŵn yn dod o'r tu mewn, sŵn tebyg i geffyl yn chwifflo'i wellt, ac yna sŵn igian. Yn hanner ofnus, agorodd y drws yn dawel.

Roedd hi'n llwyd-dywyll o fewn yr eglwys, a safodd yn llonydd nes bod ei llygaid yn arfer â'r hanner tywyllwch. Deuai'r synau o'r pen blaen ger yr allor, yn dawel i ddechrau, ond yn raddol gynyddu, sŵn cras dyn yn wylo. Llanwodd ei chalon â chydymdeimlad: ni allai oddef gweld unrhyw greadur mewn poen. Meddyliodd fod ei chefnder yn torri ei galon oherwydd salwch ei dad. Gallai ei weld yn awr, yn sedd y teulu, ei ddwylo'n pwyso ar gefn y sedd, a'i ben yn ei ddwylo. Aeth ato ar unwaith, a chododd John ei ben mewn braw. Wedi iddo'i hadnabod yn y gwyll, tynnodd hances fawr o'i boced a sychu ei lygaid.

'Catrin! Beth ar y ddaear fawr wyt ti'n wneud yma?' Roedd ei lais yn floesg a chras. Pesychodd, yna chwythodd ei drwyn.

'Mi welais i dy geffyl tu allan, ac mi feddyliais y byddet ti'n hoffi ychydig o gwmni, i roi cysur i ti.'

'Mae hynny'n feddylgar iawn, diolch iti, ond wir . . . ' ymddangosai'n ddryslyd ac ar goll.

'Rwy'n siŵr y bydd Ewythr John yn iawn. Rhaid i ti beidio poeni, wsti.'

'Poeni? Be wyt ti'n feddwl?' Caledodd ei lais, ac ymbellhaodd oddi wrth y llaw a ymestynnai ato. 'Mae o bob amser yn iawn, dwyt ti'm yn gwybod hynny? Mae Duw tu cefn iddo, beth bynnag mae o'n wneud, ac felly pam ddylai o boeni am deimladau ac anghenion pobol eraill?'

Tro Catrin oedd hi i deimlo ar goll. Ni allai ddeall pam roedd y fath chwerwder yn ei lais. Meddyliodd am ennyd.

'John, wyt ti'm yn gwybod?'

'Gwybod beth? Catrin, beth sy'n bod? Beth sydd wedi digwydd?'

'Aeth dy dad yn wael ychydig eiliadau ar ôl i ti ei adael y pnawn 'ma.' Rhoddodd ddisgrifiad cryno iddo o'r holl helynt. Cyn iddi allu gorffen ei hanes, roedd John wedi suddo'n ôl i'w sedd, a'i ben unwaith eto yn ei ddwylo.

'John, paid â chymryd atat fel hyn. Mi fydd o'n iawn.' Roedd ei ymddygiad yn codi ofn arni.

'Beth ydw i wedi'i wneud, Catrin?' sibrydodd. 'Rydw i wedi treulio'r pnawn yn melltithio'r dyn, ac yn awr mae Duw'n fy nghosbi drwy ganiatáu 'nymuniad i mi.'

'Dydi o ddim yn mynd i farw, John; fe ddwedodd y ficer y byddai'n gwella. Rhaid i ti beidio â beio dy hun am ei salwch fel hyn. Beth sydd wedi dod drosot ti?' Eisteddodd wrth ei ochr a gafael yn ei law. Mwythodd gefn y llaw i'w dawelu. Roedd ei chalon feddal am ei gysuro, ond ni wyddai'n iawn sut i wneud hynny. Gallai fod mor bigog, a doedd o ddim yn blentyn i'w gofleidio a'i gusanu'n well. Neu efallai ei fod o? Ymestynnodd ei braich i dynnu ei llaw dros ei gefn. Wrth deimlo'i chyffyrddiad, ochneidiodd yn uchel a throi ati, gan fwrw'i wyneb yn erbyn ei hysgwydd a beichio wylo. Syfrdanwyd hi gan ddwyster ei ymateb, a gresynodd ei harwydd o gydymdeimlad. Ceisiodd ei wthio draw, wedi ffieiddio ato am ddangos y fath sioe o emosiwn.

'John, John,' ceryddodd yn dawel, 'ni'r merched sydd â hawl ar ddagrau. Paid â chrio fel hyn. Dwed wrtha i beth sy'n dy boeni.'

Ufuddhaodd yntau, gan raddol sythu'i gefn. Tynnodd ei hances allan eto, a sychu'r dagrau. Gobeithiodd Catrin na fuasai'n sylwi arni hithau'n defnyddio'i hances i lanhau olion ei ddagrau oddi ar ei gwisg.

'Maddeua i mi,' ebychodd o'r diwedd. Gwnaeth ymdrech i'w reoli'i hun. Ysgydwodd ei ben, fel petai'n tasgu'r deigryn olaf o'i lygaid, yna chwythodd ei drwyn unwaith eto. Pan deimlodd ei bod wedi rhoi digon o amser iddo dawelu, awgrymodd Catrin y byddai'n well iddo siarad â hi.

Syllodd yntau ar y ffenestr fawr ddwyreiniol, a ymddangosai bellach yn ddim ond talpyn goleuach o dywyllwch, yna dechreuodd siarad. 'Wyt ti'n siŵr y bydd o'n iawn?' oedd ei gwestiwn cyntaf.

'Ydw,' atebodd hithau. 'Mae'r ficer a Modryb Jane yn edrych ar ei ôl, felly mae'n rhaid iddo wella!'

Cafodd y boddhad o'i weld yn gwenu ar ei hymdrech dila i gellwair. Gafaelodd yn ei llaw, a disgrifiodd sut yr oedd wedi cyfarfod Siôn yn y goedwig, a'r hyn a ddywedodd Siôn a Meinir wrtho. Yna adroddodd ei atgofion a'i deimladau am y noson ddychrynllyd honno, ac ymateb ei dad i'w gwestiwn. Gwaedai calon Catrin dros y bachgen bach unig. Gwasgodd ei law, a gwenodd yntau arni, cyn edrych i lawr mewn swildod.

'Efallai mai Duw sy'n ei gosbi wedi'r cyfan, ac nid fi,' dywedodd John yn dawel. 'Efallai fod hyn yn arwydd oddi wrth Dduw y dylwn i helpu Siôn i ddarganfod y gwir.'

'Wnei di?'

Petrusodd John am eiliad, a fflachiodd amheuaeth ar draws ei wyneb. Ond pan siaradodd wedyn, roedd ei lais yn gadarn.

'Gwnaf. Mi yrra i was ato efo nodyn, a gofyn iddo ddod i 'nghyfarfod i fory. Mae'r ddau ohonom wedi dioddef cam, a rŵan mae'n rhaid i ni fynnu cyfiawnder.'

'Gad i mi eich helpu chi.'

Dechreuodd Catrin godi, ond tynnodd John ei llaw yn ôl yn addfwyn.

'Catrin,' sibrydodd, 'rwy'n meddwl y gwnawn ni bâr priod ardderchog, wyt ti'm yn cytuno?'

Teimlodd ei gruddiau'n cochi, a chamddarllenodd John ei dryswch fel arwydd o wyleidd-dra. Rhoddodd wên fach iddo, a cheisio tynnu ei llaw yn rhydd, ond mynnodd ddal ei afael ynddi. Gloywodd ei wyneb wrth i syniad ei daro.

'Catrin, gad i mi gael hyd i hebog i ti'r gwanwyn nesaf yma! Gwalch bach, i ti dy hun, fel y gallwn ni fynd i hela gyda'n gilydd!'

Llwyddodd Catrin i guddio'i siom, gan fwmial 'Diolch' yn dawel.

8

Mae'n wir y gwelir argoelyn – difai
Wrth dyfiad y brigyn;
A hysbys y dengys dyn
O ba radd y bo'i wreiddyn.

Tudur Aled (1480–1526)

Roedd Catrin wedi ymgolli yn ei meddyliau wrth i Rhobart a'r morynion glirio'r bwrdd brecwast. Sut oedd deall meddwl John? Sut y gallai fod mor oriog? Ai dyma batrwm eu bywyd priodasol, y newid disymwth o fod yn gariadus y noswaith cynt i fod yn flin ac oeraidd y bore wedyn? Os oedd o'n dal i boeni am ei dad, ac yn teimlo'n euog, pam na fyddai'n parhau i ymddiried ynddi a siarad ynghylch y peth? Atgoffwyd hi o'r llythyr gyrhaeddodd gyda'r negesydd y bore yma wrth i Rhobart ei symud o'r ffordd er mwyn clirio'i phlât. Ochneidiodd yn drwm a gafael yn y llythyr: llythyr yn cyhoeddi y byddai Prins ac Edmwnt Glynne yn ymweld â Bodwrda fory. Byddai'n rhaid iddi weld Modryb Jane yn ei gylch. Llusgodd ei hun i fyny'r grisiau i'r ail lawr, a chnocio ar ddrws ystafell ei modryb.

Edrychai Modryb Jane yn flinedig. Roedd yn llwyd ei gwedd, a'r croen dan ei llygaid yn ddu-las. Bu ar ei thraed drwy'r nos, meddai, yn tendio'i brawd, yn rhoi llymaid bach o'r hylif bysedd y cŵn iddo bob pedair awr fel y gorchmynnodd y ficer. Roedd hi am fynd i'w gwely nawr i geisio cael ychydig o gwsg tra oedd Meistres Elin yn gwarchod yn ystod y dydd. Gorweddai ei gwallt yn rhydd ar hyd ei chefn, a synnwyd Catrin gan ei hyd a'i drwch, y coch-winau wedi ei stribedu â llwyd, gan wneud i'w modryb edrych fel teigr di-ddant. Gweddnewidiwyd teimladau Catrin tuag at ei modryb gan y darlun yma; am y tro cyntaf erioed, roedd ganddi gydymdeimlad â hi. Petrusodd cyn mentro dangos y llythyr, yn gyndyn i osod mwy o bwysau ar ei hysgwyddau blinedig.

Wrth i'r forwyn fach helpu Jane i ddadwisgo, rhoddodd restr faith o ddyletswyddau i Catrin ymrafael â nhw tra oedd hi a Meistres Elin yn brysur yn ymgeleddu ei brawd. Suddodd calon Catrin wrth wrando. Gadawodd y forwyn fach yr ystafell ac aeth Modryb Jane draw at y ffenestr yn ei gŵn nos. 'A chadwa lygad ar Modryb Dorothy,' meddai wedyn wrth edrych drwyddi. Croesodd Catrin ati a gweld Modryb Dorothy, mewn gwisg haf, yn croesi'r buarth ac yn anelu am yr afon.

'Ddylwn i redeg ar ei hôl hi efo clogyn?' gofynnodd, ond ysgydwodd Jane ei phen.

'Dydi Dorothy ddim yn teimlo'r oerfel fel ti a fi,' meddai, gan gau'r llenni rhag heulwen wan y bore. 'Gwna'n siŵr ei bod hi'n cael dysgled o botes poeth pan ddaw yn ei hôl, a diolcha iddi am beth bynnag mae'n ei gynnig iti.' Clywsant gloch yr eglwys yn canu yn y pellter, canu i ddathlu Gŵyl yr Holl Seintiau, canu o doriad gwawr hyd fachlud haul. Ochneidiodd Modryb Jane. 'Mi ddylwn i fod yn paratoi ar gyfer yr eglwys, nid y gwely,' meddai'n boenus.

'Mi wnaiff yr Arglwydd – a'r ficer – faddau'ch absenoldeb chi, Modryb Jane,' cysurodd Catrin, a gwenodd ei modryb. 'P'un bynnag, mi gawsom wasanaeth trwyadl iawn y bore 'ma gan John.' 'Hirwyntog' oedd y gair cyntaf a ddaeth i'w meddwl, ond nid oedd am ddweud hynny wrth ei modryb. Disgynnodd y ddyletswydd o gynnal y gwasanaethau dyddiol ar John wedi salwch ei dad, ac roedd ei weddi mor amleiriog â gweddïau'r ficer. Gorfodwyd Catrin i geisio osgoi diflastod drwy archwilio pob pwyth yn y tapestri o'r Naw-wyr Doeth a grogai ar fur y neuadd.

Gwenodd Modryb Jane yn braf, a chanmol ei nai am ei ddawn a'i ddwyster. Yna agorodd ei cheg led y pen a rhwbio'i llygaid cyn dringo'n lluddedig i'w gwely. Daeth mympwy sydyn i feddwl Catrin, a chlywodd ei hun yn cynnig rhwbio dŵr lafant ar dalcen ei modryb. 'Mi roeddwn i'n arfer gwneud hynny i Mama, ac roedd hi bob amser yn teimlo'n well wedyn.'

Fe'i hatebwyd â gwên mor dyner a diolchgar, gwên a newidiodd wyneb Modryb Jane yn llwyr, nes i Catrin wenu'n ôl yn gynnes, a brysio i 'mofyn potelaid o'r dŵr o'i hystafell ei hun. Gwyrodd dros ei modryb wrth i honno orwedd yn ôl ar y gobennydd, a dechrau gweithio'i bysedd mewn cylchoedd bach cadarn ar hyd llinell y gwallt ac uwchben yr aeliau, y dŵr melys yn treiddio i mewn i'r croen. Ochneidiodd ei modryb yn fodlon.

'Rhaid i chi adael i mi wneud hyn bob bore tra byddwch chi'n gofalu am Ewythr John,' meddai Catrin. 'Mi gysgwch yn well.'

'Rwyt ti'n garedig iawn, Catrin fach,' atebodd hithau.

Sylweddolodd Catrin nad oedd caredigrwydd yn rhywbeth cyfarwydd iawn i'w modryb. Goddefgarwch, efallai, a pharch, ond fawr ddim arall, nid hyd yn oed cyfeillgarwch. Gwyddai fod Meistres Elin yn ei thrin yn debycach i wasanaethwraig uwch nag fel aelod o'r teulu. Roedd Catrin wedi synnu at agwedd y Sgweiar tuag at ei chwaer-yng-nghyfraith ar sawl achlysur, y modd y gadawai iddi arglwyddiaethu dros y plas cyfan, a hithau ddim ond yno mewn gwirionedd oherwydd ei oddefgarwch rhyfeddol. Doedd dim rheidrwydd arno i gynnal chwaer ei wraig yn y fath foethusrwydd, wedi'r cyfan, a doedd o erioed wedi amddiffyn Jane, ei chwaer, rhag y gwaethaf o archiadau Meistres Elin. Gweithiodd Catrin ei dwylo i lawr i'r gwddf a thylino'n ysgafn ar y cyhyrau tyn yng ngwegil ei modryb. Ochneidiodd honno eto mewn pleser. Bywyd unig oedd gan ei modryb, meddyliodd Catrin, ynghlwm wrth ei dyletswyddau o fore gwyn tan nos, heb dderbyn unrhyw dâl a heb hawliau gwraig. Cywilyddiodd wrth gofio sut y daeth y darlun hwnnw i'w meddwl y diwrnod o'r blaen, darlun o'i modryb a'r gogyddes yn arwain epaod yn uffern. Ond roedd ei modryb, meddyliodd wedyn wrth i'w bysedd lithro ymlaen i weithio ar ei gruddiau, yn esiampl ardderchog o ragoriaeth y bywyd priodasol dros y bywyd sengl.

Blasodd John waed yn ei geg, a sylweddolodd mewn siom ei fod wedi cnoi drwy gnawd ei wefus. Disgwyliai Siôn unrhyw funud, ac ni allai benderfynu sut i'w groesawu. Tynnodd ei hances boced o'i ddwbled a sychu ei wefus wrth groesi unwaith yn rhagor at y ffenestr. Doedd dim hanes o Siôn yn y buarth islaw. Ffromodd wrth droi i ffwrdd. Pam na fuasai'n gallu dal at sicrwydd y noson cynt? Ofn mentro oedd o? Ofni herio'i dad, neu ofni rhoi mwy o loes iddo? Dim yr olaf, siawns! Hen bryd iddo droi tu min ar y diawl a dangos iddo na allai sathru bellach ar ei fab cyntafanedig. Ond beth petai'r uffar yn cael trawiad arall ac yn marw? Fyddai pobl yn ei feio ef?

Pan edrychodd drachefn drwy'r ffenestr, gwelodd gi bach gwyn a gwinau a Siôn yn dilyn. Gwelodd un o gŵn y fferm yn ei herio, ei wrychyn yn uchel a'r blew ar hyd ei asgwrn cefn fel crib ceiliog. Gwelodd Siôn yn gwyro'n gyflym a chodi'r bychan i ddiogelwch ei freichiau ar yr un eiliad ag yr ymddangosodd Elfed, y prif wastrawd, o un o'r stablau. Gyrrwyd y ci treisgar i ffwrdd gyda chic gan

Elfed, a bu'r ddau ddyn yn sefyll yno'n sgwrsio am sbel. Gwelodd Elfed yn cymryd y daeargi oddi ar Siôn, a'i roi yn un o'r stablau, tra cerddai Siôn at ddrws y gegin. Gwelodd ben ac ysgwyddau Catrin yn ymddangos i'w gyfarch.

Catrin. Brathodd y dolur ar ei wefus yn ddifeddwl a neidio oherwydd y boen. Sut y gallai fod mor wirion? Sut y gallai fod wedi dangos cymaint o wendid o'i blaen? Onid oedd ei dirmyg yn amlwg wrth iddi edliw iddo'i ddagrau? Geiriau gwag oedd y caredigrwydd a ddilynodd, ac yntau'n ddigon diniwed i gynnig gwalch bach iddi fel arwydd o'i gariad. Cariad? Wel, o hyn ymlaen, mi ddangosai iddi nad oedd o'n bwriadu gwneud y fath gamgymeriad eto. Dim ond ffyliaid oedd yn caru eu gwragedd. Gwelodd ddigon o lanciau gwirion yng Nghaergrawnt yn gwneud ffyliaid llwyr ohonynt eu hunain dros ferched. Colli pob rheswm, prif elfen rhagoriaeth dyn, a gwneud eu hunain yn wirionach na'r rhai roeddynt yn eu haddoli. A ph'un bynnag, pam roedd hi wedi mynd allan i gyfarch Siôn?

Ble'r oeddan nhw? Dylent fod wedi cyrraedd y llyfrgell bellach. Efallai eu bod wedi diflannu! Rhoddodd y syniad gwirion gysur od iddo. Dyheai am i'w benbleth ddiflannu'n llwyr efo nhw. Bu bron iddo sgrechian wrth i'w ddannedd boenydio'i wefus unwaith yn rhagor. Gwthiodd ei fys rhyngddynt i'w arbed ei hunan. Sut oedd o'n mynd i ymddwyn tuag at Siôn, holodd ei hun mewn cynnwrf. Torrodd chwys oer allan ar ei dalcen. Rhaid penderfynu'r eiliad yma! Agorwyd y drws.

Gweld Catrin yn sefyll yno y tu ôl i Siôn a roddodd yr ateb iddo. Os oedd am ymddwyn yn oeraidd tuag ati hi, yna byddai'n oeraidd, ond sifil, wrth Siôn. Cerddodd ato i'w gyfarch, gan estyn ei law, yna cynnig cadair iddo wrth y tân. Rhyfeddodd at ei allu ei hun i ymddangos mor

117

ddiffuant. Amneidiodd ar Catrin i gymryd y gadair arall, a daeth â thrydedd at ei ddefnydd ei hun. Wrth iddynt eu gwneud eu hunain yn gyfforddus, cafodd gyfle i astudio'i gyn-gyfaill. Roedd yn anodd cysoni'r gŵr ifanc tal, cydnerth hwn â'i osgo hyderus a'i ddillad da, gyda'i gof am y bachgen bach tenau, chwim, mab pysgotwr tlawd, bachgen a elwodd ar elusen ei dad. Sylwodd, fodd bynnag, nad oedd Siôn yn ymddangos mor hunan-hyderus heddiw, bod rhyw elfen o bryder a thyndra yn y llygaid llwyd yn ymylu ar fod yn llechwraidd. Oedd Siôn, er gwaethaf ei olwg lewyrchus, yn fwy nerfus nag ef wedi'r cyfan?

Bu distawrwydd rhyngddynt am rai munudau cyn i John sylweddoli y byddai'n rhaid iddo ef arwain y drafodaeth. Cliriodd ei wddf a phenderfynu mai mabwysiadu dull nawddogol fyddai orau, gydag ychydig o gyfeillgarwch claear. Ceisiodd ddewis ei eiriau'n ofalus i greu'r argraff ei fod wedi meddwl yn ddwys dros y mater – onid oedd hynny'n wir? Er na allai weld bai ar ymddygiad ei dad, meddai, eto i gyd fe fyddai, o barch i'r hen gyfeillgarwch fu rhyngddynt unwaith (roedd yn arbennig o falch o'r cymal yma – dangos nad oedd bellach yn cyfrif ei hun yn ffrind i Siôn), ac am nad oedd yn gallu goddef anghyfiawnder – pwy bynnag a'i dioddefai – fe fyddai'n fodlon estyn ei gymorth i Siôn.

'Diolch,' atebodd Siôn yn gwrtais wedi iddo orffen ei lith – ymateb llugoer, anniolchgar ym marn John, a thrawyd ef ymhellach oddi ar ei echel gan sylw nesaf Siôn. 'Mae'n ddrwg gen i glywed am salwch eich tad. Dim byd difrifol, gobeithio?'

Culhaodd llygaid John. Oedd yna awgrym o weld bai arno yn y geiriau? Oedd rhywun wedi awgrymu'r fath beth iddo? Atebodd Catrin drosto, fod ei hewythr yn well.

'Rwy'n falch o glywed hynny,' atebodd Siôn. 'Roedd

arna i ofn fod fy nychweliad adref wedi achosi loes iddo, o dan yr amgylchiadau.'

'Pa amgylchiadau? Beth wyt ti'n feddwl?' holodd John, ei wrychyn yn codi'n syth.

'Wel,' aeth Siôn yn ei flaen mewn llais rhesymol, 'mae'n berffaith bosib iddo ddal i fod eisiau cadw pob dim yn ddistaw. Rhaid i ni ddeall ein gilydd, Meistar John. Rydw innau'n cael fy rhwygo, fel chithau, rhwng awydd i ddarganfod y gwir ar y naill law, a phryder rhag achosi niwed a phoen i'ch teulu ar y llall.'

Am resymau na allai eu datrys, roedd y tôn llais yma'n cythruddo John. 'Does 'na ddim byd fyddai'n achosi poen i'm teulu,' atebodd yn chwyrn. 'Rwy'n dy sicrhau fy mod mor awyddus â thithau i gael gafael ar y gwirionedd, a phrofi fod fy nhad wedi ymddwyn mewn ffordd hollol anrhydeddus, hyd yn oed os oedd hynny'n annheg â thi.' Ni welai'r anghysondeb rhwng ei eiriau a'i feddyliau blaenorol.

Disgynnodd distawrwydd anghysurus dros y cwmni. Catrin achubodd y dydd drwy droi at faterion ymarferol. 'Felly sut ydan ni'n mynd i gychwyn ar y gwaith?' Wedi trafod am beth amser, penderfynwyd y byddai Siôn yn mynd ati i holi pawb o'r pentrefwyr oedd yn ddigon hen i gofio'r digwyddiad, gan gynnwys Mari Grepach a'r hen Ifan. Cafodd John fflach o ysbrydoliaeth pan gofiodd am ei ewythr, Gruffudd Bodwrda, yn ei gartref yn Llangwnnadl.

'Fo oedd yr Is-Siryg dros y Sir pan laddwyd y ficer,' eglurodd, 'a fo fyddai wedi bod yn gyfrifol am yr ymholiadau i'r mater. Mi ysgrifenna i i drefnu ymweliad. Dydi Ewythr Gruffudd a Modryb Grace ddim wedi dy gyfarfod eto, nag ydyn?' meddai, gan droi at Catrin. 'Mater o gwrteisi fyddai i ni fynd i'w gweld – ein perthnasau hynaf.'

'A gofyn cwestiynau yr un pryd?' meddai Catrin yn amheus.

'Wrth gwrs. Gall Siôn ddod hefyd, os myn. Gall smalio bod yn was i mi, a chael gair efo'r gweision yno, gweld a oes rhywun yn cofio'r digwyddiad.'

'Diolch,' atebodd Siôn yn ddwys, ond tybiai John fod ei wefusau'n crychu. Cyn iddo allu ymateb, daeth cnoc ar y drws, ac ymddangosodd pen Rhobart y stiward.

'Esgusodwch fi, syrs, miss,' dechreuodd, 'ond mae Malan angen siarad â Miss Catrin. Rwy'n credu fod merch-yng-nghyfraith yr hen Ifan wrth ddrws y gegin, yn gofyn am eli i'r hen ŵr, ac mae Malan eisiau gwybod beth i'w wneud.'

'Mi ddo i lawr toc,' atebodd Catrin, a diflannodd y pen.

'O'r gorau,' meddai John, gan gau'r cyfarfod. 'Mi wnawn ein hymholiadau, a chyfarfod eto i drafod unrhyw ddarganfyddiad. Gadawaf i ti wybod pryd y byddwn yn ymweld â f'ewythr, Siôn, cyn gynted ag y gwnaf y trefniadau.'

Cododd Siôn ac, am eiliad, syllodd drwy'r ffenestr. 'Allwch chi ddim clywed y gloch o fan hyn,' meddai'n dawel.

'Beth?' Cafodd John eiliad o amheuaeth – oedd y dyn yn wallgo wedi'r cyfan? 'O, na,' meddai wedyn, pan sylweddolodd ei fod wedi deall, 'mae'n dipyn o boen yn y pentref, yn tydi? Ond dyna fo, rhaid cadw'r hen draddodiadau. Mi dewith wrth iddi nosi.'

Aeth cryndod drwy gorff Siôn, ond pan ddwedodd ffarwél, roedd ei lais yn ddigon cadarn.

'Down i lawr efo ti,' meddai John. Wedi cau'r cyfarfod mor llwyddiannus, gallai fforddio bod yn fwy gwresog. 'Efallai y gall y ddynes 'ma ddweud rhywbeth o bwys.'

Ond erbyn iddyn nhw gyrraedd y gegin, dywedodd

Malan fod y wraig wedi gadael, yn llawn dicter am i un o'r gwastrodion ei chyhuddo o ddwyn wyau.

'Ac oedd hi?' holodd John.

'Wel, syr, mi 'drychais i'n ei phoced, syr, a doedd dim byd yno,' atebodd Malan, 'ond roedd hi 'di gwylltio'n gacwn. Ddim am aros i gal 'i hamharchu, medda hi. Ond dyna fo, doedd dim raid iddi gymryd ati gymaint – ma hi 'di dwyn digon yn y gorffennol. Ifan druan,' ysgydwodd Malan ei phen mewn cydymdeimlad â'r hen ŵr, 'does ganddo fo ddim rheolaeth drosti bellach, ac ma'r mab hanner call 'na'n gadal iddi neud beth bynnag a fynna. 'Sdim trefn yna o gwbl. Wn i ddim sut maen nhw'n byw, na wn i wir.'

'Yr eli 'ma,' atgoffodd Catrin hi. 'Ydi Modryb Jane yn ei roi iddo?'

'Ydi, Miss,' atebodd, 'ar gyfar y cruc'mala. Pawb o'r hen bobol yn 'i ganmol i'r cymyla, ac fel Cristion da, dydi hi'n gwrthod neb. Fel arfar, ma hi'n mynd â fo draw 'i hunan. 'Sgen i ddim calon i'w deffro hi, druan fach, a hitha 'di bod ar 'i thraed drwy'r nos. Mi alla i yrru un o'r morynion efo fo, syr, os dymunwch?'

'Mi a' i â fo, os ydi hynny'n iawn,' cynigiodd Siôn. 'Roeddwn i'n bwriadu mynd yno rŵan, fel mae'n digwydd. Mi fydda i'n rhy brysur y dyddiau nesaf 'ma, wedi addo helpu Twm yn yr efail gyda'r holl wartheg sydd i'w pedoli ar gyfer y mwstwr.'

Synnodd John wrth glywed Catrin yn ateb Siôn.

'Na,' meddai, 'rwy'n siŵr y byddai Modryb Jane yn disgwyl i mi fynd ag ef fy hun. Mae'n sôn byth a beunydd y dylwn ymweld â'r claf a'r henoed.'

'O'r gorau, Miss Catrin,' meddai Malan. 'Mi a' i i lenwi basgiad efo 'chydig o ddanteithion. Mi fydd Mistras Jane yn mynd â bwyd iddyn nhw bob tro.'

Gwyddai John y dylai wrthwynebu bwriad Catrin.

Doedd hi ddim yn weddus i ferch ifanc gerdded y wlad heb ddyn cyfrifol i'w hebrwng, ond oedodd cyn dweud dim. Nid oedd ganddo bwt o awydd i'w hebrwng hi ei hunan.

'Alla i hebrwng Miss Catrin,' awgrymodd Siôn, fel petai wedi darllen ei feddwl. 'Gan fy mod yn bwriadu mynd p'un bynnag. Mi fydd yn berffaith ddiogel efo fi.'

Edrychodd John ar Catrin, ond roedd hi'n brysur yn helpu Malan gyda'r fasged. Oedodd eto, yna gwelodd y manteision. Roedd hi'n haws gadael i Siôn ei hebrwng na galw ar Gwilym ei was i fynd gyda hi.

'O'r gorau,' cytunodd, 'ond gwna'n siŵr ei bod gartref yn ôl cyn iddi dywyllu.'

Cododd Siôn ei olwg i'r awyr. 'Gwell i ni frysio, felly,' meddai.

'Fydda i ddim yn hir,' galwodd Catrin. 'Dim ond galw ar Lleucu a nôl fy nghlogyn.'

Gadawodd John hwy yn y gegin a dychwelyd i'r llyfrgell.

9

To love a woman's soul whilst there are men, is as bad as bestiality whilst there are women.

O Lyfr Cyffredin Dame Sarah Cowper (1673–1700)

Aeth Siôn i nôl Ryff o'r stabal tra oedd Catrin a Lleucu'n ymbaratoi. Roedd y gwynt yn codi, gan yrru ambell flewyn o wellt a dail crin i ddawnsio ar draws y buarth. Allan yn yr awyr agored, gallai glywed cloch yr eglwys yn eglur unwaith eto, a cheryddodd ei hun am fod mor nerfus. Ar Ŵyl yr Holl Seintiau, yn y prynhawn, bron i'r awr, i'r funud hon, yr anfonwyd ef ar long o Aberdaron un mlynedd ar bymtheg yn ôl, a chnul cloch yr eglwys fel tyst i'w ddagrau wrth i'r llong hwylio allan o'r bae. Roedd rheswm arall, hefyd, pam y gallai canu parhaus unrhyw gloch beri i'w enaid fferru, ond ni fynnai feddwl am hynny rŵan. I osgoi'r atgofion, ceisiodd ganolbwyntio ar yr hyn a ddywedwyd yn y llyfrgell. Dylai fod yn ddiolchgar i John am ei dderbyn o gwbl, mae'n debyg, o feddwl sut dymer oedd arno ddoe. Ond o dan yr haen denau o gydweithrediad, teimlai Siôn ei fod mor benstiff ag erioed. Doedd dim gobaith cyrraedd y gwirionedd os nad oedd John yn fodlon cydnabod rhan ei dad yn y mater.

Sbonciodd Ryff yn wyllt a chyfarth nerth esgyrn ei ben pan ryddhawyd ef, cyn carlamu at bentwr o wellt oedd ar ei ffordd i'r domen dail. Suddodd ei drwyn yn ddwfn i'r pentwr, ei gynffon yn ysgwyd yn wyllt wrth iddo arogleuo llygod mawr. Galwodd Siôn ef i ffwrdd; nid eu gwaith hwy oedd cadw pryfetach Bodwrda dan reolaeth. Daeth Catrin i'r golwg yn ei chlogyn, a thybiai Siôn ei bod yn edrych yn llawer rhy lewyrchus a thanbaid i ymweld â hen ŵr gwael yn ei dlodi. Cerddai Lleucu'r tu ôl iddi, yn cario'r fasged. Cymerodd Siôn y fasged oddi ar y forwyn, a chychwyn i fyny'r llwybr tuag at gomin Rhoshirwaun. Cerddai pawb mewn distawrwydd, er bod Catrin yn byrlymu o egni ac yn cael pleser garw wrth chwarae â Ryff, yn taflu brigyn iddo ac yntau'n ei ddychwelyd iddi dro ar ôl tro. O'r cam cyntaf, roedd y creadur bach cyfrwys wedi synhwyro pwy oedd â'r galon feddal a fyddai'n fodlon chwarae ag ef, a doedd dim amheuaeth eu bod yn mwynhau eu hunain. Roedd Siôn yn ddigon bodlon i'r ci bach gael chwarae, a chwibanodd wrth gerdded er mwyn cau ei glustiau rhag sŵn y gloch.

Dyfalodd Siôn mai Catrin, mewn gwirionedd, oedd y tu cefn i'r cymodi rhyngddo a John. Allai o ddim llai na gwenu wrtho'i hun wrth gofio geiriau Twm: 'tipyn o lond llaw' yn wir. Prin ei bod hi wedi dechrau gosod ei gwallt i fyny, ac roedd hi eisoes yn ceisio'i gorau glas i ddylanwadu ar bob dyn a ddeuai o fewn decllath iddi. Gwyddai hyd sicrwydd y byddai'n rhaid iddo fod yn wyliadwrus yn ei chwmni, oherwydd roedd yntau'n ei chael hi'n llawer rhy ddeniadol er ei les ei hun, ac roedd o'n amau ei bod hithau'n gwybod hynny. Dim ond gobeithio nad oedd John wedi sylwi ar ei hedrychiadau a'i chynllwynio. Pa reswm arall fyddai ganddi dros ymweld â'r hen Ifan? Doedd hi ddim yn ei daro ef fel y math o ferch oedd â diddordeb tosturiol yn y gwan a'r claf. O gornel ei lygaid gallai ei gweld yn edrych draw ato bob hyn a hyn, rhyw hanner gwên ar ei hwyneb, yna'n edrych draw yn gyflym. Penderfynodd ei hanwybyddu; roedd gormod yn y fantol i feiddio difetha'r cyfan efo rhyw chwarae plant.

Wrth ddringo'r allt gallai glywed sŵn y gwynt yn cynyddu ym mrigau'r coed uwchben. Tybiai y byddai'n stormus iawn allan ar y rhostir, ac roedd yn bryderus ynglŷn ag arwain y ddwy i'r ddrycin. Hyd yn oed yn y twnnel a ffurfiwyd rhwng cloddiau uchel y llwybr, roedd yn rhaid i'r tri ohonynt wyro'u pennau yn erbyn ambell bwff cryf o wynt. Roedd hyd yn oed Ryff a Catrin wedi rhoi'r gorau i'w chwarae. Dechreuodd y llwybr ymledu, ac, fel yr ofnai Siôn, teimlasant frath y gwynt. Dalient i gerdded, pob un â'i ben i lawr, nes i gri o'r cefn wneud i'r ddau ar y blaen droi ac edrych dros eu hysgwyddau. Roedd Lleucu ar ei phen-ôl ar lawr, yn rhwbio'i ffêr, a sawdl ei hesgid yn gorwedd yn y gwellt ychydig fodfeddi i ffwrdd. Rhedodd Catrin yn ôl ati, ond drwy drugaredd nid oedd wedi ei hanafu. Gwyliodd Siôn yn fud wrth i'r ddwy ddadlau ynghylch y peth gorau i'w wneud rŵan, Catrin yn anfodlon rhoi'r gorau i'w bwriad er mwyn hebrwng ei morwyn adref, a Lleucu'n anfodlon i'w meistres fynd ymlaen hebddi. Catrin enillodd, wrth gwrs. O fewn munudau, roedd Lleucu'n hercian yn unochrog yn ôl am Fodwrda a'r sawdl bradwrus yn ei llaw.

Cyn ailgychwyn, cododd Siôn ei olygon tuag at y pentref, a chafodd fraw o weld cymylau duon, trymion yn crynhoi'n fygythiol dros Enlli. Gyda'r gwynt hwn, buan iawn y byddent uwchben. 'Ydych chi'n siŵr nad ewch chi'n ôl efo Lleucu, Miss?' gofynnodd, a phan ysgydwodd Catrin ei phen yn 'styfnig, cododd ei ysgwyddau gan ychwanegu, 'Gwell i ni frysio,'ta.'

Dechreuodd frasgamu, ac ymhen ychydig clywodd ei hanadl yn cyflymu wrth iddi geisio cadw i fyny ag ef. Ystyriodd arafu ei gamau er ei mwyn, ond roedd bygythiad y cymylau'n ei yrru yn ei flaen. Ni fynnai fod yn gyfrifol am ferch a honno wedi gwlychu hyd at ei chroen. Teimlodd rywbeth yn plycian ar ei glogyn.

'Wyt ti bob amser mor anfoesgar â hyn?' tuchanodd Catrin, 'neu wyt ti'n rhy annysgedig i wybod sut i ymddwyn tuag at foneddiges?'

Syllodd arni mewn syndod, wedi ei frifo gan yr ymosodiad annisgwyl. Beth ar y ddaear fawr oedd wedi achosi'r sioe yma o dymer? Teimlodd gynddaredd yn ffrydio drwyddo, ond llwyddodd i'w rheoli. Yn lle brathu, gwell gwneud hwyl. Gwenodd yn ddwl arni, a dweud 'Miss?' mewn llais teilwng o'r llabwst twpaf.

Doedd hi'n amlwg ddim mewn hwyliau i chwerthin. Trodd ei chefn arno dan wgu a cherdded yn ei blaen cyn gyflymed ag y gallai, ac yntau'n dilyn. Cydiodd y gwynt ynddynt wrth iddynt gyrraedd y rhostir moel, a llenwi eu clogynnau megis hwyliau ar long. Gyrrwyd hwy ymlaen ar y fath gyflymdra fel bod yn rhaid i'w traed hopian a hanner rhedeg i ddal i fyny â'u cyrff. Gafaelodd Siôn yn dynn yn ei het rhag i'r gwynt ei dwgyd. Sylwodd fod cudynnau hirion o wallt Catrin yn dianc o'u caethiwed ac yn chwipio ar draws ei hwyneb a'i llygaid. Trodd i edrych yn ôl unwaith eto, a dechreuodd boeni o ddifri wrth weld y cymylau'n ennill y blaen arnyn nhw mor gyflym. Sylwodd ar goed tal yn tyfu o hafn fach ychydig i'r chwith o'r llwybr a phrysurodd i ddal i fyny â Catrin, gan bwyntio at y coed.

'Rhaid i ni gymryd lloches yn y fan acw!' gwaeddodd yn ei chlust, 'ac yna mi gawn ni benderfynu p'run ai i fynd ymlaen neu fynd adref.' Gydag un llaw ar ei het, a'r llall yn gafael ym mhenelin Catrin, arweiniodd y ffordd at y coed, Ryff wrth ei gwt, pob tamaid o hwyl wedi diflannu, ei ben yn isel a'i gynffon yn swatio rhwng ei goesau. Roedd yn casáu'r gwynt.

Disgynnai'r hafn yn serth o'r rhostir, a sylweddolodd na fyddai Catrin, gyda'i sgertiau trwsgl, yn gallu dringo i lawr yn ddiogel. Rhoddodd y fasged i lawr a gafael yn dynn yn ei braich i'w chynnal, ond hyd yn oed wedyn fe lithrodd ei hesgidiau ar y glaswellt slic a dechreuodd syrthio oddi wrtho. Gollyngodd ei het er mwyn cipio Catrin i'w freichiau. Cariodd hi weddill y ffordd at y coed, a'i gosod i sefyll wrth ei ochr. Chwythodd ei het i ffwrdd gan ddawnsio'n chwareus, er mawr foddhad i Ryff a gychwynnodd ei hela'n syth. Roedd rhyw ddaioni ym mhob drwg, yn amlwg.

O leiaf roedd cysgod yn yr hafn, er bod y gwynt yn dal i ruo uwch eu pennau. Rhedodd cryndod drwy gorff Catrin, a thynnodd hi'n nes ato er mwyn lapio ei glogyn am y ddau ohonynt. Roedd yn rhaid iddo adael i'w fraich orwedd ar ei hysgwydd er mwyn dal y dilledyn yn ei le. Ar y dechrau, safai'r ferch yn haearnaidd o anystwyth wrth ei ochr, ond ymhen ychydig amser teimlodd hi'n graddol ymlacio nes bod ei chorff yn pwyso ar ei gesail. On'd oedd hi'n blentyn trafferthus, gwenodd yn fingam wrtho'i hun.

Safai'r ddau yno'n fud yn gwrando ar y gwynt yn chwipio'r storm yn agosach, ei glogyn yn gwarchod gwres eu cyrff fel na theimlai Siôn yn oer. Daeth yn ymwybodol o bersawr ei chorff yn treiddio i'w ffroenau, gan lwyddo i ddeffro awydd yn ei gorff, awydd oedd wedi gwrthsefyll yr holl edrychiadau o gil llygad, a'r hanner-gwenu. Ond byddai ildio i'r fath awydd yn ffolineb pur. Cadwodd ei lygaid yn benderfynol ar y düwch oedd erbyn hyn bron uwch eu pennau. Roedden nhw ymhell o afael cloch yr eglwys bellach, ond creai'r gwynt ei alarnad ei hun i gyfeiliant dwfn y môr yn glafoerio yng nghreigiau duon Porth Cadlan, gan saethu tafodau ewyn i lyfu pellteroedd eithaf pob un o'r ogofâu aneirif.

Poenwyd Siôn gan gudyn bach o'i gwallt wrth i'r gwynt ei ysgwyd fel brws ysgafn ar draws ei foch. Roedd yn cosi, ond ofnai ei hel i ffwrdd â'i law rhag ofn i unrhyw gyffyrddiad roi'r argraff anghywir iddi. Edrychodd i lawr ar y pen oedd mor agos i'w fron, y gwallt du, disglair, a ddenai ei lygaid i lawr at y bronnau'n gwthio yn erbyn gwlanen ei gwisg. Teimlai yr awydd yn codi eto. Newidiodd Catrin ei phwysau o un goes i'r llall, ac wrth wneud hynny, cafodd Siôn well golwg ar ei hwyneb.

Achosodd yr hyn a welai iddo chwalu pob un o'i syniadau blaenorol amdani, a gwneud iddo deimlo cywilydd mawr ohono'i hun. Rhedai ffrydiau o ddagrau distaw i lawr ei gruddiau. Ni allai ei arbed ei hun rhag cyffwrdd ei gên â'i law a throi ei phen nes iddo allu edrych i fyw ei llygaid. Gwelodd y fath unigedd diffaith, diamddiffyn ynddynt nes i'w galon wegian mewn cydymdeimlad â'r plentyn colledig yma. Adlewyrchai ei hwyneb yr anghyfanedd-dra hwnnw oedd mor gyfarwydd i'w enaid ef. Syllodd hithau'n ôl arno am ennyd cyn gostwng ei golwg i'r llawr. Sut y gallai fod mor ddifeddwl, mor ddideimlad? Sut y gallai fod wedi cymharu ei hymddygiad â ffyrdd pob Jezebel a gyfarfu ym mhob tafarn ym mhob tref yn Ewrop? Pam na allai fod wedi gweld, drwy'r ystrywiau, y diniweidrwydd oddi tanynt? Dim ond merch ifanc oedd hi, ar drothwy bywyd, yn eiddgar am brofiadau newydd ac yn graddol ddarganfod ei grym, ond heb eto sylweddoli'r effaith a gâi ar ddynion, na'r peryglon cysylltiedig, nes i ffŵl dideimlad fel efe achosi iddi deimlo cywilydd a gwarth. Ysai am gael ei chysuro, ei gwasgu'n dynn at ei fron a chusanu'r dagrau i ffwrdd, ond gwyddai mai camgymeriad damniol fyddai gwneud y fath beth. Yn lle hynny, ymestynnodd ei law i sychu'r dagrau'n dyner oddi ar ei gruddiau. Cododd ei golygon arno, a gwenodd y ddau gan gyffwrdd unigrwydd ei gilydd.

Ystyriodd Siôn lawer tro, wrth edrych yn ôl ar y funud honno, beth fyddai wedi digwydd wedyn pe bai Ryff heb ddod atynt gyda gweddillion yr het yn llusgo o'i geg. Roedd yn rhyddhad iddynt weld y corff bach blewog, mwdlyd. Roedd y gynffon yn chwifio'n gynddeiriog, a'r fath olwg bwysig, hunanfodlon ar ei wyneb nes iddynt chwerthin yn uchel. Plygodd Siôn i gymryd yr het oddi arno, a'i dangos hi i Catrin gan wenu'n ofidus. Ni fyddai byth yn ei gwisgo eto. Roedd y cantal bron yn rhydd o'r corun, a thyllau garw yma ac acw lle'r oedd Ryff a'r gwynt wedi chwarae tynnu â'i gilydd yn rhy awyddus. Er gwaetha'r mwd a'r gwlybaniaeth, cododd Catrin y ci bach yn ei breichiau, a rhoi clamp o sws iddo ar dop ei ben, gan ei alw'n gi clyfar, rhywbeth a wyddai Ryff eisoes.

Ynghanol yr holl fwytho, cododd pen Ryff yn ddisymwth gan foeli ei glustiau. Neidiodd o afael Catrin a rhuthro i fyny'r hafn am y rhostir, gan gyfarth yn wallgo. Prysurodd Siôn ar ei ôl i weld beth oedd yn bod. Trawyd ef gan y gwynt wrth iddo adael cysgod yr hafn, a bu bron iddo gael ei lorio. Teimlodd ychydig ddafnau o law trwm yn syrthio ar ei ben. Roedd Ryff hanner y ffordd ar draws y rhostir pan welodd Siôn farchog yn ymddangos ar y llwybr, a cheffyl arall yn cael ei dwsu ganddo. Trodd y ceffyl tuag ato wrth i John Bodwrda ei weld, a charlamodd ar draws y rhos, gan ffrwyno'i geffyl yn frwnt o fewn troedfeddi i Siôn. Aeth yntau i alw Catrin o'i lloches, a'i helpu o'r hafn.

'Brysiwch,' galwodd John arnynt, 'mae'r storm bron yma! Mae pawb wrthi'n wyllt yn clymu popeth i lawr. Cod Catrin ar ei cheffyl i mi, wnei di, Siôn? Rwy'n cael trafferth i'w dal nhw'n y gwynt 'ma.'

Gwir a ddywedai. Roedd caseg Catrin yn strancio ac yn ceisio codi ar ei thraed ôl, yn wyllt ag ofn. Neidiodd Siôn am yr awenau a'u dal i lawr yn dynn, yna gwthiodd ysgwydd y gaseg yn erbyn march John mewn ymgais i'w chadw'n ddigon llonydd iddo godi Catrin i'r cyfrwy.

Doedd dim byd gosgeiddig na pharchus yn y ffordd y taflwyd hi i fyny, ond pwy oedd yn poeni? Doedd neb i boeni, chwaith, nad oedd ganddi wisg farchogaeth briodol amdani, na bod ei fferau'n amlwg i'r byd eu gweld. Cyn gynted ag yr oedd hi'n ddiogel, ei throed yn y warthol, gollyngodd Siôn a John eu gafael ar y gaseg, a dechreuodd hithau strancio eto. Cwffiodd Catrin am reolaeth drosti cyn ei throi a charlamu'n ôl am ddiogelwch y stabal. Cadwodd John ei geffyl yn llonydd am funud arall er mwyn cynnig cario Siôn, hefyd, yn ôl i Fodwrda. Gwrthododd Siôn, gan ddweud y byddai'n mynd yn ei flaen i weld Ifan.

Aeth i nôl y fasged o'r hafn. Roedd mewn pryd i'w hachub oddi wrth Ryff, oedd newydd ddarganfod yr arogleuon hyfryd a ddeuai ohoni. Disgynnai'r diferion glaw yn gynt, a phrysurodd ei gamau, ei feddwl yn symud yr un mor gyflym. Beth ar y ddaear fawr ddaeth drosto? Mi allai fod wedi dinistrio popeth gydag un weithred ffôl! Pa ddewiniaeth oedd yma, pa rym oedd ganddi hi i allu dylanwadu arno yn y fath fodd, ac yntau'n gyfarwydd â phob mathau o ferched ledled Ewrop? Sut y gallai hi wneud iddo golli ei synnwyr cyffredin mewn eiliadau? Dylai fod yna ddeddf i reoli morwynion. Roeddan nhw'n beryg bywyd. Allan o reolaeth eu tad, ond heb fod eto dan reolaeth gŵr, roeddynt megis pelennau tân direol a allai ddinistrio bywydau! Roedd yn gandryll ag ef ei hun, a hyrddiodd hunan-fygythiadau yr holl ffordd at hofel Ifan. Ac eto, meddai llais bach yng nghefn ei feddwl, oni allai gofio bod mor unig ei hun? Allai o mewn gwirionedd droi ei gefn arni a'i gadael yn ddigyfaill? Oni ddylai fod yn fwy gonest ag ef ei hun? Wedi cyrraedd, gorchmynnodd Ryff i aros y tu allan, a diflannodd hwnnw rownd y gornel i chwilio am loches.

Plentyn ddaeth at y drws, a heb air o gyfarchiad, aed â Siôn i mewn a'i osod i eistedd ar garreg lefn wrth ochr y tân tila o goed llaith a fudlosgai ynghanol y llawr. Troellai'r mwg trwchus o amgylch yr hofel dywyll, y gwynt cryf yn ei rwystro rhag esgyn drwy'r twll yn y to grug. Dyfriai ei lygaid a theimlai ddolur yn ei wddw. Rhwng y mwg a'r hanner-gwyll, doedd dim posib gweld neb na dim yno. Roedd rhywun wedi ceisio gosod darnau o bren yn erbyn y twll ffenestr i'w harbed rhag y storm. Roedd y lle'n drewi, a diolchodd nad oedd Catrin yno i ddioddef y fath fudreddi. Roedd y brwyn a orchuddiai'r llawr yn llithrig a llysnafeddog o leithder, gwastraff bwyd, ysgarthion a budreddi. Gorweddai baban yn ei garpiau budr ar wely rhedyn yng nghongl yr ystafell, gan sgrechian yn ofer wrth i bawb ei anwybyddu. Eisteddai Wmffra, mab hanner call yr hen Ifan, ar garreg lefn arall gyferbyn â Siôn, yn naddu darn o bren. Nid edrychodd i fyny pan gerddodd Siôn i mewn, ac nid oedd am gymryd y mymryn lleiaf o sylw ohono.

'Be t'isio?' gofynnodd y wraig iddo. Gafaelai dau blentyn llwydaidd yn ei sgert, ac roedd plentyn arall, llai, yn ei breichiau. Roedd y plant i gyd yn denau a newynog. O amcangyfrifo oed y fam, tybiai Siôn y byddai plant hŷn wedi gadael y nyth eisoes, neu'n debycach, wedi marw. Byddai angen mwy na llu o angylion gwarchodol i oroesi yn y fath fudreddi.

'Rydw i wedi dod o Fodwrda,' meddai Siôn, gan geisio cuddio'i ffieidd-dod. Cofiodd y tlodi yng nghhartref ei blentyndod, ond gweithiai ei fam yn galed i gadw popeth yn lân. 'Wedi dod ag eli i'r hen Ifan,' ychwanegodd.

Ysgytiwyd yr holl adeilad simsan gan bwff o wynt cryfach nag arfer, gan yrru'r mwg i chwyrlïo'n waeth nag erioed a gwneud i bawb besychu. Ni chlywodd Siôn atebiad y wraig, ond sylwodd ar lygaid y plant yn troi tuag at gornel dywyll, ac edrychodd yntau i'r un cyfeiriad. Gorweddai Ifan ar wely rhedyn gyferbyn â'r babi, ei ddwylo cordeddog yn plycian y clytiau a fu unwaith yn flancedi, fel ewinedd cath yn gwneud ei nyth. Cododd Siôn a mynd at yr hen ddyn, y fasged yn ei law. Ond cyn iddo allu ei hestyn i Ifan, cafodd y wraig afael arni a'i thynnu. Gwrthododd Siôn ollwng ei afael, ac aeth yn frwydr ddiurddas rhyngddynt nes i'r wraig roi'r gorau iddi.

'Wedi dod ag eli i'r crudcymalau, Ifan, o Fodwrda,' meddai Siôn wedyn, 'ac ychydig ddanteithion gan Malan.'

'Mi gymera i rheina',' meddai Seina'n benderfynol, a'r tro yma ildiodd Siôn heb stŵr. Trodd ei gefn arni hi a'i thylwyth, gan resynu na châi lonydd i siarad ag Ifan ei hun.

'Sut wyt ti'n cadw, Ifan Huw?' holodd. 'Chefais i ddim cyfle i siarad yn iawn efo ti'r noson o'r blaen.'

'Mewn dipyn o boen, a deud y gwir. Dydi'r tywydd 'ma'n gwella dim ar betha. Mi rown i'r byd am danllwyth o dân.' Edrychodd i fyny i weld diferion o law yn treiddio drwy'r to grug i ddisgyn yn araf ar ei wely. Symudodd ei goesau i'w hosgoi. 'A be fuost ti'n 'i neud yr holl flynyddoedd 'ma?'

'Mi fûm i'n filwr, Ifan Huw, yn lladd mwy o ddynion nag yr hoffwn gofio.'

'Diar annwl!'

'Ond rydw i wedi dod adref i geisio anghofio hynny i gyd, a chyfarfod hen ffrindiau – clywed y straeon diweddaraf a hanesion pawb, trafod yr hen amser.' Doedd o ddim eisiau bod yn rhy fyrbwyll, ond, ar y llaw arall, doedd o ddim am aros yn yr hofel ddrewllyd hon am eiliad fwy nag oedd raid. Ond doedd hi ddim mor hawdd â hynny i dynnu llofruddiaeth Griffith Piers yn naturiol i'r sgwrs. Achubwyd ef, yn rhyfedd iawn, gan Seina.

'Pwy fasa'n meddwl dy fod ti, o bawb, isio sôn am yr hen amsar,' meddai'n sur. 'A chditha 'di gorfod rhedag i ffwr'.'

'Seina!' rhybuddiodd Ifan, ei lais yn codi'n wich. 'Paid â bod mor ddigroeso, neno'r tad, a Siôn 'di dŵad drw'r storm efo'r fasgiad i ni.'

'Wnes i ddim rhedeg i ffwrdd,' meddai Siôn, fel petai Ifan heb ddweud gair. 'Wnes i ddim byd i fod â chywilydd ohono, ac mae'r Sgweiar a'i deulu'n gwybod hynny.'

'Hy! Nid dyna glywis i!'

Anwybyddodd Siôn ei geiriau a throi'n ôl at Ifan.

'Wyt ti'n cofio beth ddigwyddodd ar ôl i mi adael, Ifan Huw?'

'Be ti'n feddwl?' holodd yr hen ŵr yn wyliadwrus.

'Oedd yna rywun yn gwybod beth ddigwyddodd i'r ficer?'

Ysgydwodd Ifan ei ben. 'Mi ddath dyn y Crwner a gofyn cwestiyna,' meddai, 'ond dwi'n gwbod dim byd am ddim byd.'

'Lol botas!' torrodd Seina ar ei draws. ''Dan ni i gyd yn gwbod be ddigwyddodd. 'Dan ni i gyd yn gwbod pwy oedd yn mynd o gwmpas y pentra, diolch yn fawr, yn bygwth lybindio'r ficar.'

'Bydd ddistaw, Seina!' rhybuddiodd Ifan, ei ddwylo a'i lais yn crynu.

'Na 'naf! Pwy mae o'n feddwl ydi o, yn dod yma efo'i *"ddanteithion"*! Disgwl i ni fod yn ddiolchgar, debyg iawn! Meddwl 'i fod o'n well na ni, yn tydi?'

'Mi a' i â'r fasged i ffwrdd eto os wyt ti mo'i heisiau,' meddai Siôn yn dawel.

Chwipiodd Seina'r fasged y tu ôl i'w chefn, ond doedd

dim taw ar ei chynddaredd. 'Os nad y ti oedd y llofrudd, yna un o dy deulu di oedd o!'

'Be ti'n feddwl?' meddai Siôn yn hurt. 'Wyt ti 'rioed yn ceisio awgrymu fod Mam wedi llofruddio'r ficer!'

'Nag ydw, siŵr!' atebodd yn chwyrn. 'Nid dy fam, ond dy . . . '

'Cau dy geg, Seina!' plediodd yr hen Ifan. 'Dydi o ddim o'n busnas ni. Gad lonydd i betha!'

'Na, gad iddi orffen, Ifan,' meddai Siôn. 'Mi hoffwn i glywed beth sydd ganddi i'w ddweud.'

Synhwyrodd Seina ei bod, efallai, wedi mynd yn rhy bell, a theimlai'n anfodlon dweud rhagor. Edrychodd ar Siôn ac yna ar ei thad-yng-nghyfraith, yna cafodd ei natur wenwynig y gorau arni, a byrlymodd yr atgasedd allan.

'Pwy ti'n feddwl? Y dyn yna briododd dy fam wedyn, ar ôl i ti fynd, y Twm Elias 'na! Ma pawb yn gwbod fod y Diafol yn Twm y noson honno, a gneud iddo ladd y ficar. Dim ond Twm oedd yn ddigon cry i neud y fath beth. Ond fiw i neb ddeud na gneud dim, nagydi, am fod Twm yn ormod o ffrindia efo'r Sgweiar. Ti'n meddwl nad ydw i'n gwbod y cyfan . . . ?'

'Gwaith y Diafol oedd o!' gwaeddodd Ifan ar ei thraws, ei gorff cyfan yn crynu erbyn hyn. 'Mi welson nhw'r Diafol!'

'Beth?' ebychodd Siôn wrth droi ar ei sawdl, ei lais yn anghrediniol.

'Mi welodd Mari Grepach o! Tân a brwmstan yn dod o'i lygid, cynffon hir yn diflannu i'r twllwch a chyrn mwy troellog na hwrdd y Sgweiar!'

'Chlywis i ddim o hyn o'r blaen,' meddai Seina'n amheus, wedi anghofio'i chyhuddiadau ei hun.

'Mi wnes i addo, 'ndo? Mi nath Mari neud i mi addo

peidio deud byth, neu mi fydda'r Diafol ar f'ôl i a'm rhwygo inna'n ddarna.'

'Pam na fasa'r Diafol yn mynd â hi, 'ta?' gofynnodd Seina, ac yna mynd ymlaen i ateb ei chwestiwn ei hun. 'Na, ma'r Diafol yn edrach ar ôl 'i bobol 'i hun, yn tydi, nes mae o'n blino arnyn nhw! Ac ma pawb yn gwbod fod Mari'n wrach.'

'Ac mi welais i'r cŵn,' aeth Ifan yn ei flaen, yn dechrau mwynhau ei stori. 'Cŵn Arawn, Cŵn Annwn. Roeddan nhw'n anfarth, wir i chi, yn gewri uwch fy mhen i, a'u llygaid yn llosgi'n goch a'u genau'n glafoerio tân, a'u dannadd yn hirach na 'mraich i . . . '

'Cau dy geg, yr hen lolyn,' meddai Seina'n swta. 'Chdi a dy straeon! Biti na ddaru nhw dy rwygo di'n ddarna hefyd, ddweda i, i ni gal llonydd.'

Syllodd Siôn ar yr hen ddyn mewn tosturi. Ni allai uffern ei hun fod yn waeth na'r uffern yma roedd o'n ei ddioddef ar y ddaear. Roedd y geiriau cas wedi gwneud i'r plant wylo ond, er hynny, gwelodd yr hynaf, plentyn rhyw bump oed, ei gyfle i geisio dwyn tamaid o'r fasged. Ond fel yr oedd ei law yn sleifio i mewn, cafodd glustan hegar gan ei fam. Er gwaetha'r holl dwrw, ni chododd Wmffra ei ben o'i naddu, ac roedd y babi'n dal i grio.

Ysgydwodd Siôn ei ben mewn anobaith. Doedd dim pwrpas aros yma rhagor. Roedd y cyfan wedi bod yn wastraff amser. Yn yr awyr iach unwaith eto, daeth Ryff allan o'i guddfan i'w gyfarch, a dechreuodd y ddau redeg am adref, y gwynt yn gyrru'n ddidostur i'w hwynebau. Wedi mynd tua hanner y ffordd, gallasai Siôn fod wedi cicio'i hun. Oherwydd yr holl helynt efo Seina, roedd wedi llwyr anghofio gofyn i'r hen Ifan ynghylch Meistres Dorothy.

10

Duw'n ddiffynno rhag bradwriaeth,
Cadwed Crist ef rhag Pabyddiaeth,
A rhag pawb sydd yn amcanu
Drwg neu sbeit i Brins y Cymry.

Y Ficer Rhys Prichard (1579?–1644) yn sôn
am Siarl I pan oedd yn Dywysog Cymru.

Doedd hi ddim mor anodd rhedeg y stad wedi'r cwbwl, meddyliodd John yn foddhaus gan bwyso'n ôl yn ei gadair tra taclusai Enoch Evans y papurau roeddynt wedi eu trafod yn ystod y bore. Pob dim wedi ei gwblhau – y gwasanaeth boreol, goruchwylio'i hebogwr, trefnu'r cinio i'w westeion gyda Catrin, a sgwrs fach efo'i dad i gadw'r ddysgl yn wastad ynglŷn â threfnu'r briodas rhwng William a Glynllifon. Ac yn awr roeddynt wedi gorffen mynd dros y cyfrifon cyn i Enoch ymadael am Lundain gyda'r porthmyn a'r gwartheg mewn da bryd i gael sgwrs fach cyn i'w westeion gyrraedd.

'Beth oeddet ti'n wybod am Griffith Piers, y ficer yma erstalwm?' gofynnodd yn ddisymwth.

Rhoddodd Enoch ei bapurau i lawr a syllu arno. 'Meistar John, syr?' dywedodd, ei lygaid a'i lais yn ddifynegiant.

'Sut ddyn oedd o? Prin fy mod yn ei gofio fy hunan, heblaw i ni fod yn disgwyl amdano tu allan i'r eglwys sawl tro, a Nhad yn gynddeiriog.' Nid oedd yr hyn a ddywedodd Enoch wrtho'n newydd i John – yr yfed trwm, y methiant i gyflawni ei ddyletswyddau eglwysig, ei gerydd gan yr Esgob yn dilyn cwynion gan ei dad a phlwyfolion eraill Aberdaron – roedd wedi clywed y cyfan o'r blaen. Roedd wedi gobeithio am wybodaeth fwy personol. Ceisiodd fynd ati ar hyd ffordd arall.

'Wyt ti'n gwybod fod Siôn Rhisiart wedi dechrau ymholiad?'

'Na, doeddwn i ddim wedi clywed hynny,' meddai'r asiant yn fyfyrgar. 'Ymholiad i farwolaeth y ficer, mae'n debyg? Dydw i ddim wedi gweld y gŵr ifanc fy hun eto.'

'Mae'n awyddus iawn i wybod pam yr anfonwyd ef i ffwrdd. Ond yn ôl Siôn, gall y ddau beth fod yn gysylltiedig.'

'Felly, wir!'

'Roeddet ti yno, doeddet? Wyt ti'n cofio rhywbeth?'

'Maen nhw'n dweud mai'r Diafol rwygodd y dyn yn ddarnau am ei bechodau.'

'Wyt ti'n credu hynny?'

Cododd Enoch ei ysgwyddau. 'Pwy ŵyr, syr? Mae pethau rhyfeddach yn y nefoedd ac ar wyneb daear . . . '

'Ie, ie, ond sut oedd o'n edrych i ti?'

'Welais i mo'r corff, syr. Doeddwn i ddim yno.'

'Ond . . . '

'Ddim ar Gastell Odo, wrth y goelcerth. Doedd gen i ddim amser i'r fath lol.'

'Ble'r oeddet ti, felly?'

Edrychodd Enoch yn fyfyrgar eto, a gofynnodd am ganiatâd i eistedd i lawr. Wedi i John amneidio arno i eistedd, rhwbiodd ei ên yn araf.

'Wel, doeddwn i ddim yng ngwasanaeth eich tad bryd hynny, er i mi ofalu am fusnes yn Llundain iddo sawl tro, fel y gwnes y dyddiau hynny i nifer o foneddigion.'

'Ie, ie,' meddai John yn ddiamynedd. Byddai ei westeion yn cyrraedd cyn bo hir.

'Gadewch i mi feddwl. Ie, roeddwn i gyda'ch tad, yn

casglu rhyw bapurau a llythyrau ar gyfer y daith. Gofynnodd imi rannu gwydraid efo fo, ei fod yn unig gan fod pawb wedi mynd i'r goelcerth. Yna, pan ddaeth yn bryd i mi fynd, daeth efo fi ran o'r ffordd. Roedd am gael ychydig o awyr iach, meddai, a chyfarfod chi'r plant ar eich ffordd adref.

'Doeddan ni ddim wedi mynd yn bell iawn pan glywson ni sgrechiadau ofnadwy yn dod o'r llwybr ger yr afon. Wel, mi wyddoch y gweddill, syr, am eich modryb a'r cnaf Siôn yna.'

'Wyddoch chi pam y gyrrodd fy nhad ef i ffwrdd?'

'Rhag i'r pentrefwyr hel clecs, decini. Doedd o ddim am i neb faeddu enw da eich modryb.'

Meddyliodd John dros yr atebion am funud, a sylweddoli nad oedd wedi darganfod dim newydd. Gofynnodd gwestiwn arall.

'Beth wyt ti'n feddwl ddigwyddodd i Modryb Dorothy?'

Ysgydwodd Enoch ei ben yn araf. 'Pwy ŵyr, syr? Rwy'n cofio meddwl ar y pryd mai Siôn Rhisiart oedd wedi ei niweidio, ond wedyn, mi ddois i'r casgliad fod eich tad yn iawn, ac nad y bachgen oedd ar fai.'

'Oedd rhywun arall o gwmpas?'

'Welais i neb, syr. Ond mae'n rhaid gen i fod rhywun yna. Roedd hi'n amser caled y dyddiau hynny, y cynaeafau wedi methu sawl blwyddyn, a phob mathau o bobl newynog, anobeithiol, yn crwydro'r wlad yn chwilio am fwyd a gwaith. Mae'n debygol fod un felly wedi gweld eich modryb, a manteisio ar ei gyfle i ddwyn oddi arni. Yna mae'n bosib iddo glywed Siôn, a rhedeg i ffwrdd.'

'Oedd pobl eraill wedi sôn am ddieithriaid o gwmpas y pentref?'

Cododd Enoch ei ysgwyddau. 'Wn i ddim, syr. Roedd cymaint o fynd a dŵad efo'r mwstwr gwartheg . . . ' Gadawodd i'w lais ddistewi. Crychodd John ei dalcen.

'Oedd Modryb Dorothy wedi ei niweidio'n ddrwg?'

'Alla i ddim dweud, syr. Doedd dim esgyrn wedi torri, achos roedd yn gallu cerdded yn iawn, a welais i ddim gwaed. Ond roedd ei gwallt yn llanast a'i dillad wedi rhwygo. Arweiniodd eich tad hi adref, ac aeth Meistres Elin â hi i'w gwely. Welais i mo Meistres Dorothy wedyn, syr.' Rhoddodd ebychiad bach trist. 'Mae'n ddrwg gen i na alla i helpu rhagor.'

'Diolch, Enoch,' meddai John, gan ddirwyn ei holi i ben. Ond cyn diflannu drwy'r drws, trodd Enoch yn ôl, fel petai rhwng dau feddwl.

'Maddeuwch i mi, syr, a gobeithio nad wyf yn siarad allan o drefn, ond fasech chi'n gwrando ar air o gyngor gan ŵr hŷn, profiadol?' Edrychodd John yn ddisgwylgar arno. 'Allwch chi berswadio Siôn Rhisiart i adael llonydd i bethau? Does neb yn ei feio erbyn hyn, yn arbennig y fi.' Cymerodd gam yn ôl i'r ystafell, fel petai'n dweud cyfrinach. 'Rwy'n poeni am eich tad, syr, yn arbennig gan y byddaf mor bell i ffwrdd dros yr wythnosau nesaf yma ac yn methu bod o gymorth iddo. Wnewch chi ddim gadael i bethau darfu arno eto, na wnewch, syr? Mi fyddai'n sobor o beth petai ei galon yn dioddef eto. Mi faswn i'n eich cynghori i beidio dweud dim mwy am y busnes wrtho fo, syr.'

'Diolch am fod mor feddylgar, Enoch. Roeddwn i wedi cysidro'r mater yn barod.'

Cafodd ddeng munud o lonydd cyn i Rhobart ddatgan fod y gwesteion wedi cyrraedd. Gan adael Catrin i ddiddanu Prins yn y parlwr am hanner awr fach, aeth John ac Edmwnt Glynne i'r llyfrgell i gynnal trafodaethau agoriadol ynglŷn â threfnu'r briodas. A'r ddau'n mwynhau gwydraid bach o win sych cyn bwyd, daeth Rhobart i'r ystafell i ddweud bod Meistar Edmwnd

Williams, brawd Catrin, wedi cyrraedd yn annisgwyl, ac wrthi'n ymolchi cyn dod i'w gyflwyno'i hun.

Cynhaliwyd sgwrs ddifyr a bywiog dros y bwrdd bwyd a Catrin yn afieithus am fod ei brawd yn bresennol o'r diwedd – mor afieithus, a dweud y gwir, nes iddi ddwyn gwg John a Meistres Elin. Disgrifiodd Prins yr holl ddifrod a wnaethpwyd ar stad Cefnamwlch yn ystod stormydd y noson cynt. Roedd llongddrylliad ym Mhorth Neigwl, meddai, a thrigolion yr ardal honno'n brysur drwy'r bore yn casglu broc môr ac unrhyw beth arall o werth a laniodd o'r llong. Doedd dim un o'r morwyr wedi ei achub, yn anffodus. Lled-awgrymodd Edmwnt Glynne y byddai gwahoddiad yn dod o Lynllifon iddynt i gyd dreulio'r Nadolig a Nos Ystwyll gyda'r Glynniaid, os byddai'r Sgweiar yn well, wrth gwrs. Diolchwyd iddo am haelioni'r teulu. Wedi i'r merched adael y bwrdd, trodd Edmwnd at y dynion, ei wyneb yn ddifrifol.

'Mae gen i lythyr i'ch tad, John, ac un arall i'ch tad chwithau, Prins, oddi wrth f'ewythr. Mae'n drallod fod y ddau'n wael, ond o leiaf mae gan y ddau feibion 'tebol.' Cydnabu John a Prins y cwrteisi drwy roi nòd fach. 'Mae'r newyddion sydd gen i yn mynd i effeithio ar ein teuluoedd i gyd, ac rwy'n falch, mewn un ffordd, o gael ei drafod gyda chi gyntaf.'

'Beth sy'n bod?' gofynnodd John i'w gefnder.

'Datganwyd yn y Senedd ddoe fod Pabyddion Iwerddon wedi codi mewn gwrthryfel yn ein herbyn. Rhoddwyd y newyddion i'r Brenin yn yr Alban yr wythnos ddwethaf, ac fe glywodd f'ewythr, Esgob John, amdano ddydd Gwener. Dyna pam y'm gyrrodd i yma ar frys i roi'r wybodaeth i chi, er mwyn i ni allu cymryd camau i amddiffyn ein hunain.'

'Beth! Ydyn nhw'n debygol o ymosod?'

'Mi rydach chi'n fy arwain at yr ail newydd sydd gen

i,' meddai Edmwnd yn brudd. 'Fel y gwyddoch, Nhad yw'r dirprwy Is-Lyngesydd dros Ogledd Cymru, a'ch tad chi yw'r Is-Lyngesydd, yntê?' Trodd at Prins a chytunodd hwnnw. 'Mae Nhad newydd glywed am gynllwyn ymysg teuluoedd y Creuddyn – Pabyddion bob un – i gipio castell Conwy a'i ddal yn ein herbyn nes y daw'r Gwyddelod: cael lle diogel iddyn nhw lanio a chychwyn ymgyrch yn erbyn Lloegr!'

'Beth?' cododd Prins ei ben yn sydyn.

'Peidiwch â phoeni – mae Nhad wedi rhoi'r arweinwyr yn y carchar, i'w holi ymhellach. Mae popeth dan reolaeth ganddo fo, ond teimla Nhad y dylsech gael gwybod ar unwaith, ac mae am wybod beth yw gorchmynion eich tad, Prins.'

'O'r gorau, gwell i ni gychwyn yn ôl. Maddau i ni, John, ond allwn ni ddim aros. Mae'n well i Nhad gael gwybod ar unwaith am y brad.'

'Does dim cymaint o frys â hynny!' meddai Edmwnd yn siomedig, gan edrych ar John. 'Mae'n ddrwg gen i, doeddwn i ddim am ddychryn eich cwmni fel hyn. Mae popeth dan reolaeth gan Nhad.'

Derbyniodd John yr ymddiheuriad gan arwyddo i Prins eistedd drachefn. Gwthiodd y gostrel frandi ato. 'Pa mor llwyddiannus ydi'r Gwyddelod?' gofynnodd.

'Pwy a ŵyr? Mae'n rhy gynnar i wybod eto. Maen nhw'n gryf iawn, yn ôl pob golwg, ac wedi paratoi'n dda. Mae f'ewythr yn credu fod arian a chefnogaeth dramor tu cefn iddyn nhw. Sbaen neu Ffrainc – allwn ni ddim ymddiried yn yr un ohonyn nhw. Mae Richelieu fel sliwen o lithrig. Synnai f'ewythr ddim na fyddai'n rhoi arian i'r Gwyddelod yn enw Sbaen er mwyn disodli Senedd Lloegr, codi cynnen a gwanhau gafael Sbaen ar yr Iseldiroedd, a gwanhau'r Ymerodraeth Rufeinig Sanctaidd yr un pryd. Ar y llaw arall, efallai mai Sbaen yn unig sydd tu cefn iddyn nhw, mewn ymgais i droi'r wlad yma'n Babyddol yn ôl.'

'Newyddion cythryblus yn wir,' meddai Edmwnt Glynne. 'Dydi 'mrawd, John, ddim wedi gallu rhoi gwybod i mi eto. Mae'n siŵr eu bod yn tynnu gwallt eu pennau'n y Senedd. Mae John ar gynifer o bwyllgorau'n barod, wn i ddim sut y gall o ymdopi efo rhagor o waith.'

'Ie, roeddwn i'n deall ei fod yn gynorthwywr brwdfrydig i Pym,' meddai Edmwnd, a thybiodd John fod ei lais yn sychlyd. Credai fod Edmwnt Glynne wedi sylwi hefyd, a barnu yn ôl y ffordd y cip-edrychodd ar Edmwnd.

'Beth mae'r Brenin am wneud?' holodd John i lenwi'r distawrwydd sydyn.

'Mae am ofyn am fwy o arian i godi byddin,' atebodd Edmwnd.

'Dim byd newydd yn hynny,' meddai Edmwnt Glynne yn wawdlyd.

'Mae ganddo'r hawl, pan mae ei deyrnas dan fygythiad,' oedd ateb brathog Prins.

'Ond mi wyddom o brofiad ei fod yn chwarae'r ffon ddwybig,' dadleuodd Edmwnt Glynne. 'Pwy a ŵyr i ba bwrpas y byddai'n defnyddio'r fath fyddin? Fydd o ddim yn fodlon nes iddo dynnu dannedd y Senedd gyfan, a rheoli'n gyfan gwbl ar ei liwt ei hun. Dyna'i freuddwyd.'

'A beth am freuddwyd Pym, dwed?' atebodd Edmwnd yn syth. 'Onid dinistrio'r Brenin yw ei freuddwyd ef? Cael gwared â'r frenhiniaeth, ac yna ef ei hun i reoli megis teyrn ar weriniaeth.'

'Ond mae hynny'n syniad erchyll!' meddai John, wedi dychryn drwyddo. 'Beth fyddai'n digwydd i ni i gyd heb frenhiniaeth gref? Âi'r wlad yn anhrefn llwyr! Mae'r Brenin yn ein rheoli ni, ei blant, fel y dylem ni reoli'n teuluoedd. Rhaid gwrthsefyll unrhyw ymdrech i droi'r glorian. Creadur hunanol a distadl ydi'r dyn cyffredin.'

'Dewch, dewch, syr,' atebodd Edmwnt Glynne, ychydig yn ddiamynedd, ac anghwrtais, yn nhyb John, gan iddo fod yn siarad â'i letywr. 'Rydych yn siarad yn or-syml a gorddramatig. Does gan Pym ddim o'r fath fwriad. Ei unig ddyhead yw i'r Brenin lywodraethu'r wlad, ond gyda chydweithrediad a chaniatâd y Senedd.'

'Fe wyddoch fod y pamffledi'n ei alw'n "Brenin Pym"?' meddai Prins mewn ymdrech i gynhyrfu'r dyfroedd. Llwyddodd yn ei fwriad.

'A dydyn nhw ddim yn bell o'u lle!' cytunodd Edmwnd Williams, wedi cynhyrfu cymaint â John eiliadau ynghynt. Ceisiodd John dawelu pethau.

'Ychydig mwy o win port, foneddigion? Gyrrwch o o amgylch y bwrdd, wnewch chi, Prins?' Tra oedd pawb yn ail-lenwi eu gwydrau gofynnodd yn dawel, 'Ble mae'r Brenin ar hyn o bryd?'

Tynnodd Edmwnd Williams anadl ddofn cyn ateb. 'Mae'n dal yng Nghaeredin, heb orffen trafod gyda'r Scotiaid. Mae Ewythr John yn dyheu am iddo ddychwelyd i Lundain.'

'Dydi o mo'r unig un,' meddai Prins. 'Mae angen ffrwyno Pym, cyn i bethau fynd yn rhy bell.'

'Yna mi fyddwch yn dychwelyd i'r Senedd erbyn dydd Gwener, a'ch tad hefyd?' gofynnodd Edmwnd Williams yn eiddgar, ond gwrthgiliodd Prins yn frysiog o'i eiriau blaenorol.

'Wel, wyddoch chi, rhaid gweld sut mae Nhad. Braidd yn rhy wan i drafeilio ar hyn o bryd, mae arna i ofn, ac mae'r pla yn dal i ledaenu.'

'Ond mae'r Brenin angen pob aelod ffyddlon yn Nhŷ'r Cyffredin i bleidleisio yn erbyn y Gwrthdystiad Mawr gwrthun yna sydd gan Pym ar y gweill!'

'Wr ifanc,' meddai Edmwnt Glynne yn benstiff, 'does dim byd gwrthun ynglŷn â'r Gwrthdystiad Mawr. Fy mrawd sy'n ei lunio, fel y lluniodd yr achos yn erbyn Strafford.'

'A llofruddio un o gynghorwyr gorau a ffyddlonaf y Brenin,' meddai Edmwnd yn chwerw.

'Clywch, clywch!' meddai Prins, gan i'w dad ac yntau wrthwynebu dienyddiad Strafford a gwrthod arwyddo'r ddogfen.

'Foneddigion, foneddigion,' galwodd John yn daer, gan weld ei ginio pleserus yn dirywio'n gwffas tafarndy. 'Gwrandwch arnom ni, mewn difri calon! Dathliad teuluol, hapus yw hwn i fod, a dyma ni'n cwffio fel cŵn yn y gwter! Gadewch i ni dawelu, rwy'n erfyn arnoch.'

'Yn union, John,' cytunodd Prins. 'Rydym yn anelu am yr anhrefn y soniaist ti amdano'n gynharach! Brawd yn erbyn brawd, tad yn erbyn mab, a mab yn erbyn ei dad. Edrychwch ar yr hen Edmwnt yma – mae syniadaeth ei frawd John fydysawd ymhell o syniadaeth ei frawd arall, Thomas!'

Edrychai Edmwnt Glynne yn flin fel cacwn, ond ochrodd yr Edmwnd arall efo John.

'Mae'n wir ddrwg gen i, gefnder. Fynnwn i ddim am y byd greu anghydfod wrth fwrdd croesawgar Bodwrda. Ond fydd dim rhaid i chi fy ngoddef fawr hirach – bydd yn rhaid i ni gychwyn am Gefnamwlch cyn bo hir.'

'Mi fydd Catrin yn siomedig iawn,' atebodd John.

'Os gwnaiff Prins oddef disgwyl rhyw hanner awr ychwanegol, i mi gael sgwrs sydyn efo hi?' gofynnodd Edmwnd.

'Wrth gwrs,' cytunodd Prins.

'Ardderchog,' meddai John. 'Roeddwn i wedi bwriadu dangos fy adar i chi, a'r hebocty newydd, cyn derbyn y newyddion yna. Fyddech chi'n hoffi dod rŵan, tra ydym yn disgwyl am Edmwnd?'

Ond nid oedd Edmwnt Glynne mor barod i symud.

'Hmm,' meddai'n araf, 'felly mae'n rhaid bod trafnidiaeth rhwng Iwerddon a Chymru. Rhaid edrych i mewn i hynny.'

'Bydd,' cytunodd Edmwnd. 'Mae f'ewythr, yr Esgob, wedi clywed am fodolaeth rhwydwaith sy'n cario newyddion rhwng Iwerddon a Sbaen. A misoedd y gaeaf yn agosáu, fel y tystiai neithiwr, buasai'n hawdd iddynt chwilio am y fordaith fyrraf a theithio drwy Gymru.'

'Hmmm,' meddai Edmwnt Glynne eto. 'Rhaid meddwl yn ofalus iawn, iawn ynglŷn â hyn. Rhaid cadw'n wyliadwrus, a sylwi ar unrhyw ddigwyddiadau anarferol neu ddieithriaid o gwmpas y lle.'

'A chadw llygad ar y teuluoedd hynny sy'n dal â thueddiadau Catholig,' ychwanegodd Prins. 'Beth am y dyn Alex Bodfel 'na? Ydi o'n dal o gwmpas?'

Prin y gallai John ei orfodi ei hun i ateb, cymaint oedd ei atgasedd tuag at Alex Bodfel. 'Mae'n mynd a dod, yn edrych ar ôl busnes y teulu ar Enlli ac o gwmpas Uwchmynydd. Ond dydw i ddim yn meddwl bod rhaid poeni yn eu cylch hwy, yn arbennig ar ôl i John symud i swydd Gaergrawnt i fyw efo teulu ei wraig a throi'n Biwritan rhonc. Mae hyd yn oed wedi newid ei enw i Bodville, o'r hyn a ddeallaf,' ychwanegodd yn wawdlyd.

'Hyd yn oed wedyn,' meddai Prins, a'i lais yn ddwys, 'rhaid cadw meddwl agored. Sut drefn sydd ar y *trained band* yn Aberdaron?'

"*Trained band*?" meddyliodd John, ei galon yn suddo. Doedd dim cof ganddo o'i dad yn mwstro'r dynion ers diwrnod coroni'r brenin.

'Wn i ddim,' atebodd Edmwnt Glynne, 'ond mi ofynnaf i Thomas.'

'Milwyr neu beidio,' meddai John yn ymffrostgar, 'mi wnawn beth bynnag sydd angen ei wneud yma'n Aberdaron. Ac yn awr, beth am weld fy adar?'

'Ardderchog,' meddai Edmwnt Glynne gan godi. 'Mi fydd ychydig o awyr iach yn dderbyniol iawn wedi pryd mor hael.'

'Wnewch chi f'esgusodi i, John? Mi af i weld Catrin . . . '

'Wrth gwrs, wrth gwrs,' prysurodd John i'w gysuro.

'A finnau hefyd,' meddai Prins yn frysiog. 'Well i mi aros efo Edmwnd – un neu ddau o faterion seneddol i'w trafod, wsti. Amser yn brin, fel y dwedodd o.'

Eisteddai Catrin yn yr ardd yn disgwyl am ei brawd. Oedd o wedi cadw at ei air, a dod ag anrhegion iddi, tybed? Ynteu oedd o wedi bod ar ormod o frys? Roedd yn mwynhau'r heulwen hydrefol a dywynnai ar yr ychydig flodau oedd yn weddill yn y gwelyau. Roedd gardd Bodwrda wedi ei hamddiffyn rhag gwyntoedd cryfion gan wal gerrig, yn ogystal â phant naturiol yn y tirwedd, ac felly tyfai pethau'n dda yno. Dywedodd ei mam wrthi mai taid Huw a baratodd y cynlluniau i wneud gardd Iseldirol hyfryd i weddu gyda'i ychwanegiadau urddasol at y tŷ, ond ni chafodd fyw i'w gweld yn dwyn ffrwyth. Ceisiodd Ewythr John gario 'mlaen efo'r gwaith yn y blynyddoedd cyntaf, ond doedd dim diddordeb ganddo mewn gerddi, felly'n raddol gadawyd y cyfan i'r pen garddwr.

Hoffai Catrin yr ymdeimlad anorffenedig oedd ynddi, ymdeimlad o lecyn wedi ei anghofio a'i anwybyddu. Lle i anghofio'i phryderon ynglŷn â John. Cododd i gerdded ei lwybrau graean, gan ddychmygu sut y byddai hi, unwaith iddi ddod yn feistres ar Fodwrda, yn newid ac yn datblygu'r planhigion. Daeth ar draws Modryb Dorothy yn casglu blodau melyn Mair oedd yn dal i dyfu mewn gwely cysgodol, eu petalau oren, gloyw'n sirioli'r dydd ac yn gweddu'n dlws â lliw gwyrdd golau gwisg ei modryb.

Dychrynodd ei modryb o glywed sŵn traed ond ymlaciodd wrth weld mai dim ond Catrin oedd yno.

'Ydych chi wedi cael cinio?' holodd Catrin.

'Malan, gegin,' cafodd fel ateb, ond deallodd yn iawn.

'Dydyn nhw'n dlws,' meddai wedyn, gan bwyntio at y blodau, ac yn syth cynigiwyd un iddi gyda gwên fach swil. Roedd Catrin wedi dod i sylweddoli bod ei modryb, er nad oedd yn hoff o siarad, yn hoffi cwmni tawel, felly dechreuodd y ddwy gydgerddedd yn hamddenol ar hyd y llwybrau a Modryb Dorothy'n casglu ambell flodeuyn diweddar arall i'w ychwanegu at ei thusw. Mwynhaodd Catrin y tawelwch cyfeillgar, a chrwydrodd ei meddwl yma ac acw'n bleserus.

Daethant i'r ardd berlysiau, a thorrodd Catrin damaid o rosmari gan anadlu ei bersawr yn ddwfn i'w hysgyfaint. Un o'i hoff bersawrau: roedd yn gwlychu ei gwallt mewn dŵr rosmari i'w gadw'n lân. Wrth weld ei gweithred, torrodd Dorothy ragor o dameidiau o'r planhigyn ar gyfer ei thusw, yna aeth ymlaen i gasglu coesau lafant, mintys a balm. Gwyliodd Catrin hi'n trefnu'r coesau yma ac acw yn ei thusw, a rhyfeddodd o weld pa mor ddeniadol oedd y canlyniad. Roedd gan Dorothy ddawn naturiol i drefnu blodau, a'r tusw bellach yn gymysgedd celfydd o liw, ffurf a gwead. Pan gyflwynwyd y tusw gorffenedig iddi roedd Catrin ar ben ei digon. Cofleidiodd ei modryb yn gynnes, gan chwerthin, a chymerodd ei llaw a'i harwain i eistedd ar y fainc ger y goeden lawryf. Eisteddodd y ddwy i fwynhau'r haul. Caeodd Catrin ei llygaid, y tusw'n gyrru arogleuon pêr i'w ffroenau, a meddwl am Siôn.

Daeth cuwch bach i grychu ei thalcen. Doedd hi ddim yn sicr beth i'w feddwl ohono bellach ar ôl ei ymddygiad sarhaus ddoe wrth gerdded o Fodwrda. Clwyfwyd hi i'r byw gan ei edrychiad gwatwarus. Serch hynny, roedd ei ymateb i'w thristwch mor dyner fel y buasai wedi tyngu ei fod am roi cusan iddi pan ddaeth Ryff â'r het i dorri ar ei draws. Onid oedd dynion yn anodd eu deall? Agorodd ei llygaid wrth glywed Dorothy'n tisian a gwelodd fod drws y tŷ yn agor a'i brawd yn ymddangos gyda Prins. Cododd Dorothy ar ei thraed yn gyflym a diflannu o'r golwg.

'Pwy oedd honna?' holodd Edmwnd, gan eistedd wrth ei hochr.

'Dim ond Modryb Dorothy,' atebodd Catrin. 'Dydi hi ddim yn hoff o gwmni pobl ddieithr. Yli be roddodd hi i mi!' Estynnodd y tusw i'w brawd i'w edmygu. Eisteddodd Prins yr ochr arall iddi a chymryd y tusw oddi arni. Gwthiodd ei drwyn i'w betalau ac anadlu. 'A sôn am anrhegion,' aeth Catrin yn ei blaen, 'oes gen ti rywbeth i mi?'

'Dangos rywfaint o dosturi, wnei di? Dim ond newydd ddod allan ydan ni! Mae'r pethau yn dy ystafell di, gyda Lleucu. Heblaw am hynny, does gen i fawr o amser, ac mi gei di agor dy barsel wrth dy bwysau ar ôl i ni fynd.'

'Beth sydd 'na?' holodd yn eiddgar, ond ysgydwodd Edmwnd ei ben a dweud wrthi am fod yn amyneddgar.

'Paid â gwneud i mi feddwl fod fy anrheg yn bwysicach na fi!' dwrdiodd yn gellweirus. Gafaelodd hithau yn ei fraich a'i wasgu ati'n gariadus. Plannodd gusan fach sydyn ar ei foch. Byddai'n rhaid iddi fodloni ar hynny a chanolbwyntio ar fwynhau yr ychydig a gâi o gwmni ei brawd.

'Ble mae John ac Edmwnt Glynne?' holodd wedyn. 'Ydyn nhw wedi gorffen trafod?'

'Roedd John yn mynnu dangos ei hebocty,' atebodd Prins yn sychlyd, 'felly mi ddihangais i efo'ch brawd. Mi alla i edmygu aderyn cystal ag unrhyw ddyn, cofiwch, ond mae'r ddau yna'n eithafol.'

'Dyna pam na wnei di byth hebogwr da,' meddai Edmwnd. 'Does gen ti mo'r nwyd.'

'Nwyd?' atebodd Prins, a gwenodd yn rhadlon ar Catrin. 'Mae'n well gen i gadw fy nwyd ar gyfer pethau pwysicach!'

Smaliodd hithau ei bod wedi ffieiddio ato, a chymryd ei thusw'n ôl. 'Wir, syr, rydych chi'n codi cywilydd arna i! Dydych chi dim yn gweld y gwrid ar fy ngruddiau? Mi fydd yn rhaid i'm brawd eich herio i ornest!'

'Os oes raid i mi ildio fy mywyd oherwydd merch, gadewch i mi o leiaf fwynhau ffafrau'r ferch honno yn ystod hynny bach o amser sy gen i!' Penliniodd o'i blaen yn ffug wylaidd. 'Wnewch chi ddim rhoi cusan fach i'ch darpar gefnder druan, y claf o gariad, Catrin annwyl, f'anwylaf un, greulonaf un? Allwch chi ddim gyrru dyn i'w fedd heb roddi un gusan fach iddo, siawns?'

'Rhowch y gorau iddi!' meddai Catrin dan chwerthin. Roedd yr edrychiad ar ei wyneb mor ddoniol o dorcalonnus, fel ci wedi ei geryddu heb wybod pam, fel na allai fod yn ddig ag ef. 'Edmwnd, gwna iddo ymddwyn yn weddus!'

'Na, na! Nid y cleddyf, rwy'n erfyn arnoch!' Cododd, gan smalio cyrcydu mewn ofn, a chafodd Catrin gryn drafferth i beidio â chwerthin yn afreolus. Ond roedd yr ofn o gael ei darganfod yn mwynhau ei hun gan Meistres Elin wrth i honno wgu arni o un o ffenestri'r llofftydd yn ddigon i beri iddi ei rheoli ei hun.

'Dim mwy o actio fel clown, Prins.' Llwyddodd i wneud i'w llais swnio'n llym. 'Fe sonioch am nwyd yn gynharach, ac roeddwn i'n meddwl, cyn i chi ddod allan, mai dyna sydd o'i le ar yr ardd 'ma.'

'Beth ar y ddaear fawr . . . ?'

''Da chi'n gweld, mae sgerbwd yr ardd wedi ei osod, ond does dim cnawd iddi, dim calon.' Cododd yn gyflym i gerdded ar hyd y graean, a dilynwyd hi gan y ddau arall. 'Edrychwch eto ar y tusw roddodd Dorothy i mi,' aeth ymlaen. 'Welwch chi'r siapiau gwahanol, a'r lliwiau gwahanol, sydd i'r dail? Onid ydyn nhw'n bleserus i'r llygaid? Rwy'n credu fod Modryb Dorothy yn artist yn ei ffordd fach ei hun, ac roeddwn i'n meddwl cymaint gwell fyddai'r ardd yma pe bai Modryb Dorothy yn cael dewis y planhigion a lle maent i dyfu. Pan fydda i'n feistres yma, mi wna i ailblannu'r ardd i gyd a chael Modryb Dorothy i'm helpu.'

'Pam disgwyl tan hynny?' gofynnodd Prins. 'Pam na wnewch chi hynny'n awr? Os oes diffyg ysbrydoliaeth yn yr ardd, yna ysbrydolwch hi.'

'Hmm,' meddai Catrin yn fyfyrgar, a cherddasant mewn tawelwch nes cyrraedd y giât fach ym mhen draw'r ardd a arweiniai i'r lôn. Arhosodd y tri i edrych ar y wlad, a gwelodd Catrin fod Siôn yn cerdded i fyny'r lôn tuag atynt. Llyncodd ei phoer yn nerfus. Sut oedd o'n mynd i ymddwyn heddiw?

Cyfarchodd Siôn hwy gan foesymgrymu'n isel, ei het yn cyffwrdd â'r llawr wrth iddo'i sgubo oddi ar ei ben.

'Siôn Rhisiart at eich gwasanaeth, foneddigion a boneddiges,' meddai'n gwrtais.

'Siôn, dyma fy mrawd, Edmwnd Williams, a John Griffith, ein cefnder o Gefnamwlch. Mae Siôn yn hen ffrind i John,' eglurodd. Moesymgrymodd y dynion i'w gilydd. Teimlodd Catrin yn falch fod golwg mor llewyrchus ar Siôn fel nad oedd raid egluro'i safle yn y pentref. Yn ôl ei wisg, gallai'n hawdd fod yn un ohonyn nhw.

'Mi ddois i weld John,' meddai Siôn wrthi, 'i ddweud hanes pnawn ddoe. Ydi o gartref?'

'Mae o allan efo'i adar,' atebodd hithau. 'Mae'n eu dangos i'w westeion.'

'Mae'n ddrwg gen i,' ymddiheurodd Siôn. 'Wna i ddim amharu arno. Efallai y gallwch chi ddweud wrtho 'mod i wedi galw, ac y gwela i o fory neu drennydd, efallai?' Wrth siarad, rhoddodd wên gynnes iddi, a phan gytunodd hithau i roi ei neges, cafodd sioc bleserus pan afaelodd yn ei llaw a chusanu ei bysedd. Gwasgodd ei llaw ychydig yn dynnach nag yr oedd ei angen. Wrth ffarwelio â'r dynion, rhoddodd foesymgrymiad militaraidd iddynt, gan glicio'i sodlau'n siarp.

'Wel, wel,' meddai Prins yn dawel wedi iddo fynd. 'Mae 'nghalon i'n llawn cenfigen rheibus! Fe gafodd y gŵr ifanc yna wneud yr hyn rwyf wedi bod yn ysu i'w wneud drwy'r dydd! Pwy yw'r ffodusyn sy mor hyf efo eilun fy nghalon a heb gael ei geryddu?'

'Rhowch y gorau iddi, Prins,' meddai Catrin. Roedd yn dechrau blino ar ei sgwrs chwareus. 'Mi rydych chi'n ymddwyn fel hyn tuag ata i am ei bod hi'n ddiogel i wneud hynny, a dyna'r oll. Rydach chi'n gwybod nad wyf yn rhydd, felly does dim perygl i mi eich cymryd o ddifrif.'

Am y tro cyntaf y diwrnod hwnnw, credai Catrin fod ei adwaith yn un gwbl naturiol. Syllodd arni'n syn am eiliad, yna chwarddodd yn uchel.

'Gyfnither annwyl,' dywedodd, yn hollol ddiffuant, cyn rhoi cusan fach ysgafn ar ei boch.

'Ond pwy ydi o?' ailofynnodd Edmwnd.

'Mi ddwedais i. Hen ffrind i John.'

'Mae'n siarad Cymraeg, ond mae ei ddillad o wneuthuriad gwlad dramor,' sylwodd Prins yn graff.

'Mae o wedi bod yn byw yn Ewrop,' eglurodd Catrin. 'Mae o adref o'r fyddin – fe ddywedodd wrtha i ei fod yn uwch-ringyll mysgedwyr ym myddin yr Ymerawdwr Rhufeinig Sanctaidd.'

Edrychodd Edmwnd a Prins ar ei gilydd yn gyflym.

'Milwr proffesiynol,' meddai Prins yn arwyddocaol.

Cododd Edmwnd ei ysgwyddau. 'Does dim yn anarferol yn hynny,' meddai. 'Mae pob byddin yn dibynnu ar rai felly, ac mae hanner ein bonedd yn brwydro yn Ewrop.'

'Teithio *adref* o Ewrop,' meddai Prins.

'A phwy a ŵyr pam?'

'Beth sy'n bod?' holodd Catrin yn ddiamynedd. 'Am beth rydach chi'n siarad?'

'Dim byd, gannwyll fy llygaid,' atebodd Prins. 'Gadewch i ni siarad am y gwelliannau sy'n mynd i ddigwydd i'r ardd 'ma.'

11

Die Lunæ, primo Novembris, 1641
Ordered That Anthill, Master of the Inn called the
Bush, at Bagshotts, be summoned forthwith to
attend this House; and that he bring with him the
Party that this House is informed of travels between
the West Parts and London, as a private post, if he
be now in the Town; or otherwise, that he leave
Order from this House, with the Constable of that
Town, that he make Stay of him; and seize his
Pacquets; and give the House speedy Notice
thereof;

Dyddlyfr Tŷ'r Cyffredin

Wedi diwrnod o heulwen, daeth glaw mân a niwl fore
trannoeth, a'r gwaith o bedoli'r gwartheg yn troi'n hunllef
o chwys ac oerni. Tân yr efail yn ffwrnais ffyrnig o doriad
gwawr hyd y machlud, a'r gofaint yn ôl ac ymlaen
rhyngddo a'r gwartheg yn gorwedd wedi eu gwaellu yn y
mwd a'r glaw. Roedd mwstwr gwartheg Aberdaron ar
gylch blynyddol gofaint teithiol y sir, a deuai haid
ohonynt i'r pentref a'r ffermydd cyfagos i baratoi'r
gwartheg ar gyfer eu siwrnai hir i Lundain a
marchnadoedd y Smithfield.

Sychodd Siôn ei dalcen â chadach gwlyb. Ef oedd yn
gyfrifol am droi'r barrau haearn oedd yn y tân, i'w cadw'n
eirias drwyddynt. Gyda'r cadach gwlyb am ei law,
symudai o un bar i'r llall gan roi hanner tro i bob un, ac
ailwlychu'r cadach bob yn ail far. Bob tro y deuai un o'r

gofaint i dorri tamaid i ffurfio plât arall, byddai'n gwthio gweddill y bar ymhellach i'r tân a dechrau'r broses o'i dwymo eto. Roedd yn hanner noeth, y chwys yn ddisglair ar ei groen a'i wallt yn glynu wrth ei ben a'i ysgwyddau. Diolchodd i'r drefn fod ei awr wrth y tân yn dod i ben, ac yntau'n cael newid lle gydag un o'r prentisiaid eraill, a mynd allan i ddal y gwartheg. Awr y tu allan, awr y tu mewn: dyna'r drefn.

Ffurfiwyd buarth mawr drwy gau'r llwybr o Fodwrda â chlwydi gwiail a giât ar y naill ben iddo a'r llall: un i ganiatáu i fuwch ddod at yr efail i'w phedoli a'r llall i yrru'r gwartheg i borfa unwaith roedd y gofaint wedi gorffen eu paratoi. Deuai'r porthmon â'r fuwch at yr efail a rhoi magl arni i'w thaflu i'r llawr a'i gwaellu. Gwaith Siôn yn yr awyr agored oedd rhoi ei holl bwysau ar ben a gwddf y fuwch i'w chadw'n llonydd tra oedd y gof yn pedoli. O fewn pum munud i ddechrau'r gwaith yma, byddai'n ysu am gael bod yn ôl yng ngwres y tân.

Erbyn canol y pnawn roedd ei gefn fel petai ar dorri, ac fe'i dirmygai ei hun am fod mor feddal. Roedd wrthi'n ceisio dal pen buwch arbennig o anystywallt, yn rhegi a melltithio wrth i'w ysgwyddau gael eu rhwygo a'u tynnu fel petaent ar resel y poenydiwr, pan sylwodd ar Enoch Evans yn cyrraedd yr efail ac yn tynnu Twm i'r naill ochr i gynnal sgwrs hir gydag ef. Roedd Siôn wedi sylwi arno'n prysuro'n ôl a blaen sawl tro cyn hyn, yn cyfrif a chlustnodi'r gwartheg, gan gadw cownt yn ei lyfr bach du. Er na feiddiai Siôn dynnu ei sylw oddi ar ddirdyniadau'r fuwch, ceisiodd gadw llygad ar Twm ac Enoch hefyd. Roedd rhywbeth ynglŷn ag osgo Twm a'i pryderai. Ni allai'r gof fyth gadw'i deimladau o'i wyneb, ac roedd yn amlwg yn awr nad oedd beth bynnag a ddywedai Enoch wrtho wrth ei fodd. Cododd ei ysgwyddau sawl tro, ac unwaith cyfarfu llygaid Twm â llygaid Siôn am amrantiad ar draws y buarth, cyn i Twm droi i ffwrdd yn anghysurus. Siarad amdano ef, efallai, dyfalodd Siôn. Yn yr eiliad honno pan deimlodd y fuwch fod ei charcharwr â'i feddwl ymhell, gwnaeth ymdrech anferthol i'w rhyddhau ei hun, a thaflwyd Siôn ar wastad ei gefn i'r mwd a'r llaid, er mawr ddifyrrwch i'r gweithwyr eraill. Erbyn iddo orffen diawlio, roedd Enoch wedi mynd.

Fu Siôn erioed mor falch o gyrraedd adref. Aeth yn syth i'r cwt allan i ymolchi, gan roi ei ddillad budron mewn bwcedaid o ddŵr tan y bore. Prin y gallai wisgo'i grys gwlanen glân, cymaint oedd y boen yn ei gefn a'i ysgwyddau. Buasai wedi rhoi'r byd, y funud honno, i gael ei was, Milan, i rwbio olew gewynnau i'w groen, fel yr arferai wneud ar ôl brwydr galed. Ond dyna fo, roedd Milan fil o filltiroedd i ffwrdd, yn mwynhau gaeaf gyda'i deulu yn Neustadt am Mettau.

Roedd ei fam wedi gwneud tanllwyth o dân ar gyfer paratoi swper poeth i'r dynion, ac er mwyn sychu'r holl ddilladau gwlybion. Roedd hithau wedi dioddef o'r glaw ar ei stondin yn y farchnad. Gyda'r menyn a'r wyau oedd heb eu gwerthu, gwnaeth omled iddynt mewn padell enfawr, a'i hymylon wedi'u crasu'n euraid yn y menyn poeth. Estynnodd Twm goes cig mochyn a grogai o'r nenfwd, a thafellu tameidiau i'w rhannu rhyngddynt. Sglaffiodd pawb eu bwyd fel petai ar eu cythlwng.

'Be oedd Enoch Evans eisiau?' gofynnodd Siôn i Twm wrth sychu'r diferion menyn olaf oddi ar ei blât bren â'i fara.

'Fawr o ddim byd,' atebodd Twm yn ddidaro. 'Rhoi rhestr o betha i mi drwsio pan mae o i ffwrdd.'

'Ydyn nhw'n talu'n o lew am hynny – neu ydi trwsio offer Bodwrda'n rhan o'r rhent blynyddol hefyd?' holodd Siôn yn hanner cellweirus, ond rhywfodd llwyddodd i ofidio Twm. Anwybyddodd y cwestiwn, a throi i ail-lenwi ei dancard o'r piser o gwrw bach.

'Oedd hi'n rhestr faith iawn?' ceisiodd Siôn dynnu arno wedyn. 'Roedd golwg boenus iawn arnoch chi.' Gan fod Twm yn dal i wrthod ei ateb, aeth ymlaen i ofyn yn blwmp ac yn blaen yr hyn oedd ar ei feddwl. 'Oedd o'n dweud rhywbeth amdana i? Mi welais i chi'n edrych draw i 'nghyfeiriad i nifer o weithiau.' Dywedodd Twm rywbeth dan ei wynt, nes i Siôn ofyn iddo ailadrodd ei eiriau yn eglur.

'Poeni am Sgweiar mae o,' meddai Twm yn anfodlon. 'Ddim isio mwy o helynt. Ddim isio i Sgweiar fynd yn salach.'

'A ddim eisiau i mi holi rhagor, ie?' gwawdiodd Siôn. 'Gofyn i chi roi llyffethair ar fy nhafod i, ie?'

'Be, oedd Enoch Evans yn siarad amdanat ti, Siôn?' holodd ei fam wrth i arwyddocâd y sgwrs dreiddio i'w meddwl wrth iddi glirio'r bwrdd.

'Pa wahaniaeth os oedd o?' atebodd Siôn. 'A ph'un bynnag, pa fusnes ydi o iddo fo?'

'Sawl gwaith sydd eisiau deud wrthyt ti, dwed?' meddai Meinir yn flin. 'Mi allen ni golli'r tyddyn bach 'ma o dy gownt di. Does wiw i ni groesi Enoch – mae'r Sgweiar bob amser yn gwneud bob dim mae o'n ei ddweud.'

Cododd Siôn oddi wrth y bwrdd yn anfoddog, a mynd i chwarae efo Ryff o flaen y tân.

'Gwranda arna i, Siôn,' mynnodd ei fam. 'Wnei di addo gadael llonydd i bethau? Er ein mwyn ni?'

'Wna i byth adael i ddim byd ddigwydd i chi na Twm, Mam,' meddai Siôn yn styfnig, ei ddwylo'n smalio taro trwyn y ci bach a hwnnw'n cynddeiriogi'n llwyr. 'Mae gen i ddigon o arian i'ch cadw chi'ch dau'n gyfforddus am weddill eich oes, pe bai raid.'

Dechreuodd Meinir wylo ac aeth Siôn i'w daflod. Teimlai mor ddiflas oherwydd agwedd ei fam a Twm nes iddo dreulio'r awr nesaf yn ysgrifennu pwt o lythyr at ei ffrind Henry ym Mryste.

Roedd pawb ar eu traed yn gynnar iawn fore trannoeth. Roedd gweld y gwartheg yn cychwyn ar eu taith, y bwrlwm a'r crochlefain, y brefu a'r cyfarth, y cynnwrf a'r pryder, yn olygfa flynyddol werth ei gweld. Gyda phob ffordd o'r pentref wedi ei chau gan glwydi, a'r gwartheg wedi eu cau ynghanol y pentref, byddai'r twrw'n fyddarol. Erbyn i Twm a Siôn gyrraedd, roedd y wawr ar fin torri, y rhan helaethaf o'r gwartheg wedi eu cynnull yn barod, a phawb yn awyddus i glywed llais Enoch Evans yn galw arnynt i gychwyn. Ond roedd un fuches ar ôl. Buwyd yn holi'n sydyn o amgylch y pentref: oedd rhywun wedi gweld Alex Bodfel a'i wartheg?

Manteisiodd Siôn ar yr oedi i gael gair efo un o'r gofaint oedd i deithio gyda'r porthmyn; hwy fyddai'n ailbedoli pan fyddai angen hynny ar y siwrnai. Roedd am ofyn i'r gof gario'r llythyr iddo nes cyrraedd Rhydychen, yna'i roi i gludiwr post, a'i yrru ymlaen i Fryste. Roedd Twm wedi ei sicrhau fod y gof yma'n ddibynadwy a gonest. Cytunodd y dyn i gario'r llythyr a derbyniodd dâl hael am ei gymwynas. Wrth wthio'i ffordd yn ôl at Twm, sylwodd Siôn ar John yn siarad ag Enoch Evans. Roedd y ddau yn astudio darn o bapur, gan edrych i fyny'n aml a phwyntio yma ac acw at y gwartheg. Digwyddodd John ei weld yntau yr un pryd a cherdded i'w gyfarfod.

'Bore da, Meistar John,' meddai Siôn. 'Oes yna broblem?'

'Disgwyl am Alex Bodfel,' atebodd John, yn flin gyda'r troseddwr. 'Fe gyrhaeddodd y gwartheg o Enlli ddoe, a threulio'r noson yn Uwchmynydd, yn ôl y sôn. Lle gythraul mae'r dyn?'

Ar y gair, ymddangosodd gyr fach o wartheg ar ben yr allt o Uwchmynydd, yn cerdded yn hamddenol nes iddynt weld yr holl anifeiliaid eraill oddi tanynt, yna trodd eu cerdded yn rhuthr gwyllt i lawr yr allt, yn cael eu cynddeiriogi'n waeth gan dwrw'r platiau haearn anghyfarwydd ar eu traed yn dyrnu'r ddaear. Tu ôl i'r anifeiliaid a'u gyrwyr, ymddangosodd dyn ar gefn ceffyl llwyd, mawr, gosgeiddig. Ffrwynodd Alex Bodfel ei geffyl, ei lygaid yn rhedeg dros y dyrfa nes iddo weld Enoch Evans. Anelodd pen ei geffyl tuag at Evans, gan groesi'r afon yn nes at y traeth er mwyn osgoi'r holl gyrff a'r budreddi. Gwyliodd Siôn a John wrth i Bodfel gyfarfod Evans a rhoi pecyn bychan iddo, pecyn a wthiwyd yn ddisymwth i ddwbled Evans. Fel petaent yn ymwybodol o'u gwylwyr, trodd y ddau i gyfeiriad Siôn a John, a thynnodd Bodfel ei het i'w cyfarch. Cododd John ei law yn swta i gydnabod y cyfarchiad cyn troi i ffwrdd.

'Alla i ddim diodda'r dyn 'na,' meddai dan ei wynt. 'Dandi! Edrych ar y bluen 'na sy'n ei het, mewn difri calon!'

Roedd yn rhaid i Siôn wenu mewn cytundeb, oherwydd roedd y bluen mor fawr nes cyrlio o amgylch y cantal a llifo'n osgeiddig i lawr y cefn. Siffrydai yn yr awel fel petai ganddi ei bywyd ei hun, ac y byddai'n hedfan â'r het i fyny i'r awyr ar y mympwy lleiaf. Trodd Bodfel ei geffyl oddi wrth Enoch Evans ac anelu am yr afon unwaith eto.

'Duw a'n gwaredo,' meddai John eto, 'mae'n dod y ffordd yma.'

'Bore da, foneddigion,' cyfarchodd Bodfel. 'Dydan ni ddim yn hwyr, gobeithio?'

'Mi allan nhw gychwyn rŵan,' atebodd John yn ddiras.

Gwenodd Bodfel arno. Roedd yn ddyn tal, golygus, yn ei dridegau canol. Gwallt du a llygaid gleision, tebyg i Catrin. Doedd dim brycheuyn ar ei ddillad, oedd o'r ffasiwn ddiweddaraf, ac roedd ei osgo'n hunanfeddiannol, hawddgar. Gallai Siôn deimlo John yn cynddeiriogi wrth ei ochr. Synhwyrodd Bodfel fod rhywbeth o'i le, hefyd, oherwydd disgynnodd oddi ar gefn ei geffyl a moesymgrymu i John.

'Ymddiheuraf os ydw i wedi cadw pawb i ddisgwyl,' meddai'n dawel. 'A sut mae'ch tad?'

'Gwella'n raddol, diolch,' atebodd John yn sych. 'Esgusodwch fi. Mae'n rhaid i mi gael gair gydag Enoch cyn iddo adael. Beth am gyfarfod yn y Llong wedyn, Siôn?'

'Wrth gwrs,' cytunodd yntau, gan deimlo'n annifyr oherwydd y sarhad a ddangosai John tuag at Bodfel. Safai hwnnw'n lletchwith am eiliad yn gwylio John yn cerdded oddi wrtho, yna, gyda nòd fach i Siôn, neidiodd yn ôl ar ei geffyl a marchogaeth i ffwrdd.

Daeth symudiad sydyn o gyfeiriad y gwartheg a gwefr o gyffro drwy'r pentrefwyr. Tynnwyd y clwydi oddi ar y lôn am Roshirwaen a Phwllheli, a'r corff o wartheg duon yn symud ymlaen yn araf fel talpyn mawr o driog ar badell seimllyd. Ymddangosodd Enoch Evans ar y blaen, yn arwain y ffordd ar geffyl gwinau, trwm.

Gwyliodd Siôn y gynffon ola'n diflannu dros ael y bryn, a'r cyfarthiad olaf yn distewi. Syrthiodd distawrwydd pleserus dros y pentref, nes i'r ceir llusg ddod allan, ac yna roedd twrw rhawiau'n crafu yn erbyn cerrig wrth i'r pentrefwyr fynd ati i gasglu pob tamaid o dail ar gyfer eu llysiau'r flwyddyn nesaf. Camodd Siôn yn ofalus rhwng y twmpathau tail a cherdded i mewn i'r Llong.

Roedd John yno'n barod, yn eistedd wrth fwrdd ger y tân. Daliai ei ddwylo allan i'r fflamau er mwyn eu cynhesu. Wrth i Siôn eistedd wrth ei ochr, daeth Joshua draw gyda dau dancard a phiser o gwrw.

'Rydw i wedi gofyn am frecwast i ni,' meddai John.

'Diolch,' atebodd Siôn gan wylio John yn llenwi'r ddau dancard.

'Roeddet ti'n chwilio amdana i y diwrnod o'r blaen?'

'Oeddwn,' meddai Siôn. 'Eisiau gadael i ti wybod beth ddigwyddodd efo Ifan.'

'Ie?'

Gan fod cyn lleied i'w ddweud, chymerodd hi fawr o dro i adrodd y cyfan. Cyrhaeddodd gwraig Joshua gyda dau blataid o gig moch a wyau wedi'u ffrio a llond basged o fara ffres o'r becws drws nesaf. Wedi i Siôn orffen siarad, bwytaodd y ddau'n dawel am sbel.

'Oes bosib dy fod wedi methu rhywbeth?' gofynnodd John gan sychu ei blât â thafell o fara.

'Wn i ddim,' atebodd Siôn yn feddylgar. 'Roeddwn i'n cael y teimlad fod Ifan yn gwybod mwy nag a ddywedai. Ond mae'r busnes yma efo'r Diafol . . . '

'Wn i,' cytunodd John. 'Lol botas maip yn fy nhyb i. Mi gefais innau rywbeth cyffelyb gan Enoch, er bod ganddo ddigon o ras i ymddangos yn amheus ar gownt y peth.'

'Ddysgist ti rywbeth ganddo fo?'

Tro John oedd hi wedyn i ddisgrifio'i sgwrs ag Enoch wrth Siôn. Daeth Joshua i ail-lenwi'r piser tra oedd y ddau'n syllu'n ddiflas i'r tân.

'Felly,' meddai Siôn o'r diwedd, 'beth wnawn ni nesa?'

'Wyt ti am fynd i weld Ifan eto?'

'Dim ond os alla i ei weld heb y Seina 'na,' atebodd Siôn.

'Rydw i wedi sgwennu at Ewythr Gruffydd. Mae o am

i ni fynd draw i ginio ddydd Gwener nesaf. Alli di ddod efo ni?'

'Fwy na thebyg,' meddai Siôn. 'Ysgwn i a fyddai siarad â Mari Grepach o unrhyw fudd?'

'Mae honna mor gyfrwys â llwynog,' atebodd John. 'Wn i ddim a allwn ni roi coel ar beth bynnag ddeudai hi. Mi all wneud i'r digwyddiad symlaf ymddangos fel rhywbeth hollbwysig roedd hi wedi ei ddarogan ers deng mlynedd! Ond fydden ni ddim gwaeth â gofyn, mae'n siŵr.'

'Fe ddywedodd Miss Catrin y byddai'n fodlon siarad â'r hen wraig,' atgoffodd Siôn. 'Efallai y dylen ni adael i'r merched siarad efo'i gilydd?'

'Dydw i ddim mor sicr â hynny. Gallai Mari redeg cylchoedd rownd merch ifanc fel Catrin. Mi fasa hi'n fwy gwyliadwrus efo un ohonan ni.'

Nid oedd Siôn yn cytuno ag ef, ond cadwodd yn dawel.

'Rhaid i mi fynd yn ôl i Fodwrda,' meddai John gan godi a sychu ei geg. 'Efo Enoch i ffwrdd am o leiaf chwe wythnos, a Nhad yn ei wely, mae gen i lond fy hafflau. Gadawaf i ti wybod faint o'r gloch y byddwn ni'n cychwyn ddydd Gwener.'

Ar ôl iddo fynd, gofynnodd Siôn am dancard arall o gwrw ac arhosodd ar ei eistedd yn pendroni. O leiaf roedd John wedi ymddwyn yn fwy cyfeillgar heddiw.

12

A marry'd state affords but little ease:
The best of husbands are so hard to please.
This in wifes Carefull faces you may spell,
Tho they dissemble their misfortunes well.
A virign state is crown'd with much content,
It's always happy as it's innocent.
No Blustering husbands to create your fears,
No pangs of child birth to extort your tears,
No children's crys for to offend your ears,
Few worldly crosses to distract your prayers.
Thus are you freed from all the cares that do
Attend on matrimony and a husband too.
Therefore, madam, be advised by me:
Turn, turn apostate to love's Levity.
Supress wild nature if she dare rebel,
There's no such thing as leading Apes in hell.

Katherine Philips ['The Matchless Orinda']1631–64

'Am ddiwrnod bendigedig,' meddai Anne gan godi ei hwyneb i'r heulwen. 'Diwrnod i wneud i rywun deimlo'n falch ei fod o'n fyw! Mi fydda i wrth fy modd efo'r hydref.'

Allai Catrin ddim llai na gwenu arni. Roedd y ddwy ar eu ffordd i'r farchnad yn y pentref, ac wedi bod yn sgwrsio'n ddifyr am ddigwyddiadau'r dyddiau blaenorol, Anne yn glustiau i gyd wrth i Catrin adrodd ei hanesion. Penderfynodd Anne fod arni angen pum munud i fwynhau'r hindda, felly aeth y ddwy i eistedd ar garreg lefn ac edrych allan dros fae Aberdaron. Tynnodd Catrin rubanaid hir o ddefnydd allan o'i bag gwregys a'i ddangos i Anne.

'Edrych,' meddai, 'dyma siampl o'r defnydd roddodd Edmwnd i mi'n anrheg.' Daliodd Anne y tamaid yn erbyn y golau a'i edmygu. Roedd o liw lelog golau, gyda gwead o batrwm lliw blodau'r rhosyn yn rhedeg drwyddo megis damasg. Trodd Anne y defnydd rhwng ei bysedd, yr haul yn adlewyrchu ar ei ddisgleirdeb tra oedd Catrin yn tynnu darnau o bapur wedi eu plygu'n ofalus o'i bag.

'Beth wyt ti am wneud efo fo? Oes yna ddigon i wneud gŵn ddawnsio?'

'Wn i ddim,' atebodd Catrin, 'ond roeddwn i'n meddwl y buasai'n gweddu'n well i wneud gwisg foreol.' Agorodd ei phapurau allan a threuliodd y ddwy funudau difyr yn edmygu'r lluniau o wisgoedd llys y frenhines a roddodd Edmwnd gyda'r defnydd. Roedd chwe darlun i gyd: dwy wisg foreol, dwy wisg ffurfiol, gwisg farchogaeth ac un gŵn dawnsio. Ymhen hir a hwyr cytunodd y ddwy ar ddarlun un o'r gwisgoedd boreol, a sicrhaodd Anne y byddai Meistres Mai, gwniadwraig y pentref, yn llawn digon medrus i droi'r darlun yn ffaith.

A'r penderfyniad wedi ei wneud, prysurodd y ddwy am y pentref, Anne yn parablu'n hapus am ei beichiogrwydd a threfniadau priodas Catrin, y ddau ddigwyddiad fwy neu lai'r un pryd. Ni sylwodd ar ymatebion llugoer Catrin i'w chlebran, ac ni theimlai Catrin yn ddigon hyderus i fynegi ei gofidiau am ei phriodas â John wrth ei ffrind. Roedd eu cyfeillgarwch yn rhy newydd. Wrth gerdded heibio i ddrws yr efail, lladdwyd yr hanner gobaith o weld Siôn oedd wedi gwibio drwy feddwl Catrin gydol y bore. Doedd dim hanes ohono. Cyfarchodd Twm nhw'n siriol, a dweud wrthyn nhw am frysio, neu mi fyddai'r nwyddau gorau wedi mynd.

Hwn oedd ymweliad cyntaf Catrin â'r farchnad. Yn

ogystal â'r bwydydd fferm arferol roedd yna gigydd, crydd, barbwr yn trin dannedd a gwalltiau'r werin, merched yn gwerthu penwaig hallt, ac, ym mhobman, sanau gwlanen ar gyfer y gaeaf. Roedd tair gwraig wrth un stondin yn gwerthu nwyddau gwellt, o fasgedi a phlatiau a phowlenni at strapiau ceffyl a rhaffau, y cyfan, yn ôl Anne, wedi eu gwneud o forwellt Porth Neigwl. Syrthiodd llygaid Catrin ar bowlen fechan a chaead iddi, a lliwiau'r gwellt mewn sawl gradd o wyrdd ac aur, y cyfan yn toddi i'w gilydd fel lliwiau'r dail ar frigau'r coed. Wrth gynnig yr arian a derbyn y bowlen, trawodd ei llaw yn erbyn cledr y werthwraig, ac ni allodd honno ei rhwystro'i hun rhag brathu ei thafod mewn poen. Deallodd y wraig, a gwenu arni'n ymddiheuriadol. Ymestynnodd ei dwylo a gwelodd Catrin gydag arswyd fod y croen yn rhesi o greithiau dwfn, wedi codi'n wrymau caled fel clapiau menyn, a'r ddwy law yn edrych mor galed â hen ledr. Rhoddodd Catrin ddimai ychwanegol i'r wraig a chael cwrtsi diolchgar.

Prynodd Anne ychydig nwyddau fan hyn, ychydig fan draw, gan geisio cadw'r ddysgl yn wastad rhwng pawb, gofid parhaol i wragedd offeiriaid. Cymerodd Catrin ei basged oddi arni fel y llenwai, gan ofidio nad oedd Lleucu gyda hwy i'w chario, ond dyna fo, gan fod Anne yn gymar iddi a dim angen Lleucu i'w hebrwng, cafodd y forwyn waith gwnïo i'w orffen erbyn amser cinio. Tra oedd Anne yn trafod rhinweddau penwaig hallt dros benwaig ffres gyda'r bysgotwraig, crwydrodd Catrin draw i ble'r oedd dyn mewn dillad carpiog yn naddu darn o bren. Ar damaid o sach wrth ei ochr gorweddai darnau o'i waith, yn amlwg ar werth. Anifeiliaid ac adar oeddynt gan mwyaf, rhai ohonynt yn arw ac anorffenedig, ond roedd ambell un yn llyfn ac esmwyth ac ôl cariad a gofal ym mhob llinell o'u gwneuthuriad. Robin goch bychan, ei

fol yn grwn ac ymdeimlad o'i blu yn y marciau ysgafn a
sgriffiwyd i'r pren; pysgodyn a thro yn ei gynffon, fel
petai wedi ei ddal yn llamu dros gerrig yr afon; ond yr un
a ddenodd Catrin fwyaf oedd y morlo. Cododd y cerflun a
rhedeg ei bysedd gyda graen y pren. Crefai am gael ei
gyffwrdd, ei anwesu. Gorweddai yn ei llaw fel petai ar fin
nofio i ffwrdd i'r dyfnderoedd, ac mai dim ond hud neu
ddewiniaeth a'i cadwai'n rhewedig a chaeth ar gledr ei
llaw. Roedd y cerfiwr wedi cyffwrdd bywyd y pren, ac
wedi ei ffurfio'n ddelwedd o fywyd arall.

'Ga i brynu hwnna'n anrheg i chi?' gofynnodd llais yn
ei chlust. Bu bron iddi ollwng y morlo bach yn ei braw.

'Siôn! Mi wnest ti 'nychryn i!'

'Fasech chi'n ei hoffi?'

'Wel, ddyliwn i ddim, ond . . . '

'Yna mi gewch o.'

Erbyn hyn roedd gwraig anniben yr olwg wedi gadael
ei safle yn pwyso yn erbyn wal y dafarn, tancer o gwrw yn
ei llaw, ac yn crwydro i fyny atyn nhw.

'Wel, wel,' meddai'r slwt, 'Meistar Siôn o bawb!'
Moesymgrymodd Siôn yn watwarus.

'Bore da, Meistres Seina. Faint mae'ch gŵr yn ei ofyn
am y cerflun bach yma?'

'Prynu anrhegion i'r cariad, ia? Siŵr o fod werth
ffortiwn, felly, yntydi? Rhaid cal anrhag drud i ennill ffafr
byddigion!' Teimlodd Catrin y gwrid yn codi i'w
gruddiau, ond drwy drugaredd roedd Siôn wedi camu
rhyngddi hi a'r ddynes atgas, ac ar yr un pryd daeth Anne
atynt. Gobeithiai Catrin i'r nefoedd nad oedd Anne wedi
clywed geiriau'r slwt. Cododd Siôn ei het i gyfarch Anne,
a chynnig cerflun iddi hithau'n anrheg. Wedi peth
petruster, dewisodd Anne y robin goch, ac fe dalodd Siôn
gan anwybyddu'r ffaith fod Seina wedi codi crocbris
amdanynt.

'Merch yr hen Ifan oedd honna,' meddai Siôn yn dawel wrth Catrin wrth iddynt gerdded i ffwrdd. 'Ei fab o, Wmffra, sy'n gwneud y naddu.' Edrychodd Catrin dros ei hysgwydd ar y pâr anghynnes, a theimlo'n falch nad oedd wedi mynd i'w dŷ wedi'r cyfan.

'Bore da, Miss Catrin, Meistres Edwardes,' cyfarchodd Meinir hwy. Rhoddodd ddwy bastai gig i Siôn, a'i siarsio i fynd â nhw i'r efail yn ginio iddo ef a Twm. Cododd Siôn ei het i ffarwelio a cherdded i ffwrdd. Prysurodd Meinir i roi'r caws meddal a'r wyau a'r llaeth enwyn ym masged Anne, gan wneud Catrin yn bryderus. Ond chwerthin wnaeth Anne, a'i sicrhau nad oedd raid iddi gario'r fasged adref. Fe fyddai Meistres Elias yn cadw'r fasged iddi bob wythnos ac yn ei rhoi i'r cariwr ar ddiwedd y dydd i'w gollwng yn y ficerdy.

'Mae gen i ddwy bastai bach ar ôl,' cynigiodd Meinir. Mae 'na gig mochyn, a chwningen, a thamaid bach o gyw iâr ynddyn nhw, ac ychydig o berlysiau o'r ardd. Fasech chi'n hoffi un?'

Chwarddodd Anne eto. 'Mi allech chi demtio'r Diafol ei hun, Meistres Elias,' meddai, cyn troi at Catrin. 'Beth am brynu un bob un, a mynd â nhw i'w bwyta ar y traeth efo 'chydig o laeth enwyn? Mae'r haul mor brin yr adeg yma o'r flwyddyn, rhaid i ni wneud yn fawr ohono.'

'Syniad campus,' cytunodd Catrin, a chan adael y fasged yng ngofal Meinir, cerddodd y ddwy heibio i'r eglwys ac i lawr i'r traeth, eu traed yn suddo yn y tywod sych. Roedd y llanw allan, ac ymestynnai'r traeth euraid y naill ochr a'r llall iddynt mewn cilgant hir. Rhedai llinell ddu-frown o wymon ar ei hyd, fel baw dan ewin, rhyw hanner y ffordd rhwng y môr a'r lan, wedi ei olchi i fyny gan y storm ddiweddar.

Eisteddodd y ddwy a'u cefnau yn erbyn cwch ar ei phen i lawr a mwynhau'r cinio awyr agored. Doedd dim angen sgwrs rhyngddynt. Roedd yn ddigon difyr cael gwylio'r parau o ferched yn gweithio ar y traeth, yn casglu'r gwymon i gartiau llusg. Roedd pedwar neu bum pâr wrthi, eu ffyrch pren yn llwytho'n rhythmig. Dywedodd Anne wrth Catrin eu bod yn defnyddio'r gwymon fel tanwydd ac fel gwrtaith i'r tir, a'i bod yn olygfa gyfarwydd ar ôl noson stormus i weld y merched wrthi. Roedd yn ddefnydd pwysig iddyn nhw – a'r cyfan yn rhad ac am ddim. Rhedai plant yn ôl a blaen rhwng eu mamau ac ymyl y dŵr, gan fentro weithiau wlychu traed a thasgu dŵr. Roedd eu chwerthin a'u sgrechian hapus i'w glywed yn eglur.

'Dipyn o swynwr ydi'r Siôn Rhisiart yna,' meddai Anne ymhen hir a hwyr, gan sychu briwsion o'i cheg.

Ofnodd Catrin i'r gwrid godi i'w gruddiau eto a'i bradychu, felly newidiodd y sgwrs yn sydyn. 'Mae Siôn a John yn ceisio darganfod beth ddigwyddodd i'r ficer oedd yma erstalwm, yr un gafodd ei lofruddio.' Aeth ymlaen i ddweud hanes eu sgwrs y dydd o'r blaen. Unig ymateb Anne oedd dymuno pob lwc iddyn nhw.

Distawrwydd eto a'r ddwy'n bwyta'n hamddenol. Symudai'r gwragedd ymlaen yn araf o un clwmp gwymon i'r nesaf, y naill yn fforchio a'r llall yn llusgo'r cert. Sylwodd Catrin fod un wraig yn gweithio ar ei phen ei hun, ymhell oddi wrth y gweddill. Roedd yn rhy bell i ffwrdd i Catrin allu ei hadnabod.

'Pwy ydi honna?' gofynnodd, gan bwyntio bys at y wraig unig. Rhythodd Anne yn erbyn disgleirdeb yr haul, gan ddal ei llaw at ei thalcen i gysgodi ei llygaid.

'Mari Grepach,' atebodd. 'Alla i mo'i gweld hi'n iawn o'r pellter yma, ond rwy'n sicr mai hi ydi hi. Mi fydd Mari bob amser ar ei phen ei hun, byth yn rhannu gwaith.'

'O ia, dwi'n ei nabod hi rŵan. Mi gwrddais â hi nos Calangaeaf. Dipyn o gymeriad.'

'Ydi,' cytunodd Anne. 'Ond yn fwy na hynny, mae'n fydwraig ardderchog, y gorau'n y cyffiniau yma, meddan nhw.' Agorodd Anne y piser o laeth enwyn a chymryd llymaid cyn ei gynnig i Catrin. 'Yn anffodus, does ganddi ddim trwydded. Mi ddywedodd wrtha i un tro na wnaiff hi byth fynd ar ei gliniau i ofyn i ddyn di-glem am yr hawl i wneud rhywbeth y gŵyr hi lawer mwy amdano nag unrhyw un o'i ryw.' Ochneidiodd Anne. 'Ond mae hynny'n biti.'

'Pam?'

'Mi fyddai'n well gen i gael Mari i ddod ata i adeg y geni na neb arall, ond alla i mo'i chael hi,' atebodd Anne.

'Ond pam?' holodd Catrin wedyn.

'Am nad oes ganddi drwydded, ac am fod yna straeon ei bod yn wrach. Dim cyhuddiad pendant, cofia, ond digon i wneud i Sieffre wrthod ei chael yn y tŷ. Dydi o ddim eisiau cael ei gyhuddo o wneud dim â dewiniaeth na gwrachod.'

'Mi faswn i'n hoffi cael gair efo hi,' meddai Catrin. 'Mae ganddi syniadau mor ddiddorol.'

Chwarddodd Anne. 'Gwell i ti beidio gwneud hynny neu mi fydd dy enw da di wedi diflannu am byth o'r tir 'ma!' Syllodd Catrin yn hurt arni, ac aeth Anne rhagddi i egluro. 'Mae'r rhan fwyaf o lancesi'r pentref yn mynd at Mari i ofyn . . . ' arhosodd Anne am funud, fel petai'n methu gwybod sut i eirio'r hyn roedd ganddi i'w ddweud mewn ffordd barchus. 'Wel, rho hi fel hyn,' aeth yn ei blaen, 'pan mae merch yn darganfod canlyniadau ofnadwy ei munudau o gariad, mae'n mynd yn syth i weld Mari.'

'Be, wyt ti'n meddwl . . . ?'

Nodiodd Anne ei phen. 'Ydw.' Daeth gwên i'w gwefusau eto. 'Ac os wyt ti'n ferch ddoeth, ac yn meddwl am y pethau yma ymlaen llaw, maen nhw'n dweud y gall Mari roi rhywbeth i ti i osgoi'r canlyniadau hynny.'

'O!' oedd unig ymateb Catrin, ond trodd i edrych yn hir i gyfeiriad yr hen wraig.

'Ond hidia befo, mi allwn ni drefnu rhywbeth. Eisiau 'i holi hi am y Ficer Piers, ia?' Nodiodd Catrin ei phen yn fud. 'Mi ofynna i i Meinir Elias gael gair efo hi. Hi yw'r person tebycaf i ffrind sydd gan yr hen Fari'n y pentref yma. Well i mi beidio â dweud dim, rhag ofn i bobl siarad, o gysidro fy nghyflwr, ac i Sieffre ddod i glywed am hynny.' Caeodd geg y piser llaeth enwyn a chodi i'w thraed gan ysgwyd y briwsion a'r tywod oddi ar ei dillad.

'Tyrd, mae hi'n mynd yn hwyr,' meddai wrth Catrin. 'Beth am ofyn i'r cariwr a gawn ni eistedd ar ei gert? Wn i ddim a allwn i gerdded yr holl ffordd yn ôl.'

Siomwyd Catrin o weld wynepryd llwydaidd Anne fore trannoeth yn yr eglwys, ac ar ôl y gwasanaeth daeth Anne ati i ddweud ei bod wedi blino gormod ddoe, ac na fuasai'n gallu dod gyda hi at yr wniadwraig wedi'r cyfan. Roedd Sieffre wedi gorchymyn iddi orffwys bob dydd a pheidio â gadael y ficerdy. Symudodd ymlaen i siarad â phlwyfolion eraill, a gadawyd Catrin ar ei phen ei hun, nes i Meinir ddod ati a rhoi cwrtsi bach swil.

'Mi fydd Mari'n casglu llysiau yma'n y fynwent y pnawn sych cyntaf gawn ni,' meddai'n dawel, ei llais yn fawr mwy na sibrydiad, 'ac mae'n fodlon siarad â chi, os byddwch chi'n digwydd pasio heibio.'

'Dydi Mari ddim yma i siarad ei hun?' holodd Catrin, gan edrych o'i chwmpas.

'Mi fydd hi'n sefyll yn y cefn bob amser, yr olaf i mewn a'r gyntaf allan. Mi fydd yn dod i'r eglwys rhag i neb achwyn arni hi, ond am fawr ddim rheswm arall,' atebodd Meinir.

Oherwydd y glaw, roedd yn ddydd Mawrth erbyn i Catrin allu mynd â'r defnydd a'r lluniau at yr wniadwraig. Roedd y glaw wedi peidio a phobman yn diferu o wlybaniaeth, ond roedd Catrin wedi syrffedu ar fod yn gaeth o fewn pedair wal a cherddodd i'r pentref yng nghwmni Lleucu, a gariai'r bwndel o ddefnydd. Wedi i Meistres Mai, yr wniadwraig, edmygu'r defnydd a'r darluniau gyda'i genethod, a sicrhau y byddai'n gallu gwneud y wisg erbyn y Nadolig, cafodd Catrin ei mesur yn ofalus, ac yna roedd yn bryd dychwelyd. Tra oedd Lleucu'n helpu ei meistres i roi ei chlogyn yn ôl amdani, daeth cnoc ar y drws, a cherddodd dyn tal i mewn.

'Pnawn da, Meistar Bodfel,' cyfarchodd Meistres Mai ef. 'Mi fydd eich pethau chi'n barod 'mhen eiliad. Dim ond eu plygu.'

'Dim brys, dim brys,' atebodd y gŵr, cyn troi at Catrin a moesymgrymu'n isel, ei het â'i phluen anferth yn sgubo'r llawr. 'Ni chefais yr anrhydedd . . . ?'

Daeth Meistres Mai i'r adwy'n syth. 'Miss Catrin Williams, Meistar Alex Bodfel. Mae Miss Williams yn ddarpar wraig i John Bodwrda,' eglurodd.

Hoffai Catrin yr hyn a welai o'r dyn. Roedd ganddo wyneb cytbwys a dymunol, a phe bai wedi bod yn wyneb benyw, buasai wedi cael ei alw'n brydferth, meddyliodd. Llygaid glas yn pefrio a thresi duon yn cyrlio i lawr at ei ysgwyddau. Roedd ei het yn fendigedig a theimlodd Catrin wefr o genfigen wrth edrych arni. O dan ei glogyn, sylwodd ar ddwbled o felfed moethus, lliw'r gwin, a les claerwyn wrth y gwddf a'r llewys.

'Pwy fyddai'n disgwyl cyfarfod duwies yn Aberdaron dlawd!' murmurodd wrth gymryd ei llaw i'w chusanu. 'Aphrodite ei hunan, wedi cyfodi o ewyn Ebolion i'n cyfareddu â'i rhadau.'

Teimlodd Catrin wrid yn codi i'w gruddiau, er bod rhan ohoni eisiau chwerthin o glywed y fath ormodiaith.

'Syr, rydych yn rhy garedig,' meddai.

'Nid yw'r fath beth yn bosib,' atebodd, yna safodd i fyny'n ddramatig ac adrodd:

> '"O thou art fairer than the evening air,
> Clad in the beauty of a thousand stars,
> Brighter art thou than flaming Jupiter . . . "'

'Meistar Bodfel, syr,' torrodd Catrin ar ei draws, 'mi fydd John yn disgwyl amdanaf.' Roedd ei chlustiau ar dân erbyn hyn, a chlywai'r genethod yn pwffian chwerthin wrth eu gwaith. Ni allai oddef y fath areithio ffals, ac roedd yn anodd ganddi gadw wyneb syth ei hunan. Ceisiodd feddwl am rywbeth diniwed i'w ddweud rhag iddo'i barnu'n anfoesgar. 'Ydych chi'n byw'r ffordd hyn, syr? Dydw i ddim yn meddwl i ni gyfarfod o'r blaen.'

'Mi fydda i'n teithio llawer, madam, er bod gen i dŷ yn Uwchmynydd. Fi sy'n gwarchod Ynys Enlli ar ran fy nghefnder, felly byddaf yn teithio i Aberdaron bob rhyw ddeufis. Ac ydych chi'n mwynhau bywyd yn ein pentref ni, os ga i fod mor hy â gofyn?'

'Cystal ag unrhyw ran arall o ddominiwn ei Fawrhydi, syr,' atebodd. Er ei gwaethaf, fe'i cafodd ei hun yn defnyddio'r un arddull ag yntau. 'Credaf mai cyfeillgarwch yw'r elfen bwysicaf mewn bywyd, ac felly barnaf bobman yn ôl cymdogaeth dda.'

'Ac ydych chi wedi darganfod cymdogaeth dda yma?'

'Nid cymaint fel na ddymunwn ddarganfod mwy,' atebodd Catrin yn gyflym. 'Nid wyf wedi cael cyfle, eto, i ymweld â nifer o'r teuluoedd cyfagos – heblaw am y teulu, wrth gwrs.'

'Mae'n rhaid creu'r cyfle, felly. Na foed i drigolion Aberdaron dderbyn cyhuddiad o ddiffyg moesgarwch tuag at un mor brydferth yn eu mysg. Caniatewch i mi fod y cyntaf o'r rhai nad ydynt yn perthyn drwy waed i'r fath brydferthwch i ymestyn gwahoddiad i chi fwynhau fy lletygarwch gostyngedig. Anfonaf gerdyn atoch – ac at eich darpar ŵr, wrth gwrs – i'ch gwahodd i Dŷ Mawr yn ystod yr wythnosau nesaf yma.'

'Diolch yn fawr, syr. Ond mae'n rhaid i ni fynd . . . '

'Ai eich defnydd chi yw hwn?' holodd cyn iddi allu dianc heibio iddo. Roedd yn gafael mewn congl o'r sadin ac yn ei fyseddu a'i godi'n uchel at y golau.

'Ie, syr,' atebodd. Roedd wedi dechrau blino arno, ac yn ysu am gael mynd. 'Mae Meistres Mai am wneud gwisg foreol i mi ohono.'

'Perffaith! Mi wnaiff y lliw dynnu allan liw eich llygaid yn berffaith. Ydych chi'n hoff o ddefnyddiau, Miss Catrin?'

'Pa fenyw sydd ddim, Mr Bodfel? Yn hytrach, pa fenyw sydd ddim yn hoff o'r gwisgoedd a wneir ohonynt?'

'Yna pan fyddwch yn dod acw, mi ddangosaf fy nghasgliad i chi. Mi rydw i'n prynu a gwerthu defnyddiau weithiau, pan mae llongau'n dod i Enlli am fwydydd a dŵr. Byddaf yn cadw'r siamplau gorau nes darganfod y prynwr iawn ar eu cyfer.'

O'r diwedd, llwyddodd Catrin i ddianc, ond wrth gerdded yn frysiog i lawr y bryn efo Lleucu gwelodd Siôn yn dod tuag atynt.

'Mi rydw i newydd weld Mari Grepach yn y fynwent. Ga i eich hebrwng chi yno?' Ond erbyn iddyn nhw gyrraedd y fynwent, doedd dim hanes ohoni yn unman.

Rhoddodd Catrin ei liwt i'r naill ochr gydag ochenaid. Roedd wedi bod yn ddiwrnod hir ac er bod y cwmni mor ddiddan, a hithau ddim am fod y gyntaf i'w chwalu, teimlai awydd mynd i'w gwely.

'Mi wna i bosal bach i ni i gyd,' meddai Malan, gan godi a phrysuro i nôl llefrith a wyau. 'Mi wnaiff ein helpu ni i gysgu.'

'Does dim angen help arna i,' meddai Modryb Jane gan ddylyfu gên. 'Mi allwn i gysgu ar fy nhraed.'

Ers sawl diwrnod roedd Modryb Jane wedi rhoi'r gorau i eistedd dros nos gyda'i brawd. Cytunai'r ficer nad oedd mewn peryg bellach, ac roedd y tŷ cyfan yn falch o gael ailgydio yn y drefn arferol. Yn lle rhwbio talcen ei modryb â dŵr lafant yn y bore, cynigiodd Catrin barhau â'r arferiad yn yr hwyr a darganfod drwy hynny y cwmni diddan oedd yn cyfarfod bob noswaith, gorchwylion y dydd wedi eu cwblhau a gweddïau'r noson drosodd, yn ystafell gyfrifon Modryb Jane a arweiniai o'r gegin. Yn ystod y dydd, swyddfa fach brysur, ddilewyrch oedd hi, ond gyda'r nos, llosgai tân yn siriol, a golau'r fflamau'n patrymu'r waliau â chysgodion gan feddalu amlinell y dodrefn a'r silffoedd llawn potiau a jariau. Ymddangosai clustogau plu ar y fainc a'r ddwy gadair a gosodid canhwyllbrennau ar y bwrdd a'r silff ben tân.

Ystafell fechan oedd hi, a phrin bod digon o le i Modryb Jane, Dorothy, Malan, Catrin a Lleucu eistedd yno, er bod Lleucu'n dod â stôl o'r gegin iddi hi ei hun. Ond creu ymdeimlad o agosatrwydd a wnâi'r holl gyrff yn hytrach nag o ddiffyg lle. Roedd yr awyrgylch yn hamddenol, gyfeillgar; nyth cytûn o ferched yn hytrach na chyflogwyr a gweision. Cyfle i hel clecs, i drafod hanesion a digwyddiadau'r dydd, tra oedd y dwylo'n pwytho a thrwsio a brodio.

Yr ail noson iddi ymuno â nhw, aeth Catrin â'i liwt efo hi, a chymaint y mwynhâi Dorothy hi'n ei chanu a'i chwarae nes iddi ddechrau'r arferiad o ganu i'r cwmni bob nos, a Dorothy'n ymuno â hi. Roedd gan ei modryb storfa helaeth o ganeuon gwerin a ddysgai wrth grwydro yma ac acw bob dydd. Ond heno, doedd arni ddim awydd perfformio. Roedd wedi ei siomi gan ddiflaniad Mari Grepach, a hithau, yn ôl Meinir, wedi cytuno i siarad â hi a hyd yn oed wedi trefnu'r lle. Ac mi oedd hi yno, meddai Siôn, yn ôl ei gair. Pam, felly, ei bod hi wedi diflannu funudau'n ddiweddarach? Ar ben hynny, nid oedd wedi cael mwynhau cwmni Siôn, gan fod y tri ohonyn nhw, gan gynnwys Lleucu, wedi bod yn chwilio'r traeth a'r llwybrau a'r pentref am unrhyw hanes o Mari, heb unrhyw lwc.

Tra oedd Malan yn paratoi'r posel, tynnodd y morlo bach o'i phoced a'i fyseddu'n ysgafn, fel y gwnâi mor aml nes ei bod bron yn anymwybodol o'r weithred.

'Wmffra,' meddai Dorothy'n syth.

'Be?' holodd Modryb Jane.

'Wmffra,' meddai Dorothy wedyn, gan bwyntio at y morlo yn nwylo Catrin.

'Mae hi'n iawn, hefyd,' chwarddodd Catrin. 'Mi brynais hwn gan fab Ifan yn y farchnad ddydd Sadwrn.' Daliodd ei llaw allan i ddangos iddynt y morlo bychan a orweddai ar ei chledr. Cymerodd Dorothy'r pren a sibrwd 'morlo' drosodd a throsodd tra oedd gwên fach ddedwydd ar ei hwyneb. Gwnâi osgo â'i dwylo i wneud i'r morlo bach ymddangos fel petai'n nofio'r moroedd, gan siglo'i llaw i fyny ac i lawr, i fyny ac i lawr. 'Sut ydych chi'n adnabod Wmffra, Modryb Dorothy?' gofynnodd wedyn, ond ni chafodd ateb.

Yn fuan wedyn, aeth Modryb Jane i'w gwely a Dorothy i'w chanlyn. Cododd Catrin gan feddwl tylino pen ei modryb eto, ond dywedodd Jane wrthi am aileistedd, gan nad oedd perygl iddi gael trafferth cysgu heno. A dim ond tair ar ôl i fwynhau cynhesrwydd olaf y tân cyn iddo ddiffodd, gofynnodd Catrin yr un cwestiwn i Malan.

'Mi roedd hi'n hoff iawn o'r hen Ifan erstalwm ac yn

arfar chwara efo'i blant o,' atebodd hithau. 'Mi roedd gan Ifan ferch hefyd, ond mi fuo hi farw'n ifanc.'

'Chwaer i Wmffra? Oedd hithau'n wantan ei meddwl?'

Gwingodd Malan yn anghysurus ar y fainc cyn ateb, ond roedd y demtasiwn i drosglwyddo clecs yn drech na hi. 'Wel, ddyliwn i ddim deud hyn, ond roedd 'na siarad ar y pryd nad mab Ifan oedd Wmffra, ond mab ei ferch.'

'Beth, llosgach?' gofynnodd Catrin mewn braw.

'Na, na, dim byd o'r fath.' Gwyrodd ymlaen yn gyfrinachol a gostwng ei llais. 'Doedd hi fawr mwy na phlentyn ei hun pan ddigwyddodd o. Roedd 'i mam hi'n feichiog hefyd, ac fel ma'n digwydd bod, mi gollodd hi ei baban tua'r un pryd ag y bu farw'r g'rydures fach wrth eni'r baban, a dyna pryd y smaliodd Ifan mai ei fab o oedd Wmffra.'

'Pwy oedd y tad, felly?'

Gostyngodd Malan ei llais ymhellach, fel bod raid i Catrin a Lleucu wyro ymlaen i glywed. 'Wel, meddan nhw – a does gen i'm pwt o brawf, cofiwch – yn ôl y sôn, roedd y ferch fach yn cwyno mai'r ficar oedd 'di 'mosod arni!'

'Y ficer? Pwy oedd . . . ?'

'Griffith Piers, yr un gafodd ei larpio gan Gŵn Annwn!'

13

Y gwest da gonest di gynwr – kyfion
Kofiwch gas y ddeywr
Fy nghar mwyn ydyw'r cwynwr
Helpwch o gelwch y gwr.

Richard Hughes, Cefnllanfair (m.1618)

Cychwynnodd John, Catrin a Siôn yn gynnar o Fodwrda
er mwyn cyrraedd Trefgraig mewn pryd. Cadwai
Gruffydd a Grâs Bodwrda at yr hen ffyrdd, a chiniawa am
un ar ddeg y bore. Safai'r hen gwpwl ar drothwy'r drws
i'w cyfarch yn galon-gynnes, Gruffydd Bodwrda yn ddyn
crwn o gorff, ei ruddiau'n iachus a'i wên yn rhadlon, ac
yn gwisgo siaced hir at ei fferau, tra oedd Modryb Grâs
fel pelen fechan wrth ei ochr, ei gwallt gwyn o'r golwg
dan gap les, a ffedog glaerwen dros ei gwisg o frethyn
llwyd. Wrth gamu dros y trothwy yn syth i'r ystafell fyw,
gwelodd John fod y bwrdd derw hir wedi ei osod eisoes
ar gyfer y pryd bwyd. Roedd tanllwyth o dân y tu cefn i
gadair Ewythr Gruffydd, a gorchuddiwyd y waliau gan
greiriau ac arfau diddorol a gasglodd ei ewythr dros y
blynyddoedd yn ei waith fel Dirprwy Grwner y sir.
Llanwyd ei ffroenau ag arogl cwyr gwenyn a lafant, a
sylwodd gyda phleser fod graen llewyrchus ar bopeth.
Cafodd y teithwyr ysbaid i ymolchi, yna galwyd hwy'n
syth at y cinio.

Eisteddai Ewythr Gruffydd ym mhen y bwrdd cadarn,
John a Catrin bob ochr iddo, a Modryb Grâs yn y pen
arall. Llanwyd y lleoedd eraill ar y meinciau gan y

gweision a'r morynion, a chymerodd Siôn ei le yn eu mysg. Sylwodd John fod morwyn ddelach na'r cyffredin wedi eistedd gyferbyn â Siôn a'i lygadu'n fwy nag oedd yn weddus, yn ei dyb ef, er na cheryddwyd hi gan ei ewythr na'i fodryb. Roedd yn falch o nodi nad oedd Catrin yn blês ag ymddygiad anweddus y ferch chwaith. Roedd Ewythr Gruffydd ar ben ei ddigon wrth gael diddanu cwmni newydd â'i straeon am ei fywyd fel bardd a swyddog y goron, ac ymhyfrydai yn haelioni ei fwrdd. Roedd sawl math o salatau, pen mochyn wedi ei ferwi gyda mwstard, cig eidion mewn saws gwin coch, coes dafad wedi ei rhostio, pasteiod o esgyrn mêr a chyrens, pastai afal, a phastai aeron cwins. Roedd dysgleidiau bychain o bennog picl, a chregyn gleision, moron a betys, ac, yn y canol, yn ganolbwynt i'r bwrdd, gorweddai anferth o sewin a ddaliwyd ym Mhorth Tŷ Mawr gan un o daeogion Gruffydd Bodwrda.

Wedi gloddesta, symudodd y teulu oddi wrth y bwrdd bwyd ac ymlacio'n gyfforddus o flaen y tân. Gosododd Modryb Grâs siôl gynnes ar war ei gŵr, ac estyn costrelaid o win port a dau wydryn, gan dywallt gwydraid i'w gŵr, a chynnig peth i John, a wrthododd. Roedd angen meddwl clir arno i holi ei ewythr a hynny heb greu drwgdybiaeth. Cychwynnodd drwy atgoffa'i ewythr o'i gyfnod fel Dirprwy Siryf i Syr Thomas Williams y Faenol.

'Amseroedd difyr, fachgen, amseroedd difyr iawn,' meddai Ewythr Gruffydd, gan rwbio'i law dros ei ên. 'Roedd yna rai achosion diddorol iawn, cofia, oedd wir. Rwy'n cofio un yn arbennig, pan lofruddiwyd Syr Richard Bulkeley o Fiwmaris. Gwenwyn, o bopeth. Arf merch, meddan nhw. Roedd yr hanes ar wefusau pawb ar y pryd. Gwarth, wsti, gwarth ofnadwy i'r teulu.' Aeth ymlaen i adrodd yr hanes wrthynt gan gyfaddef, ar y diwedd, na ddienyddiwyd y cyhuddiedig, John Foxtrot, cariad honedig i wraig Syr Richard, oherwydd diffyg tystiolaeth ddigonol. Ym marn y Siryf a'i ddirprwy, roedd y teulu wedi llwgrwobrwyo'r rheithgor a'r tystion er mwyn osgoi mwy o siarad.

'Pa bryd y digwyddodd hyn, Ewythr Gruffydd?' holodd John.

'Gad i mi weld,' atebodd ei ewythr, gan gau ei lygaid, ei feddwl yn hedfan yn ôl dros galendr y blynyddoedd. Cymerodd lymaid o'i bort. 'Ie, rwy'n credu mai ym 1624 oedd hi, Tachwedd 1624.'

Sythodd John yn ei gadair, ei sylw wedi ei hoelio ar ei ewythr. Edrychodd ar Catrin a nodi ei bod hithau wedi agor ei llygaid yn fawr. Hi ddechreuodd yr holi.

'Ddigwyddodd 'na ddim rywbeth od yn Aberdaron yr un pryd, Ewythr? Mae gen i gof o Ewythr John yn dweud stori wrtha i am y ficer yno.'

Rhythodd yr hen ddyn arni'n graff am ennyd, ond roedd ei lais yn ddigon mwyn pan atebodd. 'Rwyt ti'n fy synnu i'n fawr. Ond mi rwyt ti'n llygad dy le. Mi ddigwyddodd ychydig ddyddiau cyn helynt teulu'r Bulkeley. Roedd Syr Thomas wedi gofyn i mi ofalu am yr ymchwiliad yn y pen yma, gan fy mod i'n byw ar y trothwy, fel petai, a hithau'n bell iddo deithio o'r Faenol. Ond chefais i fawr mwy na thridiau i holi cyn i mi orfod mynd am Fiwmaris a Phenmaen-mawr.' Cymerodd sip arall o'i win port. 'Cofia di, doedd fawr mwy allwn i ei wneud ynglŷn â marwolaeth y ficer. Doedd neb yn dod ymlaen i dystio, a phawb yn taeru mai gwaith y Diafol oedd y cyfan.'

Gwenodd John yn sorllyd wrtho'i hun. Doedd fawr ddim wedi newid, felly.

'Ydach chi'n meddwl mai gwaith y Diafol oedd o, Ewythr?' holodd Catrin wedyn.

Ebychodd Ewythr Gruffydd. 'Paid â siarad lol, 'mechan

i! Beth bynnag ddigwyddodd i'r ficer, llaw ddynol oedd tu ôl i'r cyfan. Wyt ti'n gweld . . . ' Stopiodd yn sydyn gan edrych yn ansicr ar Catrin a Modryb Grâs, ond wedi ysbaid fer, aeth ymlaen. 'Wel, roeddwn i ar fin dweud fod y corff yn dangos arwyddion pendant o gael ei dorri gan gyllell o ryw fath, neu gleddyf, er bod sgriffiadau dwfn dros y cnawd i gyd. Rhywun yn ceisio efelychu dannedd bwystfilod rheibus, o bosib. Ond rwy'n hollol sicr i fwyell gael ei defnyddio i dorri'r esgyrn.'

Llyncodd John ei boer wrth wrando ar y fath fanylion, ond ceisiodd gadw'i feddwl ar y gwaith. Holodd ymhellach, 'O'r hyn alla i gofio, roedd cryn siarad am Twm Elias ar y pryd. Wnaethoch chi ei holi o?' Cymerodd Gruffydd lymaid arall o win cyn ateb.

'Rwyt ti'n holi gryn dipyn, ngwas i. Efallai 'mod i'n hen, ond dydw i ddim eto'n benwan. Pam yr holl gwestiynau yma?'

Brathodd John ei dafod, a gwawdio'i hun am fod mor fyrbwyll. Dylai fod wedi adnabod yr hen ŵr yn well. Doedd dim dewis bellach ond dweud y gwir, neu o leiaf cyn lleied o'r gwir ag oedd yn bosib. 'Mi welsoch chi ngwas i heddiw?' atebodd, a mynd ymlaen i egluro am Siôn. 'Mi wnes i addo ei helpu.'

'Felly'n wir,' meddai Gruffydd, ei lais yn oeraidd. 'Biti na faset ti wedi bod yn ddigon o ddyn i fod yn onest efo mi yn y lle cyntaf.' Trodd i edrych ar Catrin. 'Roeddwn i'n amau mai lol botas oedd y stori am John yn dweud hanes y ficer wrthyt ti. Fydd o byth yn siarad am y noson honno. Rhag dy gwilydd di'n dweud celwydd wrth hen ŵr.'

Cochodd Catrin hyd fôn ei gwallt a theimlodd John fod arno angen ei hamddiffyn. 'Ceisio fy helpu i oedd hi, Ewythr. Roeddan ni wedi bod yn siarad ar y ffordd yma, a finnau'n ansicr sut i ddechrau eich holi chi.'

'Gonestrwydd, fel y deudais i,' atebodd Gruffydd. 'Bod

yn foesgar a diffuant.' Syllodd yn sydyn o un wyneb ifanc i'r llall. 'Ai dyma pam rydach chi wedi dod yma? I holi'ch hen ewythr ar ran rhyw was?'

Prysurodd John i'w sicrhau nad oedd hynny'n wir. 'Eisiau i chi gyfarfod Catrin oeddwn i. Ac roedd Catrin yn awyddus i'ch cyfarfod chithau.'

'Oeddwn wir,' ategodd Catrin. 'Plentyn bychan oeddwn i pan oeddech chi'n arfer aros gyda ni'n y Penrhyn neu yng Nghonwy. Doeddwn i ddim yn cofio fawr amdanoch, heblaw am yr hyn roedd Mam, ac Ewythr John, wedi'i ddweud. Mae gan Nhad ganmoliaeth fawr i chi am eich gwaith cyhoeddus cydwybodol, a'ch enwogrwydd fel bardd.' Trodd at ei modryb, oedd yn eistedd wrth ei hochr ar y setl fawr, a gwasgu ei llaw gyda gwên fach. 'Roeddwn i am gael cyfarfod fy modryb annwyl, newydd, hefyd.'

Esmwythwyd plu eu hewythr gan y geiriau mwyn yma, er bod fflach sarrug yn aros yn ei lygaid. Beth bynnag a feddyliai am ddirodresgarwch y geiriau, bodlonodd hwy drwy ateb y cwestiwn gwreiddiol. 'Twm Elias, meddet ti? Twm, y gof?'

'Ia,' atebodd John. 'Yn ôl siarad y pentref, roedd Twm wedi bod yn bygwth lladd y ficer drwy gydol y pnawn hwnnw.'

Pa amheuon bynnag oedd gan John am y gof, sicrhaodd ei ewythr ef fod y dyn wedi dweud y gwir a bod Alex Bodfel wedi cadarnhau'r cyfan. 'Ond roeddet ti'n holi am dy was?' ychwanegodd ei ewythr. Nodiodd John ei ben. 'Faint yw ei oed o – neu faint oedd o bryd hynny?'

'Rhyw ddeg oed ar y pryd,' atebodd John.

'Bachgen arbennig o gryf?'

Edrychodd John yn hurt ar ei ewythr cyn ysgwyd ei ben. 'Na, dim ond bachgen cyffredin, ychydig talach na mi, ond plentyn wedi'r cyfan.'

'Yna fasa fo byth wedi gallu lladd y ficer,' atebodd

Gruffydd yn gadarn. 'Mae angen cryn dipyn o nerth i dorri corff yn dameidiau, coeliwch chi fi.'

Sylwodd John fod wyneb Catrin wedi gwelwi a theimlai braidd yn simsan ei hun. Dim ond ar yr eiliad honno, wrth gysidro'r weithred o dorri corff dynol yn ddarnau, yr oedd erchyllter y digwyddiad wedi ei daro'n llawn. Sylwodd Modryb Grâs ar welwder Catrin hefyd, oherwydd cododd ar ei thraed ac awgrymu iddyn nhw, ferched, fynd am dro yn yr ardd tra oedd y tywydd yn sych.

'Roeddwn i'n meddwl na fyddai'r merched yn gallu stumogi'r siarad!' chwarddodd Gruffydd wedi i'r ddau ddyn gael eu gadael wrth y tân. 'Mi allwn i ddisgrifio pethau gwaeth o lawer i ti! Cymera gyrff sydd wedi eu golchi i'r lan ar ôl ychydig ddyddiau'n y môr, er enghraifft . . . '

'Ewythr,' torrodd John ar ei draws yn gyflym. 'Allwch chi ddweud unrhyw beth arall wrtha i am y digwyddiad?'

'Beth? O, ia, mae'n ddrwg gen i. Oedd, erbyn meddwl, roedd un neu ddau o bethau'n fy niddori ar y pryd. Wyt ti'n gweld, roedd wedi bod yn dywydd sych am sbel cyn y llofruddiaeth, felly allwn i ddim rhoi'r bai ar y tywydd am fethu darganfod dim.'

Roedd John ar goll a sylwodd ei ewythr ar hynny. Aeth ymlaen i egluro. 'Mi faswn i'n disgwyl peth wmbrath o waed ar y llawr, a marciau lle'r oedd y corff wedi cael ei dorri i fyny, rhywle ar y mynydd. Ond doedd dim hanes o ddim – rheswm arall i'r pentrefwyr gredu mai Cŵn Annwn oedd ar fai – wedi yfed y gwaed i gyd, ti'n gweld.'

'Felly?' meddai John gan ddangos diddordeb.

'Felly, mae'n rhaid fod y corff wedi cael ei ddarnu yn rhywle arall. Gallai'r dyn fod wedi cael ei ladd yn unrhyw le, a dweud y gwir, ac wedyn cael ei dorri'n ddarnau a'i daflu yma ac acw ar draws y bryn, yn agos i'r goelcerth.

A pheth arall, hefyd, sy'n cadarnhau'r syniad yna: mi fyddai'r cyfan wedi cymryd cryn dipyn o amser i'w gyflawni. Rŵan, mi fuasai'n beth peryglus iawn torri'r corff ar y mynydd, o feddwl y gallai pentrefwyr meddw fod yn dal i grwydro'r lle. Peth petai rhywun yn gweld? Cyn wiried â bod llanw a thrai, mi fyddai rhyw gwpwl ifanc wedi manteisio ar y cyfle o gael ychydig o sbort tu ôl i'r eithin, a hithau'n noson mor braf.' Rhoddodd ei ddwylo o flaen ei wyneb, ar osgo dweud pader, y bodiau'n pwyso yn erbyn ei geg a'r bysedd canol yn taro yn erbyn ei gilydd. 'Na,' ychwanegodd yn araf. 'Mi fyddai'n rhaid i'r weithred fod wedi digwydd yn rhywle arall. Mi fyddai wedi bod yn ddiddorol iawn darganfod y lle hwnnw.'

'Wnaethoch chi ddim dod yn ôl i Aberdaron wedi gorffen ym Miwmaris?' gofynnodd John.

Ysgydwodd ei ewythr ei ben. 'Dim pwrpas, machgen i. Byddai unrhyw dystiolaeth gadarn wedi diflannu erbyn hynny. Dyna farn Syr Thomas Williams, a minnau hefyd. A ph'un bynnag, doedd neb yn fodlon i mi holi rhagor. Barn pawb oedd fod y dyn yn llawn haeddu'r cyfan ddigwyddodd iddo.'

Eisteddodd y ddau mewn distawrwydd am ysbaid a John yn ceisio cysidro'r hyn a ddywedyd wrtho. Ond roedd un mater arall yn ei boeni, mater a'i poenai'n fwy na dim, a dweud y gwir, er na feiddiai gydnabod hynny. Mentrodd geisio mwy o wybodaeth gan ei ewythr.

'Beth allwch chi ei ddweud wrtha i am Modryb Dorothy?' gofynnodd yn dawel.

Syllodd Gruffydd i'r tân am ysbaid cyn ateb. Cododd o'i gadair i 'mofyn pibell glai o'r silff ben tân a'i llenwi'n ofalus o flwch ar y bwrdd wrth ei ochr. Cynigiodd beth i John, ond gwrthodwyd y cynnig.

'Beth amdani?' meddai ymhen hir a hwyr, gan ailosod ei hun yn gyfforddus yn ei gadair.

'Rydw i wedi clywed sawl stori yn ei chylch hi, fel na wn i beth i'w feddwl. Wyddoch chi beth ddigwyddodd iddi? Oes unrhyw gysylltiad rhwng yr ymosodiad arni hi a marwolaeth y ficer?'

'Wel, wnes i ddim archwilio dy fodryb, wrth gwrs, achos roedd hi'n dal yn fyw,' dechreuodd ei ewythr chwerthin ar ei wamalu ei hun, ond peidiodd wrth sylwi ar wyneb John. 'Rhaid cyfaddef, ar y pryd roeddwn i'n methu deall pam ei bod hi ar y llwybr yna ar ei phen ei hun yr adeg yna o'r nos. Ond, o edrych yn ôl, mi ddois i'r casgliad nad oedd y peth mor od wedi'r cyfan. Mae hi'n dal i grwydro yma ac acw fel y myn, 'tydi?'

'Ydi, mae hi,' cydnabu John.

'Rwy'n tueddu i gredu mai dieithryn a ymosododd arni, fel y dywedodd dy dad, rhyw gardotyn ysgeler.'

Cododd blas chwerw i geg John wrth iddo feddwl nad dyna beth ddywedodd ei dad wrtho ef, beth bynnag. Ond roedd ei ewythr yn gwenu'n esmwyth arno, ac ni welai unrhyw bwrpas mewn lladd ar ei dad o'i flaen.

'Wel,' meddai hwnnw'n fodlon, 'gan ein bod wedi clirio'r mater yna'n daclus, ac wedi cael y gof a'th was yn ddieuog o'r llofruddiaeth, rydw i'n credu ein bod ni'n haeddu mwy o bort, wyt ti?'

Tywalltodd ddau wydraid o'r gostrel wrth ei ochr, a rhoi un yn llaw John. Pwysodd yn ôl yn ei gadair, ac ofnai John ei fod yn bwriadu treulio gweddill y prynhawn yn adrodd hanesion erchyll am y cyrff y daeth ar eu traws. Ond achubwyd ef gan was a ddaeth i mewn i'r ystafell i osod mwy o goed ar y tân. Wedi i'r dyn fynd, penderfynodd lywio'r sgwrs i'w ddiben ei hun.

'Ewythr Gruffydd,' dechreuodd, 'os nad Twm Elias na Siôn oedd yn gyfrifol am lofruddio'r ficer, pwy oedd?'

Pendronodd ei ewythr am ysbaid, a'i law ar ei ên eto. 'Rhaid adnabod y dyn i adnabod ei lofrudd,' oedd yr ateb.

'Roeddwn i'n dechrau holi ar hyd y llinellau hynny pan alwyd fi i ffwrdd.'

'Wnaethoch chi ddarganfod rhywbeth o fudd?'

'Dim llawer,' ysgydwodd ei ben yn drist. 'Fel deudais i, doedd o ddim yn ddyn poblogaidd. Un o'r hen glerigwyr diaddysg, digrefydd oedd yn frith drwy Gymru'n y cyfnod. Beth faset ti'n ddisgwyl gan ddynion fyddai'n fodlon gweithio am ddeg grôt y flwyddyn a dwbled ganfas, dwed? Dim llawer, decini. Er nad yw pethau fawr gwell erbyn heddiw,' ychwanegodd yn drist. 'Mi rydych chi'n ffodus iawn yn Aberdaron. Pan gymerodd dy ddarpar ewythr y fywoliaeth, a'i rhoi i Goleg Sant Ioan, fe gawsoch chi sicrwydd o ficeriaid gwell, a gwell cyflog yn cael ei roi iddyn nhw. Mae Sieffre Edwardes, o be glywa i, yn weithgar iawn yn y gymuned, ac yn bregethwr trwyddedig. Yma ym mhlwy Bodferin, does dim pregeth i'w chael o un pen blwyddyn i'r llall, a'r eglwys yn adfail.'

'Ie, ond pam nad oedd Ficer Piers yn boblogaidd?'

'Meddwi, mercheta, esgeulustod, i ddechrau'r rhestr. Beth bynnag, blinodd dy dad a gweddill boneddigion Aberdaron arno fo a'i ffyrdd annuwiol, ac anfonwyd llythyr at yr Esgob ym Mangor, Lewys Bayley, melltith arno!'

'Eh?' meddai John mewn syndod.

'Yr Esgob 'na! Wyddost ti ei fod wedi 'nghyhuddo i o ymyrryd yng ngwaith yr Eglwys, ac wedi gwneud i mi sefyll o flaen Llys y Seren, y Star Chamber? A'r cyfan am ei fod wedi dwyn achos yn erbyn gwraig Syr Thomas y Faenol, Duw waredo'i henaid, ar gyhuddiad o fod yn Babydd, o bob peth! Ond a' i ddim ar ôl hynny rŵan. Mae o'n dal i 'nghorddi i. Lle roeddan ni?'

'Y ficer o flaen yr Esgob. Fu newid yn ymddygiad y ficer wedyn?'

Ysgydwodd Gruffydd ei ben. 'Os rhywbeth, roedd yn

184

waeth nag erioed, fel petai'r Diafol yn ei yrru. Dim rhyfedd i'r pentrefwyr gredu yr hyn wnaethant. Roedd yna sôn, hefyd, fod y dyn yn ymwneud â rhai o fôr-ladron Enlli.'

'Gawsoch chi dystiolaeth o hynny?' holod John â diddordeb.

Cododd Gruffydd ei ysgwyddau. 'Roedd sawl adroddiad ei fod yn aml yng nghwmni Alex Bodfel, ond doedd hynny, wrth gwrs, ddim yn dorcyfraith. Mae gan Bodfel bob hawl i symud 'nôl a 'mlaen o Enlli, gan mai ei deulu sy'n berchen y lle. Ac mae ganddo'r hawl i farchnata gydag unrhyw un sy'n galw yno, beth bynnag yw'n teimladau ni. Mae pawb yn gwybod sut rai yw'r Bodfeliaid, a gŵyr pawb hefyd mai eu teulu nhw yw un o'r rhai amlycaf yn yr ardal, yn arbennig wedi iddyn nhw ochri efo Wyniaid Gwydir. Mae sawl ymdrech wedi ei gwneud yn y gorffennol i gysylltu Bodfel â môr-ladrad, heb unrhyw lwyddiant, hyd yn oed yn y Star Chamber. Serch hynny, roeddwn wedi bwriadu ymchwilio i'r mater cyn cael fy ngalw i ffwrdd. Roedd gan wraig Piers lond cist o'i bapurau, a bwriadwn daflu golwg arnynt.'

'Ei wraig? Ydi hi'n dal yn fyw?' gofynnodd John mewn syndod. Nid oedd wedi cysidro y gallai fod gan y ficer deulu.

'Gwarchod pawb, fachgen! Doedd Griffith Piers ddim yn hen! Wrth gwrs ei bod hi'n dal yn fyw. Fe adawodd Aberdaron yn syth ar ôl claddu ei gŵr – roedd yn rhaid iddi, wrth gwrs, wedi i'th ddarpar ewythr gael gafael ar y fywoliaeth.'

'Ydych chi'n gwybod lle mae hi'n byw rŵan?'

'Ydw, wrth gwrs. Rwy'n dal fy ngafael yn fy synhwyrau i gyd, wsti. Mae'n byw gyda'i chwaer, hen ferch, mewn tyddyn o'r enw Llain Las yn Llangwnnadl, rhyw filltir reit dda o fan hyn. Doedd ganddi hi a'r ficer ddim plant.'

'Fyddai hi'n fodlon siarad â mi, tybed? Fyddai'r papurau yna'n dal yn ei meddiant, wyddoch chi?'

Craffodd yr hen ŵr ar ei nai ifanc. 'Beth yw'r holl ddiddordeb yn y ficer a'i farwolaeth, dwed? Dwyt ti ddim wedi deud y cyfan wrtha i, naddo, John?'

Gwingodd John yn anniddig. Nid oedd am drafod y sefyllfa rhyngddo a'i dad gyda'r un enaid byw, ond roedd ei ewythr yn disgwyl am ateb.

'Gan fod rhai pobl yn mynnu credu'r hen storïau, rhaid profi i'r gwrthwyneb, unwaith ac am byth. Rydw i'n gwneud hyn er fy mwyn fy hun, yn ogystal ag er mwyn Siôn. Rydw innau angen cael gwybod.'

'Wel, cymer di ofal, 'ngwas i,' rhybuddiodd ei ewythr. 'Wyddost ti ddim beth all ddod allan o'r domen dail unwaith y dechreui di balu. Gallasai fod yn rhywbeth atgas – a pheryglus!'

Daeth Catrin a'i modryb yn ôl i'r ystafell, a newidiwyd y sgwrs.

Ben bore trannoeth, a hithau'n fendigedig o heulog, cychwynnodd John am Llain Las. Anfonodd Catrin adref yng nghwmni Siôn. Tybiodd y byddai tri marchog yn cyrraedd y tyddyn tlawd yn dychryn dwy hen wraig, a'u gwneud yn rhy ofnus i siarad. Ond siomedig, ar y cyfan, oedd ei ymweliad â gweddw'r ficer.

Er iddynt fod yn debyg o ran pryd a gwedd, roedd y ddwy chwaer yn dra gwahanol o ran cymeriad. Y chwerw a'r melys, y cras a'r meddal, fel petai un yn ymgorffori'r bywyd awyr agored a'r llall y bywyd dan do. Martha, gweddw'r ficer, a gadwai'r tŷ; gwraig addfwyn, ffwdanus ei ffordd, yn orsiaradus, gan ei fyddaru gyda ryseitiau am feddyginiaethau llysieuol a gwinoedd cartref. Pan gynigiodd ychydig o win mwyar duon iddo, fodd bynnag, a hynny yn ei thrysor pennaf, sef ei gwydr plwm bychan, cafodd ei siomi o'r ochr orau ag ansawdd a blas y gwin. Roedd y bisgedi ceirch a gafodd hefyd yn flasus a choeth, er iddo orfod gwrando ar lith hir ynglŷn â diffygion y melinwr lleol, a'u bod hwy, dwy hen wraig dlawd, yn gorfod ailfalu'r blawd ceirch er talu'n ddrud i'r melinydd am waith mor ddifrifol. Sylwodd John fod popeth yn yr ystafell fechan, dywyll, yn ddestlus a glân, a dangosai Martha barch gweddus tuag ato.

Ni allai ddweud hynny am Hannah, fodd bynnag, yr hen ferchetan a ofalai am y tyddyn a'r anifeiliaid. O'r eiliad y cyrhaeddodd y buarth, ymosodwyd arno gan ei thafod llym, chwerw. Ni chydnabyddai ei safon uwchraddol, gan siarad fel petai o radd gyfartal ag ef. Nid oedd hyd yn oed am ei adael i mewn i'r bwthyn, nes i Martha ddod allan a'i cheryddu. Wrth glywed John yn holi am ei diweddar frawd-yng-nghyfraith, gwylltiodd yn gacwn a melltithio'i enw mor enbyd nes i John ddechrau meddwl ei bod yn wallgof, a bod angen ei charcharu. Pan ddechreuodd ofidio nad oedd hi ei hun wedi magu'r dewrder i ladd Griffith Piers, plediodd Martha arni i fod yn ddistaw, rhag i Dduw ei chosbi am ei henbydrwydd. Er mawr ryddhad i John, llwyddodd ei chwaer i'w thawelu a'i hanfon allan i gasglu wyau.

Eglurodd Martha'n dawel nad oedd wiw crybwyll enw ei gŵr o flaen ei chwaer. Yn ôl Martha, pan fu eu tad farw, rhyw bum mlynedd ar hugain yn ôl, gadawyd Hannah i edrych ar ôl y tyddyn ar ei phen ei hun, heb ddyn i'w rheoli. Ceisiodd Griffith Piers gael yr Ynadon Heddwch i orfodi Hannah i fynd i weithio fel morwyn i dŷ lle'r oedd yna feistr. Fe fyddai yntau, wedyn, yn gofalu am y tyddyn fel gŵr i'w chwaer. Ond llwyddodd Hannah i ddarbwyllo'r Ynadon fod ganddi ddigon o fodd i fyw, a chadw trefn ar y lle, fel na fyddai'n fwrn ar unrhyw feistr na'r plwyf, a chafodd gadw'r tyddyn. Am unwaith, meddai Martha, gwrandawyd yn ffafriol ar achos merch. Ond faddeuodd Hannah fyth am y cam a wnaed â hi gan ei brawd-yng-nghyfraith. Teimlodd John elfen o gydymdeimlad tuag at y ficer. Pwy fyddai am gael sgrech-y-coed fel hon yn chwaer-yng-nghyfraith iddo?

Yn raddol, darganfu John fod holl bapurau'r ficer wedi eu llosgi gan Hannah gydag iddynt gyrraedd Llangwnnadl, ac nad oedd dim ar ôl o eiddo Griffith Piers bellach – ond am un peth bach, cofiodd Martha'n sydyn. Wedi hir ymbalfalu ym mherfeddion cist fawr o dan y ffenestr, cododd ei phen yn fuddugoliaethus, a daeth â hances boced i'w dangos i John. Agorodd blygiadau'r hances, a dangos ei chynnwys.

'Aur?' meddai John mewn syndod.

Ie, darn aur, sofren efallai, yn loyw o hyd. Roedd wedi dod o hyd i'r tamaid ym Meibl personol ei gŵr wrth glirio'r ficerdy wedi iddo farw. Doedd ganddi'r un syniad o ble y daeth, nac o ba wlad y deuai, ond roedd wedi ei gadw'n ddiogel gogyfer â dydd anghenus yn y dyfodol. Wyddai Hannah ddim am ei fodolaeth, a phrin y byddai hithau wedi cofio amdano oni bai fod John wedi dwyn y peth i gof.

Gafaelodd John yn yr aur a mynd at y ffenestr i geisio gwell golau, ond ni allai ddarllen yr ysgrifen dreuliedig oedd arno. Byddai ei chwyddwydr ym Modwrda wedi bod o fudd mawr. Ond sylweddolodd fod y darn yn un hen iawn. Rhoddodd ef yn ôl iddi, a diflannodd yr aur a'r hances i'w phoced.

Mewn ymdrech i ddarganfod rhagor, ceisiodd John gael Martha i ail-fyw dyddiau olaf y ficer. Oedd rhywbeth gwahanol i'r arfer yn ei ymddygiad neu yn ei weithgareddau? Ysgydwodd yr hen wraig ei phen yn araf.

'Na,' dechreuodd ddweud, yna crychodd ei thalcen, 'ond 'rhoswch chi rŵan, roedd yna rywbeth anarferol.' Meddyliodd am funud. 'Yn un peth, roedd o'n siriol. Ac mi roedd yn siarad yn wirion, yn dweud pethau fel y basan ni'n gyfoethog cyn bo hir.'

'Wnaeth o egluro sut?' holodd John, ei eiriau'n tanio'i chwilfrydedd. Ond roedd ei ymyrraeth fel petai'n drysu'r hen wraig.

'Na, wn i ddim, ond roedd yn dweud pethau rhyfedd. Rhywbeth am Enlli, a'r ffordd y byddai'r seintiau'n ein gwaredu – na, dim dyna'n union! 'Rhoswch am eiliad . . . y byddai'r seintiau'n helpu'r rhai sy'n fodlon helpu eu hunain.'

'Allwch chi gofio'r bore olaf hwnnw?'

'Doedd o ddim yn y tŷ ac mi es i o amgylch y pentref yn holi pawb . . . '

'Na, dim pan gawson nhw hyd i'w gorff. Y bore cynt. Bore dygwyl eneidiau. Bob dim allwch chi ei gofio, o'r bore bach.'

'Wel, mi roeddwn i'n codi oriau o flaen Griffith, wrth gwrs. Roedd o'n hoffi cael tân yn y gegin, a'i uwd yn boeth, erbyn iddo ddod i lawr y grisiau. Ond y bore hwnnw, roeddwn i braidd yn hwyr yn codi, ac roedd arna i ofn iddo fod yn ddig. Rhuthrais i lawr i gynnau'r tân, ac yna mynd i gychwyn y tân yn ei ystafell. Ond doedd o ddim yna. Dim hanes ei fod wedi cysgu'n y gwely o gwbl. Ond daeth i mewn i'r gegin wrth i mi ferwi'r uwd. Roedd tymer dda iawn arno, rwy'n cofio. Fe ganmolodd yr uwd, a chymryd ail ddysglaid – roedd hynny'n anarferol. Fel arfer, byddai'n gallu bod yn sarrug iawn am fy uwd, cwyno ei fod yn rhy hallt, neu'n rhy ddyfrllyd, neu'n rhy drwchus . . . '

'Ie, ac wedi'r brecwast, beth ddigwyddodd wedyn?' torrodd John ar ei thraws.

'Cyn iddo allu gorffen ei uwd, daeth cnoc ar y drws. Mi es i i'w agor. Mari Grepach oedd yna, eisiau siarad efo Griffith.'

'Mari Grepach? Beth oedd hi ei eisiau?'

'Wn i ddim. Aeth Griffith at y drws, a deudodd Mari rywbeth am y noson cynt, ond yna aeth Griffith â hi allan i'r ardd, a chau'r drws. Pan ddaeth yn ei ôl, roedd ei dymer dda wedi diflannu. Taflodd y bowlen uwd ar y llawr a'i malu'n deilchion. Rwy'n cofio i mi ddechrau crio; honno oedd y bowlen olaf oedd gen i o lestri tsieni roddodd Mam i mi pan briodais, ac mi roeddwn i yn meddwl y byd . . . '

'Ac wedyn? Beth wnaeth eich gŵr wedyn?'

Ysgydwodd Martha ei phen yn drist. 'Mi aeth allan o'r tŷ, a dyna'r tro olaf imi ei weld. Rwy'n cofio bod Twm Elias wedi dod i chwilio amdano, mewn tymer wyllt.'

'Fydde fo'n arfer bod allan drwy'r nos?' Pan welodd John y dagrau'n hel yn y llygaid pŵl, gallasai fod wedi cicio'i hun. Sut y gallai fod mor ddideimlad â thrafod godineb dyn gyda'i wraig? Roedd cwcold yn destun sbort i bawb, cyrn yn cael eu hoelio wrth ei ddrws, ond doedd dim gair wedi ei fathu i ddisgrifio'r wraig a dwyllwyd. Ond chwarae teg i'r hen wraig, llwyddodd i'w ateb yn ddirodres.

'Ddim yn aml,' meddai'n dawel. 'Yn amlach, efallai, yn yr wythnos neu ddwy olaf, os dwi'n cofio'n iawn. Roeddwn i'n cymryd mai gorwedd mewn rhyw ffos oedd o, wedi yfed gormod yn y dafarn. Un tro, daeth adref gyda'i ddillad yn wlyb diferyd, a hithau heb fwrw ers wythnosau.'

'Oedd ganddo fo ffrindiau?'

Roedd yn anodd i'r hen wraig siarad fel hyn am ei gŵr, ond deallodd John i'r ficer fod yn aml yng nghwmni dau forwr a arferai weithio i Alex Bodfel ar Enlli yn ystod wythnosau olaf ei fywyd. Wedi sawl llith hir, ddi-fudd, cafodd John enwau'r ddau: John Preis o Nefyn a Dafydd Rhys, rhywle o'r de, efallai Cei Newydd neu Aberaeron.

Daeth Hannah yn ôl i'r ystafell gyda llond basged fechan o wyau yn ei llaw. Ymddangosai'n dawelach ei meddwl, ac yn sicr yn fwy gwylaidd. Daeth at John a chynnig y cwrtsi lleiaf posib iddo. Ymddiheurodd am ei hymddygiad gynt.

'Wnewch chi ddim dial ar ddwy hen wraig ddiniwed, wnewch chi, syr?' meddai'n ofnus. 'Dydan ni'n gwneud dim drwg i neb, ac yn gofyn dim gan y plwy. Wnewch chi ddim eu cael nhw i'n hel ni o'ma, na newch, syr?'

Er i John deimlo yn ei galon y dylai'r ddwy fod dan ofal dyn cyfrifol, gwaradwyddai'r camddefnydd a wnâi rhai dynion o'u hawdurdod. Sicrhaodd y ddwy eu bod yn ddiogel, a dechreuodd ffarwelio â nhw, gan esgus fod ei geffyl yn oeri wrth sefyll y tu allan.

'Mi roddais i o yn y cwt,' meddai Hannah, 'ac mi gafodd dusw o wair.'

Cyffyrddwyd John gan ei meddylgarwch, a sylweddolodd mai ofn oedd achos tafod llym yr hen wraig, ofn dynion, ofn eu grym a'u dylanwad. Llithrodd ddarn hanner coron o dan blât y bisgedi ceirch, ac aeth allan. Wrth iddo neidio ar gefn ei geffyl, daeth Martha ato a gafael yn y ffrwyn ag un llaw. Rhoddodd y llall yn ei phoced.

'Cymerwch chi hwn, Meistar John,' meddai'n dawel, gan dynnu'r hances a'r darn aur allan a'i roi iddo. 'Cadwch o, os gwnaiff eich helpu i wybod beth ddigwyddodd i Griffith. Beth bynnag oedd ei ffaeleddau, doedd o ddim yn haeddu marw fel yna.'

'Ond . . . ' cychwynnodd John siarad.

'Mae Hannah a fi'n iawn, yn gyfforddus yma. Dim ond

i chi gofio amdanan ni os aiff pethau o chwith – a gadewch i mi wybod os ffindiwch chi pwy laddodd fy ngŵr.'

14

Hardd fedrus, gampus pes caid, a dewr
  I daro o bai raid,
  Mab o oedran cadarnblaid
  A gŵr o gorff gorau gaid.

Alis ferch Gruffudd ab Ieuan c. 1547

Gadawodd Catrin Drefgraig yn fuan ar ôl John a marchogai Siôn wrth ei hochr. Edrychai'n wahanol iawn mewn gwisg gwas. Ar ei chais hi, adroddodd Siôn yr hyn a glywodd gan John y noson cynt, sef yr hanes ddywedodd Gruffydd Bodwrda wrth ei nai. Rhedodd cryndod drwy gorff Catrin wrth iddi feddwl am y llofruddiaeth, a sylwodd Siôn.

'Ydych chi wedi bod yng Nghastell Odo 'rioed?' holodd, gan bwyntio at fryn o'u blaenau. 'Dyna'r lle roeddan ni'n cael y coelcerthi. Mae o ar ein ffordd adref, os hoffech ei weld.'

Edrychodd Catrin ar yr awyr las a'r heulwen, gan feddwl y byddai'n ddiddorol cael gweld y lle, a chael mwy o awyr iach yr un pryd. Roedd wedi bwrw glaw mân a niwl drwy'r rhan helaethaf o'r wythnos ac roedd yn dda cael bod allan unwaith eto. Cytunodd â'i awgrym, a cherddodd y ceffylau'n hamddenol ar hyd y rhostir tuag at fynydd Ystum. Ar y ffordd i Drefgraig y diwrnod cynt, ciliodd swildod anghysurus y tri, a bu John yn sgwrsio'n naturiol am ei ddyddiau yn Amwythig a Chaergrawnt, gan osgoi pob sôn am y ficer, tra bu Siôn yn dweud rhywfaint o hanes ei deithiau drwy Ewrop. Mwynhaodd

Catrin y cwmni diddan, ac roedd yn falch o deimlo'r un diddanwch heddiw, er nad oedd John gyda hwy. Yn raddol, wrth iddynt sgwrsio, a Catrin yn holi am blentyndod John a Siôn gyda'i gilydd yn Aberdaron, closiodd ceffyl Siôn at un Catrin nes dod yn rhy agos. Trodd pen Arianna mor gyflym â sarff, y clustiau'n dynn yn erbyn ei phen a'i dannedd yn fflachio wrth iddi anelu brathiad at yr anifail arall. Neidiodd hwnnw i'r ochr mewn braw a chwarddodd Catrin.

'Ras am y cyntaf at y dderwen 'na,' galwodd ar Siôn, gan bwyntio at goeden yn sefyll rhyw ddau gan llath i ffwrdd. Arhosodd hi ddim i weld a oedd Siôn yn derbyn y sialens. Llanwyd hi ag awydd sydyn i deimlo nerth Arianna oddi tani, ac i ffwrdd â hi, yn gwyro'n isel yn y cyfrwy yn erbyn y gwynt a gododd o'u cyflymder, a ffydd berffaith yn y pinnau a ddaliai ei het ar ei phen. Roedd ei chaseg mor eiddgar â hithau, yn mwynhau rhythmau ei charnau'n pwnio'r ddaear a'r gwynt yn stribedu ei mwng a'i chynffon tu cefn iddi. Cyn pen dim, roeddan nhw wrth y dderwen, a'r unig siom oedd nad oeddynt wedi dewis postyn ennill pellach i ffwrdd. Dan chwerthin ac yn fyr ei gwynt, trodd Catrin ei chaseg mewn cylch, i weld Siôn yn arafu wrth ei hochr.

'Fi enillodd!' chwarddodd.

'Doedd hi ddim yn gystadleuaeth deg,' atebodd Siôn, ond roedd yntau'n chwerthin. 'Tro nesa, rhaid deud un, dau, tri cyn cychwyn.'

Roedd y ddau anifail yn chwythu'n ysgafn, eu hochrau'n chwyddo a gostwng fel swigen. Wrth gerdded yn ei blaen, edrychodd Catrin o'i chwmpas. Roedd pobman yn arbennig o brydferth, a'r awyr yn llawn o'r gloywder arbennig hwnnw a ddaethai i'w gysylltu â Phen Llŷn. Roedd fel petai'r awyr yn cael ei olchi gan ddagrau llawenydd angylion y nef. Roedd yn ddiwrnod o dywydd ha' bach gŵyl Martin gwell nag a gawsant ers blynyddoedd. Dilladwyd yr eithin mân a'r grug â chlogyn o wawn ysgafn, a'r dafnau gwlith yn disgleirio drwyddo fel diemwntiau bychain wedi eu gwehyddu i'r defnydd.

'Edrych!' meddai wrth Siôn. 'Mae o mor brydferth! Sawl miliwn o bryfaid copyn bach sydd eu hangen i greu hwn i gyd, dywed?'

'Wyddost ti fod yna o leiaf ddau gan pryfetyn mewn llathen sgwâr o dir?' gofynnodd yntau. Sylwodd Catrin fod y 'chi' wedi diflannu, ond nid oedd yn ddig.

'Sut gwyddost ti hynny?'

'Achos un o'r gwersi ardderchog dderbyniodd John a minnau gan ein tiwtor oedd gorwedd ar ein hyd ar lawr y lawnt o flaen y plas, chwyddwydr yn ein dwylo, a chyfrif pob un creadur bach a symudai yno.'

'Am wybodaeth ddi-fudd!'

'O, rydw i'n llawn o wybodaeth felly,' meddai Siôn yn falch, 'ac mae'r cyfan yn deillio o'r blynyddoedd cynnar yna roeddwn i'n eu disgrifio wrthyt ti cyn i ti ennill y ras mewn modd mor annheg.'

'Eiliad fach, syr . . . ' protestiodd Catrin, cyn brathu ei thafod wrth ei weld yn chwerthin arni, wedi llwyddo i'w phryfocio. Erbyn hyn, roeddynt wedi cyrraedd tir mwy garw – drain a llwyni'n hytrach na choed go iawn. Roedd y mwyar duon bellach wedi crebachu'n gerrig bach caled – rhoddodd Dorothy'r gorau i'w casglu ym mis Medi, gan ei bod hi'n credu i'r Diafol boeri arnynt ym mis Hydref. Llanwyd silff ar ôl silff â'i llafur, yn jeli ac yn jam. Ond roedd y llwyni'n dal yn lliwgar o gochni'r egroes ac aeron y ddraenen wen, a phorffor eirin tagu'r ddraenen ddu.

Cyn pen dim, roeddynt ar ben mynydd Ystum, a chylchoedd yr hen gaer gyn-oesol yn ymledu oddi tanynt. Safodd y ddau geffyl yn ufudd tra oedd eu marchogion yn edmygu'r olygfa. Roedd yn fendigedig, a gwnaeth Catrin i'w chaseg gylchu er mwyn iddi allu gwerthfawrogi'r cyfan. Roedd fel bod ar ynys, meddyliodd, y môr yn eu hamgylchynu ar dair ochr, a'r gadwyn o fynyddoedd yn y pellter yn amddiffyn y bedwaredd.

'Pa fynyddoedd yw'r rheina, Siôn?' holodd. Roedd wedi teithio heibio iddynt ar y siwrnai o Fangor i Aberdaron, ond heb wybod eu henwau.

'Dacw Fynydd y Rhiw, yr agosaf atan ni, yna Garn Fadryn yn y canol fan acw, a thu hwnt iddo mae Garn Boduan a mynydd Nefyn, ac yna'r Eifl.'

'Ac yn y fan acw?' gofynnodd Catrin wedyn, gan bwyntio i'r de ar hyd yr arfordir.

'Mynyddoedd Ardudwy ydi'r rheina, a heblaw am Gader Idris, wn i ddim beth yw eu henwau. Dacw Harlech draw fan'na,' ychwanegodd, gan bwyntio tuag at ben y troad yn y bae. Syllodd Catrin am beth amser, ac roedd yr awyr mor glir nes iddi gredu y gallai weld pentwr cerrig y castell. 'Yna ymhellach i lawr y bae mae Aberystwyth ac Aberaeron,' meddai wedyn.

Gwelodd ben Enlli y tu cefn i Fraich y Pwll, mynydd Annelog, ac yna'r môr mawr yn arwain tuag at Iwerddon.

'Rydw i wedi gweld Iwerddon o fan hyn ambell dro ar ddiwrnod clir,' meddai Siôn, fel petai'n darllen ei meddyliau. Cofiodd Catrin am ymweliad Edmwnd.

'Wyt ti'n meddwl y gwnân nhw ymosod arnan ni?' gofynnodd, ac arswyd yn ei llais.

Ond nid oedd Siôn wedi ei chlywed. Neidiodd oddi ar ei geffyl, a'i chynorthwyo hithau i ddisgyn.

'Rydw i am fynd â'r ceffylau i gysgod y gwynt,' eglurodd. Yn wir, roedd awel gref yn chwythu ar ben y bryn. Cymerodd yr awenau o'i llaw. 'Mi glyma i nhw fan draw, ac yna mi allwn ni gerdded o amgylch olion y muriau, a gweld safle'r goelcerth.'

Wrth iddo arwain y ceffylau draw, daliodd Catrin i

edrych o'i chwmpas. Daeth ton o hiraeth drosti. Pan oedd yn blentyn gartref, yn y Penrhyn, arferai gerdded o gwmpas y gerddi gyda'i hen nyrs. Adroddai honno enw pob copa, gan bwyntio at bob un yn ei dro. Roedd mor naturiol â dweud ei phader: Moel Wnion, Moel Faban, Moelyci, Carnedd y Filiast, Elidir, y Garn, Pen yr Ole Wen, Foel Graig, Foel Ganol, Foel Grach. Roedd wedi tyfu'n gêm rhyngddynt, llith o enw adnabyddus, cysurus, proses o wneud y mynyddoedd yn ffrindiau personol iddi. O weld y mynyddoedd yma, nas adwaenai eu henwau, tanlinellwyd ei halltudiaeth. Roeddynt yn ffin rhwng ei hen fywyd a'i bywyd newydd, yn rhwystr i'w chadw oddi wrth ei theulu, ei châr, ei phlentyndod. Roedd y Penrhyn mor anghyraeddadwy iddi â'r lleuad.

'Catrin?' torrodd llais Siôn ar draws ei myfyrdodau. 'Wyt ti'n barod?'

Cymerodd ei llaw i'w harwain i lawr y bryn i gyfeiriad Bodwrda. Roedd y llwybr yn serth a llithrig mewn mannau, ac roedd hi'n falch o gymorth ei fraich. Tyfai llwyni mawr o eithin yn glòs wrth y llwybr, eu pigau'n treiddio drwy ddefnydd ei llewys. Sylwodd fod blagur blodau eisoes yn ffurfio arnynt, yn barod i ysgafnhau'r gaeaf gyda'u haur coeth.

Er nad oedd wedi disgwyl gweld castell mewn gwirionedd, siomwyd hi gan gyn lleied oedd ar ôl o gaer yr hen Odo, pwy bynnag oedd hwnnw. Olion o ddau glawdd mawr, rhyw ddwy droedfedd o uchder ac yn wellt glas i gyd, rhyw ddecllath o'i gilydd, yn amgylchynu pen y bryn, a'r hen gaer, fwy na thebyg ar y brig, er nad oedd dim olion ohoni. Ond fel amddiffynfa, roedd ei safle'n ddi-fai. Gallai gwyliwr o'i muriau weld gelyn yn agosáu o unrhyw gyfeiriad, gydag amser digonol i gael pob anifail a phob person yn ddiogel oddi mewn. Dangosodd Siôn safle'r goelcerth iddi, lle gweddol wastad, ychydig yn is na'r copa, ar y llethr yn wynebu'r pentref. Eto, doedd dim olion yno. Cerddodd y ddau o gwmpas yn araf, a Siôn yn ceisio egluro a dangos iddi ble y digwyddodd pethau. Wedi cylchu'r bryn unwaith, eisteddodd Catrin ar garreg lefn, gan syllu i lawr y llethr at ffin coedwig fechan yn tyfu mewn hafn. Meddyliodd fod olion llwybr yn arwain i'r coed, a gofynnodd i Siôn i ble'r arweiniai.

'Roeddwn i wedi anghofio am hwnna!' ebychodd Siôn gyda chynnwrf yn ei lais. 'Faset ti'n hoffi gweld lle arbennig iawn, Catrin?' Dechreuodd gerdded tuag at y coed, a galwodd Catrin ar ei ôl.

'Beth am y ceffylau?'

'Mi fyddan nhw'n iawn. Mae digon o borfa iddyn nhw. Rhoddais garchar arnyn nhw, felly wnân nhw'm crwydro'n bell.'

Cododd Catrin a'i ddilyn at y coed. Roedd fel cerdded i fyd gwahanol. Roedd yr hafn o olwg y pentref, a'r coed yn tyfu'n uchel a thrwchus gyda'r cysgod oddi wrth y gwyntoedd oer. Rhedodd gwiwer fach goch ar draws y llwybr, yn gwneud yn fawr o ddiwrnod mor gynnes i chwilota am ragor o gnau ac aeron ar gyfer ei storfa. Edrychai rhai o'r coed yn hen iawn, bonion eiddew yn cordeddu am y boncyffion gan ffurfio patrymau onglog, cymhleth. Safodd i syllu ar un. Roedd canghennau'r eiddew wedi ffurfio patrwm tebyg i'r cwlwm Celtaidd a welsai unwaith ar hen gerrig yng nghadeirlan Bangor. Edrychodd i fyny a gweld glas yr awyr drwy ffiligri du y brigau uchel. Hedfanai brain uwch ei phen, eu cri aflafar yn eglur i'w chlustiau. Roedd naws arallfydol i'r lle, fel petai amser ei hun yn ymlacio ar y carped o ddail trwchus, yn gwylio'n fodlon wrth i'r byd brysuro heibio.

Roedd Siôn wedi ennill y blaen arni, a rhedodd ato. Estynnodd ei law allan i'w dal, a gafaelodd ynddi'n eiddgar.

'Tyrd, Catrin,' meddai, gan ei harwain ymlaen. 'Dydi o ddim yn bell rŵan. Un troad bach eto.'

Gallai weld goleuni o'i blaen, y coed yn gwahanu i ddangos llannerch fechan o laswellt toreithiog. Rhedai afonig fechan ar draws y llannerch ac roedd rhywun o ryw oes wedi gosod palmant o gerrig enfawr, llyfn, gwastad yn llwybr wrth ei hochr, gan arwain y teithiwr at adeilad oedd yn hanner adfail ar yr ochr draw.

'Lle ydi o, Siôn?' sibrydodd Catrin mewn cyfaredd.

'Ffynnon Sant Durdan,' sibrydodd yn ôl. 'Tyrd.'

Adeiladwyd y lle o gerrig enfawr, o lwyd mor ysgafn fel yr ymddangosai'n wyngalchog bron. Wrth iddynt agosáu, gallai weld bod yr effaith yma wedi ei chreu gan haenen o gen ar wyneb pob carreg. Nid oedd fframiau pren i ddau ddrws yr adeilad, nac i'r tyllau ffenestri, er bod gorchudd da o rug yn aros dros y rhan fwyaf o'r to, gydag ambell dwll yma ac acw. Doedd neb wedi gofalu am y lle ers amser maith.

Arweiniodd Siôn y ffordd at y drws ar y chwith. Safasant ar y trothwy, ac edrych o'u cwmpas mewn rhyfeddod. Ynghanol yr ystafell roedd pwll hirgrwn wedi ei suddo i'r llawr cerrig, gyda grisiau bob pen iddo yn arwain i mewn i'r dŵr. Cyflenwid y pwll gan yr afonig fechan, a redai iddo drwy dwll pwrpasol, hanner crwn, yng ngwaelod y wal ar y chwith. Gallai Catrin weld bod waliau'r pwll wedi eu ffurfio'n gelfydd o feini llyfn, pob carreg wedi ei naddu i orwedd yn berffaith wrth ei chymdogion, a bod rhyw fath o silff, neu fainc garreg, ychydig fodfeddi rhwng wyneb y dŵr a'r llawr, fel eisteddfa i bobl allu golchi eu traed yn gyfforddus. Roedd y dŵr mor lân a chlir fel y gallai weld ei waelod yn eglur, tra oedd pelydrau'r haul yn dawnsio a phefrio ar yr wyneb drwy'r tyllau yn y to.

Llanwyd hi â rhyfeddod. 'Siôn, mae hi mor brydferth

yma,' meddai'n dawel. Rhedodd ei bysedd ar hyd y cen ar y wal, ac wrth i'w llygaid ddilyn, gan ddechrau arfer â'r hanner tywyllwch, sylwodd fod y waliau'n plygu ar i mewn yn warchodol wrth gyrraedd y to. Roedd y wal bellaf, hefyd, yn ffurfio bwa, fel cilfach gron mewn eglwys fechan. Adeiladwyd pedair cilfach i mewn i'r waliau, dwy ar bob ochr hir yr ystafell. Tynnodd Siôn hi'n bellach i mewn.

'Roedd yn arfer bod yn ganolfan sanctaidd iawn,' eglurodd, 'cyn iddyn nhw chwalu'r abatai a gyrru'r myneich o Enlli. Roedd hwn yn un o'r mannau aros olaf cyn i'r pererinion groesi'r môr i'r ynys. Roeddan nhw'n arfer dweud fod y dŵr yma'n gallu gwella'r cleifion, wedi ei fendithio gan Sant Durdan, un o seintiau Enlli.'

'Mae'n hudol,' sibrydodd Catrin. Cerddodd y ddau'n araf wysg eu hochrau ar hyd y llawr cerrig o amgylch y pwll, gan edrych yn ofalus ar bopeth. Ni theimlai Catrin unrhyw ofn. Er gwaetha'r gwyll, roedd yn lle o oleuni a gwellhad, nid o leithder a marwolaeth.

'Does neb yn dod yma rŵan. Mae rhai'n dweud fod ysbrydion yn y lle,' meddai Siôn. Ysgydwodd Catrin ei phen yn bendant.

'Na, does dim ysbrydion yma. Mae o'r lle mwyaf arbennig rydw i 'rioed wedi ei weld.'

Safodd y ddau gan bwyso i mewn i bigyn y bwa ym mhen pella'r ystafell, a gwylio'r heulwen yn chwarae ar y dŵr. Gan fod yr afon yn rhedeg drwy'r pwll, roedd symudiad parhaus ar wyneb y dŵr, gan anfon cysgodion gwyrdd-olau i ddawnsio ar y waliau. Cipiodd Catrin olwg sydyn ar wyneb Siôn, a gweld y cysgodion yn erlid ei gilydd ar draws ei ruddiau a'i drwyn a'i wefusau. Roedd gwyrddni'r golau yn gwneud i'w lygaid ymddangos yn dywyll a diwaelod. Trodd ei ben a gwenu arni. Dilynodd y gusan yn anorfod, ddigywilydd, y peth mwyaf naturiol yn y byd.

Wedi i'w gwefusau wahanu, tynnodd Siôn ei siaced a'i gosod ar silff garreg un o'r cilfachau. Digon o le i'r ddau eistedd yn glòs at ei gilydd, ei fraich am ei gwasg. Trodd ei phen i bwyso yn erbyn ei ysgwydd, ei braich yn gorwedd ar ei frest. Gallai deimlo curiad ei galon dan ei llaw. Gwyrodd Siôn ei ben a chyrchu ei gwefusau unwaith eto.

Roedd yr ail gusan yn felysach byth. Agorodd ei gwefusau wrth deimlo'i gyffyrddiad melfedaidd, ac er iddi dynnu'n ôl am eiliad o fraw wrth deimlo'i dafod yn mynd i mewn i'w cheg, buan iawn y suddodd yn ôl yn erbyn ei gorff wrth i'w fraich dynhau amdani. Daeth chwant dieithr drosti, a phwysodd ei chorff yn ei erbyn cyn galeted ag y gallai, yn ysu am gael bod yn rhan ohono, yn anwahanadwy oddi wrtho o'i chorun i'w sawdl. Wrth i'w dafod ymchwilio pob cwr o'i cheg, rhedodd gwefr beraidd drwy ei chorff, gan godi cyffro melysach nag y gallai erioed fod wedi ei ddychmygu. Tynnodd oddi wrtho, a syllu i'w wyneb mewn rhyfeddod. Cododd ei llaw i deimlo'r croen â blaenau ei bysedd, ar hyd ei wefusau, ei ên, ac i lawr dros ei afal freuant. Trawsant yn erbyn tyfiant bach o flew a ddihangodd rhag rasal y bore. Daeth cwestiwn dibwys, gwirion i'w meddwl.

'Oedd raid i ti eillio John y bore 'ma?'

'Oedd,' atebodd yn ymffrostgar, 'ac mi wnes i'r gwaith yn ardderchog. Cafodd John tipyn o syndod – a rhyddhad, decini. Doedd o ddim yn sicr y dylsai ymddiried ynof ai peidio! Ond wedyn, dydi o ddim yn gwybod am yr holl amseroedd roedd yn rhaid i mi eillio Walter Leslie, ac yntau minnau, ar faes y gad.'

'Biti na fasa John wedi talu'r pwyth yn ôl – mi fasa wedi

cael gwell hwyl arni hi!' meddai Catrin, gan roi plwc bach sydyn i'r blewiach.

'Aw! Y gnawes fach!' Ceisiodd ei chusanu eto, ond tynnodd Catrin yn ôl. Doedd hi ddim wedi gorffen ymchwilio'i wyneb. Rhedodd ei bysedd i fyny at y graith oedd wedi bod yn gymaint o destun dyfalu iddi.

'Sut cest ti hwn?' gofynnodd yn dawel. Roedd wedi synnu pa mor galed oedd y llinell gul o gnawd gwyn. Rhedodd ei bysedd i fyny ac i lawr ei hyd, ond trodd Siôn ei ben i ffwrdd i syllu ar y patrwm hudolus ar wyneb y dŵr. 'Wnes i dy frifo di?' sibrydodd yn siomedig, ond ysgydwodd ei ben. Disgwyliodd am ateb, ond ni ddeuai'r un. Nid oedd modd iddi wybod bod sŵn clychau a chras chwerthin yn byddaru clustiau ei feddwl, a phrofiad y noson ofnadwy honno'n bwrw cysgod dros ei holl fywyd. 'Siôn?' sibrydodd wedyn. 'Mae'n ddrwg gen i.'

Cododd ei ben gydag ochenaid, a gwenodd yn drist arni.

'Wnest ti ddim byd, fy nghariad i. Ond alla i ddim siarad am y peth rŵan. Efallai, rhywdro'n y dyfodol . . . '

Rhwystrodd ei eiriau â'i gwefusau. Cymerodd ei ben yn ei dwy law a'i dynnu i lawr tuag ati. Rhedodd ei chusanau'n frith dros ei ruddiau a'i lygaid a'i dalcen a'i wallt, nes iddo ddechrau chwerthin.

'Catrin, Catrin,' dechreuodd, ond daeth gwehyriad o'r llannerch tu allan.

'Arianna!' meddai Catrin, gan godi mewn braw. 'Faint o'r gloch yw hi? Faint ydan ni wedi bod yma, Siôn?'

'Wn i ddim. Dim llawer, dybiwn i. Awr, efallai, ychydig mwy.'

'Fydd John wedi dod yn ôl o Langwnnadl bellach?'

Syllodd y ddau ar ei gilydd wrth sylweddoli oblygiadau ei chwestiwn.

'Mi allwn ni ddweud ein bod wedi cael ein dal yn ôl,' awgrymodd Siôn.

'Gan beth?'

'Wn i ddim! Roeddet ti'n teimlo'n wantan, ac roedd yn rhaid i ni gerdded.' Edrychodd Catrin mor amheus arno fel iddo ymdrechu am esgus gwell. 'Mi allwn i ddweud fod ceffyl wedi cael carreg yn ei droed,' cynigiodd, yna meddwl. 'Ond pan welith y gwastrawd nad oes dim cleisio ar y wadan, mi fydd yn amau hynny.'

'Dydw i ddim am fod yn destun siarad i'r gweision, Siôn.'

'Nag wyt, siŵr. Paid â phoeni. Mi feddylia i am rywbeth ar y ffordd. Os dywedith rhywun rywbeth, gad y siarad i mi.' Rhoddodd gusan sydyn iddi cyn mynd allan i 'mofyn y ceffylau, ond doedd dim raid iddo chwilio ymhell. Roedd y ddau wedi crwydro i'r llannerch, ac yn mwynhau'r tamaid blasus yno.

Teimlai Catrin yn well unwaith roedd ar gefn Arianna. Pe bai rhywun yn eu gweld rŵan, o leiaf roeddynt yn edrych yn barchus, boneddiges a'i gwas, a simneiau Bodwrda i'w gweld oddi tanynt, yn eu harwain yn ôl. Ond beth fyddai'n digwydd rŵan? Sut y byddai modd ymddwyn yn naturiol efo Siôn o flaen pobl eraill? Sut i guddio'i hatgasedd cynyddol tuag at John? Cipedrychodd ar wyneb Siôn, a gweld ei fod yntau wedi ymgolli'n llwyr yn ei feddyliau ei hun. Ni siaradodd yr un ohonynt.

Sut y gallai diwrnod mor fendigedig ddiweddu fel hyn? Sut i wynebu John? Sut i wynebu unrhyw un ohonynt? Gallai ddychmygu'r cwestiynau, y cyhuddiadau, y gwylltineb ar wyneb John, yr atgasedd, y ffieiddio. Pawb yn ei chasáu a'i dirmygu, hyd yn oed ei rhieni ei hun. A fyddai hyd yn oed Edmwnd annwyl yn troi yn ei herbyn?

Doedd dim modd rhwystro'r dagrau rhag llifo i lawr ei

gruddiau, er iddi gadw'n dawel. Marchogai Siôn ychydig ar y blaen iddi, ac nid oedd am dynnu ei sylw at ei phoen. Cofiodd am hen wraig oedd yn eu gwarchod weithiau yn y Penrhyn, hen wraig atgas, a'i hoff ddywediad os oeddent yn cael ychydig o hwyl fyddai, 'Chwerthin y bore, dagrau'n yr hwyr'. Cofiodd sut y byddai ei brodyr yn tynnu stumiau y tu ôl i'w chefn, a chododd hynny ei chalon.

'Siôn?' galwodd yn ysgafn a'r angen i gael unrhyw gysylltiad cysurlon yn drech na hi, er nad oedd ganddi ddim pendant i'w ddweud. Edrychodd dros ei ysgwydd arni, a siomi o weld ôl ei dagrau. Ffrwynodd ei geffyl iddi gael dod i fyny ato, a chymerodd ei hances i sychu'r dagrau.

'Whisht, ferch,' sibrydodd. 'Paid â phoeni. Bydd popeth yn iawn, gei di weld. Fydd neb wedi gweld ein heisiau ni.'

Gresynai Catrin na allai gredu ei eiriau. Bu'n rhaid iddi wrth bob gronyn o ddewrder a oedd ynddi i farchogaeth i mewn i fuarth Bodwrda a wynebu pawb.

15

Nemo Sua Sorte Contentus

O'r clipan truan pob trâd – o'r dynion
Ordeiniodd Duw'n ceidwad;
Hyd yn frenin flin flaeniad
Oes dyn yn fodlon yw stâd?

Gruffydd Bodwrda (1574–1649)

Roedd meddwl Siôn yn drwm dan orthrwm anobaith, y
düwch fel gwrach yn rheibio'i reswm, a hyfrydwch y
prynhawn blaenorol ond megis rhith twyllodrus. Syllodd
ar y cefn unionsyth yn y sedd flaen drwy gydol pregeth
hirfaith y ficer. Oedd hithau wedi dioddef o noson mor
ddi-gwsg ag ef? Yn un o'r rhai olaf i adael yr eglwys, pan
ddaeth allan i'r clos gwelodd fod pawb wedi ffurfio
grwpiau bach cymdeithasol, neb yn cymryd unrhyw sylw
ohono. Cynyddodd ei ddiflastod. Os nad oedd neb eisiau
ei gwmni, waeth iddo adael ddim. Cychwynnodd am y
giât. Roedd y siom o gael ei anwybyddu'n llwyr gan
Catrin yn gorwedd yn stwmp ar ei stumog, er bod ei
reswm yn cydnabod na feiddiai hi ddweud llawer wrtho
mewn lle mor gyhoeddus. Ond gallasai o leiaf fod wedi
dymuno 'Bore da' iddo'n gwrtais wrth gerdded heibio ar
ei ffordd allan.

'Siôn,' galwodd llais John ar ei ôl, 'elli di ddod i
Fodwrda gyda'r nos yma? Rydw i eisiau trafod beth
ddysgais i gan y weddw.' Wedi rhoi ei orchymyn, trodd
John ei gefn ato cyn cael ateb, a mynd i sgwrsio gyda'r

ficer. Yn amlwg doedd neb angen ei gwmni ef, felly penderfynodd fynd adref i achub Ryff o'i garchar, a mynd am dro.

Pan agorodd ddrws y bwthyn cododd ei galon o dderbyn croeso mor wresog gan yr anifail. Mor awyddus oedd Ryff i gydsynio â'i fwriad fel na allai oddef disgwyl tra torrai Siôn dafell o fara a thalpyn o gaws iddo'i hun. Crafai wrth y drws, a rhoi cyfarthiad gorchmynnol bob yn ail munud. Rhoddodd Siôn y bwyd mewn sgrepan fach, a'i glymu wrth ei wregys, gan adael y plât gyda'i friwsion fel arwydd i'w fam ei fod wedi bwyta.

Doedd ganddo ddim pwrpas arbennig i'w gerdded, na man penodedig i'w gyrraedd, felly dilynodd drywydd Ryff i fyny o Aberdaron at gomin Rhoshirwaun, lle'r oedd y gwynt didrugaredd yn treiddio fel cyllell drwy ei siaced. Gwenodd yn sarrug wrtho'i hunan: roedd tirwedd a thywydd heddiw'n gweddu'n well i'w deimladau na heulwen ddoe. Pa fath o ffŵl oedd o i obeithio am ddyfodol iddo'i hun a Catrin? Ni allai ei gyfoeth Ewropeaidd ddylanwadu'r mymryn lleiaf ar fonedd cul-eu-meddwl Cymru. Llinach oedd pob dim iddynt, a châi cyfoeth ei wawdio pan nad oedd ynghlwm wrth dras.

Wedi ymgolli yn ei feddyliau du, a bwyta'i damaid heb sylwi, bron, ei fod yn bwyta, dilynodd y ci bach i lawr gallt goediog. Daeth cri bruddglwyfus brain i'w glyw, gan ei atgoffa o ddigwyddiad arall pan glywodd yr un gri, fry uwchben, ym mherfeddion un o goedwigoedd anferth, llonydd Ewrop, a'r gri honno'n cael ei hateb gan udo cnud o fleiddiaid a yrrai iasau i lawr cefnau ei ddynion a'u fferru'n fwy na'r eira trwchus a lusgai ar eu coesau. Eira, y llofrudd prydferth, addfwyn y buasai'n rhaid iddynt lochesu oddi wrtho os oeddynt am weld y bore.

Y wyrth o glywed llais dynol yn llafarganu'r bumed salm ar hugain, a darganfod un o'r Brodyr Duon ar ei ffordd i ddathlu gŵyl mewn pentref diarffordd ynghanol y goedwig. Yntau'n eu harwain yno, a'i ddynion diolchgar yn cyd-siantio salmau gyda'r brawd i gadw'r distawrwydd draw, eu cleddyfau allan rhag ofn ymosodiad bleiddiaid. Gweld, o'r diwedd, fflamau canhwyllau mewn ffenestri diorchudd, fel sêr dirifedi i arwain y sant at y pentref tlawd, a'r cof am groeso'r pentrefwyr yn ysgafnhau calon Siôn. Am unwaith, derbyn croeso, yn wahanol i'r ofn a'r atgasedd arferol pan ddeuai ei filwyr at bentref. Rhannu'r bwydydd prin yn ddirwgnach, a'r cwrw'n llifo. Crythor y pentref, gyda'r chwaraewr *zither*, yn tiwnio'i offeryn a chwarae dawnsiau gwerin bywiog a chyflym. Y merched dibriod yn llygadu'r dynion, gan fod lifrai militaraidd yn rhywbeth rhamantus i ferched ifainc gwirion o bob gwlad.

Daliai Siôn i ddilyn y gynffon fach yn ddi-hid ar draws y wlad, ei feddwl ymhell yn Sacsoni. Cofiodd gymaint o falm i ysbryd ei ddynion oedd y noson honno. Ac roedd y pentrefwyr, hefyd, wedi elwa o'u cwmni. Gwnaethpwyd dathliadau'r flwyddyn honno yn rhywbeth arbennig, cofiadwy. Pan fyddai'r llancesi ifanc, gwirion yn hen wragedd heb ddant yn eu pennau, byddai'r atgofion yn cychwyn gyda'r geiriau, 'Wyt ti'n cofio'r flwyddyn pan ddaeth y milwyr cyfeillgar . . . ?' Fore trannoeth, daeth mintai fechan o wŷr ifanc y pentref gyda hwy i ddangos y ffordd yn ôl i Eger, pencadlys gaeaf y fyddin, ac arhosodd dau ohonynt i ymuno â'r fyddin. Un o'r ddau, Milan, oedd ei was erbyn hyn.

Rhedodd meddyliau Siôn ymlaen i gysidro'r angen sylfaenol sydd gan bawb am ychydig chwerthin a diddanwch, a ffieiddio at y ddeddf newydd honno y dywedodd Twm wrtho amdani, y ddeddf a waharddai unrhyw chwaraeon a diddanwch ar y Sul. Mor llwm oedd bywyd beunyddiol y rhelyw o'r boblogaeth, y tlodion. O leiaf fe gydnabyddai'r ffydd Gatholig hynny gyda'u holl ddyddiau saint, y lliwiau a'r defodau, a'r toriadau o waith di-ben-draw. Pryderai am y ffordd roedd y ffanatigiaeth bresennol yn lledaenu drwy'r wlad hon, ei grym yn cynyddu'n ddyddiol, yn cael ei yrru gan ysbryd mor dywyll a milain fel bod deddfau gormesol a gwrthun yn cael eu gorfodi ar y werin bobl. Y Sul oedd yr unig ddiwrnod o orffwys rhag llafur, ac os oedd pleser yn cael ei ddileu o'r Sul, ynghyd â phob gweithgaredd cymdeithasol, roedd yn golygu, mewn gwirionedd, fod hwyl a chwerthin yn cael ei wahardd o fywydau'r werin. Ar bob diwrnod arall, llafurio o fore gwyn tan nos oedd eu ffawd, er mwyn gallu cynnal eu teuluoedd, a'u cadw rhag newyn. Pa hawl oedd gan y ffanatigiaid hyn, gyda'u swyddi uchel yn y Senedd, i benderfynu sut roedd dyn i gyrraedd ei waredigaeth? Prin y gallai Siôn gredu fod daioni ysbrydol y genedl yn ddibynnol ar hunanymwadiad llwyr a disgyblaeth lem, fel yr honnai'r Piwritaniaid cul. Siawns nad oedd yna le, hefyd, i gyfeillgarwch, a mwynder cariad Iesu Grist? Onid oedd Walter Cradoc ei hun yn condemnio'r glynu yma wrth ddeddfau llym Iddewiaeth, gan anwybyddu gwyleidd-dra a chariad Crist at ei gyd-ddyn? Onid oedd llyfrau crefyddol yr Iddewon eu hunain yn dweud fod amser i bob pwrpas dan y nefoedd?

Doedd ganddo ddim gwrthwynebiad o gwbl i gadw sancteiddrwydd y Sabath, dadleuodd Siôn â'i hun, ond roedd angen, felly, cael amser penodedig arall ar gyfer ymlacio a chymdeithasu. Arweinwyr y byd materol oedd yn mynnu dehongli geiriau'r Llyfr Mawr yn hollol lythrennol – o leiaf y darnau hynny oedd yn cyd-fynd â'u dibenion hwy – a bod dyn i weithio chwe diwrnod yr wythnos. Roedden nhw'n elwa o hynny. Llafur y tlawd oedd yn eu cadw mewn moethusrwydd, ac yn rhoi'r hamdden iddynt feddwl am ffyrdd i sicrhau eu goruchafiaeth dros yr union anffodusion yna. Dim rhyfedd, felly, i syniadau Calvin ar ragordeiniad fod mor apelgar iddynt. Fyddai hi ddim yn rheitiach i amser y dynion deallus, moesol yma gael ei ddefnyddio i feddwl am ffyrdd i wella bywyd y tlawd a'r anghenus? Os oeddynt am gadw'r Sul ar gyfer addoliad yn unig, yna oni ddylid cadw diwrnod arall yn rhydd o waith? Ond fe fyddai hynny'n golygu colled i bocedi'r mawrion, meddyliodd Siôn yn sarrug, peth gwrthun iddynt.

Tu draw i'r ddadl yma, fodd bynnag, roedd amheuaeth yng nghefn meddwl Siôn fod y dynion hynny yn Nhŷ'r Cyffredin, Pym a'i griw, yn defnyddio elfennau eithafol Piwritaniaeth er mwyn creu ofn ac anghydfod. Cosbi a cheryddu am dorri eu deddfau crefyddol, gwasgu ar y bobl a barnu pawb ar yr un raddfa â'r gwaethaf o fewn y gymdeithas. Oherwydd y meddwon, gwahardd tafarnau; oherwydd hap-chwaraewyr, gwahardd chwaraeon; oherwydd y gwrthwynebwyr i'w syniadau cul, gwahardd cymdeithasu ar yr unig ddiwrnod o'r wythnos roedd hynny'n bosib. Creu awyrgylch o ormes ac anfodlonrwydd fyddai'n arwain at ysfa i wrthryfela, a sianelu'r ysfa yna i'w dibenion eu hunain. Os rhoddir tecell i ferwi ar y tân, a selio'r pigyn rhag i'r ager ddianc, yna mae ffrwydrad yn anochel. O wasgu i lawr ddigon ar unrhyw gymdeithas, bydd elfen o wrthryfel yn sicr o'i fynegi ei hun.

Mor ddwfn oedd Siôn yn ei feddyliau nad oedd wedi sylwi pa mor bell y crwydrodd. Deffrodd i'r sefyllfa'n sydyn wrth glywed Ryff yn cyfarth yn wyllt rhywle o'i olwg i lawr y llwybr, yna'r cyfarth yn troi'n wichiadau torcalonnus. Rhuthrodd i weld beth oedd yn bod, a chael ei hun yn ddisymwth allan o'r goedwig ac ar lwybr lletach. Gwelodd Ryff yn crogi gerfydd ei war o law llabwst o lanc oedd yn ysgwyd yr anifail bach fel tasai'n llygoden fawr.

'Rho'r ci 'na i lawr,' rhuodd Siôn arno, 'neu mi daga i dithau!'

Trodd y llanc i syllu'n gegrwth arno, gan arddangos ambell ddant melyn-wyrdd yn ymwthio allan o'r cnawd mall, llidus. O leiaf fe beidiodd yr ysgytian. Symudodd ei lygaid dwl yn araf i edrych dros ysgwydd chwith Siôn, a throdd yntau ar ei sawdl mewn braw. Rhy hwyr. Cydiodd dau ddihiryn yn ei ysgwyddau a dal ei ddwy fraich fel gelen wrth ei ochrau. Safai tri arall gerllaw. Ni thrafferthodd Siôn i geisio dianc; serch hynny, roedd ei holl gyhyrau'n effro i synhwyro'r eiliad orau i ddefnyddio'i nerth.

'Pwy 'ti, felly?' holodd un o'r dynion. Gwisgai gasgliad rhyfeddol o ddilladau, yr un allanol yn siercyn wlanog, llawer rhy fawr iddo, ei godrau'n cyrraedd dros ei bengliniau, a'r llewys wedi eu rowlio'n ôl er mwyn iddo allu defnyddio'i ddwylo. ''Sbio arnan ni, ia?'

Daeth ysgyrnygiad dwfn o wddf un o'i ddalwyr, sŵn y buasai Ryff wedi bod yn falch o'i gynhyrchu, a theimlodd Siôn y gafaeliad yn ei fraich yn tynhau. Daeth y siaradwr yn nes, a rhythu arno o'i gorun i'w sawdl.

'Gwbod be 'da ni'n neud i 'sbiwyr, twpsyn?' gwgodd y dyn bychan, gwantan, ei bwysau'n newid o un blaen troed i'r llall, fel petai'n geiliog pen domen. Aeth ei law i mewn i'r siercyn a thynnu allan bwtyn o gyllell rydlyd, y llafn wedi ei dorri i hanner ei faint gwreiddiol. Teimlai Siôn awydd chwerthin am ben y creadur bach od oedd yn dawnsio mor fygythiol o'i flaen, gan chwifio'i arf tila dan ei drwyn, ond roedd arno ofn y llafn budr, di-fin. Gallai un sgriffiad ysgafn o'r llafn yna roi twymyn angheuol i'r person iachaf.

'Dydd da i chi, Wiliam!' galwodd llais y tu cefn i Siôn, a chodwyd ef oddi ar ei draed a'i droi'n gorfforol i wynebu'r newydd-ddyfodiad. Thomas Jones oedd yno, melinydd o Aberdaron, yn gwenu'n rhadlon. Newidiodd y wên pan adnabu Siôn.

'Beth ydach chi'n wneud, Wiliam?' gofynnodd i'r siercyn llaes. Collodd hwnnw ychydig o'i sicrwydd, a dechreuodd ffidlan yn nerfus â'i gyllell, cyn ei rhoi'n ôl yn ei boced.

''Da chi'n nabod hwn, Mistar Tomos?' gofynnodd yn ansicr.

'Ydw, wrth gwrs! Siôn Rhisiart ydi o, mab Meinir Elias. Beth ydach chi'n wneud iddo fo?'

'Dim byd, dim byd,' meddai'r siercyn llaes yn gyflym, a gwên ffals ar ei wefusau. Amneidiodd ei ben, a gollyngwyd breichiau Siôn ar unwaith. Gwnaeth yntau sioe fawr o frwsio olion dwylo ei garcharwyr oddi ar ei lewys, cyn mynd i achub Ryff o afael y llabwst. Rhoddodd y ci bach i lawr ar ei draed, yn ddianaf heblaw am ei hunan-barch. Wrth iddo sythu, sylwodd Siôn fod nifer eraill o ddynion yn dod i lawr y llwybr y tu cefn i Thomas Jones, fesul dau a thri.

'Beth sy'n mynd ymlaen, Thomas?' gofynnodd Siôn.

'O, dim ond ychydig o hwyl diniwed, wsti,' oedd yr ateb dichellgar. Daeth y siercyn llaes ato'n afrosgo, ei law wedi'i hymestyn o'i flaen.

'Dal dim dig, gobeithio, yntê Siôn?' gyda phwniad ysgafn i'w fraich. 'Gwbod yn well tro nesa, yntê?' gyda winc gynllwyngar. Anwybyddodd Siôn y sylw, a throi ei gefn ar y dyn bach.

'Tyrd efo ni,' cynigiodd Thomas. 'Mi fydd y rhan fwyaf o'r pentref yna eisoes.'

Yn llawn chwilfrydedd, cerddodd Siôn ochr yn ochr â'r melinydd, a'r dihirod tu cefn. Cadwodd Ryff yn agos at

211

draed Siôn, gan daflu golwg amheus dros ei ysgwydd bob hyn a hyn, a chwyrnu ar y llabwst i'w atgoffa nad oedd wedi anghofio'i drosedd.

16

*Fy mab, ofna yr Arglwydd a'r brenin, ac nac ymyrr
â'r rhai anwastad: Canys yn ddisymwth y cyfyd eu
distryw hwy: a phwy a ŵyr eu dinistr hwy ill dau?*

Diarhebion, XXIV:21–22

Gwawdiodd Siôn ei hunan. Doedd ei syniadaeth aruchel
am fwynhad y gwerinwr a'i angen i gymdeithasu yn
werth dim o edrych ar farusrwydd ysgeler y dynion wrth
iddynt werthuso pob pâr o geiliogod cyn gwario'u harian
prin ar hapchwarae. Nid oedd ymladd ceiliogod at ei
ddant ef. Pwysodd ei gefn yn erbyn y cerrig bwaog fu
unwaith yn ffurfio mynedfa i'r eglwys adfeiliedig lle
gallai wylio'r tu mewn a'r tu allan, gan adael i Thomas
Williams fynd i fwynhau ei hun.

Ffurfiwyd yr ymladdfan ceiliogod allan o furiau di-do
yr hen eglwys, darn o ganfas wedi ei ledaenu dros y rhan
orllewinol i gynnig lloches rhag glaw. Ffurfiwyd cylch yn
y canol, llawn blawd llif, allan o hen ddarnau o goed, ac
roedd nifer o bobl eisoes wedi'u sefydlu eu hunain o'i
amgylch. Cymerodd y siercyn llaes a'i gyd-ddihirod eu lle
wrth y cylch a dechrau cynnig prisiau hap ar yr
ymladdwyr. Safai casgen enfawr ar dreseli tu allan i'r
fynedfa, a dyn trwm, blewog, yn ei bedwar-degau, yn
gwerthu cwrw ohoni i'r rhai a allai dalu amdano. Roedd
dynes olygus yn ei helpu: heb fod yn hen eto, ond ddim
yn ifanc chwaith, gyda'r ffraethineb hwnnw sy'n
amlygu'r dafarnwraig brofiadol. Chwarddai'r dynion o'i
chwmpas yn rhydd.

Roedd yr ymgyrch gyntaf newydd ddechrau pan farchogodd criw bychan o ddynion bonedd at yr adfeilion. Llwyddodd Siôn i roi enw i rai o'r wynebau: Prins Griffith o Gefnamwlch, a welsai rhyw bythefnos ynghynt yng ngerddi Bodwrda, a chydag ef, Owen, brawd ieuengaf John. Torsythodd Prins wedi iddo neidio oddi ar ei geffyl, a cherdded at y gwerthwr cwrw. Archebodd dancer ar gyfer pawb o'i griw. Roedd y wraig yn eiddgar i'w ddifyrru, gan wenu'n aml arno, a phan drodd yntau i ffwrdd i gyfeiriad yr ymladd, dilynodd ef, gan siarad drwy'r amser a phlycian yn llewys ei ddwbled. Ni wrthodai Prins ei sylw, chwaith, ac wrth basio Siôn, rhoddodd gusan iddi. Sibrydodd rywbeth yn ei chlust a wnaeth iddi chwerthin, a'i gwthio o'i flaen tuag at y cylch gyda thrawiad ysgafn ar ei phen-ôl. Wrth ei dilyn, trodd Prins ei ben a digwydd gweld Siôn. Cyfarfu eu llygaid am ennyd, talcen Prins yn crychu mewn ymdrech i gofio, yna'n clirio pan ddaeth goleuni.

'Meistr Siôn Rhisiart, milwr, yntê?' meddai, gan wneud moesymgrymiad bychan iawn.

'At eich gwasanaeth, syr,' atebodd Siôn, gan foesymgrymu'n ôl, yn ansicr a oedd gwawd yn llais y bonheddwr. Ond cyflwynodd Prins ei gydymaith ifanc i Siôn yn naturiol ddigon, a nodiodd y ddau ar ei gilydd yn ddymunol.

'Hoff o ymladd ceiliogod, syr?' gofynnodd Prins wedyn.

'Na, ddim yn arbennig,' atebodd Siôn. 'Mwy o hap a damwain fy mod i yma, a dweud y gwir. Gellid dweud mai'r ci arweiniodd fi ar gyfeiliorn.'

Roedd y ci dan sylw wedi penderfynu bod hwn yn lle andros o ddiddorol, llawn posibiliadau o bob math, gan gynnwys y gobaith o ddal briwsion o'r pecynnau bwyd y gallai eu harogli ymysg y gynulleidfa. Cododd ei glustiau wrth glywed Siôn yn siarad amdano, a rhoi ysgytwad bach i'w gynffon. Roedd Siôn wedi bod yn ddigon hirben i glymu tamaid o gortyn yn ei goler erbyn hyn, a doedd o ddim am ollwng y pen arall o'i afael ar unrhyw gyfrif.

'Diddorol dros ben, syr,' meddai Prins, gan syllu i lawr ar Ryff gyda gwên. 'Rhaid i chi egluro.' Gafaelodd ym mraich Siôn mewn ffordd gyfeillgar, a'i arwain at y man lle'r oedd dynes y gasgen gwrw'n eistedd. Adroddodd Siôn ei stori mor ffraeth ag y gallai, gan chwyddo'r cyfarfod gyda'r siercyn llaes. Chwarddodd Prins yn braf, a gwneud ambell sylw smala wrth dorri drwy'r dyrfa fel cyllell boeth drwy fenyn. Roedd pawb yn y gynulleidfa'n adnabod yr uchelwr yma'n rhy dda. Dyn hawddgar, hael, llawn hiwmor gyda'i ddeiliaid os oeddynt yn cadw'r ochr orau iddo, ond dyn anhrugarog, oer fel arall. Daeth Owen i eistedd ar ochr arall Siôn, ac wedi i Prins droi at y wraig chwareus, sibrydodd yng nghlust Siôn.

'Wnewch chi ddim sôn wrth John fy mod i'n y fan hyn, na wnewch, syr? Dydi o ddim yn meddwl y dylswn i ddod i ymladd ceiliogod ar y Sul.'

'Wna i ddim yngan gair, lanc,' atebodd Siôn, 'er i mi dybied ei fod yn llygad ei le.'

Roedd ymgyrch arall newydd ddechrau, y llwch lli wedi ei gribinio o olion gwaed yr anfuddugol diwethaf. Cylchai'r ymladdwyr ei gilydd, eu cribau'n goch ac aruchel o waed, wedi i'w perchnogion eu cynddeiriogi cyn yr ymgyrch. Y dyrfa'n bloeddio'n groch wrth i ambell ymosodiad ffug gael ei wneud, ambell arddangos adenydd wrth i'r ddau lygadu ei gilydd. Ymddangosai'r ceiliogod o bwysau a maint cyfartal, er yn nhyb Siôn roedd y ceiliog â'r fron frith yn fwy ymosodol, a'i lygaid yn ffyrnicach. Ac roedd yn llygad ei le: y ceiliog brith ymosododd gyntaf, y sbardunau'n hedfan wrth i'r naill geisio rhwygo'r llall yn ddarnau. Doedd dim pleser i Siôn o wylio'r fath ysgarmes, er bod gweddill y gynulleidfa'n mynd yn gynddeiriog a'r twrw'n fyddarol. Drwy drugaredd, ni pharhaodd yn hir, ac roedd cymeradwyaeth o du cefnogwyr y ceiliog brith wrth iddo dorsythu dros ei elyn, a hwnnw bellach yn dalpyn rhwygedig, gwaedlyd ar lawr, y corff difywyd yn dal i grynu a phlycian yn y llwch lli. Er ei fod wedi gweiddi mor groch ag unrhyw werinwr, trodd Prins yn dawel at Siôn.

'Wnaethoch chi ddim mwynhau'r frwydr, Meistr Rhisiart?'

'Nid un o'm hoff chwaraeon,' cyfaddefodd Siôn.

'Na, braidd yn anfad, rwy'n cydnabod, ond mae'n bleser i'r gwerinwr.'

Clywodd Thomas Jones y melinwr ei eiriau, a'u gwrthwynebu. Roedd wedi gweld Siôn o ochr arall y cylch yn ystod yr ysgarmes ddiwethaf, ac wedi cymryd mantais ar yr ysbaid rhwng y brwydrau i groesi ato, a chlywed geiriau Prins.

'Sgweiar,' dechreuodd siarad yn danllyd, 'mae'n chwarae llawer mwy gonest na'ch hebogiaid a'ch hela sgwarnogod chi!'

'Sut ydych chi'n dod i'r casgliad yna, Mistar Jones?' gofynnodd Prins yn foneddigaidd. Roeddynt yn amlwg yn adnabod ei gilydd yn dda.

'Meddyliwch am y peth,' meddai Thomas. 'Fan hyn, fel y gwelwch, dau greadur, o'r un rhywogaeth, yr un maint, yr un tueddiadau. Digon o ddewrder a'r ysfa i gwffio'n ddwfn yn eu cyfansoddiad. Maen nhw'n gwneud yr hyn fwriadodd Duw iddynt wneud, a pha ddrwg os ydi dyn yn cael mwynhad o'u gwylio? Ond mae'ch chwaraeon bonedd chi'n rhywbeth cyfan gwbl wahanol.' Ysgydwodd Thomas ei ben yn ffyrnig, a derbyn tancer o gwrw gan gydymaith.

'Ewch ymlaen, Mistar Jones,' mynnodd Prins. 'Rwyf wedi fy nghyfareddu gan eich dadl.'

216

'Wel,' meddai Thomas, wedi llymaid arall o gwrw. 'Edrychwch arni fel hyn. Mi rydach chi'r bonedd yn gwawdio'n chwaraeon ni, ond cymerwch chi hela sgwarnogod. Cnud o gŵn rheibus yn cwrsio un o greaduriaid mwyaf diniwed y Bod Mawr, creadur sy'n adnabod dim ond ofn, creadur na all amddiffyn ei hun yn erbyn unrhyw beth heblaw sgwarnog arall. Ei unig obaith yw dianc, a dyma chi'r bonedd yn ei weld yn hwyl ryfeddol i wylio'r creadur bach yn cael ei rwygo'n ddarnau! I'm meddwl i, syr, chwarae llwfr, cachgïaidd ydi hynny!'

Roedd sawl clust wedi gwrando ar eiriau penboeth Thomas Jones, a chlywyd ambell 'Clywch, clywch!' yma ac acw. Gyda'r ysgogiad yma, mentrodd Thomas ymhellach. 'A dyna'r hebogiaid yna 'da chi'n eu hedfan,' maentumiodd. 'Rydach chi'n anfon y lladdwyr didostur yna yn erbyn cwningod ac adar bach sy'n ddiniweitiach hyd yn oed na'r sgwarnogod! Wir i chi, syr, mae'n well gennym ni'r werin wylio cystadlaethau teg, cyfartal. Tebyg yn erbyn ei debyg. Ceiliog yn erbyn ceiliog, dyn yn paffio neu reslo yn erbyn dyn.' Cymerodd ddracht hir o'i gwrw, a sychu ei geg â chefn ei law. 'Ac ar ben hynny,' aeth ymlaen, wedi meddwl am ysbaid, 'rydych chi'n creu deddfau sy'n cadw'r dyn cyffredin rhag hedfan yr adar gwell, er mwyn i chi gael y goreuon! Dim ond rhyw gudyll da-i-ddim gawn ni ei hedfan!'

Chwarddodd Prins yn uchel, gan feddwl mai dim ond hyn oedd y tu cefn i ddadl y dyn: cenfigen o'i well. 'Thomas Jones,' meddai, 'rwyt ti'n werth y byd! Gad i mi brynu peint o'r cwrw 'ma i ti.'

Roedd Siôn yn ddiolchgar pan gododd y ddau a gadael y cylch, gan roi cyfle iddo yntau ddianc. Doedd dim awydd ganddo wylio sgarmes arall. P'un bynnag, roedd Ryff wedi ennyn gwg o sawl cwr yn ystod y frwydr ddiwethaf drwy ddangos awydd cryf i ymuno yn yr ornest, a chafodd Siôn gryn drafferth i'w gadw'n dawel. Arhosodd Owen yn ei sedd, wedi darganfod enaid haelionus iawn ei ffafrau yng ngwraig y gasgen gwrw.

Tra prynai Prins y cwrw, cyrhaeddodd dau farchog arall a'u gweision: Alex Bodfel, ac wrth ei ochr, ŵr ifanc hynod o olygus. Roedd y ddau'n marchogaeth ceffylau llwyd ysblennydd o dras Andalusiaidd, a sylwodd Siôn fod Prins yn taflu llygad gwerthfawrogol dros y meirch.

'Ceffylau o fri gennyt, Bodfel,' meddai, wrth i'r ddau neidio i'r llawr.

'Diolch iti, Prins. Maen nhw'n hynod, yn tydyn? Wedi eu mewnforio nhw o Cadiz, wsti. Telais ffortiwn amdanynt.'

Cerddodd Prins o'u hamgylch yn llawn edmygedd, ac ymddangosodd Owen o unman i syrthio mewn cariad â'r anifeiliaid yn syth, tra aeth gwraig y gasgen gwrw yn angof llwyr. Tra canai Prins ac Owen glodydd y meirch efo Bodfel, cafodd Siôn gyfle i astudio cydymaith y gŵr. Roedd wedi gwisgo yr un mor orwych â Bodfel, eu gwisgoedd wedi eu haddurno â bandiau o les trwm am y gyddfau a'r llewys, a phlu estrys anferth yn eu hetiau. Disgynnai ei wallt euraid mewn cylchoedd taclus am ei ysgwyddau, gwallt y buasai unrhyw ferch yn genfigennus ohono. Biti i'r geg gam, faldodus, a'r llygaid caled, oer, amharu ar y darlun o brydferthwch. Roedd pawb yn amlwg yn rhy iselraddol iddo wastraffu'i amser arnyn nhw. Wedi un edrychiad diflas ar y cwmni, trodd i ffwrdd i syllu i'r pellter.

Roedd Bodfel, ar y llaw arall, yn llawn cwrteisi a chyfeillgarwch. Treuliodd rai munudau'n siarad â Prins, a gofyn i Owen am ei farn ynghylch y sbort hyd yma. Roedd Siôn ar fin troi i ffwrdd pan siaradodd Bodfel ag ef.

'A chi ydi Siôn Rhisiart,' dechreuodd yn glên.

'Doeddwn i ddim yn eich adnabod ddiwrnod y mwstwr.' Moesymgrymodd yn esmwyth. 'Rwyf wedi clywed llawer yn eich cylch gan eich llystad. Mae o'n ymddangos yn falch iawn o'ch cael chi adref, yn arbennig wedi i chi wneud cymaint o lwyddiant o'ch bywyd.'

Heb wybod yn iawn sut i ymateb i hyn, moesymgrymodd Siôn iddo yntau, a buasai wedi troi i ffwrdd eto oni bai i law Bodfel ddisgyn ar ei fraich yn ysgafn. 'Ddim yn mynd, debyg?' meddai, gan lwyddo i swnio'n siomedig. 'Ond dydyn ni ddim wedi cael y pleser o'ch cwmni eto. Peidiwch â mynd.'

'Mae'n rhaid i mi, mae arna i ofn,' ymddiheurodd Siôn. 'Mae gen i fusnes arall yn disgwyl.' A dweud y gwir, newydd gofio'n sydyn am ei addewid i John roedd o.

'Yna cyn i chi fynd, gadewch i mi'ch gwahodd chi – a Prins ac Owen, wrth gwrs – i adloniant bach rwyf am ei gynnal yn Nhŷ Mawr. Mi anfonaf gardiau at bawb gyda'r manylion. Rwy'n ysu am gael clywed eich hanesion cyffrous,' aeth ymlaen yn llawn gormodiaith. 'Rwy'n marchnata â'r holl wledydd tramor yma, ond anaml yn ymweld â hwy. Rhaid i chi ddeud popeth amdanyn nhw wrtha i! Mi anfonaf y gwahoddiad i'r efail, ia?'

'Diolch yn fawr, rydych yn garedig tu hwnt.' Rhoddodd Siôn glic milwrol i'w sodlau, symudiad a edmygwyd yn fawr gan Bodfel, a dechrau cerdded i ffwrdd wrth i'r siercyn llaes alw pawb i mewn am yr ornest nesaf. Bu ond y dim i Siôn chwerthin a throi rownd pan glywodd y gŵr ifanc prydferth yn dweud rhywbeth wrth Bodfel mewn iaith dramor, ond llwyddodd i gadw'i wyneb yn syth a cherdded ymlaen, a Ryff wrth ei sodlau.

'Aros funud,' galwodd llais Prins ar ei ôl. 'Rydw i am gael sgwrs bellach efo ti.'

'Ond does gen i fawr o amser i sgwrsio, syr. Mae John yn fy nisgwyl ym Modwrda, ac mae hi'n gryn ffordd i

219

gerdded. Doeddwn i 'rioed wedi meddwl crwydro mor bell oddi cartref . . . '

'Taw, wnei di,' torrodd Prins ar ei draws. 'Fyddwn ni ddim chwinciad yn cyrraedd ar gefn ceffyl.'

'Ond does gen i . . . '

'Ia, mi wn i. Moi!' bloeddiodd ar ei was. 'Tyrd â'r ceffylau yma.'

'Ydan ni'n mynd rŵan?' holodd Owen yn siomedig, wedi prysuro i ddal i fyny â'r ddau.

'Mae Siôn a minnau'n mynd,' atebodd Prins, 'ond rwyt ti a Moi yn aros yma i fwynhau'r hwyl. Rho dy geffyl i Meistr Siôn, wnei di Moi?' meddai wedyn, wrth i'r gwas arwain y ceffylau at ei feistr. 'Mi gei di gerdded i Aberdaron i'w nôl wedyn.'

'Alla i ddim marchogaeth yn gyflym efo'r ci bach yma, syr,' gwrthwynebodd Siôn. 'Mi fasai'n ormod i'w goesau byrion.'

'Rho'r tennyn i Moi, yntê. Mi gaiff o 'i ddychwelyd pan ddaw i nôl y ceffyl.'

Gwrthwynebodd Siôn hynny hefyd, a chydag ochenaid ddiamynedd, trodd Prins i ffwrdd a cherdded at berchennog y ceiliog anfuddugol. Gwyliodd Siôn ef yn rhoi rhywbeth i'r dyn, ac yn cymryd y cawell gwiail gwag o'i law. Daeth yn ôl at Siôn, a chynnig y cawell iddo.

'Cymera hwn,' meddai, 'ac os bydd y ci'n methu cadw i fyny, rho fo yn y cawell a'i gario ar dy gyfrwy.' Doedd dim amdani ond ufuddhau.

Nid oedd yn bosib teithio'n gyflym i fyny'r llethr coediog, a manteisiodd Prins ar hynny i holi Siôn. Wedi peth mân siarad, gofynnodd pa iaith oedd y gŵr ifanc gyda Bodfel wedi'i siarad.

'Holandeg,' atebodd Siôn.

'Ac mi wnest ti ddeall, yndo? Mi welais i dy wyneb di.' Anesmwythodd Siôn wrth glywed y sylw yma. Byddai'n rhaid iddo fod yn fwy gwyliadwrus yn y dyfodol. 'Beth ddwedodd o?' gofynnodd Prins wedyn, gan adael Siôn mewn cyfyng-gyngor.

'O, dim byd o bwys,' ceisiodd ateb.

'Ond yn ddigon i wneud i ti chwerthin,' mynnodd Prins. 'Beth ddwedodd o?'

Feiddiai o ddweud y gwir, meddyliodd Siôn yn gyflym. Sut y gallai ddweud wrth y dyn canol oed ymffrostgar yma fod y llanc prydferth wedi ei alw'n chwilen dail, ac y dylai ei lusgo'i hun yn ôl i'r domen agosaf?

'Wedi gweld y creadur hwnnw gyda'r siercyn llaes,' eglurodd Siôn gan groesi ei fysedd. 'Dweud ei fod fel chwilen ddu anferth, ac y dylai lusgo'i hun i'r domen dail agosaf.'

Chwarddodd Prins yn ysgafn. 'Ia, doedd gan ein ffrind fawr o feddwl o'r cwmni,' cytunodd, 'a gormod o'r hanner o feddwl ohono'i hunan, decini. Sut y daeth creadur o'r fath i gwmni Bodfel, ys gwn i?'

'Fe ddywedodd rywbeth am farchnata mewn gwledydd tramor. Efallai ei fod yn delio â marsiandïwyr Amsterdam, neu Antwerp. Mae digon o Holandwyr yn y fan honno hefyd.'

'Ac rwyt ti'n siarad eu hiaith, felly?'

'Rhyw ychydig,' cydnabu Siôn. 'Mi hwyliais i un tro ar long o'r Iseldiroedd, a'r morwyr yn cael hwyl yn fy nysgu.'

'A sawl iaith arall sydd gen ti?'

Cododd Siôn ei ysgwyddau. Nid oedd yn hoffi ateb cwestiynau amdano'i hun. 'Rhyw un neu ddwy,' atebodd yn swta.

Bu distawrwydd rhyngddynt am ychydig, wrth iddynt orfod teithio, un tu ôl i'r llall, ar y llwybr cyfyng. Toc, dechreuodd Prins ei holi eto.

'Ddywedodd rhywun wrtha i mai efo Walter Leslie oeddet ti?'

'Ie, ers y dauddegau hwyr.'

'Fe gwrddaist ti â von Wallenstein, felly, Cadfridog byddinoedd yr Ymerawdwr?'

Gwyddai Siôn ei fod ar dir peryglus iawn. Pwy oedd y dyn yma i wybod cymaint o hanes yr Ymerodraeth? Faint mwy a wyddai? Beth oedd ei bwrpas yn holi fel hyn? A beth wyddai amdano ef, Siôn?

'Rydych chi'n wybodus iawn, syr,' oedd ei ateb.

'Gwybodaeth yw arian y call, medden nhw. Gall cyfnewid gwybodaeth arwain at gyfoeth mawr.'

'Digon gwir, syr, ond milwr cyffredin ydw i. Wn i ddim am ddim byd, dim ond ufuddhau i orchmynion fy ngwell.'

'Os mai dyna'r gwir, rwyt ti'n anghyffredin o lwyddiannus,' atebodd Prins yn sych. 'Pa filwr cyffredin sy'n gallu teithio ar draws Ewrop ar fympwy i ddod adref, a digon o arian i brynu gwisgoedd drudfawr?'

Ni feiddiai Siôn ddweud yr un gair. Syllodd yn ei flaen gan geisio anwybyddu'r cwestiynau. Ond doedd dim taw ar y dyn.

'A thlysau. Mae modrwy fel yr un sydd gennyt yn siŵr o fod werth arian mawr. Anrheg gan ferch gyfoethog, efallai?' Roedd y dôn yn un chwareus, ond sylweddolodd Siôn fod y gêm o ddifrif. Penderfynodd droi'n ymosodol. Daliodd ei law allan, y fodrwy'n amlwg i'r byd.

'Pam? Ydach chi wedi *gweld* un fel hyn o'r blaen?' Cafodd y mwynhad o weld Prins yn tynnu'n ôl fymryn.

Chwaraeodd gwên fach ar wefusau'r dyn. 'Naddo,' cyfaddefodd, 'dydw i 'rioed wedi gweld un fel yna o'r blaen.' Edrychodd i ffwrdd oddi wrth Siôn, ac meddai wedyn mewn llais bach ysgafn, 'Dim ond hoffi holi fydda i, wsti, hoff o holi am bopeth. Dyna pam roeddwn i'n holi am von Wallenstein. Roedd pob math o straeon yn Llundain pan ddaeth newyddion am ei lofruddiaeth.'

'Dienyddiad, nid llofruddiaeth,' atebodd Siôn ar unwaith, ac edifarhau'n syth. Roedd wedi disgyn i mewn i'r fagl mor rhwydd â glaslanc.

'Oeddet ti yno, felly? Mi glywais i mai Prydeinwyr laddodd o.'

'Nid y fi oedd yn gyfrifol, os mai dyna'ch ensyniad chi, syr,' meddai'n stiff.

'Feddyliais i 'rioed y fath beth,' atebodd Prins. Ond saethwyd y cwestiwn nesaf allan fel bwled o wn. 'Pwy oedd yn gyfrifol, felly?'

Gwyddai Siôn na fyddai cyfraith Lloegr, nac unrhyw wlad arall o ran hynny, yn gallu amharu dim ar y dyn arbennig hwnnw, gan iddo fod bellach o flaen ei well yn y Nefoedd – neu yn Uffern.

'Walter Butler,' atebodd yn ddistaw. 'Gwyddel, teulu'r Ormerod. Ond penderfyniad tribiwnlys milwrol oedd y dienyddio. Roedd von Wallenstein yn fradwr, ac yn llwfrgi. Pe byddai heb roi'r arwydd i dynnu'n ôl yn Lützen, a Brenin y Llewod newydd ei ladd, mi fydden ni wedi ennill buddugoliaeth. Ni fyddai hanner y nifer o golledion, ac fe fyddai diwedd, mwy na thebyg, ar y rhyfel.'

'Brenin y Llewod?' holodd Prins mewn penbleth.

'Gustavus Adolphus, Brenin Sweden,' eglurodd Siôn. 'Dyna beth oedd y Protestaniaid yn ei alw – Brenin y Llewod.'

'Wyt ti wedi troi'n Babydd, felly?' holodd Prins yn ddistaw.

'Naddo,' oedd yr ateb swta.

'Dwyt ti 'rioed yn anghrediniwr, 'ta?'

Diflasodd Siôn ar yr holl holi. 'Na, syr, dydw i ddim. Rwy'n Gristion i'r carn, er i mi deithio drwy wledydd y

Mwslim yn ne-ddwyrain Ewrop a gweld tipyn o'u crefydd. Maent hwythau'n credu'n gydwybodol mai eu Duw hwy yw'r gwir Dduw, ac mai anghredinwyr yw gweddill y byd,' gorffennodd yn isel ei ysbryd.

'A beth yw dy farn di?'

Meddyliodd Siôn yn ofalus cyn ateb. Gofynnodd iddo'i hun eto pwy oedd y dyn yma mewn gwirionedd? Oedd o'n rhyw fath o asiant i'r llywodraeth, yn archwilio hereticiaid? Feiddiai o ddweud ei wir feddwl wrth ddieithryn a'i gael ei hun, o ganlyniad, ynghlwm wrth bostyn a choelcerth yn ei losgi'n fyw? Edrychodd o'i gwmpas ar fyd natur i ddarganfod ateb.

'Wel?' mynnodd Prins. 'Wyt ti o blaid goddefgarwch, felly?'

Cododd Siôn ei ysgwyddau. 'Onid yw'n dweud yn y Beibl fod pob Iddew a phob Groegwr, pob caethwas a phob dyn rhydd, pob gŵr a phob gwraig, yn gyfartal yng ngolwg Crist? Rhaid cyfaddef fod yr holl ffraeo yma rwy'n ei glywed ynglŷn â lleoliad yr allor yn yr eglwys, a'r cwestiwn a oes rheiliau i fod o'i amgylch ai peidio, yn ymddangos i mi'n rhesymau digon pitw dros rwygo cenedl. Pam na all pawb addoli yn eu ffyrdd eu hunain, a chwilio'n eu calonnau am oleuni Duw? Ydi Duw a Christ yn poeni, mewn gwirionedd, os yw pobl yn addoli ynghanol yr eglwys neu yn y dwyrain?'

'Mae dehongli gair Duw yn fater difrifol, a dynion dysgedig dros y canrifoedd yn dadlau dros bob gair. Nid rhyw fympwy, neu hap a damwain, fel yr wyt ti'n ei awgrymu,' atebodd Prins. 'Felly, nid yw crefydd yn bwysig i ti?'

'Wrth gwrs ei fod o'n bwysig,' anghytunodd Siôn. 'Crefydd ydi'r peth pwysicaf ym mywyd dyn! Ond nid pan mae'n cael ei gamddefnyddio gan orthrymwyr i ladd ac ennill golud ar draul pobl ddiniwed. Gwaith y Diafol ydi hynny, rhwysg ac ymffrost yng nghalonnau'r mawrion yn gwneud iddynt gredu – a mynnu – eu ffordd eu hunain; yn waeth na hynny, yn credu fod Duw y tu cefn iddyn nhw.'

'Taw, taw, Siôn bach,' meddai Prins gan hanner chwerthin. 'Lwcus mai dim ond y fi sydd yma, neu mi fyddet o flaen dy well am deyrnfradwriaeth!'

Syllodd Siôn arno'n hir, a theimlo emosiwn agos iawn at gasineb. 'Roeddech chi'n holi am Albrecht von Wallenstein yn gynharach, syr,' meddai'n araf. 'Dyna i chi beth ydi teyrnfradwr. Gŵr sy'n troi ei gefn ar bob safbwynt moesol allai ei rwystro rhag ei ddibenion distadl. Un sy'n fodlon aberthu bywydau ei gyfeillion a lluoedd dirifedi eraill er mwyn ei anghenion trachwantus ei hun. Hyd yn oed at ei funud olaf yn Eger, fe geisiodd von Wallenstein droi'r fyddin yn erbyn Ferdinand, yr Ymerawdwr, a'n cael i ymuno ag ef a Terzka mewn gwrthryfel.'

'Wyt ti'n credu mewn teyrngarwch a ffyddlondeb, felly?'

'Ydw. Ydych chi?'

'Wrth gwrs, Siôn Rhisiart, wrth gwrs. Rydyn ni'n gytûn, felly.'

Yn fuan wedyn, ffarweliodd Prins â Siôn ynghanol rhos yr hirwaun. Trodd i gyfeiriad Cefnamwlch, gan addo y deuai gwas i nôl y ceffyl yn y man. Wedi cyrraedd y gwastatir llyfn, gwthiodd Siôn y ci druan i'r cawell gwiail, a chlymu'r cyfan yn dynn i'w gyfrwy. Sbardunodd ei geffyl i gyfeiriad Aberdaron, a chlustiau Ryff yn chwifio yn y gwynt wrth iddynt groesi'r rhos ar garlam gwyllt.

Dringodd Siôn i'w wely yn hynod o flinedig. Roedd wedi bod yn ddiwrnod maith tu hwnt, ac yntau wedi gorfod gwastraffu ei amynedd prin yn ceisio cadw ar yr ochr iawn i John. Ochneidiodd wrtho'i hun wrth gofio'r ffordd roedd John, yn erbyn pob dadl resymegol, yn mynnu bod darganfyddiad yr hen ddarn aur, o oes Harri'r Pedwerydd, yn ôl John, yn cysylltu'r ficer ag Enlli, a môr-ladron, a thrysor. Damcaniaeth John oedd bod y ficer wedi darganfod y darn aur, yng nghwmni Dafydd Rhys a John Price, fel rhan o drysor môr-ladron ar Ynys Enlli, a bod y ddau arall wedi ei ladd er mwyn cael y trysor i gyd iddynt eu hunain. Ni wyddai Siôn sut y gallai John gymryd y naid o fod gweddw'r ficer wedi cael hyd i'r darn yn y Beibl i'w ffantasi am Enlli a môr-ladron, ond unig effaith ei ymdrechion i dynnu sylw John at hynny oedd i hwnnw droi'n styfnig, a'i atgoffa'n ffroenuchel mai er ei fwyn ef, Siôn, yr oedd John yn mynd i'r drafferth i wneud yr holl ymholiadau yma.

Treuliwyd gweddill yr amser yn y llyfrgell yn tin-droi dros yr hyn a wyddent, heb ddod i unrhyw gasgliadau newydd. Roedd John â'i fryd, hefyd, ar ddarganfod lle cafodd y corff ei dorri i fyny, er na hoffai awgrym Siôn fod selerydd Bodwrda'n lle campus a chuddiedig i'r fath weithred. Doedd dim gobaith yn y byd o ddarganfod na'r seler na'r ogof na'r cwt mochyn wedi'r holl amser, felly pam gwastraffu amser ar ryw hela sgwarnog dibwrpas? Daeth y cyfarfod i ben gyda Siôn yn addo ceisio cael gair arall ag Ifan a Mari Grepach, er y credai Siôn y byddai'r hen Fari'n fwy tebygol o lawer o siarad yn rhwydd yng nghwmni merch fel Catrin.

O leiaf daeth y cof am weddill ei ymweliad â Bodwrda â gwên i'w wyneb a balm i'w ysbryd. Wrth i John ei hebrwng i lawr y grisiau, clywsant leisiau'n canu yn y parlwr, ac mewn ysbryd annisgwyl o letygarwch, gwahoddodd John ef i aros gyda hwy am lymaid bach cyn mynd adref. Catrin a Meistres Dorothy oedd wrthi'n canu, Catrin yn chwarae'r firdsinal, a Meistres Jane yn gynulleidfa iddynt. Ond o fewn eiliadau o ddyfodiad y dynion, roedd y ddwy hen ferch wedi eu hesgusodi eu hunain. Un peth rhyfedd ddigwyddodd wrth iddynt ymadael oedd fod Meistres Dorothy wedi aros am ennyd o'i flaen, ac wedi cyffwrdd ei foch â'i llaw gan furmur 'Siôn Rhisiart' a gwenu. Gallai ddweud o'r olwg ar wynebau'r gweddill eu bod wedi eu synnu'n fawr â'r digwyddiad.

Ceisiodd ei suo'i hun i gysgu drwy ail-fyw y munudau'n dilyn hynny. Fe gynigiodd chwarae'r liwt pe bai Catrin yn parhau wrth yr allweddau, a thra oedd y ddau'n tiwnio, gadawodd John yr ystafell i chwilio am Rhobart. Dyna pryd y cafodd yr hyfrdra i ganu'r fadrigal awgrymus honno iddi, a hithau'n hanner chwerthin, hanner ofnus wrth i'w lais godi i nodau uchel uchafbwynt y pennill,

> 'To see, to hear, to touch, to kiss, to die,
> With thee again in sweetest sympathy.'

Gobeithiai y byddai'n gallu ymestyn melyster yr eiliadau hynny i'w freuddwydion, a blasu awgrymiadau'r gân yn ei gwsg.

Yn yr efail fore trannoeth, llwyddodd i gythruddo Twm drwy holi pawb o'i gwsmeriaid a oeddynt yn cofio'r enwau Dafydd Rhys a John Preis, ond heb unrhyw lwyddiant. Erbyn amser cinio, roedd Twm wedi cael digon.

'Yli, Siôn,' meddai o'r diwedd. 'Mi ddeudis i 'mod i'n fodlon helpu, mi wn, ond mi fasa'n dda gen i tasa ti ddim yn holi'n yr efail.'

'Ond . . .'

'Na, gwranda arna i. Mi fyddi di 'di gyrru 'nghwsmeriaid i ffwrdd i gyd fel hyn! Does 'na neb isio cael ei groesholi pan mae o'n dod i drwsio'i bladur neu'i gryman.'

'Ond dim ond gofyn oeddan nhw'n adnabod Dafydd Rhys a John Preis ydw i,' protestiodd Siôn.

Dyna pryd y cyrhaeddodd gwas ffarm Bodermid.

'John Preis ddwedest ti?' meddai hwnnw, 'John Preis o Nefyn?'

Er mawr siom i Twm a gorfoledd i Siôn, datgelwyd bod gwraig y gwas yn chwaer-yng-nghyfraith i'r John Preis yma o Nefyn, a do, mi fuo fo'n gweithio am gyfnod i Alex Bodfel ar Enlli, a dyn o'r de, o Aberaeron neu Gei Newydd, gydag ef, ac ie'n wir, roedd bron yn sicr mai Dafydd Rhys oedd enw'r deheuwr hwnnw. O weld y cuwch ar wyneb Twm, penderfynodd Siôn y byddai'n ddoethach iddo orffen ei holi yn rhywle arall. Gwahoddodd y gwas i ymuno ag ef am ginio a chwrw bach yn y Llong, a derbyniodd y gwas ei wahoddiad yn llawen.

Dros biser o gwrw a phlataid o bastai cocos, rhedodd tafod y gwas yn rhwydd wrth i'r atgofion ffrydio'n ôl i'w feddwl. Oedd, roedd wedi gweld y ddau yng nghwmni'r hen ficer. Am beth amser cyn i hwnnw gael ei ladd, roedd y tri ohonyn nhw'n aml yn y dafarn, yn brolio sut y bydden nhw'n ddynion cyfoethog cyn bo hir. Doedd neb arall o'r pentrefwyr wedi rhoi fawr o goel ar y brolio, a hwythau wedi hen arfer â geiriau gwag y ficer. Ond fe gofiai iddo fod yn gwylio gwartheg Bodermid un diwrnod ar y clogwyni uwchben Porth Meudwy, a gweld y tri, y ficer, John a Dafydd, yn siarad ag Alex Bodfel. Roedd ganddyn nhw gwch, ac fe rwyfodd y tri allan am Enlli ynddi, gan adael Meistar Bodfel ar y traeth.

Alex Bodfel, meddyliodd Siôn yn fyfyrgar wedi i'r gwas fynd yn ôl yn anfodlon at ei ddyletswyddau. Roedd yr enw hwnnw'n codi ei ben yn rhy aml yn ei dyb ef. Efallai y byddai'n werth yr ymdrech i chwilio ymhellach i hanes y gŵr godidog hwnnw.

17

Dulce Bellum Inexpertis

Traha rhyfela rhy felys, – a dychryn
Y dechre sydd flasys.
Wrth i drin, ond blin yw'r blys
I filwr mae'n anfelys.

Gruffydd Bodwrda (1574–1649)

Die Mercurii, 3° Novembris, 1641
Ordered, That the Officers and Customers of the
several Ports of this Kingdom towards Ireland, do
make diligent Search in all Trunks, and other
Carriages, that come to be transported from
England to Ireland, especially that belonging to any
Papist or suspected Person. And further Ordered,
That those Trunks that were lately sent by Exeter
carrier, shall be stayed and searched.

Dyddlyfr Tŷ'r Cyffredin

Pan ddaeth y forwyn i'r llyfrgell gyda'r neges fod Meistr John Griffith yr ieuengaf wedi cyrraedd Bodwrda, suddodd calon John. Beth oedd hwnnw eisiau rŵan? Dod i darfu arno ac yntau mor fodlon ei fyd. Roedd ei ddyddiau bellach yn dilyn patrwm boddhaol: cynnal y weddi foreol, awr neu ddwy gyda'i hebogiaid, yna i'r llyfrgell i ddelio â materion y stad, a chael y gwaith yn haws o lawer nag a feddyliodd. Dyna farc du arall i'w ychwanegu at restr troseddau ei dad. Pam rhoi ar ddeall i

John fod gofynion y stad y tu hwnt i'w allu? Gwyddai'r ateb yn iawn, wrth gwrs, meddyliodd gyda chwerwder. Eisiau cadw rheolaeth ar bawb, a chadw grym allan o'i ddwylo ef, John, er mwyn ei gadw yn y sefyllfa o orfod gofyn i'w dad am bopeth.

Prysurodd i geisio gorffen ei lythyr i Lynllifon, i dderbyn eu gwahoddiad caredig i dreulio'r Nadolig a Nos Ystwyll gyda hwy, cyn i Prins gyrraedd yr ystafell. Tra oedd yn gosod ei lofnod ar y papur, daeth Rhobart i'r ystafell a Prins yn dynn wrth ei sodlau. Cododd John ei ben mewn syndod a ffromi ar gyflwr ei gefnder, ei esgidiau uchel a'i lodrau'n ddiferion o fwd. Cyn iddo allu yngan gair o gyfarchiad, roedd Prins wedi mynd draw at y tân ac yn dal ei ddwylo allan i'r fflamau. Rhwbiodd ei ddwylo'n galed yn erbyn ei gilydd, yna trodd i gynhesu ei ben-ôl. Galwodd ar Rhobart i ddod â dysglaid o frandi poeth iddo wrth i'r hen stiward adael yr ystafell.

Rhoddodd John ei gwilsyn i lawr yn wyllt, a thasgu tywod dros ei ysgrifen. O fewn eiliadau o gyrraedd, roedd ei gefnder wedi llwyddo, fel arfer, i dynnu blew o'i drwyn. Pa hawl oedd ganddo i drin Bodwrda a'i weision fel rhyw dafarn gyffredin? Ond dyna fo, Prins oedd Prins, a byddai'n rhaid iddo ystumio gwên ar ei wefusau er gwaethaf ei deimladau.

'Stedda, Prins,' gwahoddodd. 'Mae'n bleser cael dy gwmni.'

Yn lle cymryd sedd, croesodd Prins at fwrdd John, gan estyn pecyn mewn cod ledr o'r tu mewn i'w ddwbled a'i ollwng ar bapurau John. Syllodd yntau ar y pecyn a'i geg yn dynn. Gobeithiai i'r nefoedd fod y tywod wedi cael amser i wneud ei waith. Gyda symudiadau araf, bwriadol, cododd y pecyn er mwyn symud ei bapurau i ddiogelwch y drôr. Yna edrychodd i fyny ar ei gefnder a dweud 'Ia?' mewn llais llawer oerach nag a fwriadai.

'Darllen be sy tu mewn,' gorchmynnodd Prins, a throi'n ôl i sefyll o flaen y tân.

Agorodd John y cortyn a thynnu allan nifer o bapurau. Roedd dau lythyr yno, y ddau o Lundain. Gyda diddordeb, adnabu ysgrifen ei frawd, Huw. Roedd ar fin agor y llythyr pan orchmynnodd Prins iddo ddarllen y llall gyntaf. Ufuddhaodd. Llythyr gan ysgrifennydd Prins a'i dad yn Nhŷ'r Cyffredin ydoedd. Darllenodd John yn gyflym, y cuwch ar ei dalcen yn dyfnhau wrth iddo gyrraedd y diwedd.

'Cynllwyn arall?' holodd.

'Un llawer mwy peryglus y tro hwn,' atebodd Prins. 'Does dim amheuaeth bellach. Mawrion y wlad – Iarll Caerwrangon o'i gastell yn Rhaglan ymysg y prif arweinwyr. Mae ganddo ddilynwyr dirifedi yn y Deheubarth, a dylanwad dros y de-orllewin hefyd. Mae dros gant wedi eu harestio, a'r helfa'n daer yn Llundain am fwy o Babyddion. Mae'r lle wedi mynd yn fwy gwallgof nag arfer, pobol yn gweld bwganod ym mhob twll a chornel. Mae Tŷ'r Cyffredin wedi rhoi'r hawl i'r ustusiaid heddwch wneud ymchwiliadau ganol nos, ac i arestio unrhyw berson "drwgdybus" – beth bynnag mae hynny'n ei feddwl! Esgus i Pym allu rhoi ei elynion dan glo, debycach!'

Ysgydwodd John ei ben yn bryderus a'r llythyr oddi wrth ei frawd yn angof am y tro. 'Am oes gythryblus ydi hon! Ac mae'n dweud yn y llythyr nad ydi'r Brenin byth yn ôl o'r Alban.'

'O leiaf mae o wedi cychwyn. Mi ddylai gyrraedd Llundain erbyn y pumed ar hugain neu'r chweched ar hugain – a dyna pam mae Pym mor awyddus i wthio'i Wrthdystiad Mawr, y *"Grand Remonstrance"*, drwy'r Tŷ.'

Anwybyddodd John y sgwarnog olaf yma, gan dynnu

sylw 'i gefnder at faterion lleol. 'Ydyn nhw wedi gofyn i dy dad wneud rhywbeth yn yr ardal hon?'

'Dim eto, heblaw am gadw llygad ar bethau'n gyffredinol, a chadw llygad ar longau sy'n mynd yn ôl ac ymlaen i Iwerddon. Fi sy'n gwneud hynny iddo, wrth gwrs. Dyna un o'r rhesymau pam rydw i yma. Wyt ti'n gwybod sut gyflwr sydd ar y coelcerthi ar Fynydd Mawr?'

'Dydw i 'rioed wedi meddwl edrych,' atebodd John yn syn. 'Does neb wedi edrych arnyn nhw ers canrifoedd, am wn i – doedd dim angen.'

'Yn hollol, ond mae angen rŵan. Mi fydd yn rhaid i ni drefnu bod digon o danwydd sych a phitsh yno, a threfnu rhestr o wylwyr.'

'Ond fe allai dyn fod yno am wythnosau, misoedd hyd yn oed, a dim yn digwydd! Pwy sy'n mynd i dalu cyflogau?'

'Pwy fyddai'n talu cost ymosodiad o Babyddion rheibus ar ein ffermydd, ein pentrefi a'n cartrefi, dywed, am fod rhywrai'n rhy gybyddlyd, yn rhy gibddall i weld y perygl?'

'Beth wyt ti'n ei ensynio?' Gwylltiodd John ar amrantiad a neidio ar ei draed.

'O, eistedd i lawr, da chdi,' meddai Prins yn ddiamynedd. Gydag un llaw yn pwyso ar y silff ben tân, syllodd am beth amser i'r fflamau tra oedd John yn edrych arno'n wyliadwrus. Yn y man, trodd yn ei ôl a siarad yn dawelach. 'Gwranda,' meddai. 'Mae o leiaf ddeuddeg teulu yn Aberdaron a'r cylch fasai'n gallu fforddio rhyddhau un dyn am ddiwrnod bob rhyw ddeuddeg diwrnod, fwy neu lai. Efallai mai dim ond am ychydig wythnosau y bydd angen gwneud hyn. Pan ddaw'r Brenin yn ei ôl, fe fydd yn codi byddin yn erbyn y gwrthryfelwyr, ac wedyn, mae'n siŵr, bydd y perygl wedi mynd heibio. Ond mae'n bwysig i ni gymryd y perygl o ddifrif tan hynny.'

Daeth Rhobart i mewn i'r ystafell gyda'r brandi poeth i Prins. Cymerodd hwnnw'r ddysgl, ac eistedd gan ei dal hi rhwng ei ddwylo. Cymerodd sip ofalus i brofi'r tymheredd, yna ddracht hir.

'Dyna pam rydw i wedi dod atat ti,' ailddechreuodd, 'fel pennaeth un o deuluoedd pwysica'r ardal, gan fod dy dad yn glaf. Rwy'n dibynnu arnat ti i allu trefnu pethau, i gael pawb at ei gilydd i drefnu rhestrau'r gwylwyr, a thanwydd i'r coelcerthi ac yn y blaen. Mi rydw i'n trefnu un arall ar Garn Fadryn, ond efallai y dylen ni gysidro Mynydd Ystum a Mynydd y Rhiw hefyd. Beth wyt ti'n feddwl?'

'Dibynnu ar y tywydd,' atebodd John, yn fwy bodlon nag o'r blaen. Ffromodd ar fflamau'r tân wrth bwyso'r mater yn ofalus cyn ateb. 'Gall niwl trwm ddod o'r môr heb rybudd, weithiau, ac fe fyddai Garn Fadryn yn rhy bell i ffwrdd o Fynydd Mawr bryd hynny. Wrth gwrs, petai niwl felly, fyddai'r gwylwyr ddim yn gallu gweld ymosodwyr yn hwylio'n agos, chwaith,' ychwanegodd yn sobor.

'Na, ond mae'r arfordir ffordd hyn yn rhy beryglus i unrhyw arweinydd call ddod â'i longau i'r lan mewn amgylchiadau felly.'

Meddyliodd John ychydig yn hwy cyn dod i benderfyniad. 'Rwy'n credu y byddai'n well cael coelcerth ar Ystum a'r Rhiw, i fod yn hollol ddiogel. Gad y cyfan i mi, mi wna i drefnu popeth.'

'Da iawn, chdi,' cymeradwyodd Prins. 'Rŵan, beth am lu arfog y cwmwd hwn? Oes gennych chi gyflenwad llawn o ddynion? Oes gennych chi ddigon o arfau iddyn nhw?'

Cynhyrfodd John am eiliad. Roedd wedi llwyr

anghofio'r sgwrs gydag Edmwnd ac Edmwnt Glynne, a'i addewid i edrych ar ôl popeth. Cliriodd ei wddw'n swnllyd cyn ateb. 'Fy nhad oedd yn delio efo hynny, felly alla i ddim dweud wrthyt ti'n iawn. Ond mi wna i'n siŵr fod popeth yn cael ei drefnu'n foddhaol, ac i wneud iawn am unrhyw ddiffyg yn niferoedd y dynion neu'r arfau. Atgoffa fi, sawl milwr sydd i fod ym mhob un? Ugain?'

'Pump ar hugain,' atebodd Prins yn sych. 'A phan wyt ti'n trefnu'r rhestr gwylwyr efo dy gymdogion, gwna'n siŵr eich bod yn trefnu amseroedd ymarfer i'r llu arfog hefyd.'

Daeth cnoc ysgafn ar y drws. Rhobart, yn cario neges fod Siôn Rhisiart wedi galw i'w weld, a'i fod yn y parlwr yn cael ei ddiddanu nes y byddai Meistr John yn rhydd.

'O'r gorau, Rhobart,' atebodd John, 'mi fydda i i lawr yn y man. Mae gennym nifer o bethau pwysig i'w trafod eto.'

Wedi i'r hen was adael, sylwodd John fod Prins yn edrych arno'n rhyfedd. Cododd ei ael yn gwestiyngar.

'Mi rwyt ti'n un od, John, a dweud y lleiaf!' meddai. 'Ydi hynny'n ddoeth?'

'Ydi beth yn ddoeth?' gofynnodd yn biwis.

'Gadael y gŵr ifanc golygus yna ar ei ben ei hun efo Catrin?'

Sythodd John. Nid oedd yn hoffi'r ensyniad yn erbyn enw da Catrin. 'Mae gen i berffaith ffydd ynddi,' atebodd yn stiff.

'Nid y hi, twpsyn,' atebodd Prins, 'ond elli di ddweud yr un peth amdano fo? Mae Catrin yn ferch brydferth. Byddai unrhyw ddyn â gwaed yn ei wythiennau, nid dŵr, yn siŵr o'i gweld yn hudolus. Pe bawn i'n dy le di, faswn i ddim hyd yn oed yn ymddiried ei gadael yn fy nghwmni i!'

Roedd hynny, o leiaf, yn berffaith wir, meddyliodd John yn sych. Ni fyddai byth yn gadael Catrin yng nghwmni amheus ei gefnder, o gofio'r fath enw oedd ganddo. Ni feddyliai ddwywaith am odinebu gyda gwraig ei frawd, petai'r cyfle'n codi iddo wneud hynny. Cododd John ar ei draed.

'Oes ots gen ti ddisgwyl amdana i am funud neu ddau? Fydda i ddim yn hir, mae'n debyg. Cei ofyn i Rhobart am ragor o frandi, os mynni.'

'Mi fyddai'n well gen i ddod gyda thi,' atebodd Prins. 'Mae gen i ddiddordeb yn y gŵr ifanc yna, ac mi hoffwn i wybod mwy amdano.'

'Pam?'

'Ydy hynny ddim yn amlwg?' Cododd Prins ei ysgwyddau'n ysgafn. 'Mae'r Senedd yn rhedeg o gwmpas yn wyllt yn ceisio dod o hyd i bobol â chysylltiadau ag Iwerddon a'r cyfandir, a dyma ddyn sy'n filwr profiadol ac yn cydnabod yn agored ei fod yn gweithio i fyddin yr Ymerodraeth Rufeinig Sanctaidd. Wyt ti ddim yn gweld hynny'n rhyfedd? O ble mae o wedi dod? Ble mae o wedi bod? Pwy mae o wedi ei weld?'

'Ond dydi o'n neb ond Siôn Rhisiart o'r pentref! Mab i bysgotwr!' protestiodd John. Serch hynny, roedd geiriau ei gefnder wedi codi amheuaeth yn ei feddwl yntau. Meddyliodd yn gyflym am yr hyn roedd Siôn wedi'i ddweud wrtho. 'Mi ddaeth i fyny o Fryste,' meddai'n araf, rai eiliadau wedyn.

'Dyna ti, 'ta!' Roedd llais Prins yn fuddugoliaethus. 'A pha borthladd allai fod yn agosach at diroedd Iarll Caerwrangon? Yr unig beth o'i blaid,' ychwanegodd Prins yn feddylgar, 'yw ei fod yn cydnabod y pethau hyn yn hollol agored. Pe byddai'n ysbeiliwr, fe fyddwn i'n disgwyl iddo gadw'n dawel am hynny, neu honni'i fod yn dod o ryw gyfeiriad arall.'

'Oni bai ei fod yn fwy cyfrwys,' meddai John, yn dechrau arfer â'r ffordd droellog hon o feddwl, 'ac yn cyfaddef ble mae wedi bod er mwyn i ni gredu'r union beth rwyt ti newydd ddweud, ac felly ddim yn ei ddrwgdybio.'

'Ardderchog,' meddai Prins. 'Rwyt ti'n dysgu, John. Tyrd, mi awn i weld beth sydd ganddo i'w ddweud.'

Wrth gerdded i lawr y grisiau, ceisiodd John egluro'n gyflym yr ymchwiliadau roeddent yn eu gwneud i farwolaeth Ficer Griffith Piers. Gwrandawodd Prins yn astud, ond ni chynigiodd unrhyw sylw. Am eiliad fer, petrusodd John cyn agor drws y parlwr ac ensyniad Prins yn rhedeg drwy'i feddwl, ond gwthiodd y syniad o'r neilltu. Serch hynny, teimlodd ei galon ryddhad o'u gweld yn eistedd yn barchus y naill ochr a'r llall i'r tân gan sgwrsio'n dawel. Cododd y ddau wrth i John a Prins ddod i mewn. Arwyddodd John iddynt aileistedd, ond arhosodd Siôn ar ei draed.

'Rwy'n credu'ch bod chi wedi cwrdd o'r blaen,' meddai John. Edrychodd Siôn a Prins ar ei gilydd, a rhoi nòd a gwên fach. 'Mae Prins yn gwybod am ein cynlluniau, felly mi allwn ni siarad yn rhydd o'i flaen.'

Moesymgrymodd Siôn, ac eistedd i lawr. Aeth Prins yn syth at ochr Catrin, a dechrau ar ei gellwair arferol, sylwodd John yn sur. Fo oedd y dyn i'w wylio a'i ofni, nid Siôn. Daeth Rhobart i mewn gyda hambwrdd a'i ddal o flaen John. Arno yr oedd amlen a sêl fawr arni. Nid adnabu John y sêl, felly agorodd y llythyr yn chwilfrydig. Tynnwyd sylw pawb ato pan ddechreuodd dagu, wedyn llyncu poer a phesychu. Cododd Catrin ar ei thraed a mynd ato. 'Beth sy'n bod, John? Newyddion drwg?'

Edrychodd John ar yr wynebau'n syllu arno, a thorrodd allan i chwerthin, ond trodd y chwerthin yn besychu trwm eto, a bu raid i Catrin ei daro ar ei gefn sawl tro i geisio'i dawelu. Cymerodd Prins y nodyn o'i law a'i ddarllen.

'Dydi o'n ddim ond gwahoddiad,' meddai mewn syndod, a thaflu'r nodyn yn ôl i John. 'Mi ges innau un y bore 'ma. Beth sy'n bod arnat ti, John?'

Cliriodd hwnnw ei wddw, a sychu'r dagrau digrifwch o'i lygaid. Chwifiodd ei law er mwyn i Catrin adael llonydd i'w gefn. Tywalltodd hithau wydraid o sac iddo yn lle hynny.

'Mae'r peth mor anhygoel,' llwyddodd i ddweud o'r diwedd. 'Mae Alex Bodfel yn ddigon wyneb-galed i'n gwahodd i'w gartref yn Uwchmynydd ymhen pythefnos! Mae'r dyn yn gwybod yn iawn fod yn gas gen i ei wyneb hyll o. Ydi o wedi colli pob rheswm, deudwch?'

Llithrodd llaw Catrin, ac fe gollwyd mymryn o'r gwin, ond tynnodd John ei hances o'i boced cyn i'r hylif allu gwneud drwg i ddim. Ymataliodd rhag ei cheryddu o flaen eu gwesteion. Ond roedd Prins, fel arfer, yn effro i bob edrychiad.

'Wyddost ti rywbeth am hyn, Catrin?' holodd a gwên fach ddireidus yn chwarae ar ei wefusau. Gwridodd Catrin ac edrych yn anghysurus.

'Wel, mi gwrddais i ag Alex Bodfel yng ngweithdy Mistres Mai y wniadwraig,' cyfaddefodd. 'Fe ddaeth i mewn fel roeddwn i a Lleucu'n gadael, ac fe siaradon ni am ychydig, ac fe ddywedodd y buasai'n trefnu dyddiad i ni allu ymweld.'

'Ond mi wyddost cymaint rwy'n casáu'r dyn yna!' ebychodd John.

'Na, wyddwn i ddim o'r fath beth,' amddiffynnodd Catrin ei hun. 'Newydd ddod yma'r oeddwn i ar y pryd, cofia! Doeddwn i 'rioed wedi gweld y dyn o'r blaen, nac wedi clywed dim amdano.'

'Ond . . . ' dechreuodd John cyn i Prins dorri ar ei draws.

'Wir, gefnder, beth ydi'r ots rŵan? Rhowch y gorau i ddadlau, neno'r Duw. Ydych chi'n mynd i'w dderbyn?'

'Paid â bod yn wirion!' oedd ateb pendant John. 'Ddim ar unrhyw gyfrif.'

'Ond rydym ni newydd fod yn sôn am yr angen i drafod y coelcerthi a'r llu arfog. Mae'r goelcerth ar dir Bodfel ym Mynydd Mawr, a'i dŷ ef yw'r agosaf ato. Efallai y byddai'n fodlon i ni gadw tanwydd ac ati yno – yn ogystal â helpu i gadw llygad am Babyddion. A ph'un bynnag, mi hoffwn i gael golwg ar ei le fo.'

Pesychodd Siôn yn ysgafn, a rhoddodd John ganiatâd iddo siarad.

'Ga i eich atgoffa, Meistr John, fod enw Alex Bodfel yn ymddangos o hyd ac o hyd yn ein hymholiadau ni? Efallai y byddai'n dda o beth i ninnau edrych o gwmpas y lle.'

'Ni?' meddai John, gan edrych yn ddrwgdybus ar Siôn. Pesychodd hwnnw eto.

'Mi gefais innau wahoddiad. Daeth i'r efail bore ddoe.'

'Mae'n ymddangos y bydd y byd a'i frawd yno,' meddai Prins yn siriol. 'Ydi Twm a Meinir wedi cael gwahoddiad hefyd, a Joshua'r Llong?'

'Ddim am wn i, syr,' atebodd Siôn yn dawel.

'Pa ddyddiad sy'n cael ei gynnig?' gofynnodd Catrin ar eu traws. Edrychodd John ar y nodyn eto.

'Y chweched o Ragfyr,' atebodd. 'Mae am ddathlu gŵyl Sant Nicolas, mae'n dweud fan hyn, yn null yr Iseldiroedd.' Roedd ei lais yn floesg o ddirmyg, a thaflodd y nodyn o'r neilltu. Disgynnodd i'r llawr a phlygodd Catrin i'w godi.

'Mi allwn ni i gyd fynd efo'n gilydd,' cynigiodd hithau wedi iddi ymunioni. Roedd y syniad yn amlwg yn apelio llawer ati, sylwodd John, gan fod ei llygaid yn disgleirio. Roedd ar fin dweud wrthi am gofio mai ef oedd â'r hawl i benderfynu, pan siaradodd Catrin eto. 'Mae wedi addo dangos defnyddiau i mi – ei ddefnyddiau gorau. Mae'n eu cadw ar gyfer cwsmeriaid â chwaeth. Mi fyddwn i wrth fy modd yn eu gweld.'

'Paid â meddwl y cei di fod yn un o'i gwsmeriaid,' dechreuodd John, pan dorrodd Prins ar ei draws eto.

'Beth bynnag fyn y feinwen,' meddai'n gyfoglyd o serchus, ac er gwaethaf teimladau John, pennwyd y trefniadau rhyngddynt. Gwnaeth John nodyn yn ei feddwl i gael gair efo Catrin ynglŷn â hyn eto, yn breifat.

'Rŵan,' meddai, gan geisio rheoli'r sefyllfa unwaith eto. 'Oedd gennyt ti rywbeth i'w ddweud wrthym ni, Siôn?'

Prysurodd yntau i ddisgrifio'r cyfarfod gyda gwas Bodermid, a'r hyn roedd ganddo i'w ddweud am Dafydd Rhys a John Preis. Ychwanegodd ei fod yn bwriadu chwilio am long i hwylio i'r Cei Newydd, neu Aberaeron, i wneud ymholiadau pellach.

'Mi fydd yn rhaid i ti wylio rhag y *press-gangs*,' rhybuddiodd Prins. 'Mae'r Senedd newydd basio deddf sy'n caniatáu codi rhagor o ddynion ar gyfer Iwerddon. Mi fyddai gŵr ifanc, talentog fel ti, sydd eisoes yn filwr profiadol, yn fêl ar eu bysedd.'

Diolchodd Siôn iddo am y rhybudd, gan addo y byddai'n cymryd gofal arbennig. Gadawodd Catrin yr ystafell i holi ynglŷn â chinio. Wedi iddi fynd, trodd y sgwrs at gyflwr y wlad, a Prins yn holi llawer am gyffelybiaethau gyda gwledydd Ewrop. Cymerai John, hefyd, ddiddordeb mawr yn atebion Siôn. Roedd ei siarad naturiol am leoedd pell a dieithr yn gwneud i John deimlo'n annigonol. Meddyliodd gyda chwerwder cenfigennus fod ei dad yn ormod o gybydd i adael iddo ef fynd ar daith o amgylch Ewrop, fel yr oedd rhai meibion bonedd yn cael mynd, gan gynnwys aer Gwydir. Ond wedyn, efallai fod ei dad yn iawn yn y pen draw, achos roedd John Wynne o Wydir wedi marw'n ifanc iawn o dwymyn yn un o'r gwledydd tramor hynny. Tynnwyd ei feddyliau'n ôl i'r parlwr gan gwestiwn bach syml gan Prins i Siôn.

'Fuost ti 'rioed yn Iwerddon?'

Edrychodd Siôn arno cyn ateb, ac roedd John yn amau iddo weld corff Siôn yn ymsythu fymryn. Fyddai o byth wedi sylwi ar symudiad mor fach oni bai fod Prins wedi datgan ei amheuon ynglŷn â Siôn.

'Pam 'da chi'n gofyn?' holodd Siôn yn dawel. Osgoi rhoi ateb, nododd John wrtho'i hun. Cododd Prins ei ysgwyddau.

'Chwilfrydedd pur, 'machgen i, chwilfrydedd pur.'

Eiliad arall o dawelwch tra oedd y ddau'n gwylio'i gilydd. Roedd John ar flaen ei sedd yn disgwyl am y datblygiad nesaf pan ddaeth Catrin i mewn.

'Wnewch chi i gyd aros i ginio, rwy'n siŵr,' meddai'n siriol. Gallai John fod wedi ei chrogi. Gwelodd Siôn a Prins yn codi ar eu traed, y ddau'n gwenu, y tyndra wedi ei dorri, a derbyn y gwahoddiad yn foesgar. Cafodd John deimlad rhyfedd fod Prins a Siôn yn deall ei gilydd yn iawn, tra oedd yntau yn y tywyllwch. Gwyddai'n reddfol fod yna rywbeth, rhyw wybodaeth a rannwyd rhyngddynt, na wyddai ef amdani. Gwingodd eiddigedd yn ei galon, a pheri iddo bwdu.

Drwy gydol y pryd bwyd, gwyliodd John y tri: Catrin, Siôn a Prins. Ceisiodd Meistres Elin dynnu sgwrs ag ef sawl tro, ond heb fawr o lwyddiant. Nid am y tro cyntaf dymunodd y buasai ei fodryb yn dychwelyd i Gefnamwlch at ei thad a'i brawd. Pam na fyddai Prins yn mynd â hi? Roedd yn fyddar i chwerthin a siarad y plant ieuengaf hefyd pan fuasai, fel arfer, wedi'u ceryddu'n llym am eu beiddgarwch. Syllai ar bob symudiad a wnâi Catrin. Syllai ar y ffordd roedd y croen yng nghongl ei llygaid yn crychu wrth iddi chwerthin, a'r dannedd bach mor wyn a pherffaith. Roedd yn chwerthin yn aml, efo'r Prins gythraul yna'n tynnu arni. Syllai ar y ffordd y chwaraeai golau o'r ffenestr blwm ar loywder ei gwallt a chroen llyfn ei gwddf, yn ei gynhesu a chreu dawns o gysgodion ar wastadedd y cnawd noeth rhwng ei gwddf a'r goler les ddofn a addurnai ei gŵn. Sylwodd fod llygaid Prins yn cael eu denu i'r un cyfeiriad yn amlach nag a hoffai, yn arbennig pan wyrai Catrin ymlaen i glywed rhyw sylw distaw a wnâi'r diawl.

Pam nad oedd wedi sylwi ar Catrin fel hyn o'r blaen? Gwnaed y trefniant iddynt briodi pan nad oedd ef fawr mwy na phlentyn, a hithau ond yn faban. Wedi tyfu'n llanc gyda'r wybodaeth mai hi fyddai ei wraig, roedd rywfodd wedi ei derbyn fel chwaer pan ddaeth hi i Fodwrda, ac wedi ei thrin fel yr arferai drin Elizabeth, ei chwaer, oedd bellach yn Ystumllyn. Syllai ar y ffordd roedd ei gwisg yn codi a disgyn gyda phob anadliad. Roedd yn anodd rhwygo'i lygaid i ffwrdd. Brathodd ei wefus isaf yn ffyrnig, a chyhuddo'i hun yn ddig. Oedd o'n troi'r un fath â Prins?

Gydag ymdrech, trodd ei sylw at Siôn. Roedd ef, o leiaf, yn ymddwyn megis gŵr bonheddig, beth bynnag ei darddiad. Sylwodd â diddordeb fod ei ddull o fwyta, hefyd, yn foneddigaidd. Prin yr edrychai ef ar Catrin. Ymddiddanai'n gwrtais â Modryb Jane, ac roedd hi'n amlwg yn mwynhau ei sgwrs. Doedd gan John ddim cof o'i gweld yn siarad mor fywiog ag unrhyw ddyn o'r blaen. Trueni na allai glywed testun eu sgwrs o'i safle ym mhen y bwrdd. Edrychai'n fwy diddorol a phleserus na'i feddyliau du ei hun. Na, ceisio taflu llwch i'w lygaid roedd Prins y bore 'ma. Ceisio taflu drwgdybiaeth oddi wrtho'i hunan ac ar ysgwyddau Siôn druan.

Erbyn iddi nosi, roedd John wedi hen flino ar feddwl am Catrin. Yn ystod y prynhawn, ceisiodd sawl tro droi ei law a'i feddwl at rywbeth buddiol, ond yn ofer. Roedd wedi mynd i weld ei dad, oedd erbyn hyn yn dechrau codi ac eistedd mewn cadair esmwyth yn ei ystafell, gyda'r bwriad o drafod y llu arfog, ond roedd hwnnw yn gymaint o gingroen, yn rhygnu adnodau allan bob yn ail gair, fel na allai oddef ei gwmni am fwy na phum munud. Doedd dim pleser iddo, hyd yn oed, wrth ymweld â'i adar, a thrafod eu cynnydd gyda Gwilym, ei was. Wrth edrych ar eu bronnau pluog yn chwyddo a disgyn wrth iddynt anadlu, gwelai ei feddwl fron arall mewn gwisg sidan.

Ar ôl swper, gyrrodd Rhobart i ofyn i Catrin ddod ato i'r llyfrgell er mwyn cael sgwrs. Cerddodd i fyny ac i lawr yr ystafell tra oedd yn disgwyl iddi ymddangos, gan gnoi ei wefus, yn ceisio penderfynu beth a ddywedai wrthi. Clywodd gri tylluan o'r coed yn yr ardd, a chododd ei ben i syllu drwy'r ffenestr dywyll. Sobrodd o weld ei adlewyrchiad yn y gwydr. Atgoffwyd ef o'r glaslanciau hynny a ffieiddiai yng Nghaergrawnt, y rhai oedd byth a beunydd yn syrthio mewn cariad â merch. Oedd yntau'n fodlon taflu ei reswm drwy'r ffenestr fel unrhyw was ffarm gwirion? Ai dyma beth oedd cariad? Os felly, doedd a wnelo ddim ag ef! Pentyrrodd arno'i hun bob meddwl chwyrn, a phob gair hallt, sarhaus a wyddai. Syrthio mewn cariad â'i wraig? Gadael i ddynes reoli ei deimladau, ei benderfyniadau a'i weithrediadau? Byth! Roedd y peth yn chwerthinllyd, yn orffwyll! Na, rheswm fyddai ei feistres ef am byth!

Erbyn iddo glywed cnoc ysgafn ar y drws, roedd cynddaredd yn marchogaeth ei ysgwyddau, ac yn chwipio'n frwnt. Trodd ei lid ar ei ddarpar wraig, a daeth rhestr o'i mân wendidau i'w feddwl, ynghyd â'i throseddau yn ystod y dydd. Cyn iddi allu cymryd tri cham i mewn i'r ystafell, ymosododd arni â'i gwestiynau.

'Pam wyt ti'n cyboli efo fy nghefnder yn y fath ffordd? Does gen ti ddim cywilydd?'

'John?' atebodd hithau mewn braw, ei chorff yn fferru ynghanol y llawr.

'Ai fel yna rwyt ti'n bwriadu ymddwyn pan fyddan ni'n briod? Dwyn gwawd ar y teulu? Heb sôn am ein gwneud ni'n destun sbort i rai fel Bodfel! Wyt ti'n meddwl o ddifrif fy mod i am fynd yn agos i dŷ hwnnw, pa bynnag drefniadau rwyt ti'n wneud efo Prins a Siôn?'

'John, beth sy'n bod? Beth . . . '

Anwybyddodd ei geiriau: prin ei fod wedi eu clywed. 'A pham bod angen gofyn i fab pysgotwr rannu bwyd efo ni? Wyt ti'n gwneud y pethau yma o fwriad i 'nghythruddo i, neu ydi o'n ddim ond twpdra ar dy ran di?'

Teimlodd frathiad y glustan ar ei foch cyn i'w feddwl gofnodi symudiad ei llaw, ac yn reddfol cododd ei fraich a'i tharo'n ôl mor galed nes ei bod yn bentwr ar lawr y llyfrgell. Diflannodd y cythraul oddi ar ei gefn wrth iddo syllu i lawr ar effaith ddychrynllyd ei dymer.

'Catrin? Catrin!' galwodd arni, ei lais yn gostwng yn sibrydiad tila. Roedd hi'n gorwedd mor ddiymadferth. Oedd o wedi ei lladd? Plygodd i lawr mewn braw a throi ei hwyneb tuag ato. Agorodd y llygaid, a theimlodd don o gywilydd a'i gwanodd i'r byw wrth weld fflach o ofn yn y llygaid gleision, cyn iddynt gau'n dynn a'r wyneb yn troi i ffwrdd wrth ddisgwyl trawiad arall. 'Catrin, mae'n ddrwg gen i!'

Gafaelodd ynddi gerfydd ei hysgwyddau a'i chodi ar ei thraed. Drwy drugaredd, nid oedd lawer gwaeth, er bod marc cyhuddgar, coch yn amlwg ar ei grudd. Wedi iddi gael ennyd i sadio, arweiniodd hi at gadair a'i rhoi i eistedd.

'Wyt ti'n iawn, Catrin? Maddau i mi, wnei di? Wn i ddim beth ddaeth drosof fi! Ga i dywallt ychydig o borter i ti?' Nodiodd hithau ei phen, ac aeth at y cwpwrdd lle cedwid y costreli brandi a phorter. Tywalltodd wydraid bach iddi, ac un mwy iddo'i hun. Wrth ei gario ati, sylwodd gyda siom fod dagrau'n powlio i lawr ei gruddiau. Gosododd y gwydrau i lawr ac estyn ei hances. Eisteddodd wrth ei hochr, a heb ddweud gair, cymerodd ei gên yn un llaw a sychu'r dagrau'n dyner â'r llall. Roedd cymaint o gywilydd arno nes teimlo ei lygaid ei hun yn poethi â dagrau.

'Maddau i mi, Catrin,' meddai eto. 'Mae 'nhymer i'n drech na mi weithiau. Wnes i mo dy frifo di, do?'

Gwenodd hithau'n wantan.

'Roeddwn i'n meddwl fod Siôn yn hen ffrind i ti,' meddai'n doredig. 'Roeddwn i'n meddwl y dylwn i estyn croeso fyddai'n deilwng o ffrind.'

'Efallai dy fod ti'n iawn,' meddai yntau'n ddistaw. 'Ond hogyn y pentra ydi o i mi o hyd, mab i bysgotwr.'

'Ond mae o wedi dod ymlaen cymaint yn y byd,' atebodd hithau, gan gymryd yr hances oddi arno a sychu ei dagrau ei hun. 'Wedi'r cyfan, mae o'n edrych fel gŵr bonheddig, ac yn ymddwyn fel un.' Gostyngodd John ei ben pan glywodd y geiriau hynny. Oedd hi'n ei gymharu ef yn anffafriol â Siôn? Ond aeth Catrin yn ei blaen. 'Mi roedd Modryb Jane yn ei ganmol yn arw.'

'Oedd, decini,' meddai John. Disgynnodd distawrwydd anghysurus rhyngddynt.

'Mae'n ddrwg gen i, John,' sibrydodd Catrin yn y man. 'Doeddwn i ddim yn bwriadu dy amharchu. Doeddwn i ddim yn meddwl . . . ' Torrodd ei llais a dechreuodd wylo eto. Gafaelodd John yn ei llaw.

'Wel, gwell gadael y gwaith meddwl i mi o hyn ymlaen,' meddai wrthi'n dyner. Am ryw reswm na allai ddeall, gwaethygodd yr wylo. 'Dyna ti, dyna ti, paid â chynhyrfu fel hyn. Doedd dy gamgymeriad di ddim mor fawr â hynny. Hwsh, rŵan!'

Rhoddodd ei fraich am ei hysgwyddau a chusanu ei gwallt. Roedd arogl hyfryd o rosmari arno. Mentrodd ymhellach a chwilio am ei grudd â'i wefusau.

'John!' meddai hithau mewn llais bach gwantan, a throi ei grudd allan o'i gyrraedd. Tynnodd yntau'n ôl yn syth. Roedd yn falch ei bod mor rhinweddol, ac yn ei atgoffa o'r hyn oedd yn weddus. Gafaelodd yn ei llaw eto a gwenu arni. Cododd awydd ynddo i symud pethau yn eu blaenau.

'Beth am ddod â dyddiad y briodas ymlaen, Catrin?' gofynnodd, ei lais yn swnio'n ddieithr i'w glustiau. 'Nid yw'r disgwyl yma, y bywyd yma sy'n naill beth na'r llall, yn dda i ni, wsti.'

Cododd ei phen a syllu arno am eiliad hir cyn gostwng ei llygaid i edrych ar ei dwylo. 'Allwn ni ddim,' meddai toc gan ysgwyd ei phen. Yna ychwanegodd, 'Meddylia am y trefniadau! A meddylia am ein teuluoedd. Mi fyddai'n beth rhyfedd newid y trefniadau rŵan!'

'Chi ferched!' chwarddodd John yn ysgafn. 'Mae'n rhaid i chi gael eich ffwdan, on'd oes?'

Cododd Catrin ac ymesgusodi. Roedd ganddi gur pen, meddai. Anogodd yntau hi'n euog i fynd yn syth i'w gwely. Wedi iddi fynd, aeth at y bwrdd i 'mofyn ei wydraid o borter. Chafodd Catrin ddim o'r llall wedi'r cyfan. Eisteddodd wrth y bwrdd i yfed, a syrthiodd ei lygaid ar y llythyr oddi wrth ei frawd oedd wedi cyrraedd yng ngofal Prins. Roedd wedi llwyr anghofio amdano.

Rhwygodd y sêl yn gyflym a dechrau darllen.

Annwyl frawd,

Nodyn sydyn gan fod negesydd Prins yn sefyll wrth f'ochr yn disgwyl. Sut mae Tada erbyn hyn? Balch o glywed ei fod yn gwella.

Wedi ciniawa gyda Richard Wynne Gwydir neithiwr. Roedd wedi cael noson yn rhydd o'i waith gyda'r Frenhines ac wedi ymuno â mi yma. Datgelodd ei fod wedi ysgrifennu at ei frawd Owen yng Ngwydir, a'i fod wedi prynu gwn powdwr a mwsgedau i'w hanfon i Wydir iddynt allu amddiffyn eu hunain pan ddaw'r gyflafan. Mae'n argyhoeddedig y digwydd hynny. Mae'n f'argymell innau i wneud yr un peth.

A fedri di siarad â Tada, a gofyn iddo anfon arian i mi archebu'r arfau?

Mae pethau'n ddrwg iawn yma yn Llundain. O am heddwch Aberdaron! Rhown y byd am gael bod yna gyda chi, yn lle bod yn yr uffern wallgof yma!

Ysgrifennaf yn fuan.
Dy annwyl frawd,
Huw.

Eisteddodd John yn ôl yn ei gadair a dechrau yfed gwydraid Catrin. Felly roedd Prins yn llygad ei le. Rhedodd gwefr o gyffro drwyddo. Byddai'n dechrau'n syth ar y gwaith o drefnu dynion, arfau a choelcerthi. Edrychai ymlaen at yr orchwyl.

247

18

Angen a Bair i'r Henwrach Dithio

Gwybyddwch coeliwch calon – anghenus
Y nghanol y ddwyfron;
A bair i wrach grepach gron
Dithio medd y gŵr doethion.

Gruffydd Bodwrda (1574 –1649)

'Sut feiddiai o! Sut *feiddiai* o!' Crynai llais Catrin mewn digofaint. Brasgamai i fyny ac i lawr ei hystafell, tra oedd Lleucu'n ceisio tynnu ei dillad oddi amdani ac yn methu. 'Y *diawl*!' ychwanegodd, gan roi cic i glustog gwely Lleucu.

'Safwch yn llonydd, Mistras, wnewch chi? Peidiwch â chynddeiriogi gymaint. Hen betha fel'na ydi dynion, 'chi. Rhaid dysgu byw efo nhw.'

'*Dysgu byw* efo nhw? Pa fath o siarad gwirion ydi hynny? Wna i byth, byth, byth, adael i neb fy nhrin i fel yna eto! Pwy mae o'n feddwl ydi o?'

'Eich darpar ŵr, Mistras,' atebodd Lleucu'n swta.

'Mi gawn ni weld am hynny!' oedd ei hateb cyflym, ond sobrodd ychydig wrth sylweddoli beth roedd hi newydd ei ddweud. Llonyddodd, a gadawodd i Lleucu wneud ei gwaith. Wedi dringo i'w gwely, a'r llenni'n gaeëdig o'i hamgylch, meddyliodd yn hir a gofalus.

Oedd taw i fod ar lais y dyn? Diflasodd Catrin a cheisio cau ei chlustiau rhagddo. Roedd ei weddïau'n rhygnu ymlaen ac ymlaen. Cadwodd ei sylw ar y portread o'r

Naw-wyr Doeth, a wyneb Alecsander Fawr. Gwenodd i'w hunan. Oedd y pwythwr wirioneddol wedi credu y byddai gan ddyn mor enwog a dewr ddafaden ar ochr ei drwyn, ynteu ai pryfetyn marw oedd yn glynu yno? Byddai'n rhaid iddi anfon morwyn i'w lanhau. Faint hirach fyddai'r gwasanaeth yma'n para eto? Roedd yn benderfynol o un peth, doedd hi ddim am edrych ar John. Beth bynnag arall y gallai ei gorfodi i'w wneud, ni allai reoli symudiad ei llygaid. Ond byddai'n rhaid iddi fod yn ofalus, peidio ymddangos yn rhy wrthryfelgar, cadw'i llygaid i lawr yn ei gwmni. Byddai'r twpsyn yn siŵr o gredu iddo lwyddo i'w gwneud yn wylaidd ac ufudd. Mi fyddai'n rhaid iddo dalu'n ddrud am feiddio'i galw hi'n dwp! Diolch i'r drefn, roedd yn fore Sadwrn, a gallai alw i weld Anne, a mynd i'r farchnad yn ei chwmni – unrhyw beth er mwyn cael dianc o'r tŷ 'ma, meddyliodd. O leiaf roedd yn fore sych.

Cafodd siom pan alwodd yn y ficerdy a gweld Anne yn edrych mor welw. Arhosodd am ychydig i sgwrsio â'i ffrind a cheisio codi ei chalon, ond sylweddolodd mai'r peth gorau fyddai gadael i Anne orffwys. Yn y farchnad, gadawodd i Lleucu wneud y neges gan roi ei phwrs a rhestr Modryb Jane i'w morwyn. Aeth hithau i weld Meistres Mai yn ei gweithdy ar ben yr allt a arweiniai am Uwchmynydd. Roedd yr wniadwraig yn falch o'i gweld, gan fod y wisg yn barod i gael ffitiad arall. Cododd calon Catrin wrth weld y wisg yn datblygu mor foddhaol. Byddai'n ddigon i droi pob pen yng Nglynllifon. Dim ond iddi gael y rubanau a'r botymau o Ffair 'Dolig Pwllheli, a byddai'r wisg yn orffenedig. Pan ddaeth allan o'r gweithdy, roedd Siôn yn sefyll yr ochr arall i'r llwybr, ei gefn ati, yn pwyso yn erbyn y wal ac yn edrych allan ar y môr. Roedd Ryff yn snwyro o amgylch ei sodlau, a chododd ei ben yn sydyn o'i chlywed, yna rhuthro draw i roi croeso iddi, ei gynffon bwt yn crynu.

'Bore da, Siôn,' meddai. Trodd yntau'n gyflym a thynnu ei het i'w chyfarch.

'Roeddwn yn gobeithio dy weld. Fe ddeudodd Lleucu lle'r oeddet ti.'

Rhyfeddodd Catrin at y ffordd roedd ei chalon wedi ysgafnhau o weld Siôn a Ryff. Dechreuodd y tri gydgerdded i lawr yr allt, Siôn yn egluro y byddai Mari Grepach allan ar y traeth yn hel gwymon, ac yn disgwyl amdani. Arhosodd Catrin a throi ato, ei llaw ar ei fraich.

'Ddoi di efo fi?' apeliodd arno. Cododd arswyd sydyn yn ei chalon o orfod gweld yr hen wrach ar ei phen ei hun.

'Wn i ddim a yw hynny'n beth call,' atebodd yntau. 'Mae Mari'n un mor od. Mi wrthodith siarad â dynion naw gwaith allan o bob deg. Efallai y byddai'n well i ti fynd efo Lleucu. P'un bynnag, rydw i am fynd i gael gair efo Ifan – mae Seina a'i gŵr yn y farchnad.'

'Ydyn, mi welais i nhw,' meddai, ei llais yn isel. Oedodd ychydig yn hirach, a llithrodd ei llygaid i edrych allan dros y môr. Ai dyma'r prawf cyntaf o'i bwriad i fod yn annibynnol? Oedd hi'n rhy lwfr i wynebu hen wraig ar ei phen ei hun, heb ddyn i'w hamddiffyn?

'Yli,' meddai Siôn wrthi'n dawel. 'Mi geisia i frysio efo'r hen Ifan, a dod yn ôl atat ti.'

'O na, fydd dim raid i ti,' atebodd yn gyflym. 'Mi fydda i'n iawn.'

Er ei geiriau dewr, llusgodd Catrin ei thraed wedi iddi ailymuno â Lleucu yn y farchnad a Siôn wedi diflannu am hofel Ifan. Cyn ei gadael, atgoffodd hi o'r cwestiynau roedd am iddi ofyn, gan bwysleisio pwysigrwydd gwybod pam roedd yr hen wraig wedi mynd i weld y ficer fore ei lofruddiaeth. Cymerodd ei hamser. Siaradodd â hwn a'r llall, roedd yn hynod gyfeillgar gyda Meinir, ac edmygodd rai o anifeiliaid ac adar Wmffra, ei llaw yn gafael yn dynn yn y morlo bach a nythai yn ei bag gwregys.

Sylweddolodd o'r diwedd nad oedd modd osgoi'r cyfarfod ddim rhagor, neu fe fyddai Mari wedi diflannu eto. Gan efelychu Anne, gofynnodd i Meinir warchod y fasged, ac awgrymodd i Lleucu y byddai'n dda cael mynd am dro ar hyd y traeth. Wedi cerdded heibio'r eglwys, ac o glyw pobl eraill, eglurodd yn gyflym ei bwriad i siarad â Mari, yn ôl dymuniad Siôn a John, ond nad oedd am i bobl y pentref eu gweld a dechrau siarad amdani.

Gwelsant fod Mari i'r chwith o'r pentref, bron yn Ogof y Ddeuddrws, gan fod y llanw allan ymhell o'r lan. Diolchodd Catrin am hynny. Roedd llai o debygrwydd i rywun eu gweld o'r pentref na phe bai hi ar ochr Porth Meudwy, a doedd neb o gwmpas yr hen wraig i glywed eu sgwrs gan fod y gwragedd eraill i gyd ar ochr y Porth. Edrychai Catrin i fyny ar y clogwyn uwchben bob hyn a hyn, gan ddyfalu ble'r oeddan nhw yng nghyswllt Bodwrda a'r ffermydd cyfagos. Teimlai'n daith hir ar draws y tywod gwlyb, caled, a'i hesgidiau'n dechrau tampio. Pan oeddent o fewn tair llath i'r hen wraig, trodd honno fymryn ar ei phen a thaflu cipolwg arnynt cyn troi i ffwrdd eto ac ailddechrau codi gwymon.

'A beth all yr hen Fari wneud i ferch y Plas?' holodd gan afael yn rhaff ei char llusg a'i symud fymryn ymhellach oddi wrthynt. Dilynasant hi.

'Meistres Mari?' cychwynnodd Catrin yn betrusgar. Roedd yn ymwybodol o Lleucu'n dechrau tynnu'n ôl, ond gafaelodd yn ei braich yn gyflym a'i chadw wrth ei hochr. Doedd dim ymateb gan Mari. Ceisiodd Catrin eto, gan gymryd cam bach yn nes. 'Meistres Mari?' Roedd fel chwarae 'Faint o'r gloch, Mistar Blaidd', meddyliodd, a Lleucu a hithau'n barod i redeg i ffwrdd pan godai Mari ei phen ac edrych arnynt.

'Ydi hi'n rhy hwyr i fod yn gall, 'ngenath i?' gofynnodd yr hen wraig yn slei. Fe gymerodd rai eiliadau i Catrin ddirnad ystyr y geiriau, ond pan wnaeth, teimlodd ei gruddiau'n fflamio. Roedd fel sbardun yn ei hochr.

'Yma ar ran rhywun arall ydw i,' dechreuodd yn ffroenuchel.

'Ia, dyna be maen nhw i gyd yn ddeud,' atebodd Mari'n smala.

'Fy narpar ŵr, John Bodwrda, sydd wedi gofyn i mi gael gair efo chi ynglŷn ag ymholiadau mae'n eu gwneud.'

Peidiodd y fforchio am ysbaid, yna gwthiodd Mari ewin y fforch i mewn i'r tywod cyn symud y car llusg eto. Syrthiodd y fforch, ac wrth ei chodi, syllodd Mari heibio i'r ddwy ferch, yn ôl i gyfeiriad y pentref.

'Be mae hwnna isio?' meddai'n swta. Edrychodd Catrin dros ei hysgwydd a chael sgytwad o weld Siôn yn cerdded tuag atynt tra rhedai Ryff ar garlam gwyllt o'i flaen. Sut oedd o wedi gallu dod mor fuan? Oedd o wedi gohirio mynd i weld Ifan? Doedd hi ddim yn siŵr ai balch ynteu blin oedd hi o'i weld. Cyrhaeddodd y ci bach ymhell o flaen ei feistr, ac roedd Catrin o leiaf yn falch o'i weld ef. Plygodd i lawr i'w anwesu, heb falio dim am wlychu gwaelodion ei sgert. Cariai Siôn sgrepan ar ei gefn, ac wrth ddod o fewn decllath iddynt, tynnodd rywbeth allan o'i boced a'i daflu ar hyd y tywod tuag at y dŵr. Saethodd Ryff ar ei ôl, a dal y bêl o fewn modfeddi o ewyn y tonnau. Rhedodd â'r bêl yn ôl atynt, a'i gollwng yn ddisgwylgar wrth draed Catrin. Pan ddaeth Siôn draw at y merched, dywedodd wrthynt am aros yn ddigon agos i sgwrsio, ond i ddal ymlaen i daflu'r bêl i'r ci. Felly, pe bai rhywun yn sylwi, chwarae efo'r ci roedd y ddwy, nid siarad â'r hen wraig. Ni chymerodd Mari'r mymryn lleiaf o sylw ohonynt.

'Gwaith sychedig, Mari Grepach,' cyfarchodd Siôn. Rhochiodd hithau rywbeth yn ateb. 'Beth am gymryd hoe fach?' gofynnodd Siôn wedyn.

'Sgen i'm amser i gyboli efo cymryd hoe fach,' atebodd yn chwyrn.

'O, dyna biti,' meddai Siôn yn siriol. 'Roeddwn i am rannu hon efo chi.' Tynnodd botel bridd dywyll o'i sgrepan, a sylwodd Mari arni'n syth. Gwyliodd bob symudiad wrth i Siôn dynnu'r corcyn a chymryd swigaid. Sychodd ei geg â chefn ei law ac ailselio'r botel. Roedd yn rhaid i Catrin edmygu'r ffordd roedd o'n chwarae'r hen wraig, fel pysgotwr yn chwarae'i ysbail ar ei fachyn. Cafodd Ryff a'i bêl lai na hanner ei sylw hi.

'Brandi da,' meddai Siôn wedyn, gan gychwyn rhoi'r botel yn ôl yn ei sgrepan. 'Biti ei wastraffu o.' Petrusodd ei law cyn i'r botel lwyr ddiflannu, fel petai'n ailfeddwl. "Da chi'n siŵr na chymrwch chi lymaid? Dowch, mi awn ni at y tywod sych.'

Arweiniodd Siôn hwy at fôn y clogwyn, lle'r oedd hafn fechan, gysgodol o olwg y pentref. Dilynodd Mari ef fel oen bach yn dilyn ei fam, a symudodd Catrin a Lleucu'n nes. Lleucu bellach a chwaraeai â'r ci, ac roedd Catrin yn falch o hynny. Erbyn hyn, roedd y bêl glwt yn drwm o ddŵr môr a phoer. Gwenodd Siôn arni, a rhoi winc fach pan oedd Mari'n brysur yn ailagor y botel.

'Ti'n iawn, fachgan,' meddai'r hen Fari wedi dracht go dda a thorri gwynt yn swnllyd. 'Brandi da. Ydach chi'r genod isio peth? Call iawn,' meddai wedyn wrth i'r ddwy wrthod. 'Ma diod gadarn wedi bod yn ddiwadd sawl hogan wirion.' Chwerthiniad a oedd yn fwy o grawcian na dim arall.

Estynnodd Siôn i'w sgrepan unwaith eto, a thynnu allan becyn wedi ei blygu mewn defnydd. Agorodd y pecyn yn ofalus, gan wthio trwyn Ryff o'r ffordd. Roedd hwnnw'n amlwg wedi colli diddordeb yn ei bêl.

'Wedi dod â thamaid bach i bawb,' meddai, a gwelodd Catrin fod yna dameidiau o gig iâr, torth ffres o fara maslin, menyn, caws a tharten o ryw fath. 'Tartan gwaed gwyddau,' eglurodd Siôn. 'Mam wedi bod yn brysur yn paratoi gwyddau ar gyfer gŵyl Sant Martin, a digonedd o waed ar ôl.'

'Ew, dwi'm 'di cael tamad o dartan Sant Martin ers pan own i'n blentyn bach!' ebychodd Mari, ei llygaid wedi'u hoelio ar y danteithfwyd. 'Dos â'r ci diawl o'ma, Siôn,' meddai wedyn yn ddiamynedd, ac roedd yn rhaid i Siôn godi i glymu Ryff wrth graig a wthiai ei ffordd allan o'r tywod. Wedi gwneud hyn, rhwygodd Siôn y dorth yn dameidiau, a thraflyncodd Mari'r bwyd. Tamaid bach o'r bara'n unig a gymerodd y tri arall, ond stwffiai'r hen wraig y cig brau i'w cheg fel petai arni ofn iddo ddiflannu, a'i weithio rhwng bonion ei dannedd. Diflannodd y bara a'r caws yr un mor gyflym, a meddalwch y toes bara maslin yn foethusrwydd i un a arferai'n unig â bara ceirch. Taflodd Catrin damaid bach o'i bara i Ryff, oedd yn gwingo a chrio'r tu cefn iddi a glafoerion yn disgyn o'i geg, ond gwgodd Mari arni a thynnu'r pecyn bwyd fymryn yn nes ati ei hun. Cymerodd Siôn ei gyllell a thorri'r darten yn dafellau, gan ddatguddio'r cyrens a'r swltanas yn ddisglair o fenyn yn y llenwad tywyll. Roedd llygaid Mari wedi eu swyno gan yr olygfa gymaint â llygaid Ryff, a hanner disgwyliai Catrin i lafoerion ddisgyn o geg grebachlyd yr hen wraig yn ogystal â cheg y ci. Pe bai Ryff yn rhydd, tybiai Catrin y byddai'n ysgarmes rhyngddo ef a Mari dros berchnogaeth y darten.

Rhyfeddodd y tri at y ffordd y llwyddodd Mari i gladdu hanner y darten mewn dim o dro. Yna, cyn gynted ag yr edrychai fel petai wedi ei digoni, plygodd Siôn weddill y darten a'i rhoi wrth ochr yr hen wraig, gyda'r talpyn o fenyn. Heb ddweud gair, estynnodd y botel frandi eto a'i chynnig i Mari. Cymerodd hithau'r botel yn awchus, ac yfed mor hir nes i Catrin amau ei bod yn gwagio'r botel. Mae'n rhaid fod Siôn wedi meddwl yr un fath â hi, oherwydd pan roddodd Mari'r botel yn ôl iddo o'r diwedd, ysgydwodd hi i sicrhau ei bod yn werth ei chario adref. Rhoddodd Mari ebychiad o foddhad, a thorri gwynt eto. Llyfodd ben ei bysedd i sicrhau ei bod wedi cael pob tamaid o flas o'r saim cyw iâr, yna sychodd hwy ar ei sgert.

'Os mai holi am y noson lladdwyd y ficer ydach chi, mi rydach chi'n gwastraffu'ch amser – a'ch bwyd!' chwarddodd yn faleisus. 'Dydw i'n gwybod dim.'

'Ond mae'n siŵr y gallwch chi ddeud wrthan ni pam roeddach chi yn y ficerdy y bore lladdwyd Griffith Piers, ac yn cael sgwrs efo fo.'

Rhythodd Mari arno a golwg ofnus yn ei llygaid. Nid atebodd am ysbaid. Edrychodd o un wyneb i'r llall, ac yna i lawr at ei glin, lle gorweddai'r darten gwaed gwyddau. Roedd fel petai'n dadlau â hi ei hun, yn ceisio dod i benderfyniad, ac eto roedd rhywbeth slei, dichellgar yn ei min. 'Mynd i ofyn wnes i . . . ' meddai'n araf o'r diwedd, ' . . . gofyn faswn i'n cael trwydded bydwraig ganddo.'

'A beth oedd ei ateb?'

'Chwerthin ddaru'r diawl! Chwerthin am fy mhen i ac edrach arna i fel taswn i'n dalpyn o gachu defaid!' Roedd ei geiriau'n aneglur, a thybiai Catrin fod y brandi'n dechrau effeithio arni. 'Deud na fasa hen wrach fel fi byth yn cael yr hawl i gyffwrdd â merched glandeg. Y rhech! Sawl merch landeg, dlawd, oedd wedi gorfod diodda'i gyffyrddiad ffiaidd o, 'da chi'n feddwl? Deudwch hynna wrtha i! Sawl merch fach ddiniwad ddaru'r hen Fari geisio'i hachub ar ôl i'r diawl yna gal 'i ffordd efo hi, deudwch?' Torrodd wynt o'r ddau ben, cymaint oedd ei digofaint ac effaith yr alcohol. 'Mi felltithis i o! Mi alwis i o'n bob diafol y gwyddwn i amdano, Satan a Beelzebub a llu o dylwytha'r coed a'r afonydd a'r cerrig!' Daeth gwên sydyn, falch i'w hwyneb a sythodd ei chefn. 'Y fi lladdodd o!' cyfaddefodd yn llawn ymffrost. 'Fe wrandawodd pob un ohonyn nhw arna i ac ufuddhau. Mi ddaethon nhw'n llu i ddial dros yr hen Fari, a rhwygo'r diawl yn ddarna bach a'i daflu i'r pedwar gwynt!' Gwyrodd ymlaen at Catrin a gostyngodd ei llais yn gyfrinachol. 'Mi welis 'i ben o,' sibrydodd, ei hanadl mor ddrewllyd nes i Catrin geisio tynnu oddi wrthi, ond allai hi ddim heb godi. 'Mi welis 'i wallt o, 'di troi'n wyn dros nos, y llygaid 'di rhewi mewn ofn, a'r cyfog yn glynu wrth 'i ena fo.'

Cododd llaw Catrin at ei cheg. Ni allai osgoi edrychiad yr wyneb rhychiog a'r llygaid yn treiddio i mewn i'w rhai hi. Teimlai'n wan ei stumog. Diolchodd i'r nefoedd fod Siôn wrth ei hochr. Roedd yr hen wraig yn wallgof, ac yn ddigon i arswydo'r enaid dewra'n y byd. Roedd yn rhaid iddi ddweud rhywbeth, unrhyw beth, i dorri'r cyswllt yma gyda llygaid Mari.

'Mi ddwedodd Ifan eich bod wedi gweld Cŵn y Diafol,' oedd yr unig eiriau ddaeth i'w meddwl. Edrychodd Mari arni'n ddirmygus.

'Yr hen ffwlbart gwirion! 'Da chi 'rioed yn credu gair ma hwnna'n 'i ddeud!'

'Mae pobol yn dweud eich bod chi mor glyfar fel y gallwch chi weld pethau sy'n guddiedig i eraill,' meddai Siôn yn dawel. Llithrodd ei law y tu cefn i Catrin a cheisio'i hanwesu heb i'r hen wraig sylwi. Roedd Catrin yn falch o'r cyffyrddiad.

'Ma'n ddigon gwir,' cyfaddefodd yr hen wraig, gan droi ei sylw ato ef, 'ond wedyn, dydi'r rhan fwya o bobol ddim yn gallu gweld ddim pellach na'u trwyna!'

'Ond mae'n rhaid eich bod chi wedi gweld rhywbeth,' mynnodd Catrin, ei chalon yn tawelu'n raddol, 'neu pam dweud dim wrth Ifan? Allwch chi weld y Diafol go iawn?'

'Edrach ar unrhyw ddyn ac mi weli di'r Diafol, 'ngenath i!' meddai'n chwerw. Syllodd yn hir ar ei dwylo, yna gostyngodd ei llais. 'Ond ddeudis i'm gair o gelwydd wrth yr hen Ifan. Mi a' i ar fy llw i mi weld Cŵn Annwn cyn wiried ag ydw i'n gweld y ci bach haerllug yna'n glafoerio'n fanna.'

Cyfarfu llygaid Catrin a Siôn am ennyd. Ni wyddai'r un ohonynt sut i ymateb i hyn. Oedd bosib bod y brandi wedi gwneud i Mari golli ei rheswm? Cliriodd Siôn ei wddf ymhen hir a hwyr, a holi ymhellach.

'Allwch chi eu disgrifio nhw i ni, Mari?'

'Roeddan nhw'n fawr, yn anfarth, bron 'run faint â mul, neu asyn, a'u llgada'n goch, yn fflachio fflama, a gwaed yn diferyd o'u safna nhw. A'r drewdod, mam bach – chlywsoch chi ddim o'r fath ddrewdod yn eich dydd.'

Roedd y disgrifiad mor ystrydebol fel na allai Catrin gredu'r un gair. Ond daliodd Siôn i holi.

'Pa liw oeddan nhw?'

'Du fel y gigfran.'

'A sut fath o arogl oedd o?'

'Ogla brwmstan, 'ngwas i, brwmstan Uffern.' Rhedodd cryndod drwy ei chorff, fel petai gwynt main yn ei hanniddigo. Cododd yn ansad ar ei thraed a gwthio gweddill y darten a'r menyn i'w ffedog enfawr. Dilynodd Siôn hi, yn barod i'w chynorthwyo pe bai'n syrthio wrth iddi fynd at ei char llusg a gafael yn y rhaff. Roedd y llanw wedi troi ac o fewn troedfeddi iddo. Dechreuodd yr hen wraig gerdded am y pentref, ond arhosodd yn sydyn, a sylwodd Catrin fod ei chorff wedi fferru. Cododd hithau ar ei thraed, er mwyn gweld beth oedd yn cynhyrfu'r hen wraig. Yn y pellter, gwelsant ddyn yn marchogaeth stalwyn llwyd, mawreddog, gyda phluen estrys enfawr yn chwifio o'i het. Alex Bodfel.

'Os 'da chi am ddal diafoliaid,' meddai Mari'n chwerw, 'chwiliwch am y diafol sy'n marchogaeth sgwydda *hwnna*.' Dechreuodd lusgo'i char yn araf i gyfeiriad y pentref, ond wedi iddi fynd rhyw ddwylath, trodd ei phen i edrych yn ôl arnynt. 'Byddwch chi'n ofalus, 'mhlant i,' rhybuddiodd, ei llais yn isel a chythryblus. 'Wyddoch chi ddim beth 'da chi'n neud. Mi rydach chi'n blant da, ma' hynny'n amlwg i bawb, a fynnwn i ddim i unrhyw ddrwg ddigwydd i chi. Gwrandwch ar gyngor hen wraig, a chysidrwch yn ofalus iawn, iawn beth ddaw o'ch holi chi.'

Dychrynwyd Catrin gan ei geiriau, ac roedd hithau am adael y traeth oer, gwlyb, digysur.

'Paid â phoeni,' meddai Siôn yn dawel yn ei chlust. 'Mae hi'n hoff o godi ofn ar bobol.'

'Ond roedd hi'n swnio mor daer,' atebodd Catrin. Oni bai fod Lleucu'n bresennol, mi fyddai'r ddau wedi cofleidio'i gilydd am gysur.

Casglodd Siôn ei bethau a rhyddhau Ryff. Yna dangosodd lwybr iddynt oedd yn serth, ond gyda'r fantais ei fod yn arwain yn syth at Bodwrda, gan osgoi'r pentref. Cerddodd y ddau ochr yn ochr, a disgynnodd Lleucu'n ôl yn dawel. Roedd Catrin yn llawn chwilfrydedd eisiau gwybod sut y daeth Siôn yno mor gynnar. Chwarddodd yntau wrth ateb. Roedd Twm newydd orffen pedoli un o geffylau Bodermid, a chytunodd Huw Williams, y gwas, iddo gael benthyca'r ceffyl am awran fach os prynai Siôn biser o gwrw iddo. Roedd wedi marchogaeth fel y gwynt, gweld Ifan, marchogaeth yn ôl, ac wedi casglu bwyd a photel frandi Twm o'r bwthyn, cellweiriai, cyn iddi hi orffen yn y farchnad. Byddai'n rhaid iddo fynd i brynu potel arall gan Joshua, ychwanegodd yn ofidus, cyn i Twm weld eisiau yr un yfodd Mari. Roeddent bron ar ben yr allt pan ofynnodd Catrin a oedd wedi darganfod rhywbeth newydd gan Ifan.

'Mi ddweda i wrthyt ti eto,' atebodd, 'ond na, dim byd o bwys. Well i mi fynd adref i egluro pam mae'n swper ni o gig iâr wedi diflannu! Alli di ddod i nghyfarfod i wrth ffynnon Durdan cyn bo hir?' Gofynnodd wedyn a allai hi ymddiried yn Lleucu. Yn llwyr, atebodd hithau. Awgrymodd iddi yrru Lleucu gyda neges pan fyddai'n rhydd i'w gyfarfod, ac iddi hefyd wisgo dillad ei morwyn, gan fod y ddwy ohonynt o gwmpas yr un taldra, a byddai llai o debygrwydd iddi gael ei hadnabod. Cytunodd Catrin.

Cyn cyrraedd pen yr allt, arhosodd Catrin am ysbaid i gael ei gwynt ati, a throdd i edrych ar y traeth islaw tra safai Siôn wrth ei hochr. Gallai weld yr hen wraig yn gwneud ei ffordd yn araf ac ansad ar draws y tywod. Roedd gyferbyn â'r pentref erbyn hyn, ac ôl troellog ei char llusg yn dyst i effaith y brandi arni. Fel petai'n cadarnhau hyn, gwelsant hi'n syrthio'n glewt ar ei phen-ôl, yna'n stryffaglio i godi ar ei thraed. Doedd dim hanes o Bodfel.

'Wnewch chi ddim sôn gair wrth neb am yr hyn ddwedodd yr hen wraig, na wnewch?' gofynnodd Siôn i'r ddwy. 'Faswn i ddim am i neb gymryd ei geiriau o ddifrif a'i chyhuddo o fod yn wrach.' Arhosodd o'r golwg nes bod y ddwy wedi cychwyn ar y llwybr am Fodwrda.

Y noson honno, a'r merched yn cydweithio ar frodwaith cymhleth, cyfoethog ar gyfer llenni gwely priodasol Catrin a John, holodd Catrin ei modryb Jane ynglŷn â Mari Grepach. Roedd yn stori drist, er nad yn anghyffredin. Hanai o ochrau Chwilog, meddai ei modryb, lle'r oedd ei rhieni'n ffermio tyddyn digon llewyrchus. Daeth gŵr ifanc yno'n was, ac ymhen hir a hwyr fe briododd y ddau. Tipyn o bwdryn oedd o, yn ôl yr hanes, ac wedi yfed y cyfan o fewn ychydig flynyddoedd i farwolaeth ei thad. Diflannodd o'r cartref, gan adael Mari efo pedwar plentyn bychan, a'i mam angen gofal. Roedd y lle'n fyw o ddyledion, a Mari druan yn gorfod wynebu'r cyfan.

'Druan ohoni,' tosturiodd Catrin. 'Does ryfedd nad ydi hi'n hoff o ddynion.'

'O, mae llawer gwaeth i ddod,' aeth Modryb Jane yn ei blaen. 'Roedd gan Mari allu arbennig efo perlysiau meddygol ac, ar y dechrau, roedd yn gallu dal dau ben llinyn ynghyd drwy werthu meddyginiaethau i bobl ac anifeiliaid. Ond un gaeaf, daeth salwch drwg i'r pentref a bu farw ei mam a'r plant i gyd. Wedyn dechreuodd y pentrefwyr ei beio hi am y salwch a'i galw'n wrach. Ar ben hynny, dechreuodd rhai o wartheg yr ardal farw o glwy dieithr, ac fe gafodd Mari'r bai am eu rheibio. Un noson, penderfynodd rhai o'r dynion meddw gael 'madael ohoni. Llosgwyd ei thŷ, a phan redodd hi allan ohono, fe ddechreuon nhw ei chicio a'i churo. Mi fyddai wedi cael ei lladd yn y fan a'r lle, oni bai fod rhai o'i chymdogion da wedi ei hachub.'

'Sut daeth hi i Aberdaron, felly?' holodd Catrin.

'Y tirfeddiannwr yn Chwilog oedd Evan Carreg – tad Elin. Mae ganddyn nhw gryn dipyn o dir yn yr ardal honno, ar ôl ei nain, rwy'n credu. Pan glywodd Evan beth ddigwyddodd iddi, fe gynigiodd ddyddyn bach Grepach iddi yma yn Uwchmynydd.'

'Ond mae hi'n dal i wneud meddyginiaethau?'

'Ydi,' atebodd Modryb Jane, 'ac maen nhw'n rhai da hefyd. Ond mae hi'n well fyth fel bydwraig.' Ysgydwodd Modryb Jane ei phen yn drist. 'Biti garw na fasa hi wedi gofyn i 'mrawd neu i'r ficer am gael trwydded.'

19

Gwell nac aur, gwell nac arian,
ei air a'i glod i ŵr glân.

Richard Kynwal (m.1634)

'Campus,' meddai Evan Carreg. 'Dyna ni'n gytûn felly. Llymaid bach o sac?' Derbyniodd John y cynnig yn fodlon. Wedi adolygu rhestrau'r llu arfog, neu'r *Trained Bands* fel y galwai Evan hwy, a gweld bod angen dwsin o enwau ychwanegol, penderfynwyd ar recriwtio ac arfogi pedwar gwas o Fodwrda, tri o Garreg, a dau yr un o Cwrt a Meillionnydd, a John yn cynnig Gwilym, ei was personol, fel rhingyll arnynt. 'Mi fydd Enoch yn ôl cyn bo hir?' holodd Evan wrth i'r ddau ymlacio.

'Bydd,' cytunodd John, 'gynted ag y daw hi'n Rhagfyr.'

'Mi fydd dy dad yn falch o'i gael yn ôl.'

'Mi rydw i'n edrych ar ôl pethau tra mae Nhad yn wael.'

'Wrth gwrs, 'machgan i, wrth gwrs. Gyda llaw, wyddost ti ddim a gafodd Enoch gyfle i gael golwg ar fater y gwartheg ar y weirglodd bella' cyn iddo fynd i ffwrdd? Roeddwn i wedi bwriadu mynd draw yno fy hun, ond heb gael yr amser, rywsut.'

'Y weirglodd bella? Pam? Beth sy'n bod?'

'O, dim ond mater bach o ffiniau, wsti. Mae gwartheg Enoch wedi bod yn torri drwy'r clwydi ac yn pori ar diroedd Carreg. Does arna i ddim eisiau codi cynnen, wrth gwrs, ond rydw i wedi gofyn sawl tro o'r blaen, a dim wedi'i wneud.'

'Gwartheg Enoch ddwedsoch chi? Ar y weirglodd?'
Rhedai meddwl John ar garlam. Pam ar y ddaear fawr fod
Enoch yn pori gwartheg ar dir Bodwrda? Ond nid oedd
am ddangos ei ddryswch i Carreg. 'Peidiwch â phoeni,'
meddai'n ffyddiog, 'mi edrycha i 'mewn i'r mater.'

'O, doeddwn i ddim am achosi trafferth i ti, John. Fe
ddisgwylith nes y daw Enoch adref.'

'Na, na. Beth sy'n iawn sy'n iawn. Mi ga i un o'r
gweision i fynd draw i drwsio.'

'Ond does dim raid i Fodwrda drwsio eiddo Enoch,
siŵr iawn!'

'Eiddo Enoch?' Y tro hwn, ni allai John guddio'i
ddryswch. Edrychodd Evan arno'n anghysurus, fel
petai'n wynebu ynfytyn. 'Ond eiddo Bodwrda yw'r
weirglodd bella – ochr draw i afon Cyllyfelin 'da chi'n
feddwl, yntê?'

'Ie, ond Enoch biau honno, John bach, ers rhai
blynyddoedd bellach.' Roedd llais Evan yn dyner. 'Fe
werthodd dy dad y weirglodd i Enoch rhyw bum mlynedd
yn ôl. Wyt ti'm yn cofio? Ond dyna fo,' prysurodd Evan yn
ei flaen wrth weld yr olwg ar wyneb John, 'mae'n siŵr dy
fod i ffwrdd yn rhywle ar y pryd – yng Nghaergrawnt neu
Lundain, debyg.'

Ar y ffordd adref rhedodd meddwl John dros y sgwrs.
Byddai'n rhaid iddo edrych i mewn i'r mater cyn gynted
ag y cyrhaeddai'r plas. Wrth iddo groesi'r bont am
Fodwrda, cafodd gipolwg ar Siôn yn siarad efo Lleucu,
morwyn Catrin. Cilwenodd yn dawel. Dyna'r ffordd roedd
y gwynt yn chwythu, felly. Wedi cinio, aeth ati'n syth i
chwilota am gofnod o'r weithred ym mhapurau'r stad. Sut
na wyddai am y peth? Oedd o mor wirioneddol wan ei
feddwl fel na allai gofio rhywbeth fel yna? Er i Evan
geisio sglefrio dros ei anniddigrwydd, gwyddai John yn
iawn nad oedd o yn unman ond Bodwrda bedair, bum a

chwe blynedd yn ôl. Cadwai ei dad holl weithredoedd y stad mewn cist fawr dderw yng nghongl yr ystafell. Roedd haenen o haearn oddi mewn i'r gist i arbed ei chynnwys rhag tân. Ceisiodd John godi'r caead, ond roedd ar glo. Aeth i'r drôr yn y ddesg i chwilio am y goriad ond doedd dim hanes ohono. Aeth drwy bob drôr, ac wedyn drwy bob twll a chornel yn y llyfrgell, heb gael hyd iddo. Ei dad, Duw a'i felltithio, rhaid fod y goriad gan ei dad.

Wrth adael y llyfrgell teimlodd John yr hen ddicter yn codi. Melltith ar y dyn diawl yn gwneud iddo edrych yn gymaint o ffŵl o flaen Carreg, a hwnnw'n siarad yn garedig efo fo fel pe bai'n blentyn neu'n ynfytyn! Gwneud i Carreg feddwl na allai edrych ar ôl y stad heb Enoch! A pham cloi'r gist rŵan? Gallai fod wedi tyngu nad oedd wedi ei chloi yr wythnos ddiwethaf. Beth ddiawl oedd yn mynd ymlaen? Erbyn cyrraedd drws ystafell wely ei dad, roedd yn gandryll. Cnociodd yn ffyrnig a cherdded i mewn heb ddisgwyl am ateb. Roedd ei dad yn eistedd yn ei gadair esmwyth wrth ochr y tân, ei lygaid ynghau, a'r Beibl Bach ar agor ar ei lin. Agorodd ei lygaid mewn braw dryslyd a syllu ar John.

'Nhad, sut na wyddwn i am werthu'r weirglodd bella i Enoch?' cychwynnodd yn ddi-lol. Roedd wedi bwriadu holi am y goriad i ddechrau, ond rhywfodd neidiodd ei feddwl i wraidd ei lid.

'Be? Am beth wyt ti'n siarad, fachgen?'

'Y weirglodd bella, Nhad, rydach chi wedi nghlywed i.'

Rhoddodd y profiad o gael ei gyfarch yn y fath fodd haerllug, a hynny gan ei fab ei hun, gymaint o ysgytwad i'r Sgweiar fel na allai wneud dim ond edrych yn syn ar John.

'Wel?' mynnodd John wedyn. Aeth at y lle tân a chynhesu ei gefn wrth y fflamau. Yn ei gynnwrf, ciciai ei sodlau yn erbyn ei gilydd yn rheolaidd, y twrw fel ticiadau cloc swnllyd. Ni ddywedodd ei dad air, ond caeodd y Beibl a'i osod yn ofalus ar y bwrdd bach wrth ei ochr, yna rhwbiodd ei lygaid â'i fysedd. Anwybyddodd y clicio parhaus fel pe tasai dim yn bod. Cawsai distawrwydd y Sgweiar effaith ar nerfau John. Pam na fyddai'n bygwth a bytheirio yn ôl ei arfer? Ni allai oddef y tyndra – roedd ffrae yn well na hyn. Ond na, mae'n siŵr mai pwrpasol oedd y distawrwydd, ffordd arall i'w ddiarfogi. Prin y gallai John gredu'r hyn a welai pan eisteddodd yr hen ŵr yn ôl yn ei gadair, heb edrych ar wyneb ei fab o gwbl, a chau ei lygaid.

'Nhad, allwch chi esbonio pam na wyddwn i am y gwerthiant? A pham fod y gist weithredoedd ar glo a'r goriad ddim yn yr ystafell?' mynnodd wedyn, ei lais yn uwch o lawer y tro hwn. Doedd o ddim am gael ei anwybyddu fel hyn. Ochneidiodd ei dad yn drwm. Agorodd ei lygaid yn araf ac edrych yn hirymarhous ar ei fab.

'Oes raid i dad ddioddef ymddygiad gwaradwyddus ei fab? Oes raid iddo sefyll yn gyhuddiedig o'i flaen, fel lleidr o flaen ei well?' Roedd llais y Sgweiar yn rhewllyd, ac mor llawn o sarhad ag erioed. 'Does raid i mi egluro dim i ti.' Caeodd ei lygaid eto.

'Y tir 'ma! Pam na wyddwn i ddim am y gwerthiant?' daliodd John i hyrddio'i eiriau. 'Rydach chi wedi gwneud ffŵl ohona i o flaen Carreg, o bawb! Fe deimlais i fel plentyn pump oed pan eglurodd o mai Enoch oedd berchen y weirglodd, a minnau newydd ddweud mai eiddo Bodwrda oedd o.' Trawyd ef gan agwedd arall o'r busnes, agwedd nad oedd wedi ei chysidro o'r blaen. 'A sut allech chi fod wedi gwerthu darn da o dir i Enoch?'

'Fe wnaeth Enoch gymwynasau mawr â mi, a ffordd o'i dalu'n ôl oedd o,' atebodd ei dad heb agor ei lygaid. *"Wele fy ngwas, yr hwn yr wyf yn ei gynnal . . . "'*

264

'Ond tiroedd Bodwrda! F'etifeddiaeth i! Doedd gennych chi ddim hawl i roi'r rheini i neb heb i mi wybod!'

Agorodd y llygaid, a'r edrychiad ynddynt yn treiddio drwyddo. Synhwyrodd John yr hen lid yn codi yn ei dad. Gwanhaodd ei galon am ennyd, ond ymwrolodd. Ni châi ei dad ei drechu'r tro hwn. Serch hynny, cafodd gryn ergyd gan ei eiriau nesaf.

'"Gwas synhwyrol a feistrola ar fab gwaradwyddus, ac a gaiff ran o'r etifeddiaeth ym mhlith y brodyr."'

Gwaradwyddus? Beth ddiawl oedd o wedi ei wneud erioed i'w gael ei alw'n waradwyddus? Rhuthrodd y geiriau nesaf o'i enau bron yn ddiarwybod iddo. '"Gŵr cyfoethog sydd ddoeth yn ei olwg ei hun; ond y tlawd deallus a'i chwilia ef allan."' Rhyfeddodd o'i glywed ei hun. Pam ei fod o wedi dweud hynny? Nid oedd erioed o'r blaen wedi meiddio ateb adnod ei dad gydag adnod arall. Cafodd bleser maleisus wrth weld yr ymateb, a'r ffordd y syrthiodd ceg ei dad fymryn ar agor cyn cau'n llinell dynn.

'Mae'n dda gen i weld fod fy addysg a'm harweiniad wedi dwyn rhyw fath o ffrwyth o'r diwedd,' adferodd hwnnw'n gyflym, yna trodd ei lais yn watwarus. 'A phwy yw'r tlawd deallus yma? Nid y ti, bid siŵr, ar y naill gyfrif na'r llall.'

Torrodd rhywbeth ym meddwl John. Gwrthryfelodd o'r diwedd yn erbyn y blynyddoedd maith o gael ei ddirmygu a'i gosbi a'i guro gan ei dad. Nid dadl am ddarn o dir oedd hon mwyach, ond rhyfel agored rhwng y tad a'r mab.

'Mae Siôn Rhisiart am eich gwaed chi! Mi fydd yn siŵr o'ch dal chi allan ryw ddydd,' gwaeddodd John arno, wedi ei frifo i'r byw. '"Gwell yw bachgen tlawd a doeth na *brenin hen ac ynfyd, yr hwn ni fedr gymmeryd rhybudd mwyach."'*

'"*Y drygionus a wrendy ar wefus anwir: a'r celwyddog a rydd glust i galon ddrwg*"!'

'"*Gwell yw y tlawd a rodio yn ei uniondeb, na'r traws ei ffyrdd, er ei fod yn gyfoethog*",' saethodd John yn ôl ato. Teimlai fel petai'n marchogaeth ceffyl y gwynt.

'"*Na atteb ynfyd yn ôl ei ynfydrwydd, rhag dy fod yn gyffelyb iddo.*"' Ceisiodd ei dad godi a'i ddwylo'n crafangu ym mreichiau ei gadair, ond syrthiodd yn ôl bob tro. Ni ddangosodd John unrhyw dosturi tuag ato. Roedd yn feddw â'i allu ei hun i ddyfynnu o'r Llyfr Mawr, ei allu i chwarae gêm ei dad a llwyddo. Os oedd ei dad yn troi at gyffredinoliadau, roedd ar dir gwan.

'"*Y neb a guddio ei bechodau, ni lwydda; ond y neb a'u haddefo, ac a'u gadawo, a gaiff drugaredd*",' gwaeddodd yn fuddugoliaethus.

'Beth ydi'r holl dwrw 'ma?' Daeth Modryb Elin i'r ystafell a chau'r drws yn dynn ar ei hôl. 'Mi allwn i eich clywed o'r parlwr!'

Newidiodd llais ei dad ar amrantiad. Trodd y bytheirio oeraidd yn gri gwynfannus hen ŵr gwantan. '"*Ac efe a ddywedodd, Wele, mi a heneiddiais yn awr, ac nis gwn ddydd fy marwolaeth*",' meddai'n dorcalonnus wrthi. Dechreuodd hithau dwt-twtio'n faldodus, ac aildrefnu'r clustogau y tu ôl i'w gefn.

Gwenodd John yn greulon. 'Beth sy'n dod ychydig wedyn, Nhad? *Nesáu y mae dyddiau galar fy nhad*"!'

'John!' Roedd Elin wedi ffieiddio wrtho. 'Mae dy dad yn ddyn gwael. Gwell i ti fynd cyn i ti ei ladd!'

'Dydw i ddim am gymryd cam o'r lle 'ma nes y bydda i wedi cael ateb. Rydw i'n mynnu cael gwybod – mae gen i hawl i wybod!'

'Dydw i ddim yn dweud eto, John,' rhybuddiodd Elin yn llym.

Gwylltiodd John yn gacwn wrthi. 'A pha hawl sydd gennych chi i ddweud dim wrtha i? Dydach chi ddim yn fam i mi, dydach chi ddim yn briod i Nhad! Wn i ddim pam ddiawl ydach chi yma ers yr holl flynyddoedd, deud y gwir! Pam na fasech chi yng Nghefnamwlch yn edrych ar ôl eich tad? Mae yntau cyn waeled â'ch brawd-yng-nghyfraith!'

Gwelwodd Modryb Elin o glywed ei eiriau brwnt. Syrthiodd ei llaw ar ysgwydd ei dad, a gafael yn dynn. Ni allai'r un ohonynt ddweud gair, cymaint oedd eu syfrdan. Daeth syniad ofnadwy i ben John, a chraffodd arni. 'Neu ydych chi?' meddai wedyn yn araf. 'Ydych chi wedi cymryd lle Mam ym mhob dim ond enw?' Dychrynwyd ef gan ei feiddgarwch ei hunan. Pam iddo ddweud y fath beth? Beth ddaeth drosto?

Gyda chri bach o'i gwddf, cododd dwylo Modryb Elin i'w gruddiau mewn arswyd a rhedodd o'r ystafell i ddianc rhag y fath gyhuddiadau anhygoel. Gadawyd John a'i dad i syllu ar ei gilydd a dicter yn troi wyneb y Sgweiar yn gochbiws. Damia, damia, damia, meddyliodd John, gan deimlo'r tir yn gwegian dan ei draed. Nid dyma'r ffordd oedd hi i fod. Roedd o'n ennill eiliadau'n ôl. Pam na fuasai wedi rhoi llyffethair ar ei dafod?

'Y sarff bach gwenwynig!' hisiodd ei dad. '"*Gollyngaist dy safn i ddrygioni, a'th dafod a gyd-bletha ddichell*"!' Cryfhaodd ei lais wrth iddo fynd ymlaen. '"*Tyst celwyddog ni bydd dieuog: a thraethwyr celwyddau a ddifethir*"!' Syrthiodd John yn ôl o flaen yr ymosodiad Beiblaidd, ei galon yn curo'n wyllt. '"*Ond y bydd i ŵr fab cyndyn ac anufudd, heb wrandaw ar lais ei dad neu ar lais ei fam; a phan geryddant ef ni wrendy arnynt, yna holl ddynion ei ddinas a'i llabyddiant ef â meini, fel y byddo farw"*!'

Rhaid iddo beidio ildio rŵan, meddyliodd John mewn braw. Rhaid iddo ddal ei dir neu fe fyddai dan sawdl ei dad am weddill ei oes. Rhaid iddo ymwroli, ond ni allai feddwl sut i droi'r sefyllfa a'i gael ei hun yn ôl ar dir cadarn ei ddigofaint cyfiawn. Enoch, wrth gwrs, a'r tir, dyna'i achubiaeth! Ni châi ei dad osgoi rhoi atebion! 'Mi fydd yn rhaid i mi ofyn i Enoch, 'ta,' meddai'n wyllt, 'pan ddaw yn ôl.'

Ni allai fod wedi dychmygu effaith ei eiriau ar ei dad. Syrthiodd yr hen ŵr yn ôl yn ei gadair a'i wyneb, oedd eiliadau'n ôl yn llawn gwaed, yn gwelwi'n arswydus. 'Na!' meddai'n floesg, ei law yn cydio yn ei wddf fel petai'n cael trafferth anadlu. 'Na,' meddai wedyn, yn dawelach. 'Gad lonydd i bethau, John.' Gwnaeth ymdrech lew i'w reoli ei hun. 'Ymddiried ynof fi.' Ysgydwodd ei ben yn drist. '"O na bawn i fel yn y misoedd o'r blaen, fel yn y dyddiau pan gadwai Duw fi."* Cymer air o gyngor gan ddyn gwael, John, a phaid â holi rhagor. Rwy'n erfyn arnat ti i wrando arna i: *"a'r neb a chwanego wybodaeth, a chwanega ofid"*.'

Beth oedd hyn? Rhyw dric ystrywgar arall i'w danseilio? Syllodd John ar ei dad, ei feddwl yn simsanu'n ansicr. Ond daeth cof o'r blynyddoedd o ddioddef gwawd a dicter ei dad i'w foddi. Gallai gyfaddef y peth yn awr. Yr oedd yn casáu ei dad â chas perffaith. Twyll i gyd oedd yr ymdrech yma i ymddangos fel hen ŵr methiannus, ffordd arall o fynnu ei ewyllys ei hun pan nad oedd bygythio'n gweithio.

'"Gollyngaist dy safn i ddrygioni, a'th dafod a gydbletha ddichell"*,' dywedodd wrth ei dad cyn cerdded am y drws.

Cododd ei dad i'r abwyd yn syth, yr hen ddicter yn ei

lais. '"Llygaid yr hwn a watwaro ei dad, ac a ddiystyro ufuddhau ei fam, a dỳn cigfrain y dyffryn, a'r cywion eryrod a'i bwyty."' A hynny'n cael dim effaith, gwaeddodd drachefn. '"Megis y mae ci yn dychwelyd at ei chwydfa, felly y mae y ffôl yn dychwelyd at ei ffolineb"!'

Ond roedd John y tu hwnt i bob saeth a anelid ato. Trodd wrth y drws, ac am y tro cyntaf yn ei fywyd, nid y tad hollbwerus, gorthrymus, didostur a welai, ond hen ŵr crintachlyd, galon-oer, yn medi'r had a heuodd. Dywedodd wrtho'n dawel, '"Na ddywed, Mi a dalaf ddrwg: disgwyl wrth yr Arglwydd, ac efe a'th achub".' Caeodd y drws yn ddistaw ar ei wyneb atgas.

Canfu Siôn wahaniaeth yn agwedd John y bore wedyn wrth iddynt gychwyn ymarfer y criw dynion anfodlon, anystywallt a safai ger eu bron. Ni allai roi ei fys yn union ar y gwahaniaeth, na'i ddisgrifio, ond roedd o'n ysgafnach ei gerddediad, rywsut, ac yn fwy siriol.

'Mae gen ti waith aruthrol o dy flaen i droi'r rhain yn filwyr o unrhyw werth,' rhybuddiodd Siôn. 'Edrych arnyn nhw. Does 'na'm un enaid byw eisiau bod yma.'

'Ffydd, Siôn bach, ffydd,' atebodd John. 'Allwn ni wneud dim hebddo, a symud mynyddoedd efo fo.'

Ochneidiodd Siôn. 'Wel, os wyt ti'n mynnu. Gwell i ni ddechrau arni, 'ta.'

Wedi dwyawr ddiddiwedd, anfonwyd pawb adref, gyda'r gorchymyn i ddychwelyd yno ymhen yr wythnos. Cydgerddodd John a Siôn am y plas.

'Mi welais i ti ddoe,' meddai John yn gellweirus, 'wrth yr afon. Gweld hi'n beth bach ddel, wyt ti?'

'Be?' Llamodd calon Siôn mewn ofn, ond ni sylwodd John ar y gofid sydyn yn ei lais.

'Mi fydd gen ti wrthwynebydd yn Gwilym, wsti. Mae o wedi bod â'i lygaid arni ers iddi ddod yma efo Catrin. Er nad ydi hi wedi rhoi'r gronyn lleiaf o anogaeth iddo fo, cofia.'

Teimlodd Siôn y cwlwm yn ei stumog yn llacio wrth iddo ddeall geiriau John, ond nid oedd raid iddo ymateb. Parablodd John ymlaen yn ysgafn.

'A beth oedd gan yr hen Ifan i'w ddeud drosto'i hun? Mi fuost yn ei weld o, yn do?'

'Do,' atebodd Siôn, 'ond wn i ddim a ydan ni fawr nes at y lan, chwaith.' Aeth ymlaen i adrodd yr hanes. Crintachlyd iawn ei groeso oedd Ifan. Prin ei fod yn fodlon gadael Siôn dros y trothwy, ac fe gymerodd beth amser iddo ei berswadio i ail-fyw ei symudiadau'r noson honno. Roedd wedi mwynhau'r noswaith ar y bryn ac wedi cyrraedd adref ychydig cyn y Sgweiar efo Meistres Dorothy, Enoch a Siôn. 'Honnodd iddo gael caniatâd y Sgweiar i fynd i'w wely tra oedd yntau'n fy hebrwng adref, ac felly heb weld na chlywed dim byd am neb.'

'Hmm,' oedd ymateb cyntaf John. 'Oedd o'n dweud y gwir, ti'n meddwl?'

'Am wn i,' atebodd Siôn gan godi'i ysgwyddau, 'ac eto mae gen i deimlad ym mêr fy esgyrn ei fod o'n gwybod mwy. Mae rhywbeth yn ei ddal yn ôl – ofn, efallai. Ydi Miss Catrin wedi sôn am Mari Grepach?'

'Do. Drws ynghau yn y fan honno hefyd, decini, er mae'n od iddi fynnu ei bod wedi gweld y cŵn. Ein hunig obaith fydd i ti fynd i Gei Newydd,' meddai John. 'Pa bryd wyt ti am gychwyn?'

'Yn union ar ôl dathliad Alex Bodfel. Mae 'na long yn dod i mewn i Aberdaron efo mwy o dderw i'r tanws. Siawns na alla i gael lle arni. Mae'n tramwyo i lawr yr arfordir.'

Erbyn hyn roeddent wedi cyrraedd bwthyn Twm Elias. Aeth coets Bodwrda heibio iddynt a chafodd Siôn gipolwg ar Meistres Elin drwy dwll y ffenestr.

'Mae hi'n mynd adref i Gefnamwlch,' eglurodd John gan wenu'n foddhaus. Doedd hynny'n golygu dim i Siôn, a chododd ei ysgwyddau. Eisiau mynd adref oedd yntau hefyd. Roedd ar bigau'r drain eisiau cael llonydd i fynd i fyny i Ffynnon Durdan, ond mynnai John barablu ymlaen ac ymlaen ynglŷn â'r hyn a'r llall, ac am gael cant a mil o gynghorion ar sut i ymarfer y darpar filwyr.

'Yli, mi wela i chdi a hwythau cyn mynd,' addawodd Siôn o'r diwedd, a bodlonwyd John. Ffarweliodd â Siôn a cherdded yn ôl am y plas.

Tra oedd yn disgwyl i Catrin gyrraedd, meddyliodd Siôn y byddai'n tacluso fymryn ar yr hofel y drws nesaf i'r ffynnon. Doedden nhw ddim wedi talu llawer o sylw i'r rhan yma o'r adeilad ar eu hymweliad cyntaf. Efallai y byddai'n haws gwneud yr ystafell honno'n gartrefol yn hytrach na'r ystafell â'r pwll. Daethai â chrwyn defaid gydag ef, gyda'r bwriad o wneud lle cyfforddus i eistedd. Dechreuodd glirio pentyrrau o ddail yr hydref a baw y blynyddoedd oedd wedi hel ym mhob congl, ac yn raddol dechreuodd synhwyro fod rhywun wedi bod yn defnyddio'r lle, a hynny'n bur ddiweddar.

Doedd dim byd amlwg, ac ni fyddai wedi sylwi, fwy na thebyg, oni bai fod Ryff wedi dechrau snwyro a chrafu wrth bentwr mewn un congl. Cerddodd draw i weld beth oedd gan y ci bach, a gwelodd rywbeth llwydaidd a thenau cyn i Ryff ei gipio a'i gario allan i'r awyr agored. Galwodd Siôn arno, ond chymerodd y ci ddim sylw ohono. Gorweddai yn y glaswellt ychydig lathenni i ffwrdd, yn cnoi rhywbeth tebyg i asgwrn rhwng ei bawennau blaen. Gorffennodd fwyta mewn dim o dro, a dod yn ôl i chwilio am ragor. Y tro hwn, gafaelodd Siôn yn ei goler wrth iddo grafu, a phan ddaeth o hyd i ragor, llwyddodd Siôn i'w gael o'i geg. Gwelodd mai asgwrn

271

coes cyw iâr ydoedd, ond yn fwy arwyddocaol, asgwrn ysgafn, gwag, llwydaidd cyw iâr wedi ei goginio. Rhoddodd ef yn ôl i'r ci a rhedodd hwnnw allan eilwaith.

Cyrcydodd Siôn er mwyn chwilio'n fwy manwl drwy'r pentwr lle'r oedd yr esgyrn. Cafodd hyd i ragor, ac wrth glirio'r dail, sylwodd fod ambell frigyn bychan yn eu mysg wedi hanner llosgi. Gwelodd yn ogystal fod y llawr o dan y dail wedi duo, a bod yna gylch o gerrig garw, hefyd yn ddu o huddygl. Roedd blaenau ei fysedd yn ddu wedi iddo symud y cerrig. Pwysodd yn ôl ar ei sodlau i feddwl. Roedd trwch y pentwr dail yn awgrymu casgliad blynyddoedd, ond rhywbeth diweddar oedd yr olion tân. Daeth i'r casgliad mai wedi eu pentyrru'n bwrpasol oedd y dail, i guddio'r olion. Penderfynodd archwilio'r lle cyfan.

Yr unig beth arall y daeth o hyd iddo ar y llawr oedd rhimyn cul, hir o rywbeth wedi caledu. Meddyliodd i ddechrau mai tamaid o garn ceffyl ydoedd, tebyg i'r hyn mae gof yn ei dorri wrth siapio'r carn cyn pedoli, ond o ddal y tamaid wrth ei drwyn, clywodd arogl sur hen gaws. Doedd bosib i hwnnw fod wedi gorwedd yno am flynyddoedd, felly roedd rhywun wedi defnyddio'r lle'n gymharol ddiweddar. Gollyngodd y rhimyn a dechrau rhedeg ei ddwylo dros gerrig y waliau, gan ddechrau ar y llawr a gweithio'i ffordd yn ofalus o gwmpas y pedair wal, gan symud i fyny led llaw gyda phob cylchrediad.

Torrodd ei fys ar ymyl finiog un o'r ddwy garreg a ffurfiai eisteddfannau yn y wal. Rhegodd yn dawel, ac wrth sugno'r gwaed o'i fys, syrthiodd ei lygaid ar symudiad bychan wrth y garreg finiog. Plygodd i lawr a gweld bod rhimyn o ddefnydd du wedi ei ddal ar y garreg, wedi ei rwygo i ffwrdd o ddilledyn neu flanced, yn ôl pob golwg. Rhyddhaodd y tamaid yn ofalus, a cherdded i'r awyr agored er mwyn cael gwell golwg arno.

272

Byseddodd y darn yn feddylgar. Defnydd gwlanen ydoedd, o wneuthuriad da, a'r sglein arno'n rhywbeth na welid ar ddilladau gwael; defnydd boneddigion, nid tlodion. Rhoddodd y tamaid yn ofalus ym mhoced ei ddwbled, ac ailddechrau archwilio. Ar ben y wal, lle gorweddai trawstiau'r to, cafodd hyd i gwpan bridd, a phecyn wedi ei rowlio'n ofalus mewn defnydd olew. Y tu mewn iddo roedd cannwyll wedi hanner ei llosgi a blwch tân.

Ni chafodd hyd i ddim arall o ddiddordeb, ac aeth ati i lanhau mymryn ar y lle.

Aeth i ddisgwyl am Catrin yn rhan arall yr adeilad, ac eisteddodd wrth ymyl y pwll yn pendroni dros yr hyn a ddarganfu. Pe bai rhyw grwydryn wedi defnyddio'r lle, neu weithiwr teithiol, go brin y byddai wedi cuddio pethau mor ofalus. Pa angen fyddai i rywun o'r fath guddio lle tân a thanwydd? Safai'r adeilad bach ar dir comin. Ni hawliai neb, hyd y gwyddai, berchnogaeth ar y lle, ac felly nid oedd raid ofni tresmasu. Ond yr hyn a'i poenai fwyaf oedd y bwndel bach yn y defnydd olew. Roedd hwnnw'n awgrymu bod pwy bynnag a ddefnyddiai'r lle yn gwneud hynny'n rheolaidd, neu o leiaf yn ddigon aml i adael creiriau ar gyfer ymweliad pellach. Golygai fod rhywun yn bwriadu dod yn ôl. Dechreuodd Ryff ysgyrnygu a blew ei war yn codi'n gribyn. Cododd Siôn ar ei draed gyda'r rhybudd, ond ymlaciodd wrth weld y ci'n snwyro'r awyr, yna'n dechrau ysgwyd ei gynffon a chychwyn yn groesawgar i lawr y llwybr. Roedd Catrin wedi cyrraedd.

Syrthiodd i'w freichiau gyda chymaint o arddeliad nes i ran ohono synnu, er na wrthwynebai. Cusanodd y ddau'n frwd. Roedd dros wythnos ers iddynt allu bod yng nghwmni ei gilydd heb berson arall yn bresennol.

Arweiniodd Siôn hi i'r hofel a dangos y crwyn defaid oedd yn awr yn gorchuddio'r eisteddfa garreg.

'Dyma gysurus,' oedd ei hymateb. Aeth i eistedd arnynt, a churo'i llaw'n ysgafn wrth ei hochr fel arwydd iddo yntau ymuno â hi.

'Cefais hyd i'r rhain yn y daflod,' eglurodd Siôn wrth eistedd. 'Doedd Mam yn amlwg ddim yn eu defnyddio. Roeddwn i'n meddwl hefyd y gallwn i drwsio'r tyllau'n y to, a dod ag ychydig o bethau eraill i wneud y lle'n fwy deniadol.'

'Mae o fel chwarae tŷ bach,' atebodd hithau'n llawen. 'Mi allwn i ddod â llestri bach a phlanced neu ddwy.'

Chwarddodd Siôn. 'Dydio'n ddim ond rhywle dros dro. Dim cartref ydi o i fod, cofia,' meddai wrthi'n chwareus, ond newidiodd ei golwg.

'Siôn,' dechreuodd yn dawel, 'wn i ddim . . . '

'Ust, 'nghariad i,' meddai yntau yr un mor dawel, a'i chusanu. Nid oedd am drafod y dyfodol ar hyn o bryd. Digon i'r diwrnod, fel y dywedai'r Llyfr Mawr. Roedd hi yno, gydag ef, yn y fan a'r lle, ac roedd hynny'n ddigon.

'Ond Siôn, mi rydw i . . . '

Rhoddodd ei fys ar ei gwefus. 'Ust, gwrando arna i, Catrin. Does gen i'r un amheuaeth ynghylch fy nheimladau tuag atat ti. Mi fyddwn yn aberthu fy mywyd gyda gwên er dy fwyn di. Na, gwranda . . . ' Roedd dagrau'n cronni yn ei llygaid, ac agorodd ei cheg fel petai am siarad. 'Mae'n wahanol i ti. Rwyt ti mor ifanc,' meddai gan redeg ei fysedd yn ysgafn ar hyd ei grudd. 'Rydw i am i ti feddwl yn ofalus iawn, iawn, cyn gwneud unrhyw benderfyniad nac adduned i mi. Byddai fy newis i yn lle John yn golygu newidiadau mor aruthrol, mor ddi-droi'n-ôl i dy fywyd di, fel na allwn i ddisgwyl i ti wneud y peth yn ysgafn. Meddylia, Catrin, am yr oblygiadau.'

'Mi fyddwn i'n fodlon . . . '

'Na,' meddai'n daer. 'Dim rŵan. Coelia fi, Catrin, mae f'enaid i, Duw fo'n dyst, yn ysu am gael clywed geiriau o gariad o'th wefusau, ond fyddai hynny ddim yn deg. Gallaf gynnig gymaint o gyfoeth i ti â theulu Bodwrda, ond mewn gwlad dramor. Mi fyddai'n golygu gadael dy deulu a'th ffrindiau, gadael y bywyd cyfarwydd, yr iaith gyfarwydd, a bod yn estron mewn gwlad ddieithr. Ar fy llw, Catrin, dydi hynny ddim yn beth hawdd. Rwy'n siarad o brofiad.' Roedd y dagrau'n rhedeg yn rhydd yn awr, a'r olwg ar ei hwyneb yn ddigon i wneud i'w galon waedu. 'O 'nghariad bach i, tyrd yma,' meddai, a'i thynnu hi i'w freichiau a'i gwasgu'n dynn. Aeth ymlaen i siarad gyda'i wefusau'n gorffwys ar ei gwallt. 'Paid â meddwl am funud fy mod i'n ceisio dy ddychryn a'th hel di i ffwrdd.' Cusanodd ei chorun yn frwd. 'Mi allai bywyd fod yn fendigedig gyda'n gilydd, Catrin fach, dim ond i ti wneud dy benderfyniad gyda llygaid agored.' Tynnodd hances o'i boced a sychu'r dagrau oddi ar ei gruddiau. 'Rŵan, wna i ddim traethu mwy. Mi siaradwn am bethau eraill.'

Siglodd hi yn ei freichiau tra rhedai Ryff i mewn ac allan, gan gadw llygad arnyn nhw. Gwasgodd y ddau'n glòs at ei gilydd. Tawelodd ei hanadl yn raddol a daeth i siarad yn naturiol. Adroddodd hanes ymadawiad disymwth Meistres Elin, a'r dyfalu ymysg y gweision o'i herwydd. 'Ac wyt ti wedi clywed am y ffrae rhwng John a'i dad?' gofynnodd wedyn. Aeth ati i adrodd fersiwn y gweision o'r 'Ffrae Fawr', fel y'i galwyd. 'Cafodd ei felltithio gan ei dad, medden nhw,' meddai hi'n ddifrifol wrth orffen, 'ond mae wedi bod yn fwy o fendith iddo na melltith. Mae pawb wedi sylwi ar y newid ynddo fo.'

'Yn rhyfedd iawn, roeddwn innau'n meddwl yr un peth bore 'ma,' atebodd Siôn. Gafaelodd mewn plygiad o frethyn ei chlogyn, ac atgoffwyd ef o'i gyngor iddi y dydd o'r blaen. Roedd Catrin yn amlwg wedi gwrando, oherwydd roedd yn gwisgo clogyn Lleucu. Gofynnodd lle'r oedd ei morwyn.

'Mae hi wedi cloi ei hun yn fy ystafell,' atebodd Catrin, a'r cof yn gwneud iddi ddechrau chwerthin, 'yn smalio mai hi ydi fi, efo cur pen, fel nad oes neb i aflonyddu arni, a minnau, fel Lleucu, yn mynd ar neges iddi.'

Bu'r ddau'n eistedd yno'n gytûn, yn siarad a chusanu a chwerthin. Dim byd trwm, dim byd difrifol. Mwynhad pur, er bod ofn yng nghefn meddyliau'r ddau mai rhith oedd y cyfan, breuddwyd ffôl. Pan ddaeth yn amser ymadael, ymwahanodd y ddau'n naturiol, fel hen gyfeillion.

'Pa bryd ga i dy weld di eto?' gofynnodd Catrin.

'Unrhyw adeg a fynni di. Mi fyddwn gyda'n gilydd yn nhŷ Bodfel ymhen deuddydd.'

'Pa bryd wyt ti'n mynd am y Deheubarth?'

'Y diwrnod canlynol, gobeithio.' Eglurodd y trefniadau wrth iddynt gerdded i lawr y llwybr. Cusanodd ei grudd cyn troi i ffwrdd. Plygodd hithau i lawr a chofleidio Ryff. Cafodd lyfiad cyfeillgar yn ôl.

20

Her feet beneath her petticoat
Like little mice, stole in and out,
  As if they feared the light:
But O she dances such a way
No sun upon an Easter day
  Is half so fine a sight.

John Suckling (1641)

Roedd yn gas gan Catrin gael ei chario mewn elor ceffyl, ac roedd y siwrnai anghyfforddus o Fodwrda i Dŷ Mawr, cartref Alex Bodfel, yn cadarnhau ei hatgasedd. Byddai'n well o lawer ganddi fod wedi marchogaeth Arianna, oni bai ei bod yn gwisgo'i gŵn gorau; roedd y llwybrau'n rhy gul a charegog ar gyfer y goets. Teithiai John a Siôn y tu ôl iddi, a gwyddai y byddai teulu Carreg a Prins yn bresennol hefyd. Roedd wedi gobeithio cael Anne yn gymar iddi, gan fod y ficer a'i wraig wedi derbyn gwahoddiad, ynghyd â llu o bobl yr ardal, ond mynnodd Sieffre y byddai'r siwrnai a'r cynnwrf yn ormod i'w wraig.

Roedd y gwahoddiad yn syndod, meddai Modryb Jane wrth Catrin. Dechreuodd yr anghydfod rhwng Bodwrda a Bodfel yn oes Edward y Seithfed pan obeithiai teulu Bodwrda reoli Enlli wedi'r datodiad. Yn lle hynny, rhoddwyd yr ynys, a thiroedd eraill cyfagos, i deulu Bodfel, ar sail eu cefnogaeth i Ddug Northumberland, a'i ffafriaeth ef gyda'r brenin ifanc. Wfftiai Catrin at y ffoliaeth o gadw cynnen am oddeutu canrif. Tynnodd Modryb Jane ei sylw at y posibilrwydd nad yr hen gynnen oedd achos casineb John tuag at Bodfel, ond atgasedd personol tuag at y math o berson oedd Alex ei hun.

Roedd Catrin yn falch o gael disgyn o'i chaethiwed ac ystwytho'i chefn. Gafaelodd John yn ei braich a'i harwain at ddrws Tŷ Mawr. A hwythau ar fin camu i mewn, syfrdanwyd Catrin gan yr olygfa a'i hwynebodd. Agorai drws Tŷ Mawr yn union ar yr ystafell fyw; roedd honno'n lliwgar a llawn goleuadau fel eglwys gadeiriol gyfoethog, ac yn ddigon i ddwyn anadl dyn. Adlewyrchai golau y miloedd o ganhwyllau oddi ar wynebau'r celfi piwtar ac efydd a grogai ar baneli derw tywyll yr ystafell, gan ddallu'r llygaid bron. Roedd canhwyllau ymhobman, ar bob arwyneb gwastad yn ogystal â'r canhwyllbrennau a grogai o'r nenfwd. A'r lliwiau! Gosodwyd clystyrau o ddefnyddiau main, cain ar ffurf rhosynnau gwyn a gwyrdd i grogi o'r nenfwd ym mhedair cornel yr ystafell, eu cynffonnau'n disgyn mewn rhaeadrau moethus i'r llawr. Addurnwyd y plygiadau ag orenau bychain ar rubanau, llawn hadau'r clof, tra oedd pyramidiau o orenau wedi eu pentyrru'n ofalus yma ac acw ar y cistiau derw, y pren yn disgleirio o gŵyr. Llosgai tanllwyth o dân yn y simdde fawr, ac roedd basged llawn moch coed pin wrth ei ochr.

Cyfareddwyd Catrin. Chwarddodd a chlapio'i dwylo fel plentyn bach wrth edrych ar yr olygfa. 'Meistr Bodfel, syr, beth ydych chi wedi'i wneud?' meddai wrth y bonheddwr oedd yn sefyll yno'n eu cyfarch. Roedd yntau wedi ei blesio'n arw â'i hymateb i'w ymdrechion.

'Ydych chi'n ei hoffi, Miss Catrin? Rwyf mor falch!'

'Mae'n anhygoel! Am hwyl!'

'Dyw'r hwyl ond megis dechrau, coeliwch fi. Dewch ffordd hyn!' Arweiniodd y cwmni ymhellach i'r ystafell, ond cyn i Catrin allu cymryd mwy na thri cham, hyrddiodd corff bach du allan o'r cefn a throi cylchoedd drwy'r awyr tuag ati, ei goesau a'i freichiau'n chwifio fel melin wynt. Neidiodd Catrin mewn braw, ond dechreuodd chwerthin wrth i'r corrach bach – oherwydd dyna beth ydoedd – lonyddu wrth ei hochr am eiliad, ei groen wedi'i bardduo â rhyw gymysgedd seimllyd, sgleiniog. Am olwg ffyrnig oedd yn ei lygaid! Codai arswyd arni, ond cyn iddi allu tynnu'n ôl oddi wrtho, roedd y dihiryn wedi dwyn ei bag gwregys oddi arni ac yn rhedeg, ie *rhedeg*, ar ei ddwylo yn ôl am y cefn. Allai Catrin wneud dim ond syllu'n gegrwth ar y llecyn lle y diflannodd y creadur y tu draw i lenni duon, ond chwarddodd Alex Bodfel wrth ei hochr.

'Peidiwch â phoeni, Miss Catrin,' ceisiodd ei chysuro. 'Mae Hugo, fy ngwas, yn smalio bod yn *Piet Ddu* am heddiw, yn gwneud pob mathau o driciau gwirion. Ond mae'ch bag chi'n hollol ddiogel. Hwyl ydi'r cyfan. Fe'i cewch yn ôl unrhyw bryd y dymunwch.'

Gwelodd Catrin nad oedd John wedi ei blesio gan berfformiad y corrach bach na'i feistr, ond llwyddodd i gadw'i dymer dan reolaeth. Derbyniodd wydraid o bwnsh gan ei westeiwr, allan o bowlen arian enfawr, ond mynnodd sefyll yno'n gefnsyth ac anniddig. Ailymddangosodd y corrach gyda hambwrdd arian yn llawn danteithion bychain i'r gwesteion. Wrth iddo orffen yr orchwyl hon, agorodd drws ym mhen pella'r ystafell, a daeth y ferch brydferthaf a welodd Catrin erioed i mewn i'r ystafell.

'Dyma ti, Henrietta,' cyfarchodd Alex hi, gan groesi'r ystafell yn gyflym tuag ati, 'tyrd ymlaen i gwrdd â'n gwesteion.' Gafaelodd yn ei braich a'i harwain tuag atynt. 'Dyma fy chwaer, Henrietta,' meddai wrthynt, 'wedi dod o Amsterdam i aros am ychydig wythnosau.

Henrietta, dyma fy ffrindiau a'm cymdogion o Aberdaron.'

Moesymgrymodd pawb i'w gilydd yn gwrtais. Cafodd Catrin siawns i astudio'r ferch ifanc tra oedd Alex yn ei dangos i'r cwmni. Roedd ei gwallt euraid wedi ei osod yn gelfydd mewn modrwyau hirion a ddisgynnai i lawr i'w hysgwyddau y naill ochr a'r llall i'w hwyneb, a thair cyrlen fechan, berffaith, yn gorwedd ar ei thalcen. Roedd ei gwisg o sadin glas, yr un glas yn union â'i llygaid. O ddynes, roedd hi'n eithaf tal, ac wedi ei llunio'n helaeth, heb fod yn dew, er i'w gwisg orwedd yn berffaith ar ei chorff. Disgynnai rhesi o les dwfn, lliw hufen, i lawr ei bodis, a gwisgai fenig hirion fel nad oedd tamaid o gnawd i'w weld rhwng ei migyrnau a llewys ei gwisg. Gwylaidd iawn, meddyliodd Catrin. Am ei gwddf gwisgai neclis anarferol a ffurfiwyd o bum rhes o berlau wedi eu cau'n dynn yn erbyn y cnawd, fel coler ci, a dau far o ddiemwntiau'n cloi'r cyfan. Roedd yn addurn digon drudfawr i fod yn eiddo brenhines. Sylwodd Catrin fod llygaid John wedi'u hoelio ar Henrietta odidog, a gwenodd. Daeth Alex i sefyll wrth ochr Catrin, a sibrydodd yn ei chlust.

'Beth ydych chi'n feddwl ohoni? On'd ydi hi'n fendigedig? Hi biau pob calon yn Amsterdam, cofiwch, a phawb eisiau bod yn un o'i ffrindiau.'

'Ydi'ch rhieni'n byw yn Amsterdam?' holodd Catrin.

'Fy mam,' cywirodd Alex. 'Fe ailbriododd wedi marwolaeth fy nhad – hanner chwaer ydi Henrietta, mewn gwirionedd.'

'Dyna pam nad oes fawr o debygrwydd teuluol rhyngoch,' meddai Catrin yn ddeallus, yna sylweddolodd y gallai fod wedi tramgwyddo'r dyn hael yma. Prysurodd ymlaen i geisio cuddio'i cham. 'Mae Nhad yn arfer dweud fy mod i a'm chwiorydd fel pys mewn podyn – pob un ohonom â'r un wedd.'

Arbedwyd hi gan gnoc drom ar y drws, ac esgusododd Alex ei hun i fynd i'w ateb. Roedd Prins wedi cyrraedd. Cerddodd Henrietta ymlaen yn urddasol i'w gyfarfod, a gallai Catrin weld ei fod yntau wedi'i lorio ganddi. O fewn eiliadau roedd John gyda hwy, yn cynnal sgwrs fywiog, mae'n amlwg. O leiaf roedd Henrietta'n chwerthin yn braf. Fel fflach o wn, daeth y corrach bach du allan eto, a'r tro yma dygodd het Prins o'i law cyn diflannu. Roedd y perfformiad yn amlwg yn rhan o'r diddanwch. Tra chwarddai pawb ar yr olwg ar wyneb Prins, plygodd Siôn at Catrin a sibrwd yn ei chlust.

'Rydw i wedi cyfarfod Henrietta o'r blaen,' meddai'n dawel. Trodd Catrin i syllu arno, ei haeliau'n gofyn cwestiwn. 'Mi ddyweda i wrthyt ti eto,' atebodd yntau, gyda gwên fach ryfedd ar ei wefusau.

Roedd yn rhaid iddi fodloni ar hynny, oherwydd dechreuodd yr ystafell lenwi â gwesteion. Gyda phob criw newydd a gyrhaeddai'r drws, chwaraeai'r corrach yr un tric, ac er i'w droelli fynd yn anoddach ac anoddach wrth i fwy a mwy o gyrff lenwi'r ystafell, ni fethodd unwaith, ac ni chyffyrddodd â neb. Torrai ton o chwerthin ffres dros y cwmni gyda phob perfformiad, gan dorri'r ias i'r newydd-ddyfodiaid, a'u gwneud yn syth yn rhan o'r cwmni dedwydd. Pan ddaeth y corrach allan at griw Carreg, dechreuodd Elin sgrechian yn ddi-daw, ac roedd yn rhaid i John drosglwyddo Henrietta odidog – ni allai Catrin feddwl am enw'r ferch heb ei gyplysu â'r ansoddair yna – i ofal tyner ei gefnder tra oedd ef yn ceisio tawelu Elin. Chwarae teg iddo am fod mor feddylgar a theimladwy, meddai Catrin wrthi ei hun. Tawelodd Elin o'r diwedd wedi i Alex gyflwyno Piet Ddu iddi fel ei was, ac egluro'r arferiad a'r chwedl Holandaidd.

Roedd yn hawdd, ac yn anodd yr un pryd, i aros wrth ochr Siôn wrth iddynt gylchu'r ystafell yn siarad â hwn a'r llall. Roedd pawb wedi cynhyrfu gyda'r chwarae a'r pwnsh cryf a dywalltai Alex yn hael, tra gwibiai Hugo'n ôl ac ymlaen gyda dysgleidiau bychain o gnau almwn mewn siwgwr, datys a ffigys a bricyll sych, yn ogystal â danteithion mwy sylweddol megis pasteiod bychain llawn pob mathau o gigoedd a sbeisys. Bob tro yr âi heibio'r tân, taflai'r corrach ddyrnaid arall o foch coed i'r fflamau, fel bod arogl pin yn treiddio drwy'r lle ac yn cymysgu'n hyfryd gydag arogleuon yr orenau.

Roedd sôn bod drama-gerdd i ddilyn, a dawnsio. Daeth Prins draw atynt i gadw cwmni, gan adael y maes yn agored i John, oedd yn cael ei dynnu rhwng ei ofal am Elin a'i ysfa i gadw'n glòs at fendithion amlwg Henrietta. Gyda diddordeb a difyrrwch, gwyliodd Catrin a'i dau gydymaith ei ymdrechion glew i gadw'r ddwy ferch yn gytûn. Ni theimlai Catrin unrhyw eiddigedd na dicter tuag at ei darpar ŵr a chwarddodd yn braf ar sylwadau pigog, treiddgar Prins. Ymhen ychydig, fodd bynnag, dechreuodd deimlo'n annifyr o boeth. Roedd y cyfuniad o wres y tân ac anadl yr holl bobl yn gwneud yr awyr yn anghysurus.

'Faset ti'n hoffi ychydig o awyr iach, Catrin?' gofynnodd Prins iddi, ac roedd hi'n falch o'r awgrym. Gair bach wrth Hugo, ac fe'u hebryngwyd i'r ardd yng nghefn y tŷ, a siôl o wlanen fain dros ysgwyddau Catrin.

Tŷ Mawr oedd y tŷ olaf ar benrhyn Llŷn. Y tu draw i'r Swnt gorweddai Enlli; roedd llethrau grugog y mynydd yn syrthio'n blwm i'r môr, yn dywyll a dirgel wrth iddo orwedd yn ei gysgod ei hun, yr haul yn machlud y tu cefn iddo yn y gorllewin pell.

Syllodd Catrin ar yr olygfa. Rhedai lliwiau'r machlud drwy'i gilydd yn yr awyr ddigwmwl, lliwiau gwelw, dyfrllyd machlud y gaeaf: asur a lemwn, lliw bricyll a chopor wedi gwyrddio o leithder.

'Mae Enlli'n fy atgoffa o benbwl mawr du yn arnofio'n y môr,' meddai Catrin. 'Y mynydd yn ben iddo, a'i gynffon yn mynd i'w golli draw acw.'

'Tebycach i Leviathan, fasech chi'm yn cytuno?' meddai Prins y tu cefn iddi. 'Disgwyl am Ddydd y Farn pan fydd yn rheibio'r tir a bwyta'r pechaduriaid i gyd!'

'O na, mae'n rhy brydferth o lawer i hynny,' anghytunodd Catrin. 'Mae'n debycach i Afallon, neu'r Ynysoedd Sanctaidd, gwlad yr addewid, gwlad hud a lledrith y gorllewin, diwedd yr enfys.' Teimlodd yn falch o'i haraith ramantus, a llygaid y ddau ddyn arni, a'r ddau'n gwenu. Edrychodd allan i'r môr eto, a gweld bod yr haul, wrth suddo'n is, wedi creu llwybr efydd-ariannog ar draws yr heli – llwybr a gysylltai Enlli a'r tir mawr â'r gorwelion cyfriniol.

'Tydi o'n gwneud ichi deimlo'n fychan, yn ddi-nod,' mentrodd ymlaen gyda'i ffansi. 'Mi faswn i'n taeru fod sylwedd i'r llwybr, ac y gallwn i gamu allan dros y dibyn a cherdded yr holl ffordd i'r gorwel!'

'Mae o'n ddengar, yn tydi?' cytunodd Siôn. 'Meddyliwch am bobl yn yr hen amser, yn ysu am gael gwybod a oedd rhywbeth tu draw i'r gorwel, ac yn ofni nad oedd dim ond bwystfilod dychrynllyd fel Leviathan Prins, yn barod i'w llarpio, fel yr honnodd rhyw Bab neu'i gilydd.'

'Mae llawer o'r hen fythau a chrefyddau'n defnyddio'r ddelwedd o wlad y machlud,' ymunodd Prins yn y sgwrs. 'Fel y dywedodd Catrin, storïau am Afallon, Tir na n-Og, llwybr yr haul yn denu eneidiau'r meirwon i wlad well lle mae heddwch a hapusrwydd yn teyrnasu, a daioni'n cael ei wobrwyo.'

'Y Nefoedd, mewn gwirionedd,' meddai Catrin.

'Dim rhyfedd fod ugain mil o seintiau wedi eu claddu ar Enlli,' meddai Siôn. 'Hwn ydi'r darn mwyaf gorllewinol o dir ar lwybr machlud yr haul y gallasent ei gyrraedd gydag unrhyw sicrwydd.'

'Diwedd y daith, a'r addewid o heddwch a thawelwch,' ychwanegodd Catrin, 'y llestr aur wrth droed yr enfys.'

'Llestr aur?' daeth llais siriol o'r tu cefn iddynt. Ymunodd Alex Bodfel â'r criw bach. 'Rydych chi wedi bod yn gwrando ar ormod o straeon tylwyth teg!'

'Pa straeon?' heriodd Catrin.

'Bod aur ar Enlli. Aur yr hen fynachod, aur y môr-ladron, pwy a ŵyr? Trysor o bob math, yn ôl rhai. Mae pobl yn credu'r hyn maen nhw eisiau ei gredu, 'da chi'm yn cytuno? Maen nhw'n meddwl y gallan nhw gael gafael ar ffortiwn heb godi bys i'w haeddu.'

'Ydach chi wedi chwilio 'rioed?'

'Y fi? Naddo,' atebodd Alex yn chwyrn. 'Dydw i ddim mor wirion. Yr un olaf i mi gofio bod mor ffôl oedd yr hen ficer yna, Griffith Piers. Ond roedd hynny sbel yn ôl.'

Trodd y tri i edrych ar eu gwestai. 'Ficer Piers?' holodd Siôn.

'Ia, dyna chi. Rwy'n cofio'i weld o un tro ym Mhorth Meudwy, ychydig wythnosau cyn ei farwolaeth. Roedd o'n dringo i mewn i gwch gyda dau fu'n weision imi. Fe ofynnodd am ganiatâd i lanio ar yr ynys, i fod yn deg. Roedd un ohonyn nhw'n honni fod ganddo fap yn dangos lle'r oedd trysor wedi ei gladdu.'

'Ond doedd gennych chi ddim gwrthwynebiad?' gofynnodd Catrin, yn methu deall sut y gallai neb siarad mor llugoer am y gobaith o ddarganfod trysor. 'Doeddech chi ddim am ymuno â nhw, neu gael y trysor i chi eich hun?'

Cododd Alex ei ysgwyddau'n ddifater, ond rhoddodd edrychiad bach sydyn iddi o gil ei lygaid. 'Mi wyddwn i mai lol oedd y cyfan. Ond doedd o'n ddim i mi os oeddan nhw am wastraffu amser ac egni'n chwilota. Ond mi wnes i'n saff fy mod i'n mynnu deg y cant o werth beth bynnag roeddan nhw'n ei ddarganfod,' ychwanegodd dan chwerthin. 'Chawson nhw ddim byd, chwaith, neu mi fyddwn wedi clywed sôn amdanyn nhw wedyn. Ond dewch foneddiges, foneddigion. Mae'n ddiddanwch bach ar fin dechrau. Rhaid i chi glywed am Sant Nicolas a Piet Ddu.'

Ysgydwodd Prins ei ben. 'Mae'n rhy debyg i Babyddiaeth ofergoelus i'm chwant i,' meddai.

'Pabyddiaeth?' Roedd llais Alex yn anghrediniol. 'Ond dilyn esiampl pobl Holand ydw i, a does dim Protestaniaid gwell ar wyneb daear. Fyddech chi ddim yn cytuno, syr?' trodd at Siôn. 'Ond maen nhw'n dal yn ffyddlon i Sant Nicolas.' Edrychai mor drist, fel plentyn wedi ei siomi. 'Wnaethoch chi ddim sylwi ar y dewis lliwiau yn yr ystafell? Lliwiau'r tŷ brenhinol, yr *House of Orange*? A'm chwarae bach â geiriau wrth ddefnyddio'r ffrwythau?'

Chwarddodd Prins, a tharo'i westeiwr ar ei gefn yn ysgafn. 'Fy annwyl Alex,' meddai'n bryfoclyd, 'rwyt ti tu hwnt i bob dirnadaeth, wyt wir! Tyrd, mi ddown ni i fwynhau dy sioe.' Wrth iddynt adael yr ardd, tynnodd wyneb mingam pan holodd Catrin sut oedd ei fodryb, Meistres Elin, yn ymgartrefu yng Nghefnamwlch. 'O leiaf,' meddai, 'mae'n ddigon graslon i gadw i'w hystafell a pheidio fy mhoeni efo'i chrefydd a'i moesoldeb!'

Yn yr ystafell, roedd y rhan helaethaf o'r canhwyllau wedi eu diffodd, gan adael yr ystafell yn llwyd-dywyll.

Trefnwyd cadeiriau mewn rhesi o flaen y llenni duon, a chymerodd Catrin sedd wrth ochr John, tra eisteddai Elin yr ochr draw iddo. Roedd Henrietta'n cymryd rhan yn y perfformiad. Daeth criw o gerddorion i eistedd wrth ymyl y llenni, a thiwnio'u hofferynnau cyn dechrau chwarae. Sibrydodd John yn ei chlust fod sôn am Alex Bodfel yn llogi criw o actorion teithiol ar gyfer y perfformiad. Pan agorwyd y llenni, roedd pawb ar flaenau eu seddau yn ceisio gweld y cyfan.

Cymerodd Alex Bodfel ran Sant Nicolas, ac edrychai'n urddasol a sanctaidd yn ei wisg wen a'i feitr uchel. Ffurfiwyd llwyfan bach y tu cefn i'r llenni duon, a defnyddiau o sawl gwawr o las wedi eu lledaenu ar ei draws ac yn cael eu codi a'u gostwng gan ddwylo anweledig i gyfleu tonnau gwyllt y môr. Ymddangosai'r sant fel petai'n hwylio ar long, ac yn bendithio'r morwyr mewn storm ofnadwy. Roedd gan Alex lais bariton digon derbyniol, a chanodd fendith i'r morwyr. Wrth i'r morwyr hwylio i ffwrdd, daeth carcharorion ar y llwyfan, a hwythau hefyd yn derbyn bendith, ac wedyn roedd golygfa o ystafell, a dyn wylofus wedi colli ei gyfoeth, yn bygwth gwerthu ei ferch i buteindra, gan nad oedd ganddo arian i roi gwaddol iddi. Chwaraeodd Henrietta ran y ferch druan gydag arddeliad ac egni. Criodd a phlediodd ar ei thad i'w gyrru i'r lleiandy yn hytrach na'r puteindy. Achubwyd hi, wrth gwrs, gan Sant Nicolas yn taflu cod o arian drwy ffenestr y tŷ yn hwyr y nos, ac felly cafodd y waddol.

Rhyw hanner y ffordd drwy'r perfformiad, edrychodd Catrin o'i chwmpas a sylwi na allai weld na Prins na Siôn. Dyfalodd eu bod wedi mynd i gael golwg o amgylch y lle, fel y bwriadwyd. Ond nid oedd am fwrw gormod o amser yn gofidio amdanynt. Roedd y perfformiad yn rhy ddifyr o lawer.

Dychrynwyd pawb gan yr olygfa nesaf, hanes y tafarnwr drwg yn lladd plant i wneud selsig, a chadw'r pennau mewn tair casgen o ddŵr halen. Roedd un o'r criw yn agor pob casgen yn ei dro ac yn codi rhywbeth ohoni a edrychai'n ddychrynllyd o debyg i ben plentyn yn diferu o waed; roedd yn ddigon real, beth bynnag, i wneud i Elin fygwth sgrechian eto. Sylwodd Catrin fod John yn ddigon meddylgar i afael yn llaw Elin i'w chysuro. Gwyrth Sant Nicolas oedd atgyfodi'r plant, a'u cyrff yn ymddangos yn gyflawn wrth iddynt neidio o'r casgenni. Curodd pawb eu dwylo'n frwd. Roedd y cyfan wedi ei lwyfannu mor effeithiol.

Yna tynnwyd y llenni ynghau, a bu distawrwydd, nes i ddrwm ddechrau curo'n araf a bygythiol rhywle y tu ôl i'r llwyfan. Nesaodd y drwm yn raddol, y trawiad yn gyson, nes i ferched y gynulleidfa, a rhai o'r dynion, yn nhyb Catrin, ddechrau mwmial yn ofnus. Sylwodd hefyd fod Prins a Siôn yn eu holau yng nghefn yr ystafell erbyn hyn, yn mwynhau'r disgwyl. Roedd y drwm y tu ôl i'r llenni nawr, a chyflymodd rhythm y curiad nes cyrraedd *crescendo* dychrynllyd. Agorwyd y llenni, a syfrdanwyd y gynulleidfa. Roedd y drewdod mwyaf uffernaidd o frwmstan yn llenwi'r ystafell, a phawb yn codi dwylo i'w ffroenau, a rubanau cochion yn cael eu hysgwyd yn wyllt i ddynodi fflamau Uffern.

Dechreuodd Elin sgrechian ar unwaith. Roedd pentwr o ddiafoliaid bach mewn gwisgoedd coch â chynffonnau hirion yn dawnsio'n ddieflig i guriad y drwm, ambell un yn rhuthro allan bob hyn a hyn i fygwth y gynulleidfa. O edrych o'i chwmpas, sylwodd Catrin fod plant bach wedi ymddangos yn ddisylw ymysg y gynulleidfa, ac roedd y diafoliaid bach yn ceisio eu denu at y llwyfan. Roedd rhai, y plant da yn amlwg, yn gwrthod dod, ond roedd eraill yn ymuno â'r diafoliaid. Ymddangosodd Sant Nicolas ar y llwyfan, a Piet Ddu y tu cefn iddo, a cheryddu'r diafoliaid. Rhedodd Piet Ddu o amgylch y llwyfan yn gyrru'r diafoliaid yn ôl i Uffern, yna arweiniodd y plant bach da at y Sant, a rhoi pecynnau bychain o afalau a chnau yn anrhegion iddynt.

Roedd y gymeradwyaeth ar ddiwedd y perfformiad yn fyddarol, y dynion yn gweiddi ac yn curo'u traed, y merched yn curo dwylo. Yna daeth Piet Ddu o amgylch pob un o'r merched yn rhannu anrhegion. Derbyniodd Catrin ei hanrheg hi a syllu arni'n anneallus. Edrychai fel nionyn bychan, y croen yn sych a chrebachlyd. I fyny ar y llwyfan, curodd Sant Nicolas ei ffon fugail ar y llawr i dawelu pawb, yna eglurodd mai bylbiau blodau *tulip* oedd yr anrhegion, wedi dod o Holand. Roedd yr Holandwyr wedi gwirioni arnynt, meddai, a phawb yn cystadlu am y gorau i dyfu mathau newydd. Rhoddodd gyfarwyddyd syml ar sut i blannu'r bylbiau, a gofalu amdanynt. Yna caewyd y llenni am y tro olaf.

Roedd yn bryd i bawb droi am adref. Wrth adael y tŷ, gwelodd Catrin ei bod wedi nosi, a phawb yn tanio llusernau i oleuo'r ffordd. Diolchwyd yn frwd i Alex Bodfel am ddiwrnod bythgofiadwy, ac am ei haelioni mawr. Safai ar drothwy Tŷ Mawr, Henrietta wrth ei ochr, yn chwifio'i fraich i ffarwelio â'i westeion, a phlant yr actorion teithiol, yn dal yn eu gwisgoedd diafolaidd, yn rhedeg o'u cwmpas yn wyllt.

Roedd y gwesteion fel un fintai fawr yn dilyn y llwybr i lawr o Uwchmynydd, ysbryd yr hwyl yn dal yn fyw yn eu plith, ac ymdeimlad siriol, cyfeillgar yn yr holl oleuadau symudol wrth iddynt raddol ddisgyn am Aberdaron. Roedd yr awyr yn oer, rhew yn ffurfio'n gyflym, a'r wybren yn serog, ddisglair. Wrth bont afon Saint, ymwahanodd y fintai ac aeth pawb i'w ffordd ei hun am adref.

Prin y gallai Siôn reoli ei ddifyrrwch wrth i John dywallt gwydraid o win iddynt ym moethusrwydd parlwr Bodwrda. Roedd y pedwar ohonynt yno a Prins wedi derbyn gwahoddiad i aros y noson.

'Wel, am ddiwrnod a hanner!' meddai hwnnw gan sythu ei goesau o flaen y tân. 'Mae'n rhaid fod Bodfel wedi gwario ffortiwn ar ei barti. Welsoch chi 'rioed gymaint o orenau?'

'A'r bylbiau 'na,' meddai Siôn. 'Rhaid i chi edrych ar ôl eich un chi'n ofalus iawn, Miss Catrin. Byddai'n werth coron aur yn Holand.' Dychrynwyd pawb gan y fath oferedd.

'A sawl un a rannwyd?' ychwanegodd John, gan wneud symiau. 'Deg? Dwsin?'

'Sut flodyn ydi o, Siôn?' holodd Catrin. Ceisiodd yntau ddisgrifio petalau'n ffurfio powlen ddofn allai fod o goch neu felyn neu oren neu wyn. Rhyw bum neu chwe phetal – nid oedd erioed wedi trafferthu edrych yn fanwl – yn ymddangos ar goesyn hir yn nechrau'r haf.

'Maent yn dodwy yn y ddaear,' ceisiodd egluro. 'Ymhen ychydig flynyddoedd, bydd clwstwr ohonynt allan o'r un gwreiddiol, a gallwch eu codi i'w hailblannu, neu rannu bylbiau gyda rhywun arall er mwyn amrywio'r lliwiau. A deud y gwir, os ydw i wedi deall yn iawn, mae'n eithaf syniad eu codi bob blwyddyn ar ôl iddynt flodeuo a gwywo, a'u hailblannu'r hydref dilynol.'

'Ac am yr Henrietta yna, wel!!!' torrodd Prins ar draws y sgwrs, wedi diflasu ar y wers arddio. Teimlodd Siôn bwl o chwerthin yn ei fygwth, ond llwyddodd i gadw wyneb syth.

'Ia,' cytunodd Catrin yn bryfoclyd, 'roeddet tithau'n llawn edmygedd, on'd oeddet, John?'

Cochodd hwnnw hyd at fôn ei glustiau. 'Roedd hi'n

ffraeth iawn, a sgwrs ddiddorol ganddi,' amddiffynnodd ei hun.

Ni allai Siôn rwystro'i hun rhagor. Dechreuodd chwerthin yn afreolus, er mawr syndod i bawb. Wrth weld eu hwynebau'n syllu arno'n ofidus, gwaethygodd pethau. Chwarddodd nes bod ei ochrau'n brifo a dagrau'n powlio i lawr ei ruddiau. Dechreuodd Catrin chwerthin gydag ef, er na wyddai pam, ond ar ôl ychydig o'r perfformiad yma, trodd John yn biwis.

'Beth sydd mor ddoniol?' holodd. 'Rhanna'r hwyl, wnei di?'

'Wnaethoch chi ddim mo'i hadnabod hi, syr?' gofynnodd Siôn i Prins, gan geisio rheoli ei lais a sychu'r gwlybaniaeth oddi ar ei wyneb.

'Pam ddyliwn i? Doeddwn i 'rioed wedi ei chyfarfod o'r blaen.'

'Ond mi'r oedd Siôn, on'd oeddech, syr?' meddai Catrin yn eiddgar. 'Fe ddwedoch chi rywbeth wrthyf yn Tŷ Mawr.'

'Ceisiwch gofio'r diwrnod ym Modferin, yr ymrafael ceiliogod.' Gwrthododd ddweud rhagor, ond gwyliodd lygaid Prins yn lledaenu wrth i'r geiniog ddisgyn.

'Na, 'rioed,' meddai mewn rhyfeddod. 'Wyt ti'n siŵr?'

'Ydw, ar fy llw,' atebodd Siôn. 'Wir i chi.'

'Wel myn cebyst i!'

'Be?' hawliodd John yn ddiamynedd. 'Am be 'da chi'n sôn?'

Edrychodd Siôn a Prins ar ei gilydd, a dechreuodd y ddau chwerthin eto. Aeth John yn gandryll.

'Dwedwch wrtha i be sy'n mynd ymlaen, neu mi gewch chi'ch dau fynd allan ar eich clustiau!' bygythiodd.

'Deuda di,' meddai Prins wrth Siôn.

'Na, deudwch chi, syr,' mynnodd Siôn.

'Wel,' atebodd y gŵr bonheddig gan geisio cadw trefn

ar ei ddifyrrwch. 'Mae arna i ofn, John, mai Henri ddylen ni alw'n Henrietta.'

'Be?' Nid oedd John, yn amlwg, yn deall gair o hyn. 'Be 'da chi'n feddwl?'

'Dydych chi 'rioed yn dweud . . . ' dechreuodd Catrin yn araf, yna petrusodd. 'Na . . . nid *dyn* 'da chi'n feddwl oedd o?'

'*Be?*' meddai John wedyn. Bu bron iddo ollwng ei wydryn. 'Ond . . . '

Ymunodd Catrin yn y chwerthin wrth weld y fath olwg ar wyneb John. Gwylltiodd yntau'n gacwn.

'Pam na faset ti wedi dweud rhywbeth ar y pryd, yn lle gadael i ni i gyd wneud ffyliaid ohonom ni'n hunain?'

'Feiddiwn i ddim,' ceisiodd Siôn egluro iddo. 'Edrychwch ar eich ymateb! Doedd wiw i mi ddweud gair yn Tŷ Mawr neu mi fyddai'r cyfan yn chwilfriw! Doeddwn i ddim am i Bodfel ddeall fy mod wedi adnabod ei "chwaer".'

'Beth am ofyn i Bodfel a'i "chwaer" ddod yma i Fodwrda?' awgrymodd Catrin yn llawn direidi. 'Ydach chi'n meddwl y basan nhw'n derbyn?'

'Mae hi'n . . . fo'n mynd i ffwrdd ymhen deuddydd,' atebodd John. Wrth weld pawb yn syllu arno, a Catrin yn pwffian chwerthin, cochodd at fôn ei glustiau. Dechreuodd frygowthan. 'Mae'r peth yn warth! Rhag eu c'wilydd nhw! Pa fath o bobol sy'n diddanu eu cymdogion dim ond er mwyn eu sarhau, a chael sbort am eu pennau? *"Na fydded dilledyn gŵr am wraig, ac na wisged gŵr ddillad gwraig: oherwydd ffiaidd gan yr Arglwydd dy Dduw bawb ar a wnêl hyn".'* Trodd ei gynddaredd ar Catrin, y llygaid bychain yn culhau. 'Dyna pam nad ydw i'n gallu goddef y dyn! Dyna pam fy mod i'n gorchymyn i ti gadw'n glir ohono, a phaid byth, byth feddwl y cei di brynu dilladau ganddo!'

Gwelodd Siôn fod migyrnau John yn troi'n wyn wrth iddo gau ei ddwylo'n ddyrnau. Sylwodd, hefyd, ar y fflach o ofn yn llygaid Catrin, cyn iddi droi i ffwrdd a mynd i eistedd yn ddigon pell oddi wrth John. Yr eiliad honno, ymffurfiodd ynddo atgasedd oeraidd tuag at ei gyngyfaill. Ai dyna'r bywyd priodasol a wynebai Catrin? Cael ei thrin fel morwyn fach, ei gwasgu a'i sathru a'i churo, yn ôl pob tebygrwydd, nes byddai ei hysbryd wedi ei dorri'n llwyr, a'r direidi a'r hwyl wedi diflannu o'i llygaid am byth? Addawodd iddo'i hun na ddigwyddai hynny os gallai ef ei harbed. Haeddai lawer iawn gwell na bod yn gostrel had Bodwrda, ei hunig bwrpas i feichiogi a geni etifedd i'r cochyn bach hunanbwysig yma.

Wrth sylweddoli bod Prins, hefyd, yn ymwybodol o'r tyndra rhwng y ddau, penderfynodd fwrw ymlaen i drafod yr ymweliad ymhellach. Gydag ambell air gan Prins, adroddodd wrth John nad oeddynt wedi dod o hyd i fawr o bwys yn y tŷ, yn bennaf oherwydd i'r corrach bach fod wrth eu sodlau ble bynnag yr aent. Doedd dim modd dianc oddi wrtho, a'i lygaid bychain, mochynnaidd yn herio a gwawdio'u hymdrechion i'w osgoi.

'Ond mi roedd yna nifer anarferol o farrau a chloeon ar bob drws,' meddai Prins yn feddylgar, 'yn arbennig wrth gysidro lle mor ddiarffordd ydi o.'

'Diddorol ei fod o wedi dod â busnes Griffith Piers a'r trysor ar Enlli i'r amlwg ar ei liwt ei hun, hefyd,' ychwanegodd Siôn. Roedd yn rhaid iddo ailadrodd y sgwrs yn yr ardd er budd John.

'Wyt ti'n credu na wyddai Bodfel a gawson nhw drysor ai peidio?' holodd hwnnw wedi iddo orffen.

'Anodd dweud,' atebodd Siôn gan godi'i ysgwyddau. 'Yn sicr mae ganddo ddigon o gyfoeth i'w wasgaru rhwng pawb. Ond efallai ei fod wedi casglu'r cyfoeth hwnnw mewn modd hollol agored a chyfreithlon. Mae'n amlwg

yn marchnata cryn dipyn â gwledydd tramor.'
Penderfynodd mai dyma'r amser i ddatgelu ei
ddarganfyddiad pwysicaf ynglŷn â Thŷ Mawr. Ond nid
oedd am frysio gormod; byddai'n mwynhau eu gogleisio
gyntaf. 'Wyddoch chi sut roeddan nhw wedi creu'r arogl
dychrynllyd hwnnw pan oedd y diafoliaid ar y llwyfan?'
gofynnodd iddynt. Ysgydwodd pawb eu pennau'n
negyddol. 'Fe eglurodd un o'r actorion i mi. Roedd yn dric
cyffredin, dybiwn i, gyda'r hen basiantau crefyddol ers
talwm. Maent yn cymryd hen wyau – ac mi wyddoch pa
mor ddrewllyd ydi'r rheini – a'u cymysgu, ac yna trwytho
tamaid o ddefnydd, neu groen anifail, ynddyn nhw.'

Roedd yn siomedig yn ymateb y tri. Nid oedd yr un
ohonynt wedi deall arwyddocâd ei eiriau.

'Ydych chi ddim yn cofio beth ddwedodd Ifan a Mari
Grepach?' meddai, wrth geisio rhoi hwb i'w meddyliau.

'Tyrd yn dy flaen, Siôn,' meddai John yn ddiamynedd.
'Rwyt ti'n llawn cyfrinachau a phosau heno – ac yn
disgwyl i ni grafu pen i'w hateb. Dwed yr hyn rwyt ti'n
feddwl yn blwmp ac yn blaen.'

'O'r gorau. Fe soniodd Ifan a Mari am ddrewdod
ofnadwy, yn do? Drewdod brwmstan, medden nhw. A
chofiwch, roedd Mari'n hollol bendant iddi weld Cŵn
Annwn. Dyna mae hi'n wirioneddol gredu.' Roedd wedi
gobeithio y byddai Catrin neu Prins, o leiaf, yn dechrau
gweld ble'r oedd ei ddadl yn arwain, ond doedd dim
arwydd o hynny ar eu hwynebau. Rhaid egluro'r cyfan,
felly. 'Beth petai rhywun wedi paentio cynnwys wyau
drewllyd dros anifail, megis ci mawr, neu hyd yn oed
asyn, i wneud i'r pentrefwyr ofergoelus gredu mai'r
goruwchnaturiol oedd ar waith?'

Roedd pobman yn dawel wedi iddo orffen siarad. Yna
chwibanodd John yn isel.

'Beth am y tân a'r gwaed?' meddai Catrin yn amheus.

'Wel, wn i ddim yn iawn sut fasai rhywun yn mynd o'i chwmpas hi i greu'r effaith yna, ond rydach chi'n gweld be sy gen i. Roedd rhywun wedi paratoi'n ofalus ar gyfer y noson. Nid hap a damwain fyddai trefnu twyll o'r fath ar y pentrefwyr. Rydan ni, neu o leiaf roeddwn i, wedi cymryd yn ganiataol mai llofruddiaeth fympwyol roedd hi wedi'i chyflawni mewn gwylltineb, mewn eiliadau o wallgofrwydd, a rhwygo'r corff yn ddarnau.' Cymerodd saib i orffen ei win, ac ail-lenwodd John ei wydryn wrth wrando'n astud ar ei eiriau. 'Beth petai rhywun wedi trefnu popeth yn ofalus ymlaen llaw, wedi dewis noson dygwyl eneidiau er mwyn cyflawni'r weithred, ac wedi gwneud hynny mewn gwaed oer?'

'Ydi hynny'n gwneud gwahaniaeth?' holodd John.

'Rwy'n credu fod Siôn yn ceisio awgrymu,' meddai Prins yn araf, 'eich bod chi'n delio â pherson tra gwahanol yn yr achos yma. Rhywun sy'n gallu rhag-weld ei gyfle a chynllwynio'n ofalus, rhywun sy'n gallu cuddio'i weithred yn llwyddiannus a thaflu llwch i lygaid pawb. A rhywun sy'n ddigon didostur i gyflawni'r cyfan. Mewn geiriau eraill, rhywun peryglus iawn.'

Roedd ei eiriau'n ddigon i sobri pawb. Gorffennodd Siôn ei ail wydraid yn gyflym, a chodi ar ei draed gan ddylyfu gên.

'Pa bryd ydych chi'n cychwyn fory?' holodd Catrin.

'Gyda'r wawr. Bydd y llanw'n uchel bryd hynny. Felly mae'n well i mi ffarwelio â chi rŵan, os gwnewch chi fy esgusodi.'

Mewn lleisiau tawel a dwys, dymunodd pawb lwc dda iddo ar ei daith a'i gwest.

21

A spaniel, a woman and a walnut tree, the more they're beaten, the better they be.

Coflyfr Dame Sarah Cowper (c.1673–1700)

'Ga i 'i weld o?' gofynnodd Anne, gan estyn ei llaw yn eiddgar. Edrychai'n well heddiw, meddyliodd Catrin, a'i hysbryd yn siriolach. Rhoddodd lythyr ei brawd Edmwnd iddi, a threuliodd Anne y deng munud nesaf yn ei ddarllen. Roedd yn llythyr maith.

Ei brif bwt o newyddion, er i'r cena bach gadw'r peth tan y diwedd er mwyn ei phryfocio, oedd fod eu hewythr John Williams wedi cael ei ddyrchafu gan y Brenin i Archesgobaeth Efrog. Gan fod Archesgob Caergaint, William Laud, bellach dan glo yn y Tŵr Gwyn yn disgwyl ei brawf fel Strafford gynt, eglurodd y llythyr, golygai hyn mai Ewythr John oedd yr Eglwyswr uchaf ei stad ym Mhrydain gyfan, ac yn sicr o glust y Brenin. Mor braf oedd hi ar Edmwnd, meddyliodd Catrin yn genfigennus, yn cael bod ynghanol yr holl hwyl a phrysurdeb. Roedd rhan helaeth o'i lythyr yn disgrifio dychweliad y Brenin o'r Alban, a dyna'r rhan roedd Anne mor awyddus i'w darllen. Talodd henaduriaid y ddinas, ysgrifennai, sef arweinwyr yr urddau, i gael pob ffynnon ar y ffordd rhwng y Moorgate a phalas Whitehall yn rhedeg â gwin claret yn hytrach na dŵr. Ffurfiai milwyr yr urddau, yn eu gwisgoedd lliwgar, linell bob ochr i lwybr yr orymdaith, eu baneri'n chwifio a chlecian yn y gwynt ysgafn a chwythai i fyny o afon Tafwys.

Tra oedd Anne yn darllen, ceisiodd Catrin ddychmygu ei hun yno, a chorau pob eglwys, gan gynnwys cadeirlan Sant Pawl, yn sefyll yn nrysau'r eglwysi yn canu anthemau i'r Brenin wrth iddo farchogaeth heibio. Y dyrfa'n bloeddio eu cymeradwyaeth o weld y Brenin, y Frenhines a'u plant, a mawrion ei lys, ac o gael yfed i'w iechyd yn rhad ac am ddim o'r ffynhonnau. Ochneidiodd Catrin wrth feddwl nad oedd hi 'rioed wedi bod mewn tyrfa fawr o bobl. Byddai'n brofiad cyffrous, tybiai, a brawychus hefyd, yn arbennig wedi darllen fod yr union dorf honno, a ffurfiwyd o'r prentisiaid a'r gwragedd pysgotwyr a'r llongwyr a phob dihiryn dan haul, ddau ddiwrnod yn ddiweddarach yn galw am waed yr esgobion o gwmpas adeiladau'r Senedd.

'Mae'r tudalennau olaf yn sôn am y digwyddiadau'n y Senedd,' eglurodd Catrin wrth ei ffrind. 'Does dim raid i ti ddarllen y rheini, wsti.'

'Na, na, mae gen i ddiddordeb,' atebodd hithau heb godi ei phen o'r papur. 'Wel,' meddai o'r diwedd, gan roi'r llythyr yn ôl i Catrin, 'on'd ydych chi'n deulu pwysig!'

'Ond mae'n golygu y gwela i lai nag erioed ar fy mrawd,' meddai Catrin. 'Mae'n dda fod yr ardd gen i i feddwl amdani. Wnes i sôn wrthyt cymaint o wahaniaeth sy 'na yn ymddygiad Modryb Dorothy ar ôl i ni ddechrau cynllunio? Mae hi fel person hollol wahanol. Mae hi hyd yn oed yn siarad efo fi rŵan.'

'Go dda chdi,' cymeradwyodd Anne. 'Rwy'n siŵr fod Meistres Jane yn falch.'

'Ydi. Mae'n braf gweld ei hwyneb hithau gyda'r nosau rŵan, yn gwenu â phleser o glywed ei chwaer fach yn canu. Mi rydan ni am wneud un gwely blodau'n arbennig ar gyfer y tiwlip gefais i gan Alex Bodfel, a cheisio casglu rhagor ohonynt. Mae Siôn yn dweud eu bod nhw'n ffasiynol iawn yn Holand, ac yn werthfawr.'

'Dwyt ti byth wedi dweud hanes y parti wrtha i,' cyhuddodd Anne, ac roedd yn rhaid i Catrin unioni'r diffyg yn syth. Wedi iddi orffen, a'r ddwy wedi trafod a chwerthin am ben tric Bodfel gyda'i 'chwaer', eisteddodd Anne yn ôl ac edrych i fyw llygaid Catrin.

'Ond mae gen ti fwy i edrych ymlaen ato na'r ardd, siawns,' cogiodd geryddu, gan gyfeirio'n ôl at gŵyn flaenorol ei ffrind. 'Sut mae trefniadau'r briodas yn dod yn eu blaenau?'

'Mae'n rhy fuan i wneud trefniadau,' atebodd Catrin yn ddifater, 'er bod John wedi sôn y buasai'n hoffi priodi ynghynt na'r gwanwyn.'

'A dwyt ti 'rioed wedi gwrthod?' meddai Anne yn anghrediniol. 'Beth sy'n bod? Wyt ti ddim eisiau ei briodi o?' cellweiriodd, yna sylwi'n sydyn nad pwnc i gellwair yn ei gylch oedd hwn i Catrin. 'Beth sy'n bod, Catrin? Ydych chi ddim yn cyd-dynnu?'

Wyddai Catrin ddim sut i ateb. Roedd yn sicr na feiddiai yngan yr un gair am Siôn, ond pa mor bell allai hi ymddiried yn Anne, mewn gwirionedd? A fyddai hi'n datgelu'r cyfan i'w gŵr, ac yntau yn ei dro yn siarad â'r Sgweiar? Cododd ei hysgwyddau'n anfodlon.

'Wn i ddim,' meddai'n dawel. Tynnodd anadl ddofn, a mentrodd ddweud ei chŵyn. 'Mi wnaeth o 'nharo i'r dydd o'r blaen, ar draws fy wyneb.'

Nid ymatebodd Anne yn syth. Gwyrodd ymlaen i afael yn llaw ei ffrind a gofyn, 'Wnest ti rywbeth i'w ddigio?'

Cododd pen Catrin yn gyflym a rhythodd ar Anne. 'Naddo!' atebodd yn chwyrn, cyn ychwanegu'n dawelach, 'Wel, mi roeddwn i wedi ei daro fo gyntaf – ond mi roedd o'n haeddu hynny,' meddai'n gyflym wrth weld y sioc ar wyneb Anne. 'Mi roedd o wedi bod yn fy nghyhuddo o bob mathau o gamweddau gwirion, ac ar ben hynny, mi alwodd fi'n dwp!'

'Catrin fach, rhaid i ti ddysgu pwyllo, wsti. Beth oedd y camweddau yma i gyd?'

Rhestrodd Catrin hwy, ei chynddaredd yn ailgydio ynddi wrth wneud hynny. Ysgydwodd Anne ei phen yn araf wedi iddi orffen.

'Lle'r wraig yw ufuddhau i'w gŵr,' oedd ei hunig sylw. Siomwyd Catrin gan ei hymateb. Roedd wedi disgwyl o leiaf ychydig o gefnogaeth a chydymdeimlad.

'Ond fydd Sieffre ddim yn dy guro di!' dadleuodd.

'Dim ond pan fydda i'n ei haeddu,' atebodd Anne. Edrychodd Catrin arni'n hir.

'Welais i 'rioed mo Nhad yn curo Mam,' meddai'n dawel.

'Efallai wir,' atebodd Anne. 'Mae pob dyn â'i ffordd ei hun o reoli gwraig. Ond mae'n rhaid i ti ddysgu, Catrin, fod gwraig yn israddol i'w gŵr. Mae'r Beibl yn dweud hynny. *"Canys nid yw y gŵr o'r wraig, ond y wraig o'r gŵr; Ac ni chrewyd y gŵr er mwyn y wraig, eithr y wraig er mwyn y gŵr".'*

'Ond os yw'r gŵr yn deud pethau gwirion, ac yn ymddwyn yn ffroenuchel heb reswm, ydi gwraig i fod i oddef hynny?'

'"Ond nid wyf yn cenhadu i wraig athrawiaethu, nac ymawdurdodi ar y gŵr, eithr bod mewn distawrwydd." Dyna eiriau Sant Pawl. Os yw gwraig yn sarhau ei gŵr, ac yn ei anwybyddu, sut all y gŵr wedyn ddisgwyl parch gan ei gyfoedion a'i gymdeithas?'

Ochneidiodd Catrin yn anfodlon. Nid dyma beth fynnai ei glywed. Cododd a cheisio ymddangos fel petai wedi derbyn geiriau ei ffrind. Roedd ei siom yn enbyd. Teimlai bron ei bod wedi colli ei hunig ffrind yn y pentref. Daeth y forwyn fach â dysglaid o laeth enwyn i'w meistres a hithau, pe dymunai hynny, ond gwrthododd, gan esgus ei bod bron yn amser cinio ym Modwrda.

Wedi gadael y ficerdy, fodd bynnag, teimlai'n amharod i ddychwelyd i'r plas. Aeth i lawr at yr afon, a dilyn y llwybr i fyny at fwthyn Twm Elias. Doedd Siôn byth ymhell o'i meddwl. Efallai mai dyna pam roedd ei thraed yn ei harwain y ffordd yma, ymgais i gadw rhyw fath o gyswllt ag ef oedd mynd heibio i gartref ei fam. Roedd Meinir allan yn yr ardd fechan yn palu a chwynnu clwt bach er mwyn i rew y gaeaf gael cyfle i friwsioni'r pridd. Cododd ei phen pan glywodd gerddediad Catrin, a gwenodd yn swil. Sythodd ei chefn a rhoddi cwrtsi bach iddi.

'Bore da, Meinir,' meddai Catrin, gan gymryd hoe i bwyso ar y giât. 'Rydach chi'n brysur, rwy'n gweld. Ble mae Ryff heddiw?'

Ar y gair, daeth y ci bach i'r golwg a rhedeg i'w chyfarch, gan neidio i fyny ar y giât mewn ymdrech i'w chyrraedd. Agorodd Catrin y giât, a cherdded i'r ardd i anwesu'r ci. Rhoddodd Meinir ei fforch o'r neilltu, a sychu'i dwylo yn ei ffedog. Edrychai'n anniddig, heb arfer gydag ymweliadau gan foneddigesau.

'Hoffech chi ddod i'r tŷ, Miss Catrin?' cynigiodd yn betrusgar. 'Dydan ni ddim yn grand yma, ond mae croeso i chi . . .'

Rhoddodd Catrin un o'i gwenau rhadlonaf iddi, a derbyniodd y cynnig yn ddiolchgar. Roedd yn hoff o fam Siôn. Roedd yn dawel a diffwdan, yn weithgar a chymwynasgar. Clywodd amryw droeon ei Modryb Jane yn canmol gwraig y gof am ei gofal o'r trueiniaid, a'i pharodrwydd i wneud cymwynas â'i chymdogion. Arweiniodd Meinir y ffordd i'r bwthyn, ac arwyddodd i Catrin eistedd ar y setl fawr wrth y tân. Ceisiodd Catrin ei gwneud yn fwy cysurus ei meddwl drwy drafod yr hyn a'r llall, a sôn am arddio, a'i bwriad i ail-greu gerddi Bodwrda. Derbyniodd ddysglaid o laeth enwyn, tra gorweddai Ryff ar ei thraed, a holodd yn ysgafn am Siôn. Nid oedd ei fam wedi clywed dim oddi wrtho, wrth gwrs, er iddi dynnu sylw at y ffaith fod Ryff yn ei golli'n arw.

'Ddylai Siôn ddim rhoi cymaint o sylw iddo,' dwrdiodd. 'Mi ddifethith y ci'n lân, a beth sy'n mynd i ddigwydd pan mae o'n mynd i ffwrdd am byth? Be mae'r ci bach yn mynd i'w wneud wedyn, hoffwn i wybod?'

Ie wir, meddyliodd Catrin yn drwmgalon. Beth ydan ni'n mynd i'w wneud wedyn? Cododd pen Ryff yn sydyn, ei glustiau ar i fyny, a chlywsant wich y giât yn agor. Rhedodd Ryff at y drws, ei gynffon yn ysgwyd yn ddisgwylgar, ei ben ar osgo.

'Y gŵr adref am ei ginio,' ymddiheurodd Meinir, gan brysuro i dorri tafelli o fara a'u gosod ar y bwrdd, ac yna dywallt llond ladl fawr o gawl poeth i ddysgl bren, a'i osod wrth y bara. Daeth Twm i mewn. Cyfarchodd y ci'n ddienaid, a gwenodd ar Catrin fel petai'r peth mwyaf naturiol yn y byd iddo weld darpar feistres Bodwrda yn eistedd wrth ei dân. Edrychodd ar y bwyd a ddisgwyliai amdano ar y bwrdd ond ysgydwodd ei ben yn araf.

'Fawr o awydd bwyd heddiw, Meinir fach,' dywedodd wrth ei wraig. 'Rydw i am fynd i orwedd am ychydig. Wnewch chi f'esgusodi i?' Cerddodd heibio iddynt am y drws yn y pared, a'i gau'n dynn y tu ôl iddo. Roedd wyneb Meinir yn llawn gofid, a thybiai Catrin fod dagrau'n casglu yn ei llygaid.

'Ydi o'n gwaelu?' holodd yn dyner.

'Wn i ddim,' meddai Meinir yn ddistaw, gan ysgwyd ei phen. 'Wn i ddim beth sy'n bod, wir. Mae o wedi bod fel hyn ers dyddiau, bellach. Dydi o ddim yn cysgu'n dda'n y nos, chwaith.'

'Oes ganddo fo boen?' holodd Catrin.

'Mae o'n deud nad oes dim, ond mi wn i ei fod o'n poeni ynghylch Siôn, a'r holl holi 'ma. Mae o'n teimlo'n gyfrifol, rywsut. Mi fyddai'n dda gen i tasa Siôn yn rhoi'r gorau iddi. Pam na allith o dderbyn beth sydd wedi digwydd, fel pawb arall?' Wrth ddweud y geiriau yma, roedd wrthi'n tywallt y cawl yn ôl i'r crochan, yna 'sgubodd y briwsion oddi ar y bwrdd ar ôl cadw'r tafelli bara. Cododd Catrin ar ei thraed. Roedd yn amlwg nad oedd ei phresenoldeb yn gwneud dim ond cadw'r wraig rhag ei dyletswyddau.

Dilynodd Meinir hi at y giât, ond cyn i Catrin allu mynd drwyddi, gafaelodd yn ei braich.

'Miss Catrin,' meddai, a gobaith yn ei llygaid, 'oes gennych chi ddylanwad ar yr hogyn 'na? Allwch chi mo'i berswadio fo i roi'r gorau iddi? Neu allwch chi berswadio Meistar John i gael gair yn ei glust? Mi fyddai'n siŵr o wrando ar Meistar John.'

Gwenodd Catrin arni, ond ni allai addo dim o'r fath. P'un bynnag, fe wyddai â sicrwydd na fyddai gan Meistar John ddim pwt o ddylanwad ar Siôn Rhisiart.

Brathodd John ei wefus isa'n ffyrnig wrth wylio Alex Bodfel yn marchogaeth i ffwrdd ar draws y traeth. Oni bai am Gwilym, mi fyddai'r diawl wedi ei weld yn gwneud smonach o bethau. Wrth lwc, roedd ei was wedi sylwi ar y marchog unig yn dod i lawr o Uwchmynydd, ac wedi cael y dynion i sythu am yr unig dro y bore hwnnw, a'u cael i fartsio i fyny ac i lawr y traeth yn debycach i filwyr nag unrhyw dro o'r blaen, tra oedd ef yn gyrru'r plant dieflig yna o'r fynwent, lle'r oeddan nhw wedi dod o hyd i guddfan ardderchog i wylio'r dynion yn ymarfer a galw enwau gwatwarus arnyn nhw.

Ond sut allai dyn ddisgyblu rhyw griw o ddynion mor anystywallt pan mae ei feddwl ar faterion uwch? Roedd llythyr Edmwnd Williams a gyrhaeddodd y bore hwnnw wedi rhoi cryn ysgytwad i John, ac ni allai ganolbwyntio'n llawn ar ddim arall.

'Ydach chi wedi gorffen efo'r dynion, syr?' torrodd llais Gwilym ar draws ei fyfyrdodau. Amneidiodd ar iddynt fynd o'i olwg, a chlywodd Gwilym yn eu siarsio i ddod yn brydlon i'r ymarfer nesaf ymhen wythnos. Gan adael Gwilym i drefnu pethau, trodd pen ei geffyl tuag at Fynydd Ystum. Roedd am gael ychydig o heddwch i feddwl dros bethau. Ond newidiodd ei feddwl, ac aeth am y weirglodd bella yn lle hynny. Wrth ddilyn afon Cyllyfelin allan o'r pentref, ffieiddiai at haerllugrwydd Bodfel yn dod ato ar y traeth a'i gyfarch fel hen ffrind, a dweud, gyda'i wyneb yn hollol syth, fod Henrietta'n cofio ato ac wedi mwynhau ei gwmni'n arw! Pe bai wedi gallu meddwl am ateb cymwys, buasai wedi rhuo Bodfel allan o fodolaeth. Yn lle hynny, roedd wedi sefyll yn fud tra oedd Bodfel yn dweud ei fod ef a'i chwaer yn hwylio gyda'r llanw fore trannoeth, ac nad oedd amser iddynt ddod i Fodwrda i ffarwelio'n ffurfiol. Gobeithiai y byddai John a Miss Catrin yn maddau eu diffyg cwrteisi, a gwenodd y diawl wrth droi i ffwrdd a'i adael fel pren disymud yn syllu ar ei ôl.

Beth petai'n troi'r gyfraith ar Bodfel, meddyliodd wrth farchogaeth ger yr afon. Fyddai modd i achos o sodomiaeth lwyddo, tybed? Cysidrodd y mater. Y maen tramgwydd mwyaf oedd bod ei gefnder, Syr John Bodville, â swydd mor uchel a dylanwadol yn Llwydlo. Mi fyddai hwnnw'n sicr o allu cuddio'r cyfan er mwyn arbed un o'i deulu rhag crogi. Serch hynny, gwarth yw gwarth, a doedd hi ddim yn iawn i'r rhai â dylanwad allu gwneud fel fyd a fynnent. Efallai y dylai gael gair efo'i dad ynglŷn â'r mater. Fe fyddai ef, fel Ustus Heddwch, yn gwybod mwy o'r gyfraith.

Trodd ei feddwl at fater arall a'i blinai, sef llythyr ei

ddarpar frawd-yng-nghyfraith. Gan fod ei geffyl yn dilyn y llwybr yn dawel, heb siawns i droi i ffwrdd oddi arno, tynnodd y llythyr allan o'i ddwbled i'w ailddarllen.

Palas Hampton Court
2il o Ragfyr 1641

Annwyl John,

Anfonaf hwn gyda'm llythyr i Catrin, gan i mi feddwl fod y digwyddiadau rwy'n eu disgrifo'n hynod o bwysig i bawb drwy'r wlad. Gofynnaf i ti ledaenu'r wybodaeth drwy'r ardal, a chymryd pob gofal bosib i ddiogelu'ch hunain yna yn Llŷn. Y Duw Mawr yn unig a ŵyr ein dyfodol.

Am un o'r gloch y bore ar y 23 o Dachwedd, dau ddiwrnod cyn dychweliad y Brenin o'r Alban, gosodwyd y Gwrthdystiad Mawr, y Grand Remonstrance, o flaen Tŷ'r Cyffredin, ac fe gafodd ei dderbyn gyda mwyafrif o ddim ond un bleidlais ar ddeg. Ceisiodd ein cyfaill da, Geoffrey Palmer, wrthwynebu'r bleidlais, o weld mwyafrif mor bitw, ond roedd ymateb y rhelyw yn y Siambr i'w eiriau yn hyll a threisgar tu hwnt. Y canlyniad yw fod Geoffrey druan yn awr yn gorwedd yng ngharchar y Tŵr Gwyn am feiddio gwrthsefyll cynlluniau Pym.

Fe wrthododd y Brenin, ar gyngor ein hewythr (fe roddais newyddion ei ddyrchafiad i Archesgobaeth Efrog yn y llythyr i Catrin), wneud unrhyw sylw na dangos unrhyw ymateb i'r Gwrthdystiad sarhaus am wythnos gyfan nes i ddirprwyaeth o Dŷ'r Cyffredin, dan arweiniad Syr Ralph Hopton, gyrraedd Hampton Court neithiwr wrth iddi nosi.

Newydd ddychwelyd o ddiwrnod o hela oedd y

303

Brenin, ond derbyniodd y fintai gyda pharch, heb
wneud iddynt ddisgwyl fawr mwy na chwarter awr,
a siarsiodd hwy i godi pan ddechreuasant ddarllen
y Gwrthdystiad ar eu gliniau. Gwnaeth ambell
sylw ffraeth wrth iddynt fynd drwy'r rigmarôl
diflas, a chadwodd olwg ddymunol a rhesymol ar
ei wyneb drwy'r perfformiad cyfan. Chawson nhw
ddim o'r boddhad o'i weld yn colli ei dymer, hyd yn
oed pan wrthodasant ateb ei gwestiynau!
Ymadawodd â hwy'n gyfeillgar, a chynnig
lletygarwch iddynt, gan ofyn am amser i ystyried y
ddogfen.

Dyna'r sefyllfa, felly, ar hyn o bryd. Duw a ŵyr
beth fydd ymateb Pym i hyn. Mae'r Brenin yn
ffyddiog, ond mae f'ewythr yn disgwyl y gwaethaf.
Cei ragor o wybodaeth fel mae digwyddiadau'n
datblygu.

Dy gefnder,
Edmwnd.

Byddai'n rhaid iddo gael y dynion ynghyd i ymarfer yn amlach, meddyliodd, er y byddai mwy o rwgnach fyth petai'n gwneud hynny. Gadawodd yr afon wrth y rhaeadr, a dringo i fyny i'r ucheldir. Ger ffiniau'r weirglodd, arhosodd ac edrych o'i gwmpas. Roedd gwartheg duon yn pori yno, ac roedd yn anodd dweud p'un ai gwartheg Bodwrda oeddent ai peidio. Cerddodd ei geffyl ar hyd y ffiniau, a gwelodd y man lle'r oedd yr hyrdlau wedi eu malu a'r gwartheg wedi torri drwyddynt i diroedd Carreg; blerwch nad oedd yn dderbyniol iddo. Byddai'n well ganddo anfon un o'r gweision i'w trwsio, Enoch neu beidio, na'u gadael fel hyn.

Cychwynnodd yn ôl am Fodwrda. Byddai'n rhaid iddo chwilio'n fanwl trwy bob tamaid o bapur yng nghist weithredoedd ei dad. Mae'n rhaid fod rhyw gofnod o'r gwerthiant yno'n rhywle. Roedd y goriad wedi ailymddangos yn y drôr erbyn neithiwr, a phenderfynodd dreulio'r prynhawn yn chwilota. Wrth farchogaeth heibio'r ardd am y stablau, gwelodd Catrin a Modryb Dorothy, y ddwy wedi'u lapio'n gynnes yn eu clogynnau, yn siarad â'r garddwr. Er i ran o'i galon deimlo'n falch o weld ei fodryb mor fywiog, gobeithiai nad oeddynt yn bwriadu gwario gormod o arian ar yr ardd na gwastraffu amser y garddwr.

22

Fy mab, ofna yr Arglwydd a'r brenin, ac nac ymyrr
â'r rhai anwastad: Canys yn ddisymwth y cyfyd eu
distryw hwy: a phwy a ŵyr eu dinistr hwy ill dau?

Diarhebion, XXIV: 21–22

Die Martis, 23° Novembris 1641
Ordered, That the Justices of Peace of all Counties,
those especially bordering upon the Sea Coasts, and
the Officers of the Port Towns, shall be required,
from this House, to make strict Inquiry after all
suspected Persons, especially Irish; and take Course
for the Restraining all such from going out of this
Kingdom into Ireland.

Dyddlyfr Tŷ'r Cyffredin

Gorweddodd Siôn yn ôl ar y gobennydd a chau ei lygaid.
Ceisiodd ymlacio digon i ennill rhywfaint o gwsg, ond
wedi hanner awr o droi a throsi, gwyddai fod hynny'n
amhosibl. Roedd y deng niwrnod diwethaf wedi bod yn
ormod o hunllef.

Cychwynnodd y siwrnai am Aberaeron yn ddigon
tawel, a chredai fod ffawd o'i ochr pan ddarganfu, drwy
sgwrs gydag un o'r morwyr, fod Dafydd Rhys wedi boddi
mewn storm dros ddeng mlynedd yn ôl. Roedd y morwr a
Dafydd Rhys yn ffrindiau, ac ar yr un llong pan
ddigwyddodd y llongddrylliad. Tra llwyddodd y morwr i
arbed ei fywyd, golchwyd Dafydd Rhys oddi ar fwrdd y
llong, a'i golli yn y môr. Yr unig ffaith o ddiddordeb oedd

bod Dafydd Rhys wedi marw'n ddyn chwerw: ni allai sgwrsio am ddim ond ei ysfa i ddial ar y rhai a'i twyllodd. Ni welai Siôn unrhyw bwrpas, felly, mewn glanio nac yn Aberaeron na'r Cei Newydd, a phan ddywedodd y capten eu bod yn hwylio 'mlaen i Fryste, penderfynodd aros gyda'r llong. Roedd wedi bod yn anesmwyth ei feddwl ynghylch ei ffrind byth ers i Prins ddweud fod yr Arglwydd Raglan a Iarll Caerwrangon wedi eu harestio fel bradwyr, a'u cadw yn y Tŵr Gwyn. Beth oedd hanes Henry, tybed? Oedd yntau wedi dioddef fel un o'r cant a mwy a gafodd eu dal yr un pryd?

Bwriadai'r capten aros ym Mryste i ddadlwytho dros nos cyn hwylio am Gaerwent, yna'n ôl i Bwllheli, felly manteisiodd Siôn ar y cyfle i fynd i'r lan. Oherwydd ei bryder, cerddodd i fyny o'r dociau gyda'i holl gyneddfau'n effro i berygl. Siomwyd ef gyda'r newid yn awyrgylch y ddinas, fel petai pawb ar bigau'r drain. Roedd prysurdeb ymhobman, a phob arwydd o gwrteisi yn angof ymysg y trigolion. Yn waeth na hynny, roedd lleisiau'n bytheirio a phregethu ar gongl strydoedd, fel petai pob cigydd a phob pobydd wedi troi'n ddiwinydd o argyhoeddiad, rhai'n bygwth Dydd y Farn ac eraill yn addo'r Ailddyfodiad, gan erfyn ar eu cynulleidfa i edifarhau a dangos gwyleidd-dra ar gyfer ailymweliad Crist â'r ddaear dramgwyddus. Arhosodd Siôn yn y farchnad i brynu afal gan ffermwr. Roedd yn anodd clywed pris y ffrwyth oherwydd twrw olwynion yr holl droliau ŷd oedd yn cael eu llusgo i fyny'r ffordd gan geffylau tenau, blinedig.

'Ble mae'r rheina'n mynd?' holodd pan syrthiodd ysbaid o dawelwch wrth i'r prosesiwn arafu oherwydd rhyw ffrwgwd ymhell tua'r blaen.

'Neuadd y dref,' atebodd y ffermwr yn sychlyd. 'Maen nhw'n prynu pob tamaid o rawn y gallan nhw, ac am

brisiau mor dda fel na all y ffermwyr eu gwrthod.'
Ysgydwodd ei ben yn sarrug. 'Mi fydd 'na newyn y gaea
'ma, gewch chi weld. Wnaiff y rheina fyth werthu'r blawd
am lai na'r pris dalon nhw amdano!'

Meddyliodd Siôn fod hynafgwyr y dref yn debycach o
fod yn paratoi ar gyfer gwarchae a rhyfel na dim byd
arall, er na ddywedodd hynny wrth y ffermwr. Gwthiodd
ei ffordd drwy'r dyrfa, a sylwodd nad yr hynafgwyr yn
unig oedd yn prynu bwyd fel petai saith mlynedd o
newyn wedi ei ddarogan. Roedd pob gwraig tŷ'n prynu
popeth y gallai ei fforddio, ac ambell ddadl ddigon
chwerw i'w chlywed yma ac acw o amgylch y stondinau.
Sylwodd, hefyd, fod prisiau nwyddau wedi codi y tu hwnt
i bob rheswm. Roedd y ffermwr yn sicr o fod yn iawn yn
ei sylw y byddai'r tlodion yn llwgu.

O leiaf fe deimlai'n ddiogel ymhlith y fath dyrfa, yn
weddol sicr nad oedd neb wedi cymryd sylw arbennig
ohono nac wedi ei ddilyn. Doedd o ddim yn bell o
ystafelloedd ei ffrind erbyn hyn: dwy ystafell fechan
uwchben gweithdy saer mewn stryd gul a redai'n
gyfochrog â'r stryd fawr. Yn y gornel bellaf oddi wrth y
ffermwr a'i afalau roedd tyrfa'n gwylio dwy
ddrwgweithredwraig yn derbyn eu cosb. Arhosodd Siôn
am ysbaid i wylio. Roedd y ddwy yn noeth hyd at eu
gwasgau, ac wedi eu rhwymo â rhaffau i'r rhigod wrth i
ddau ddyn eu fflangellu'n gyhoeddus. Roedd golwg
weddol ifanc ar un, ei phen yn isel wrth i'w chorff wyro
yn erbyn y rhigod o dan bwysau'r lach, ei phengliniau'n
gwegian gyda phob trawiad. Gallai Siôn weld ei
gwefusau'n ffurfio geiriau, ac er na allai eu clywed dros
alwadau gwawdlyd y dorf, gallai ddirnad mai gweddïo
am drugaredd yr oedd y greadures druenus. Holodd
wraig a safai'n ddistaw yn gwylio'r cosbi, a deallodd mai
cabledd oedd y drosedd, honiad gan y ddwy eu bod yn

ddewisedig gan Dduw i dderbyn ei had Ef, fel y Forwyn Fair gynt. Fe fyddai hoelion yn cael eu gyrru drwy dafodau'r ddwy yn y man, ychwanegodd y wraig yn foddhaus.

Prysurodd Siôn yn ei flaen, yn falch o gyrraedd y stryd dawel o olwg a thwrw'r dorf. Roedd Henry'n llogi dwy ystafell oedd yn rhan o dŷ saer coed a'i deulu, y teulu'n byw yn yr ystafelloedd blaen a ochrai ar y stryd, ac ystafelloedd Henry uwchben stordai yn y cefnau. Roedd meddwl Siôn yn llawn o'r hyn a welsai, ac ni sylweddolodd fod dim o'i le nes iddo fynd i lawr y llwybr cul wrth dalcen tŷ'r saer, a'i fod ar fin curo'r drws. Roedd wedi codi ei law'n barod i gnocio pan symudodd y drws fymryn gyda'r awel a chwythai i lawr y llwybr. Ymhen eiliadau roedd yn hollol wyliadwrus, a diolchodd i'r nefoedd ei fod yn gwisgo'i gleddyf. Llaciodd hwnnw yn ei wain a gwthio'r drws ar agor yn araf â blaen ei droed. Edrychodd unwaith dros ei ysgwydd i sicrhau nad oedd neb yn ei wylio o'r stryd, yna camodd i mewn i'r hanner tywyllwch a sefyll yn hollol lonydd. Tynnodd ei gleddyf allan, ei lygaid yn ceisio treiddio trwy'r gwyll i chwilio am unrhyw elyn.

Roedd Henry ymysg y bobl fwyaf gwyliadwrus a gyfarfu Siôn erioed, a doedd gadael drws y stryd ar agor ddim yn nodweddiadol ohono o gwbl. Roedd rhywbeth o'i le, ac ofnai'r gwaethaf. Wedi gwrando'n astud am rai munudau, heb glywed yr un smic, mentrodd Siôn gerdded ymlaen ar flaenau'i draed, yn barod ar gyfer unrhyw dwrw neu symudiad. Agorai'r drws ar goridor hir, cul, tywyll a redai ar hyd cefn y gweithdy. Ar un adeg, mae'n debyg, roedd y lle'n ddau adeilad ar wahân, y gofod rhyngddynt gynt yn ffurfio'r coridor yn awr. Cofiai fod y grisiau i'r llawr uwchben, sef ystafelloedd ei ffrind, ryw draean o'r ffordd i lawr y coridor. Cerddodd yn ofalus, ei ysgwydd chwith yn pwyso yn erbyn y wal, nes teimlo gofod y grisiau. Arhosodd eto i wrando. Roedd pobman fel y bedd, hyd yn oed y gweithdy. Tybiodd fod y saer coed ar ddiwrnod gŵyl, neu wedi ymddeol, neu'n farw. Galwodd enw'i gyfaill yn ysgafn, ond heb gael ateb. Doedd dim amdani ond dringo i fyny.

Ym mhen y grisiau roedd drws, a hwnnw ar gau. Cododd Siôn y glicied yn ofalus a'i gilagor. Dim smic. Mentrodd i mewn, a chael ei hun yn sefyll rhwng dau ddrws arall oedd hefyd ar gau. Agorodd y drws chwith led y pen, fel na allai neb guddio y tu ôl iddo, a phan welodd fod yr ystafell yn wag, cerddodd i mewn. Roedd y lle mewn cryn lanast. Deuai golau egwan o'r ffenestr fechan, fudr gan ddangos annibendod ymhobman: dilladau wedi eu taflu i bob cwr, papurau a llyfrau blith draphlith ar y llawr, a chist fechan ar agor wrth ymyl gwely palis. Croesodd yr ystafell ac edrych i mewn i'r gist, a gweld bod rhywun fel petai wedi dechrau cadw'i eiddo ynddi ar gyfer siwrnai. Cododd ddwbled a orweddai hanner ar y gwely, a hanner ar y llawr, a syllu arni. Roedd yn ei hadnabod fel dwbled Henry. Gollyngodd hi i'r gist a phenderfynu chwilio'r ystafell arall. Unwaith eto, cododd y glicied yn ofalus, a'r tro yma, cyn mentro i mewn, galwodd enw ei gyfaill yn dawel.

'Siôn?' Daeth yr ateb mewn llais egwan, toredig, anghrediniol: llais Henry.

Gorweddai ei gyfaill yn sypyn yng nghornel yr ystafell, yn cuddio orau y gallai y tu ôl i gist dderw annigonol.

'Siôn, diolch i'r nefoedd dy fod ti yma,' meddai Henry'n gryglyd. Croesodd Siôn ato'n gyflym a cheisio'i gynorthwyo i'w draed, ond ataliwyd ef gan gri o boen.

'Beth sy'n bod? Beth sydd wedi digwydd?' Edrychodd Siôn o'i gwmpas a gweld stwmp o gannwyll ar fwrdd ger y ffenestr fechan. Goleuodd hi a'i gosod ar y gist er mwyn gweld ei gyfaill yn well. Sugnodd ei anadl i mewn yn gyflym wrth weld ei gyflwr. Roedd dwylo Henry wedi eu rhwymo mewn cadachau gwaedlyd, afiach, a sylwodd Siôn fod y mymryn lleiaf o arogl pydredd yn dod ohonynt. Roedd yr wyneb, hefyd, yn dangos olion gwaed, ond yr hyn a'i dychrynai fwyaf oedd y gruddiau suddedig a'r llygaid fel pyllau dwfn yn y sgerbwd o benglog. Y tro olaf iddo weld Henry, roedd yn ŵr llawer trymach nag ef ei hun. 'Dduw Mawr Hollalluog, beth sydd wedi digwydd i ti?' holodd drachefn mewn arswyd.

'Dŵr,' atebodd Henry. 'Ga i lymaid o ddŵr?'

Treuliodd Siôn yr hanner awr nesaf yn ceisio diwallu anghenion ei gyfaill. Roedd piser o ddŵr ar y bwrdd, ond edrychai'n llychlyd ac afiach. Wedi llwyddo i gael ei gyfaill ar y gwely aeth allan drwy'r cefnau at dafarndy lle'r oedd y forwyn yn gyfeillgar â Henry, yn glanhau a chario bwyd iddo o bryd i'w gilydd. Ganddi hi cafodd biser o gwrw bach, a dysglaid o wyau wedi eu curo gydag ychydig o frandi a llefrith. Addawodd y ferch ddod draw cyn gynted ag y gallai gyda dŵr poeth â halen, cadachau glân, a photes maethlon. Yfodd Henry'r cwrw a'r wyau'n ddiolchgar, yna dechreuodd Siôn ar y gwaith annymunol o ddatod y cadachau drewllyd oddi ar ei ddwylo. Tra oedd yn gwneud hyn, holodd ei ffrind a chael rhywfaint o'i hanes.

Arestiwyd ef yn ystod oriau mân un bore, pan ddaeth dynion i guro'i ddrws i lawr a'i lusgo i ffwrdd i'r carchar. Roedd hyn tua'r un pryd ag y darganfuwyd cynllwyn Iarll Caerwrangon. Cadwyd ef yn y carchar, gyda dim ond piser o ddŵr a thafell o fara cras i'w fwyta bob dydd, a phob dydd câi ei holi a'i groesholi ynglŷn â'i gyfeillion, ei feistri a'i rwydwaith. Cafodd ei gyhuddo o gynllwynio teyrnfradwriaeth yn erbyn y Brenin a'r Senedd. Mynnodd

Henry iddo wadu unrhyw wybodaeth am eu honiadau, a dyna pryd y dechreuodd y poenydio.

Erbyn hyn roedd y ferch wedi cyrraedd, a gallai Siôn olchi'r dwylo yn y dŵr halen. Ceisiodd Henry frathu ei wefus rhag sgrechian. Wedi golchi'r cremst gwaed i ffwrdd yn ofalus, teimlodd Siôn wacter yn ei stumog wrth weld fod yr ewinedd wedi cael eu rhwygo oddi ar ben pob bys. Roedd y cig noeth yn fflamgoch a llidus, er y tybiai nad oedd y pydredd eto'n beryglus o ddrwg. Ailrwymodd y bysedd yn y cadachau glân, a siarsio'i ffrind i geisio'u golchi o leiaf ddwywaith y dydd mewn dŵr halen. Roedd y ferch o'r tafarndy'n dal yno, a sylwodd Siôn ei bod yn bryderus ynghylch Henry. Tybiai iddi fod mewn cariad â'i ffrind. Gofynnodd iddi edrych ar ôl y dwylo, ac addawodd hithau y byddai'n gwneud ei gorau. Gwnaeth yr hyn a fedrai gan fynd â'r dŵr gwaedlyd a'r hen gadachau gyda hi, ac wedi iddi fynd, ymbiliodd Henry ar i Siôn roi'r gist dderw ar draws drws pen y grisiau. Gwnaeth Siôn hynny.

'Sut gawson nhw wybod amdanat ti, tybed?' meddai Siôn wedi aileistedd wrth ochr y gwely. 'Oedd rhywun o griw Iarll Caerwrangon wedi rhoi dy enw iddyn nhw?'

'Wn i ddim,' atebodd Henry, 'ond mi roedd ganddyn nhw ddiddordeb aruthrol yn fy modrwy. Holi o ble cefais i hi, ac i bwy oeddwn i'n gweithio.'

'Lle mae hi rŵan?' gofynnodd Siôn yn dawel.

'Ddim gen i, mae hynny'n sicr,' atebodd Henry'n chwerw. 'Cyn rhwygo fy ewinedd, roeddan nhw'n ddigon meddylgar i dynnu'r fodrwy i mi!' Byseddodd Siôn ei fodrwy ei hun, a phenderfynu ei thynnu. Cadwodd hi'n ofalus mewn cod bychan y tu mewn i'w ddwbled. Doedd hi ddim yn ddiogel ei gwisgo mwyach: roedd wedi amau hynny wedi ei sgwrs â Prins dros dair wythnos yn ôl: rhyw wythnos ar ôl i Henry gael ei garcharu, cysidrodd Siôn yn feddylgar. Oedd cysylltiad rhwng y ddau beth, tybed, ynteu ai cyd-ddigwyddiad oedd y cyfan? Os oedd cysylltiad, yna codai nifer o gwestiynau pellach, a'r prif un oedd: pwy oedd Prins, a pha wybodaeth a dylanwad oedd ganddo? Os oedd cysylltiad, cawsai Prins ei wybodaeth yn arswydus o gyflym, ac roedd wedi manteisio ar gyfle annisgwyl i holi Siôn. Nid oedd modd iddo wybod y byddai Siôn yn yr ymladd ceiliogod y diwrnod hwnnw, gan na wyddai Siôn ei hun am ei fodolaeth nes dod ar draws Thomas Jones.

'A sut lwyddaist ti i ddod yn rhydd?' holodd Siôn wedyn.

Cymerodd Henry gryn amser cyn ateb. 'Rydw i'n credu mai'r fodrwy wnaeth y gwahaniaeth,' dywedodd o'r diwedd.

'Beth, oes gennym ni rywun yn y castell yma?' gofynnodd Siôn mewn syndod.

'Na, nid dyna rwy'n ei feddwl,' ysgydwodd Henry ei ben. 'Dynion gwahanol fu'n holi am y fodrwy, nid pobl y siryf yma ym Mryste. Wn i ddim pwy oeddan nhw, ond roeddan nhw'n amlwg â dylanwad eithriadol, achos roedd y siryf yn ufuddhau i'w gorchmynion nhw. Ac fe ofynnon nhw gwestiynau gwahanol i rai'r siryf.'

'Beth wyt ti'n feddwl?'

'Holi am Iwerddon, holi a oedd gen i gysylltiadau yno, ac yna holi amdanat ti.'

'Fi?' Ni allai Siôn gredu'r hyn a glywai.

'Wel, ddim yn uniongyrchol amdanat ti, ond holi a oedd rhywun wedi croesi 'nôl a 'mlaen o Iwerddon, yn cario negeseuon i Fryste a gogledd Cymru.'

'A beth oedd dy ateb?'

'Beth wyt ti'n feddwl?' meddai Henry'n ddistaw, gan syllu ar ei ddwylo rhwymedig. 'Nid dynion y siryf wnaeth hyn i mi. Mae'n ddrwg gen i, Siôn, mi geisiais i ddal arnyn nhw cyn hired ag y gallwn, ond . . . '

'Paid â chynhyrfu dy hun,' torrodd Siôn ar ei draws, gan wasgu ysgwydd ei ffrind. Roedd yn ddigon profiadol i wybod bod pen draw ar allu pob dyn i wrthsefyll poen. Eisteddodd yn dawel am funud neu ddau, yn ceisio rhoi trefn ar ei feddyliau. 'Ers faint wyt ti'n rhydd?'

'Dim ond ers echdoe, rwy'n meddwl. Mae'n anodd cofio.'

'A sut cest ti dy ryddhau?'

'Mi glywais i nhw'n siarad,' meddai Henry gydag ochenaid drom. 'Sôn rhywbeth am beth oedd yr Esgob eisiau iddyn nhw wneud.'

'Esgob? Pa Esgob?'

Cododd Henry ei ysgwyddau mewn anwybodaeth. 'Sut y gwn i? Na, aros funud, fe ddywedodd un o ddynion y siryf rywbeth am "y Cymro diawl 'na eisiau gadael ysbïwr yn rhydd".'

Chwibanodd Siôn yn dawel. 'Esgob John Williams, wrth gwrs.' Tybiodd iddo weld rhywfaint o oleuni o'r diwedd. 'Ond dos yn dy flaen,' anogodd ei ffrind.

'Daeth un o'r dynion ata i cyn i mi gael fy rhyddhau a dweud fod ganddyn nhw waith bach i mi, ac os byddwn i'n cyflawni'r gwaith hwnnw mi faswn i'n gallu gadael y wlad yma'n ddyn rhydd.' Roedd Henry'n dechrau cynhyrfu, a cheisiodd godi ar ei eistedd, ond gwthiodd Siôn ef yn ôl ar y gobennydd. 'Mae'n amlwg fod gen ti ffrindiau mewn mannau uchel, Siôn,' meddai wedyn. 'Roeddan nhw am i mi yrru neges atat ti. Siôn, mae'n rhaid i ti fynd i Bwllheli, a bod yng ngwesty'r Llew Gwyn erbyn y pymthegfed o Ragfyr, gyda'r hwyr.'

'Does ond wythnos tan hynny!'

'Mi wn i! Dyna pam roeddwn i mor falch o dy weld di! Sut aflwydd faswn i'n cael neges i ti mewn pryd pe taset ti'n dal efo dy fam? Mae dy weld di yma fel gwyrth, coelia fi.' Ochneidiodd Henry'n drwm eto, a chau ei lygaid.

Sylweddolodd Siôn fod yr ymdrech i siarad wedi bod yn ormod iddo, a bod angen cwsg arno os oedd am wella o gwbl. Ond roedd ganddo un cwestiwn arall cyn y gallai ganiatáu i'w ffrind orffwys.

'Ble mae fy mhethau i?' gofynnodd Siôn.

Agorodd llygaid Henry a gwnaeth ymdrech i ganolbwyntio. 'Roeddwn i'n amau fod pethau'n dirywio rai wythnosau 'nghynt,' atebodd yn araf, 'felly mi adewais i dy gist fawr di gyda pherchennog ystordy i lawr ar y cei. Mae'n arfer cadw pethau i longwyr, ac felly doedd dim rhaid ateb gormod o gwestiynau. Ond bydda'n ofalus – maen nhw'n chwilio trwy bopeth!' Rhoddodd y cyfeiriad i Siôn, cyn cau ei lygaid drachefn. Y tro yma, gadawodd Siôn iddo gysgu.

Meddyliodd Siôn y byddai'n well iddo fynd i geisio dod o hyd i guddfan gwylwyr yr ystafelloedd. Doedd dim amheuaeth yn ei feddwl ynglŷn â bodolaeth y gwylwyr: pe byddai ef yn sefyllfa'r dynion o'r castell mi fyddai wedi gorchymyn i bob symudiad o eiddo'r cyn-garcharor gael ei wylio a'i adrodd yn ôl i'r castell. Llithrodd allan ar hyd y llwybrau cefn ac i mewn drwy ddrws cefn tafarn y ferch ifanc. Cafodd air cyflym â hi, ac addawodd hithau fynd i gadw llygad ar ei ffrind, a'i fwydo. Dywedodd Siôn wrthi y gobeithiai fod yn ôl ymhen dwyawr. Roedd drws blaen y dafarn yn agor ar brif stryd y ddinas, ac roedd cymaint o fwrlwm pobl yno fel y teimlai'n ddiogel wrth gamu allan i'w plith. Doedd bosib i neb ei ddilyn mewn tyrfa fel hon ond, i wneud yn sicr, gwnaeth sawl cylch troellog i fyny ac i lawr y strydoedd cefn culion. Wrth iddo gerdded, daeth i'r casgliad y byddai'n well iddo gael ei gist yn ddiogel ar fwrdd ei long cyn gwneud dim arall ac felly, er ei fod yn dal i gylchdroi, anelodd am y cei. Roedd darn o dir gwastad, agored rhwng y ddinas a'r cei, ac er y golygai hyn y byddai'n amlwg i bawb fedru ei weld, ni allai neb ei ddilyn yn llwyddiannus heb iddo yntau eu gweld hwythau. Gwnaeth sawl cylchdro arall o amgylch y cei cyn mynd i'r storfa. Wedi talu costau'r storio, a threfnu i fechgyn y lle gario'r gist i'w long, aeth i weld y capten a chael sgwrs hir efo fo.

'Popeth yn iawn, fachgan,' meddai hwnnw ar ôl iddo roi eglurhad ffugiol am ei symudiadau. 'Mi fyddan ni'n hwylio gyda'r llanw bore fory am Gasgwent cyn anelu am y gogledd eto. Does gen innau fawr i'w ddweud wrth y Saeson diawl!'

Dychwelodd Siôn i stryd Henry, ond o'r pen arall y tro hwn. Safodd yn hir ar y gornel gan redeg ei lygaid dros yr adeiladau uchel, clòs. Roedd yn stryd ddigon cul ar lefel y ddaear ond, gyda phob llawr uwchben, closiai'r adeiladau at ei gilydd, fel y gallai trigolion y trydydd llawr, sef y llawr uchaf, ysgwyd llaw â'i gilydd drwy eu ffenestri, ac y gallai dyn dewr groesi'r stryd drwy neidio o un to i'r llall. Ychydig iawn o olau dydd a dreiddiai i'r stryd islaw, ac nid hawdd fyddai i wyliwr allu gweld mwy na rhan fechan o'r stryd ar y tro. Gorau oll, meddyliodd, ond nid oedd am fentro cael ei weld gan neb. Aeth yn ôl i'r stryd fawr ac i lawr un o'r llwybrau culion rhwng yr adeiladau a chyrraedd drysfa'r cefnau. Pan gyrhaeddodd ystafelloedd Henry, roedd y ferch yno, wrthi'n helpu Henry i gasglu ei eiddo at ei gilydd a'u dodi yn y gist, heblaw am eitemau ysgafn, angenrheidiol, a roddwyd mewn dwy sgrepan fach.

'Wyt ti'n gadael?' holodd Siôn.

'Wrth gwrs,' atebodd Henry, a edrychai fymryn yn well ar ôl cael bwyd a chwsg. 'Wyt ti'n meddwl fy mod i'n coelio'r diawliaid pan oedden nhw'n addo y cawn fynd yn rhydd?' meddai'n sarrug. 'Gynta gwelan nhw chdi yma, mi fydd ar ben arna i. Dydw i ddim yn bwriadu aros i gael fy nhaflu i garchar eto. Faswn i byth yn dod allan – heblaw mewn amdo.'

Roedd yn amlwg bod y ferch yn bwriadu teithio gyda Henry, ac roedd Siôn yn falch o hynny, er iddi roi ei hunan mewn perygl mawr. Deallodd fod gan Henry gynlluniau wedi eu paratoi ers blynyddoedd gogyfer â'r fath argyfwng, a'i fod yn weddol ffyddiog y gallent lwyddo. Aeth Siôn i geisio ffordd i mewn i'r gweithdy saer tawel. Roedd clo ar y drws cefn, er nad oedd yn glo cryf, a llwyddodd i'w agor yn weddol hawdd. Archwiliodd yr adeilad cyfan, a'i gael yn hollol wag, fel petai'r teulu oedd yn byw yno, eu gweision a'u morynion, wedi cael eu llowcio gan y Gŵr Drwg ei hun; roedd taclau'r gweithdy'n gorweddian ar y meinciau, a haenen drwchus o lwch yn gorchuddio'r cyfan. Doedd hi ddim gwell ar y llawr cyntaf na'r ail. Llestri, dilladau, holl eiddo'r teulu fel petaent yn disgwyl eu perchnogion yn ôl unrhyw funud, a dim ond y llwch i fradychu eu hanobaith.

O fewn hanner awr, roedd Henry a'r ferch yn ddiogel ar lawr uchaf y tŷ, y drws isaf wedi'i folltio'n gadarn a gweithfainc drom wedi'i llusgo yn ei erbyn. Gorffwysodd Henry unwaith eto i adfer ei nerth a disgwyl am dywyllwch y nos. O leiaf roedd gwell gobaith dianc o'r tŷ nag o ystafelloedd Henry: trap llygod mawr oedd y rheini. Treuliodd Siôn yr amser disgwyl yn gwneud paratoadau ar gyfer croesi i'r tai ochr draw, rhag ofn. Roedd ei ddiogelwch yntau yn y fantol, sylweddolodd. Pe deuai dynion y siryf ar ôl Henry eto, yna byddent yn sylweddoli ei fod ef, Siôn, ym Mryste, a doedd o ddim am aros i weld sut groeso a gâi ganddynt.

Fe ddaethant ychydig cyn hanner nos, a Henry wedi dod i obeithio na fyddai raid iddo geisio croesi o un to i'r llall heb gymorth ei ddwylo. Bron na theimlai Siôn yn falch o'u clywed: roedd yr ansicrwydd ar ben.

Symudiadau llechwraidd i ddechrau a'r rheiny'n troi'n floeddio croch wrth iddynt sylweddoli fod eu hysbail wedi dianc o'u gafael. Heb yngan yr un gair, cynorthwyodd Siôn y ddau arall i groesi'r gagendor rhwng tŷ'r saer a'r tŷ gyferbyn gyda help y rhaffau roedd wedi eu gosod yn eu lle yn gynharach. Llwyddodd i wneud hyn gyda pheth sicrwydd na allai unrhyw wyliwr ei weld. Pe byddai'r gwyliwr ar lefel y llawr, byddai'n rhaid iddo sefyll yn glewt yng nghanol y stryd i allu gweld y to heibio'r lloriau uwch oedd yn hongian allan dros y stryd. Neu pe byddai'n un o ffenestri'r llawr uchaf, ni fuasai'n gallu gweld pwy oedd yn mynd i mewn ac allan o adeilad Henry am yr un rheswm. Wedi iddo gael y ddau arall i'r ochr draw, a'u gadael yn gafael yn ddiogel mewn corn simdde, dri thŷ i lawr y stryd, roedd Siôn wrthi'n datod y rhaffau er mwyn croesi ei hun heb adael olion pan glywodd y drws i weithdy'r saer yn cael ei bwyo, y coedyn yn hollti a chri fuddugoliaethus yr helwyr wrth iddynt ddarogan bod y sglyfaeth o fewn eu cyrraedd. Neidiodd ar draws yn ysgafn a rhedeg i ymuno â'r lleill.

Roedd hi'n siwrnai hunllefus. Cyrraedd y ddaear ychydig strydoedd i ffwrdd, a Henry'n wantan fel babi bach. Llwyddo i wneud eu ffordd at yr afon, a lleisiau'r erlidwyr yn codi'n waedd ac ymlid yn eu clustiau'n barhaus. Cyrraedd tŷ diogel a chael eu cludo mewn cyryglau duon, tawel, i lawr y ffrwd nes cyrraedd ceg yr Afan. Roedd rhwydwaith Henry'n gweithio'n ddi-fai wrth iddynt drosglwyddo i long fechan, a honno'n hwylio gyda'r llanw i fyny at Gasgwent. Yno ffarweliodd Siôn â'i ffrind, efallai am y tro olaf ar y ddaear hon, a chael lle diogel ar y cei i ddisgwyl dyfodiad ei long ei hun i'w gludo'n ôl i ddiogelwch gogledd Cymru. Gobeithiai, o leiaf, y byddai'n ddigon diogel i allu cwblhau ei fwriad. Cododd neges Henry amheuon ynghylch hynny, fodd

318

bynnag. Roedd rhywun ar ei drywydd, a byddai'n rhaid iddo fod yn arbennig o wyliadwrus o hyn allan.

Cyrhaeddodd dref Pwllheli o fewn yr wythnos, diolch i garedigrwydd y gwynt, a gorweddai ar wely cyfforddus yng ngwesty mwyaf moethus y dref, y Meitr. Credai'r gwesteiwr fod marsiandïwr cefnog a boliog wedi cyrraedd o Fryste i fynychu'r Ffair Nadolig, gyda llygad ar drafod gyda hynafgwyr y dref y posibilrwydd o gael ei stondin ei hunan y flwyddyn ganlynol, ac wedi llogi'r ystafell orau yn y gwesty heblaw am y rhai a gedwid yn flynyddol ar gyfer teulu Bodwrda.

Ar y gadair wrth ei wely roedd y siercyn wedi'i stwffio â gwlân a wisgai o dan ei glogyn pan âi allan, er mwyn gwneud iddo ymddangos yn ddyn trymach o lawer nag ydoedd. Roedd y clogyn wedi ei leinio â chroen blaidd a laddodd yn y coedwigoedd ger ei stad yn Neustadt am Mettau, a choler ffwr uchel iddo a orchuddiai ei wddf a rhan isaf ei wyneb. Wrth dynnu cantal ei het i lawr dros ei lygaid, a gwisgo mwffler trwchus, byddai'n fodlon herio'i ffrind gorau i'w adnabod. Drwy drugaredd, roedd y tywydd wedi oeri'n gynddeiriog, ac eira ar ei ffordd, yn ôl y gwybodusion, fel na fyddai'r fath wisg yn anarferol.

Y pymthegfed o Ragfyr, dyna oedd y neges, yn y Llew Gwyn. Noswyl y ffair, pan fyddai'r dref yn orlawn, a dieithriaid yn ddisgwyliedig: heno. Roedd wedi ymweld â'r dafarn eisoes, ac wedi cael golwg reit dda ar y lle. Ymddangosai'n dŷ digon parchus, gwell na'r rhelyw o'r mannau yfed yn y dref. Ni fwriadai fynd yno fel ef ei hun, fodd bynnag, er gwaetha'r neges. Na, buasai'r person oedd yno i'w gyfarfod yn cael siwrnai chwithig os na allai Siôn ddarganfod ymlaen llaw pwy oedd i'w gyfarfod.

Cododd ar ei draed a mynd draw at y ffenestr. Roedd yn dechrau nosi'n barod, a choets fawr yn sefyll y tu allan i'r prif ddrysau. Teimlodd ei galon yn cynhyrfu wrth ei hadnabod. Roeddan nhw wedi cyrraedd, felly. Ond doedd wiw iddo ddechrau meddwl am Catrin. Byddai angen pob tamaid o'i allu i ddod drwy'r noson yn groeniach. Gwisgodd yn gyflym, ac edrych arno'i hun yn ofalus yn ei ddrych bychan cyn mentro allan i'r ystafelloedd cyhoeddus. Newid osgo'i gorff a'i ffordd o gerdded, ac roedd ei weddnewidiad yn gyflawn.

Roeddan nhw yno, yn disgwyl tra anfonai'r gwesteiwr fechgyn i'r llofftydd gyda'u cistiau; John a Catrin, a gyda nhw roedd Gwilym a Lleucu, y gwas a'r forwyn. Tynnodd anadl ddofn i'w sadio'i hun, a mentrodd gerdded yn agos heibio iddynt. Trodd John ei ben i edrych arno, ond heb ddangos unrhyw arwydd ei fod wedi ei adnabod, diolch i'r drefn. Aeth allan i'r stryd.

Roedd y dafarn yn gymharol wag a gallodd ddewis y sedd fwyaf manteisiol yn y lle, ar setl ger y ffenestr. Doedd ganddo'r un bwriad i guddio mewn conglau tywyll. O'r setl, gallai gadw llygad ar bawb a ddeuai i mewn drwy'r drws a'r rhan fwyaf o'r byrddau. Paratôdd ei hun ar gyfer arhosiad hir, gyda phlataid helaeth o dafelli cig eidion a bara ar y bwrdd o'i flaen a llond piser o gwrw.

Roedd wrthi'n rhoi'r tamaid olaf yn ei geg pan gerddodd dyn tal i mewn, dyn a adwaenai'n dda. Bu gweld Prins yn eistedd yn hamddenol gyferbyn ag ef bron yn ddigon i wneud iddo dagu ar ei damaid, ond llwyddodd i'w lyncu'n ddidramgwydd, a chymerodd ddracht hir o'i gwrw i'w olchi i lawr. Nodiodd Prins ei ben arno'n gwrtais, ac archebu potel o win Ffrainc iddo'i hun. Ni chymerodd ragor o sylw o'r dyn tew gyferbyn ag ef. Roedd yn amlwg yn disgwyl am rywun arall.

Gwthiodd Siôn ei blât gwag oddi wrtho ac eistedd yn ôl i orffen ei gwrw. Teimlai'n chwyslyd oddi mewn i'w glogyn, ond feiddiai o ddim tynnu ei het na'i fwffler dan yr amgylchiadau. Arhosodd cyhyd ag y gallai i weld ai achlysur cymdeithasol a ddenodd Prins i'r dafarn, a'i fod yn disgwyl cyfaill, ynteu a oedd ganddo gyfweliad busnes mewn golwg a'i fod yn disgwyl amdano ef, Siôn. Wedi iddo wagio'i biser, a Prins wedi yfed cryn hanner cynnwys ei botel win, a dechrau edrych yn anniddig, daeth Siôn i benderfyniad sydyn. Talodd i'r tafarnwr am ei fwyd, a cherdded yn araf a gosgeiddig allan i'r awyr agored, ond cyn gynted ag yr oedd drws y dafarn wedi cau ar ei ôl, rhedodd nerth ei goesau i'w westy ei hun, tynnu'r siaced glustoglyd, a newid ei ddillad. Gan fawr obeithio na fyddai mor anffodus â gweld un o griw Bodwrda ar ei ffordd allan eto, prysurodd yn ôl i'r Llew Gwyn.

'Aha, Siôn,' cyfarchodd Prins ef pan gerddodd i mewn yr eildro. 'Roeddwn i'n dechrau anobeithio dy weld.'

Moesymgrymodd Siôn yn swta, ac eistedd i lawr yn ei hen sedd. Amneidiodd Prins ar i'r tafarnwr ddod â photel arall o win iddynt, a gwydryn i Siôn.

'A sut mae dy ffrind?' holodd Prins, fel petai'n sôn am y tywydd. 'Wedi dianc yn ddiogel, gobeithio?' Ni wyddai Siôn sut i ymateb i dôn ysgafn, wawdlyd Prins, felly cadwodd yn fud. 'Rhaid i mi ymddiheuro ar ran fy nghyd-weithwyr, ond mae'n anodd cael y bobl iawn gogyfer â'r gwaith weithiau. Rhy fyrbwyll o lawer, yn fy marn i, ac yn defnyddio dulliau diangen ran amlaf.' Cododd ei ysgwyddau gan ysgwyd ei ben yn drist. 'Ond dyna fo, rydan ni'n byw mewn cyfnod mor gythryblus, ac i fod yn deg, doedd ganddyn nhw ddim llawer o amser i'w wastraffu.'

'I bwy rydych chi'n gweithio?' gofynnodd Siôn. Os oedd Prins am siarad yn weddol blaen, roedd o am siarad yn blaenach.

Oedodd Prins cyn ateb. Tywalltodd ragor o win a chodi'r gwydryn at y golau a'i droi'n ysgafn i archwilio'r lliw piws-goch cyfoethog cyn ei roi at ei wefusau. Yna edrychodd yn hamddenol o amgylch yr ystafell, ond sylwodd Siôn fod ei lygaid yn graff ac yn sylwi ar bawb. Wedi bodloni ei hun nad oedd neb â diddordeb ynddynt, dechreuodd egluro. Roedd ef a'i 'gyfeillion', fel y mynnodd eu galw, yn gyfrifol am gadw llygad ar ddigwyddiadau a mudiadau yng ngorllewin y wlad. Roeddynt wedi bod yn ymwybodol ers peth amser fod rhwydwaith yma yng ngogledd-orllewin Cymru yn cludo pobl o afael y llywodraeth i ddiogelwch mewn gwledydd tramor, ond heb allu darganfod pwy oedd y tu cefn iddo. Roedd y rhwydwaith wedi'i sefydlu ers blynyddoedd maith, o bosib yn oes yr hen frenhines, ac amheuid bod sawl offeiriad Pabyddol wedi cyrraedd a gadael y wlad gyda chymorth y rhwydwaith. Arferid credu mai teulu Plas Du oedd yn gyfrifol am ei sefydlu'n wreiddiol, ond ers i'r stad fynd yn fethdalwyr, roedd rhywun arall wedi ei gymryd drosodd. Teulu Bodfel oedd y mwyaf tebygol, yn nhyb rhai, er bod John Bodville bellach yn Biwritan rhonc. Ond roedd Alex Bodfel, gyda'i oruchwyliaeth o Enlli, ei longau a'i gysylltiadau tramor, yn bosibiliad cryf fel y trefnydd presennol.

'Ac rydach chi eisio'i ddal o,' meddai Siôn wedi i Prins orffen siarad.

'Ddim o angenrheidrwydd,' atebodd Prins.

Synnwyd Siôn gan yr ateb, ond nid oedd Prins fel petai'n bwriadu ymhelaethu. Roedd yn rhaid rhoi proc bach iddo, felly. Ergyd ddiamheuol, sialens i yrru'r cwch i'r dŵr.

'Rwy'n cymryd mai'r Esgob John Williams sy tu cefn i hyn i gyd.' Cafodd y pleser o weld yr ergyd yn taro'r nod, a llygaid Prins wedi'u hoelio ar ei wyneb cyn i'r wên fach honno ddechrau chwarae ar ei wefusau.

'Rwyt ti'n anghywir,' atebodd Prins. '*Arch*esgob John

Williams ydi o bellach. Cafodd ei ddyrchafu gan y Brenin ddechrau'r mis yma.'

'Beth mae *Arch*esgob yn ei wneud yn ymyrryd mewn rhwydweithiau drwgweithredwyr?'

'Roeddwn i'n meddwl dy fod ti'n ddyn craff, Siôn Rhisiart,' atebodd Prins yn wawdlyd. 'Sut wyt ti'n meddwl y gall dyn gadw ei rym a'i ffafriaeth am yn agos i ugain mlynedd heb gael cylch o hysbyswyr?'

'Ysbïwyr, 'da chi'n feddwl!' meddai Siôn gyda dirmyg yn ei lais

Cododd Prins ei aeliau. 'Un da wyt ti i siarad,' atebodd.

'Beth bynnag rydw i wedi'i wneud yn y gorffennol, fues i 'rioed yn ysbïwr. Cario negeseuon, dyna'r cyfan fydda i'n ei wneud. Dda gen i mo ysbïwyr.'

'Fel fynnot ti,' meddai Prins yn ddi-hid. 'Ond i fynd yn ôl at dy gwestiwn gwreiddiol. Does gan yr Archesgob – na finnau – fawr o wrthwynebiad i'r rhwydwaith sy'n cludo Pabyddion o'r wlad yma. Yn un peth, mae'n rhatach gadael iddyn nhw fynd na thalu costau poenydwyr a dienyddwyr. Ein hagwedd ni ydi, os yw'r wlad yn cael 'madael â nhw, pa bynnag ffordd y digwydd, yna gorau oll i'r wlad, a does dim gormod o le i boeni. Yn anffodus . . . ' petrusodd Prins am eiliad, ac amneidio ar y tafarnwr i ddod â photel arall o win iddo, 'yn anffodus, yn ddiweddar rydan ni wedi clywed straeon fod pethau'n mynd o chwith.'

'Beth 'da chi'n feddwl?'

'Rydym wedi clywed sibrydion nad yw'r teithwyr yn cyrraedd pen eu taith. Mae'r taliadau'n gorfod cael eu gwneud ymlaen llaw, ond mi wyddom nad yw un neu ddau o'r "nwyddau" wedi cael eu trosglwyddo. Maen nhw wedi diflannu oddi ar wyneb daear, neu'n debycach, o dan donnau'r môr.'

Meddyliodd Siôn am funud. 'Mae hynny'n gibddall

iawn, dybiwn i. Buan iawn y dechreuir amau rhwydwaith o'r fath, ac mae'r "nwyddau", fel rydych chi'n eu galw, yn cael eu trosglwyddo mewn rhyw ffordd arall.'

'Yn hollol. Wyt ti'n gweld, o'r hyn rydan ni wedi'i ddysgu am y rhwydwaith, does dim egwyddor tu cefn iddo, dim amcan uchel ei nod. Arian yw'r unig faen prawf: y cyfle i wneud rhagor a rhagor ohono. Mi symudan nhw "nwyddau" o bob cred dan haul, os yw'r taliadau'n ddigonol.' Sibrydai Prins erbyn hyn. 'Mae gan yr Archesgob resymau arbennig dros ddod o hyd i'r trefnydd, a sicrhau bod y rhwydwaith yn un dilys. Efallai y byddwn ni angen defnyddio'r rhwydwaith ein hunain, cyn bo hir.'

Chwaraeodd Siôn â'i wydryn am funudau maith cyn ymateb. 'Pam ydach chi'n deud hyn i gyd wrtha i?' gofynnodd o'r diwedd.

'Rydan ni angen i ti wneud cymwynas fach â ni. Rydan ni wedi cael gwybod fod cysylltiadau'n cael eu trefnu'n y Bedol, yma ym Mhwllheli, ac yn Nefyn. Mae'n rhaid i'r Archesgob fod yn sicr y gellir dibynnu ar y gwasanaeth cludo, ac felly mae am i ti wneud cysylltiad efo nhw, gan smalio fod gennyt "becyn" i'w drosglwyddo.'

'Ond pam fi?' gwrthwynebodd Siôn. 'Oes gennych chi ddim pobol eich hunain i wneud y gwaith?'

'Mae Bodfel wedi dy gyfarfod o'r blaen, ac yn gwybod fod gen ti gysylltiadau dramor, felly fyddai o ddim yn synnu pe bait ti angen ei wasanaethau. P'un bynnag, does gennym ni neb allai ddod yma ar fyr rybudd, ac mae pawb yn f'adnabod i'n rhy dda. Os na chei di lwc ym Mhwllheli, mi fydd raid i ti fynd i Nefyn, a gweld sut mae pethau yno.'

'Ond pam ddylwn i eich helpu?' Roedd Siôn yn dal yn anfodlon derbyn yr her.

Gwenodd Prins arno, gwên cadno cyfrwys.

'Fasan ni ddim am i siryf y sir dy 'restio di, Siôn bach, fel ysbïwr dros yr Ymerodraeth a Sbaen.' Amneidiodd tuag at ddwylo difodrwy Siôn oedd yn dal i chwarae efo'r gwydryn gwin. 'Rwy'n falch o weld dy fod wedi ei thynnu. Mwy o berygl nag o gymorth bellach.'

'Sut ydach chi'n gwybod amdani – ac am Henry o ran hynny? Drwy boenydio dynion? Pwy wnaeth ei fradychu o?'

Gwenodd Prince yn braf, gan anwybyddu'r dirmyg yn llais Siôn. 'Neb mwy na thi dy hun, Siôn Rhisiart, neb mwy na thi. Doedd dim rhaid i ni boenydio neb. Mi wnest ti'n harwain ni ato heb drafferth yn y byd.'

Lloriwyd Siôn gan y datganiad yma. 'Y fi? Am beth 'da chi'n cyboli? Sut allwn i fod wedi ei fradychu o?'

'Wnest ti ddim anfon llythyr ato, drwy law un o'r porthmyn, wrth iddyn nhw gychwyn am Lundain?'

'Do, ond . . . ' methodd llais Siôn wrth i'w feddwl ruthro i geisio cloriannu oblygiadau'r weithred honno. 'Oedd o'n un o'ch 'sbïwyr chi?'

'Nagoedd mwn,' atebodd Prins gan godi'i ysgwyddau'n ysgafn. Nodiodd ei ben at law ddifodrwy Siôn. 'Y cludiwr ger Rhydychen. Mi roedden ni wedi ei amau ers talwm, ac yn ymyrryd â'i lythyrau. A'r fodrwy, wrth gwrs. Yn anffodus i ti, roeddwn i wedi gweld modrwy gyffelyb ychydig fisoedd ynghynt, yn Llys y Brenin yn Llundain. Un o lysgenhadon yr Ymerawdwr Fferdinand at y Brenin – nid bod y fodrwy ar ei fys o, wrth gwrs. Roedd yna un gŵr ifanc ymysg ei gwmni – nid yn annhebyg i ti, mewn gwirionedd, ond ei fod yn hoff iawn o chwarae cardiau. Yn anffodus iddo fo, roedd yn chwaraewr gwael iawn, er yn giamblwr heb ei ail. Tra oedd yn chwysu a gwingo wrth weld ei arian yn diflannu, roedd o'n byseddu a throi ei fodrwy'n ddibaid, gan dynnu fy sylw ati yn y ffordd fwyaf effeithiol bosib. Mi ddylet ti ddweud wrth dy feistri am fod yn fwy gofalus wrth gyflogi dynion, wsti, dylet wir. Felly, pan welais i ti gynta yng ngardd Bodwrda, a sylwi ar fodrwy o'r un patrwm yn union ar dy law dithau, wel, allwn i ddim llai na'th amau, na allwn?'

Er bod ei gorff yn hollol lonydd ar ei sedd, roedd meddwl Siôn yn chwyrlïo wrth geisio dod o hyd i ffordd allan o'r fagl. Roedd Prins yn dal i wenu arno, gan godi'r botel win ac ail-lenwi eu gwydrau. Cododd ei wydryn ei hun at Siôn fel petai'n cynnig llwncdestun.

'Beth amdani, 'te? Wyt ti am ein helpu? Mi fasen ni'n ddiolchgar.'

'A gadael i mi fynd yn rhydd i wlad dramor pe llwyddwn i, ie? Fel Henry Moorcombe?' Ni allai Siôn gadw'r gynddaredd a'r chwerwder o'i lais, er nad oedd yn siarad yn uchel. 'Cael beth 'da chi isio, a throi dynion y siryf arna i p'un bynnag!'

'Siôn, Siôn!' protestiodd Prins. 'Rwyt ti'n gwneud cam â ni! Wnaethon ni ddim anfon neb ar ôl dy gyfaill.'

'Na, mae'n siŵr, dim ond dweud wrth y siryf fod rhwydd hynt iddo ddal ysbïwr tramor arall!'

'Mae'n rhaid ei fod o wedi penderfynu gwylio dy ffrind ar ei liwt ei hun. Fasa'r Archesgob na finnau'n codi bys bach i helpu'r siryf Piwritanaidd diawledig yna sydd ganddyn nhw ym Mryste. Na, fel y dwedais i, mae'n llawn cystal gennym ni ei weld o'n gadael y wlad na chael y drafferth o'i arestio eto. Cyn gynted ag y bydd allan o gylch awdurdod y siryf, bydd dy ffrind a'i gariad yn ddiogel. Brenhinwyr teyrngarol ydi'r rhan helaethaf o'r siryfiaid eraill yn y cyffiniau hynny.'

'A beth ydw i i'w wneud efo unrhyw wybodaeth a gasgla i?'

'Adrodd yn ôl i mi,' atebodd Prins heb oedi. 'Ac yna,

efallai y bydd gorchwyl bach arall i ti, un sy'n hollbwysig i ddyfodol ein gwlad.'

Ystyriodd Siôn am funud, ond ni allai weld fod ganddo ddewis, mewn gwirionedd. 'Ac mi fydda i'n cael rhwydd hynt i dreulio gweddill fy amser yn ddiogel yn Aberdaron?' holodd cyn dod i benderfyniad.

'Wrth gwrs, wrth gwrs,' sicrhaodd Prins. 'Rwy'n rhoi fy ngair i ti.'

Er nad oedd ganddo ffydd lawn yn addunedau John Griffith yr Ieuaf o Gefnamwlch, cytunodd Siôn i'w gais.

23

Pob merch ifanc sy'n y byd
Mewn glân feddylfryd calon;
Gogelwch, gwyliwch fod yn drwch
I fab, o byddwch ffyddlon.

Elen Gwdman (bl. 1609)

Erbyn amser cinio, roedd Catrin wedi llwyddo i brynu'r holl negeseuon ar gyfer y plas, ac anrhegion ar gyfer pawb heblaw John – a Siôn. Bu'n pendroni'n hir yn ystod y bore wrth ystyried a fyddai'n weddus ai peidio iddi roi anrheg iddo, ond gan nad oedd wiw i neb wybod am eu cyfeillgarwch, penderfynodd mai ofer oedd poeni ynglŷn â'r peth, ac y gallai wneud fel y mynnai ei chalon. Ar ben hynny, teimlai'n euog nad oedd hi wedi rhoi dim yn ôl iddo wedi iddi dderbyn y morlo bach pren ganddo.

Pan gychwynnodd am y farchnad gyda'r plygain y bore hwnnw yng nghwmni anfoddog John, a Gwilym a Lleucu'n eu dilyn yn barchus, safodd ar drothwy'r gwesty yn gwyntyllu'r awyr fel ceffyl cyn helfa. Roedd wrth ei bodd gyda ffeiriau a marchnadoedd. Yr awyr yn fain a chlir, a rhew yn drwchus ar wyneb popeth; yr arogleuon yn ffres a phleserus ar y pryd, er y gwyddai o brofiad y byddai hynny'n newid ymhen awr neu ddwy. Byddai'r lle'n llenwi ag arogleuon y dyrfa chwyslyd a budr, y stondinau bwyd, a charffosiaeth a thail anifeiliaid yn ymgasglu yn y gwterydd, er i hynafgwyr y dref wario'n ddrud ar lanhau'r strydoedd y noson cynt, fel bod o leiaf llai o lysnafedd a budreddi na'r arfer ar gychwyn y dydd.

Roedd wedi dotio ar stondin y gofaint arian, ac yno y dewisodd anrhegion ar gyfer y rhan helaethaf o'i rhestr. Trefnodd i gael y gofaint i surgerfio llythrennau cyntaf enw pob derbynnydd ar ei anrheg, ac addawodd y gofaint y byddai'n eu danfon i'r gwesty erbyn diwedd y dydd. Pwrcasodd weddill ei hanrhegion, heblaw am rai John a Siôn, ar stondin llieiniau main, gan ei gadael yn rhydd wedyn i chwilota am ofynion gweddill y teulu, gan gynnwys rhestr faith Modryb Jane oedd am gael cyflenwad newydd o sbeisys.

Cyfareddwyd hi gan y stondinau lliwgar, y bwrlwm a'r prysurdeb, y gweiddi a'r twrw. Roedd y sŵn yn fyddarol, galwadau'r gwerthwyr yn cymysgu â bloeddio'r ymddiddanwyr, oedd yn llenwi pob modfedd wag o'r farchnad: arth hanner moel, a gweddill ei gôt fel petai wedi'i bwyta gan bryfaid, yn dawnsio'n ddifywyd i fiwsig crythor, ffril lydan am ei wddf, a chi bach, wedi'i wisgo yn yr un modd, yn dawnsio wrth ei ochr; acrobatiaid a siwglwyr yn taflu a dal, yn cordeddu eu hunain i'r fath ystumiau nad oedd modd credu eu bod yn ddynol, a'r begerwyr yn ymwthio i bob twll a chornel lle'r oedd gobaith o ennill elusen tra oedd ysbryd hael y Nadolig yn debygol o lacio gafael y ffermwyr a'u gwragedd ar eu codau arian. Ac ar wefusau pawb, darogan eira mawr, eira fel nas gwelid ers blynyddoedd; pawb yn cip-edrych ar y cymylau'n casglu'n fygythiol, cymylau efydd yn llowcio'r rubanau pinc-cragen-wystrys a stribedai'r awyr, oedd bellach o liw egin-ddail y gwanwyn.

Wrth iddynt eistedd yn eu hystafell breifat yn disgwyl am eu cinio, gyda thanllwyth o dân yn rhuo yn y grât, gwelsant y plu eira cyntaf yn disgyn heibio'r ffenestr. Cyrhaeddodd y forwyn fach, yn cario dysglaid fawr o ragŵ cig eidion, a'i osod ar y bwrdd. Sylwodd Catrin nad oedd awydd bwyd ar John; dim ond pigo ambell damaid o gig yma ac acw a wnâi, a'i gnoi'n ddiymadferth. Roedd golwg ddigon gwantan ar John ers dyddiau bellach, meddyliodd, ei wyneb yn welw, ac edrychai'n flinedig. Yn ôl mân-siarad y gweision, meddai Lleucu, bu ffrae arall rhwng John a'i dad, ond ffrae dawel, fel na wyddai neb ei hachos. Ond nid oedd yn mynd i boeni'n ormodol: roedd ganddi anrhegion pwysig ar ôl i'w dewis. Prysurodd i orffen bwyta, yna mynegodd ei bwriad i fynd i siopa eto. Edrychodd John arni'n siomedig, ond ymlaciodd pan sicrhaodd Catrin ef y byddai'n iawn yng nghwmni Lleucu, a ph'un bynnag, ddylai o ddim gweld beth fyddai'n ei brynu'n anrheg iddo.

Dyna sut y'i cafodd ei hun yn rhydd i grwydro'r farchnad fel y mynnai. Yn ystod y bore, roedd wedi sylwi ar ŵr yn sefyll ym mhen pellaf y farchnad, y tu allan i ddrysau'r Llew Gwyn, yn annog y dyrfa i droi i mewn i fuarth y dafarn a gwylio perfformiad ei gwmni o actorion. Dyma'r anterliwt ddigrifaf dan haul, yn ôl ei eiriau, y canu gorau a'r dawnsio mwyaf gosgeiddig, y siwglwyr galluocaf, yn ogystal â thaflwyr tân a llyncwyr cleddyfau. Yn wir, roedd dau gorrach bach yn hela'i gilydd mewn cylchoedd o'i amgylch, y naill yn taflu tân tuag at ben-ôl y llall nes denu holl blant y dref i syllu arnynt a chwerthin. Ymhen dim roedd rhes o bobl wedi ymgasglu yno, pawb â'i ddimai i weld y sioe. Roedd yn demtasiwn i Catrin hefyd. Ysai am gael rhannu yn yr hwyl a gwylio'r actorion a'r dawnswyr yn mynd drwy'u pethau. Pe byddai wyneb John wedi dangos y mymryn lleiaf o ddiddordeb, buasai Catrin wedi esgeuluso'r siopa am awr neu ddwy er mwyn cael gwylio'r sioe. Ond roedd cip ar y cuwch ar ei wyneb, y gwefusau'n llinell dynn o anghymeradwyaeth, yn arwydd digonol a orfododd Catrin i gerdded yn siomedig heibio'r corachod, heb yngan yr un gair. Efallai y câi gyfle rŵan i fynd i'w gweld.

Aeth yn gyntaf at y stondin lyfrau, ac edrych eilwaith ar lyfr am hebogiaid oedd wedi dal ei sylw yn gynharach, fel anrheg bosib i John. Roedd bron wedi penderfynu na fyddai'n ei brynu pan syrthiodd ei llygaid ar bentwr o bamffledi caneuon a dawnsfeydd. Wrth chwilio drwyddynt, sylwodd fod yno sawl cân a dawns newydd. Dewisodd ddwy neu dair o ganeuon, gan feddwl y byddai Dorothy a Jane yn gwerthfawrogi caneuon ffres, ac aeth at y stondinwr i dalu. Cyn derbyn ei harian, tynnodd y stondinwr cyfrwys lyfryn o'r cefn a hwnnw wedi'i rwymo â chloriau lledr hardd.

'Prin iawn,' meddai'n gyfrinachol, 'newydd ddod o'r Eidal. Gwnâi anrheg dda i foneddiges sy'n mwynhau cerddoriaeth.' Roedd ei lais yn sebonllyd, a chamodd Catrin yn ôl rhag ei anadl drewllyd. Serch hynny, roedd ganddi ddiddordeb mawr yn y llyfr: casgliad o fadrigalau Monteverdi – prin iawn yng ngorllewin Cymru, chwedl y stondinwr. Trodd y tudalennau'n araf, gan chwarae'r alawon yn ei meddwl. Holodd ei bris, ond wedi ei glywed, gwthiodd y llyfr yn frysiog yn ôl i'r gwerthwr. Talodd am ei miwsig a cherdded i ffwrdd, gan anwybyddu'r cynigion i ostwng y pris. Edrychodd dros ei hysgwydd unwaith, a phetruso wrth i syniad newydd groesi ei meddwl. Tybed a fyddai Siôn yn hoffi'r llyfr madrigalau?

Ond roedd sylw'r gwerthwr ar gwsmer newydd, dyn tal, llydan dan ei glogyn enfawr. Gwisgai het â chantal lydan iddi, a mwffler a orchuddiai hanner isaf ei wyneb. Roedd Catrin wedi sylwi arno sawl tro yn ystod y bore, fel petai ganddo ddiddordeb yn yr un mathau o stondinau â hwythau. Siaradai'n fywiog â'r gwerthwr llyfrau, ei freichiau'n chwifio i fyny ac i lawr, yn amlwg yn trafod rhywbeth o bwys. Safodd Catrin yn ansicr am funud cyn prysuro ymlaen: gallai bob amser fynd yn ôl i aildrafod pris y llyfr.

Disgynnai'r plu eira'n gyflymach, gan greu carped gwyn ar lawr er gwaetha'r holl draed a ymlwybrai drosto bob eiliad o bob awr. Tybiai Catrin fod y farchnad yn llai poblog na'r bore; pawb yn awyddus i gyrraedd adref cyn iddi fynd yn amhosib i deithio. Dewisodd wats boced yn anrheg i John, un fechan gyda'r cogau celfydd o aur ac arian, a'r cas o *shagreen* gwyrdd. Dim ond Siôn oedd ar ôl, felly. Roedd tynfaen ar yr un stondin, yn crogi o gadwyn arian, ac yn ôl y stondinwr byddai'n arwyddo wrth deithiwr ble'r oedd y gogledd magnedol. Tybed a fyddai'n gwneud anrheg dda i Siôn? Roedd yn gorfod crwydro cymaint, a byddai'r dynfaen o gymorth iddo adnabod ei ffordd. Honno neu'r madrigalau. Yn ei chalon, gwyddai mai'r madrigalau oedd yr unig ddewis, ac y byddai'n anrheg llawer mwy personol na'r tynfaen. Erbyn iddi gyrraedd yn ôl at stondin y llyfrwerthwr, fodd bynnag, roedd yn rhy hwyr. Cafodd y llipryn anghynnes bleser mawr yn dweud wrthi fod y llyfr wedi ei werthu, a hynny am y pris llawn. Doedd dim amdani, felly, ond cerdded yr holl ffordd yn ôl a phrynu'r tynfaen.

Rhyddid o'r diwedd! Amser i gerdded yn hamddenol – er yn oer – o amgylch y farchnad. Daeth arogl hyfryd cnau castan yn cael eu rhostio i'w ffroenau, a phrynodd becyn iddi hi a Lleucu. Safodd y ddwy am ennyd o flaen y rhidyll tân lle rhostiai'r cnau er mwyn cael cynhesu cyn symud ymlaen. Araf oedd eu cerddediad wrth iddynt fwyta'r cnau, eu bysedd yn llosgi wrth drosglwyddo'r tameidiau brown, crebachlyd o'r pecyn i'w genau. Cyfle i edrych o'u cwmpas eto, a sylwi eu bod wrth ymyl y Llew Gwyn. Daliai'r corachod i daflu tân ar ei gilydd, ond gyda llai o asbri nag o'r blaen, gan fod y dyrfa wedi teneuo'n sylweddol erbyn hyn. Safodd Catrin yn ansicr, yn eu gwylio ac yn dadlau â hi ei hun wrth lyfu ei bysedd o flas y cnau. Feiddiai hi fynd i mewn efo Lleucu? Pwy fyddai'n gallu achwyn arnyn nhw?

'Catrin fach, hoffet ti weld y sioe?' sibrydodd llais yn ei chlust, gan wneud iddi neidio a cholli gweddill ei chnau.

'Siôn?' Edrychodd o'i chwmpas yn wyllt, ond allai hi mo'i weld. Doedd neb yn ddigon agos atynt i allu sibrwd yn ei chlust, neb ond y gŵr tal, llydan. Roedd wedi llacio'i fwffler, gan ddatgelu ei wyneb. 'Siôn!' ebychodd eilwaith, wedi ei syfrdanu. 'Beth . . . sut . . . beth wyt ti'n wneud yma, fel yna?'

'Ara' deg, 'nghariad i,' chwarddodd arni, a rhoi winc i Lleucu, oedd yn syllu'n gegagored arno. 'Beth amdani, 'ta? Awn ni i mewn?' Edrychodd i fyny ar y plu eira a ddisgynnai mor drwchus fel petai blanced wen yn araf suddo o'r nefoedd i orchuddio'r ddaear. 'Wn i ddim a fydd perfformiad bellach,' ychwanegodd. 'Dewch, mi awn i holi.'

Cawsant weld hanner y perfformiad cyn i'r cwmni orfod rhoi'r gorau i'r sioe gan fod yr eira'n ei gwneud hi'n amhosib i'r acrobatiaid a'r dawnswyr gadw ar eu traed, a'r gynulleidfa'n graddol ddiflannu. Nid oedd Catrin yn siomedig. Teimlai ormod o gyffro o weld Siôn fel hyn. Beth oedd yn digwydd? Beth roedd o'n ei wneud? *Pwy* oedd o? Treuliodd fwy o'i hamser yn edrych ar amlinelliad ei wyneb nag ar y perfformiad byrhoedlog, a diflannodd y pleser arferol o fod yn ei gwmni dan fantell o bryder ac ansicrwydd. Roedd yn falch pan ymddiheurodd arweinydd y cwmni na allent orffen y perfformiad, gan addo ad-daliad i'r hanner dwsin styfnig oedd yn weddill o'r gynulleidfa.

Roedd ei hysbryd mor drwm â'i thraed wrth lusgo drwy'r modfeddi o eira wrth iddynt groesi'r farchnad i'r Meitr, ei phen i lawr a'i dwylo'n dal gwaelodion ei sgert uwchben wyneb yr eira. Wrth weld ei thrafferth, gorfododd Siôn hi i ddilyn yn ei gamau ef, gan sôn rhywbeth am frenin o'r enw Vaclav, a Lleucu'n dilyn yn olion ei thraed hithau. Roedd yn amhosib iddynt siarad wrth ymlwybro fel hyn. Ychydig droedfeddi o ddrws y gwesty, arhosodd Siôn a throi ati.

'Gwranda, Catrin,' dechreuodd, ei lais yn isel fel na allai Lleucu na neb arall glywed ei eiriau, 'does dim amser i egluro rŵan. Mae'n rhaid i mi eich gadael chi yma. Os medra i, mi geisia i ddod draw nes ymlaen, ond os na weli di fi, mi fydda i'n siŵr o'th weld yn Aberdaron.' Newidiodd ei lais wrth nodi nad oedd hi'n ymateb, a'i bod yn anfodlon edrych i'w wyneb. Aeth yn ymbilgar, daer. 'Rhaid i ti ymddiried ynof fi, Catrin,' erfyniodd arni. 'Mi alla i egluro'r cyfan. Catrin, rwy'n dy garu di'n fwy na bywyd ei hunan, creda fi. Wna i byth mo dy dwyllo di, ar fy llw. Cred hynny, yn anad dim. Catrin,' syrthiodd ei lais yn is fyth, 'alla i ddim hyd yn oed dy gyffwrdd di yma. Wyt ti'n gwybod faint mae hynny'n fy ngofidio? Fy nghariad bach i, fy mun, f'anwylyd, maddau i mi.'

Cododd ei llygaid o'r diwedd i edrych arno. Sylwodd ar ei lygaid yn disgleirio'n rhyfedd yng ngwyll y gawod eira. Gwrthryfelodd yn erbyn y pigiadau yn ei llygaid ei hun. 'Tan Aberdaron, felly,' meddai wrtho'n dawel, a cherdded heibio iddo i gynhesrwydd y gwesty.

Safai fel doli glwt wrth i Lleucu dynnu ei dilladau llaith, y sanau a'r esgidiau gwlybion. Gadawodd i'w morwyn ei heistedd ar erchwyn y gwely a rhwbio'i thraed a'i choesau â lliain bras er mwyn i'r gwaed ailddechrau llifo i'r bodiau rhewllyd. Syllodd ar bwrceisi'r bore oedd wedi cyrraedd yr ystafell. Roedd fel petai'r bore wedi digwydd ddeng mlynedd yn ôl. Prin y gallai gofio'r ferch ifanc hwyliog, benchwiban a gychwynnodd mor dalog i brynu anrhegion Gŵyl Ystwyll. Tra oedd Lleucu'n prysuro i'w rhoi yn y gwely, a llwytho'r tân a galw ar y forwyn fach i ddod â phosel cynnes i'w meistres, meddyliodd pa mor wag oedd y cyfan; teganau drudfawr yn arwyddo – beth? Geni'r Iesu? Cariad Crist at ddyn? Cariad dyn at ei gyd-ddyn? Go brin. Twyll oedd y cyfan. Sioe arwynebol o gyfeillgarwch a haelioni yn cuddio cymhellion cyfeiliornus, dichellgar, pawb â'i fys yn ei botas ei hun. Nid oedd neb na dim fel yr ymddangosai ar yr wyneb.

Cnociodd John a holi Lleucu amdani. Cadwodd ei llygaid ar gau wrth wrando ar Lleucu'n gofidio bod ei meistres wedi dioddef o'r oerni a'r eira. Smaliodd gysgu tra galwodd John ei henw'n ddistaw. Ochneidiodd mewn rhyddhad pan adawyd hi, o'r diwedd, ar ei phen ei hun.

Roedd ymennydd John yn corddi o rwystredigaeth cymaint ag oedd ei gorff yn corddi oherwydd cyflwr y ffordd wrth i'r goets ymlwybro'n boenus o araf yn ôl am Aberdaron. Cadwyd hwy yn y dref am ddiwrnod yn hirach na'r disgwyl oherwydd yr eira, pawb ar bennau'i gilydd heb ddim i'w wneud, pawb yn gwarafun y gwastraff amser wrth iddynt gicio'u sodlau yn y gwesty yn disgwyl am y dadmer. Bu bron iddo fynd yn wallgof wrth gerdded 'nôl a 'mlaen ar y rhimyn carped ar lawr ei ystafell wely. Doedd fawr mwy o le yn y parlwr preifat, ac ni chafodd unrhyw ryddhad wrth fynd i lawr i'r cyntedd bob chwarter awr i edrych ar gyflwr yr eira.

Sut y gallai fyw efo'r hyn a welodd? Beth roedd o'n mynd i'w wneud? O leiaf roedd Catrin wedi cael cyfle i ddod dros yr annwyd a gafodd wrth grwydro'r farchnad, gan aros o'r golwg yn ei gwely drwy gydol ddoe, a Lleucu'n tendio arni fel petai clwy ofnadwy arni'n hytrach na rhyw fymryn bach o ddolur gwddw.

Sut oedd o'n mynd i wynebu Enoch Evans? Sut oedd o'n mynd i gadw'r addewid i'w dad, er i'r addewid hwnnw gael ei wneud dan amgylchiadau na fyddai'r un dyn anrhydeddus yn ei arddel? Gweddïodd am unrhyw beth fyddai'n cadw'r asiant o'i ffordd; meddyliodd yn galed am esgus digonol i fod oddi cartref dros y dyddiau nesaf. O leiaf gallai ddianc i Lynllifon ymhen ychydig a'r arhosiad estynedig yn golygu un diwrnod yn llai o orfod osgoi wynebu ei dad a hefyd Enoch Evans.

Ni allai waredu ei feddwl o'r darluniau oedd wedi eu serio yno ers y noson cynt. Fel sawl noson ers tridiau bellach, roedd wedi methu â chysgu'n dda. Troi a throsi nes cyrraedd syrffed, ac yn y diwedd, penderfynu codi, er bod y wawr oriau i ffwrdd. Rhyw syniad gwirion y dylai fynd i weld a oedd yr eira'n dadmer. Oerfel cythreulig wrth iddo geisio gwisgo yn y tywyllwch, a Gwilym yn chwyrnu cysgu wrth droed y gwely. Gadael yr ystafell heb wneud smic a llithro i lawr y grisiau at ddrws y buarth. Pobman fel y bedd wrth iddo godi'r glicied a thynnu'r drws ato. Gweddïo na fyddai'n gwichian a deffro'r tŷ.

Edrych allan ar y gwynder heb weld ei brydferthwch. Ambell bluen eira yn disgyn o hyd, ond efallai bod sêr i'w gweld yng ngorllewin yr awyr. Aros yn hollol lonydd gan wrando'n astud yn y gobaith o glywed *tip, tap* diferion dŵr yn syrthio i'r gasgen enfawr yng nghornel y buarth, arwydd o'r dadmer yn dechrau, ond cael ei siomi. Dychryn wrth glywed sŵn ysgafn, dichellgar yn dod o'r tu allan. Dim byd i'w weld, ond y sŵn yn dod eto, yn uwch y tro hwn. Cau'r drws yn gyflym, ond cadw mymryn ar agor i weld y tu allan. Sŵn drws yn agor yn wyliadwrus, ei waelod yn crafu ar gongl o garreg, a rhimyn o olau'n syrthio ar draws y carped gwyn. Corff dyn yn llithro allan a chau'r drws ar ei ôl, y corff o'r golwg dan glogyn enfawr, er bod llusern yn ei law. Gwylio'r dyn yn cripian yn araf at yr agoriad i'r stryd, ei weld yn troi i edrych yn ôl unwaith, a golau o'r llusern yn syrthio ar ei wyneb. Wyneb Enoch Evans. Cyn i'w feddwl allu ymdopi â'r wybodaeth, y ffigwr yn troi eto a diflannu i'r stryd.

Ond roedd gwaeth i ddod, llawer gwaeth. Temtasiwn gref i'w ddilyn, ond erbyn iddo gyrraedd y fynedfa, gweld ei bod yn rhy hwyr, bod Enoch o'r golwg. Penderfynu, felly, mynd i weld o ble y daeth, beth roedd o'n ei wneud. Edifarhau ganwaith wedyn am wneud hynny. Agor y drws yn araf, a chlywed yr un rhygnu dros garreg ag o'r blaen, a gweld mai ystafell gyfrwyon oedd yna. Dwy gannwyll yn goleuo'r lle, un ar damaid o lechen ar fwrdd seboni lledr, un arall ar silff ffenestr fechan i fyny'n uchel yn y wal. Ond ei lygaid yn syllu ar y llawr, heb allu troi i ffwrdd. Yno, ar hen flanced stabal, bachgen rhyw ddeg i ddeuddeg oed ar ei eistedd, yn noeth o'i wregys i lawr, wrthi'n sychu llysnafedd o groen ei gluniau â thamaid o ddefnydd mochynnaidd. Yr edrychiad cyntaf o ofn yn cilio'n gyflym o'r llygaid gleision, yn cael ei ddisodli gan wên fach groesawgar, awgrymog, a'r cof o'r edrychiad hwnnw'n ddigon i gorddi ei stumog hyd yn oed rŵan ar ei ffordd adref.

Y fath haerllugrwydd! Y fath ffieidd-dra, ac yntau mor ifanc! Cynnig ei hun i ddyn dieithr o fewn eiliadau o orffen gydag Enoch Evans. O gael ei geryddu, y wên yn troi'n wg diedifar, a'r bygythiad o gael ei lusgo o flaen yr Ustus Heddwch yn agor y llifddorau i ffrwd o esgusion ystrydebol: dim arian, chwaer fach yn llwgu gartref, mam yn wael, ac yn y blaen ac yn y blaen nes i John gael ei atgoffa o'i dad yn rhyfeddu at fedrusrwydd drwgweithredwyr i gyfiawnhau eu hunain wrth sefyll o flaen eu gwell. Troi i ffwrdd yn gyflym, y cyfog yn codi'n don boeth, anghysurus i'w geg, ond diolch i'r nefoedd yr awyr iach yn gorchfygu'r ysfa. Gadael y llanc i'w fudreddi, cau'r drws yn ddiolchgar ar yr aflendid.

Griddfanodd pawb wrth i'r goets fynd dros garreg

arbennig o hegar, ac yna syrthio i rigol mwdlyd, gan daflu'r merched ymlaen nes iddynt ddisgyn ar draws gliniau John. Gydag ymdrech, llwyddodd i'w gwthio'n ôl i'r sedd gyferbyn. Rhoddodd orchymyn i Gwilym ailosod y blancedi ffwr yn dynnach amdanynt i'w cadw yn eu seddau, ac awgrymu iddynt eu bod yn ceisio cysgu. Caeodd y ddwy eu llygaid yn ufudd. Gwyliodd hwy, eu pennau'n ysgytian gyda phob hergwd, fel blodau'r lili wen fach mewn gwynt. Llithrodd ei feddwl yn ôl i'w rhych flaenorol.

Doedd sodomiaeth ddim yn ddieithr iddo, wedi'r cyfan. Gwelsai ddigon ohono yng Nghaergrawnt ac Amwythig, er iddo ef ei hun gael ei arbed rhagddo drwy ei gysylltiadau teuluol â phennaeth y coleg, a phresenoldeb ei ewythr William. Pam y cythruddwyd ef gymaint wrth weld y bachgen, felly? Gwyddai'r ateb, pe byddai'n fodlon cydnabod hynny. Roedd yn gas ganddo unrhyw hylif corfforol, a gweld y bachgen yn ei sychu ei hun oedd wedi codi cyfog arno. Cododd ei lygaid unwaith yn rhagor at y merched gyferbyn. Ymddangosodd llinellau bychain o ofid rhwng ei aeliau, a brathodd ei wefl isaf. Dyna'r agwedd ar briodas a barai'r boen fwyaf iddo. Ffieiddiai at gyrff merched. Roeddynt yn gostreli mor aflan, yn llifo o wlybaniaeth afiach, a'r sen fwyaf ar enaid dyn oedd iddo fod yn chwenychu'r fath aflendid. Roedd meddwl bod dyn yn gallu eistedd yn hollol anymwybodol mewn cadair wedi ei heintio â hylifau misol menyw yn ddigon i roi hunllef iddo. Cofiodd gyda chywilydd y diwrnod hwnnw pan deimlodd frathiad trachwant wrth edrych ar gorff Catrin. Diolch i Dduw iddo allu gwrthsefyll y demtasiwn a roed o'i flaen, a'i fod wedi gallu ymwrthod â'r emosiynau hynny fyddai wedi ei arwain o lwybr uniawn ei reswm. Trueni na fyddai dynion fel Enoch Evans yn gallu gwneud yr un peth, beth bynnag eu tueddiadau.

Dyna'r enw atgas yn llithro'n anochel i'w feddwl unwaith eto. Sut y gallai fyw efo'r ddau ohonyn nhw, ei dad ac Enoch? Bum niwrnod yn ôl, teimlai ei dad yn ddigon cryf i dreulio'r bore yn ei lyfrgell, a phan yrrodd Rhobart i hawlio presenoldeb John o'i flaen, cerddodd John i'r ystafell heb fawr synhwyro'r ergyd fyddai'n ei lorio o fewn munudau. Roedd ei dad wrthi'n tywallt tywod dros ddarn o bapur wedi ei orchuddio â'i lawysgrifen. Cododd y papur a'i chwifio dan drwyn John.

'Wyt ti'n gweld hwn?' gofynnodd yn herfeiddiol. 'Wyt ti, John? Wel, darllen o!'

Cymerodd John y papur a cherdded at oleuni'r ffenestr. Bu bron â llewygu wrth ddeall yr hyn a ysgrifennodd ei dad. Ei ddietifeddu! Roedd ei dad am ei ddietifeddu. Pwysodd yn erbyn y ffenestr a throi'n anghrediniol i wynebu ei dad.

'Pam?' oedd yr unig air y gallai ei ynganu. Taflodd y papur i lawr ar y bwrdd fel petai'n ei losgi.

'O, dydw i ddim wedi gwneud hynny – eto!' atebodd ei dad gyda gwên fileinig. Roedd fel petai'n chwyddo o flaen llygaid ei fab wrth i'r malais redeg drwy ei wythiennau. 'A wna i ddim, chwaith, os gwnei di wrando arna i.'

'Be 'da chi'n feddwl?'

'Os wyt ti'n addo cadw dy drwyn o 'musnes i, ac yn addo holi dim ar Enoch ynglŷn â'r darn tir yna, mi anghofiwn ni am hwn.' Gafaelodd yr hen ddyn yn y papur unwaith eto a'i chwifio. 'Ond yr eiliad y bydda i'n clywed unrhyw si dy fod yn helpu'r Siôn Rhisiart ddiawl yna, mi fydd hwn yn dod allan o'r drôr, ac yn cael ei arwyddo o flaen tystion. Mi gaiff Huw etifeddu Bodwrda. Wyt ti'n deall?'

Nodiodd John ei ben heb yngan yr un gair. Gydag ebychiad o foddhad, trodd y Sgweiar oddi wrth ei fab a dechrau darllen ei lyfr. Roedd John wedi dioddef gormod o archoll i allu cwffio'n ôl. Cerddodd o'r llyfrgell fel dyn mewn breuddwyd.

Colli Bodwrda; roedd y syniad yn wrthun. Ni allai fyth ganiatáu i hynny ddigwydd. Ond sut oedd gorchfygu'r fath ymddygiad ysgeler? Sut y gallai danseilio grym ei dad i'r fath raddau fel y gallai ei orchfygu? Ni feiddiai bellach dderbyn Siôn ym Modwrda rhag i'w dad arwyddo'r papur, er iddo deimlo fwy o awydd nag erioed i wneud hynny. Na, mi fyddai'n rhaid iddo ymladd y frwydr yma ar ei ben ei hun, heb sôn gair wrth neb. A'r peth cyntaf i'w wneud wedi cyrraedd adref, heblaw am osgoi'r ddau elyn, oedd dod o hyd i ragor o fanylion am werthiant y weirglodd bellaf.

24

'Ich bin der Löw van Mitternacht,
Mit dir will ich frisch fechten,
Ich streite ja durch fechten,
Gott helfe dem Gerechten.'

Cân fuddugoliaethus Protestaniaid yr Almaen wedi
buddugoliaeth brenin Sweden, Gustavus Adolphus II, yn
Breitenfeld, 7fed Medi, 1631, dros fyddin yr Ymerodraeth
Rufeinig Sanctaidd. Gelwid Gustavus Adolphus yn 'Llew
y Gogledd' ar ôl y frwydr, yn hytrach na 'Brenin yr Eira'
megis cynt.

Llusgodd Catrin heibio i'r eglwys am y trydydd tro. Roedd wedi laru disgwyl, wedi laru ar smalio bod yn brysur o fewn golwg porth y fynwent, wedi laru ar ymarfer edrychiad o syndod a phleser annisgwyl pan welai wynebau John a Siôn. Clywsai gan Lleucu y pnawn blaenorol fod John wedi anfon Gwilym gyda neges i Siôn, yn egluro na allai ei groesawu i Fodwrda bellach, ac yn gofyn am gyfarfod yn yr eglwys fore trannoeth. Bu'r ddwy'n trafod rhesymau posib John dros wneud hyn, wrth iddynt baratoi am y gwely, heb lwyddo i ddod i unrhyw gasgliad synhwyrol.

O leiaf roedd hi'n fore sych, a'r eira wedi diflannu gyda'r stormydd o wynt a glaw a barodd am dridiau wedi'r ymweliad â Phwllheli. Tridiau na fynnai Catrin weld eu tebyg eto. Ni wyddai eto beth oedd yn gofidio John. Er gwaethaf y gwyntoedd a'r glaw, âi allan o'r tŷ gyda'r wawr ac arhosai allan, heblaw am brydau bwyd, tan iddi nosi. Yn ôl Lleucu eto, dywedai Gwilym fod John yn treulio'i amser yn yr hebocty, gan achosi pryder i'r hebogydd wrth iddo eistedd yn fud mewn congl o'r adeilad a syllu'n ddigyffro ar yr adar. Pan ddeuai i gael ei fwyd, bychan iawn fyddai ei archwaeth. Ceisiodd Catrin sawl tro i'w ddenu i sgwrsio, i rannu ei ofid, ond methiant fu pob ymdrech. Ond nid dyna'r cyfan. Nid John oedd yr unig un i ymddwyn yn annaturiol. Er bod Ewythr John wedi cryfhau ddigon i ddod i lawr y grisiau am awr neu ddwy, daethai Catrin i'r casgliad mai gwneud hynny er mwyn achosi loes i John roedd o. Pan ddeuai John i'r tŷ, roedd Ewythr John yno i'w gyfarch yn y ffordd ryfeddaf. Gwenai arno, ond gyda gwên ellyll o grombil uffern yn ymhyfrydu mewn poenydio'r eneidiau colledig. Bob tro yr ymddangosai ei dad, fe welwai John a throi i ffwrdd fel petai wedi gweld drychiolaeth. Parai hyn ddiddanwch mawr i'w hewythr, a gofid iddi hithau. Diolch i'r drefn na fyddai'r hen ddyn yn dod i lawr i fwyta gyda gweddill y teulu, neu fe fyddai bywyd yn hollol annioddefol.

Roedd Enoch wedi cyrraedd Aberdaron o'u blaenau. Fe ddaeth i Fodwrda'r bore o'r blaen, ond nid oedd ei hewythr na John o gwmpas i siarad ag ef, ac ar ôl iddo dreulio hanner awr yn y llyfrgell, fe ymadawodd. Roedd ganddo'i dŷ ei hun filltir y tu allan i'r pentref, ar y creigiau uwchben Porth Ysgo, ac ychydig erwau o dir gydag ef. Daeth draw eto'r diwrnod wedyn, a chael cawell unwaith yn rhagor. Roedd fel petai John a'i dad yn osgoi'r asiant.

Ond ei gofid pennaf oedd ei theimladau tuag at Siôn. Cafodd amser i gnoi cil ar ei eiriau tra oedd yn gorwedd yn ei gwely am ddiwrnod cyfan yn y gwesty. O ganlyniad, penderfynodd y byddai'n anwybyddu'r anesmwythyd a brofodd wrth ei weld mewn cuddwisg, a chanolbwyntio ar ei eiriau'n ymbil arni i ymddiried ynddo. Serch hynny, roedd yn dyheu am glywed ei eglurhad, am gael sicrwydd nad oedd ei chalon wedi ei chamarwain. Os rhith – neu'n waeth, ddichell – oedd ei gariad tuag ati, yna byddai'r byd ar ben. Ni wyddai sut i wynebu byw o ddydd i ddydd yn awyrgylch llethol y plas, heb neb y gallai ymddiried ynddo heblaw Lleucu. Gyda phob ymweliad diweddar ag Anne, roedd eu perthynas yn dirywio, holl hwyl ac asbri'r cyfarfodydd cyntaf wedi diflannu wrth i gorff ei ffrind chwyddo, a'i meddwl yn troi'n fwyfwy mewnblyg. Mor fewnblyg, mewn gwirionedd, nes ei bod wrthi'n gwnïo amdo iddi hi ei hunan, rhag ofn dydd y geni. Roedd gweld ei ffrind yn pwytho'r amdo mor ofalus, a hyd yn oed yn ei addurno â brodwaith a les, yn codi arswyd ar Catrin. Cyn mynd am Bwllheli, roedd wedi ceisio codi calon ei ffrind o'r iselder yma, ei hannog i chwarae'r firdsinal a chanu deuawdau gyda hi, ond rhoes y gorau iddi gan mor aflwyddiannus oedd ei hymdrechion. A dweud y gwir, roedd yn gas ganddi bellach ymweld â'r ficerdy, a gorfod gwylio'r pwytho mân, celfydd, gorffwyll, a goddef y distawrwydd mewndroëdig. Ymdeimlad o ddyletswydd yn unig a'i gyrrai i weld Anne bob dydd.

Cerddodd unwaith yn rhagor oddi wrth yr eglwys a thros y bont i gyfeiriad afon Cyllyfelin, cyn troi ar ei sawdl a cherdded yn ôl. Wrth droi'r gongl ger y dafarn, gwelodd gefn John yn cerdded i fyny'r allt am ffordd Bodwrda. Camodd yn ôl yn gyflym rhag ofn iddo ddigwydd edrych dros ei ysgwydd a holi pam ei bod hi yno. Ni welodd unrhyw arwydd o Siôn. Efallai ei fod yn dal yn yr eglwys. Pe byddai'n dod allan rŵan, o leiaf fe fyddai'n debygol o droi am y pentref i gyrraedd cartref ei fam, ac nid yn dilyn John i fyny'r allt. Diolch i'r drefn, roedd yn rhy oer a llaith i wragedd y pysgotwyr fod allan ar eu meinciau'n gwau sanau, a chael modd i fyw wrth wylio'i hymddygiad afresymol. Arhosodd yn ei hunfan am funud neu ddau cyn mentro edrych heibio'r gornel unwaith eto. Doedd dim hanes o John, nac o Siôn o ran hynny. Oedd o'n dal yn yr eglwys? Doedd ond un ffordd i gael gwybod. Siarsiodd Lleucu i aros y tu allan i'r drws a chadw golwg rhag ofn i rywun gerdded i mewn atynt heb rybudd.

Edrychai'r eglwys yn hollol wag ar yr olwg gyntaf. Daliodd i gerdded, heibio'r eil gyntaf, a'i weld yn penlinio wrth yr allor ym mhen dwyreiniol yr ail eil. Er bod yr Archesgob Laud yn y Tŵr ers dros flwyddyn, mynnai Esgob Bangor gadw at drefn Laud yn ei eglwysi. Cododd Siôn wrth ei chlywed yn dynesu, a dod i'w chyfarfod. Cofleidiodd y ddau yn fyr a brysiog, yna gafaelodd Siôn yn ei braich a'i thywys i eistedd ar un o'r meinciau. Syllodd yn hir i'w hwyneb, a cheisiodd hithau wenu arno, ond methodd ei hymdrech a gostyngodd ei llygaid i'w dwylo ar ei glin.

'Sut wyt ti wedi bod, Catrin fach?' holodd yn dawel. Cododd hithau ei hysgwyddau mewn ateb. Ni allai edrych arno rhag iddo weld y dagrau yn ei llygaid. 'Wyt ti'n gallu aros i drafod pethau?' holodd wedyn. Nodiodd ei phen, ac estyn hances o'i bag gwregys a sychu ei thrwyn yn ysgafn.

Gan afael yn dyner yn ei llaw, dechreuodd Siôn adrodd prif hanesion ei fywyd wrthi, mewn cyn lleied o amser â phosib. Eglurodd ei waith fel negesydd i'r Ymerodraeth, a'r ffordd roedd wedi cael ei rwydo ynghlwm wrth helyntion brenin Lloegr oherwydd llygaid craff Prins a'i ddealltwriaeth o arwyddocâd y fodrwy, gwybodaeth a ddaeth i'w ddwylo drwy boenydio carcharor ym Mryste.

'Dim ond mater o wisgo mewn ffordd wahanol yw'r cyfan, wedi'r cwbl,' diweddodd. 'Yr un dyn sydd oddi tanynt, wsti. Does dim newid yn hynny.'

'Ond twyll ydi gwisgo er mwyn ymddangos yn wahanol i'r hyn wyt ti,' gwrthwynebodd Catrin. Roedd hanner ei meddwl yn crefu arni i dderbyn ei eiriau'n llawen, ond gwrthwynebai'r hanner arall iddi ildio'i phryderon mor rhwydd.

'Rwy'n cytuno mewn un ffordd,' addefodd Siôn, 'ond weithiau mae angen yn mynnu hynny. Mae'n fater o ddiogelwch i'r unigolyn.'

'Ond pam fod angen i'r unigolyn amddiffyn ei hun fel yna os nad ydi o'n torri'r gyfraith?'

'Dydw i wedi gwneud dim fyddai'n torri'r gyfraith, Catrin, coelia fi. Dydw i erioed wedi ysbïo ar neb na dim. Cario negeseuon, dyna'r cyfan. Fradychais i neb erioed yn fy mywyd. Wna i ddim bradychu'n cariad ni chwaith Catrin, rwy'n addo i ti.'

Teimlai Catrin ei phen yn cymysgu gyda'r meddyliau rhyfeddaf. Roedd Siôn wedi symud y ddadl o'r haniaethol i'r personol, ac er iddi lawenhau o glywed ei eiriau, eto fyth nid oedd yn fodlon anwybyddu ei dadl wreiddiol. Ond sut i fynegi hynny? Cofiai am ei brawd yn siarad am y gwersi rhethreg a gawsant yn y brifysgol, a digiai na fyddai merched yn cael yr un fantais. Digon hawdd i ddynion wfftio at ferched a'u ffolineb, ond sut oedd obaith iddynt gael eu derbyn fel bodau synhwyrol pan na chynigiwyd yr un addysg iddynt? Os oedd ar ddynion angen addysg mewn rhethreg a rhesymeg, onid awgrymai hynny mai trwy addysg, ac nid greddf, y cyrhaeddai dyn y stad o fod yn rhesymegol?

'Dwyt ti ddim yn deall, Siôn,' meddai'n daer. 'Mi ddylai dyn ymddangos fel yr hyn ydyw. Mae'r cardotyn mewn carpiau, a'r bonheddwr yn ei felfed a'i sidan, ac mae pawb yn deall eu safle mewn bywyd. Os cymysgir y ffiniau, does neb a ŵyr lle mae'n sefyll, na sut i ymddwyn tuag at ei gyd-ddyn.'

'Ble mae hynny'n fy ngadael i, ynteu, Catrin?' holodd Siôn â gwên fach gam. 'Mab i bysgotwr tlawd, yna'n filwr cyffredin, yna'n ysgrifennydd i un o ddynion pwysica'r Ymerodraeth, ac yn berchennog tiroedd helaeth ar ben hynny. Wedyn yn negesydd i'r Ymerodraeth, sy'n gorfod newid ei ffurf er mwyn ei ddiogelwch ei hun wrth gario negeseuon drwy wledydd gelyniaethus. Sut ddylwn i wisgo mewn gwirionedd?'

'Wn i ddim,' atebodd hithau'n drist. Dyma wraidd ei hanniddigrwydd. Roedd wedi cael ei magu i dderbyn a chefnogi trefn bendant o fewn cymdeithas, pawb yn ei le priodol ac yn derbyn ei le. Ond roedd Siôn fel rhyw aderyn dieithr, ysblennydd oedd eto fyth yn gyfarwydd oherwydd ei Gymreictod. Ar y dechrau, roedd y dieithrwch ecsotig yma, ynghyd â'i wyneb golygus, yn atyniad cryf iddi. Ond roedd pethau wedi symud ymlaen ers hynny, ac erbyn hyn roedd yr hyn a'i denai hefyd yn ei dychryn. Trawyd hi gyntaf gan yr ofn yma wrth ei weld ym marchnad Pwllheli. Dyna pryd y daeth gwir arwyddocâd ei garu i'w tharo, ac iddi ddod i lawn sylweddoli geiriau blaenorol Siôn ger y ffynnon, a'i siars iddi gysidro'n ofalus iawn yr oblygiadau o fod mewn cariad ag ef.

'Mae Crist am i ni drin pawb yn gyfartal,' aeth Siôn ymlaen yn dawel.

'Wfft i ti, Siôn, am ddweud y fath beth!' Daeth ton o wylltineb sydyn drosti. Sut y gallai ddod â chrefydd i gymhlethu'r sefyllfa? 'Pa fyd wyt ti'n byw ynddo, dywed? Mi wyddost cystal â minnau nad yw'r Eglwys, hyd yn oed, yn arddel y fath gred.'

'Mi wn am un eglwys sy'n gwneud hynny, er mai dim ond eglwys fechan, ddi-nod yw hi ar hyn o bryd. Hoffwn i ti allu cyfarfod â'r bobol yno, Catrin. Mi faset ti wedi dy gyfareddu ganddyn nhw. Maen nhw hyd yn oed yn credu fod merched yn gyfartal â dynion.'

'Be?'

'Ydyn wir i ti. Mae'r merched yn eistedd yn y gynulleidfa yn gymysg â'r dynion, a'r hawl ganddynt i siarad a gweddïo fel dynion. Ac mae neges y bobol yma'n cael ei lledaenu, Catrin, yn araf a graddol, mae'n wir, ond mae ganddyn nhw'r sicrwydd o oleuni Duw yn eu calonnau i'w harwain ymlaen.'

Edrychodd Catrin arno'n syn. Clywodd sôn o'r blaen gan ei thad a'i brawd am fodolaeth merched haerllug, pechadurus, yn pregethu mewn marchnadoedd ac yn codi cynnwrf ac yn ymosod ar offeiriaid mewn eglwysi yn ystod gwasanaethau. Cafodd ei dysgu i sarhau'r fath ymddygiad. Roedd clywed Siôn yn siarad mor bleidiol o'u hachos yn dyfnhau ei dryswch.

'Onid merched anweddus ydyn nhw?' meddai'n ddrwgdybus.

'Mae yna rai sy'n gadael i'w teimladau orchfygu eu rhesymoldeb, mae'n wir, a thrueni am hynny, mewn gwirionedd. Maen nhw'n rhoi achos i ddynion gondemnio'ch rhyw chi i gyd oherwydd ymddygiad afreolus yr ychydig rai yna. Ond nid dadl ynglŷn â chyfartaledd merched a dynion sydd gen i, Catrin, ond y darlun llawnach o Dduw, drwy Grist, yn maddau pechaduriaid, boed yn ddyn neu'n ddynes. Mae'r dynion yma'n credu y daw Crist am yr eilwaith o fewn cwrs ein bywydau ni, Catrin. Meddylia am y peth! Cael gweld Crist yn ei ogoniant ar y ddaear unwaith eto! Dyna pam rydw i wedi cymryd llw na fydda i byth yn lladd eto, byth yn rhyfela. Rydw i am geisio gras Duw, disgwyl am i'w ras godi fel y môr a golchi drosof, ac i mi gael teimlo'i gariad a'i lawenydd Ef yn fy nghalon.' Erbyn hyn roedd Siôn yn gwasgu cymaint ar ei llaw nes iddi deimlo poen, ond ni feiddiai ynganu gair o brotest a fyddai'n torri ar ei frwydfrydedd. Cydiodd yn ei llaw arall, a'i thynnu'n nes ato. 'Catrin, ddoi di efo fi i Lanfaches? Ddoi di? Mi allen ni gychwyn bywyd newydd yno efo'n gilydd.'

Roedd ei eiriau'n rhy daer. Roedd yn pwyso gymaint arni fel ei bod yn ei theimlo'i hun yn mygu. Cododd yn frysiog a cherdded oddi wrtho. Ni wyddai sut i'w ateb. Croesodd at yr allor, a syllu'n hir ar y groes euraid, anrheg Bodwrda i'r plwyf, ond nid oedd cymorth i'w gael yno ychwaith. Sut y gallai pethau fod wedi mynd mor gymhleth? Sut oedd y sgwrs wedi troi mor bell o'i rheolaeth? Pam ar y ddaear fawr oeddynt yn trafod cwestiynau mor fawr â chrefydd a threfn cymdeithas, pan mai darganfod cywirdeb ei galon oedd yr unig beth a fynnai? Sut y gallai hi ateb ei gwestiwn olaf heb wybod hynny'n gyntaf?

Clywodd ei gerddediad yn nesáu tuag ati, a throdd i'w wynebu. Syllodd yn hir ar ei wyneb, a sylwi am y tro cyntaf ar y blinder oedd yno, y tyndra o amgylch y geg a'r ffroenau. Beth wyddai hi mewn gwirionedd am ei ofidiau, a'r bywyd tywyll roedd yn rhaid iddo ei ddilyn tra oedd yn ymweld â chartref ei febyd? Syllodd i fyw ei lygaid a gwelodd ynddynt unigrwydd ac ansicrwydd yn ogystal â chariad. Syllodd ar y graith a redai i lawr ei rudd, ac wrth syllu arni, fe ddisgynnodd popeth i'w le yn ei meddwl. Doedd dim rhaid poeni am na chrefydd na gwisg na safle mewn cymdeithas pan oedd y prawf i'w gael mewn ffordd mor syml. Gallai'r ateb i un cwestiwn bach roi iddi'r wybodaeth a geisiai. Un cwestiwn bach tyngedfennol, i benderfynu ar gwrs gweddill eu bywydau. Byddai ei ateb i'r cwestiwn hwnnw'n dangos iddi'n eglurach na dim a oedd gobaith a dyfodol i'w perthynas, a oedd ymddiriedaeth yn bodoli rhyngddynt mewn gwirionedd. Cododd ei llaw yn araf a chyffwrdd y graith â blaenau ei bysedd.

'Siôn,' gofynnodd yn dawel, 'sut cefaist ti'r graith

yma?' Teimlai ei chalon yn curo fel gordd dan ei bron wrth iddi ddisgwyl ei ymateb. Dychrynodd wrth i'w chalon chwyddo oddi mewn iddi, gan rwystro ei hanadl. Pam nad atebai'n syth? Pam yr oedi yma? Oedd o'n mynd i'w siomi yn y diwedd? Pam na ddywedai rywbeth yn lle syllu arni'n fud? Ond o'r diwedd gwelodd ei wefusau'n dechrau siapio geiriau.

'O'r gorau,' atebodd, 'fe ddwedaf yr hanes i gyd wrthyt ti. Tyrd i eistedd i lawr eto.' Rhoddodd hi i eistedd yn sedd teulu Bodwrda, ond mynnodd ef ei hun sefyll, fel drwgweithredwr o flaen ei well. 'Fe ddigwyddodd ddeng mlynedd yn ôl, mewn brwydr fawr yn Breitenfeldt ger Leipzig, ar y seithfed o Fedi 1631. Gustavus Adolphus, Brenin Sweden, oedd arweinydd y Protestaniaid ar y pryd, a Tilly'n ein harwain ninnau.' Ysgydwodd Siôn ei ben yn drist. 'Roedd Tilly'n rhy hen, yn ei saithdegau, ac er fod ei ddynion yn ei addoli gan nad oedd erioed wedi colli brwydr, fe ddysgom ni'r diwrnod hwnnw fod ei ddulliau o drefnu brwydr yn henffasiwn, yn aneffeithiol yn erbyn arfau a thactegau modern y Swediaid. Gwers a gostiodd fywydau dros bymtheg mil o'i ddynion mewn un diwrnod . . . '

'Mistras!' torrodd llais o ddrws yr eglwys ar ei draws, llais Lleucu'n sibrwd yn daer. 'Mistras, mae 'na gynhebrwng yn dod i lawr yr allt o gyfeiriad Pontafonsaint, a'r ficer ar y blaen.'

Neidiodd y ddau'n frysiog i'w traed.

'Pryd alla i siarad efo ti eto?' gofynnodd Siôn yn gyflym.

'Wn i ddim,' atebodd Catrin. 'Rydan ni'n cychwyn am Lynllifon peth cynta bore fory.'

'Alli di ddod at y ffynnon pnawn 'ma? Mi alla i ddweud y cyfan wrthyt ti bryd hynny, heb boeni am neb yn dod ar ein traws.'

Cytunodd Catrin cyn brysio allan o'r eglwys yng nghwmni Lleucu a chychwyn i fyny'r allt am Fodwrda cyn i osgordd y cynhebrwng ddod rownd cornel y dafarn.

Wedi gwisgo yng nghlogyn Lleucu, llithrodd Catrin o'r tŷ ac i fyny'r llethr at Gastell Odo. Roedd y tywydd wedi gwella eto, a rhith o heulwen yn dechrau gwasgaru'r cymylau ysgafn. Roedd ei chalon yn llawer iawn ysgafnach wrth ddringo'r bryn nag ydoedd y bore hwnnw. Gwyddai bellach fod Siôn yn fodlon ymddiried ei hanes ynddi, a dyna beth oedd yn bwysig, nid yr hanes ei hunan. Oherwydd hynny gallai hithau ymddiried ynddo yntau. Gwelodd ef yn eistedd ar garreg lefn mewn hafn ynghanol olion Castell Odo. Cododd yn frysiog pan welodd hi'n dynesu, a chroesi ati i'w hanwesu.

'Catrin, mi hoffwn i orffen dweud yr hanes am fy nghraith wrthyt ti cyn i ni gymryd cam ymhellach,' meddai cyn iddi allu dweud dim. Dechreuodd hithau brotestio, ond torrodd ar ei thraws. 'Na, mae'n bwysig i ti, rwy'n sylweddoli hynny, ac efallai ei fod yn bwysig i minnau hefyd. Dydw i 'rioed wedi sôn am y noson honno wrth yr un enaid byw. Tyrd, mae cysgod o'r gwynt ar y garreg yma, ac mi gei eistedd ar fy nghlogyn.' Rhoddodd hi i eistedd, ond arhosodd ef ar ei draed. Dechreuodd gamu'n ôl a blaen wrth ddweud ei hanes.

'Fel y dwedais i'n yr eglwys, y seithfed o Fedi oedd hi, diwedd haf arbennig o boeth a sychlyd. Ceisia ddychmygu'r sefyllfa, Catrin. Roedd y rhan fwyaf ohonom ni wedi bod yn effro drwy gydol y noson cynt yn disgwyl y frwydr, a'r offeiriaid yn mynd o un tân gwersyll i'r llall yn ein bendithio. Dydi'r milwr cyffredin ddim yn gwybod fawr ddim am dactegaeth ei arweinwyr, wsti. Wedyn wnes i ddeall beth ddigwyddodd mewn gwirionedd. Ond digon yw dweud mai Tilly ddechreuodd y frwydr drwy danio'n gynnau mawrion ar y Swediaid. Roedd von Pappenheim yn arwain ei farchoglu yn erbyn y Sacsoniaid ar y chwith i ni, ond wydden ni mo hynny ar y pryd. Ti'n gweld, fe addysgwyd Tilly yn y dull Sbaenaidd o ryfela, gyda charfanau tyn, sgwarog o filwyr traed a mysgedwyr, deuddeg cant o ddynion i bob sgwâr, neu *tercio*, fel maen nhw'n cael eu galw, y peicwyr yn ffurfio'r ganran fwyaf yn y canol, a'r mysgedwyr o'u hamgylch. Roedd ganddon ni ddeuddeg *tercio* y diwrnod hwnnw.'

Safodd yn llonydd o'i blaen, gan ofyn iddi, 'Ydw i'n dy flino di, Catrin?'

'Na, na,' atebodd hithau, gan afael yn ei law, ond tynnodd yn rhydd oddi wrthi, a pharhau â'i gamu.

'Wyt ti'n gweld, ceisio egluro i ti sut y digwyddodd pethau ydw i. Dychmyga ddyffryn llydan, llychlyd, ambell i ffos hanner gwag yn ei groesi. Yr haul yn codi tu cefn i ni, a'r gwynt yn chwythu'r llwch i lygaid ein gelynion – pob amgylchiad, fasat ti'n meddwl, yn ein ffafrio. Ein deuddeg *tercio* mewn llinell ar draws y dyffryn, a'r gelyn yn ein hwynebu mewn llinellau ysgafn yn ymestyn dros ryw ddwy i dair milltir ar ei hyd. Roeddan ni'n credu y byddai pwysau'r *tercio* yn chwalu'r llinellau tila yna ymhen dim, cyn gynted ag y byddai'n marchoglu'n gallu dal y gynnau mawrion.' Ysgydwodd Siôn ei ben yn drist. 'Ond doedden ni ddim yn gwybod am y gynnau ysgafn oedd ganddyn nhw, gynnau oedd yn gallu symud o un lle i'r llall yn weddol rwydd, ddim fel ein gynnau sefydlog ni. Unwaith yr oedd y rheini wedi eu gosod yn eu lle, doedd dim modd eu symud drwy gydol brwydr, ac os oedd brwydr yn symud, roeddan nhw'n cael eu gadael ar ôl.

'Peth arall nad oedd ein harweinwyr wedi ei ddeall oedd bod lluoedd y gelyn, drwy fod mor ysgafn eu harfau a'u harfogaeth, yn gallu symud yn gyflym. Roedd ganddyn nhw fwy o swyddogion, hefyd, a gorchmynion y cadfridogion yn cael eu hufuddhau'n gyflymach na'n rhai ni o lawer.

'Dychmyga fi, felly, yn sefyll ar gyrion yr anghenfil anhylaw yna, y *tercio*, yn martsio ymlaen yn araf. Doeddwn i ddim yn fysgedwr ar y pryd, dim ond yn helpu'r mysgedwyr i lwytho, a gosod eu ffyn yn y ddaear i ddal blaen y gwn. Dychmyga'r *tercios* fel mwclis sgwâr ar linyn, efo mymryn o le gwag rhyngddynt. Gelli weld mai dim ond y milwyr ar y blaen oedd yn gallu cwffio, mewn gwirionedd, a'r rhai tu ôl yn barod i gymryd lle'r rhai a ddisgynnai yn y blaen. Dychmyga, hefyd, bawb yn glòs at ei gilydd, neb yn gallu troi na throsi nac osgoi'r tanio o'r arfau ysgafn oedd gan y Swediaid. Nid pelenni canon oeddan nhw'n danio, fel ein gynnau mawr ni oedd yn taro un neu ddau ar y mwyaf, ond blychau o haels oedd yn tasgu i bobman ac yn lladd ac anafu'n ddidrugaredd. Ac, wrth gwrs, am fod ein dynion mor agos at ei gilydd yn y sgwariau yma, roedd yn hawdd i'r gelyn ein lladd ni'n ddirifedi. Doedd dim modd eu hosgoi nhw. Ar ben hynny wedyn, roeddan nhw'n gallu aildanio'u gynnau ysgafn yn gyflymach o lawer na ni, a'u symud o fan i fan os oedd ein marchoglu'n bygwth eu safle. Doedd dim modd eu hosgoi.

'Roedd hyd yn oed eu mysgedau'n well ac yn ysgafnach na'n rhai ni. Gallai'r mysgedwr Swedaidd danio'i fysged dair gwaith cyn gyflymed â ni, a doedd dim angen fforch arnyn nhw i ddal blaen y mysged.'

'Ai un o'r haels yna ddaru rwygo dy wyneb di?' holodd Catrin. Ysgydwodd Siôn ei ben.

'Na, yn rhyfedd iawn, fe ddois i drwy'r frwydr heb sgriffiad, er mor uffernol oedd y diwrnod. Roedd y llwch a'r mwg o'r gynnau mor dew fel na ellid gweld mwy na rhyw dri neu bedwar cam o'n blaenau. Roedd arweinwyr y Swediaid wedi gorchymyn iddyn nhw wisgo darnau o wyrddni yn eu hetiau, iddyn nhw adnabod ei gilydd. Wrth gwrs, roedd hynny'n ei gwneud hi'n haws i ninnau wybod pwy oedd ein targedau. Na, yr unig ffordd sydyn o wybod pwy oedd o'n cwmpas oedd y bloeddiadau rhyfel – *Jesus Maria* ar ein hochr ni, a *Duw fo gyda ni* yr ochr arall. Felly'r aeth y diwrnod yn ei flaen, o doriad gwawr nes iddi nosi, twrw'r gynnau'n tanio'n ddi-baid, bloeddio'r rhyfelwyr, sgrechiadau'r clwyfedig: allai uffern ddim bod yn waeth. Yn y sefyllfa yna, mae dyn yn cefnu ar bob teimlad cyffredin, hyd yn oed ofn. Mae dy fyd a'th fywyd yn culhau i hyd dy fraich. Goroesi yw'r unig reddf, lladd neu gael dy ladd.

'Erbyn iddi ddechrau nosi, roedd popeth ar ben ar lu'r Ymerawdwr. Dros ein hanner wedi ein lladd, a'r gweddill yn ffoi.' Ysgydwodd Siôn ei ben eto mewn gofid. 'Pe byddai rhywun wedi gofyn i mi cyn y noson honno beth oedd uffern, mi fuaswn i wedi ateb "maes y gad" heb unrhyw amheuaeth. Ond fe ddysgodd y noson honno imi fod gwaeth erchyllterau'n bod.'

'Sut est ti oddi yna?' holodd Catrin a iasau oer yn rhedeg i lawr ei chefn.

'Roedd Walter wedi ei anafu – ddim yn rhy ddrwg, un o'r haels yn ei goes – ond doedd o ddim yn gallu cerdded. Wrth iddi ddechrau nosi, a'r awyr yn llawn mwg a llwch, mi lwyddais i'w lusgo i un o'r ffosydd. Newydd ei gael o o'r golwg oeddwn i pan welais i Almaenwr anferth yn sefyll uwch ein pennau, yn wên o glust i glust wrth feddwl ei fod am ladd dau fach arall o'r gelyn heb fawr o berygl iddo'i hunan. Yn anffodus iddo fo, wrth lusgo Walter at y ffos, roeddwn i wedi cael hyd i ddryll wedi ei ollwng gan un o'r marchoglu, a heb feddwl os oedd o'n llawn ai peidio, mi anelais i'r dryll a saethu.'

'Ac mi lleddaist ti fo?'

'Do. Yn rhyfeddach fyth, fe arbedodd yr Almaenwr yna ein bywydau. Wedi i mi ei saethu, fe ddisgynnodd yn glewt ar ein pennau, a'n hoelio i waelod y ffos. Dyna lle'r oeddwn i, yn cael fy mygu gan bwysau'r dyn, a Walter druan o dan y ddau ohonan ni. Pe byddai dŵr yn y ffos, mi fydda'r ddau ohonan ni wedi boddi. O dipyn i beth, mi lwyddais i symud digon ar y llabwst i mi allu anadlu, ac fe glywn Walter oddi tanaf yn dweud ei fod yn iawn, ac roeddwn i ar fin ceisio taflu'r corff oddi arnaf pan glywson ni leisiau'n dod ar hyd glan y ffos. Lleisiau Sacsonaidd, yn ferched a dynion, yn cerdded o amgylch y maes yn lladd pob milwr imperialaidd clwyfedig a rheibio'u cyrff. Wnes i ddim gweddïo mor daer yn fy mywyd. Diolch i'r nefoedd, am ei bod hi mor dywyll, wnaethon nhw ddim sylwi arnon ni dan gorff yr Almaenwr, a wnaethon nhw ddim rheibio'i gorff o. Ond fe geision nhw fod yn drugarog. Heb fod yn sicr a oedd yn farw ai peidio, a gwybod na fyddai gobaith iddo gael sylw meddygol, fe benderfynon nhw yrru picell drwy'i galon, i'w roi allan o'i ddioddefaint. Drwy ryw drugaredd, mi lwyddais i droi fy mhen ddigon i osgoi blaen y bicell wrth iddi gael ei gyrru drwy'r corff. Crafodd yn erbyn fy moch, yn lle hollti 'mhen, a dyna sut cefais i'r graith.' Tawodd, a daeth i eistedd wrth ei hochr. Gwyrodd ei ben gan rwbio'i lygaid â chefn ei law.

'Sut ddaru chi ddianc?' gofynnodd Catrin yn y man. Roedd ei llais yn wantan, cymaint oedd ei harswyd o glywed yr hanes. Ailgydiodd Siôn yn ei stori, ei lais yn flinedig.

'Wn i ddim am sawl awr y bu'r ddau ohonan ni'n gorwedd yno, ag ofn symud. Ond roedd yn rhaid gwneud rhywbeth cyn i'r wawr dorri, neu fe fyddai ar ben arnan ni. Gyda'r wawr, mi fyddai troliau'n dod o amgylch y dyffryn yn casglu'r celanedd i'w claddu. Felly roedd yn rhaid i ni geisio dianc dan fantell y tywyllwch.

'Alla i ddim disgrifio'r siwrnai erchyll gawson ni. Llusgo'n cyrff ar hyd y ffos, trawo yn erbyn cyrff meirw, ond yn waeth byth, weithiau'n trawo yn erbyn rhai wedi eu hanafu, a'r rheini'n gweiddi allan mewn poen, neu'n ymbil am gymorth. Roedd eu lleisiau'n denu'r Sacsoniaid atom, ac roedd yn ras bob tro i ddianc o safle'r trueiniaid cyn i'r Sacsoniaid ddod a'u lladd. Doedd wiw i ni fentro cuddio, na smalio bod yn farw. Mi roeddan nhw'n gwneud pethau ofnadwy i'r cyrff.' Ysgydwodd ei ben cyn mynd ymlaen. 'A'r Swediaid yng nghanol maes y gad yn gorfod gwersylla ymysg y celanedd. Mi 'ddyliais i'r noson honno eu bod ddigon o ddiafoliaid i fwynhau'r profiad, ond deallais wedyn fod eu certiau bwyd a phebyll wedi eu chwalu gan farchoglu von Pappenheim. Roedd eu milwyr yn cerdded o amgylch y maes yn casglu picelli ac arfau eraill i oleuo tanau.' Oedodd Siôn a chodi ei ben i syllu allan i gyfeiriad Enlli.

'Ond wyddost ti beth oedd waethaf? Beth a wnâi i'm gwaed fferru yn fy ngwythiennau ac i'r gwallt ar fy mhen godi mewn arswyd?'

Ysgydwodd Catrin ei phen heb yngan gair.

'Y clychau. O bob cwr o'r maes fe ddeuai sŵn clychau. Clychau bychain, oedd i fod yn sŵn peraidd, sanctaidd yn galw milwyr i foli. Clychau'r myneich oedd gyda'n byddin, i'n bendithio a gwrando cyffes y sawl a fynnai gyffesu cyn brwydr. Dyna pam na alla i oddef sŵn clychau'n canu'n ddi-baid. Maen nhw'n codi arswyd arna i, yn fy atgoffa o'r noson honno.' Ochneidiodd, a theimlai Catrin ef yn ei orfodi ei hun i gario 'mlaen. 'Mi welais i un truan yn cael ei ladd, cael ei rwygo'n ddarnau gan ddwylo noeth y werin Sacsonaidd mileinig, a'r diawliaid yn chwerthin wrth ganu ei gloch yn ei glustiau tra oedden nhw'n gyrru cyllyll i'w lygaid. Y peth gwaetha'n y byd oedd gwrando arno'n ymbilio am drugaredd, a methu gwneud dim i'w arbed. Pan fydda i'n isel f'ysbryd, mi fydda i'n amau weithiau y dyliwn i fod wedi ceisio ei achub, hyd yn oed gan wybod y byddai'n golygu fy marwolaeth fy hun. Ond gwell hynny na chydnabod fy hun yn llwfr, yn cuddio mewn ofn oddi wrth y bwystfilod o ddynion.'

Roedd ei lais mor chwerw nes peri loes i Catrin. Rhoddodd ei braich am ei wasg a'i dynnu'n glòs ati. 'Paid â siarad fel yna, Siôn. Mi wyddost mai ffolineb dibwrpas fyddai'r fath ymdrech. Fyddai neb wedi disgwyl hynny gennyt. Ac mi roedd gen ti Walter i'w achub hefyd. O leiaf roedd gen ti obaith efo fo.'

Ochneidiodd Siôn yn drwm a phwyso'n ôl yn erbyn ei hysgwydd. 'Rwyt ti'n iawn, wrth gwrs. Ac mi lwyddais i gael Walter allan o'r dyffryn. Mae'n rhaid fod lwc efo ni'r noson honno, achos fe gyrhaeddon ni ein milwyr ein hunain ymhen diwrnod neu ddau heb ddod ar draws rhagor o'r werin lofruddiaethus. Mi roedd 'na o leiaf bum mil o'n cyd-filwyr a ddihangodd o faes y frwydr yn llai ffodus na ni.'

'Pum *mil*? Laddon nhw bum mil o filwyr?'

'Do, drwy ymosod ar grwpiau bychain oedd yn ceisio dianc.' Cododd Siôn ei ysgwyddau yn ymostyngol. 'Alla i ddim gweld bai arnyn nhw mewn rhyw ffordd,' cyfaddefodd. 'Wedi'r cyfan, roedd ein milwyr wedi dinistrio'u gwlad dros y tair blynedd ar ddeg blaenorol, ac roedd yn rhaid i rywun ddial am gyflafan Magdeburg. Beth sy waetha,' ychwanegodd gyda gwên ddiobaith, 'yw fod y byddinoedd yn dal i reibio 'nôl a 'mlaen dros eu gwlad. Tair blynedd ar hugain o ddinistrio, a dim diwedd eto mewn golwg.'

Ni allai Catrin feddwl am unrhyw air priodol i'w

ddweud. Eisteddodd y ddau ochr yn ochr, braich Catrin am ganol Siôn, y ddau'n syllu dros simneiau Bodwrda oddi tanynt ac allan i'r môr. Rhedodd cryndod drwy ei chorff a deffrowyd Siôn o'i synfyfyrio.

'Catrin fach, beth sy arna i'n gadael i ti rewi fan hyn! Tyrd at y ffynnon. Mae gen i goed tân sych wedi eu hel yno, ac mi gawn ni gynhesu.'

Rhyw ddecllath o'r llannerch, arhosodd Siôn i wrando. Rhoddodd ei fys ar ei wefusau i arwyddo i Catrin gadw'n ddistaw. Dychrynodd hithau am ei bywyd, ei chof yn llawn o'r holl anfadwaith roedd Siôn newydd ei ddisgrifio. Diolchodd i'r drefn eu bod yn dal yng nghysgod y coed ac o olwg adeilad y ffynnon. Ond diflannodd pob sicrwydd o ddiogelwch wrth iddi glywed cri ddolefus, isel a wnaeth i'w gwaed fferru. Bu bron iddi sgrechian, ond bod braich Siôn wedi gwasgu amdani a'i dal at ei frest.

'Aros lle'r wyt ti,' sibrydodd yn ei chlust. 'Rydw i'n mynd i'r cefn i weld pwy sy 'na.'

'Paid â'm gadael,' erfyniodd arno, ei llaw yn crafangu ei fraich.

'Hisht,' atebodd, 'chei di ddim niwed. Fydda i ddim yn bell oddi wrthyt. Ond i wneud yn saff, gad i mi dy guddio.' Arweiniodd hi heibio i dyfiant gwywedig y drain a'r mieri a fachai yng ngwaelodion ei sgert. Drwy gydol yr amser gallai glywed y dolefain yn dod o'r ffynnon, gan guddio unrhyw dwrw a wnaent hwy. Wedi cyrraedd llwyn o gelyn, siarsiodd Siôn hi i guddio yno nes y deuai'n ôl. Diflannodd, a'i gadael yno'n swp o ofn, yn gwrando ar y sŵn torcalonnus.

Ai anifail oedd yno, tybiodd, i wneud y fath dwrw, ynteu oedd yna rywbeth gwaeth o lawer, rhyw enaid marw neu ddiafol yn oernadu? Pam ar y ddaear fawr na fyddai Ryff wedi dod efo Siôn heddiw, o bob diwrnod? Mi fyddai'r ci bach wedi gallu ei hamddiffyn rhag unrhyw berygl tra oedd Siôn o'i golwg. Ni feiddiai symud. Cyrcydai yno'n gweddïo am ddychweliad buan Siôn.

Pan beidiodd y twrw, teimlai'n fwy ofnus nag o'r blaen. Beth oedd wedi digwydd rŵan? Oedd Siôn yn ddiogel? Teimlai fel petai hi wedi bod yn disgwyl am oriau pan glywodd chwibaniad ysgafn, yn cael ei ddilyn gan lais Siôn yn galw arni. Cododd yn ddiolchgar a rhedodd o'i chuddfan i mewn i'r llannerch. Safai Siôn wrth ddrws y tŷ ffynnon, ac wrth ei ochr safai sgerbwd o ddyn, yn pwyso yn ei erbyn ac yn igian crio.

'Popeth yn iawn, Catrin,' galwodd Siôn arni. 'Mi elli di ddod yma rŵan.'

Er hynny, roedd Catrin yn wyliadwrus wrth agosáu at y ddau. Gydag ysgytwad, daeth i sylweddoli pwy oedd y sgerbwd. Ei hymateb cyntaf oedd i ddianc o'r fan a'r lle. Doedd wiw iddi gael ei gweld yma yng nghwmni Siôn! Mi fyddai'r sgerbwd yn ei hadnabod yn syth, ac yn siŵr o ddweud wrth ei theulu. Duw a ŵyr beth fyddai'r canlyniadau!

'Tyrd yn dy flaen, Catrin,' anogodd Siôn. 'Rydw i angen dy help di.'

'Ond Siôn, alla i ddim,' protestiodd. 'Allwn ni ddim – beth petai o'n siarad amdanan ni!'

'Dydi o ddim mewn cyflwr i allu dweud dim wrth neb. Tyrd, mae'n rhaid i ni ei helpu. Mi wna i gynnau tân, a'i gael o dan do. Dwi'n meddwl fod y dwymyn arno fo.'

Syllodd Catrin ar gorff bregus Ifan unwaith yn rhagor cyn mentro camu 'mlaen a gafael yn ei fraich. Rhwng y ddau ohonynt, rhoddwyd yr hen ŵr i eistedd ar y fainc garreg, a dododd Siôn ei glogyn am ei war cyn mynd ati i wneud tân. Cafodd Catrin hyd i gwilt roedd Siôn wedi ei adael yno ar eu cyfer, a lapiodd hwnnw hefyd dros Ifan. Tybiodd fod Siôn yn iawn, a bod y dwymyn ar yr hen ŵr.

Sylwodd fod ei lygaid yn edrych arni, ond heb ei hadnabod. Diolchodd i'r drefn am hynny. Pan osodwyd ef i orwedd, ailddechreuodd y dolefain, ond ni chodai arswyd arni bellach. Yn hytrach, tosturiodd wrtho, ac aeth ati i helpu Siôn i'w ymgeleddu.

Buan iawn yr oedd crochenaid bach o ddŵr yn berwi ar y tân, ac estynnodd Siôn ei bowlen deithio o'i sgrepan. Roedd ganddo dameidiau o fara yno hefyd, a thorrodd Catrin dalpiau o'r bara i'w rhoi yn y bowlen. Tywalltodd ddŵr berwedig drostynt, a'u gweithio'n bast meddal. Wedi i'r gymysgedd oeri digon, codwyd yr hen ŵr ar ei eistedd a dechreuodd fwydo'r mwydion iddo. Wrth iddi wneud hyn, ceisiodd Siôn ei holi.

'Ifan, beth wyt ti'n da'n fan hyn? Ifan, beth sydd wedi digwydd i ti? Ifan?'

Ni chafodd ateb, ond mae'n rhaid fod ei lais yn ddigon tyner, oherwydd ymlaciodd yr hen ŵr a rhoi'r gorau i'w riddfan. Roedd yn llawer rhy brysur yn llowcio'r bwyd i dalu sylw i neb na dim arall.

'Ara' deg, ara' deg,' rhybuddiodd Siôn, gan dynnu'r bowlen oddi wrtho. 'Mi wnei di dagu fel yna. Cymer dy amser, da chdi.'

Wedi iddo wagio'r bowlen, torrodd Catrin ragor o'r bara, a mynd drwy'r un broses eto. Ar ôl y drydedd bowlenaid, dechreuodd Siôn dorri tameidiau bach o gig mochyn yn fân, fân a'i roi ar dafell o fara. Roedd ar Catrin ofn rhoi caws iddo, rhag i hynny fod yn fwyd rhy gryf i'w stumog wag.

Wedi diwallu ei archwaeth, anfodlon iawn oedd Ifan i siarad. Teimlai'n gynnes a chysurus wedi cael llond ei fol am y tro cyntaf erstalwm, ac roedd eisiau cysgu fel babi o flaen y tân. Nid oedd Siôn am adael llonydd iddo, fodd bynnag. Arhosodd Catrin yn y cefndir yn gwylio a gwrando, ond doedd dim rhaid iddi boeni, oherwydd nid oedd Ifan yn talu'r mymryn lleiaf o sylw iddi. Ceisiodd Siôn ei holi eto. Cafodd ateb o fath y tro hwn.

'Yr hen ast 'nath fy nhaflu fi allan,' meddai gan fwmial.

'Pa hen ast? Am bwy wyt ti'n sôn?'

'Seina! Y Seina 'na! Dim digon o fwyd i'r plant, medda hi, felly fi gafodd 'i daflu ar y clwt i ffindio 'mwyd fy hun!'

Edrychodd Catrin a Siôn ar ei gilydd. Roedd y ddau'n gwybod fod y fath beth yn digwydd, wrth gwrs, ymysg y tlodion, ond dyma'r tro cyntaf i'r un ohonynt ddod ar draws yr arferiad go iawn. Os na allai ceg weithio am ei fwyd, yna roedd yn llwgu.

'Elli di ddim mynd ar y plwy?' holodd Siôn. Mwmialodd Ifan rywbeth yn ateb, ond doedd dim modd deall ei eiriau. Ar ôl hynny, roedd yn anfodlon dweud yr un gair. Caeodd ei lygaid ac aeth i gysgu o'u blaenau. Doedd gan yr un ohonynt galon i'w gadw ar ddihun. Cyn pen dim roedd yn chwyrnu'n fodlon.

'Wel,' meddai Catrin, gan ddod i eistedd wrth ochr Siôn. 'Beth wnawn ni efo fo?'

'Wn i ddim. Gwell i ni sôn wrth rywun. Mae Twm yn warden yr eglwys. Mi ofynna i iddo beth i'w wneud.'

Cododd i daflu tamaid arall o goedyn ar y tân. Pan ddaeth yn ei ôl, roedd Catrin wedi dod i benderfyniad.

'Siôn,' dechreuodd, 'diolch i ti am ddweud hanes y graith wrtha i. Rydw i'n gwerthfawrogi hynny'n fawr iawn.'

Cafodd gusan fel ateb, ond dyna'r cyfan. Roedd fel petai'r ymdrech o adrodd yr hanes wedi sugno pob mymryn o nerth o gorff Siôn, a phwysai'n ôl yn erbyn y wal gerrig fel sach o flawd, ei lygaid hanner ynghau. Tybiodd Catrin fod y llinellau o flinder yn ei wyneb wedi dyfnhau, a phetrusodd. Er cymaint ei hysfa i dalu'r pwyth yn ôl, i ddatgan ei hymddiriedaeth yn yr un modd ag y gwnaeth yntau, methodd â chael hyd i'r geiriau cymwys.

Byddai dweud ei bod yn ei garu yn annigonol, rywfodd, yn rhy ysgafn a hawdd ei ddweud i fod o arwyddocâd digonol. Efallai y byddai'r gair 'teyrngarwch' yn fwy addas, neu 'ffyddlondeb'. Ond o bosib, nid oedd unrhyw air a ddewisai yn ddigonol i fynegi'r hyn a fynnai. Efallai mai'r unig ffordd o ddangos y cyfanrwydd o'i theimladau tuag ato oedd drwy weithred. Oedd yr amser wedi dod iddi gyhoeddi ei bodlonrwydd i deithio i ben draw'r byd gydag ef, doed a ddêl? Rhedodd cryndod drwy ei chorff wrth iddi ystyried y fath weithred, er i'w chalon fynnu mai dyna'r unig ffordd iddi allu cyffwrdd hapusrwydd. Edrychodd eto ar ei wyneb, a theimlodd ei flinder. Fe deimlai hithau'n rhy egwan bellach i wneud unrhyw ddatganiad a'r prynhawn wedi bod yn brofiad rhy emosiynol i'r ddau ohonynt. Byddai amser mwy addas iddi wneud hynny yn y dyfodol.

Ond oedd hynny'n wir? Fflachiodd y pryder drwy ei meddwl. Faint o amser oedd ganddyn nhw, mewn gwirionedd? Fyddai Siôn yn gorfod diflannu heb rybudd, a'i gadael hi ar ôl? Daeth geiriau Meinir i'w chof, a phryder y wraig am deimladau'r ci bach. Fyddai ing Ryff o golli ei ffrind yn ddim o'i gymharu â'r hyn y byddai hi'n ei ddioddef pe na bai'n gweld Siôn fyth eto. Wedi ei thanio gan y pryder yma, trodd at Siôn ac er gwaethaf presenoldeb yr hen ŵr, ceisiodd fynegi ei gofid.

'Gawn ni sgwrsio'n iawn rywbryd eto, pan fyddwn ni â'r lle i ni'n hunain,' atebodd Siôn.

'Ond pa bryd fydd hynny, Siôn? Beth petai yna ddim cyfle eto? Rydan ni'n cychwyn am Lynllifon fory.'

'Mi wn i, ac mi fydda i'n eich dilyn chi i Nefyn, o leiaf,' ceisiodd ei sicrhau. 'Rydw i wedi trefnu hynny efo John bore 'ma, ac fel y dwedais i, mae Prins am i mi gael golwg o amgylch y tafarndai yno. Fydda i ddim yn bell oddi wrthyt, Catrin, trwy gydol yr amser. Mi fyddwn ni'n gweld ein gilydd yn amal, rwy'n addo.'

Ysgydwyd corff Ifan gan herciad arw, a phenderfynodd y ddau mai'r peth doethaf fyddai i Catrin ddychwelyd yn syth i Fodwrda, rhag i neb weld ei cholli. Addawodd Siôn edrych ar ôl yr hen Ifan.

25

Fel barrug ar fol Berwyn
Yw'r pwn gwallt ar y pen gwyn.
Fel eira glan morfa maith
Yw barfan y gŵr berfaith . . .
Clywch gyflwr cleiriach goflin,
Clywch, clywch ei dristwch a'i drin . . .
Golwg trist yw gweled traw,
Ŵr noethlwm ar y nithlaw,
Mewn oerfel garw arfod,
Syn ei fant, gresyn ei fod.

Hugh Roberts (1589–?1630)

Griddfanodd Siôn yn dawel. Roedd wedi disgyn mor rhwydd i'w hen ffyrdd o ddatgelu dim ond yr hyn oedd yn rhaid. Onid oedd datgelu hanner y gwirionedd cyn waethed â dweud celwydd? Onid oedd wedi ei thwyllo drwy gau ei lygaid, ac yntau wedi synhwyro ei hawydd i rannu ei theimladau? Pam na allasai fod wedi gallu agor ei galon yn llawn wrthi? Pa obaith am achubiaeth oedd ganddo os na allai wneud hynny bach? Pam na allasai fod wedi dweud wrthi ei fod, yn anad dim, yn ceisio profi fod ei hewythr yn euog o lofruddiaeth?

Pe byddai'n onest ag ef ei hun, byddai'n cyfaddef mai ofn oedd arno, ofn cael ei siomi yng nghadernid ei serch hi tuag ato. Ofn, hefyd, derbyn cyfrifoldeb ei chariad pan oedd ei hen ddull o fyw yn prysur gau amdano fel petai'n ceisio mygu ei ddyhead am fywyd gwell. Caeodd ei lygaid gan ei gasáu ei hunan. Roedd wedi blino hyd at fêr ei esgyrn, heb allu ymlacio ers iddo adael am Fryste, a'r cyfan wedi bod yn ofer. Doedd ganddo ddim i'w adrodd yn ôl i John, nac i Prins. Gwastraff amser pur oedd gwylio'r Bedol. Dim hanes o gwbl o Bodfel. Yr unig gyffro oedd gweld Enoch Evans yn cerdded i mewn un noson, yfed ei gwrw'n dawel, ac ymadael. Serch hynny, cafodd gryn fraw, a diolchodd i'r nefoedd ei fod yn ei guddwisg. Rhyfedd fel y teimlai gymaint o atgasedd tuag at y dyn. Deilliai hynny, meddyliodd yn rhesymegol, o'r ffordd y gwnaeth Evans ymddwyn tuag ato y noson y cafodd Meistres Dorothy ei hanafu.

Ciciodd ddarn o bren a oedd yn mudlosgi ymhell o galon y tân a'i fwrw'n ôl i'r canol. Dal i gysgu'n dawel a wnâi Ifan. Ochneidiodd Siôn eto. Sut oedd o'n mynd i gyflawni popeth? Teimlai mor flinedig. Roedd wedi addo i John yn yr eglwys y bore 'ma y byddai'n cychwyn am Nefyn yn ystod y prynhawn, a dyma fo, yn dal wrth y ffynnon, ac angen gwneud trefniadau ynglŷn ag Ifan cyn iddo allu meddwl am adael y pentref. Byddai'n well iddo gael noson o gwsg a chychwyn ar ei siwrnai cyn toriad gwawr. O leiaf roedd ganddo'i farch ei hun erbyn hyn, ar ôl prynu anifail buddiol, diffwdan ym Mhwllheli. Pe byddai'n marchogaeth yn galed, gallai gyrraedd Nefyn, a gwneud ychydig ymholiadau, cyn i Catrin a John gyrraedd.

Dechreuodd yr hen Ifan chwyrnu'n uchel, ei geg yn llydan agored a chynffon fechan o boer yn rhedeg o'r gongl isaf i lawr ei ên. Byddai'n rhaid iddo ddeffro'r hen ŵr cyn bo hir. Ond roedd hi'n anodd gadael cynhesrwydd cyfforddus y tân. Chwiliodd am esgus i ohirio gorfod symud, a meddyliodd y byddai'n ddoeth iddo archwilio'r adeilad am unrhyw dystiolaeth fod y lle wedi ei ddefnyddio'n ddiweddar gan yr ymwelwyr dirgel. Cafodd ei hun yn dylyfu gên, ac edrychodd o'i gwmpas yn wangalon, heb godi o'i eisteddfan. Ofer fyddai chwilio, meddyliodd wedyn, ac Ifan fwy na thebyg wedi dinistrio unrhyw olion blaenorol oedd yno. Syllodd ar y pen hanner-moel gyda'i gudynnau o wallt tenau, gwyn fel coron o wawn o'i amgylch. Brwydrodd yn erbyn ei ysfa i ymlacio, gan benderfynu mai'r peth gorau fyddai iddo adael Ifan yno'n cysgu, a mynd i gael gair efo Twm.

Wrthi'n cau'r efail oedd Twm pan gyrhaeddodd, a heb wastraffu amser eglurodd Siôn am Ifan a gofyn cyngor ar sut y gallai'r hen ŵr gael cymorth y deddfau tlodion. Rhwbiodd Twm ei ên cyn addo y byddai'n mynd i gael gair efo'r ficer ar ei ffordd adref.

'All Ifan aros lle mae o am heno?' holodd.

Cysidrodd Siôn am ennyd cyn ateb. 'Gall, am wn i, os a' i â bwyd iddo.'

'Gwna di hynny 'ta, ac mi symudwn ni o yn y bora. Weithia mi fydd Mari Grepach yn fodlon rhoi lloches i dlodion, os ydi'r plwy'n talu. Mi ddeudith y ficer wrtha i beth fydd ora.'

Bodlonodd Siôn ar hynny, ac wrth fynd allan, bu bron iddo gerdded i mewn i Enoch, yn cario bwndel o fân offer dan ei fraich.

'Noswaith dda, Siôn,' cyfarchodd Enoch ef. 'Gwaith erbyn fory,' eglurodd, gan bwyntio at y bwndel. 'Cadw Twm yn brysur.'

Nodiodd Siôn ei ben heb yngan gair, a cherdded i ffwrdd. Wrth ddilyn y llwybr i fyny'r Daron, daeth ar draws John yn cerdded gyda rhai o'i gŵn hela. Manteisiodd ar y cyfle i ddweud wrtho am Ifan – ac i egluro mai dyna pam nad oedd wedi cychwyn eto am Nefyn – gan ychwanegu ei fod ar y ffordd i 'mofyn swper i'r hen ŵr gan ei fam.

'Paid â phoeni dy fam,' meddai John. 'Dos i ddrws y

gegin yn Bodwrda a gofyn i Malan lenwi basged i ti. Dwed wrthi fy mod i wedi dweud.'

Syllodd Siôn arno'n syn. 'Ond dydw i ddim i fynd ar gyfyl Bodwrda, ddwedaist ti'r bore 'ma.'

Gafaelodd dannedd John yn ei wefl isaf a dechrau cnoi. 'Wel, mi fydd yn iawn os wyt ti'n mynd at ddrws y gegin,' meddai'n frysiog, 'ac aros yno tra bydd Malan yn casglu'r bwyd ynghyd.'

'Rydw i wedi sôn wrth Twm am gael cymorth i Ifan drwy'r deddfau tlodion,' ychwanegodd Siôn. 'Alli di siarad efo dy dad i hwyluso pethau?'

'Mi ga i olwg ar y mater fy hun,' atebodd John yn swta cyn troi ei gefn ar Siôn a cherdded i ffwrdd.

Creadur anwadal oedd John, meddyliodd Siôn yn chwyrn wrth gerdded yn ôl at y ffynnon gyda basged yn llawn bwyd ar ei fraich a Ryff yn rhedeg i fyny'r llwybr o'i flaen. Roedd wedi galw yn nhŷ ei fam ar y ffordd yn ôl, a'r ci bach wedi mynnu dod gydag ef. Beth oedd yn bod ar y dyn? Roedd fel petai mewn byd gwahanol y dyddiau diwethaf yma, ers i Siôn ddychwelyd o Fryste. Oherwydd y pellter od yma yn ymddygiad ei gyn-ffrind, nid oedd wedi mentro ymddiried hanes ei deithiau i Fryste, na'i ymweliad â Phwllheli a'r hyn ddigwyddodd yno, yn ystod eu sgwrs yn yr eglwys.

Dal i gysgu a wnâi'r hen ŵr, ond deffrodd wrth deimlo trwyn oer, gwlyb Ryff yn snwyro'i wyneb. Chwifiodd ei law yn ddiamynedd i gadw'r ci draw, gan gau ei lygaid drachefn. Galwodd Siôn arno i ddeffro'n iawn, gan fod bwyd yn barod iddo. Doedd dim angen dweud ddwywaith: o fewn eiliadau roedd Ifan yn tyrchu'n hapus i berfeddion y fasged, gan ymhyfrydu yn ei chynnwys. Gafaelodd mewn talpyn helaeth o bastai cwningen a'i stwffio i'w geg.

'Meistar John drefnodd y fasged i ti,' meddai Siôn wrtho. 'Mae o am geisio cael help i ti hefyd.'

'Hogyn da,' atebodd Ifan, wrth i friwsion crwst dasgu o'i geg tra siaradai. Gan ysgwyd y briwsion oddi ar ei ddillad, penderfynodd Siôn aros ychydig yn hirach cyn holi rhagor ar Ifan.

'Ydi, mae o wedi bod yn ffeind iawn wrthyt ti,' mentrodd toc. 'Dyna pam roeddwn i'n meddwl y baset tithau'n fodlon ei helpu o.'

'Fi? Helpu Mistar John?' Cafodd Ifan gymaint o syndod wrth glywed hyn nes iddo roi'r gorau i gnoi am ysbaid fer.

'Ia. Wyt ti'n cofio i mi ddod i siarad am farwolaeth Griffith Piers efo ti?'

Syrthiodd yr wyneb wrth glywed hyn, ac roedd fel petai'r hen ŵr yn suddo i'w gwman. Aeth ati i chwilio yn y fasged a thynnu allan dalpyn o goes cyw iâr, gan anwybyddu Siôn. Bwytaodd y cnawd yn araf a gofalus, ac yna sugno'n hir ar yr asgwrn i fwynhau pob tamaid o'i sawr. Eisteddodd Siôn yn amyneddgar, gan ddisgwyl i'r hen ŵr hel ei feddyliau cyn ateb. Ond pan daflodd Ifan yr asgwrn i Ryff, a mynd yn ôl i chwilota'r fasged, sylweddolodd Siôn na fwriadai ateb o gwbl.

'Ifan,' meddai wedyn, 'mae hyn yn bwysig. Mae John angen dy help di.' Croesodd ei fysedd wrth raffu celwyddau heb flewyn ar ei dafod. 'Dwed y gwir wrtha i am y noson honno. Beth ddigwyddodd go iawn?'

Ciledrychodd Ifan arno am eiliad cyn troi ei sylw unwaith eto at y fasged. Nid aeth i chwilota eto, fodd bynnag, dim ond eistedd yno'n ddisymud yn syllu i'w pherfeddion. O'r diwedd, daeth rhyw fwmial distaw o'i enau. Pan gwynodd Siôn nad oedd yn gallu dirnad beth a ddywedai, pesychodd i glirio'i wddf, ac ailddechrau siarad, fymryn yn eglurach y tro hwn.

'Wnaiff Mistar John ddim diolch i mi,' meddai'n rwgnachlyd. 'I be mae o isio gwbod? Pam na all o adal llonydd i betha? Pa les wnaiff o i'r hogyn glwad y fath beth am 'i dad?'

Daliodd Siôn ei wynt. Dyma fo o'r diwedd, y prawf roedd arno ei angen. Rhag i Ifan gael cyfle i ailfeddwl, cymerodd Siôn y fasged oddi arno a'i rhoi o'r neilltu. Gwgodd yr hen ddyn, gan dynnu'r blancedi'n nes at ei gorff.

'Mi gei di'r fasged yn ôl wedi i ni orffen siarad,' addawodd Siôn. 'Rŵan, dwed wrtha i beth ddigwyddodd y noson honno. Oeddet ti wrth y goelcerth?'

'Roeddan ni i gyd yno,' atebodd Ifan. 'Bryd hynny, mi roedd y Sgweiar yn gadal i bawb fynd i'r mynydd. Doedd dim parti yn y plas. Popeth allan yn yr awyr iach.'

'Oedd y Sgweiar yno hefyd?'

Cododd Ifan ei ysgwyddau'n anfoddog.

'Dydw i ddim yn cofio'i weld o,' ychwanegodd Siôn gan geisio rhoi hwb i gof Ifan. 'Ddaeth o draw yn hwyrach?' Parhaodd y distawrwydd. Penderfynodd ddilyn trywydd arall. 'Fe ddwedaist ti dy fod wedi gweld Cŵn Annwn.'

'Ac mi welodd Mari Grepach nhw hefyd,' ychwanegodd Ifan yn amddiffynnol.

'Do, siŵr,' cytunodd Siôn gan geisio cadw ei lais yn amyneddgar. 'Beth welsoch chi? Lle'r oeddech chi? Cofia, mi gei di'r fasged yn ôl gynted ag y byddwn ni wedi gorffen siarad – ac mae gen i lymaid bach o frandi gei di, hefyd, yn y tŷ.'

Gwingodd Ifan yn anniddig cyn aildrefnu ei flancedi o amgylch ei ysgwyddau. 'Ti'n siŵr 'i bod hi'n ddiogal?' mwmialodd. 'Be 'tai'r Sgweiar yn cal gwbod 'mod i wedi siarad? Be ddigwydda wedyn?'

Pendronodd Siôn am eiliad. Doedd meddwl Ifan ddim

mor garbwl fel na allai geisio ei ddiogelu ei hun. 'Mi wna i'n siŵr na ddaw unrhyw niwed i ti,' meddai'n bendant, 'ac mae John am wneud yn siŵr y byddi di'n gynnes a diogel weddill dy oes, pan fyddi di wedi ateb ei gwestiynau. Meddylia am y peth: sedd braf wrth ochor y tân, digonedd o fwyd, a blancedi trwm, gwlanan ar dy wely.'

Roedd y darlun yma'n ormod o demtasiwn i'r hen ŵr. Penderfynodd anghofio'i bryderon, a dechreuodd siarad.

'Roedd Sgweiar 'di rhoi'r noson i ffwrdd i bawb o'r gweision a'r morynion, i ni gael mynd i'r dathliada. Rown i wedi trefnu cyfarfod fy nghariad . . . ' Petrusodd wrth sylwi ar yr olwg anghrediniol ar wyneb Siôn. 'Digon hawdd i ti chwerthin, ngwas i! Dydi cyrraedd dy hanner canrif ddim yn golygu bod anghenion y corff yn rhoi'r gora i boeni dyn. Disgwl i ti gyrradd f'oedran i – gei di weld wedyn! P'un bynnag, roddan ni ill dau'n weddw, ac yn gneud dim niwad i neb.'

Ymddiheurodd Siôn. Nid oedd am roi unrhyw esgus i'r hen ddyn roi'r gorau i'w siarad.

'Beth bynnag,' ailddechreuodd Ifan, 'mi fues i'n y dafarn gyda'r dynion erill am sbel, ond pan gychwynnon nhw am y goelcerth, mi lithris i ffwrdd a mynd at das wair Bodernabwy, i gyfarfod y cariad.' Cymerodd ysbaid i sythu ei goesau a rhwbio'i gluniau llesg, ond roedd ei lygaid wedi'u hoelio ar y fasged fwyd. Siaradodd yn araf wrth gofio digwyddiadau'r noson. 'Wedi sbel go dda, mi benderfynon ni fynd i ddangos ein hwyneba wrth y goelcerth. Ond doeddan ni ddim am ddringo yno efo'n gilydd, rhag creu siarad. Felly ath hi o 'mlaen i, ac mi adewis iddi gael blaen reit dda arna i. Mi es i fyny ffordd wahanol hefyd, er mwyn gallu cyrradd o ochor Bodwrda, fel petawn i newydd ddod o'r tŷ.' Oedodd Ifan eto, y tro yma i boeri fflem i fflamau'r tân. 'Fel rown i ar fin cyrradd llwybr Bodwrda, mi sefis i'n stond. Roedd 'na rwbath neu rwun yn rhedag i lawr y llwybyr tuag ata i. Rhywun wedi meddwi, dybiwn i, neu'n rhedag i ffwrdd oddi wrth y Gŵr Drwg ei hun, yn ôl y twrw roedd o'n neud wrth drawo mewn i ganga'r llwyni a baglu dros wreiddia'n y t'wllwch. Mi roedd o'n gneud y sŵn gwichian rhyfedda, hefyd, fel porchall bach yn chwilio am deth yr hwch.'

'Welaist ti pwy – neu beth – oedd o?' holodd Siôn.

Ysgydwodd Ifan ei ben. 'Mi rown i ormod o ofn i rywun 'ngweld i; dim ond clwad petha nes i. Mi 'rhosis i o'r golwg nes bod pobman yn dawal, cyn mynd yn fy mlaen. Ond mi rown i'n wyliadwrus erbyn hynny – gormod o ofn cyfarfod rhwbath fydda'n fy ngyrru inna i redag yn blith draphlith fel y creadur arall.' Ochneidiodd Ifan yn hir, a syrthiodd ei lygaid unwaith eto ar y fasged fwyd. 'Oes 'na lymaid o rwbath i'w gael?' plediodd. 'Ma'n fusnas sych, deud yr holl hanas 'ma.'

Gwrthododd Ifan y gostrel o laeth enwyn a gynigiodd Siôn iddo gyntaf, ond bachodd y botel bridd llawn cwrw a drachtio'n drachwantus ohoni, yna sychodd ei geg â chefn ei law. Dihangodd gwynt o berfeddion ei gylla mewn rhaeadr fyrlymus, ddrewllyd, nes peri i Ryff foeli ei glustiau mewn syndod. Ochneidiodd Ifan eto, gan syllu ar y botel yn ei law. Sylweddolodd Siôn o'r diwedd mai ofnus oedd yr hen ŵr.

'Beth ddigwyddodd wedyn, Ifan?' pwysodd arno. Dechreuodd Ifan droi'r botel yn araf yn ei ddwylo, ei lygaid fel petaent wedi eu cyfareddu gan frychni garw'r pridd.

'Wedi mynd rhyw ganllath neu fwy,' meddai'n araf, 'mi ddois i at dro yn y llwybyr.' Ysgydwodd ei ben yn araf. 'Mi neith be welis i wedyn aros yn fy ngho' am byth.'

Roedd yr ochenaid a ddilynodd y frawddeg olaf yma'n ormod i Siôn. Brathodd ei dafod rhag rhegi'r hen ddyn am fod mor hirymadroddus. Gallai fod wedi ei ysgwyd, yr hen ddiawl! Fel petai'n darllen ei feddwl, a deall y bygythiad yno, prysurodd Ifan yn ei flaen.

'Mi allwn i nabod corff y Sgweiar hyd yn oed ynghanol düwch uffern,' meddai. 'Dyna lle'r oedd o ynghanol y llwybyr, prin chwellath o 'mlaen i, a'i ddwylo am wddw'r ficar.' Cip-edrychodd ar Siôn wrth i hwnnw dynnu ei anadl i mewn yn gyflym, ond ni phetrusodd rhagor. 'Roedd o'n gwasgu'r anadl o gorff Piers, a hwnnw'n gneud y syna rhyfedda wrth i'w benglinia wegian a sigo oddi tano. Mi welis i o'n suddo i'r llawr, a dwylo'r Sgweiar yn dal am ei wddw, nes ei fod o'n gorwadd yn sypyn difywyd ar y llwybyr.'

'Welodd y Sgweiar di?' holodd Siôn yn eiddgar.

'Naddo, wir Dduw, neu faswn i ddim yma i ddeud yr hanas wrthat ti rŵan!' atebodd Ifan yn chwyrn. 'Mi drois i ar fy sodla'n syth, a'i heglu hi am Bodwrda. Do'n i'm isio gweld dim rhagor, myn cebyst i. Mi arhosis i'n y tŷ a smalio nad oeddwn i 'rioed wedi mynd allan.'

'Pryd welaist ti'r Sgweiar wedyn?'

'Pan ddath o i mewn yn cario Mistras Dorothy, a thitha'n cal dy lusgo gan Enoch. Ti'n cofio?'

'Ydw, yn rhy dda,' meddai Siôn gydag arddeliad. 'Rydw i'n cofio fo'n dweud wrthat ti am fynd i'r gwely – est ti?'

'Wel, do a naddo. Mi es i fyny i f'stafell i ddechra, a mi arhosis i yno am sbel. 'Di addo gweld y cariad wrth y goelcerth, ti'n gweld, a dim am 'i siomi hi. Ar y llaw arall, rown i wedi cynhyrfu gymaint, doedd gen i fawr o awydd mentro i'r t'wllwch chwaith. Ac mi rown i'n llygad fy lle, hefyd,' ychwanegodd.

'Beth wyt ti'n feddwl?' meddai Siôn.

'Wel, wedi tin-droi am sbelan yn f'stafall, mi benderfynis i fentro allan – mi roedd hi'n werth chweil, coelia fi, pan welis i hi eto. Dyma ni'n penderfynu dod i lawr i fan hyn am ychydig bach o dawelwch, ti'n deall . . . '

'Oeddach chi'n dod i fan hyn?' ebychodd Siôn mewn syndod. Taflodd Ifan edrychiad sychlyd ato.

'Dwyt ti mo'r cynta, a fyddi di mo'r ola, i weld hwn yn lle bach snêc,' sylwodd yr hen ŵr. 'Ta waeth, paid â 'nhroi oddi wrth y stori, nei di? Fel ro'n i'n deud, mi gychwynnon ni am fan hyn, ond doedd dim diwadd i fod ar frawia'r noson honno, myn cebyst i! Prin i ni gymryd dau gam i lawr drwy'r coed pan glywson ni'r ogla mwya ofnadwy allet ti ddychmygu!'

'Ogla tân a brwmstan?' meddai Siôn.

'Pwy sy'n deud y stori, chdi 'ta fi?' meddai Ifan mewn goslef clwyfedig.

'Mae'n ddrwg gen i, dos yn dy flaen.'

'Roedd yr ogla brwmstan 'ma'n llenwi'r lle.' Edrychodd Ifan ar Siôn am eiliad, fel petai'n disgwyl ymyriad arall. 'Doeddan ni ddim am fentro gam ymhellach – a deud y gwir rown i isio'i heglu hi o'na nerth fy ngharna, ond fe ddwedodd 'nghariad na fasa ni byth yn gallu ennill ras yn erbyn y Diafol, felly dyma ni'n penderfynu swatio yno'n y coed nes ei bod hi'n ddiogal mynd adra. A dyna sut gwelson ni nhw!'

'Pwy?'

'Wel, Cŵn Annwn, siŵr iawn! Mi ddeudis i o'r blaen, yn do? Cryduriaid mawr fel lloua, efo llygaid coch a fflama'n disgyn o'u safna! Mi fu bron i'r ddau ohonan ni lewygu'n y fan a'r lle! Ac yn waeth byth, mi welson ni'r Brenin Arawn ei hunan yn dod tu ôl iddyn nhw, ar ei farch du, yn eu gyrru nhw 'mlaen i lawr y llwybyr am y pentra! Diolch byth bod ni efo'n gilydd.' Ysgydwodd Ifan ei ben. 'Fasat ti'm yn credu'r fath ofn ddath drostan ni, wrth weld y creadur ofnadwy hwnnw, yn chwyddo o'n blaenan ni fel tasa fo'n swigan waed. Roedd o o leia wyth troedfadd o daldra, wir i ti! Mi gymrodd hi gryn awr i ni allu gollwng ein gafal ar 'yn gilydd wedyn a mynd adra.' Pletiodd ei wefusau a chodi'r botel bridd. Ysgydwodd hi'n awgrymog o flaen trwyn Siôn, i ddynodi nad oedd cwrw ar ôl ynddi. 'Dwi 'di deud y cyfan wrthat ti,' dywedodd. 'Ga i 'mwyd rŵan? A'r brandi 'na nest ti addo i mi?'

Eisteddai Siôn yn fud a llonydd, yn syllu i fflamau'r tân tra ymgollai Ifan yn hapus yng nghynnwys y fasged unwaith eto. Ceisiodd Siôn gymathu'r cyfan roedd yr hen ŵr wedi ei adrodd wrtho.

'Brandi?' torrodd llais Ifan yn awgrymog ar draws ei fyfyrdodau. Cododd Siôn yn ufudd, gan alw Ryff ato. Roedd y ci bach wedi ymgartrefu mewn nyth bach wrth draed Ifan, ac wrth glywed ei enw, cododd ei ben a dylyfu gên wrth edrych yn ymholgar ar ei ffrind. Sbonciodd i fyny o weld eu bod ar fin cychwyn, gan arwain y ffordd allan o'r adeilad, ei bwt o gynffon yn unionsyth, falch.

'Mi fydda i'n ôl cyn gynted ag y galla i,' meddai Siôn wrth ffarwelio.

Doedd dim hanes o Twm pan gyrhaeddodd y bwthyn. Roedd swper yn barod i'w arlwyo, a'i fam yn eistedd ar y setl fawr yn trwsio sanau. Rhoddodd ei gwaith o'r neilltu pan welodd ei mab.

'Wyt ti wedi gweld Twm?' holodd yn bryderus. 'Dydi o byth wedi dŵad adra.'

'Mae'n siŵr fod o'n dal yn yr efail. Ydi'r prentisiaid wedi cyrraedd?'

Ysgydwodd Meinir ei phen. 'Nac ydyn.'

'Wel, mae'n siŵr fod gwaith wedi'u dal nhw'n ôl. Mi welais i Enoch yn cario llwyth o fân offer i'w hogi a'u trwsio'n gynharach.'

'Wn i ddim wir,' mwmialodd Meinir. 'Dydi o ddim mymryn llonydd y dyddiau 'ma, a dydi o ddim yn cysgu llawer chwaith. Rydw i'n bryderus yn ei gylch o, Siôn.'

'Mam bach, 'da chi'n poeni am ddim byd. Mae Twm yn ddyn mawr cryf. Dydi chydig bach o waith ychwanegol ddim yn mynd i amharu llawer arno fo. Laddwyd neb gan waith caled, meddan nhw.'

'Dim gwaith caled sy'n ei boeni o,' atebodd hithau. 'Mae 'na rywbeth ar ei feddwl o. Dwi'n 'i adnabod o'n rhy dda.'

Teimlai Siôn na allai ymdopi gyda rhagor o broblemau ar hyn o bryd, felly ni chymerodd gymaint o sylw o gwynion ei fam ag y dylasai.

'Mam, mi fydd popeth yn iawn, gewch chi weld,' meddai wrthi, gan groesi at yr ystol i'r daflod. Dringodd yn gyflym a chael gafael ar y botel fach o frandi o sgrepan ei gyfrwy. Pan ddaeth yn ôl i lawr, safai ei fam wrth droed yr ystol yn disgwyl amdano, ac nid oedd modd iddo gamu heibio iddi a'i hosgoi.

'Siôn, rhaid i ti roi'r gora i'r holl holi 'ma! Dyna sy'n ei boeni o. Ofn colli'n lle mae o, dwi'n gwbod.'

'Ia, ia, Mam, mi wn i. Fydd dim rhaid i mi holi rhagor, dwi'n gobeithio. Deudwch hynny wrtho fo.' Rhoddodd ei ddwylo'n ysgafn ar freichiau ei fam, a'i symud yn addfwyn allan o'i ffordd.

'Wyt ti'n mynd allan eto?' galwodd ar ei ôl wrth ei weld yn anelu am y drws.

'Wedi addo brandi i'r hen Ifan,' eglurodd. 'Peidiwch â disgwyl amdana i amser swper.'

Ond wedi cau drws y gegin a chychwyn i lawr llwybr yr ardd, petrusodd am funud. Trodd ar ei sawdl a cherdded at y giât gefn a arweiniai i'r buarth. Pwysodd arni am ennyd. Ar y ffordd o'r ffynnon, roedd cynrhonyn bach o anniddigrwydd wedi bod yn gwingo yng nghefn ei feddwl. Pa mor ddiogel fyddai Ifan, mewn gwirionedd, ar ei ben ei hun mewn lle mor unig? Beth petai'r person oedd yn defnyddio'r lle yn dod yn ei ôl? Pa mor beryglus fyddai hwnnw? Am y canfed tro y noswaith honno, melltithiodd y rheidrwydd oedd arno i fynd am Nefyn gyda'r wawr. Pam na châi amser i drefnu pethau'n iawn, ac yntau mor agos at gyflawni ei fwriad? Roedd yn rhaid iddo ddiogelu ei dyst ar bob cyfrif. Dyna'i ddyletswydd flaenaf. Daeth i benderfyniad sydyn, ac aeth i 'mofyn yr asyn bach o'r stabal, a'i gyfrwyo. Yn ôl wrth ffynnon Durdan, roedd Ifan yn cysgu'n braf, a gwylltiodd yn gacwn wrth i Siôn geisio'i ddeffro.

'Be haru ti'r diawl? Gad lonydd imi, nei di?'

'Tyrd yn dy flaen, Ifan. Mi rydw i'n mynd â ti i le gwell.'

''Misio,' atebodd yr hen ddyn yn gysetlyd, gan lapio'r blancedi'n dynnach am ei gorff bregus a chau ei lygaid yn benderfynol o dynn.

'Tyrd yn dy flaen, mae'n rhaid i ti symud. Yli, mi gei di yfed y brandi 'ma ar y ffordd.'

Ymhen hir a hwyr, llwyddodd Siôn i gael Ifan ar gefn yr asyn, y botel frandi'n gweithio'r un mor effeithiol ar yr hen ddyn â moronen gyda'r asyn.

'Lle 'da ni'n mynd?' holodd Ifan yn gwerylgar, wedi i Siôn dynnu'r botel oddi arno rhag iddo'i gwagio ar un llwnc.

'At Mari Grepach. Mi all Mari edrych ar dy ôl di'n well na fi.'

'Mari?' Gwenodd Siôn wrtho'i hun wrth glywed y newid yn llais Ifan. 'Mari, ia? Pam gebyst na fasat ti wedi deud hynny'n gynt, 'ta?'

'Doeddwn i ddim yn siŵr sut basa chi'n teimlo am fynd i aros efo'ch hen gariad,' cellweiriodd Siôn.

'Y diawl bach digwilydd i ti!' ebychodd Ifan. 'Sut wyt ti'n gwbod hynny? Ddeudais i'r un gair o 'mhen.'

'Dyfalu, dyna'r cyfan. Ond gan mai dim ond un wraig oedd yn honni iddi weld Cŵn Annwn, wel . . . '

Teithiodd y ddau mewn distawrwydd, Siôn yn arwain

yr asyn a Ryff yn arwain pawb. Wedi cerdded tua hanner y ffordd at fwthyn Mari, gofynnodd Siôn gwestiwn arall.

'Deud wrtha i, Ifan, wnest ti sôn wrth Mari am y Sgweiar a'r hyn welaist ti?'

Crafodd Ifan ei ben yn araf. Roedd yn rhy dywyll i Siôn allu gweld yr edrychiad ar ei wyneb, ond synhwyrodd fod Ifan yn anfodlon ei ateb. Suddodd ei galon.

'Wel, falla 'mod i, falla 'mod i ddim,' atebodd o'r diwedd. Cymerodd Siôn hynny fel cyfaddefiad ei fod wedi dweud y cyfan wrthi.

'Un peth arall,' holodd wedyn. 'Cŵn Annwn. Oeddan nhw o gwmpas yr un maint â'r asyn 'ma?'

'Oeddan, decini, neu loea bach.'

Treuliodd Siôn weddill y siwrnai yn dyfalu sut y byddai modd gwneud i lygaid asynnod ymddangos yn goch, a sut i gael fflamau'n diferu o'u genau. Byddai wrth ei fodd yn cael gwybod yr ateb. Pe deuai ar draws actorion teithiol rywbryd, byddai'n siŵr o ofyn iddyn nhw.

Derbyniodd Mari ei gwestai annisgwyl gyda llai o ffwdan nag a ddisgwyliai Siôn. Efallai fod y pecyn arian a roddodd iddi wedi hwyluso'r trefniadau, yn ogystal â'r cynnig i'r ddau oedrannus orffen y botel frandi rhyngddynt. Gadawodd Siôn y ddau yn gwmni diddan i'w gilydd, ond nid cyn iddo fynd â Mari i'r naill ochr, ac egluro'r sefyllfa wrthi. Siarsiodd hi i gadw'n hollol ddistaw am ddyfodiad Ifan, ac i beidio ag yngan gair wrth neb am yr hyn a ddigwyddodd. Ei hunig sylw i'w gynghorion oedd dweud yn sychlyd, 'Yr oen yn dysgu'r ddafad i bori, 'ngwas i.'

Teimlai Siôn yn ysgafnach ei galon wrth ddringo'r allt yn ôl o Grepach. Ond nid oedd y noson ddiddiwedd yma ar ben. Daeth ofn i'w feddwl, a phenderfynodd eto y dylai ei sicrhau ei hun nad oedd olion o'i gyfarfodydd â Catrin wrth y ffynnon. Dychwelodd yr asyn i'w stabal ac ailddringo llethrau Mynydd Ystum am Gastell Odo. Ar gyrion y coed rhwng safle'r hen gaer a'r ffynnon bu bron iddo faglu ar draws y ci, oedd wedi sefyll yn stond yn synhwyro'r awyr a'i wrychyn yn graddol godi. Daeth chwyrniad isel o'i wddf, a phlygodd Siôn i afael yn ei goler.

'Be sy'n bod, gi bach?' sibrydodd yng nghlust Ryff. Atebodd yntau gyda chwyrniad ychydig yn uwch. Teimlodd Siôn flew y gwrychyn yn sefyll i fyny'n galed o dan ei law. Eiliadau wedyn, daeth yr awgrym ysgafnaf o arogl mwg i oglais ei ffroenau. Clymodd damaid o raff ar goler Ryff i'w gadw'n ddiogel wrth ei ochr, a mentrodd i mewn i'r goedwig.

Roedd yr arogl yn gryfach wrth iddo agosáu at dŷ'r ffynnon. Ychydig lathenni ymhellach i lawr y llwybr, gwelodd oleuni fflamau drwy frigau noeth y coed. Cyrhaeddodd gyrion y llannerch a chyrcydu i lawr. Gyferbyn ag ef, gwyliodd do adeilad ffynnon Durdan yn troi'n wenfflam, y gwreichion yn tasgu allan fel tân gwyllt, y coediach yn clecian yn y gwres a'r tân yn rhuo fel bwystfil rheibus. Drwy gil ei lygaid, daliodd symudiad ymysg y coed rhyw ddecllath yr ochr draw i'r adeilad. Camodd gŵr o'r tu cefn i'r adeilad a chroesi'r llannerch cyn diflannu'n ddisymwth i gyfeiriad Rhoshirwaun. Rhwng cantel llydan ei het, a'r clogyn hyd at y llawr, nid oedd modd iddo adnabod y dyn.

Rhedodd cryndod drwy ei gorff wrth ystyried beth fyddai ffawd Ifan pe bai heb benderfynu ei symud y noson honno. Ai ymdrech i ladd Ifan oedd hyn? Ynteu ai rhybudd iddo ef ydoedd, arwydd fod rhywun yn gwybod am ei ddefnydd o'r lle? Ynteu, efallai, drwy gyd-ddigwyddiad llwyr, fod y person anadnabyddus wedi penderfynu, ar yr un noson yn union ag ef, fod angen

377

chwalu pob mymryn o'r olion o'i ddefnydd o'r lle. Ond ei boen fwyaf oedd y posibilrwydd fod y llosgwr wedi darganfod tystiolaeth o'i gyfarfodydd gyda Catrin. Ac felly, a fyddai'n defnyddio'r dystiolaeth honno yn eu herbyn?

Digon isel ei ysbryd oedd Siôn erbyn iddo ef a Ryff gyrraedd adref. Cripiodd i mewn i'r gegin cyn ddistawed â phosib a rhoi powlenaid o lefrith i Ryff. Roedd y lle'n wag, ei fam a Twm yn ddiogel yn y gwely. Dringodd yntau i'w wely yn y daflod. Rhoddodd ochenaid o ryddhad wrth deimlo cysur meddal ei balis. Roedd cael tynnu'r pwysau oddi ar ei goesau blinedig yn foethusrwydd pur. Dyheai am awr neu ddwy o gwsg cyn gorfod cychwyn am Nefyn. Ond roedd gormod o gynnwrf yn ei feddwl iddo allu ymlacio. Bu'n troi a throsi am amser. Daliai i boeni am arwyddocâd y llosgi. Pam heno o bob noson? Oedd y llosgwr wedi disgwyl dod ar draws Ifan yno ai peidio? Os nad ydoedd, yna roedd yr hen Ifan yn weddol ddiogel nes y byddai'n ôl o Nefyn. Ond os oedd y llosgwr wedi disgwyl dod ar draws yr hen ddyn, ac wedi cael ei siomi, yna roedd posibilrwydd cryf y byddai'n holi a chwilio am guddfan Ifan – a Duw a helpo'r hen greadur wedyn, os oedd llosgi'r hen ffynnon yn arwydd o fileindra'r llosgwr. A beth am Mari? Poenai Siôn ei fod o bosib wedi gosod Mari Grepach mewn perygl mawr hefyd drwy fynd ag Ifan yno. Pam, o pam oedd raid iddo fynd i Nefyn a gadael y cyfan yn llanast? Roedd un peth yn sicr, ni fyddai'n adrodd hanes y llosgi wrth John, gan ei fod yn cyffwrdd yn rhy agos â'r cysylltiad rhyngddo ef a Catrin. Ar ben hynny, roedd arno ofn, a ymylai ar fod yn ofergoelus, datgelu dim wrth John nes iddo allu gosod Ifan yn blwmp ac yn blaen o'i flaen, a gadael i Ifan adrodd hanes yr hyn a welodd. Roedd angen tyst cnawdol i argyhoeddi John fod ei dad yn llofrudd.

Pwniodd y gobennydd dan ei ben i geisio gwneud ei hun yn fwy cyffordwus. Roedd y palis oedd mor esmwyth pan orweddodd gyntaf bellach yn uffern o dalpiau gwellt haearnaidd wedi bwndelu'n beli cras, anwastad dan ei gorff. Caeodd ei lygaid yn dynn a cheisiodd hel pob syniad cythryblus o'i feddwl. Gallai glywed Ryff yn hanner cyfarth yn ei gwsg, a theimlai'n genfigennus o'r ci bach yn mwynhau breuddwyd gyffrous. Wrth wrando ar y ci, clywodd sŵn clicied drws y gegin yn cael ei godi a'r drws yn agor mor llechwraidd â'i ymdrechion cynharach ef. Peidiodd synau breuddwydion Ryff, ond ni chwyrnodd na chyfarth ar bwy bynnag a ddaeth i mewn. Llithrodd Siôn allan o'i wely'n gyflym a distaw, a gwyro'i ben yn ofalus dros ymyl llawr y daflod, mewn pryd i weld cefn Twm yn diflannu drwy ddrws y gwely winscot.

26

Rhai yn ymladd fel llewod, rhai yn meddwi fel baeddod,
Rhai yn ymlid budrogod yn ddiwyd;
Rhai yn tyngu llw creulon i ddrygu ei gyd-Gristion,
Am hynny y daeth arnom ddialeddfyd.

Siôn Grythor (bl. 1627–28)

Ni allai John oddef aros ar ei eistedd wedi diwrnod maith, gwlyb a diflas yn y cyfrwy, a'r glaw wedi eu dilyn yr holl ffordd o Aberdaron i Nefyn. Diflannodd Catrin a Lleucu'n syth i'w hystafell yn y gwesty, tra disgwyliai yntau am Siôn yn y dafarn islaw. Diolch i'r drefn nad oedd raid iddo ddal i geisio cynnal sgwrs â hwy, a chrafu ei ben i feddwl am bwnc fyddai'n ddigon ysgafn i ddiddanu merched. Roedd yn fendith cael bod ar ei ben ei hun, er nad oedd gweddill cwsmeriaid y dafarn at ei ddant ef. Cododd a cherdded at y ffenestr unwaith eto, a gweld fod y golau'n prysur gilio o'r ffurfafen, a'r llygedyn cyntaf o haul a welsai John y diwrnod hwnnw'n ffarwelio â'r byd. Erbyn hyn roedd yr awyr, yn ei ffordd anystywallt arferol, wedi glasu, y cymylau wedi chwalu, a seren y gogledd yn dechrau pefrio gan addo noson oer, rewllyd.

Bu'r dyddiau ers dod o Bwllheli yn hunllef annioddefol iddo, ei dad yn ei wynebu ym mhob twll a chornel o'r tŷ ac yn ei herio â'i fygythiadau. Ei herio â'r fath wên faleisus ar ei wyneb nes i John ddechrau amau fod y dyn yn dechrau mynd o'i gof. Ond roedd yr erlid a ddioddefai yn ddigon i'w sbarduno i ddarganfod rhagor am y cysylltiad rhwng Enoch Evans a stad Bodwrda. Bob dydd ers tridiau neu bedwar, gyrrwyd Gwilym allan i ymweld â'r tenantiaid, gyda'r esgus o gerdded terfynau pob fferm a thyddyn i archwilio'r ffiniau ar ran mab Bodwrda. Treuliai John ei nosweithiau'n trafod canlyniadau'r ymchwil gyda Gwilym, gan gyferbynnu'r hyn a gredai John oedd y ffiniau priodol â'r rhai presennol. Darganfu fod y stad bron i gan acer yn llai nag y dylai fod, a phob tamaid o'r can acer hynny yn awr yn nwylo Enoch, yn ôl y tenantiaid. Pe byddai ganddo dystiolaeth ar bapur i brofi hyn i gyd, gallai fynd at gyfreithiwr i wneud . . . beth? Dyna'r cebyst. Sut yn union y gallai ddod ag achos cyfreithiol yn erbyn ei dad? Sut y gallai ddial arno am werthu ei etifeddiaeth? Oedd ei dad wedi rhedeg y stad i ddyled, tybed, fel bod angen gwerthu tiroedd? Roedd yn hen bryd i'r hen ddiawl farw. Pe byddai John Glynne wedi gallu gadael Llundain i ymweld â'i hen gartref yng Nglynllifon, efallai y byddai'n gallu gofyn cyngor iddo; wedi'r cyfan, roedd yn gyfreithiwr o fri.

Ble ddiawl roedd Siôn? Roedd yn edifar ganddo fod wedi addo helpu gyda'r gwêst ddi-fudd yma. Gwastraffu ei amser yn chwilota am wybodaeth nad oedd a wnelo ddim ag ef, mewn gwirionedd. Erbyn hyn, pa ots pwy laddodd y ficer? Fyddai darganfod y gwirionedd o ddim budd iddo ef. Roedd ganddo bethau pwysicach ar ei feddwl. Ciciodd ei sodlau'n anfoddog am awr arall. Pan ymddangosodd Siôn o'r diwedd, bu bron i John fethu ei adnabod. Gwisgai goler o liain a fu unwaith yn wyn, ond a oedd bellach wedi hen felynu, heb weld starts na haearn cwicio ers cantoedd. Hen ddilladau duon, y brethyn wedi gwisgo nes i'r du ymddangos yn llwyd-wyrdd mewn mannau, ac yn frau fel cadach mwslin. Sut y cawsai afael ar y fath ddillad? Edrychai fel is-glerc tlawd, ac roedd y blinder a'r tyndra o amgylch ei lygaid yn gweddu i'w wisg. Gwyliodd John ef yn mynd draw at y gwas i 'mofyn cwrw, ac yna'n dod i eistedd wrth y bwrdd cyfagos, ei gadair gefn yn gefn ag un John.

Dilynwyd hyn gan y pantomeim gwiriona fu John yn rhan ohono erioed. Gan ddilyn cyfarwyddiadau Siôn a roddwyd mewn islais, gollyngodd ei faneg, a Siôn yn gwneud sioe fawr o'i chodi a'i chyflwyno'n ôl iddo. Yna, fel dau deithiwr a oedd newydd gwrdd â'i gilydd, cawsant sgwrs uchel am y tywydd a chyflwr y ffyrdd. Pan fodlonwyd Siôn fod diddordeb y gweddill o'r cwsmeriaid wedi pallu, dechreuodd y ddau sgwrsio o ddifrif, a thôn eu lleisiau wedi gostwng.

'Dydw i ddim wedi cael cyfle i wneud fawr o ddim eto,' cyfaddefodd Siôn. 'Mi roeddwn i'n hwyrach na'r disgwyl yn cychwyn bore 'ma.'

'Ydi Ifan yn iawn rŵan?' holodd John, er nad oedd fawr o ddiddordeb ganddo mewn gwirionedd. Atebodd Siôn ei fod yn ddigon cyfforddus, hyd y gwyddai, ond yr eglurai am hynny maes o law.

'Y peth pwysig ydi imi glywed fod gan John Preis gwch o'r enw *Wennol*,' bwriodd Siôn ymlaen, 'yn ogystal â siop nwyddau llongau, ond ei fod allan ar y môr yn pysgota ar hyn o bryd. O be glywais i, mae o'n arfer mynd allan ar ei ben ei hun, dros nos gan amlaf, er iddo weithiau fod allan am ddwy neu dair noson. Fe ddeudodd un pysgotwr ei fod wedi mynd allan echdoe, felly fe fyddai'n sicr o fod yn ôl heno. All o ddim aros allan yn hirach, meddan nhw, oherwydd y siop. Mae ganddo fo lanc yn edrych ar ôl y lle, ond does dim llawer rhwng ei glustiau.'

'Gwell i ni gadw golwg ar yr harbwr heno 'ma, felly,' meddai John. 'Os awn ni o dafarn i dafarn, mi fyddan ni'n siŵr o ddod ar ei draws o.'

'Dim ond un dafarn sy 'na,' meddai Siôn yn gyflym. 'Mae'r cei rhyw hanner milltir i ffwrdd o'r dre, ar hyd y traeth.' Cipedrychodd drwy'r ffenestr ar y tywyllwch y tu allan. 'Fe ddylai fod yno cyn bo hir. Mae o bob amser yn cael tancard neu ddau o gwrw cyn mynd adref, meddan nhw.'

'Tyrd, 'ta,' meddai John, gan godi, ond gafaelodd Siôn yn ei fraich a'i dynnu'n ôl i lawr, gan fynnu dweud gweddill ei adroddiad. Roedd wedi siarad â'r tafarnwr, meddai, ac wedi rhoi ar ddeall i hwnnw ei fod yn gweithio i gyfreithiwr o Bwllheli oedd yn awyddus i siarad â John Preis yn dilyn marwolaeth perthynas iddo yn Aberdaron. Roedd wedi lled-awgrymu ei fod yn fater o arian, ac y gallai Preis elwa o siarad â'i feistr.

Edmygodd John ddyfeisgarwch Siôn, er na fyddai'n cydnabod hynny i'w wyneb. Doedd o ddim wedi cysidro sut nag ar ba esgus roeddan nhw am siarad â Preis. Ond roedd Siôn yn ei lygadu'n ofalus. 'Beth sy'n bod?' holodd yn biwis. 'Oes 'na fwd ar fy ngholer?'

'Nagoes,' ysgydwodd Siôn ei ben, 'ond mae gormod o les arni i fod yn goler cyfreithiwr, er bod dy ddwbled brown yn addas.'

'Addas i beth?' Roedd John ar goll yn lân.

'Chdi ydi'r cyfreithiwr, fy meistar,' eglurodd Siôn yn amyneddgar. 'Chdi sy'n mynd i siarad â Preis. Oes gen ti goler blaen i'w gwisgo? Mi allwn ni gychwyn wedyn. O, a gyda llaw, mi fyddai'n well i ni wisgo cleddyfau dan ein clogau – rhag ofn.'

Doedd tafarn y pysgotwyr fawr mwy na bwthyn unllawr yn gorwedd yn glòs ym môn y clogwyn, a'r môr ar lanw uchel yn golchi dros ei riniog. Edrychodd John o'i gwmpas a gweld ystafell hirsgwar, oddeutu hanner maint yr adeilad, gyda drws cefn gyferbyn â drws y cwsmeriaid. O flaen y drws hwnnw roedd cownter wedi ei lunio, tybiodd, o froc môr, yn gorwedd ar ddwy gasgen gwrw

383

enfawr. I'r chwith iddynt roedd simdde fawr, ac olion tân blaenorol yn lludw llwyd ar yr aelwyd. Doedd neb wedi trafferthu ei lanhau, heb sôn am gynnau tân newydd, er ei bod hi'n noson rewllyd. Roedd un bwrdd mawr ym mhen pellaf yr ystafell, a bwrdd llai wrth ymyl yr aelwyd. Nid oedd cadeiriau yno, dim ond meinciau o goed garw ar y pedair wal – anrhegion o'r môr eto, mwy na thebyg.

Y tu cefn i'r cownter safai dyn mawr blêr, surbwch, ac am ei ganol gwisgai farclod yn sgleinio o hen gwrw a budreddi. Cadwai lygad barcud ar bawb, tra oedd gwraig flinedig yr olwg – ei gwallt llwyd-wyn, seimllyd yn gudynnau tenau ar ei gwar, fel cynffonnau llygod mawr – yn tywallt cwrw o stên enfawr i dancardiau criw o bysgotwyr oedd yn eistedd wrth y bwrdd mawr. Anelodd Siôn at y bwrdd bychan wrth yr aelwyd, a dilynodd John. Wedi iddynt eistedd dododd y wraig ddau dancard yn ddiseremoni ar y bwrdd o'u blaenau, a'u llenwi â'r cwrw, gan or-lenwi tancard John nes bod cwrw'n rhedeg i lawr ei ochrau i greu pwll anghynnes ar wyneb y coedyn staenedig. Wrth i'r pwll ledaenu a diferu dros ymyl y bwrdd i'r llawr tywodlyd, llithrodd John ymhellach draw ar y fainc i arbed ei ddillad. Roedd yr holl le yn codi cyfog arno, yn arbennig wedi iddo sylwi ar fysedd y wraig, a'i hewinedd duon, gyda digon o faw odanynt i blannu bresych, chwedl Rhobart. Doedd ganddo ddim mymryn o fwriad i gyffwrdd y tancard â'i wefusau. Fe'i defnyddiwyd gan gant a mil o gwsmeriaid blaenorol, mwy na thebyg, a heb ei drochi unwaith mewn dŵr glân, gloyw.

'Rydw i'n mynd i gael gair efo'r tafarnwr am John Preis,' sibrydodd Siôn gan godi oddi wrth y bwrdd. 'Efallai 'i fod o'n un o'r dynion acw.' Gwyliodd John ef yn croesi at y cownter, a sylwodd fod sgwrs y bwrdd arall wedi peidio wrth i chwilfrydedd y pysgotwyr gael y gorau arnynt. Roedd pob copa walltog yn gwrando ar Siôn a'r tafarnwr.

'John!' galwodd hwnnw mewn ateb i ymholiad Siôn. 'Tyd yma am funud! Rywun isio siarad efo chdi.'

Cododd un o'r pysgotwyr ar ei draed, dyn oedd cyn lleted â'i daldra. Siglodd-gerdded at y tafarnwr, yn rhythu ar Siôn â'i lygaid bychain oedd yn suddedig ym mloneg y gruddiau.

'Pwy sy'n holi?' Roedd ei lais yn rhyfeddol o fain, o ystyried maint ei gorff.

Sylwodd John fod Siôn yn llwyddo i wenu'n siriol ar y dyn, a chlywodd o'n gofyn, 'Ai chi ydi John Preis?'

'Fel deudis i, pwy sy'n holi?'

'Edward Dafis ydw i,' atebodd Siôn ar unwaith. Rhegodd John dan ei wynt. Doedd o ddim yn hoffi gêmau fel hyn, lle'r oedd yn rhaid rhaffu celwyddau, a chofio pob gair o'r celwyddau rhag cael ei faglu'n nes ymlaen. Cododd ei wrychyn yn llwyr wrth glywed Siôn yn ei gyflwyno fel Job Huws. Job Huws? Pa fath enw twp oedd hynny iddo'i gofio? Arweiniwyd y pysgotwr at y bwrdd gan Siôn, a gorchmynnodd John ef i eistedd. Ufuddhaodd Preis ar unwaith, a John mor falch o'i ufudd-dod nes iddo deimlo'n ddigon hawddgar i gynnig diod iddo.

'Brandi,' oedd yr ateb parod.

Brathodd John ei wefus isaf o glywed y fath hyfrdra: ymffurfiai gair o gerydd yn ei feddwl, ond roedd Siôn wedi amneidio ar y tafarnwr, ymdrech ddibwrpas gan fod hwnnw eisoes wedi clywed y cais ac wedi troi i ffwrdd i 'mofyn potel o'r cefn. Daeth â'r botel a thri mesur bach piwtar at y bwrdd. Tra tywalltai'r tafarnwr y brandi, gan adael y botel ar ôl, ceisiodd John feddwl sut i ddechrau'r sgwrs. Beth oedd Siôn wedi ei ddweud yn y gwesty? Oedd o wedi enwi enwau?

'Mi fasa Mistar Huws yn hoffi cael gair efo chi,' dechreuodd Siôn, gan ei osod ei hun rhwng Preis a'r drws, ac achub John yr un pryd. 'Mi fydd o fantais i chi, cofiwch.'

Rhoddodd John besychiad bach i glirio'i wddf. 'Mr Preis,' cychwynnodd, 'rwy'n gobeithio y gallwch chi ein helpu.'

'Rhywun yn perthyn i mi wedi marw'n Aberdaron?' gofynnodd y pysgotwr. Roedd gwên fach ar wyneb Siôn, a sylweddolodd John fod y tafarnwr a Preis eisoes wedi trafod pwrpas eu hymweliad. 'O fantais i mi, ddeudoch chi?'

'Wrth gwrs, mi dala i am unrhyw wybodaeth o werth.'

'Dwi ddim 'di bod yn Aberdaron ers blynyddoedd,' rhybuddiodd Preis.

Cliriodd John ei wddf unwaith eto. Cofiodd sut yr oedd ei ewythr William yng Nghaergrawnt yn ymddwyn wrth roi cerydd i un o'i fyfyrwyr, a cheisiodd efelychu'r osgo corff hwnnw, a'r llais pwyllog, deallus. 'Rydw i'n ymchwilio i fater difrifol iawn,' meddai, 'a ddigwyddodd rai blynyddoedd yn ôl bellach.' Cychwyniad da, ond beth wedyn? A ddylai sôn am y 'perthynas' yma, ynteu fwrw 'mlaen heb ragor o lol i sôn am Ficer Piers? Pam ddiawl roedd o wedi gadael i Siôn ei arwain i'r fath sefyllfa?

Tra oedd yn disgwyl iddo ddweud rhywbeth yn rhagor, gwagiodd Preis ei fesur brandi a'i roi i lawr yn awgrymog wrth ochr y botel. Tywalltodd Siôn fesur arall iddo. 'Rhywun wedi marw? Gadal rwbath i mi'n y 'wyllys?' ceisiodd Preis hwyluso'r sgwrs.

'Ddim yn union,' atebodd John. 'Gwneud ymholiadau ydan ni am y person fu farw. Ficer Griffith Piers . . . '

'Be ddiawl 'di hyn?' Roedd Preis ar ei draed yn syth. 'Ma 'na dros bymtheg mlynadd ers i hwnnw farw!'

Edrychodd John o'i amgylch yn frysiog. Roedd pob

llygad yn y lle wedi ei hoelio arnynt. 'Steddwch i lawr, Mr Preis,' meddai'n frysiog. 'Does 'na neb yn mynd i'ch bygwth chi yma.'

Syllodd Preis yn hir arno, y llygaid cyrens bron o'r golwg yn y siwet o wyneb, cyn eistedd yn wyliadwrus. Teimlodd John wefr o gynnwrf yn rhedeg drwy ei gorff. Roedd yn gyffelyb i'r wefr a deimlai wrth i'w gŵn hela daro ar drywydd rhyw ysglyfaeth. Efallai y byddai'n mwynhau hyn, wedi'r cyfan.

'Roeddach chi'n adnabod y Ficer, mae'n amlwg?' meddai'n llym.

'Mi nes i chydig o fusnas efo'r dyn, dyna'r cwbwl, ond down i ddim yn 'i nabod o'n dda.' Siaradai'n araf, anfodlon.

'Beth oedd y busnes hwnnw?'

''Musnas i, a neb arall!'

'Iawn,' meddai Siôn, gan ymuno yn y sgwrs. 'Felly ga i awgrymu i chi, Mr Preis, beth allai'r busnes hwnnw fod? Ga i awgrymu eich bod chi a'r ficer a Dafydd Rhys wedi cael gafael ar drysor ar Enlli, a'ch bod chi a Rhys wedyn wedi lladd y ficer er mwyn cadw'r cyfan rhyngddoch?'

Tra bu Siôn yn siarad, gwyliodd John y dyn yn ofalus. Cafodd foddhad o'i weld yn neidio fel pe tasai pìn wedi ei yrru i'w ystlys pan glywodd enw Dafydd Rhys, ond gwelwodd gan ddechrau chwysu pan ensyniodd Siôn eu bod wedi llofruddio'r ficer.

'Pwy 'da chi?' holodd yn wyllt. ''Da chi'ch dau yn wallgo! Dwi 'rioed wedi lladd neb yn fy mywyd!'

'Rhaid i chi faddau i'm clerc,' meddai John mewn llais tawel, lliniarus. O'r diwedd roedd wedi cael blas ar y chwarae, a theimlai ei feddwl mor chwim ac ysgafn â'r ehedydd ar y waun. 'Mae o'n cael rhyw ffansi rhyfeddol i'w ben o bryd i'w gilydd. Na, does neb yn eich cyhuddo o ladd y ficer, er, wrth gwrs, y byddai o bosib yn anodd i chi wadu'r peth. Na, y cyfan rydw i angen ydi hynny o wybodaeth sydd gennych chi am beth ddigwyddodd. Fel y dywedwyd eisoes, fyddwch chi ddim ar eich colled o'n helpu.' Tynnodd ei bwrs oddi ar ei wregys, a gosod dwy sofren felen, ddisglair ar y bwrdd. Rhythodd llygaid Preis arnynt, ac aros arnynt fel dyn yn syllu ar ei gariad. O weld ei ymateb, tynnodd John sofren arall, a'i gosod ychydig ar wahân i'r ddwy arall. Drwy gil ei lygaid gallai weld Siôn yn syllu arno'n anghrediniol. Gwenodd yn braf. Doedd Siôn Rhisiart yn amlwg ddim yn credu fod ganddo'r dyfeisgarwch i feddwl cynnig gwobr i'r dyn. Rhedodd Preis ei dafod dros ei wefusau, a daeth golwg gyfrwys i'w lygaid.

'Be 'da chi isio'i wbod?' meddai, ei lais gwichlyd yn floesg. Cipedrychodd i gyfeiriad y tafarnwr a'r pysgotwyr eraill, fel petai arno ofn iddyn nhw ddwyn yr aur o dan ei drwyn.

'I ennill y ddwy sofren yma,' meddai John yn bwyllog, 'rhaid i chi ddweud wrtha i bob dim ddigwyddodd yn Aberdaron yn y cyfnod cyn llofruddiaeth y ficer.'

'Ac i gal y llall?' holodd Preis, ei lygaid eisoes yn blysio'r trydydd darn aur.

'Mi adawn ni'r trydydd am y tro,' atebodd John, gan roi'r sofren yn ôl yn ei bwrs. Edrychodd o'i amgylch eto. Am ryw reswm, roedd newid yn yr awyrgylch, ac eto ni allai roi ei fys ar yr hyn oedd yn wahanol. Efallai am nad oedd neb yn cymryd sylw ohonynt bellach: y pysgotwyr yn siarad yn ddistaw â'i gilydd, a'r tafarnwr wedi troi cefn arnynt ac yn siarad yn dawel â bachgen tuag wyth i ddeg oed. Beth bynnag oedd testun ei bregeth, fe wrandawai'r bachgen yn ofalus. Nodiodd ei ben unwaith ac yna diflannu drwy ddrws cefn y dafarn. Trodd John yn ôl at Preis.

'Wel? Wyt ti am ennill y ddwy?'

'Wel,' atebodd Preis, 'roedd Dafydd Rhys a finna newydd gal ein talu oddi ar long yn Aberdaron. Diwadd ha' oedd hi, ac mi roeddan ni'n gobeithio cal gwaith ar long arall. Roeddan ni'n arfar yfad yn y Llong bob nos, ac mi roedd y ficar yno'n amal. Mi ddoth draw atan ni un noson, cynnig 'chydig o waith. Mi fuon ni'n malu awyr am sbel, wedyn dyma fo'n deud 'i fod o wedi dod o hyd i fap – ddeudodd o ddim ble cafodd o fo, felly peidiwch â gofyn – a'r map 'ma'n dangos lle'r oedd trysor ar Enlli. Wel, mi roedd y ddau ohonan ni'n meddwl fod y dyn o'i go', neu'n tynnu coes neu rwbath.' Cododd y mesur brandi at ei geg a llowcio'r cyfan. Sychodd ei wefusau ar lawes ei grys. Tywalltodd Siôn ragor o frandi.

'Fel o'n i'n deud,' aeth ymlaen wedyn, 'naethon ni mo'i gymryd o ddifri – chwerthin am 'i ben o, deud y gwir. Mi wylltiodd y ficar a stompio i ffwr', ond roedd o'n 'i ôl y noson wedyn, a deud y basa fo'n rhannu'r trysor tasa ni'n ei rwyfo drosodd i'r ynys. Mi fasa'n gallu cal gafal ar gwch, medda fo. Wel, doedd ganddon ni ddim byd gwell i neud, nagoedd, a dim byd i golli, heblaw am chydig o chwys, ac os oedd y dyn yn iawn, mi fasan ni'n gyfoethog, basan?'

'A gawsoch chi hyd i drysor?' gofynnodd John. Ar ei waethaf, ni allai gadw'r cynnwrf o'i lais.

'Wel, do a naddo.' Roedd llais Preis wedi troi'n chwerw. 'Mi dreulion ni bnawn cyfa'n codi cerrig anfarth yma ac acw ar draws yr ynys ddiawl, a'r ficar yn troi'i bapur bob sut i drio cal hyd i'r lle iawn. Ond mi gafodd o'n y diwadd. Mi nes i a Dafydd godi'r graig 'ma, a'r ficar yn rhoi 'i law dani, ac mi dynnodd flwch bach allan – blwch haearn, dwi'n meddwl.'

'Beth oedd ynddo fo?' holodd John yn eiddgar, wedi ei gyfareddu gan y stori.

Edrychodd Preis arno'n sorllyd. 'Dyna beth liciwn inna

fod wedi'i weld, Mistar Huws, ond mi gymrodd y gŵr *bonheddig* y cyfan,' meddai, gan roddi pwyslais gwawdlyd ar y gair 'bonheddig'. 'Mi gymrodd y cythral y cyfan.'

'Gŵr bonheddig? Pa ŵr bonheddig?' holodd John mewn syndod.

'Mi gymrodd yr uffar y cyfan, dwi'n deud wrthach chi, a rhoi dim byd ond hen ddarna arian hen ffasiwn i ni am ein gwaith – da i ddiawl o ddim i ni heddiw.'

'Ond yn werth digon i ti allu prynu cwch a siop!' rhoddodd Siôn ei big i mewn yn goeglyd. Dechreuodd Preis edrych arno'n ofnus.

'Pa ŵr bonheddig?' mynnodd John. Cafodd fflach o ysbrydoliaeth. 'Alex Bodfel?' dyfalodd.

Ymatebodd Preis fel petai wedi gweld y Gŵr Drwg ei hunan. Edrychodd o amgylch y dafarn mewn braw. Tynnodd hen gadach drewllyd o'i boced a sychu ei wyneb.

'Pwy 'da chi?' sibrydodd. 'Be 'da chi isio?'

'Y gwirionedd,' atebodd John yn llym, 'yn llawn.'

'Ma'n rhaid i mi fynd allan am eiliad,' meddai Preis yn frysiog, gan bwyntio'n arwyddocaol at ran o'i gorff. Cododd, ei fol anferth yn taro yn erbyn y bwrdd ac yn gwneud i'r botel siglo. Llithrodd ei law i afael am y ddwy sofren, ond roedd John yna o'i flaen.

'Wedyn,' meddai. 'Mi gei di dy arian ar ôl i ni glywed y cyfan.'

Siglodd Preis am y drws cefn a diflannu am y ceudy. Ar ôl ysbaid hir, fodd bynnag, cynigiodd Siôn fynd i chwilio amdano, ond roedd John yn hollol ffyddiog y byddai Preis yn ei ôl i gael yr arian.

Edrychai Siôn yn dra anniddig. 'Rydw i'n mynd ar ei ôl o,' meddai o'r diwedd. Cododd yn gyflym a dilyn Preis drwy'r drws cefn. Roedd yn ei ôl o fewn eiliadau. 'Mae'r diawl wedi diflannu!' ebychodd. 'Does 'na'm hanes ohono fo. Tyrd yn dy flaen, John, brysia, mae'n rhaid i ni ei ddal o. Mae o'n dringo i fyny'r clogwyn – mi allwn i glywed rhywun yn tuchan.'

Cododd John y ddwy sofren yn frysiog a dilyn Siôn, ond roedd y tafarnwr yn y drws cefn o'u blaenau.

'Ar frys, fyddigion?' Roedd ei lais a'i osgo'n llawn bygythiad. Taflodd John ddarnau o arian ar y cownter i dalu am y brandi a cheisiodd gamu heibio'r dyn, ond symudodd hwnnw i'w rwystro. 'Dos 'na'm ffordd allan fan hyn,' meddai, 'dim ond y clogwyn, ac ma hwnnw'n rhy serth i fyddigion. Ewch drw'r drws arall.'

Gan felltithio'r dyn, trodd John ar ei sawdl a brasgamu allan o'r adeilad distadl gyda Siôn yn dynn ar ei sodlau. Roedd yn falch o anadlu'r awyr oer, iachus ar ôl surni'r dafarn a'i arogleuon anghynnes. Ond prin y cafodd lenwi'i ysgyfaint cyn iddo deimlo Siôn yn ei dynnu gerfydd ei fraich. Llusgwyd ef i gysgodion talcen y dafarn, lle sibrydodd Siôn yn ei glust.

'Lle mae dy bwrs di?' holodd, a min yn ei lais. 'Mae 'na rywbeth o'i le'n fan hyn. Wnest di sylwi ar y tafarnwr yn anfon bachgen allan drwy'r cefn yn gynharach?'

'Do, ond doedd wnelo hynny ddim byd â ni, debyg?' Allai John ddim darllen wyneb Siôn yn y tywyllwch, ond clywodd Siôn yn ochneidio'n ddiamynedd.

'Roedd y dyn yna'n gwylio pob symudiad. Mi welodd o dy bwrs di, a'r holl aur oedd ynddo. Mi fydd rhywun yn disgwyl amdanon ni, siŵr i ti – mae o wedi anfon neges i'w ffrindiau. Well i ti gadw dy bwrs yn dy ddwbled, a thynnu dy gledd yn barod.'

'Ond beth am Preis?' gwrthwynebodd John. Edrychodd Siôn i gyfeiriad y clogwyn uwch eu pennau. Er gwaethaf golau'r lleuad, roedd yn rhy dywyll iddo allu gweld y pysgotwr.

'Mae hi'n serth iawn fan hyn,' sylwodd, 'ac mae dyn mor drwm â Preis yn mynd i gael cryn drafferth i ddringo.' Rhedodd ei lygaid ar hyd y bae yn dyfalu pellteroedd. 'Mi fydd raid iddo gerdded o leiaf milltir wedyn i gyrraedd ei siop. Mae'r clogwyn yma bron yn agosach i'r Morfa nag ydi o i Nefyn ei hun. Os brysiwn ni, efallai y cyrhaeddwn ni y siop o'i flaen.'

'Os na fyddwn ni wedi'n llofruddio cyn hynny!' meddai John dan ei wynt. Dilynodd y ddau odrau'r clogwyni hyd y traeth nes cyrraedd y llwybr i'r dref, eu cleddyfau wedi'u dadweini, yn barod am unrhyw ymosodiad. Lladdwyd pob sain o'u hesgidiau gan dywod meddal, sych, trwchus y llwybr a lusgai ar eu cluniau a chyhyrau crothau eu coesau gan wneud y dringo'n llawer mwy blinderus. Erbyn iddynt gyrraedd hanner y ffordd i fyny'r allt, roedd John yn anadlu'n drwm. Ond roedd ei feddyliau'n llawer trymach. Pam oedd Siôn yn gweld bai arno am ddangos yr aur i Preis? Doedd Siôn ei hunan ddim wedi meddwl am ffordd amgenach o gael gwybodaeth gan y dyn. A rŵan roedd o'n hel bwganod am y tafarnwr a'i griw. Serch hynny, cadwodd ei gleddyf yn ei law, a moeli ei glustiau i wrando am unrhyw smic bygythiol.

Gyda rhyddhad, cyrhaeddodd ben y clogwyn, ac ambell olau o ffenestr yma ac acw yn y dref yn addo diogelwch a chynhesrwydd. Safodd am ennyd i gael ei wynt ato, a theimlai fel draig yn anadlu tân wrth weld ei anadl yn crisialu yn yr awyr oer gan greu cymylau llwyd-wyn ynghanol y tywyllwch. Oherwydd iddo ymlacio fel hyn, neu oherwydd y tywod meddal ar y llwybr, methodd â chlywed sŵn cerddediad llechwraidd y tu cefn iddo nes ei bod yn rhy hwyr.

Fe ddigwyddodd y cyfan mor gyflym fel na allai'n ddiweddarach ddirnad yr union eiliad pan ddaeth yn ymwybodol o'u hymosodwyr. Byddai'n taeru y gallai deimlo blewiach ei war yn codi eiliadau cyn iddo droi ei ben yn gyflym a chael cipolwg ar ffurfiau duon yn ymwahanu o'r tywyllwch. Tri ohonynt, un â'i fraich i fyny a'i bastwn yn anelu am ei ben. Roedd y dyn yn rhy agos iddo ddefnyddio'i gleddyf, felly ceisiodd gamu o ffordd y pastwn. Llwyddodd i arbed ei ben ond teimlodd wayw yn saethu drwy ei fraich chwith wrth i'r pastwn daro ei benelin. Gwegiodd ei bengliniau dan bwysau'r ymosodiad ond drwy drugaredd llwyddodd i gadw ar ei draed, ac yn well fyth, llwyddodd i droi'n chwim, ei fraich dde â'r cleddyf yn hollti'r awyr nes iddo deimlo'r llafn yn cysylltu â chnawd. Gyda holl nerth ei fraich, gyrrodd y llafn yn ddyfn i'w ymosodwr a chael y boddhad o deimlo'r blaen yn suddo i'r cnawd nes crafu esgyrn yr asennau a threiddio i gnawd caletach y galon. Tynnodd ei gleddyf yn ôl yn gyflym rhag i bwysau corff ei ysglyfaeth dorri'r llafn wrth iddo ddisgyn yn gelain i'r llawr.

Edrychodd John yn frysiog dros ei ysgwydd a gweld bod y ddau ddihiryn arall yn ymosod ar Siôn. Gan anwybyddu'r boen yn ei fraich chwith, cododd ei gleddyf yn barod i'r sgarmes nesaf, ond roedd Siôn yn gwbwl tebol o ddelio â'r ddau arall ar ei ben ei hun. Gwelodd lafn cleddyf Siôn yn fflachio drwy'r awyr yng ngolau'r lleuad cyn diflannu i ddüwch corff un o'r ymosodwyr nes bod hwnnw, hefyd, yn suddo i'r llawr. Griddfanai'n uchel mewn poen tra wynebai ei gyd-ymosodwr yn awr ddau ddyn arfog, eu cleddyfau'n fflachio'n fygythiol dan ei drwyn. Collodd bob archwaeth am y sgarmes, gan droi ar ei sawdl a diflannu i gysgodion y twyni.

'Wyt ti'n iawn, Siôn?' sibrydodd John, ei anadl yn crafu yn ei wddf.

'Ydw, a tithau?'

'Dim ond fy mraich – wedi torri'r asgwrn dwi'n

meddwl.' Wrth ddweud y geiriau hyn, sylweddolodd pa mor arteithiol oedd y boen yn ei fraich. Roedd ei ysgwydd ar dân, a'r symudiad lleiaf yn peri i ddagrau godi yn ei lygaid.

'Alli di gerdded?' holodd Siôn yn frysiog. 'Rhaid i ni beidio aros fan hyn, rhag i'r un olaf 'na ddod â'i ffrindiau'n ôl i ddial. Tyrd!'

Gan gadw ei fraich mor llonydd â phosib, dilynodd John wrth i Siôn eu harwain am y dref, ond cyn iddynt gerdded rhyw ddau can llath, arhosodd a throi i sibrwd yng nghlust John.

'Wyt ti'n teimlo'n ddigon da i fynd ymlaen i siop Preis?'

Suddodd calon John, ond er hynny nodiodd ei ben mewn cytundeb. Dyheai am gael cyrraedd ei ystafell wely ac ildio i'w boen tra chwiliai Gwilym am feddyg esgyrn iddo. Corddai ei stumog o boen, ond os nad aent ymlaen am y siop, gallai'r cyfan fod yn ofer. Gan frathu ei dafod, llithrodd ar ôl Siôn mor ddistaw ag y gallai ar hyd strydoedd culion, coblog, anwastad y dref, heibio i'r gwesty, i lawr at y groesffordd ac i'r chwith am y siop. Bu Siôn yno eisoes yn ystod y prynhawn a chafodd olwg dda ar y lle a'i gyffiniau. Roedd pobman mor dawel â'r bedd, dim enaid byw yn unman, a'r rhan helaethaf o'r adeiladau mewn tywyllwch.

Arhosodd y ddau yng nghysgodion adeilad dros y ffordd i siop Preis tra gorffwysai John. Heb yngan gair, pwyntiodd Siôn at lôn fach gul a redai am y cefnau rhwng y siop a'r adeilad cyfochrog. Arwyddodd ar John i aros yn ei unfan tra oedd yntau'n llithro ar draws y ffordd ac yn diflannu o'r golwg.

Doedd dim smic i'w glywed yn unman, ddim hyd yn oed sŵn llygoden fawr yn crafu yn y carthion. Cynyddai a chiliai golau'r lleuad bob yn ail wrth i gymylau hel a gwasgaru hyd ffurfafen y nos. Tra oedd ei fraich a'i ysgwydd chwith yn llosgi, roedd gweddill ei gorff yn rhewi ac yn cyffio yn yr oerni. Gweddïai am i Siôn benderfynu rhoi'r gorau iddi – roedd wedi cael llond bol ar y bywyd anturus. Ceisiodd newid osgo'i gorff unwaith yn rhagor i hybu cylchrediad ei waed, ond fferrodd wrth amau i'w glustiau glywed smicyn bach o dwrw, twrw rhywbeth yn taro'n ysgafn yn erbyn carreg. Eiliadau wedyn, clywodd y twrw eilwaith, yn nes y tro hwn. Roedd rhywun yn cerdded yn llechwraidd i lawr y stryd tuag ato, yn amlwg â'i fryd ar beidio cael ei glywed.

Ymhen munudau, gwelodd John siâp corff unigryw John Preis yn rholio i'r golwg ar flaenau'i draed, ei glocsiau pren yn clicio ambell waith ar goblau'r stryd. Wedi cyrraedd y siop, trodd i lawr y lôn gul lle y diflannodd Siôn ynghynt. Sugnodd John ei anadl. Beth ddylai wneud rŵan? A ddylai rybuddio a chynorthwyo Siôn, ynteu aros yno'n gwylio, rhag ofn iddo ddychryn Preis a hwnnw'n dianc unwaith eto? Arbedwyd ef rhag gorfod gwneud penderfyniad pan dybiodd iddo weld cysgod yn llithro i lawr y stryd, a hwnnw'n troi hefyd i geg y lôn. Edrychai fel Angau ei hun, yn ei glogyn du yn llaes at y llawr a'r cwfl wedi ei dynnu dros ei ben i orchuddio'r wyneb. Llithrai dros y coblau heb wneud unrhyw smic, fel rhith yn cerdded ar awyr.

Cymaint oedd gwewyr John fel na allai symud am funudau maith. Ofnai y byddai'r rhith yn gallu clywed curiad byrlymus ei galon. Daliodd ei anadl rhag creu'r smic lleiaf, ond ar yr un pryd dechreuodd deimlo'n euog. Beth pe bai Siôn mewn trybini? Beth pe bai Siôn wedyn yn lledaenu straeon ei fod ef, John, yn rhy lwfr i fynd i'w gynorthwyo? Beth pe bai marwolaeth Siôn ar ei gydwybod am weddill ei oes?

Cymysgedd o gywilydd a chwilfrydedd a achosodd iddo gamu'n wyliadwrus o'r cysgodion a chroesi'r stryd.

Gyda gweddi daer ar ei wefusau, mentrodd i mewn i dywyllwch y lôn gul ar drywydd y lleill. Ofnai ddadweinio'i gleddyf rhag i sŵn metel yn crafu ar fetel ei fradychu. Rhoddodd ei law dda allan i gyffwrdd y wal er mwyn teimlo'i ffordd. Er clustfeinio orau y gallai, ni chlywai unrhyw dwrw a'i galluogai i ddyfalu beth oedd yn mynd ymlaen yn y cefnau. Camodd yn araf, gan deimlo'i ffordd drwy ymestyn un droed yn ofalus o flaen y llall, a phrofi sadrwydd y ddaear cyn gollwng ei bwysau arni. Roedd wedi cyrraedd tua hanner y ffordd pan hyrddiwyd ef i'r llawr yn ddisymwth gan gorff trwm yn rhedeg i'r cyfeiriad arall. Cyn llewygu o'r boen wrth i'w ysgwydd ddrwg gael ei chleisio ymhellach ar gerrig y llawr, roedd yn ymwybodol o lais meddal yn rhegi dan ei wynt.

Daeth ato'i hun gan riddfan, a rhoddodd ochenaid ddiolchgar wrth sylweddoli mai Siôn, yn fyw ac yn iach, oedd yn gwyro drosto.

'Wyt ti'n iawn? Welaist ti pwy oedd o?' Roedd llais Siôn yn daer.

'Preis?' dyfalodd John.

'Na,' atebodd Siôn yn fyr. 'Wyt ti'n sicr na welaist ti pwy oedd o?'

'Ydw.' Dechreuodd John deimlo'n biwis. Dyma fo'n gorwedd mewn poen arteithiol ar y llawr, a'r cyfan a wnâi Siôn oedd ei holi'n ddibwrpas. 'Helpa fi i godi ar fy eistedd, neno'r tad!' Brathodd ei dafod wrth i Siôn roi ei fraich dan gesail ei fraich dde a'i godi ar ei draed. Pwysodd ei gefn yn erbyn y wal i arbed ei ben rhag troi. 'Mae hi fel y fagddu'n fan hyn, os nad wyt ti wedi sylwi,' meddai'n watwarus wedi iddo gael ei wynt ato. 'Ble mae Preis?'

'Fedri di gerdded? Yna tyrd efo fi.' Gafaelodd Siôn yn ei fraich dde a'i dywys i ben draw'r lôn gul. Trawodd troed John yn erbyn rhywbeth meddal, a buasai wedi baglu oni bai fod Siôn yn ei arbed. Rhedodd iasau drwy ei gorff wrth iddo wthio'i droed yn erbyn y talpyn meddal, a theimlo siâp corff, corff oedd cyn lleted ag a oedd o daldra.

'John Preis?' meddai wrth Siôn, ei lais yn llawn arswyd.

'Ia.'

'Ond . . . '

'Yli, well i ni fynd o'ma cyn i neb ein gweld. Tyrd, mi wna i dy helpu'n ôl i'r gwesty.'

'Ond allwn ni mo'i adael fel hyn! Ydi o wedi marw?'

'Ydi. Mae 'na gyllell drwy ei galon. Tyrd, John, rhaid i ni fynd.'

Baglodd y ddau i fyny'r lôn gul ac i'r stryd, y boen ym mraich John bron yn angof wrth i'w feddwl geisio ymdopi â holl ddigwyddiadau'r noson. Sut oeddan nhw'n mynd i egluro o leiaf ddau neu efallai dri chorff marw? Beth petai ei dad yn dod i glywed am hyn? Fe fyddai hynny'n fêl ar ei fysedd.

27

Caer wen glaerwen eglurwaith,
cerig a choed caer wych waith . . .
a seler win ynghesel'r allt,
neuadd deg, gwresog cegin,
perl yw'r gwaith parlyrau gwin,
uchel nen ai chlo'i unawr,
a thair llofft rhwngthi a'r llawr . . .'

Watkin Clywedog (1630–50)

Die Jovis 30° Decembris 1641
Resolved, upon the Question, That John Archbishop
of Yorke shall be accused, by this House, in the
Name of all the Commons of England, of High
Treason.

Dyddlyfr Tŷ'r Cyffredin

Roedd Catrin ar ben ei digon. Dyma'r bywyd a chwenychai hi: plasty hardd a moethus; gerddi godidog; morynion a gweision tawel ac ufudd; beirdd a cherddorion i'w diddanu'n gyson, a chwmni pleserus teuluoedd gorau Sir Gaernarfon a Sir Fôn. Pam na fyddai ei rhieni wedi trefnu priodas gyda'r Glyniaid yn hytrach na'i theulu hi ei hun? Roeddynt wedi bod yng Nglynllifon am bythefnos a heno, ar Nos Ystwyll, roedd parti godidog wrthi'n cael ei baratoi yn y ceginau prysur. Y neuadd wych yn cael ei haddurno'n ddiwyd, coelcerthi o danau'n rhuo yn y ddwy simdde fawr y naill ben a'r llall iddi, a'r coetsys llawn gwesteion yn cyrraedd drws y plasty mewn gorymdaith ddiddiwedd. Pobman yn llawn bwrlwm, a'r ystafelloedd yn adleisio o chwerthin a siarad cynhyrfus wrth i hen gyfeillion ail-gwrdd â'i gilydd. Oni bai fod wyneb sych, crintachlyd John yn syllu arni'n gyson, ei fraich chwith yn dal ynghlwm wrth ei gorff, gallai fod wedi llwyddo i gadw digwyddiadau'r noson yn Nefyn yng nghefn ei meddwl. Ond deuai fflachiadau o bryder i'w phoeni'n gyson, pryderon ynglŷn â Siôn.

Clywsai am helyntion y ddau pan ddaeth Siôn draw i'r gwesty yn Nefyn i gael cinio gyda hwy. Yn gynharach, derbyniodd Catrin neges gan John yn dweud ei fod wedi baglu y noson cynt, ac wedi torri ei fraich, felly byddai'n rhaid iddynt aros yn Nefyn am o leiaf ddiwrnod yn ychwanegol. Nid fod hynny'n atgas ganddi: a dweud y gwir roedd yn falch o'r egwyl yn y teithio, wedi iddi ddiflasu ar ôl siwrnai'r diwrnod cynt. Aeth i ymweld â John yn ystod y bore, a'i gael yn gorwedd yn erbyn clustogau trwchus, ei wyneb yn welw a'i fraich chwith wedi ei rhwymo'n dynn wrth ei gorff. Roedd ei groeso'n oeraidd, felly nid arhosodd yn hir.

Treuliodd Lleucu a hithau weddill y bore yn chwilota o amgylch strydoedd Nefyn, ac ymhlith yr ychydig siopau roedd siop apothecari gydag arddangosfa chwaethus yn ei ffenestr. Gosodwyd poteli gwydr o bob lliw a llun ar gwrlid o felfed coch, ac yn eu canol roedd blwch pren cerfiedig, a'i gaead yn agored. Gallai weld rhyw fath o ludw bras, du, fel dail wedi'u llosgi a'u malu, yn gorwedd y tu mewn, ac wrth ei ochr ar y melfed coch, arwydd bach yn hysbysebu'r cynnwys fel, 'Te: Diod ddail newydd, iachus, llawn daioni. Arbennig ar gyfer gwarantu iechyd da hyd at oedran mawr, gan wneud y corff yn heini a nerthol'. Meddyliodd yn syth am ei hewythr John, ac aeth i mewn i brynu peth o'r deiliach yn anrheg iddo, er gwaethaf y pris afresymol a godid amdano.

Roedd yr apothecari'n ddyn rhadlon, hynod o siaradus, ac wrth gael cyfarwyddiadau ar sut i baratoi'r te, dysgodd Catrin mai teulu Bodfel oedd perchnogion y siop, ac mai gweithio iddyn nhw yr oedd yr apothecari. Ei uchelgais, meddai, oedd gallu prynu'r siop yma, neu unrhyw le arall yn Nefyn, a chychwyn ei fusnes ei hun. A'i chalon yn curo'n gynhyrfus, holodd a oedd yr apothecari'n adnabod Alex Bodfel. Wel, wrth gwrs, atebodd y dyn: pan ddwedodd mai teulu Bodfel oedd y perchnogion, Alex Bodfel roedd o'n ei feddwl mewn gwirionedd. Roedd gan Meistar Alex stafelloedd uwchben y siop, ac yntau'n byw yn y garet, er mai yn nhŷ Bodfel y byddai Meistar Alex yn aros gan amlaf. Holodd sut yr oedd Catrin yn adnabod ei feistr, a bu sgwrs hir rhyngddynt wrth iddi ganmol y dathliad gwych o Ŵyl Sant Nicolas a drefnodd Alex ar eu cyfer yn Aberdaron. Cafodd gryn drafferth i ddianc o'r siop, yr apothecari'n awyddus iddi un ai aros, neu ddychwelyd yno'n hwyrach, gan ei fod yn disgwyl Meistar Alex unrhyw funud. Roedd wedi bod yn aros gyda'i deulu yn Swydd Caergrawnt, meddai'r apothecari, a newydd anfon neges i ddweud ei fod wedi cyrraedd Bodfel yn hwyr y noson cynt, ac y byddai'n dod draw i Nefyn maes o law. Wrth ymadael, sylwodd Catrin ar y siop drws nesaf, siop rhaffau a chreiriau pysgota, gyda'r enw *John Price, Ship's Chandler*, ar yr arwydd. Byddai'n rhaid iddi sôn amdano wrth John.

Anghofiodd y cyfan am y siop, fodd bynnag, wedi i Siôn ddweud eu hanes wrthi. Ar ôl gorffen bwyta, cynigiodd Siôn ddangos iddi fan yr ymosodiad ar John, a chan ei bod yn bnawn sych, derbyniodd ei gynnig a chael Lleucu i ddod gyda hwy. Roedd pobman yn dawel a digynnwrf wrth iddynt gerdded am allt y môr, a dyna beth a'i poenai, meddai Siôn. Disgwyliai weld dynion y Siryf yn archwilio i'r ddwy lofruddiaeth – neu efallai dair – ond doedd dim hanes o'r cyrff, a neb i'w weld yn cynhyrfu. Oedd Nefyn yn lle mor ddi-ddeddf fel bod cyrff meirwon yn olygfa gyffredin, tybed, a neb yn trafferthu i holi? Datgelodd ei amheuon mai Alex Bodfel oedd y llofrudd, ond gallodd Catrin ei sicrhau nad oedd hynny'n bosib. Adroddodd hanes ei hymweliad â'r apothecari, gan orffen drwy ddweud fod y dyn yn rhy ddidwyll i ystyried celu symudiadau ei feistr.

Yn hwyrach y prynhawn hwnnw, daeth neges oddi wrth Siôn i ddweud ei fod wedi trefnu coets i gario John weddill y siwrnai i blas Glynllifon, ac y byddai'n rhaid iddi fod yn barod i deithio ar doriad gwawr. Nid oedd i adael y gwesty ar unrhyw gyfrif cyn hynny. Gorffennodd y neges gyda'r adduned y byddai'n brysio ati cyn gynted ag y gallai.

Fe gymerodd wythnos iddo gadw ei addewid, er iddo'i gadw mewn ffordd anrhydeddus o ysblennydd. Cyrhaeddodd Prins y plas ddeuddydd cyn Nos Ystwyll, a Siôn yn gydymaith iddo. Yn sgil hyn, gwahoddwyd Siôn i aros ar gyfer y dathliadau. Cafodd Catrin fodd i fyw, a gallai chwerthin wrth weld wyneb John yn dduach nag erioed. Cyrhaeddodd ei rhieni drannoeth, a theimlai fod ei ffiol yn llawn. Cafwyd aduniad emosiynol rhyngddi hi a'i mam, a'r noson honno, wrth i bawb gyfarfod cyn mynd i swper, daeth Prins atynt a chyflwyno Siôn iddynt fel ei ffrind. Derbyniwyd ef yn ddigwestiwn gan ei rhieni, a pham lai? Edrychai cyn wyched ei wisg ag unrhyw ŵr ifanc yn yr ystafell, ac yn llawer mwy golygus a gosgeiddig na John. Serch hynny, gweddïai Catrin na fyddai John yn mynnu datgelu mai mab i bysgotwr o Aberdaron oedd y gŵr ifanc a'u difyrrai mor llwyddiannus. Pan oedd pawb wedi casglu ynghyd ar ôl swper o amgylch y spinet am noson o gerddoriaeth, diflannodd John ac ochneidiodd Catrin ei rhyddhad.

Gallai ymlacio i fwynhau chwarae'r offeryn, a chanu. Pan ddaeth yn dro Siôn i gyfrannu i'r noson, fe ddifyrrodd bawb drwy ddysgu tôn gron iddynt yn iaith y werin yn Bohemia. Bu llawer o chwerthin wrth geisio ymdopi â'r holl eiriau dieithr, a phawb yn honni nad oedd yr un llafariad ymhlith y geiriau!

Yn awr, dyma hi'n Nos Ystwyll, a noson arall o ddawnsio a gwledda i edrych ymlaen ati. Roedd am wisgo ei gŵn daffeta eto, gyda'r siôl o edafedd aur. Y noson hon, gallai ddawnsio'n agored gyda Siôn, heb neb i wrthwynebu, ond iddi fod yn ofalus i roi dawns i ambell un arall o dro i dro. Diolch i'r nefoedd na allai John gymryd rhan yn y dawnsio. Byddai goddef ei ymdrechion unfraich yn ormod iddi. Cafodd eiliad o bryder pan feddyliodd y gallai John aros wrth ei hochr drwy gydol y noson er mwyn cadw llygad arni a difetha'i phleser, ond gwrthododd dderbyn y syniad. Na, mi fyddai'n fwy tebygol o fod wedi cilio i ryw gornel dywyll yn rhincian ei ddannedd a theimlo'n gyfoglyd o hunandosturiol.

Gorweddai John ar ei wely yn yr ystafell lwyd-dywyll. Diwrnod diflas, dibwrpas arall. Dim ots pa ffordd y gorweddai, ni allai ei wneud ei hun yn gyfforddus. Pam, pam, pam ddiawl wnaeth o adael i'r Siôn Rhisiart yna ei arwain i'r fath sefyllfa? Y fo oedd wedi gorfod talu'r pris, ei fraich ef gafodd ei thorri. Braf iawn ar Siôn Rhisiart yn mwynhau ei hunan efo'r Prins felltith 'na yn y neuadd fawr gyda gweddill y gwesteion, tra dioddefai yntau yn y fan hyn, yn unig bach.

Drybediai'r glaw yn erbyn cwarelau'r ffenestr, a'r gwynt yn eu hysgwyd nes bod y gwydrau'n clincian fel dannedd ci wrth arogleuo gast yn cwna. A fyddai diwedd fyth ar yr holl stormydd yma? Fe ddylai fod yn ôl yn Aberdaron, yn cadw llygad ar ei dad. Beth fyddai'r hen ddiawl wedi ei gynllwynio efo Enoch erbyn iddo gyrraedd adref, pa amser bynnag fyddai hynny? Roedd eisoes wythnos yn hwyr. Dechreuodd y glaw trwm yn nhywyllwch Nos Ystwyll, ac nid oedd wedi rhoi'r gorau iddi ers hynny. Roedd Thomas Glynne, chwarae teg iddo, yn hynod o groesawgar, yn gwarafun dim i'w westeion, a heb ddangos unrhyw arwydd ei fod eisiau gweld eu cefnau. Hyd yn oed heddiw, wrth y bwrdd cinio, roedd yn cellweirio am un flwyddyn pan gadwyd ei westeion yn gaeth gan y tywydd o'r Nadolig hyd ddydd Gŵyl Fair y Canhwyllau.

Brathodd John ei wefus wrth glywed cip o fiwsig yn codi o'r neuadd fawr wrth i'r gwynt ostegu am eiliad. Teimlodd ei stumog yn cordeddu eto. Dim peryg i Catrin roi heibio ei mwyniant yng nghwmni Prins a Siôn i ddod i gynnig ychydig o gysur a maldod iddo ef, o na! Gallai hi ganu a dawnsio'n llon heb wastraffu'r un eiliad yn meddwl amdano'n gorwedd mewn poen fan hyn yn y tywyllwch. Nid am y tro cyntaf yn ddiweddar fe'i cafodd ei hun yn meddwl am Elin Carreg, a'r ffordd yr oedd hi'n arfer ei addoli pan oeddan nhw'n blant. Pe na bai gwaddol Catrin cymaint yn fwy, meddyliodd, yna mi fyddai Elin wedi gwneud cymar arbennig. Ond dyna fo, ochneidiodd, rhaid iddo edrych ar ôl buddiannau'r teulu, yn arbennig gan fod ei dad wedi colli cymaint o'r stad. Daeth hyrddiad arall o wynt i sgytian y ffenestr, a chafodd fwynhad sarrug wrth ymhyfrydu yn y ffaith fod y tywydd o leiaf wedi gosod pawb yn yr un sefyllfa ag ef: yn gaeth i'r tŷ, yn cicio'u sodlau, heb allu mwynhau marchogaeth na hela na hela â gweilch.

Siom fawr oedd yr ymweliad â Glynllifon wedi'r cyfan, ac nid yn unig oherwydd ei fraich. Doedd fawr neb o bwys yn bresennol, a John ac Edmwnt Glynne wedi eu cadw yn Llundain oherwydd y digwyddiadau cythryblus yno, yn ôl eu brawd Thomas. Ond doedd dim peryg i'r un oblygiadau gadw'r Prins felltith 'na rhag dilyn Catrin o fore gwyn tan nos. Ef a'r diawl Siôn. Roedd wedi sylwi bellach ar y ffordd yr oedd hwnnw, hefyd, yn gwylio Catrin, a'r golau yn ei lygaid pan siaradai hi ag ef. Ers sawl noswaith bellach, âi John i gysgu gan ail-fyw y wefr ryfedd honno a deimlodd wrth allu lladd dyn, gyda'r gwahaniaeth mai'r ddau wrcath yna oedd yn snwyro o amgylch Catrin fyddai ei dargedau. Ac i feddwl ei fod wedi addo i Prins na fyddai'n datgelu hiliogaeth Siôn i'w fodryb a'i ewythr pan ddaethant i Lynllifon! Ond roedd y tinc peryglus yn llais Prins pan ddaeth i'w gornelu cyn gynted ag y cyraeddasant Glynllifon, gan ei siarsio i beidio â gwrth-ddweud dim a glywai am Siôn, yn ddigon i wneud i'r dewraf betruso.

Pan ddaeth Gwilym i oleuo'r canhwyllau ac i'w atgoffa ei bod bron yn amser swper, penderfynodd y byddai'n gofyn am hambwrdd o fwyd yn ei ystafell yn hytrach na gorfod wynebu'r cwmni diddan i lawr y grisiau. Cyn iddo allu rhoi'r gorchymyn i Gwilym, fodd bynnag, daeth un o'r gweision i roi neges iddo oddi wrth Thomas Glynne. Dymunai i bawb o'i westeion gwrywaidd ddod ar unwaith i'w lyfrgell gan fod ganddo newyddion syfrdanol i'w rhannu â nhw.

Roedd awyrgylch y llyfrgell yn llawn rhagargoelion pan gyrhaeddodd John. Gosodwyd cadeiriau mewn cylch o amgylch y lle tân, ac anelodd John am y gadair wag agosaf ato. Sylwodd fod Siôn yn eistedd gyferbyn ag ef, ond ni roddodd unrhyw gyfarchiad i'w gydnabod. Cyn pen dim, daeth Thomas Glynne i'r ystafell, a Prins yn dynn ar ei sodlau. Y tu ôl iddo yntau roedd Edmwnd Williams, brawd Catrin, a sylwodd John yn syth ar ei welwder a'r olion o ddiffyg cwsg ac o deithio caled oedd ar ei wyneb.

'Gyfeillion,' dechreuodd Thomas Glynne heb unrhyw ragymadrodd, 'mae gennym ni newyddion drwg i chi.'

Daeth Edmwnd i sefyll ynghanol y cylch a chyhoeddi'n syml, 'Mae fy ewythr a'm meistr, yr Archesgob John o Efrog, unwaith eto wedi ei garcharu yn y Tŵr Gwyn.'

Lledaenodd murmuron anghrediniol o amgylch yr ystafell ac fe gododd un neu ddau ar eu traed i ofyn cwestiwn, ond cododd Edmwnd ei law'n awdurdodol i'w hatal. Rhoddodd yr hanes iddynt yn gryno. Roedd y cythrwfl yn Llundain wedi gwaethygu ers wythnosau bellach, meddai, a'r dorf yn tyfu'n fwy a mwy herfeiddiol ac anystywallt. Prin y gallai'r *Trained Bands* eu rheoli, ac roedd pob mathau o wehilion cymdeithas yn ymgasglu bob bore o gwmpas y Senedd, gan felltithio'r esgobion oedd yn ceisio'n gydwybodol wneud eu dyletswyddau llywodraethol yn Nhŷ'r Arglwyddi. Aeth pethau'n rhy bell un bore, ychydig ar ôl y Nadolig, pan rwystrwyd yr esgobion rhag cyrraedd y Senedd. Ymosododd y dorf arnynt, gan rwygo'u dilladau oddi ar eu cefnau a bygwth eu lladd. Llwyddodd milwyr y *Trained Band* i'w hachub a'u hanfon adref, ond fe anfonodd Archesgob John, ynghyd ag un esgob ar ddeg arall, Wrthdystiad i'r Brenin yn mynnu nad oedd deddfau'r Senedd, na'u pleidleisiau na'u Gorchmynion, yn gyfreithlon os rhwystrwyd yr esgobion rhag cymryd eu seddau gan y dorf. Cythruddwyd Pym gan y Gwrthdystiad, gan gyhuddo'r esgobion o deyrnfradwriaeth. Arestiwyd y deuddeg hynafgwr, a daeth sawl ebychiad anfoddog o gegau'r gwrandawyr wrth i Edmwnd ddisgrifio sut y llusgwyd y gwyrda, rhai yn eu hwythdegau, o'u cartrefi yn oriau mân bore'r degfed ar hugain o Ragfyr, a'u tywys drwy'r eira a'r rhew i gelloedd oer a llaith y Tŵr Gwyn.

Gallai John weld fod y newyddion wedi llorio Griffith Williams, tad Catrin. Ef oedd etifedd yr Archesgob, a gallai John gydymdeimlo ag ef. Pe byddai'r Archesgob yn cael ei ddedfrydu'n euog o deyrnfradwriaeth, yn ogystal â cholli ei fywyd, byddai ei holl gyfoeth a'i stadau'n cael eu hatafaelu hefyd. Sobrodd John wrth gysidro hyn. Pa effaith fyddai hynny'n ei chael ar waddol Catrin, tybed? Byddai'n rhaid iddo gael gair efo'i ewythr yn nes ymlaen i sicrhau'r cytundeb. Ond yna sylwodd fod Edmwnd yn syllu'n herfeiddiol ar y gwestai.

'Petrusais cyn cario'r newyddion yma, syr,' meddai'n oeraidd wrth Thomas Glynne, 'gan mai eich brawd oedd yn gyfrifol am ddrafftio'r archgyhuddiad yn erbyn f'ewythr. Ond roedd yn rhaid i mi ddweud wrth fy nhad.'

'Hoffwn eich hysbysu, syr,' atebodd Thomas gydag urddas, 'nad wyf fi'n geidwad ar fy mrawd. Gallaf eich sicrhau, syr, fy mod i'n ddeiliad ffyddlon i'w Fawrhydi. Nid wyf o angenrheidrwydd yn rhannu syniadaeth fy mrawd.'

Porthwyd yr araith fer hon â sawl 'Clywch, Clywch!', ond eto gallai John weld nad oedd Edmwnd wedi darfod. Roedd ganddo, meddai, newydd arall o ddifrifol bwys i bawb o'i gynulleidfa. Disgrifiodd fel y penderfynodd y Brenin ar weithred a fyddai'n effeithio ar bob un o'i ddeiliaid, yn ŵr, gwraig a phlentyn, o'r cyfoethocaf i'r tlotaf. Ymddengys fod y Brenin ei hunan, ar y pedwerydd o Ionawr, wedi gorymdeithio o'r palas yn Whitehall i Dŷ'r Cyffredin, gyda llu o filwyr arfog y tu cefn iddo, ac wedi hawlio mynediad i'r siambr er mwyn arestio pump o'r aelodau – Pym, Hampden, Holles, Haselrig a Strode – gweithred anhygoel o herfeiddiol a fyddai wedi llorio Tŷ'r Cyffredin petai wedi llwyddo. Yn drychinebus i'r Brenin, roedd yr adar wedi hedfan o'r caets, ar ôl cael eu rhagrybuddio gan Lysgennad Ffrainc, yn ôl Edmwnd. Doedd dim y gallai Ei Fawrhydi ei wneud ond gadael y siambr yn waglaw, ei gynffon rhwng ei goesau, ac yn destun sbort i'r dorf y tu allan yn ogystal ag i'r Aelodau Seneddol. Ond roedd wedi rhoi cyfle bendigedig i Pym a'i griw weiddi 'Gwarth!' a mynnu bod braint y Senedd wedi ei thorri.

'Pan adewais i'r brifddinas,' meddai Edmwnd, 'roedd Llundain gyflawn yn nwylo Pym a Thŷ'r Cyffredin tra cuddiai'r Brenin a'r Frenhines ym mhalas Whitehall, yn ceisio darganfod ffordd i ddianc i Hampton Court, gyda'r dorf y tu allan yn bloeddio am eu gwaed.'

'Mae'n sefyllfa drychinebus,' ysgydwodd Griffith Williams ei ben yn drist, 'a rhyfel yn anochel.'

'Ydi,' cytunodd ei fab. 'Pe bai f'ewythr John wedi bod ar gael, mi fyddai wedi cynghori'r Brenin yn erbyn y fath ffolineb. Ond dyna fo, mae Pym dros y blynyddoedd wedi llwyddo i amddifadu'r Brenin o bob un o'i gynghorwyr craffaf, a'i adael yn ysglyfaeth i fympwyon penboethiaid y llys, a'r Frenhines.'

Wrthi'n dadwisgo gyda chymorth Gwilym oedd John, wedi swpera mewn cwmni tawedog a phryderus, pan ddaeth cnoc ysgafn ar y drws. Cerddodd Prins i'r ystafell cyn iddo allu ateb, a chau'r drws yn dawel o'i ôl.

'John,' meddai Prins, 'gwisga ddillad i farchogaeth allan. Mae d'angen di ar frys yng Nghaernarfon.'

'Gefn nos fel hyn?' gwrthwynebodd John, ond llwyddodd Prins i'w ddarbwyllo fod y sefyllfa'n galw am fesurau enbyd, ac na allai'r un dyn roi blaenoriaeth i'w gysur ei hun dan y fath amgylchiadau. Dyna sut y cafodd John ei hun, ddwyawr yn ddiweddarach, mewn ystafell fechan ar lawr uchaf un o dafarndai'r dref, yn grwgnach dan ei wynt ond â'i feddwl yn llawn chwilfrydedd, yn un o wyth o ddynion: Prins, Edmwnd, Owen Wyn o Wydir, Griffith Williams, Thomas Williams y Faenol, William Thomas, sgweiar Coed Alun, Siôn ac yntau.

'Maddeuwch i mi am eich llusgo i'r fan hyn,' dechreuodd Prins, 'ond allwn ni ddim cyfarfod yng Nglynllifon. Nid 'mod i'n amau teyrngarwch Thomas, cofiwch, ond pwy ŵyr pa glustiau sydd gan John Glynne yng nghartref ei frawd, ac yntau mor uchel ei gloch efo Pym? Allwn ni ddim fforddio brad o unrhyw fath.'

Cynyddodd chwilfrydedd John yn enfawr. Taflodd gip ar Siôn, ond roedd hwnnw'n syllu â'i holl fryd ar y gannwyll a oleuai'r bwrdd o'u blaenau. Ai cynllwynwyr oedd yma ac, os felly, sut y cynhwyswyd ef – a Siôn o ran hynny – yn eu plith? A beth oedd eu cynllwyn?

'Foneddigion,' aeth Prins yn ei flaen, 'roedd rhai materion na allai Edmwnd eu crybwyll yn gynharach, materion na ellid eu crybwyll yng nghlyw pawb. Mae ganddo ef ac Owen fan hyn neges bersonol oddi wrth y Brenin a'r Frenhines sydd ond yn addas ar gyfer clyw y dynion hynny sy'n llwyr o blaid y Brenin. Gadawaf i Owen Wyn siarad.'

Wrth i Prins eistedd ac i Owen godi, edrychodd John ar Siôn eto, ac yna ar Prins. Beth oedd yn mynd ymlaen? Sut y gallai Prins un funud fod yn ei rybuddio rhag Siôn, a dweud fod angen cadw llygad arno, a'r funud nesaf ei gynnwys mewn criw mor ddethol?

'Fel rydach chi'n gwybod,' cychwynnodd Owen, 'mae fy mrawd Richard yn Drysorydd i'r Frenhines yn ei phlasty yn Wimbledon, ac mae 'mrawd arall yn gyfreithiwr iddi. Mi ges i lythyr oddi wrthynt ddoe a'm hysgogodd i'ch galw chi i gyd ynghyd, a gofyn am eich cymorth. Mae'r Frenhines yn ofni mewn difri am ei bywyd, a'r Brenin hefyd, o ran hynny. Ofn dros ddiogelwch y Frenhines oedd ei wir ysgogiad i gymryd y cam trychinebus hwnnw yn erbyn Pym a'i griw. Wedi methiant hynny, mae'r sefyllfa'n daerach fyth. Mae Ei Fawrhydi am geisio ffordd i'w chael hi a'r merched bach yn ddiogel i'r Cyfandir, lle byddai ffrindiau i'w diogelu. Ni soniodd Edmwnd am hyn yn gynharach, ond mae galw croch ymysg rhai o'r Seneddwyr i archgyhuddo'r Frenhines o deyrnfradwriaeth, a'i charcharu'n y Tŵr Gwyn. Gallwch ddychmygu sut mae'r Brenin yn teimlo ynglŷn â hynny, rwy'n siŵr.' Cododd murmur o gydymdeimlad â'i Fawrhydi. 'Mae nifer o'i hoffeiriaid wedi eu carcharu eisoes, yn disgwyl dienyddiad creulon, ac mae'r gofal am eu mab hynaf wedi ei roi yn nwylo'r Marcwis o Hartford yn Richmond. Ar ben hyn oll, mae cyhuddiadau gau wedi dod i law fod y Frenhines y tu cefn i'r gwrthryfela yn Iwerddon, ac mai hi sy'n ariannu'r gwrthryfelwyr. Felly mae Richard fy mrawd, yn anad neb, yn awyddus i ddod o hyd i ffordd i achub y sefyllfa, ac achub y Frenhines.'

"Da chi'n gweld,' eglurodd Prins, 'mae'r Archesgob John wedi rhag-weld y sefyllfa yma ers rhai misoedd bellach, ac eisoes wedi ceisio gosod sylfeini ar gyfer dihangfa i'r teulu brenhinol. Dyna pam mae Siôn yma.'

Trodd at Siôn a'i gyflwyno i weddill y cwmni fel Cymro oedd yn uchel ei barch a'i swydd yn llywodraeth yr Ymerawdwr Ferdinand III. Cododd aeliau John nes cyrraedd llinell ei wallt gyda'r cyflwyniad yma. Corddai oddi mewn. Ei ddarpar dad-yng-nghyfraith yn cael ei dwyllo fel hyn, ac yntau'n rhwymedig wrth ei adduned i Prins. Roedd yn hollol ymwybodol o'r edrychiad sydyn roddodd Prins iddo wrth gyflwyno Siôn, fel petai'n ei atgoffa o'r dynged ofnadwy fyddai'n ei ddisgwyl pe bai'n agor ei geg.

Gadawodd Siôn i Prins siarad drosto. Eglurodd fod yr Archesgob yn ymwybodol ers blynyddoedd maith fod rhwydwaith yma yng ngogledd Cymru a oedd yn hyrwyddo trefniadau ar gyfer allforio dynion, offeiriaid Pabyddol gan amlaf, ond hefyd unrhyw un fuasai'n gallu talu'r pris anhygoel roedd y rhwydwaith yn ei fynnu. Yn ddiweddar, daeth amheuon ynglŷn â dilysrwydd y rhwydwaith a si bod dynion, ar ôl talu'r crocbris, wedi diflannu mewn amgylchiadau amheus cyn cyrraedd pen eu taith. Bu Siôn, roedd hi'n ymddangos, yn ymchwilio i'r rhwydwaith yma, ac er na lwyddodd i ddarganfod y prif arweinwyr, teimlai nad oedd yn ddigon dilys na diogel i drosglwyddo rhai mor bwysig â'r Frenhines a'i theulu.

'Fyddai hi ddim yn llai o siwrnai, ac yn llai peryglus, i'r Frenhines hwylio allan o un o borthladdoedd dwyrain Lloegr?' holodd Griffith Williams.

'Mi rydach chi'n llygad eich lle, 'nhad,' atebodd Edmwnd, 'ac fe fu'r Brenin yn siarad â Heenvliet, Llysgennad Tywysog Oren, ynglŷn â hynny, ond dyna'r ffordd mae Pym yn disgwyl i'r Brenin ei gyrru, ac mae pob porthladd yn cael ei wylio'n ofalus.'

'Gyda'ch caniatâd, foneddigion,' meddai Prins, 'fe ddof yn ôl at y pwynt yna'n nes ymlaen. Oherwydd diffygion y rhwydwaith yma, a'r broblem mae hynny'n ei beri i ni, mae Siôn wedi gwirfoddoli ffordd arall. Os caiff fynd i Iwerddon, meddai, gall drefnu i un o longau'r Ymerawdwr hwylio i'n glannau a chludo'r Frenhines yn ddiogel i Ewrop.'

'Pa mor debygol fyddai hynny?' holodd Thomas Williams y Faenol. 'Pam byddai'r Ymerawdwr yn trafferthu efo'n brenhiniaeth fach bitw ni?'

'Mae ganddo gydymdeimlad mawr â sefyllfa'r Brenin,' atebodd Siôn yn dawel, gan siarad am y tro cyntaf. 'Dim ond i mi yrru'r neges o Iwerddon, bydd llong yn cael ei neilltuo ar gyfer y Frenhines, ac yn sefyll ar ddyletswydd nes daw'r alwad fod y Frenhines yn barod.'

Bu distawrwydd am ysbaid tra oedd pawb yn cnoi cil ar eiriau Siôn. Yna cododd sgweiar Coed Alun ei ben.

'Ond sut mae'r Frenhines yn mynd i gyrraedd Cymru'n ddiogel?'

'Dyna pryd y daw John i'r adwy,' meddai Prins, gan droi ei ben i wenu arno.

'Fi?' holodd yn anghrediniol. 'Beth alla i wneud?'

'Ti yw'r dewis perffaith,' atebodd Prins, gan ddal i wenu. 'Fyddai neb yn amau dyn â'i fraich wedi ei rhwymo, dyn sy'n teithio'n ôl a 'mlaen i Gaer i fanteisio ar driniaeth gan un o feddygon esgyrn amlyca'r wlad. Efallai y bydd raid iti deithio i Lundain er mwyn cael rhyddhad o'th boen. Ac wrth gwrs, mae angen i fonheddwr aros mewn tai uchelwyr eraill ar y ffordd. Gall holi a stilio dynion y gwyddom amdanynt fel rhai cefnogol i'n hachos, a chael adduned ganddynt o loches i berson arbennig pan ddaw'r alwad – heb yngan gair am y Frenhines, wrth gwrs. Wyt ti'n meddwl y gelli di wneud hynny i'th Frenin, John?'

Teimlodd John ei galon yn chwyddo. Achub bywyd y Frenhines! Ef, John Bodwrda! Roedd y peth y tu hwnt i ddychymyg unrhyw storïwr! Wrth gwrs y gallai wneud hynny, a'i wneud gydag urddas a balchder. Cytunodd ar unwaith.

'Da iawn,' atebodd Prins. 'Bydd raid i ti adael Glynllifon bore fory, beth bynnag fo'r tywydd, a Siôn, mae llong yn dy ddisgwyl di ym Miwmaris. Allwch chi baratoi papurau ar ei gyfer erbyn y bore, syr?' Anelwyd y cwestiwn yma at Griffith Williams, yn rhinwedd ei swydd fel Dirprwy Is-Lyngesydd Gogledd Cymru. Roedd ganddo'r awdurdod i baratoi trwyddedau i deithwyr swyddogol. Nodiodd y gwrda ei ben. 'Da iawn,' meddai Prins eto. 'Mi fydd capten y llong yn dy ddisgwyl, Siôn, ac yn aros amdanat yn Iwerddon i ddychwelyd i Gymru.'

'Beth am . . . ?' dechreuodd Siôn holi'n ddistaw, ond roedd edrychiad sydyn i gyfeiriad John a Griffith

Williams yn ddigon i'w dewi. Deallodd John ar unwaith beth oedd ar feddwl Siôn. Saethodd cyllyll o genfigen drwyddo wrth sylweddoli fod y diawl wedi meddwl o'i flaen ef am ddiogelwch ei ddyweddi.

'Beth am Catrin?' meddai John mewn llais a ddaeth allan yn uwch nag a fwriadodd. Cliriodd ei wddw i guddio'i anesmwythder. 'Sut y gall hi deithio'n ôl i Fodwrda'n ddiogel, hebddo' i i'w hebrwng?'

'Mi ofalwn ni am hynny, gwnawn, Griffith Williams?' meddai Prins, ac roedd yn rhaid i John a Siôn fodloni ar hynny.

28

*Na chredwch chi gyfaill, nac ymddiriedwch i
dywysog: cadw ddrws dy enau rhag yr hon a
orwedd yn dy fynwes. Canys mab a amharcha ei
dad, y ferch a gyfyd yn erbyn ei mam, a'r waudd yn
erbyn ei chwegr: a gelynion gŵr yw dynion ei dŷ.*

Michah, VI, 5–6

Die Jovis, 27° Januarii 1641
*The Queen, having received a Message from both
Houses of Parliament, by the Earl of Newport and
the Lord Seymour, intimating unto her, that she had
been told, that the House of Commons had an
Intention to accuse her of High Treason, and that
Articles to that Purpose had been shewn unto
her . . .*

Dyddlyfr Tŷ'r Cyffredin

Rhoddodd y teithio diddiwedd 'nôl a 'mlaen yn y goets
dywyll, anghysurus, a'i fraich yn parhau'n boenus, lawer
gormod o amser i John hel meddyliau. Cyflawnodd ei
gomisiwn yn llwyddiannus ar y cyfan, a daeth i adnabod
llawer o ddynion dylanwadol a fyddai o fudd iddo yn y
dyfodol. Derbyniodd addunedau o gymorth pan ddeuai'r
amser, ynghyd â llwon o gyfrinachedd, ar hyd y ffordd o
Gaernarfon hyd at Gaer a thu hwnt, er bod rhai tai
ymhellach oddi wrth ei gilydd nag a fyddai'n ddelfrydol i
berson mor uchel ei stad â'r Frenhines.

Serch ei lwyddiant, wrth gael ei sgytian bob dydd yn y

goets, mynnai ei feddwl ymdroelli o amgylch materion personol, a daeth i ddau benderfyniad, y cyntaf yn ymwneud â'r stad, ei dad ac Enoch Evans. Roedd newydd orffen cyfweliad llwyddiannus gydag un gŵr bonheddig pan ddigwyddodd hwnnw daro ei fraich yn erbyn ei botyn inc, a'r inc yn tasgu o'r potyn a disgyn yn gawod o ddiferion tywyll i lygru purdeb ei bapur gwyn. Roedd fel petai pìn wedi ei wthio i ymennydd John yr eiliad honno. Cofiodd fel y bu'n chwarae cuddio gyda'i forwyn fagu un diwrnod glawog, ac yntau wedi cuddio'i hun dan fwrdd mawr ei dad yn y llyfrgell. Rhyw dair neu bedair blwydd oed oedd o ar y pryd; ni allai gofio'n iawn. Cofiodd mor llawn o gynnwrf ydoedd, gan ddisgwyl gweld y drws yn agor a'i forwyn yn dod i chwilio amdano. Pan glywodd glicied y drws yn codi, a theimlo drafft ar ei foch, neidiodd allan gan weiddi 'Bŵ!' nerth ei ben, ond fe drawodd y pen hwnnw yn erbyn y bwrdd gyda'r fath egni nes bod potyn inc ei dad wedi llamu i'r awyr a dymchwel ei gynnwys ar draws y papurau oedd yno. A'i drallod mwyaf oedd nad ei forwyn oedd yn sefyll yn y drws, ond ei dad. Cafodd gurfa ysgytwol y diwrnod hwnnw, a chael ei gloi yn ei ystafell am ddeuddydd. Collodd y forwyn ei swydd ac anfonwyd hi adref heb eirda.

Nid digwyddiad anghyffredin oedd hwnnw yn ystod ei blentyndod. Deuai curfa i'w ran mor aml nes ei bod yn rhyfeddod iddo gofio'r diwrnod o gwbl. Ond roedd rhywbeth arall y dylai e gofio hefyd, er na allai ar y pryd. Nid nes iddo fod yn teithio o berfeddion Lloegr i gyfeiriad cartref y daeth goleuni. Roedd rhywbeth arall wedi tasgu o'r potyn yr un pryd â'r inc: rhywbeth gloyw yn fflachio wrth iddo ddisgyn ar y bwrdd a tharo'r wyneb â chlec fetalig. Goriad. Dyna beth welodd yn disgyn o'r potyn: goriad bychan a fyddai'n ffitio clo cist y gweithredoedd yn berffaith. Peth dibwys oedd goriad i blentyn bychan tair blwydd oed o'i gymharu â'r llanastr a greodd, bytheirio a chynddaredd ei dad, y gurfa a cholli wyneb hawddgar, llawn chwerthin ei forwyn fagu.

Roedd y sicrwydd ei fod o'r diwedd ar drywydd cyfrinachau ei dad wedi rhoi egni newydd ynddo, ac ysai am gael cyrraedd Bodwrda i'w sicrhau ei hun fod ei dad yn dal i ddefnyddio'r potyn inc fel cuddfan. Cymaint oedd ei gynnwrf wrth gyrraedd dinas Caer nes ei fod bron wedi anghofio'i ail benderfyniad. Ond wrth weld muriau cadarn y castell, atgoffwyd ef fod ganddo neges i'r Cwnstabl yno, gyda chais i'r Cwnstabl anfon y neges ymlaen i Lwydlo a'i rhoi yn nwylo John Bodville yn rhinwedd ei swydd fel Dirprwy Arglwydd Raglaw Sir Gaernarfon. Byrdwn y neges fyddai gwybodaeth am ysbïwr Pabyddol oedd yn crwydro rhwng Cymru ac Iwerddon, ac y byddai modd i'r awdurdodau ddal yr ysbïwr hwn yng nghyffiniau Aberdaron. Anfonai'r neges yn ddienw, wrth gwrs. Gwenodd John yn dawel wrth feddwl am y peth. Pa ffordd well o gael gwared o Siôn Rhisiart, heb i neb ei amau ef?

Camodd Siôn yn ofalus rhwng tanau'r gwersyll. Roedd y Gwyddelod mor barod i dynnu cleddyfau fel nad oedd wiw iddo sathru braich na baglu dros droed wrth ymbalfalu yn y tywyllwch. Cyrhaeddodd wersyll yr O'Neil yn gynharach y prynhawn hwnnw, a chafodd amser caled iawn yn delio â hawliadau Owen O'Neil am gymorth milwyr Sbaen neu Ffrainc neu'r Ymerawdwr i'w gefnogi yn erbyn y Saeson. Fe fu raid iddo alw ar bob gronyn o'i sgiliau diplomyddol i allu tramwyo drwy'r gofynion taer heb godi gwrychyn a heb fod yn negyddol mewn unrhyw ffordd, ond eto heb godi gobeithion gwag. Roedd yn rhaid iddo wedyn aros i wledda gyda'r arweinyddion, ac ymddangos fel petai'n yfed gwin ar yr un raddfa â hwythau er ei fod mewn gwirionedd yn ceisio cadw pen sobor. Prin oedd ei amser – rhoes capten y llong bythefnos iddo gyflawni ei waith – ac roedd yn rhaid iddo wneud yn fawr o'i gyfle.

Rhyddhawyd ef o'r diwedd o'i ddyletswyddau at ei westeiwyr, a chafodd ganiatâd i ymweld â'r hen offeiriad, cyffesydd yr O'Neil. Yr offeiriad oedd ei gyswllt â'i gyflogwyr ym Mhrâg. Cafodd hyd iddo yng nghysgod adfeilion hen eglwys Geltaidd lle roedd tamaid o gynfas wedi ei daflu dros ben y muriau i greu cysgod. Roedd yr hen ŵr ar ei liniau, yn gweddïo gyda llinyn paderau rhwng ei fysedd, yn teimlo'i ffordd drwy'r gleiniau, ei wefusau'n gweithio er na ddeuai sain ohonynt. Arhosodd Siôn yn dawel y tu allan, gan adael i'r hen ŵr orffen. Roedd y gwersyll mewn lle anial, ar lan llyn enfawr yn Wlster. Codai tarth oer o'r dŵr gan wisgo canghennau noethion y coed mewn amdoau rhithiol. Lapiodd Siôn ei glogyn yn dynnach amdano. Treiddiai'r tarth drwy bob math o frethyn yn ddiwahân nes bod dilladau'n drwm o wlybaniaeth; sleifiai i lawr y corn gwddw gan fferru'r ysgyfaint: roedd marwolaeth o'r diciâu yn gyffredin yma.

Croesawyd ef yn gynnes gan yr offeiriad, er nad oedd cysur yn ei loches. Gosodwyd ychydig o briciau llaith ar y llawr, gydag arwyddion o ddüwch arnynt yma ac acw, ond doedd dim gobaith yn y byd iddynt losgi. Eglurodd yr offeiriad yn ymddiheurol ei fod wedi colli ei was yn yr ysgarmes ddiwethaf, ac nad oedd wedi penodi un arall yn ei le eto. Roedd wedi ceisio cynnau'r tân ei hunan, ond . . . Camodd Siôn i'r adwy. Aeth allan at y tân gwersyll agosaf, a chyda chymorth grwgnachlyd un o'r fintai, trosglwyddwyd golosg ar blât haearn at gysgodfan yr offeiriad, ynghyd â bwndeli o danwydd sych. Cyn pen dim, codai fflamau cysurlon o'r coediach gan daflu cysgodion rhyfeddol ar y muriau, ac eisteddodd Siôn a'r offeiriad o amgylch y tân i fwynhau ei wres.

Eglurodd Siôn ei sefyllfa'n onest wrth yr hen ŵr: bod angen anfon neges at yr Ymerawdwr ar ran brenin Lloegr i 'mofyn llong a fyddai'n cario'r Frenhines i ddiogelwch. Gwyddai fod enw da i'r offeiriad Pabyddol hwn. Roedd wedi bod yn gysylltiad rhwng Pabyddion ynysoedd Prydain a thywysogion yr Eglwys Babyddol yn ogystal â thywysogion bydol Ewrop ers blynyddoedd maith. Gellid dibynnu ar ei air a'i wasanaeth. Er ei fod mewn gwth o oedran bellach, ni chollasai ddim ar ei feddwl miniog. Fe fyddai'r neges hollbwysig yn ddiogel yn ei ddwylo, ac roedd sicrwydd y byddai'n cael ei throsglwyddo i'r clustiau priodol. Pan holodd yr offeiriad sut y byddent yn gwybod pryd y byddai angen y llong, atebodd Siôn y byddai'n trefnu coelcerth ar fynydd Enlli, ynys ar gyrion gorllewinol sir Gaernarfon, ac y byddai honno'n cael ei goleuo fel arwydd. Bwriadai Siôn fod ar yr ynys gyda chyfarwyddiadau pellach, gan nad oedd neb yn sicr pa le fyddai ddiogelaf i'r Frenhines fyrddio'r llong.

Nodiodd yr offeiriad ei ben. Bu'n ddistaw am ennyd, gan syllu i'r tân. 'Does yna ddim pentref o'r enw Aberdaron yn y cyffiniau yna?' holodd o'r diwedd.

Syfrdanwyd Siôn. 'Ydych chi'n adnabod y lle?' gofynnodd yn anghrediniol. 'Dyna lle cefais i fy magu!'

Trodd yr offeiriad ei ben i syllu ar Siôn, yr olwg ar ei wyneb yntau yr un mor anghrediniol. 'Taw, fachgen!' ebychodd yntau. 'Mi fûm i yno unwaith, amser maith yn ôl bellach. Cryn bymtheng mlynedd neu fwy rwy'n siŵr.' Ysgydwodd ei ben. 'Pwy fyddai'n meddwl, yntê? Does dim posib i ddyn ddirnad ffyrdd yr Arglwydd.'

'Ond beth oeddach chi'n ei wneud yn Aberdaron? Doedd hi ddim yn beryglus i chi?'

Symudodd yr offeiriad oddi wrth y tân gan fynd i ledorwedd ar balis tenau, rhacslyd o wellt oedd wedi ei osod yn erbyn wal yr adfail. Cliciodd un ben-glin yn uchel wrth iddo godi ei goesau, a dechreuodd ei phwyo a'i thylino i'w hystwytho. Am ba hyd fyddai dyn mor oedrannus yn gallu goddef y fath fywyd caled, meddyliodd Siôn. Pam nad âi i encilio i fynachdy lle y câi fymryn o ymgeledd a chysur? Beth a'i cadwai gyda'r dynion rheibus yma? Ond dyna fo, fel y dywedodd yr offeiriad ei hunan, ffyrdd yr Arglwydd sydd ddirgel i ni oll, a phwy oedd ef, Siôn, i gwestiynu dyn mor ysbrydol?

Wedi iddo ei wneud ei hun mor gyfforddus ag y gallai, dechreuodd yr offeiriad adrodd hanes ei ymweliad ag Aberdaron. Wrth iddo ddweud ei stori, daeth Siôn i gredu o waelod ei galon fod Rhagluniaeth y tu hwnt i ddeall dyn. Sut ar wyneb daear y gallai fod wedi rhag-weld cael disgrifiad, yma ym mherfeddion Iwerddon, mewn hen adfail digysur, llwm, o'r union ddigwyddiad a fu'n ei aflonyddu am un mlynedd ar bymtheg? Darganfod yma, ymhlith gwrthryfelwyr rhyfygus, lygad-dyst i oriau olaf Ficer Griffith Piers!

Yn ôl yr offeiriad, bu'n cenhadu yng Nghymru a Lloegr yn y flwyddyn neu ddwy cyn marwolaeth yr hen frenin. Bywyd peryglus, fe gydnabu, ond roedd yn ieuengach bryd hynny ac yn llawn tân dros ei ffydd. Ond fe aeth pethau mor dynn arno, yr awdurdodau ar ei sodlau a dienyddiad dychrynllyd yn ei wynebu pe bai'n cael ei ddal, fel y penderfynodd mai ffoi oedd gallaf iddo. Nid oedd defnydd merthyr ynddo, meddai. Ymladdwr ydoedd, yn gweld mwy o synnwyr mewn dianc er mwyn gallu ailgydied yn y frwydr, yn hytrach nag aberthu ei hunan fel oen diniwed.

Dihangodd o Lundain gyda chymorth ei gyd-Babyddion, a'i basio ymlaen o un tŷ diogel i'r nesaf mewn rhwydwaith, tybiai, a ddefnyddid yn aml. Yn ystod y rhan olaf o'i siwrnai i'r gorllewin, gwisgwyd ef fel gofaint crwydrol a theithiodd gyda mintai ohonynt i Aberdaron, fel petai'n mynd i bedoli'r gwartheg ar gyfer y gyrru mawr i farchnadoedd Llundain cyn y Nadolig. Gadawyd ef mewn hen adfail, nid annhebyg i'r un roedd ynddo rŵan, meddai, ac ni allai Siôn rwystro'r wên a ddeuai i'w wyneb wrth glywed yr hen ŵr yn disgrifio ffynnon Durdan. Safle oedd ag ymdeimlad sanctaidd iawn iddo, meddai'r offeiriad, ond ei fod wedi ei ddifwyno gan anghredinwyr.

Bu raid iddo ddisgwyl yno am rai dyddiau oherwydd tywydd garw, ond pan ddaeth cyfle iddo gael hwylio i ffwrdd, cododd un anhawster. Roedd yn ddiwrnod Calangaeaf, a'r pentrefwyr yn arfer dathlu'r noson o fewn tafliad carreg i'w guddfan. Roedd ei hebryngwyr yn ddynion dyfeisgar iawn, fodd bynnag, ac wedi i'r goelcerth ar ochr y bryn ddechrau marweiddio, fe'i symudwyd i lan y môr ar fath o elor a glymwyd rhwng dau asyn. Chwarddodd yr hen offeiriad yn dawel, ac ysgwyd ei ben.

'Wna i byth anghofio'r siwrnai honno!' meddai. 'Er mwyn cadw'r pentrefwyr draw, a dychryn unrhyw un oedd yn ddigon beiddgar i agosáu atom, roedd fy hebryngwyr wedi trwytho blew yr asynnod â wyau drwg nes eu bod yn drewi'n waeth nag Uffern ei hunan. Roedd yn troi fy stumog, coeliwch fi, ac fe fûm yn drewi am ddyddiau ar ôl hynny. Doedd dim modd cael gwared ar y drewdod. Roedd yn rhaid i mi losgi fy nillad yn y diwedd.'

'Sut oeddan nhw wedi rhoi llygaid coch i'r asynnod, a thân yn dod allan o'u genau?' holodd Siôn yn eiddgar. Edrychodd yr offeiriad arno'n rhyfedd.

'Sut gwyddost ti am hynny?' holodd.

'Roeddwn i'n blentyn bach yn Aberdaron ar y pryd. Roedd y drychiolaethau'n destun sgwrs am fisoedd.'

Ysgydwodd yr offeiriad ei ben eto mewn rhyfeddod, ond ceisiodd ateb y cwestiwn, serch hynny. 'Rhoddwyd ffrwynau dall am bennau'r anifeiliad, a llygaid coch wedi eu paentio ar y lledr. Fe wnaeth fy hebryngwr bâst o ryw fath, efo mwynau – ffosfforws, rwy'n credu – a'i baentio dros y llygaid coch fel eu bod yn ymddangos yn loyw. Dydw i ddim yn cofio'n iawn sut gwnaethpwyd y tân; ffosfforws eto, mae'n debyg, ar ddefnydd coch. Ta waeth, fe aethpwyd â fi'n ddiogel i ogof i ddisgwyl am y cwch rhwyfo fyddai'n fy ngharïo i'r llong.'

Yn ôl y disgrifiadau, adwaenai Siôn y lle fel Ogof Morlo, y tu hwnt i drwyn Ebolion ac ymhell o olwg y pentref. Ond wedi disgrifio'r ogof, trodd wyneb yr hen offeiriad yn llym.

'Roedd rhyw greadur afrad, trythyll yno,' meddai, 'ei ddwylo a'i fferau wedi eu rhwymo. Anghrist, ar ei ffordd i danau Uffern. Fe adroddodd un o'm hebryngwyr holl droseddau'r anfoesolwr.' Ysgydwodd yr offeiriad ei ben eto, y tro yma'n feirniadol. 'Sut gallai dyn oedd yn honni bod yn was Duw gyflawni'r gweithredoedd erchyll yna? Sut fath o eglwys yw'r un Brotestannaidd i osod dyn fel yna'n arweinydd ysbrydol i'w phobl? Fe roes y noson honno fwy o ysgogiad fyth i mi barhau gyda'm cenhadaeth.' Ochneidiodd yr offeiriad yn drwm.

Bron nad oedd ofn ar Siôn ofyn ei gwestiwn nesaf. 'Offeiriad oedd o, medde chi?'

'Dyna ddywedon nhw,' atebodd. 'Allwn i ddim dweud yn iawn – roedd wedi ei wisgo mewn crysbais a chlos pen-glin, a mwgwd dros ei ben, ac yn waed i gyd.'

'Gwaed? Oedd o'n gwaedu?' Yna, o gofio mai cael ei dagu wnaeth y ficer, yn ôl Ifan, ychwanegodd, 'Oedd o'n fyw?'

'Wrth gwrs ei fod o'n fyw, er wn i ddim am ba hyd. Roedd yr Anghrist wedi ei ddedfrydu i farwolaeth, yn ôl fy hebryngwyr, a byddai'r weithred yn cael ei chyflawni gyda'r wawr.' Bu bron i Siôn dorri ar ei draws fan hyn i holi sut y gallai fod wedi credu mai dienyddiad oedd i ddigwydd, heb filwyr nag ustusiaid heddwch, ond brathodd ei dafod. Wedi'r cyfan, gallai marwolaeth dreisiol fod yn llofruddiaeth neu'n ddienyddiad, neu hyd yn oed yn ferthyriaeth, yn ôl safbwynt yr unigolyn. Daliai'r hen offeiriad i siarad. 'Mi geisiais i achub ei enaid o, ond roedd Satan â'i grafangau'n rhy ddwfn yn y truan i ollwng ei afael.'

'Beth 'da chi'n feddwl?'

'Mi ddechreuais i adrodd melltith Duw ar bechaduriaid, a bwrw allan yr ysbrydion drwg oedd yn ei lethu, ond yn ofer. Mor golledig oedd y dyn fel iddo fytheirio a sgrechian fel anifail y maes a galw ar enwau ei ddiafoliaid i ddod i'w achub. Rydw i wedi gweld dynion wedi gwallgofi ar ôl eu poenydio, ond welais i'r un enaid byw cynddrwg â'r truan hwnnw.'

'Poenydio? Oedd o wedi ei boenydio?'

'Oedd. Roedd o'n waed i gyd, a mân doriadau dros ei gorff, yn enwedig ei gefn.' Taflodd yr offeiriad ei feddwl yn ôl am funud. 'Roedd patrwm pendant ar y cefn,' cofiodd, 'fel petai rhywun wedi torri blaenlythrennau yn y cnawd, ond allwn i mo'u dehongli. Roedd yna ormod o waed, ac fe ddaeth fy hebryngwr i ddweud fod popeth yn barod. Roedd yn rhaid i mi adael y truan yn ei bechod, heb obaith o iachawdwriaeth ar yr ochr draw.'

Sylweddolodd Siôn yn sydyn ei fod wedi dal ei wynt ers amser, a'i fod ar fin mygu. Rhyddhaodd ei anadl yn araf, cyn mentro gofyn y cwestiwn tyngedfennol.

'Allwch chi gofio beth oedd enw'ch hebryngwr?'

Ysgydwodd yr offeiriad ei ben yn araf. 'Mi ddylet ti, o bawb, wybod yn well na disgwyl clywed enwau yn y sefyllfaoedd yna. Does neb byth yn rhoi ei enw. Fel yna, os delir un, ni all fradychu'r gweddill.'

Roedd yn rhaid i Siôn gydnabod gwirionedd hyn. Ond gwnaeth un ymdrech arall i ddod i adnabod yr hebryngwr.

'Allwch chi ddisgrifio'r dyn?'

Ysgydwodd yr hen offeiriad ei ben yn araf. 'Mae cymaint o flynyddoedd ers hynny,' meddai'n dawel, 'ac mi roeddwn i'n cael fy mhasio 'mlaen o un wyneb i'r llall nes o'r diwedd allwn i fyth adnabod un person allan o'r môr o wynebau sy'n gwibio trwy 'nghof.'

Roedd bron yn Ŵyl Mair y Canhwyllau erbyn i Catrin gyrraedd yn ôl i Fodwrda. Hebryngwyd hi yn gyntaf gan stiward parchus y Glyniaid at eu perthnasau ym Moduan, ac wedi ysbaid bleserus gyda'r teulu hwnnw, ymlaen wedyn i Nanhoron, ac ymhen tridiau arall cychwynnodd am Fodwrda. Er ei holl fwynhad yn y mis y bu i ffwrdd, fe'i synnodd ei hun wrth deimlo'r fath bleser o weld ei modrybedd Jane a Dorothy unwaith eto. Roedd yr olaf yn arbennig o falch o'i gweld hithau, ac yn mynnu ei harwain i'r ardd cyn iddi gael ei gwynt ati. Roedd yn rhaid i Catrin ei dilyn, a threuliodd hanner awr yn cymeradwyo'r holl waith roedd Dorothy wedi ei gyfarwyddo. Roedd y garddwr a'i was yno ar y pryd, yn gosod llwybr newydd o raean mân oedd yn arwain y llygad yn ddengar heibio a'r tu hwnt i lwyn o goed llawryf. Er mai pridd noeth a welai yn hirlwm y gaeaf fel hyn, gallai ddychmygu'r lle yn anterth yr haf, yn fyw o liwiau blodau a thrydar adar, pryfetach o bob math a gloÿnnod byw o bob rhywogaeth. Byddai'n rhywbeth i edrych ymlaen ato, i gynnal ei hysbryd yn yr amseroedd anodd oedd ar ddod.

Roedd hynny'n boen arni, yr wybodaeth fod

newidiadau mor fawr ar droed nad oedd eto'n ddigon dewr i'w hwynebu na'u cwestiynu. Wfftiai at siarad y dynion am wleidyddiaeth a'r frenhiniaeth: ni olygent ddim iddi hi. Ond gwyddai bellach na allai fyth briodi John. Roedd gweld Siôn yng nghwmni ei rhieni wedi ei darbwyllo o hynny. Cofiai fel roedd ei thad yn mwynhau cwmni Siôn, ac yn ei ganmol yn ei gefn am fod yn ŵr ifanc hynod o ddeallus a chall. Roedd ei mam, hefyd, wedi dotio arno, ac yn gweld ei wisg a'i foesau'n ddi-fai. Onid oedd yr arwyddion yn dda, felly, iddynt edrych yn ffafriol ar ei chais iddi hi a Siôn gael priodi? Efallai y dylai fod wedi gofyn am gael mynd adref gyda'i rhieni o Lynllifon, ond roedd wynebu'r holl helbul a achosai'r cais, heb gwmni a chefnogaeth Siôn, y tu hwnt iddi. Gadawodd John blasty Glynllifon cyn iddi godi'r bore hwnnw ar ôl ymweliad ei brawd. Siôn hefyd, o ran hynny, ond ei fod ef wedi ysgrifennu nodyn ati'n egluro fod yn rhaid iddo fynd ar neges frys i Iwerddon, ac y deuai'n ôl ati cyn gynted â phosib. Ond heblaw am hynny, teimlai rhyw deyrngarwch rhyfedd tuag at Jane a Dorothy fel na allai gysidro eu siomi a'u brifo heb allu rhoi rhyw fath o eglurhad iddynt, a ffarwelio wyneb yn wyneb â hwy. Yn anad dim, fodd bynnag, gwyddai y byddai Siôn yn disgwyl iddi fod yma ym Modwrda, ac i Fodwrda y deuai ati.

Wedi noswylio'n gynnar, gan ddefnyddio blinder y siwrnai i osgoi pob sgwrs, cododd fore trannoeth yn benderfynol o alw ar ei ffrindiau yn y pentref. Gofynnodd nodyn Siôn iddi alw heibio i fwthyn ei fam, ac egluro iddi ble'r oedd. Roedd hefyd yn awyddus i wybod hynt a helynt Anne: byddai'r babi'n siŵr o fod ar gyrraedd bellach. Sieffre agorodd ddrws y ficerdy iddi, ond ni chafodd groesi'r trothwy oherwydd mynnodd y ficer i'w wraig gael perffaith lonydd yn nyddiau olaf ei beichiogrwydd. Addawodd alw ar Meistres Jane a hithau pan ddeuai'n amser y geni.

Ymadawodd Catrin â'r ficerdy gan deimlo ei bod wedi ei sarhau. Roedd yn anodd ganddi gredu na fyddai ymweliad yn torri ar yr undonedd o orwedd yn y gwely o fore gwyn tan nos, yn syllu ar ddim ond pedair wal. Yn ei chynddaredd, sylwodd ei bod wedi cerdded heibio'r tro am fwthyn Meinir. Doedd dim amdani bellach ond cario 'mlaen ar hyd y llwybr yma a throi wrth yr efail. Er syndod iddi, roedd yr efail ar gau, y tân yn oer, a dim hanes o'r prentisiaid yn unman, na Twm o ran hynny. Wrth brysuro am y bwthyn, gobeithiai nad oedd unrhyw anhap wedi digwydd.

Daeth o hyd i Meinir yn corddi menyn yn y llaethdy bach. Tybiai fod y wraig wedi heneiddio cryn dipyn ers iddi ei gweld ddiwethaf. Roedd croen ei gruddiau'n llwydaidd a chrebachlyd, a'i symudiadau'n ddi-ffrwt. Cododd ei phen o weld Catrin yn sefyll wrth y drws, a rhoddodd groeso cynnes iddi. Hebryngwyd hi i eistedd ar y setl o flaen y tân a daeth Ryff yn llawen i'w chroesawu, gan neidio ar y setl a'i osod ei hun wrth ei hochr. Roedd Meinir am ei yrru i lawr, ond plediodd Catrin am i'r ci gael aros. Roedd yn mwynhau mwytho'r blewiach byr, sidanaidd; roedd yn gysylltiad cyffyrddadwy â Siôn.

Wedi derbyn dysglaid o laeth enwyn, holodd am Twm, gan egluro ei bod wedi gweld yr efail ar gau. Eisteddodd Meinir ar y stôl fach drithroed cyn ateb. Pletiodd ei barclod rhwng ei bysedd.

'Mae o wedi cymryd i'w wely byth ers y tân,' eglurodd ei wraig yn dawel.

'Tân?' holodd Catrin mewn penbleth. Yna cofiodd yn sydyn am Siôn yn dweud wrthi fod tŷ'r ffynnon wedi llosgi. 'Ond roedd Ifan yn ddiogel, siawns? Fe symudodd Siôn ef cyn y tân,' meddai wedyn.

Cododd Meinir ei phen yn syn. 'Ifan? Siôn? Ble mae Siôn? Dyna reswm arall pam mae Twm mor isel ei ysbryd.'

Ymddiheurodd Catrin am ei diffygion fel negesydd ac aeth ymlaen i adrodd hanes ei hymweliad â Glynllifon, a dyfodiad Siôn, a'i neges i'w fam. Ceisiodd ddisgrifio'r cyfan mewn ffordd hwyliog, ysgafn, er mwyn lliniaru rhyw ychydig ar yr olwg ofidus ar wyneb Meinir. Llwyddodd, o leiaf, i'w chael i wenu wrth glywed am Siôn yn dawnsio a chanu ymhlith byddigion pwysica'r sir. Ond drwy'r cyfan nid anghofiodd am yr angen i holi Meinir eto ynghylch Twm a'r tân.

'Fe ddywedodd Siôn wrthyf am y tân yn ffynnon Durdan,' meddai'n dawel wedi gorffen adrodd yr hanes. 'At hwnnw oeddech chi'n cyfeirio?'

'Na,' atebodd Meinir, 'er i Twm ddechrau clafychu ar ôl y digwyddiad yna. Na, y tân ym mwthyn Mari Grepach oedd gen i mewn golwg.'

'Mari Grepach? Ydi fanno wedi llosgi?' Arswydwyd Catrin drwyddi. 'Ydi Mari'n iawn?' Ysgydwodd Meinir ei phen yn drist.

'Llosgwyd y lle i'r llawr, ac fe ddaethon nhw o hyd i gorff yr hen Fari yn ei ganol.'

'Ond beth ddigwyddodd?'

Cododd Meinir ei hysgwyddau. 'Duw'n unig ŵyr yn iawn. Gall tân gychwyn mor hawdd, a rhedeg allan o reolaeth o fewn eiliadau efo palis pren a tho grug. Roedd yr hen Fari'n hoff o'r ddiod, ac yn mynd dros ben llestri weithiau. Pwy a ŵyr?' Ysgydwodd ei phen yn drist eto.

'A beth am Ifan? Oedd o'n iawn?'

'Ifan? Beth oedd a wnelo Ifan â'r tân?'

'Ond roedd o yno, on'd oedd? Fe ddwedodd Siôn ei fod wedi mynd ag Ifan i aros at Mari Grepach cyn i'r tân gychwyn yn ffynnon Durdan.'

425

Syllodd Meinir arni'n fud am funudau hir. 'Mi roedd yna gorff arall yn y lle,' meddai'n araf o'r diwedd, 'ond wyddai neb pwy oedd o. Trempyn, efallai, wedi ceisio cymryd mantais o'r hen Fari, a'r lle wedi mynd ar dân yn y sgarmas. Doedd neb yn gwybod hanes yr hen Ifan ar ôl i Siôn ddod o hyd iddo wrth y ffynnon. Tybiai pawb mai wedi crwydro yn ei ailfabandod oedd o, i'r plwy nesa, o bosib. Ella eich bod chi'n iawn,' meddai wedyn ar ôl cysidro'r mater, 'ella mai'r hen Ifan oedd o.'

Gafaelodd Catrin yn dyner yn llaw Meinir. 'Oedd Twm yn agos at yr hen Fari,' gofynnodd, 'iddo gymryd ato fel hyn?'

'Nag oedd,' atebodd Meinir yn amheus, 'nag oedd siŵr. Dim mwy na neb arall yn y pentra. Ond am ryw reswm, mae'n ei feio'i hun am y digwyddiad, a does dim alla i ddweud i'w gysuro.' Nodiodd ei phen tuag at ddrws caeëdig y gwely winscot. 'Mae o'n gorwedd yn fanna, yn gwrthod ei fwyd, yn gwrthod siarad, yn gneud dim ond syllu ar y wal. Wn i ddim be ddaw ohonan ni, na wn wir!'

Dechreuodd wylo'n dawel, a threuliodd Catrin weddill ei hymweliad yn ceisio cysuro'r wraig. Tawelodd o'r diwedd, a phenderfynodd Catrin y byddai'n gyfle da iddi ffarwelio â hi.

'Pryd ddaw Siôn yn ôl?' gofynnodd Meinir wrth ei hebrwng at y giât. Roedd gwynt cryf wedi codi, ac roedd yn rhaid i Catrin weiddi ei hateb.

'Fydd o ddim yn hir, fwy na thebyg. Mae yn agos i dair wythnos, bellach, ers y cychwynnodd o. Siawns na fydd o'n ei ôl unrhyw ddiwrnod rŵan.'

Wrth iddi gerdded y llwybr am Fodwrda, dechreuodd diferion enfawr o law fwrw i lawr ar ei phen, a'r gwynt yn ffyrnigo nes bod canghennau'r coed yn gwichian a phlygu.

Wedi gorffen swper a chlirio, enciliodd y merched i'r parlwr bach. Roedd y storm yn ei hanterth y tu allan i'r ffenestri, ond llosgai tân cysurus ar yr aelwyd a chaeodd Lleucu gaeadau'r ffenestr rhag y gwynt a'r glaw. Disgwyliai pawb yn awyddus i glywed hanes pob eiliad o'r amser a dreuliodd Catrin yng Nglynllifon, a chael hanes y tai mawr eraill hefyd, Boduan a Nanhoron, ac roedd Catrin yr un mor awyddus i ddweud wrthynt. Nid oedd wedi gweld arwydd o Ewythr John ers iddi gyrraedd yn ôl, ond nid oedd hynny'n peri gofid iddi. Yn ôl Modryb Jane, a oedd yn dal mor deyrngar ag erioed i'w brawd, nid oedd wedi bod yn dda yr wythnosau diwethaf yma, fel pe bai absenoldeb John yn achosi loes iddo.

Wrth ddweud yr hanes, chwaraeodd Catrin rai o'r caneuon mwyaf poblogaidd iddynt ar y firdsinal, a cheisiodd hyd yn oed ddysgu'r dôn gron Tsiecaidd a gyflwynodd Siôn iddynt. Ond roedd Malan â'i bryd ar glywed am y gwisgoedd, a gorfu i Catrin roi disgrifiadau manwl o wisg sawl uchelwraig.

'Doedd 'run ohonyn nhw'n gallu dal cannwll i mistras ni,' meddai Lleucu'n deyrngar. 'Mi roedd hi'n brydferthach na'r cwbwl ohonyn nhw.'

'Oeddan nhw'n hoffi dy wisg newydd di, Catrin?' holodd Dorothy'n awyddus. 'Welais i mohonat ti yn gwisgo honno – y wisg lliw lelog.'

'Dos i'w nôl hi, Lleucu,' meddai Catrin ar fympwy, a chyn pen pum munud roedd Lleucu'n ei hôl, y wisg yn ei breichiau.

'Wyt ti am ei rhoi amdanat i ni gael gweld?' gofynnodd Modryb Jane, a bu bron i Catrin gydsynio. Ond daeth chwilen fach arall i'w phen. Roedd hi mor braf gweld Modryb Dorothy'n gwenu'n hapus, yn mwynhau bod yn rhan o'r cwmni. Roedd y ddwy ohonynt o gwmpas yr un maint a thaldra. Pam na allai roi mwy o bleser fyth i

Dorothy drwy ei chael hi i wisgo'r dilledyn? Nid oedd erioed wedi gweld Dorothy mewn dim ond gwisgoedd dinod, di-liw, di-siâp, diffasiwn.

Pan awgrymodd hyn, tynnodd Dorothy'n ôl yn swil, ond cydiodd y syniad ym meddyliau'r lleill, a chyda'u hanogaeth hwy i gyd, yn raddol fe berswadiwyd Dorothy i roi'r sidan moethus amdani. Er nad oedd y lliw'n gweddu'n llawn i'w phrydwedd, gwirionodd pawb o'i gweld mor grand. Ymysg chwerthin a churo dwylo cefnogol, cerddodd Dorothy i fyny ac i lawr yr ystafell, yn swil i ddechrau, ond yn magu hyder yn gyflym nes iddi ddechrau troi mewn hanner cylchoedd, y defnydd sidan yn sisial yn ddanteithiol. Gan ymdaflu i ysbryd yr hwyl, dechreuodd Catrin chwarae dawns ar yr offeryn, a gafaelodd Lleucu yn llaw Dorothy a'i harwain mewn dawns. O fewn munudau roedd Malan a Jane wedi ymuno â nhw, yr ystafell fach yn gwegian dan gwymp eu traed i rythmau cadarn y gerddoriaeth. Cyflymodd Catrin ei chwarae, ac ymatebodd y dawnswyr nes eu bod yn chwyrlïo o amgylch yr ystafell, eu pennau'n gwyro'n ôl wrth iddynt chwerthin yn braf.

Dyna'r olygfa a wynebai'r Sgweiar pan agorodd y drws led y pen. Catrin oedd yr olaf i sylwi ar ei ddyfodiad. 'Ewch ymlaen!' gwaeddodd yn llon, pan synhwyrodd fod y merched yn llonydd, gan chwarae cyn wylltied ag erioed, ond nid oedd ymateb. Trodd ei phen oddi wrth yr offeryn, a llonyddodd ei bysedd pan welodd ei hewythr yn sefyll yno'n fud, ei wyneb a'i dagell cyn goched â thwrci cynddeiriog. Roedd ei lygaid wedi eu hoelio ar Dorothy, heb droi o gwbl i edrych ar y gweddill ohonynt. Safai hithau fel delw yng ngogoniant y sidan lelog, wedi ei pharlysu fel cwningen o flaen gwenci.

'Yr hwran!' meddai'r Sgweiar o'r diwedd, ei lais yn dew o gynddaredd. 'Y butain, y Jezebel, yr hoedan!

Wedi'r holl flynyddoedd o ddisgyblaeth, mae dy wir anian di'n codi i'r amlwg unwaith eto!'

Beth ar wyneb daear oedd wedi dod dros ei hewythr? Beth oedd Dorothy druan wedi'i wneud i haeddu'r fath lif o enllibion? Mor syfrdan oedd hi, a'r merched eraill, fel na allai'r un ohonynt wneud na dweud dim i amddiffyn y greadures.

'Sut feiddiet ti ddangos dy hunan wedi gwisgo fel actores buteinllyd?' aeth ei hewythr ymlaen. 'Fflawntio dy gorff fel Efa'n denu Adam i bechod gwaradwyddus! Mi ddylwn i fod wedi hollti dy drwyn, yr hwran felltith! Rydw i wedi pregethu digon am yr hyn ddywed y Beibl, *" . . . bod i'r gwragedd eu trefnu eu hunain mewn dillad gweddus, gyd â gwylder a sobrwydd; nid â gwallt plethedig, neu aur, neu emmau, neu ddillad gwerthfawr!"'*

'Ewythr John!' protestiodd Catrin, ond doedd ganddo na chlust na llygad i neb ond Dorothy. Rhedodd ei lid tuag ati fel ffrwd aflan, atgas, yn gwenwyno'r awyr o'u cwmpas a'i gwneud yn ddiffrwyth, ddiymadferth.

'Fe ddinistriaist ti bopeth oedd yn dda yn fy mywyd! Ti ddylai ddioddef, nid y fi! Wyt ti'n gwybod beth mae'r Beibl yn ddweud yw cosb merched fel ti, eh? *"Yna y dygant y llanges at ddrws tŷ ei thad, a dynion ei dinas a'i llabyddiant hi â meini, oni byddo farw; am iddi wneuthur ffolineb yn Israel, gan butteinio yn nhŷ ei thad, a thi a dynni ymaith y drwg o'th fysg."* Dyna dy haeddiant dithau hefyd! Rydw i wedi bod yn rhy addfwyn o lawer efo ti!' Symudodd ddau gam oddi wrth drws, gan godi ei law a phwyntio'n ddramatig at yr agoriad. *'" . . . Gyrrwch hon yn awr allan oddi wrthyf fi; a chloa y drws ar ei hôl hi",'* bloeddiodd nerth ei ben.

Roedd y geiriau creulon olaf yn ormod i Dorothy. Rhedodd allan o'r ystafell gan igian crio, a chlywodd Catrin ddrws mawr y neuadd yn agor a chau.

'Beth ydach chi wedi'i wneud?' sibrydodd Jane gan syllu yn syfrdan ar ei brawd. 'Beth yn enw'r Duw Mawr ydach chi wedi'i wneud? Mae hi wedi mynd allan i'r storm, Duw a'i gwaredo!'

Roedd ei geiriau fel petaent wedi torri'r felltith a gadwai pawb wedi'u parlysu. Rhuthrodd Jane heibio'i brawd ac allan i'r storm, yn galw enw ei chwaer drosodd a throsodd. Rhedodd Malan ar ei hôl gan erfyn ar ei meistres i ddod yn ôl a gwisgo'n addas cyn mentro ymhellach. Syllodd Catrin am eiliadau hir ar wyneb ei hewythr, a gadawodd i'r holl gynddaredd a chasineb a dirmyg a deimlai tuag ato ffrydio drwy ei chorff ac ymddangos yn eglur ar ei hwyneb. Roedd o'n dal i sefyll yno, yn dal i sefyll a syllu ar y fan lle y bu Dorothy'n gwywo dan lach ei eiriau. Sylweddolodd Catrin yn sydyn nad oedd o'n ymwybodol ohoni, ei fod wedi ei ynysu yn ei uffern ei hunan, beth bynnag oedd honno. Doedd dim pwrpas troi ato am arweiniad, na chymorth, nac edifeirwch.

Cerddodd heibio iddo, a galw ar Rhobart o ddrws y parlwr. Pan ymddangosodd y stiward, rhoddodd lith o gyfarwyddiadau iddo i ddeffro pob gwas a morwyn yn y lle, rhoi llusernau a ffaglau iddynt, a'u hanfon allan i chwilio am Meistres Dorothy. Wedi i Rhobart frysio i ffwrdd, aeth hithau i wisgo'n addas ar gyfer y nos a'r ddrycin.

29

Galar fu'n Aberdaron,
Penyd hir pan aed â hon . . .
Bu 'Modwrda, mwya' mawl;
Odd' yno'r aeth, llawn faeth llu,
Loyw d'wysen, i wlad Iesu.

Cadwaladr Cesail (fl. 1620)

Roedd yn ddiwedd pnawn drannoeth pan ddaethpwyd o hyd i gorff Dorothy, er bod y pentref cyfan wedi codi o'u gwelyau a threulio'r noson yn chwilio'r wlad amdani. Gwlychodd Meistres Jane at ei chroen, er iddi fynnu dal ati i chwilio nes i'r wawr dorri, pan syrthiodd ar y gwelltglas lleidiog a throi ei ffêr, a Malan yn hanner ei chario, hanner ei llusgo'n ôl i'r plas a'i gwely. Swp diymadferth fu'r Sgweiar drwy'r cyfan.

Pysgotwr a'i gwelodd hi, tra oedd yn codi ei gewyll cimychiaid, wedi manteisio ar y gosteg a ddilynodd y storm. Daliwyd ei lygaid gan fflach o liw wrth droed creigiau Porth Cadlan. Rhwyfodd i'r lan a chodi'r corff toredig yn dyner i'w gwch cyn ei rhwyfo'n ôl i draeth y pentref. Cyrchwyd hi o'r fan honno i'r eglwys ar elor, a phob enaid byw o fewn cylch pum milltir yn ymlwybro yno i dalu eu teyrnged olaf iddi.

Pan ddaeth Lleucu i agor llenni gwely Catrin y diwrnod canlynol, nid oedd lawer mwy o olau na chynt, a'r wawr mor llwyd â'i meddyliau hi. Rhwbiodd ei llygaid – credai iddi fod ar ddihun drwy'r nos – ac anwybyddodd lais Lleucu yn erfyn arni i godi. Sut y gallai hi wynebu diwrnod arall fel ddoe? Ni newidiwyd dim gan yr oriau o dywyllwch: ni leihaodd ei phoen na'i galar, na'i heuogrwydd am farwolaeth ei modryb. Dro ar ôl tro, yn ystod oriau diflas y nos, fe'i beiai ei hun am fod wedi perswadio Dorothy i fwynhau ei hun. Pe na bai wedi gwneud iddynt ddawnsio mor wyllt, efallai na fyddai Ewythr John wedi eu clywed; pe na bai wedi annog Dorothy i wisgo'r sidan lelog, fydden nhw ddim wedi dechrau dawnsio; pe na bai . . . pe na bai . . . Roedd y rhestr mor ddiddiwedd ag oedd yn ddi-fudd. Fel y dywedodd Sieffre Edwardes, Duw yn unig a wybu bopeth, ac a drefna bopeth, ac a ddengys Ei ewyllys i ni feidrolion mewn dirgel ffyrdd. Ein rhan ni yw plygu'n wylaidd i'w drefn Ef.

Ochneidiodd Catrin yn drwm. Ond doedd ei phoen hi'n ddim o'i gymharu â chur Modryb Jane. Pan ddaeth y neges eu bod wedi dod o hyd i gorff Dorothy, aeth yn orffwyll. Roedd yn rhaid galw am gymorth y ficer, ac yntau'n rhoi ffisig cysgu iddi i'w thawelu. Gobeithiai Catrin fod y cyffur wedi ei chadw ynghwsg drwy'r nos. Ochneidiodd eto. Byddai'n rhaid iddi godi a wynebu'r dydd. Syrthiai gofal y plas ar ei hysgwyddau hi bellach. Roedd ymddygiad John mor rhyfedd ers iddo ddod adref ychydig oriau wedi iddynt ddarganfod Dorothy, fel na allai ddibynnu arno ef am gymorth. Roedd yntau fel petai wedi ymgolli yn ei fyd bach ei hun. A'i hewythr! Doedd dim modd yn y byd y gallai fyth faddau i hwnnw. Beth ddaeth drosto i ymddwyn mewn ffordd mor ysgeler? Ymosod mor greulon ar ddynes mor ddiniwed, mor wan ei meddwl, mor ddiamddiffyn â'i chwaer! Roedd ei eiriau mor frwnt, a nerth ei gynddaredd mor gryf, nes dychryn pob un ohonyn nhw yn y parlwr. Hyd yn oed yn awr, gallai Catrin deimlo'r ofn ddaeth drosti wrth wrando arno'n bytheirio. Pa mor gyfrifol bynnag fu hi am ddigwyddiadau'r noson, roedd cyfrifoldeb ei hewythr ganmil yn fwy. Ochneidiodd am y trydydd tro. Efallai, wedi'r cyfan, y byddai'n well codi o'r gwely na hel meddyliau fel hyn.

Paratôdd Malan botes ysgafn o uwd a mêl ar gyfer brecwast ei meistres, ac fe aeth Catrin â'r hambwrdd at Modryb Jane. Roedd Jane wedi gwrthod pob ymborth ddoe, ond doedd Catrin ddim am adael iddi wrthod heddiw. Gorweddai Jane ar ei hochr yn y gwely gan wynebu'r wal. Croesodd Catrin ati'n dawel a gosod yr hambwrdd ar y gist fechan wrth ochr y gwely. Cyffyrddodd ag ysgwydd Jane yn ysgafn, ond symudwyd yr ysgwydd yn swta o'i gafael. Cododd dagrau i lygaid Catrin ac roedd ei chalon yn llawn loes. Roedd ei modryb yn ei beio hithau, felly, am farwolaeth Dorothy.

'Mae'n ddrwg gen i, Modryb Jane,' sibrydodd. Ni allai ddweud rhagor gan fod y dagrau'n bygwth ei thagu. Trodd i ffwrdd yn fyrbwyll, pob bwriad clodwiw o orfodi Jane i fwyta wedi diflannu, ac anelodd am y drws gan igian crio. Roedd ei llaw ar y glicied ond arhosodd pan glywodd lais bach o'r gwely yn galw'i henw.

'Catrin? Catrin fach, paid â mynd.' Roedd y llais mor egwan, mor erfyniol, fel na allai wrthod yr ymbil. Trodd yn ôl at y gwely a gweld wyneb ei modryb yn syllu arni o wynder y gobennydd. Roedd yn goch a chwyddedig, a lleithder y dagrau'n olion sgleiniog wrth iddynt redeg ar hyd rhychau y gruddiau pantiog. Ymestynnodd ei llaw at Catrin, ac mewn amrantiad roedd Catrin yn eistedd wrth ei hochr, y ddwy'n cofleidio'n dynn. 'Catrin fach, o Catrin fach, beth wnawn ni, dywed?' murmurodd Jane yn ei chlust. 'Beth wnawn ni heb Dorothy annwyl?'

Bu'r ddwy ynghlwm wrth ei gilydd, yn siglo 'nôl a 'mlaen, 'nôl a 'mlaen am amser, yn murmur geiriau o ofid a chysur i'w gilydd. Tawelodd yr wylo'n raddol, nes troi'n ambell sniffiad.

'Wnewch chi faddau i mi, Modryb Jane?' meddai Catrin o'r diwedd.

'Maddau? Am beth, dywed?'

'Am bob dim, am achosi marwolaeth Dorothy, am . . . '

'Catrin fach, nid ti oedd yn gyfrifol am hynny.' Rhoddodd Jane ei dwy law ar ysgwyddau Catrin a'u hysgwyd yn ysgafn, gariadus. 'Mi ddoist ti â hapusrwydd i fywyd Dorothy, rhywbeth oedd wedi bod yn brin iawn cyn hynny, a hyd ddiwedd fy oes mi fydda i'n ddiolchgar i ti am hynny. Alla i ddim ond cywilyddio na faswn innau wedi gwneud mwy o ymdrech gynt.' Ysgydwodd Jane ei phen yn drist.

'Ond roedd hi'n meddwl y byd ohonoch chi, Modryb Jane,' gwrthwynebodd Catrin. 'Roedd hi'n eich caru.'

'Ti roedd hi'n ei charu, Catrin. Roeddat ti fel llygedyn o heulwen yn ei hirlwm. Mi roddaist ti fywyd newydd iddi hi pan ofynnaist iddi dy helpu efo'r ardd. Efallai nad oeddet ti'n sylweddoli hynny ar y pryd, ond roedd yn syniad gwych, y peth gorau ddigwyddodd iddi erioed.'

Meddyliodd Catrin am hyn am funud, yna ebychodd, 'Druan fach!'

Fel petai'n darllen ei meddwl, cytunodd Jane. 'Ia, druan fach sy'n iawn.' Caledodd ei llais a daeth chwerwder iddo. 'I feddwl mai uchafbwynt ei bywyd bach trist oedd cael cynllunio gardd . . . ' Methodd â gorffen y frawddeg gan fod y dagrau'n bygwth ei gorchfygu unwaith eto. Bu tawelwch rhyngddynt wrth i'r ddwy geisio meistroli eu teimladau. Yna mentrodd Catrin ofyn cwestiwn ynghylch yr hyn oedd yn ddirgelwch llwyr iddi.

'Modryb Jane, pam wnaeth Ewythr John ymddwyn yn y ffordd yna? Pam wnaeth o alw Modryb Dorothy, o bawb, yn butain?'

Caeodd Jane ei llygaid yn dynn, a gorffwys yn ôl yn erbyn y gobennydd. Parhaodd y distawrwydd cyhyd fel y meddyliodd Catrin nad oedd am ateb. Dechreuodd blethu'r hances boced laith oedd yn ei dwylo, a chynyddodd ei hanniddigrwydd cymaint nes iddi gychwyn codi gyda'r bwriad o adael yr ystafell, ond unwaith eto galwodd Jane hi'n ôl.

'Mi rwyt ti'n haeddu cael deall, decini,' meddai gydag ochenaid, ei llais yn drwm o ofid. Eisteddodd i fyny yn y gwely, ei llygaid ynghau, yn ail-fyw noson o'r gorffennol. 'Yr un noson â phan laddwyd y ficer oedd hi,' cychwynnodd yn araf, 'noson dygwyl eneidiau. Mi rwyt ti wedi clywed stori fawr y noson honno eisoes, ond fe ddigwyddodd rhywbeth arall, rhywbeth na ŵyr neb amdano heblaw d'ewythr a minnau – a Dorothy, petai'n fyw.' Agorodd Jane ei llygaid a rhythu ar Catrin am ennyd. 'Cofia di,' rhybuddiodd, 'faswn i byth yn dweud hyn wrthyt ti oni bai am farwolaeth Dorothy.' Ymlaciodd eto, gan ail-gau ei llygaid, ac aeth ymlaen â'r stori.

'Fel y gwyddost ti, roedd bron pawb wedi mynd i fynydd Ystum y noson honno, i fwynhau'r goelcerth a'r hwyl, a Dorothy efo nhw. Ifanc iawn oedd hi ar y pryd, dim ond deuddeg oed, er i hynny fod yn oed cyfreithiol i ferched briodi,' ychwanegodd yn chwerw. 'Ond roedd rhywbeth yn ddiniwed yn Dorothy hyd yn oed bryd hynny, ac roedd hi'n ymddwyn yn llawer fengach na'i hoed. Ta waeth, roedd hi wedi mynd i fwynhau ei hunan gyda rhai o blant eraill y pentref. Mi arhosais innau'n y plas, yn edrych dros fy nghyfrifon.' Tynnodd Catrin stôl at erchwyn y gwely. Doedd hi ddim am golli'r un gair o enau Jane. Pwysodd ymlaen i wrando'n astud.

'Y peth nesa wyddwn i oedd fod John – d'ewythr – wedi dod 'nôl i'r plas, a Dorothy'n swp diymadferth yn ei freichiau. Mi rois hi'n ei gwely, a dyna pryd y sylweddolais i ei bod hi wedi ei threisio.' Disgynnodd llais Jane nes i Catrin orfod plygu'n agosach fyth. 'Roedd 'na waed ymhobman!' sibrydodd, ac arswyd y darganfyddiad yn dal yn fyw yn ei llais. 'Doedd dim modd gwybod pwy oedd ar fai. Roedd John yn daer na fyddai neb yn cael gwybod, rhag dinistrio'i henw da hi, meddai. Gwell cadw'r cyfan yn ddirgel. A dyna sut bu hi. Dechreuodd Dorothy fendio, ond yn amlwg roedd y profiad wedi effeithio'n arw arni. Roedd fel plentyn bach newyddanedig, yn cofio dim o'r hyn ddigwyddodd iddi'r noson honno, na chynt. Mi gefais fraw ofnadwy y tro daeth Siôn Rhisiart yma cyn y Nadolig, a hithau'n ei adnabod. Dyna'r tro cyntaf erioed iddi ddangos ei bod yn cofio neb na dim o'r amser cyn y digwyddiad.' Ochneidiodd Jane yn drwm, a chafodd Catrin y teimlad ei bod yn ei chael yn anodd dod o hyd i'r geiriau priodol i fynd ymlaen.

'Mi dawelodd pethau'n go lew nes i Dorothy ddechrau dangos arwyddion ei bod wedi beichiogi,' ailgychwynnodd yn drwm. 'O'r diwrnod hwnnw ymlaen, mae hi wedi bod yn uffern byw yn y tŷ yma. Cafodd y newyddion effaith ofnadwy ar dy ewythr. Doedd o fyth yr un fath wedyn. Mi aeth yn hollol gandryll!' Rhedodd cryndod drwy gorff Jane. 'Roedd yn rhaid i ni gloi Dorothy yn ei hystafell tan ddiwrnod y geni, ac am rai misoedd wedyn. Doedd wiw i neb ddweud ei henw, na sôn amdani mewn unrhyw ffordd o flaen John, ac yn sicr ni fu'n siarad gair efo hi tan echnos.' Ysgydwodd ei phen yn drist. 'Yr holl flynyddoedd yna, a doedd ei ddicter ddim wedi lleihau o gwbl! Doedd o ddim hyd yn oed wedi *dechrau* maddau iddi!'

'Ond maddau beth, Modryb Jane? Nid ei bai hi oedd iddi gael ei threisio, nage?'

Syllodd Jane yn syn arni. 'Dydi dy fam ddim wedi

egluro ffeithiau bywyd i ti?' gofynnodd wedi ysbaid. 'Wyt ti ddim yn gwybod fod yn rhaid i wraig fwynhau'r gyfathrach cyn iddi allu beichiogi? Wyt ti ddim yn deall arwyddocâd hynny?' Wrth i Catrin ddal i syllu'n syfrdan arni, aeth Jane ymlaen i egluro ymhellach. 'Os oedd Dorothy wedi beichiogi, yna roedd yn rhaid ei bod hi wedi mwynhau'r profiad, ac felly nid trais oedd o o gwbl. Elli di ddeall sut warth oedd hynny ar enw da'r teulu, cymaint o ofid oedd i'th ewythr o ddarganfod gwir natur ei chwaer?'

Syllodd Catrin yn fud wrth i'r dagrau ailddechrau cwrsio i lawr gruddiau Jane. Ni wyddai beth i'w ddweud. Ni allai feddwl am ddim ond ffawd y babi. Cafodd fraw wrth sylweddoli ei bod wedi datgan y cwestiwn yma ar lafar.

'Mi fu farw ar ei enedigaeth,' atebodd Jane yn dawel. Roedd ei dagrau'n llifo'n rhydd erbyn hyn. Yn ddisymwth, fe'i meddiannwyd hi gan emosiwn cryf a gwyrodd ymlaen i afael yn llaw Catrin a'i gwasgu. 'Ond Catrin,' meddai'n wyllt, gan ysgwyd ei phen i bwysleisio'i geiriau, 'wn i ddim ar y ddaear fawr sut y gallai Dorothy fod wedi mwynhau'r profiad! Tasat ti ddim ond wedi gweld ei chyflwr hi'r noson honno! Roedd ei dillad hi'n ddigon trwsiadus, oedd, ond o dan y dillad . . . ei chluniau bach hi . . . a'r gwaed . . . ! Sut y gallai Duw nac unrhyw ddyn honni ei bod hi wedi mwynhau cael ei rhwygo'n ddarnau gan fwystfil o ddyn, dywed? Elli di egluro hynny i mi?' Roedd ei llais wedi codi, a gwasgodd ei dwylo yn erbyn ei phen fel petai cur ofnadwy yno. 'Dorothy, o Dorothy fach!' dechreuodd oernadu, ei chorff yn siglo'n wyllt. 'Dorothy, Dorothy, Dorothy . . . '

Rhedodd Catrin o'r ystafell i mofyn cymorth Malan i roddi rhagor o feddyginiaeth y ficer i'w modryb.

Glaniodd Siôn ar draeth tywodlyd Porthoer ym mherfeddion nos, wedi adrodd yn ôl i Prins yng Nghaernarfon ac wedi cael defnydd o'r llong i'w gludo cyn agosed â phosib at gartref ei fam. Nid oedd y capten am fentro Swnt Enlli gefn nos, a chymerai ormod o amser i hwylio ochr draw i'r ynys, a Phorthoer oedd y lanfa ddiogel agosaf at Aberdaron ar arfordir gogleddol y penrhyn. Roedd Siôn ar dân eisiau cyrraedd y pentref a'i sicrhau ei hun fod popeth yn iawn yno: eisoes fe'u cadwyd yng Nghaernarfon am ddiwrnod ychwanegol oherwydd storm ofnadwy. Teimlai bwysau amser ar ei ysgwyddau a gwyddai'n reddfol nad oedd ganddo, mewn gwirionedd, fawr mwy o ddyfodol yng Nghymru, beth bynnag ddywedai Prins. Roedd yn rhaid dirwyn pethau i ben a chau pen y mwdwl tra meddai ar y rhyddid i wneud hynny. Yna gallasai ffoi am ei fywyd yn ôl i Fohemia, a phe bai Ffawd yn arbennig o gariadus tuag ato, câi ffoi gydag eilun ei galon.

Ar ôl rhyw dair milltir ar draws gwlad, cyrhaeddodd fwthyn ei fam. Trodd am y das wair, rhag deffro pawb, ond er ei ymdrechion i gadw'n dawel, dechreuodd Ryff gyfarth, ei ewinedd caled yn palfalu pren y drws. O fewn eiliadau wedyn, agorwyd y drws, a phen ei fam i'w weld yng ngolau'r gannwyll oddi mewn.

'Twm?' clywodd hi'n galw'n ysgafn. 'Twm, ai ti sy 'na?'

Beth wnâi ei fam ar ei thraed yr adeg yma o'r nos, ac yn ei dillad gwaith? 'Mam?' atebodd, ond cyn iddo allu dweud rhagor, gwthiodd Ryff ei ffordd drwy'r drws a rhuthro amdano mewn gwewyr o lawenydd, ei gorff cyfan yn siglo a nadau gwichlyd yn dod o'i wddf. Croesodd Siôn yn gyflym at y drws a'i adael ei hun i mewn.

'O Siôn, diolch i'r Drefn dy fod ti yma!'

'Beth sy 'di digwydd, Mam? Ble mae Twm?'

'Wn i ddim, Siôn bach! Dyna sy'n fy mhoeni. Dydi o

ddim wedi bod adra ar ôl iddyn nhw gael hyd i Meistres Dorothy druan.'

'Meistres Dorothy? Pam, beth sy'n bod arni hi?'

'Mae hi wedi marw, druan fach, wedi syrthio dros ddibyn y creigiau ym Mhorth Cadlan neithiwr – echnos bellach, rwy'n colli cownt o'r amser – yn ystod y storm.'

Syfrdanwyd Siôn gan y newyddion, ond cyn gofyn iddi egluro ymhellach, rhoddodd hi i eistedd ar y setl. Prociodd yntau y tân marwaidd a thaflu mwy o goed i'w ailgynnau, yna rhoddodd y crochan bach i ferwi er mwyn gwneud diod ddail: roedd ei fam yn amlwg wedi cynhyrfu drwyddi. Pan dawelodd ar ôl yfed y ddiod chwerw, gofynnodd Siôn iddi adrodd y cyfan a ddigwyddodd yn y pentref ers iddo fynd i ffwrdd. Cafodd fraw pan glywodd am fwthyn Grepach yn llosgi i'r llawr, a Mari ynddo.

'Oedd 'na rywun arall yn y bwthyn?' holodd ei fam.

Edrychodd hithau arno'n rhyfedd. 'Oedd. Sut gwyddost ti hynny? Mae Meistres Catrin yn meddwl mai Ifan oedd yr ail gorff, er nad oedd modd adnabod 'run ohonyn nhw. Roeddan nhw wedi llosgi'n golsion.'

'Catrin? Ydi hi'n iawn?'

'Ydi siŵr. Mi ddaeth hi yma ddoe . . . echdoe . . .' Ysgydwodd ei fam ei phen yn flinedig. 'Efo'r holl helyntion, Siôn bach, wn i ddim ai heddiw neu fory ydi hi.'

Gwenodd yntau'n dyner arni. 'Peidiwch â phoeni, Mam, rydw i'n deall beth 'da chi'n feddwl.'

'Mi ddaeth hi draw i ddweud dy fod wedi mynd i Iwerddon.' Cododd ei phen i holi am ei symudiadau ef, ond pwysodd Siôn arni i fynd ymlaen â'r hanes. 'Hi awgrymodd mai Ifan oedd o. Pam est ti â fo draw i le Mari, dwed?'

Llwyddodd i osgoi'r cwestiwn drwy holi ymhellach am Catrin.

'Mae hi wedi torri'i chalon wedi colli ei modryb,' atebodd Meinir yn drist. 'Roedd y ddwy wedi dod yn dipyn o ffrindiau, yn ôl be dwi'n ddeall. Mi welais hi'n yr eglwys yn beichio crio wrth ochor Meistar John . . . '

'John? Ydi o'n ei ôl?'

'Ydi, mi gyrhaeddodd pnawn heddiw . . . ddoe.'

Trodd Siôn ei ben i syllu i'r tân. Roedd yn siomedig fod John wedi dychwelyd o'i flaen. Roedd wedi gobeithio cael y llwyfan yn wag er mwyn perswadio Catrin i ddod gydag ef i Fohemia. Mi fyddai'n anoddach efo John ym Modwrda. Ond yr hyn a'i llethai fwyaf oedd y baich o euogrwydd a deimlai wrth feddwl mai ef oedd achos marwolaeth dau berson. Sut oedd y Sgweiar wedi dod i wybod fod Ifan yn nhŷ Mari Grepach, tybed? Pe bai heb symud Ifan, yna fe fyddai Mari, o leiaf, yn fyw – ynteu a fyddai hi? Oedd hi wedi dweud y cyfan wrtho y diwrnod hwnnw ar y traeth? Tybed ai bwriad yr ail dân oedd lladd Mari? Roedd un peth yn sicr: doedd dim amheuaeth yn ei feddwl mai gweithred o lofruddiaeth oedd hi, er na fyddai modd profi'r peth. A pha ran oedd gan farwolaeth Meistres Dorothy yn hyn i gyd?

Sylwodd fod ei fam yn dal i glustfeinio am arwydd o ddychweliad Twm. Golchodd ton o euogrwydd drosto am esgeuluso'i phryderon hi. 'A beth am Twm?' holodd. Adroddodd hithau sut roedd ei gŵr wedi encilio o'r byd, heb hyd yn oed agor yr efail y diwrnodau diwethaf yma.

'Mi aeth allan i chwilio am Meistres Dorothy efo'r dynion eraill, ac mi ddaeth i'r eglwys efo mi i'w gweld hi. Ond mi arhosodd yn y pentref ac wn i ddim ble mae o. Mae hi bron yn amser i'r wawr dorri.'

'Lle mae'r prentisiaid?'

'Mi gyrrais nhw i'r gwely,' atebodd hithau. 'Welwn i ddim pwrpas eu cadw nhw ar eu traed. Mi aeth yr hyna i lawr i'r efail drosta i cyn iddi nosi, ond roedd y lle'n dawel, medda fo, a dim hanes o Twm. Siôn,' ychwanegodd, ei llais yn troi'n daer, 'ei di i chwilio amdano fo? Alla i yn fy myw fynd i gysgu heb wybod ei fod o'n iawn.'

Perswadiodd Siôn ei fam i fynd i orwedd ar ei gwely, o leiaf, hyd yn oed os na allai gysgu. Cymerodd lusern, ac yng nghwmni Ryff cychwynnodd am yr efail. Tybiai mai dyna fan cychwyn ei chwiliadau. Sylwodd fod yr awgrym lleiaf o oleuni i'w weld yn yr awyr uwchben mynydd Rhiw, ond roedd yn falch o'r llusern i oleuo'r llwybr tywyll rhwng y coed a'r afon. Roedd pobman yn dywyll hefyd o amgylch yr efail. Byddai'n hawdd i'r prentis dybio fod y lle'n wag. Dyna feddyliodd Siôn i ddechrau, oni bai iddo sylwi ar Ryff yn synhwyro'i ffordd at y drysau dwbwl, ei bwt o gynffon yn ysgwyd yn hapus.

'Twm?' galwodd yn erbyn pren y drysau caeëdig. Dim smic, ond roedd Ryff yn argyhoeddedig fod Twm oddi mewn. Daliai i grafu'r pren, ei drwyn ynghlwm wrth gil y drws a'i gynffon yn dal i ysgwyd. Gwthiodd Siôn yn erbyn y drysau, ac yna'u hysgwyd, ond roeddynt wedi eu bolltio oddi mewn. 'Twm?' meddai wedyn, yn uwch y tro hwn. 'Twm, wyt ti yna?' Distawrwydd eto, distawrwydd fel petai'r byd cyfan yn dal ei wynt cyn trychineb. 'Twm,' gwaeddodd drachefn, gan ysgytian y drysau'n galed. 'Gad fi i mewn!' Clywodd rywbeth trwm yn cael ei lusgo ar hyd y llawr oddi mewn. Ysgydwodd y drysau unwaith eto, yn galetach y tro hwn.

'Dos o'na, Siôn!' clywodd lais Twm yn erfyn arno. 'Gad lonydd i mi.'

Dychrynodd Siôn drwyddo. Roedd y fath anobaith yn y llais nes peri i iasau oer redeg i lawr ei gefn. Dechreuodd gicio a phwyo'r agendor rhwng y ddau ddrws â'i holl nerth. Clywodd rywbeth trwm yn syrthio drosodd oddi mewn, yna synau aflafar gwddf yn cael ei wasgu'n dynn.

Dechreuodd Ryff gyfarth yn lloerig. Dyblodd Siôn ei ymdrechion i agor y drysau, ac wrth iddo gicio nerth ei goesau, teimlodd y bolltau'n gwegian. Hyrddiad neu ddau eto ac fe wahanodd y drysau gyda chlep gan drywanu'r waliau y naill ochr a'r llall iddynt. Roedd Twm yn hongian gerfydd ei wddf ynghanol yr efail, ei goesau'n palfalu'r awyr a'i ddwylo'n crafangu yn y rhaff uwch ei ben, ei freichiau cyhyrog yn ymdrechu i gymryd pwysau ei gorff oddi ar ei wddf.

'Dal d'afael!' gwaeddodd Siôn, ac mewn amrantiad roedd wedi dadweinio'i gleddyf ac yn sefyll ar ben yr engan yn ceisio slaesio'r rhaff, ond unig effaith hynny oedd achosi i gorff Twm siglo fel pendil cloc dan ei ergydion. Edrychodd Siôn o'i amgylch yn wyllt – roedd angen rhywbeth uwch i sefyll arno er mwyn gallu cyrraedd gyda'i ddager. Gallai weld yng ngolau'r llusern fod llygaid Twm bron â syrthio o'i ben, a bod ei dafod yn dechrau gwthio'i ffordd allan o'i geg. Doedd dim eiliad i'w gwastraffu. Syrthiodd ei lygaid ar y gasgen a orweddai ar ei hochr nid nepell o ymyl Twm. Dyna beth glywodd yn syrthio drosodd! Mewn amrantiad roedd wedi codi'r gasgen ar i fyny a'i gosod fel y gallai afael yn nhraed Twm a'u plannu'n gadarn ar ben y gasgen. Cafodd fwy o hamdden wedyn i ddefnyddio'i ddager a thorri drwy'r rhaff.

Wedi iddo ddod dros ysfa gynhenid ei gorff i'w arbed ei hunan, doedd Twm ddim balchach fod Siôn wedi arbed ei fywyd. 'Pam na fasat ti 'di gadal llonydd i mi?' cwynodd. Roedd Siôn wedi ei osod i eistedd ar y gasgen, a thynnu'r rhaff oddi am ei wddf, a'i gael i yfed ychydig bach o ddŵr. Gorweddai Ryff yn glòs wrth ei draed, yn cynnig cysur y ffordd orau y gallai. Roedd llais Twm yn floesg, a gwyddai Siôn y byddai'n boenus iddo siarad am ddyddiau i ddod. Diolchodd i'r drefn nad oedd niwed parhaol wedi digwydd i'r gwddf yn ôl pob golwg, ond roedd cyflwr meddyliol Twm yn stori wahanol. Dechreuodd y dyn cydnerth grio fel babi, ei wyneb yn ei ddwylo, ei gefn wedi crymu nes bod rhan uchaf ei gorff yn gorwedd rhwng ei bengliniau.

'Pam na fasat ti 'di gadal i mi farw?' meddai wedyn. 'Alla i ddim wynebu'r byd rhagor! A finna'n warden yr eglwys a phopath! Be fydd dy fam yn feddwl ohona i? Dwi 'di syllu drw'r nos ar y rhaff yna, yn ormod o lwfrgi i fentro neidio. Pan ddest ti a churo'r drws, mi wyddwn i mai dyna nghyfla ola i – a rŵan dwi 'di gneud llanast o hynny hefyd!'

Treuliodd Siôn funudau lawer yn ceisio cysuro'r gof, ond trodd Twm arno'n daer.

'Y fi laddodd o, Siôn! Wyt ti'm yn dallt? Fi laddodd y ficar!'

'Ond . . . ' dechreuodd Siôn, ei feddwl yn troi, yna syrthiodd yn fud. Ni wyddai beth i'w ddweud. Doedd y peth ddim yn gwneud synnwyr.

'Roeddwn i ar fy ffordd adra wedi gorffan pedoli ceffyl Alex Bodfel,' dechreuodd Twm egluro, 'pan fu bron i mi faglu dros rwbath meddal, mawr yn gorwadd ar y llwybyr. Mi edrychis i'n agosach, a gweld mai Piers oedd o – roeddwn i wedi ama'r peth yn barod. Wel, mi rown i wedi bod mewn cymaint o dymar o'i gownt o drw'r dydd, a mi ddaeth y cyfan i 'mhen i wrth edrach arno fo'n gorwadd yn 'i fedd'dod ar lawr. Mi rois i gic iddo fo, Siôn, ond doedd hynny ddim yn ddigon, rwsut.' Roedd trwyn Twm yn rhedeg, a dechreuodd chwilota yn ei bocedi am gadach i'w sychu. Estynnodd Siôn ei hances boced iddo a derbyniodd hi'n ddiolchgar. Chwythodd ei drwyn yn egnïol i'r hances cyn mynd ymlaen â'i hanes. 'Allwn i ddim peidio. Mi rois i gic arall iddo fo, ac un arall wedyn, nes imi golli arna fy hun yn llwyr. Wn i ddim pryd baswn i wedi stopio oni bai fod Enoch Evans wedi dod heibio.'

'Enoch?'

'Ia. Mi nath o weiddi arna i, a gafal yn fy mraich a'm llusgo fi o'na.'

'Sut gwyddost ti dy fod wedi lladd y ficer?' gofynnodd Siôn yn araf.

Meddyliodd Twm cyn ateb, yna cododd ei ysgwyddau. 'Enoch ddeudodd, am wn i. Be 'di'r gwahaniath? Ond doeddwn i'n synnu dim, cofia. Ro'n i wedi rhoi andros o nerth tu ôl i bob cic.'

Cododd Siôn ar ei draed er mwyn rhoi amser iddo'i hun feddwl. Dringodd i ben ystol i gyrraedd y trawst lle'r oedd y rhaff ynghlwm; datododd hi a'i thaflu i'r llawr. Nid oedd am i neb amau beth oedd newydd ddigwydd yn yr efail. O leiaf roedd Twm fel petai'n tawelu. Wedi disgyn o'r ystol, safodd Siôn o'i flaen a mynnu ei sylw.

'Edrych arna i, Twm,' dechreuodd yn bwyllog. 'Nid y chdi laddodd y ficer. Cicio corff marw wnest ti.' Wrth weld Twm yn codi'i ben a syllu arno, prysurodd yn ei flaen. 'Fe ddywedodd Ifan wrtha i iddo weld y Sgweiar yn tagu'r ficer. Mae'n rhaid dy fod di wedi dod ar draws y corff cyn i'r Sgweiar allu ei symud o'r golwg.' Doedd dim pwrpas cymhlethu meddwl syml Twm drwy sôn am yr offeiriad a'r hyn a welodd yntau.

'Ond . . . ' dechreuodd Twm brotestio, cyn i lygedyn o obaith wawrio yn ei lygaid. 'Wyt ti'n deud y gwir, Siôn?'

'Ydw, ar fy llw. Y Sgweiar laddodd o. Does gen ti ddim i'w ofni mwyach. Pwy wyt ti'n feddwl dorrodd y corff yn ddarnau a'i wasgaru ar fynydd Ystum?'

Agorodd llygaid Twm yn enfawr wrth i'r geiniog ddisgyn. Daeth gwên fach ddiolchgar ar draws ei wyneb. 'Ew, wyddost ti ddim sawl noswaith ddi-gwsg dreulis i bryd hynny . . . ' Ond wrth iddo siarad, diflannodd y wên.

Daeth y pryder a'r ofn yn eu holau. 'Ond mae Enoch Evans yn meddwl mai fi laddodd o.'

Roedd yn rhaid i Siôn gymryd hoe fach arall i feddwl am hyn. Chwaraeodd â chlustiau Ryff, gan eu tynnu'n ysgafn dro ar ôl tro, er mawr fwynhad i'r ci. 'Deud i mi,' meddai o'r diwedd, 'pam na fasai Enoch wedi sôn rhywbeth wrth yr awdurdodau?'

'Wn i ddim,' meddai Twm gan ysgwyd ei ben. 'Mi ddeudodd wrth Sgweiar, beth bynnag, a fo ydi Ustus Heddwch yr ardal.'

'Sut wyt ti'n gwybod hynny?'

'Wel, pan ddaeth o'n ôl o Lundan, mi ddaeth Enoch yn asiant i'r stad, fel ti'n gwbod. Mi ddaeth i 'ngweld i un bora, a deud 'i fod o wedi gorfod deud y cyfan wrth Sgweiar. Ond roedd Sgweiar, medda fo, yn gwbod dyn mor dda oeddwn i mewn gwirionadd, ac yn deall yn iawn sut y gallwn i fod wedi colli arna fy hun dan yr amgylchiada. Doedd o ddim am i mi ddiodda rhagor.' Rhedodd Twm ei law yn ysgafn dros y cleisiau oedd yn dechrau ffurfio ar ei wddf cyn ychwanegu, 'Mi awgrymodd Enoch y dylwn i ddangos fy niolch i Sgweiar drwy beidio gofyn am arian am y gwaith ro'n i'n ei neud iddo fo.'

Gwasgodd stumog Siôn mewn cynddaredd wrth glywed hyn. Pa fath o ddiawl digydwybod fyddai'n cymryd mantais o ddyn diniwed, dieuog fel Twm a gadael iddo ddioddef poenau euogrwydd dros yr holl flynyddoedd, gan wybod mai ef ei hun, mewn gwirionedd, oedd y llofrudd? Ac yn waeth, yn gorfodi Twm druan i roi ei lafur am ddim a bod yn ddiolchgar am hynny. Yna sylweddolodd fod Twm yn dal i siarad.

'Mi roedd Enoch yn fy mhen i bob munud i dy gael di i stopio holi,' meddai. 'Deud fod yn well i mi, er fy lles fy hun, dy gadw di'n ddistaw. Ond doedd waeth i mi siarad efo'r wal ddim, nagoedd? Doeddat ti'n gwrando ar yr un gair ddwedwn i.' Edrychodd ar Siôn, ei lygaid yn llawn siom, cyn ysgwyd ei ben. 'Roedd clywad am y tŷ ffynnon yn llosgi, a finna'n gwbod fod Ifan druan ynddo fo, ac wedyn clywad am dŷ Mari, yn loes ofnadwy i mi, ond pan ddeuthon nhw â chorff Mistras Dorothy druan i'r lan ddoe, allwn i ddim diodda'r baich ddim mwy.' Syllodd i lawr yn ddwys ar Ryff yn gorwedd â'i ben ar ei esgid. Crychodd ei dalcen wrth i syniad ei daro. 'Sgweiar, Siôn? Pam . . . '

'Yli, gad y cyfan i mi,' meddai Siôn yn frysiog. 'Mi edrycha i ar ôl y cyfan.' Clywodd rywun yn gweiddi ar ei gymar i lawr yn y pentref, a sylweddolodd fod y wawr wedi torri, a bod dynion yn dechrau ar eu gwaith. Byddai pobl yn dod heibio'r efail cyn bo hir. Cymerodd benliain Twm a'i glymu'n ofalus am ei wddf, i guddio marciau'r rhaff. 'Dos adref at Mam,' meddai. 'Mae hi'n poeni'n arw amdanat. Mi edrycha i ar ôl pethau fan hyn.'

Pan safodd y dyn mawr ar ei draed, dychrynodd Siôn o sylweddoli'r newid corfforol ynddo. Yng ngoleuni llwydaidd y wawr, gwelodd fod wyneb Twm wedi gwelwi a meinio, y croen yn hongian yn llac, afiach, a bagiau glasddu dan ei lygaid. Roedd ei ddillad, hefyd, fel petaent wedi eu gwneud ar gyfer corff mwy. Daeth darlun sydyn i'w feddwl o'r bore cyntaf hwnnw ddiwedd Hydref, pan welodd Twm a'i fam yn yr efail. Cofiodd y chwerthin iach, a'r union ddilladau yma'n cael trafferth i amgylchynu'r holl gnawd oedd ar esgyrn y gof. Daeth haearn i'w lygaid a'i galon. Tyngodd lw iddo'i hun y byddai ef, Siôn Rhisiart, yn gwneud i'r Sgweiar dalu'n ddrud am ei holl bechodau.

Cyrhaeddodd John ei gartref y diwrnod y daethpwyd o hyd i gorff ei fodryb. Teimlai'n drist o glywed y newyddion, ond ddim yn ormodol felly. Roedd pawb yn nwylo Duw, a Duw fesurai amser pob dyn a phob creadur. Ganddo Ef roedd y grym, a phwy oedd dyn i warafun hynny? Ychydig iawn a welsai ar ei fodryb ers ei blentyndod, gan iddi fod mor rhyfedd ei natur, yn osgoi pob cysylltiad â dynion. Roedd yn ddyletswydd arno fynd gyda Catrin i'r eglwys i dalu teyrnged iddi a chadw gwylnos am awr neu ddwy, ac er na allai ef ei hun alaru, roedd yn falch o weld Catrin yn tywallt dagrau. Gweddus oedd i ferched ymddwyn felly, er, erbyn diwedd eu gwylnos, teimlai fod Catrin wedi ymollwng yn ormodol i'w galar. Beth bynnag, nid dyma'r adeg briodol i ddatgelu iddi ei fod wedi galw i weld Esgob Bangor ar ei ffordd adref, ac wedi cael Trwydded Arbennig iddynt allu priodi'n syth. Byddai'n rhaid i hynny ddisgwyl nes i'w fodryb gael ei chladdu. Ar y ffordd adref o'r eglwys, holodd a oedd Siôn wedi cyrraedd yn ôl bellach. O ddeall nad ydoedd, teimlai fymryn yn anesmwyth. Beth petai'r milwyr yn cyrraedd gyntaf a Siôn yn sylweddoli eu bod yno cyn iddynt gael gafael ynddo, ac yntau'n llwyddo i ddianc?

Cymaint oedd ei flinder wedi cyrraedd adref o'r eglwys nes iddo adael busnes chwilota am oriad blwch ei dad tan fore trannoeth. Byddai angen meddwl clir ar gyfer yr orchwyl. Cododd yn fore ac encilio i'r llyfrgell. Nid oedd yn sicr ai'r un potyn inc oedd hwn a safai wrth flwch y cwilsynnau ag a gofiai o'i blentyndod, ond doedd dim amdani ond arllwys yr hylif tywyll allan ohono'n ofalus i botel arall. Wrth ei throi, gwenodd yn araf o glywed tinc metalig. Cafodd gryn drafferth yn gweithio'r goriad allan gyda chymorth cwilsyn, ond o'r diwedd syrthiodd yn daclus ar y papur islaw.

Gan fygu'r ysfa i fynd i olchi'r inc oddi ar ei fysedd, a bodloni ar eu sychu â phapur yn unig, estynnodd oriad y gist fawr o ddrôr y bwrdd a chroesi ati. Tyrchodd allan holl bapurau'r stad nes iddo ddod at y blwch a adeiladwyd yng ngwneuthuriad y gist fawr. Pwysodd yn ôl ar ei sodlau'n syllu arno. Er i dwll bach y clo syllu'n ôl arno'n wahoddgar, meddiannwyd ef gan ofn, ofn y siom pe bai'r goriad ddim yn gweithio. Estynnodd ei law yn araf a gwthio'r goriad i'r twll. Llithrodd i mewn yn rhwydd, a throi gyda chlic bach boddhaus wrth iddo wasgu arno. Gyda pharchedig ofn, agorodd y caead a gweld sgroliau o bapurau oddi mewn, pob un wedi ei rwymo â rhuban, pob un wedi ei selio â chwyr coch, ac arfbais y teulu wedi ei wasgu i'r cwyr.

Cododd y sgrôl uchaf allan yn ofalus. Doedd dim golwg hen iawn arni, ac nid oedd y cwyr wedi breuo a briwsioni. Petrusodd am eiliad cyn mentro torri'r sêl: roedd ei holl gyneddfau gwarchodol, a hogwyd mor astud yn ystod ei blentyndod, yn gweiddi arno mewn braw – ond wedi dod cyn belled â hyn, doedd dim troi'n ôl.

Darllenodd gynnwys y sgrôl gyntaf yn araf, a suddodd ei galon. Agorodd y nesaf, a'r nesaf wedyn, a'r un ar ôl hynny, nes o'r diwedd roedd y blwch yn wag, ac yntau wedi ei amgylchynu gan sgroliau. Rhedai dagrau i lawr ei ruddiau. Roedd wedi darllen pob un ohonynt, a gweld fod pob un, i bob pwrpas, yr un fath. Pob un yn gofnod o werthiant tir, a'r unig wahaniaeth rhyngddynt oedd enw'r darn tir, a'r cyfan wedi'i werthu gan John Bodwrda i Enoch Evans, a hynny am bris chwerthinllyd o isel.

Wedi dod dros ei siom, cododd y cyfan a'u cario at y bwrdd, a'u gosod allan mewn pentwr taclus. Yna cymerodd gwilsyn a darn newydd o bapur, a dechrau cofnodi'n ofalus enwau'r holl diroedd, dyddiadau'r gwerthiannau, a'r swm a dalodd Enoch amdanynt. Yna rhifodd y nifer o erwau a werthwyd, a chyfrif cyfanswm yr arian a dalwyd. Erbyn iddo roi ei gwilsyn i lawr, roedd yn chwys oer drosto. Dros gyfnod o bymtheng mlynedd, roedd ei dad wedi gwerthu dros gan erw i'w asiant, ac wedi derbyn y swm pitw o ddwy bunt a chweugain amdanynt. Yn rhyfedd iawn, teimlai rhan o'i feddwl yn fuddugoliaethus. O leiaf yn awr roedd ganddo dystiolaeth gadarn. Tynnwyd ef o'i fyfyrdodau difrifol gan sŵn y drws yn agor.

'John!' gwaeddodd ei dad arno, a'i wyneb yn welw. 'Beth wyt ti'n wneud? Gad lonydd i'r rheina!'

30

Cur dy ddwyfron, tyn dy wallt,
Wyla'r deigre dŵr yn hallt;
Crïa'n ddyfal iawn 'Peccavi,
Arglwydd madde 'meiau i mi.'

Mae dy farn wrth ede wen
Yn crogi beunydd uwch dy ben;
Mae dy blant â phob ei reffyn
Yn ei thynnu ar dy gobyn.

Y Ficer Rhys Prichard (1579–1644)

Awr yn ddiweddarach, roedd Catrin yn dal yn ei hystafell.
Erbyn hyn roedd ei meddwl yn glir, ac yn lle'r dryswch a'r
gofid, llanwyd hi â digofaint. Sut gallai ei hewythr gynnal
ei gasineb am un mlynedd ar bymtheg? Roedd y peth yn
anghredadwy. Un mlynedd ar bymtheg dan yr un to, heb
air o garedigrwydd, o gyfamod, o faddeuant? Na,
meddyliodd yn gyflym, nid maddeuant! Roedd yn
berffaith sicr nad oedd angen maddeuant ar Dorothy gan
ei brawd. Rhywbeth a ddilynai gweithred ddrwg neu
bechod oedd maddeuant, a doedd Dorothy ddim yn euog
o hynny. Argyhoeddwyd hi'n llwyr gan ddiffuantrwydd
Jane wrth iddi ddisgrifio cyflwr ei chwaer, a chytunai â hi.
Roedd ymddygiad ei hewythr yn anwaraidd, yn
anghristnogol a chreulon. Cynyddodd ei chasineb yn
erbyn ei hewythr wrth iddi gysidro sut fath o fywyd a
gawsai Dorothy. Sut y gallai ddioddef y fath orthrymder,
y fath unigedd? Yr hyn a'i synnai fwyaf oedd nad oedd

Dorothy wedi gwneud amdani ei hun flynyddoedd ynghynt. Gwyddai na allai hi ei hun fyth fyw dan y fath amgylchiadau. Doedd dim rhyfedd bod Dorothy druan yn benwan, iddi encilio i'r meysydd a'r traethau o fore gwyn tan nos er mwyn osgoi ei brawd. Ac er i Catrin gredu, pan ddaeth i Fodwrda gyntaf, mai o ddewis y gwrthodai Dorothy fwyta gyda'r teulu, daeth i amau'n gryf mai gwaharddiad ei brawd a'i cadwodd draw.

Llamodd oddi ar ei gwely a dechrau camu 'nôl a 'mlaen ar lawr ei hystafell. Roedd y sefyllfa'n ffiaidd, yn wrthun! Sut gallai briodi mab y fath dad? Daeth yr ateb iddi'n syml, yn bendant. Allai hi ddim. Hyd yn oed pe bai Siôn yn ei bradychu a'i gadael, ni fynnai briodi John. Na, dyma'r hoelen olaf yn arch eu priodas. Gadawodd ei hystafell gyda'r bwriad o fynd at ei hewythr a dweud ei meddwl wrtho'n ddiflewyn-ar-dafod, ac i fynnu cael coets i'w hebrwng yn ôl i'w chartref a'i rhieni cyn gynted ag y bo modd.

Wrth gyrraedd y llawr cyntaf, gwelodd gefn ei hewythr yn nrws y llyfrgell, a chlywodd ei lais yn sgrechian ar ei fab i adael llonydd i rywbeth. Eiliadau wedyn, torrwyd ar ei syfrdandod wrth iddi glywed lleisiau cwerylgar o'r cyntedd islaw, a llamodd ei chalon wrth iddi adnabod llais Siôn. Clywodd yr hen Rhobart yn ceisio gwahardd Siôn o'r plas, tra mynnai Siôn gael mynediad, yna daeth twrw esgidiau uchel yn pwyo pren wrth i Siôn wthio heibio i Rhobart a rhuthro i fyny'r grisiau. Derbyniodd gyfarchiad byr gan Siôn, cyn iddo afael yn ei braich a'i thywys ar ei ôl i gyfeiriad y llyfrgell.

Wynebwyd hwy gan yr olygfa ryfeddaf. Roedd y Sgweiar ar ei bedwar ar lawr, yn casglu darnau o bapurau ac yn eu gwasgu i'w fron. Daliai i fwmian 'Gad lonydd, gad lonydd!' wrth gropian a chasglu rhagor ohonynt. Plygai John ymlaen, ei ddwylo'n pwyso ar y bwrdd mawr, ac yn gwylio'i dad gyda'r wên ryfeddaf ar ei wyneb. Gallai Catrin weld yn ôl wyneb Siôn ei fod yntau mewn cymaint o syfrdandod â hithau, ond fe'i meistrolodd ei hunan, ac er bod ei lygaid yn syllu ar y Sgweiar, anelodd ei eiriau tuag at John.

'Mae'n rhaid i mi siarad efo'th dad, John. Chymera i mo 'ngwrthod!' Nid oedd tôn ei lais mor gadarn â'i eiriau. 'Fe ddylet tithau fod yn bresennol, i ti gael gwybod dyn mor ddichellgar ydi o.'

Trodd y Sgweiar ar ei bedwar nes iddo wynebu Siôn am y tro cyntaf, a dychrynodd Catrin wrth weld ei wyneb. Edrychai cyn hyned â'r hen Ifan! Ond yn waeth na hynny, gwyliodd Catrin mewn arswyd wrth i'w anadl dynhau a'i gorff ddechrau siglo. Gollyngodd ei ddarnau papur a chrafangodd ei ddwylo yn ei goler tra deuai synau tagu o'i wddf. Oedd o'n mynd i gael trawiad arall? Edrychodd Catrin yn wyllt am gymorth gan John, ond diflannodd y geiriau oedd ar ei gwefusau wrth iddi wylio'i wyneb. Roedd ef fel petai'n mwynhau gweld ei dad yn y fath gyflwr.

Siôn ddaeth i'r adwy. Brysiodd ymlaen a chodi'r hen ddyn ar ei draed a'i hebrwng yn ofalus at gadair. Rhoddodd ef i eistedd ger y tân a gofynnodd i Catrin estyn diod o frandi. Aeth hithau at y cwpwrdd bach i dywallt gwydraid. Wrth iddynt dendiad ar y Sgweiar, rhuthrodd Rhobart i'r stafell gyda rhai o'r gweision stabal y tu ôl iddo, yn amlwg â'u bryd ar amddiffyn y teulu. Ond anfonodd John hwy allan yn ddiamynedd, gan eu ceryddu am fod mor feiddgar, ac wedi i'r olaf ohonynt gael ei hysio o'r ystafell, caeodd y drws ar eu holau a'i gloi. Erbyn hyn roedd y Sgweiar wedi ymdawelu, a'i anadlu yn fwy sefydlog. Gwnaeth ymdrech arwrol i gael trefn arno'i hun a'i sefyllfa.

'A beth ydi ystyr hyn, syr, madam?' holodd mewn llais

crynedig oedd yn barodi o'i dôn ffroenuchel, oeraidd, arferol. Anelwyd ei eiriau at Siôn a Catrin.

'Ie wir, gyfeillion,' ychwanegodd John, mor lliniarus â phetai ond yn trafod y tywydd. 'Gyda llaw, eisteddwch,' gwahoddodd hwy, gan fynd i dywallt dau wydraid arall o frandi. Rhoddodd un i Siôn gan gadw'r llall ei hunan. Ni chynigiodd ddim i Catrin. Roedd hi mewn gwewyr. Nid adwaenai'r John newydd yma, mor goeglyd ei fin ac mor llawn hyder. Amneidiodd John arnynt i eistedd cyn dod â chadair iddo'i hunan a'i gosod gyferbyn â'i dad ger y tân.

'Rŵan, 'ta, Siôn,' meddai wedyn, 'beth s'gen ti i'w drafod â Nhad sydd mor bwysig fel dy fod yn gwthio dy ffordd heibio'r gweision?'

Edrychodd Siôn yn hir a phwyllog ar John cyn derbyn y gwahoddiad, fel petai'n ceisio dadansoddi'r ymddygiad annisgwyl yma. Os na wyddai Siôn beth oedd yn mynd ymlaen ym meddwl John, roedd Catrin yn sicr ar goll. Edrychai o un wyneb i'r llall, yn eu gwylio'n ofalus, tra aflonyddai'r Sgweiar yn ddiamynedd. Gwingai yn ei gadair, ac oni bai am ei wendid, teimlai Catrin yn sicr y byddai wedi codi a mynd allan o'r ystafell.

'John,' meddai'r hen ŵr mewn llais cwerylgar, gan bwyntio at Siôn. 'Beth mae hwn yn ei wneud yma?'

Roedd hynny'n ddigon o sbardun i Siôn gychwyn ar ei achos. 'Syr,' dechreuodd yn stiff, 'rwyf am i'ch mab fod yn bresennol fel tyst i'r hyn sydd gennyf i'w ddweud.'

'Wel, does gen i ddim i'w ddweud wrthych chi, *syr*!' atebodd y Sgweiar yn wawdlyd, gan adennill rhywfaint o'i hen asbri. 'John, hel o allan, wnei di?'

'Na, na, Nhad,' meddai John yn addfwyn, 'rydw i am ei glywed.'

Beth oedd wedi dod drosto, meddyliodd Catrin. Edrychai fel pe bai'n rheoli'r sefyllfa, y wên fach od yna'n dal i chwarae ar ei wefusau. Roedd Siôn yn amlwg wedi ei synnu hefyd, oherwydd edrychai o'r tad i'r mab, fel petai'n ansicr sut i ailddechrau.

'Syr,' meddai o'r diwedd, 'y bore 'ma fe geisiodd Twm Elias, fy llystad, ladd ei hun yn yr efail.'

Cododd aeliau y Sgweiar, ond roedd ei lais yr un mor gwerylgar wrth iddo ateb. 'A beth sy wnelo fi â hynny, syr?'

'Beth? Mi ddyweda i wrthych chi beth, syr!' atebodd Siôn yn chwyrn. Roedd ymddygiad milain y Sgweiar yn gwneud ei dasg yn haws. Tybiai Catrin fod bwriad gwreiddiol Siôn wedi simsanu wrth weld gwendid yr hen ŵr, ond ei fod yn awr yn gallu anwybyddu ei betruster. 'Ni allai Twm oddef mwyach y baich o euogrwydd a roddoch chwi ar ei ysgwyddau, syr! Baich hollol anhaeddiannol, fel rydych yn gwybod yn dda. Dim ond dyn cwbl ddiegwyddor, ysgeler, fyddai'n caniatáu i ddyn diniwed fel Twm gario'r fath faich drosto!'

Edrychai'r Sgweiar fel petai mewn dryswch llwyr, a gallai Catrin weld fod John, yn ogystal â hithau, yn dioddef o'r un dryswch.

'John, anfon hwn allan, wnei di?' erfyniodd ei dad. 'Mae o'n hollol wallgo.'

'Rydw i'n dueddol o gytuno â chi, Nhad,' meddai John, 'ond gadwch iddo egluro'i hun. Wel, Siôn?'

Yn araf a phwyllog, gan gadw'i dymer dan reolaeth, adroddodd Siôn hanes Twm yn dod ar draws corff Ficer Piers, a'r modd roedd wedi cicio'r corff hwnnw, gan gredu, ar sail tystiolaeth Enoch Evans, ei fod wedi cicio'r ficer yn farw. Adroddodd sut yr oedd Enoch Evans wedyn wedi gadael i Twm gredu hynny dros yr holl flynyddoedd, ond, yn waeth fyth, wedi ei orfodi i roi ei lafur yn rhad ac am ddim i'r Sgweiar yn dâl am ei ddistawrwydd.

Cythruddwyd Catrin ac atgoffwyd hi o'i bwriad gwreiddiol. Aildaniodd ei thymer a chychwynnodd ar ei hymosodiad hithau ar ei hewythr. 'Dyna'n union sut mae o wedi ymddwyn tuag at Modryb Dorothy,' meddai, gan droi at John a Siôn. 'Ei herlid a'i chystwyo â'i eiriau creulon nes ei bod yn methu â goddef rhagor!'

'Catrin!' meddai John a'i dad ar yr un gwynt, ond roedd yn benderfynol na fyddent yn llwyddo i'w thewi.

'Doeddech chi ddim yno!' meddai'n daer wrth y ddau ifanc. 'Chlywsoch chi mo'r enwau y galwodd o hi! Geiriau brwnt a'i gyrrodd o'r plas ynghanol y storm ac a'i gyrrodd hi dros y dibyn! A thithau,' trodd ar John, 'wnest ti ddim hyd yn oed holi pam fod dy fodryb allan yn y ddrycin! Aros i ffwrdd am wythnosau a dim mymryn o ots gen ti be ddigwyddai yn dy absenoldeb! O na, doedd hi'n neb yn eich llygaid chi, nag oedd?' cyhuddodd y tad a'r mab yn wyllt. 'Dynes ddi-nod, i'w goddef cyhyd â'i bod yn aros allan o'ch golwg chi! Ond gynta mae hi'n meiddio mwynhau ei hun fel person cyffredin am ddim ond rhyw chwarter awr fach – ia, dim ond cael chwerthin am *chwarter awr* allan o'i hoes gyfan – ac mi rydach chi'n ei herlid i'w marwolaeth!'

'Wyt ti'n dweud mai lladd ei hunan wnaeth Modryb Dorothy?' gofynnodd John mewn syndod. Petrusodd Catrin am eiliad cyn rhoi ateb. Yn ei chalon, roedd wedi amau mai bwriadol oedd cwymp ei modryb dros ddibyn Porth Cadlan, ond nid oedd am roi unrhyw esgus i'r dynion yma wrthod angladd Cristnogol iddi.

'Nag ydw, siŵr iawn!' atebodd yn chwyrn. Roedd ei dwylo wedi eu gwasgu'n ddyrnau, a buasai wedi ymosod arnynt pe gallai benderfynu pwy i'w ddyrnu gyntaf. Doedd yr olwg hurt ar wyneb John ddim yn amddiffyniad yn ei thyb hi – roedd o cyn waethed ac mor euog â'i dad. Yn ei gwylltineb, trodd yn ymbilgar at yr unig wyneb a fyddai'n debygol o gydymdeimlo â hi. 'Faset ti'n gallu cyhuddo merch ddeuddeg oed,' gofynnodd i Siôn, 'o fod yn butain, yn hwran, yn ... yn ... *Jezebel*? A hithau, druan fach, wedi cael ei threisio gan ryw ddyn? Faset ti? Ac ar ben hynny, yn dal i'w galw'n butain un mlynedd ar bymtheg yn ddiweddarach?' Diffygiodd ei nerth, wedi gweithio'r storm eiriol allan o'i chorff. Teimlai'n hollol lipa a diymadferth, ac fe gymerodd rai eiliadau iddi sylweddoli fod distawrwydd llethol yn yr ystafell. Roedd y tri wyneb yn syllu arni, pob wyneb yn mynegi rhywbeth gwahanol: diffyg dealltwriaeth ar wyneb John, cynddaredd ar wyneb ei dad, a wyneb Siôn fel petai goleuni'n dechrau gwawrio arno o'r diwedd.

John oedd y cyntaf i dorri'r distawrwydd. 'Ei threisio?' meddai'n anghrediniol. Nodiodd hithau ei phen.

Atgyfnerthodd y Sgweiar o glywed cyhuddiadau mor annheg. 'Mi rwyt ti wedi anghofio dweud un peth,' meddai, ei ddannedd yn crensian dros ei eiriau. 'Wnest ti ddim sôn ei bod hi wedi beichiogi!'

'Beichiogi?' ailadroddodd John nes i'w dad droi arno'n ffyrnig a gofyn ai carreg ateb ydoedd. Caeodd John ei geg yn glep. Cododd yn ddisymwth a mynd i eistedd ar silff y ffenestr, gan afael mewn cragen dro fawr a orweddai ar fwrdd bach gerllaw.

'Mi rydw i'n gweld y cyfan rŵan,' meddai Siôn yn dawel, fel petai'n siarad ag ef ei hun. 'Dyna beth oedd yn fy mhoeni fwyaf – y rheswm pam.' Cyfeiriodd ei gwestiwn at y Sgweiar. 'Mi rydw i'n iawn, yn tydw? Griffith Piers dreisiodd Meistres Dorothy, yntê?'

Roedd wyneb y Sgweiar wedi gwelwi heblaw am ddau smotyn bach coch llachar ar bob grudd. Daeth y twrw rhyfedd o'i wddf unwaith eto, ond rhwygodd llais John drwy'r awyr cyn i Catrin allu ymateb.

'Beth wyt ti'n ceisio'i ddweud, Siôn? Eglura!'

'Ewythr John laddodd Griffith Piers?' meddai Catrin, gan droi i syllu ar yr hen ŵr.

'Ia,' atebodd Siôn yn syml. 'Roeddwn i wedi amau hynny ers blynyddoedd, ond heb allu bod yn sicr oherwydd allwn i ddim gweithio allan pam y byddai'n gwneud y fath beth. Rŵan rydw i'n deall. Fe ddaethoch ar draws y ficer yn treisio'ch chwaer, yn do, syr? Ac yna mi wnaethoch chi ei dagu.' Disgwyliodd am ymateb gan y Sgweiar, ond ddaeth yna'r un.

'Ond pam ddaru chi droi eich cefn ar Dorothy?' holodd Catrin. 'Os oeddech chi'n gwybod ei bod wedi dioddef y fath gam, pam ei thrin fel y gwnaethoch?'

Trodd yr hen ŵr yn ffyrnig ar Catrin. 'Mi wnes i ei thrin yn well na'i haeddiant, madam! *" . . . ac wele, hi a feichiogodd hefyd mewn godineb. A dywedodd Judah, Dygwch hi allan, a llosger hi,"* medd y Beibl, ond wnes i ddim troi cefn arni hi. Putain ydi merch sy'n beichiogi tu allan i briodas, mae pawb yn gwybod hynny! Sut oeddwn i i fod i'w thrin, dwedwch? Roeddwn i wedi lladd dyn ar ei chownt hi – ia, rydw i'n cyfaddef i mi ladd y ficer – ond beth arall allwn i ei wneud ar y pryd? Beth fyddai unrhyw ddyn yn ei wneud wrth weld ei chwaer yn cael ei threisio, dwedwch wrtha i?' Roedd llais y Sgweiar wedi codi'n daer. 'Lladd dyn, ac yna darganfod mai ofer oedd y cyfan? Darganfod fod ei chwaer wedi mwynhau'r profiad?' Sylwodd Catrin fod y dagrau'n powlio i lawr ei ruddiau yntau, cyn iddo dynnu anadl ddofn. 'Mi aberthais i fy enw da er ei mwyn hi: torri cyfraith Duw a chyfraith gwlad, a gweld fy stad yn edwino o flwyddyn i flwyddyn, a'r cyfan o'i hachos hi!'

Clywodd Catrin dwrw malu y tu ôl iddi. Trodd ei phen yn gyflym i weld John ar ei draed, a'r gragen yn deilchion ar y llawr. Roedd ei lygaid yn anferth yn ei wyneb a'i lais yn floesg pan siaradodd.

'Edwino, meddech chi? Ai dyna ystyr colli'r weirglodd bella? Colli'r holl ddarnau eraill o dir Bodwrda i Enoch?'

'Roedd yn rhaid i mi,' plediodd ei dad yn daer. 'Fe ddaeth ar fy nhraws yn gwyro dros y corff, fy nwylo'n dal i wasgu gwddw'r diawl, ond fe ddwedodd y byddai'n fy helpu. Fo ddaru gael 'madael â'r corff i mi! Y cyfan oedd o eisiau'n ôl oedd cael bod yn asiant i'r stad. Ac mae o wedi bod yn asiant da, wedi gwneud ei waith yn gydwybodol a gonest! Allai dyn ddim disgwyl cael gwell asiant.'

'Sut allwch chi ddeud hynny, ac yntau wedi cymryd yr holl diroedd yma oddi arnon ni?' meddai John yn siomedig.

Gostyngodd llais y Sgweiar nes i Catrin orfod clustfeinio i glywed ei eiriau nesaf. 'Roedd o angen lle i wneud cartref iddo'i hun,' sibrydodd. 'Yna 'chydig bach mwy, a 'chydig bach mwy bob blwyddyn. Byth yn gofyn gormod ar y tro, ond yn naddu tameidiau bach o'r stad flwyddyn ar ôl blwyddyn, fel dŵr yn naddu craig.' Torrodd yr hen ŵr i lawr yn llwyr, ond doedd dim toddi ar galon Siôn.

'A faint daloch chi iddo fo am farwolaeth yr hen Ifan a Mari Grepach? Mwy nag a daloch chi am fy hel i oddi cartref i farw ar feysydd rhyfel Ewrop, mae'n siŵr!' Cododd y Sgweiar ei olwg yn sydyn gan syllu ar Siôn, a chredai Catrin fod syndod a dryswch yn yr edrychiad hwnnw. Ond cyn iddo allu ateb y cyhuddiad, roedd Siôn yn bwrw 'mlaen a holl chwerwder y blynyddoedd wedi ymgasglu yn ei lais. 'Doedd dim byd i'w dalu i Mam am golli ei hunig gymorth, nag oedd? Ac yn well fyth, dim gwaed ar eich dwylo chi. Sut allai neb weld bai ar y Sgweiar pan oedd o'n cynnig bywyd gwell i'r hogyn tlawd?'

Am y tro cyntaf ers dechrau'r ymweliad, fe edrychodd y Sgweiar i fyw llygaid Siôn, a'i alw yn ôl ei enw. 'Ond Siôn, achub dy fywyd di wnes i, nid ei ddinistrio! Wyt ti ddim yn deall? Roedd Enoch am i ni dy ladd di yn y fan a'r lle, rhag ofn i ti adrodd am yr hyn a welaist ti. Roedd o am drefnu pethau fel mai chdi fyddai'n ymddangos fel llofrudd y ficer. Ond fynnwn i mo hynny, Siôn! Rwyt ti'n anghywir – doeddwn i ddim am fod yn gyfrifol am farwolaeth arall!'

Cyn i unrhyw un ohonynt allu ymateb i honiadau Siôn nac i amddiffyniad y Sgweiar, daeth cnocio taer ar ddrws yr ystafell, a llais Rhobart yn galw oddi allan.

'Sgweiar! Meistar John! Ydach chi yna?'

Croesodd John yn gyflym at y drws a holi beth oedd yn bod.

'Neges bwysig, syr,' atebodd Rhobart, 'wedi dod i Siôn Rhisiart. Mae ei angen o adref ar unwaith, syr.'

Culhaodd llygaid Siôn, a daeth cuwch o ddrwgdybiaeth i'w wyneb. Edrychodd o wyneb y Sgweiar at y drws ac yn ôl, fel petai'n amau'r Sgweiar o lunio'r ymyriad. Yna edrychodd ar John, cyn troi at wyneb Catrin.

'Syr! Meistar Siôn, ydach chi yna, syr?' Daeth llais Rhobart drwy'r drws unwaith eto, ac fe drodd John y goriad i'w agor. Pan ddaeth wyneb Rhobart i'r golwg, galwodd y Sgweiar arno i fynd ag ef i'w wely, gan ei fod yn gwaelu. Prysurodd Rhobart i weini ar ei feistr, a gadawodd y ddau, y Sgweiar yn pwyso ar ysgwydd ei stiward.

'Gwell i mi fynd, John,' dywedodd Siôn yn dawel wrth i'r tri ifanc syllu ar ei gilydd, 'rhag ofn fod rhywbeth arall wedi digwydd i Twm neu Mam. Mi gawn ni siarad eto'n hwyrach.'

Treuliodd Catrin weddill y diwrnod yn ysu am gael trafod digwyddiadau a datguddiadau'r bore gyda rhywun, ac er iddi ddisgrifio'r cyfan wrth Lleucu, doedd hynny ddim yn ddigonol, rywsut. Ysai am gael gair efo Siôn, ond gwyddai fod hynny'n amhosib. Pan gerddodd i'r parlwr bach ar ôl swper roedd John yn sefyll yno â'i gefn at y tân, yn syllu i'r gofod o'i flaen. Roedd gwynt cryf wedi dechrau codi eto, gan ysgytian cwareli'r ffenestri'n flin y tu ôl i'r caeadau. Trodd ei ben i edrych arni'n croesi tuag ato ac eistedd ar gadair o flaen y tân.

'Wel,' meddai Catrin, gan nad oedd John, yn amlwg, am gychwyn y sgwrs. 'Wel, beth oeddet ti'n feddwl o honiadau Siôn?'

'Dim honiadau oeddan nhw, nage? Fe gyfaddefodd Nhad iddo ladd Ficer Piers.' Roedd ei lais yn rhyfeddol o dawel a dioslef. Bu'r ddau'n fud am rai munudau tra ceisiai Catrin ddyfalu beth oedd ar feddwl John. Ymddangosai mor bell oddi wrthi, mor ddigynnwrf ac ar wahân iddi hi a gweddill y byd.

'Ond pwy fasa'n meddwl fod Enoch Evans wedi dal y fath gleddyf wrth wddw dy dad, ac yn ei waedu o'i dir!'

'Mi wyddwn i hynny eisoes. Cefais hyd i'w bapurau'n cofnodi'r holl drosglwyddiadau.' Daeth elfen o chwerwder i'w lais wrth iddo siarad. 'Mae'r cyfan yn edrych yn hollol gyfreithlon, y gweithredoedd yn dangos gwerthiant y tiroedd i Enoch Evans, ond bod yr arian a dalodd amdanynt yn chwerthinllyd. Chwe cheiniog am hanner can erw!'

'Allwn ni ddim galw ar y Siryf i edrych ar y mater?'

'Be, a datgelu fod Nhad wedi llofruddio dyn?' Teimlodd Catrin y gwres yn codi i'w gruddiau o achos y gwawd yn ei lais. 'Na, dydw i ddim yn meddwl fod hynny'n syniad da. Ond mi feddylia i am ffordd i'w ddal o,' aeth ymlaen yn ddistaw, ei lygaid unwaith eto fel petaent yn edrych ar olygfa bell. 'O, gwnaf. Mi fydd y milwyr yma cyn bo hir, ac mi fydda i wedi meddwl am ffordd erbyn hynny.'

'Milwyr? Pa filwyr?'

460

Daeth meddwl John yn ôl i'r parlwr gyda herc. Tybiai Catrin fod rhith o euogrwydd yn ei lygaid wrth iddo edrych arni, ei geg yn agor ac yn cau fel petai'n methu dethol y geiriau cywir i'w dweud. Daeth ofn sydyn i'w chalon, er na wyddai pam.

'Pa filwyr, John?' meddai wedyn.

Dechreuodd yntau frygowthan. 'Wel, mae pethau'n mynd o chwith, yn tydyn? Wyddwn ni ddim pa bryd fydd y Gwyddelod ar ein gwartha ni, a . . . a . . . a . . . '

'Beth wyt ti wedi'i wneud?' Roedd arswyd yn llenwi ei meddwl. Gwingai John yn anniddig o flaen ei llygaid, ei ddannedd yn brathu ei wefus isaf, yna gwylltiodd yn gacwn.

'Mi rydw i'n gwneud fy ngorau i gadw pawb yn ddiogel!' dwrdiodd, gan daro dwrn yn erbyn cledr y llaw arall. 'Does neb yn gwerthfawrogi'r hyn dwi'n ei wneud yn y lle 'ma, neb yn gwerthfawrogi'r perygl rydyn ni ynddo fan hyn, y darn o Sir Gaernarfon sy agosaf at Iwerddon. Mi roedd yn rhaid i mi ei stopio fo! Pa wybodaeth roedd o'n ei gario 'nôl i'w feistri ar y cyfandir, tybed? Ei feistri Pabyddol, cofia. Allwn ni ddim ymddiried ein dyfodol i . . . i . . . ysbïwr!' Rhedodd allan o stêm, a syllodd yn anhapus arni.

'Ond mae Prins yn ymddiried ynddo fo,' atebodd Catrin yn dawel, er bod ei meddwl mewn cynnwrf cythryblus.

'Tebyg at ei debyg, dybiwn i,' oedd ei ateb chwerw. 'Mi ddylai Prins fod wedi ei roi yn nwylo'r awdurdodau'n syth, yn lle ceisio gwneud bargeinion ag ef.'

'John, paid â dweud wrtha i dy fod wedi bradychu Siôn i'r awdurdodau. Siôn ydi o, John; Siôn, dy hen gyfaill di.' Trodd ei llais yn erfyniol. 'Sut gallet ti fod wedi ei fradychu?'

Syllodd John i lawr at ei draed, a gwrthododd ateb. Ni

wyddai Catrin ar y pryd, nac wedyn ychwaith, sut y cafodd y nerth i godi'n dawel a gadael yr ystafell heb fod wedi mynd am wddf John a'i dagu â'i holl nerth. Erbyn iddi gyrraedd ei hystafell, fodd bynnag, roedd y dagrau'n rhedeg yn rhydd i lawr ei hwyneb. Beth allai hi ei wneud? Sut allai hi ei achub? Faint o amser oedd ganddynt cyn i'r milwyr gyrraedd a'i garcharu a'i boenydio a'i ddienyddio yn y ffordd fwyaf erchyll?

Roedd Lleucu wrthi'n paratoi'r gwely, yn gosod cerrig poethion i'w gynhesu ac yn gosod allan ddillad nos Catrin. Roedd cwynfan y gwynt i'w glywed yn gryfach ar yr ochr yma o'r plas, a rhedodd iasau o gryndod drwy gorff Catrin wrth iddi egluro sut roedd John wedi galw'r milwyr i ddal Siôn. Gwrandawodd Lleucu'n astud.

'Be newch chi, mistras?'

'Wn i ddim, Lleucu,' atebodd Catrin, gan gerdded i fyny ac i lawr yr ystafell. 'Rhaid rhybuddio Siôn rywsut.' Gwasgodd ei breichiau at ei chorff ac estynnodd Lleucu ei gŵn llofft i'w meistres. Eisteddodd ar y gwely.

'Mi a' i,' cynigiodd Lleucu, ond ysgydwodd Catrin ei phen yn bendant.

'Na, ddim yn y gwynt mawr yma. Faswn i ddim am i tithau gael damwain.' Cododd drachefn, ac ailddechrau camu'r ystafell. 'Na,' meddai o'r diwedd, gan ddod i benderfyniad. 'Rhaid i mi fynd fy hun.'

'Ond mistras . . . '

'Na, paid â dadlau, Lleucu! Dyma'r unig ffordd. Alla i ddim gofyn i neb wneud rhywbeth nad wyf yn fodlon ei wneud fy hunan. Estyn fy nghlogyn c'nesaf i mi, wnei di? A'r 'sgidiau ffwr.' Gwisgodd yn gyflym. 'Dos di o 'mlaen i lawr y grisiau i weld a yw'r ffordd yn glir, yna tyrd yn ôl i fan hyn a chloi dy hun i mewn nes y dof adref. Smalio bod yn fi, a bod cur pen arnat. A phaid â gadael neb i mewn, bendith y nefoedd!'

Pan agorodd Lleucu ddrws ochr y gweision, a rhoi ei thrwyn allan, dychrynodd o deimlo nerth y gwynt, a fu bron â chipio'r drws o'i llaw. 'Mistras bach, allwch chi ddim mynd allan yn hwn!' erfyniodd ar Catrin, ond anwybyddwyd ei geiriau. Cofleidiodd y ddwy'n gyflym, a chychwynnodd Catrin i wylltineb y nos. Cyn mentro pum cam o gysgod y plas, roedd yn edifar ganddi fod wedi mentro, ond ni allai feddwl am ffordd ddiogel i gael neges at Siôn. Daliai ei chlogyn yn dynn yn erbyn ei chorff a gwyrodd ei phen yn isel wrth i'r gwynt fygwth ei phwyo a'i dymchwel i'r clawdd fel petai mor ysgafn â deilen grin. Nid oedd wedi meddwl yn eglur sut roedd am gael gafael ar Siôn, na pha esgus fyddai ganddi am fentro allan fel hyn pe bai'n gorfod wynebu Twm a Meinir Elias. Wrth gerdded y troad yn y llwybr, daeth wyneb yn wyneb â holl nerth y gwynt. Teimlodd yr anadl yn cael ei wasgu o'i chorff, a bu bron iddi syrthio'n ôl. Gwyrodd ei phen yn is fyth, a chan grymu ei chefn, ymlwybrodd i gyfeiriad y bwthyn. Pe bai wedi gallu cerdded â'i phen i fyny, buasai wedi gweld y dynion oedd yn disgwyl amdani, dynion oedd yn cario blanced fawr a rhaffau.

Gwingodd Catrin yn wyllt yn erbyn ei rhwymau, ond i ddim pwrpas. Roedd yn cael ei chario ar draws ysgwydd dyn, wedi ei chlymu â rhaffau o'i hysgwyddau i'w fferau fel na allai symud na llaw na throed, ac roedd y mwgwd am ei phen yn ei rhwystro rhag sgrechian am gymorth na gweld i ble'r oedd yn cael ei chario, na phwy oedd y cariwr. Câi ei chorff ei ysgytian gan bob cam a gymerai'r dyn nes ei bod yn teimlo'i pherfeddion yn gwegian. Ymhen ychydig, daeth i glywed crensian graean a thywod dan draed, a chlindarddach y môr cynddeiriog yn pwyo'r glannau. Mwy o leisiau croch wedyn wrth iddi gael ei throsglwyddo'n drwsgwl o un pâr o ddwylo brwnt i'r llall cyn ei gollwng, heb lawer o dosturi, ar goediach gwlyb, anwastad, oedd yn codi a gostwng fel march yn carlamu drwy goedlannau.

Gadawyd hi i orwedd yno am ysbaid hir, yn unig heblaw am yr elfennau. Gallai deimlo'r cwch – oherwydd deallodd mai mewn cwch bach y gorweddai – yn gwingo a phlycio yn erbyn ei raffau, a gweddïodd na fyddai'r rheini'n torri a'i gadael yn ysglyfaeth i fympwy'r môr didostur. Treiddiodd y gwlybaniaeth yng ngwaelod y cwch drwy ei dillad gan sugno'r gwres o'i chorff, a chyda'r ewyn o'r tonnau uchel a dorrai'n rheolaidd dros ymylon y cwch yn trochi'r gweddill, buan iawn y dechreuodd grynu o oerfel a'i dannedd yn clecian yn ddireol. Ond yn waeth na'r gofidiau corfforol oedd y gofid am iddi fethu yn ei bwriad o rybuddio Siôn. Pwy fyddai'n ei achub yn awr? Fyddai Lleucu'n gweld ei cholli ac yn chwilio am Siôn ei hunan? Ai'r milwyr y gyrrodd John amdanynt oedd wedi ei chipio hi, ac a oeddan nhw'n awr wedi mynd yn ôl i ddal Siôn? Ond wedyn, peth rhyfedd oedd i filwyr ddefnyddio cychod ar noson mor stormus, a pham ei chipio hi? Pwy oedd y dynion hyn, a beth oedd eu bwriad?

Ymhen hir a hwyr, daeth y lleisiau'n ôl, a gollyngwyd rhywbeth mawr, trwm, llonydd wrth ei hochr. Siglodd y cwch yn beryglus wrth i'r rhwyfwyr ddringo i mewn, yna dechreuodd un o'r siwrneiau gwaethaf a ddioddefodd Catrin erioed: ei chorff yn cael ei ysgytian a'i daflu yn erbyn ochrau'r cwch, a hithau'n gallu gwneud dim i'w harbed ei hunan, wrth i'r rhwyfwyr frwydro yn erbyn nerth y môr. Cododd lefel dŵr y gwaelodion wrth i'r tonnau gwyllt dorri ar flaen y cwch a throchi Catrin nes iddi gredu mewn braw y byddai'n cael ei boddi yn y fan a'r lle, gan na allai godi ei phen yn ddigon uchel o'r dŵr. Treuliodd yr amser yn gweddïo ar Dduw am waredigaeth, ond nid tan i un o'r rhwyfwyr ei chicio gyda'r geiriau

464

'Taw, yr ast!' y sylweddolodd iddi fod wedi gweddïo ar lafar. Credodd am eiliad eu bod wedi taro craig pan deimlodd glec yn rhedeg drwy'r estyll, ond daeth gweiddi uwch eu pennau, gyda llawer o drafod a rhegi'n dilyn, a sylweddolodd eu bod wedi cyrraedd llong.

Trawyd ei phen wrth iddi gael ei chodi, a syrthiodd yn hanner anymwybodol, ei meddwl yn nodi o bell yr ysgwyd, y plycian, y taro, y cleisio wrth iddi gael ei chodi i fwrdd y llong. Gollyngwyd hi fel sachaid o ŷd ar y bwrdd, ac roedd yn ddiolchgar am hynny. Teimlai'r coed llyfn dan ei boch fel gwely plu esmwyth ar ôl yr holl ysgytian. Ond byr fu ei rhyddhad. Clywodd daran mor uchel nes byddaru ei chlustiau, a dymchwelodd glaw taranau ar ei phen gan sicrhau nad oedd un tamaid o'i chroen yn sych. A fyddai diwedd fyth i'r hunllef ddyfrllyd hon, griddfanodd wrthi ei hunan, yn ysu am gael marw. Daeth yn ymwybodol o leisiau'n ffraeo uwch ei phen, a deallodd un cwestiwn oedd yn cael ei ailadrodd dro ar ôl tro: 'Pam fod 'na ddau?' Ni allai amgyffred ystyr y cwestiwn, ac roedd y tu hwnt i falio amdano. Toc, teimlodd freichiau'n gafael yn ei hysgwyddau a'i llusgo ar draws y bwrdd, yna'n ei chodi a'i chario i lawr ystol. O leiaf roedd bellach allan o afael y glaw, er bod y llong yn crynu drwyddi dan lach y ddrycin, y coed yn gwichian ac yn cwynfan fel bod dynol mewn poen. Tynnwyd y rhaffau oddi am ei chorff, yna'r mwgwd oddi ar ei hwyneb, ond nid oedd golau yn ei charchar i weld pwy a'i rhyddhaodd.

Gadawyd hi yn unig, a threuliodd y munudau nesaf yn rhwbio bywyd yn ôl i'w dwylo a'i choesau a'i thraed. Ceisiodd godi, ond cyn iddi gyrraedd ei llawn daldra, trawodd ei phen yn erbyn y nenfwd, a suddodd yn ôl i'r llawr. Yn fwy gwyliadwrus, dechreuodd archwilio'r gofod roedd ynddo drwy gropian ar ei phedwar, un llaw yn codi o'i blaen i deimlo'i ffordd. Uwch ei phen, clywodd leisiau'n galw gorchmynion, a sŵn yr angor yn cael ei godi. Dechreuodd y llong blymio a dowcio wrth i'r gwynt gael gafael arni, a dechreuodd ei stumog hithau blymio a dowcio mewn cyfeiliant. Anghofiodd ei bwriad o archwilio, anghofiodd y cyfan am ei helynt hi a thynged Siôn, anghofiodd am y ddrycin a'i hofn o foddi wrth i'w chorff geisio ymateb i'r holl symudiadau ffyrnig.

Wyddai hi ddim am sawl awr y bu hi yno. Efallai iddi gysgu, efallai iddi lewygu, efallai iddi fod yn anymwybodol, ond yn raddol daeth i ddirnad fod y cyfan drosodd. Roedd tawelwch o'i hamgylch, heblaw am ambell lais yn galw'n hamddenol, ac ambell wich gysurus o fastiau'r llong. Sylweddolodd fod ei chorff mewn cyflwr difrifol, ac roedd yr arogleuon yn ddigon iddi fygwth ailgychwyn chwydu. Byddai wedi rhoi ei holl olud am ddysglaid o ddŵr a sebon, dillad glân a llygedyn o oleuni.

Yn wyrthiol, cafodd ei dymuniad o fewn ychydig amser. Agorwyd y drws a gwelodd fod awyr las y tu hwnt iddo, ond cyn iddi allu ystyried sawl diwrnod oedd wedi mynd heibio ers y cipio, daeth bachgen i mewn a gosod padellaid o ddŵr ar y llawr wrth ei hochr. Cerddodd heibio iddi a thynnu caeadau oddi ar ddau agoriad, gan adael i heulwen aeafol ffrydio i'w charchar a datgelu'r holl annibendod anghysurus.

'Beth ydi dy enw di?' gofynnodd Catrin, yn hynod falch o'i weld. Ni wyddai sut arall i ddal ei sylw, i'w gadw'n gwmni. Roedd ganddo lygaid rhy fawr i'w ben, ac roedd golwg ddiniwed, ond caredig, ar ei wyneb.

'Deio,' atebodd yntau'n araf, ond pan ddechreuodd holi ble'r oedd hi, trodd i ffwrdd oddi wrthi. Aeth at y drws heb edrych arni eto. Eglurodd y byddai'n dod yn ei ôl ymhen munud neu ddwy gyda dillad glân iddi. Pe bai hi'n ymolchi a gwisgo, yna fe fyddai'n ei harwain i gael gair gyda chapten y llong, ac yna fe fyddai'n ei hebrwng i gaban newydd. Roedd hi'n falch o ufuddhau. Erbyn iddi glywed cnoc arall ar y drws, roedd wedi ymolchi; gwthiwyd bwndel o ddilladau iddi, a gwisgodd yn frysiog. Wrth wisgo, rhyfeddodd fod dillad merch mor ddestlus ar gael ar y llong, er iddynt fod ychydig yn rhy fawr iddi. Pan ddaeth Deio'n ôl i'w hebrwng at y capten, teimlai Catrin mewn gwell cyflwr i wynebu beth bynnag oedd i ddod.

'Meistres Catrin,' cyfarchodd Alex Bodfel hi, gan foesymgrymu'n isel. 'Mae'n bleser eich cael chi ar fy llong o'r diwedd.'

'Nid o'm bodd, syr,' atebodd hithau'n oeraidd, gan guddio'i syndod yn chwim. Dan effaith ei hartaith blaenorol teimlai bellach yn benysgafn, a simsanodd nes i Bodfel estyn ei gadair iddi'n syth. Ymddiheurodd Bodfel am y sefyllfa gan honni mai camgymeriad oedd y cyfan, nad hi oedd yr ysglyfaeth mewn gwirionedd, fod ei ddynion yn rhy frwdfrydig yn eu gwaith, a'u bod wedi neidio arni a'i chlymu heb sylweddoli pwy ydoedd. Ond roedd popeth yn iawn, gan eu bod wedi llwyddo ar eu hail gynnig.

'Beth? Pa ail gynnig?' holodd Catrin yn ddryslyd, y llif o eiriau'n ormod i'w meddwl gwantan. 'Ble'r ydan ni'n mynd? Beth rydych chi ei eisiau gen i?'

'Dewch i weld,' gwahoddodd Bodfel yn rhadlon. Gafaelodd yn ei braich yn dyner a gofalus a'i thywysu allan ar fwrdd y llong. 'Ydych chi'n gwybod rŵan lle'r ydych chi?' gofynnodd iddi, a thinc chwareus, pryfoclyd yn ei lais.

Edrychodd Catrin ar yr arfordir a welai ar y gorwel. Gyda'r gwynt egnïol a lanwai'r hwyliau, gan yrru'r llong fel sglefriwr dros wyneb y dŵr, roedd yr arfordir hwnnw fel petai'n dynesu'n gyflym. Doedd hi erioed wedi gweld penrhyn Llŷn o'r môr cyn hyn, ac fe gymerodd rai munudau iddi ddeall beth oedd o'i blaen. Sylweddolodd ei bod wedi disgwyl gweld gwlad estron, ddieithr o flaen ei llygaid, nid bae tywodlyd Aberdaron, a thu hwnt iddo, mynydd y Rhiw a thrwyn Cilan, traeth isel Porth Neigwl o'r golwg dros y gorwel, gan wneud i Gilan edrych fel un o ynysoedd Sant Tudwal. Cip ar lannau Pwllheli, yna castell Cricieth ar ei fryncyn creigiog yn herio castell Harlech am warchodaeth aberoedd y Glaslyn a'r Dwyryd, a glannau anghynefin y Canolbarth yn ymestyn yn ddi-ben-draw am y de. Ond yr ynys a aeth â'i bryd. Cafodd wedd hollol newydd ar Enlli wrth ei gweld o'r môr. Hwyliai'r llong yn gyflym tuag ati o'r de-orllewin, a synnodd mor ddiniwed yr edrychai mynydd Enlli o'r cyfeiriad yma: bryncyn glaswelltog, llyfn, nid y clogwyn serth, bygythiol a welid o Uwchmynydd, ei lethrau fel petaent yn plymio'n unsyth i'r môr.

'Doeddwn i ddim wedi bwriadu mynd â chi ymhell,' eglurodd Bodfel wrth ei hochr, 'ond roedd yn fwy diogel hwylio allan i'r môr ynghanol y storm, o afael pob craig a lli. Enlli oedd fy nod o'r dechrau. Byddaf yno am ychydig ddyddiau yn cwblhau fy musnes. Rŵan, os gwnewch chi f'esgusodi, mae'n rhaid i ni baratoi ar gyfer glanio. Croeso i chi wylio.'

Derbyniodd Catrin y gwahoddiad. Er bod naws afreal i'r profiad cyfan, fe'i cafodd ei hun yn mwynhau gwylio'r paratoadau, y morwyr chwim yn dringo'r mastiau i dynnu'r hwyliau i mewn, y llywiwr yn dilyn cyfarwyddiadau Bodfel i'r llythyren, tra gollyngai eraill yr angor lusgo i arafu'r llong. Syllodd yn hir ar ŵr ifanc, golygus, â thoreth o wallt modrwyog, melyn yn disgyn dros ei glustiau, oedd yn cynorthwyo Bodfel i alw'r gorchmynion. Hwn, yn ddiamau, oedd 'Henrietta' yn ei wir wedd. Ni allai dynnu ei llygaid oddi arno nes iddo droi ac edrych arni hithau, ond gyda'r fath oerni yn ei lygaid, y fath ddirmyg yn ffurf ei wefusau, nes iddi droi i ffwrdd mewn annifyrrwch. Llithrodd y llong yn araf a phwyllog heibio i Ben Diban a Maen Du nes cyrraedd ei hangorfa ym Mhorth Solfach, a'r gwynt yn eu cadw'n ddiogel rhag creigiau'r ynys.

31

Casseg oer waneg wŷr heini – i ddŵr
O Ddaron i Enlli;
Gwaelgwch yn llamu gweilgi
A phren yw hôl ei ffrwyn hi.

Richard Hughes, Cefnllanfair (m. 1618)

Hebryngwyd Catrin o'r llong at dŷ rhyfeddol o fawr a lochesai yng nghesail y mynydd. Gadawyd Henri a'r mêt i oruchwylio'r dadlwytho. Parhâi'r ymdeimlad o rith afreal wrth iddi gyd-gerdded â'i gwesteiwr, yn ymgomio'n naturiol am fywyd gwyllt yr ynys, stormydd erchyll y gaeaf pan glapiai'r môr ei ddwylo dros wasg yr ynys, a'r bywyd caled a gâi'r trigolion. Roedd yn anodd ganddi gofio ofn a phryder ei sefyllfa, a'i bod yn garcharores, pan oedd ymddygiad Bodfel mor foneddigaidd a chroesawgar tuag ati. Meddwl am dynged Siôn a lwyddodd i'w chadw'n wyliadwrus: beth fyddai ei hanes erbyn hyn?

Wedi cyrraedd y tŷ, dangoswyd Catrin i'r ystafell wely. Ei ystafell ef a Henri ydoedd, cyfaddefodd Bodfel, ond ei fod yn ei rhoi at ei defnydd hi tra arhosai ar yr ynys. Os cyfareddwyd Catrin gan gartref Bodfel yn Nhŷ Mawr, yna fe'i rhyfeddwyd yn llwyr gan yr ystafell hon. Llenwid y llawr gan wely pedwar postyn anferth, ei lenni o frocêd eurwe. Ffenestr fechan oedd iddi, a buasai'r ystafell wedi bod yn dywyll oni bai am ddau ddrych hirsgwar, mawr, un gyferbyn â'r ffenestr, a'r llall gyferbyn â phen y gwely, y ddau yn adlewyrchu golau a phob symudiad yn yr ystafell. Ond yr hyn a aeth â'i bryd oedd y defnyddiau cain a orchuddiai'r waliau. Roedd pob ffurf o goch a phorffor yn llifo a chymysgu yn y sidanau drudfawr, ac edefyn aur yn ffurfio patrymau dail a blodau yma ac acw drostynt. Ni welsai Catrin erioed y fath odidowgrwydd, o'r canhwyllyr efydd yn y nenfwd i'r carpedi Persiaidd o sidan gwingoch a du.

'Ydych chi'n ei hoffi?' gofynnodd Bodfel, gyda balchder plentyn bach yn dangos ei degan newydd. 'Dewch y ffordd hyn, i weld yr ystafell wisgo.' Roedd yn rhaid i Catrin edmygu'r cistiau coed camffor a chedrys yn llawn dilladau, ac ni wyddai sut i ddiolch iddo pan roddodd y cyfan i'w defnydd. Ysai am ofyn ai dilladau Henri oeddynt, ond nid oedd ganddi'r hyfrdra. Addawodd Bodfel anfon un o'r merched i weini arni, ac y byddai swper yn barod toc.

Gadawyd hi ar ei phen ei hun, a theimlai'n bur egwan. Sawl diwrnod oedd wedi mynd heibio ers iddi gael bwyd, tybed? Eisteddodd ar y gwely gyda'r bwriad o geisio gwneud synnwyr o'r cyfan, ond cymaint oedd ei blinder fel na allai gadw ei llygaid ar agor. Syrthiodd i gysgu, a bu yno am o leiaf awr cyn cael ei deffro gan gnoc ysgafn ar y drws. Gan gredu mai'r forwyn fyddai yno, galwodd 'Dewch i mewn' yn gysglyd, heb drafferthu i godi o'r gwely. Caeodd ei llygaid unwaith eto. Doedd ganddi ddim awydd trafod dim gyda'r forwyn; efallai y byddai'n gallu cael hambwrdd o fwyd yn y fan hyn, yn hytrach na mynd i'r neuadd am swper.

Cynhyrfodd yn llwyr wrth deimlo pâr o wefusau cynnes, meddal, yn cyffwrdd â'i gwefusau'n dyner. Cynhyrfodd fwyfwy pan agorodd ei llygaid a gweld Siôn yn penlinio wrth ei hochr, ei lygaid yn dawnsio'n ddireidus a'i wên o lawenydd yn hollti ei wyneb. Credodd mai breuddwyd neu rith ydoedd, nes iddo wyro ymlaen

471

eto a'i chusanu eilwaith, y tro yma gyda'r fath nwyd fel nad oedd modd iddi amau ei bresenoldeb cnawdol. Taflodd ei breichiau am ei wddf, a chan wneud synau bach bodlon fel cenawon wrth y deth, bu'r ddau'n cofleidio a chusanu'n hir.

A'r wefr gyntaf drosodd, syllodd Catrin i fyw ei lygaid, yn rhyfeddu at ei ymddangosiad. Bu'n gweddïo am ei waredigaeth, do, ond hyd yn oed ym munudau ei gobeithion gwylltaf, ni ddychmygodd erioed y byddai'n ei gael wrth ei hochr fel hyn. Gofynnodd am esboniad, ac fe ufuddhaodd Siôn.

Ymddengys mai'r neges frys a'i tynnodd ef o lyfrgell Bodwrda oedd rhybudd cwta oddi wrth Prins yn ei siarsio fod milwyr dan ofal y Siryf ar eu ffordd i Aberdaron i'w arestio, ac y byddai'n well iddo ffoi cyn gynted ag y bo'r modd. Ymosodwyd arno wrth iddo geisio gadael tŷ ei fam y noson honno, a'i gario'n ddiymadferth i long Bodfel, lle bu'n garcharor nes iddo gyrraedd Enlli. Yn ôl Bodfel, roedd wedi clywed, drwy ei gefnder John Bodville, fod milwyr ar eu ffordd i Aberdaron i ddal Siôn, a bod gwobr ar gael i unrhyw un fyddai'n helpu'r awdurdodau i'w ddal. Cyfaddefodd Bodfel mai'r wobr oedd yn apelio ato, nid unrhyw ddyngarwch tuag at Siôn, a dyna pam y cafodd ei gipio.

'Wn i ddim sut ar y ddaear fawr y daeth yr awdurdodau i glywed amdana i,' meddai Siôn yn ofidus, 'os na wnaeth Prins fy mradychu. Ond pam gwneud hynny ac wedyn fy rhybuddio?'

'Nid Prins oedd yn gyfrifol,' meddai Catrin yn llym. 'John oedd y bradwr. Fe ddigwyddodd sôn am ddyfodiad y milwyr ar ôl i ti fynd, a gwneud rhyw esgusodion tila, cywilyddus am eu galw. Dyna pam roeddwn i allan yn y storm: dod i dy rybuddio oeddwn innau pan ddaliodd dynion Bodfel fi.'

'Dyna beth oeddet ti'n wneud!' synnodd Siôn. 'Doedd Bodfel na finnau'n gallu dyfalu pam roeddet ti allan yr adeg yna o'r nos, ac yn y fath dywydd! O, 'nghariad bach i . . . ' Cofleidiodd Siôn hi unwaith eto, a llanwyd ei byd â llawenydd.

'Ond Siôn,' holodd yn feddylgar, 'pam nad wyt ti'n dal yn garcharor? Pam wyt ti'n cael bod fan hyn efo mi?'

'Dyn busnes ydi Bodfel yn gyntaf ac yn olaf,' atebodd yntau gyda gwên. 'Rwyf wedi addo dyblu gwerth y wobr iddo – a mwy – os cawn ni fynd yn rhydd. Ond yn well fyth, mae o – a Henri – yn fodlon fy nghludo i Amsterdam. Dyna lle maen nhw'n mynd ymhen diwrnod neu ddau, meddai Bodfel. Wedi cael digon ar Gymru a Lloegr am y tro, efo'r holl helyntion ar y gorwel.' Cododd ar ei draed i dywallt dau wydraid o win o'r gostrel fechan oedd wedi ei gadael yn feddylgar wrth y ffenestr, a daeth â nhw'n ôl at y gwely. 'Mae o hefyd yn ddyn rhyfeddol o ramantus. Pan eglurais wrtho ein bod ni'n dau mewn cariad, roedd o wedi gwirioni'n lân. Mae o wedi rhoi'r ystafell yma i ni tra byddwn ni ar yr ynys, ac yn dy gynnwys di yn y trefniadau teithio.'

'Siôn,' meddai Catrin mewn llais isel a swil wedi iddo orffen egluro, 'pryd cawn ni briodi?' Doedd dim amheuaeth yn ei meddwl bellach ynglŷn â'i dyfodol. Siôn oedd cymar ei chalon, ac roedd yn amlwg iddi fod Duw, hefyd, yn ewyllysio eu priodas, gan Iddo eu taflu at ei gilydd mewn modd mor wyrthiol.

'Cyn gynted ag y cawn ni offeiriad i weinyddu,' atebodd Siôn, ond prysurodd ymlaen pan welodd y siom ar ei hwyneb. 'Fydd hynny ddim yn hir, wsti. Mi fydd Henri'n hwylio o'r ynys gyda'r llanw, i gyflawni busnes ar ran Bodfel, ond mi fydd yn ei ôl ymhen rhyw ddeuddydd. Wedyn oddeutu wythnos i hwylio i Amsterdam, a dyna ni.'

Gwenodd Catrin arno, er iddi deimlo'n siomedig. Byddai'r dyddiau nesaf yn annioddefol, meddyliodd. Sut roeddynt yn mynd i gyd-fyw mor agos i'w gilydd heb odinebu? Roedd ei chorff eisoes ar dân wrth deimlo'i agosrwydd, a hithau'n gefn dydd golau. Sut y byddai'n gallu goddef ysfaon ei chorff yn ystod oriau hir y nos?

Fel petai'n ymwybodol o'i meddyliau, cododd Siôn a chamu oddi wrthi at y ffenestr. 'Wyt ti'n teimlo'n ddigon cryf i godi?' gofynnodd iddi. 'Mi fydd Bodfel yn ein disgwyl i swper cyn bo hir.'

Gwenodd eu gwesteiwr yn groesawgar arnynt pan gyraeddasant y neuadd, ac arwyddo iddynt gymryd eu seddau wrth y bwrdd bwyd. Doedd Henri ddim am ymuno â nhw heddiw, eglurodd, gan ei fod yn paratoi i ddal y llanw nesaf. Roedd ganddyn nhw fusnes i'w gwblhau yng Nghaernarfon cyn hwylio am Amsterdam. Gwisgai Bodfel ddwbled hir o felfed du gyda chlos pen-glin o'r un defnydd, a choler wen o liain main ar ei grys, gydag ymylon les. Edrychai'n hynod o urddasol, nid yn annhebyg i'r portreadau a welsai Catrin o'r Brenin.

'Fel y dywedais i,' eglurodd Bodfel tra oedd yn bwyta, 'mae croeso i bawb wneud fel y myn fan hyn. Does neb i godi ael na phwyntio bys, dim cyfraith i'w thorri na chosb i'w dioddef.'

Oedd ei eiriau'n wahoddiad, neu'n ganiatâd, i odinebu, meddyliodd Catrin? Atgoffwyd hi o'i meddyliau cynharach a theimlodd y gwrid yn codi i'w gruddiau. Diolchai mai pryd ysgafn a syml oedd y swper, cigoedd oer gydag ychydig o lysiau a chaws, ond roedd y gwin yn arbennig o dda. Addurnwyd y neuadd mewn ffordd ddramatig hefyd, picellau ar ffurf croesau ar y waliau, ac ambell ben carw yma ac acw. Uwchben y lle tân gosodwyd dwy fwyell ryfel enfawr, eto ar ffurf croes, a chroen arth ddu ar lawr ger y ffenestr. Goleuid yr ystafell gan ganhwyllyr anferth o haearn yn crogi ar fachyn ynghanol y nenfwd. Rhedai rhaff drwchus o'r bachyn hyd at dderbynnydd yn wal y simdde, i'w ostwng er mwyn goleuo a diffodd y canhwyllau. Addurnwyd y canhwyllyr â siapiau ar ffurf deilen bigfain, gydag un ddeilen enfawr yn anelu am i lawr o'r both.

'Mae hi'n noson leuad olau, braf,' meddai Bodfel wrth iddynt godi oddi wrth y bwrdd. 'Pam nad ewch chi'ch dau am dro bach ar hyd yr ynys cyn noswylio? Mae'n berffaith ddiogel yma. Dilynwch y llwybr, ac mewn rhyw ddau gan llath fe ddewch at adfeilion yr hen fynachdy. Rhamantus iawn,' ychwanegodd gyda gwên awgrymog.

Cafwyd clogyn cynnes i Catrin ei wisgo cyn cychwyn ar y daith. Gellid gweld pob dafad a phob bustach yn yr awyr olau, glir; popeth wedi ei ariannu gan y lleuad lawn, pob blewyn gwair, pob deilen iorwg, pob brigyn eithin yn pefrio dan haenen o farrug trwchus. Gallai Catrin weld ei hanadl yn codi'n ager o'i cheg ac o geg Siôn wrth ei hochr, a gwyrodd ymlaen fel bod y ddau'n cymysgu'n un golofn o fwg ysgafn a droellai'n hyblyg cyn diflannu i'r nos. Dechreuasant gerdded fraich ym mraich yn araf ar hyd y llwybr, yn syllu ar y sêr ac yn gwrando ar y tawelwch.

O fewn deng munud o adael y tŷ, roeddent ger y fynachlog. Safodd y ddau'n fud, yn rhyfeddu at y colofnau toredig yn codi fel bysedd tua'r nef, gan daflu cysgodion unionsyth ar hyd gweddillion llawr yr eglwys. Roedd y to wedi diflannu, a'r rhan helaethaf o'r waliau. Mentrodd Catrin gerdded yn araf ar hyd cerrig y llawr, gan ddilyn bonion y muriau tuag at y dwyrain. Gallai glywed siffrwd pob symudiad bychan a wnâi defnydd ei chlogyn gan mor dawel oedd y lle. Dilynodd Siôn hi nes bod y ddau wrth y fan lle safai'r allor unwaith. Roedd pentwr o gerrig yn dal yno. Caeodd Catrin ei llygaid a dychmygu'r lle yn ei anterth. Nid bod yma fynachlog fawr, wrth gwrs. Yn ôl ei hewythr, cell feudwyol oedd ar Enlli. Dim ond y sancteiddiaf ddeuai yma i weddïo. Gwrandawodd am atsain o'u llafarganu yn codi o'r hen feini. Archwiliodd y cysgodion am eu hysbrydion yn penlinio mewn gweddi, yn croesi'r clasty mewn tawelwch cysegredig. Roedd heddwch y lle'n gyffyrddadwy, a theimlodd sancteiddrwydd y fynachlog yn ei hamgylchynu. Trodd at Siôn yn betrusgar.

'Mae Duw yn y lle yma,' sibrydodd wrtho, gan afael yn ei law. 'Tyrd i ni gael dweud ein haddunedau o flaen yr allor.' Penliniodd o flaen y pentwr cerrig, ei llaw am ei law ef, a thynnodd ef yn dawel i benlinio wrth ei hochr. 'Mae Ef yn gwrando, bydd ein priodas yn ddilys yn ei lygaid Ef. Cawn fendith y Nefoedd, beth bynnag ddwed y byd.'

Ochr yn ochr ar eu gliniau, eu dwylo mewn ystum pader, cyflawnodd y ddau y ddefod briodasol. Addawsant i Dduw ac i'w gilydd y byddent ffyddlon hyd angau, er gwell, er gwaeth, yn parchu a choleddu ei gilydd mewn iechyd a chystudd, yn cadw eu cariad at ei gilydd yn unig, gan ymbil ar i Dduw eu bendithio â phlant o'u cariad.

Er i'w ddyddiau fod yn llawn dedwyddwch, a'i nosweithiau'n llawn hyfrydwch, llechai pryder parhaol mewn cilfach o galon Siôn. Cofleidiodd y bywyd priodasol gyda chymaint o awch â Catrin, a heulwen ei chymeriad ynghyd â'i chariad yn gorchfygu'r cysgodion a lechai yn ei feddwl. Serch hynny, ni allai ddistewi'r llais bach yng nghefn ei feddwl a'i cyhuddai o anonestrwydd wrth barhau i swcro'r rhith. Ceisiai dawelu'r llais gyda'i fwriad i unioni'r sefyllfa cyn gynted ag y byddent o flaen offeiriad, ond nid oedd modd ei fygu'n llwyr. Atgoffai

Siôn yn oriau tywyll y nos o'i ofn eu bod wedi cipio'u hapusrwydd ar waethaf pawb, ac y byddent yn talu'n ddrud am wneud hynny; ei ddrwgdybiaeth o natur hapusrwydd a'i freuder, a'i ofn y dychwelai'r cysgodion i'w feddwl a'i lethu unwaith yn rhagor. Rhyfeddai nad oedd yn hidio cymaint am y Sgweiar; gwthiwyd y gyffes i gefn ei feddwl gan yr amgylchiadau diweddarach. Diflannodd pob ysfa am ddialedd, ac oherwydd hynny teimlai'n llawer ysgafnach ei ysbryd. Pe byddai'n onest ag ef ei hun, mi fyddai'n cyfaddef na allai weld bai ar y dyn am wneud yr hyn a wnaeth. Pwy allasai fod wedi dioddef gweld y fath beth heb geisio'i rwystro? Pwy allasai fod yn ddigon oergalon i bwyllo cyn lladd y diawl? Ac efallai mai damwain oedd marwolaeth Mari ac Ifan wedi'r cyfan. Edrychai'r Sgweiar mor hurt pan soniwyd amdanynt fel y darbwyllwyd Siôn na wyddai ddim am eu ffawd. Roedd y ddau mor hoff o'r brandi, wedi'r cyfan, ac Ifan druan mor hoff o dân. Hawdd dychmygu'r ddau'n chwil ulw ac yn cael damwain efo'r tân.

Y bore cyntaf wedi'r briodas rhyngddynt, a phob bore wedyn, bu'n syllu'n hir ond yn ofer am ymddangosiad hwyliau ar orwelion y môr. Deuai Bodfel gydag ef yn aml a theimlai yntau'n fwyfwy anniddig. Yn ystod eu hail noson ar Enlli, disgynnodd niwl trwchus i'w hymneilltuo o weddill y byd, ac ar y drydedd noson cododd storm enbyd arall. Parhaodd y tywydd stormus am ddeng niwrnod, y gwyntoedd gogledd-ddwyreiniol yn chwipio a dyrnu'r ynys foel, gan sgrechian yn simneiau cartref Bodfel fel cythreuliaid Annwn yn udo'n wancus am eneidiau'r trigolion oddi mewn. Bu un trychineb pan faluriwyd llong ar Garreg yr Honwy, a'r bore trannoeth galwyd ar bob corff abl i loffi'r sacheidiau o orenau a olchwyd i'r lan yn nhraeth Solfach. Nid oedd hanes o griw'r llong, yn fyw nac yn farw. Cadwyd Catrin yn brysur y bore hwnnw yn goruchwylio golchi'r orenau mewn dŵr croyw rhag i halen y môr eu pydru, a'u dosbarthu ymysg teuluoedd yr ynys gyda'r gorchymyn i fwyta'r ffrwythau'n gyflym cyn iddynt ddifetha.

Un o'r gaeafau mwyaf stormus o fewn cof oedd y gaeaf hwnnw. Rhoddwyd digonedd o amser i Catrin a Siôn dreulio'u horiau yng nghwmni'i gilydd, yn dod i adnabod ei gilydd yn llawn, a thrafod eu dyfodol. Gwrandawai Catrin yn awchus ar yr hanesion a'r disgrifiadau o'i gartref wrth draed mynyddoedd yr Orlikě_ym Mohemia. Roedd yn arbennig o hoff o'i straeon am y gaeafau yn Neustadt am Mettau: yr eirth a'r bleiddiaid yn dod i lawr o goedwigoedd a mynyddoedd y dwyrain, yn llwglyd a digon taer i ymosod ar bentrefi diarffordd yn eu chwant am fwyd, a'r ffordd y byddai Siôn a'r tirfeddianwyr eraill yn trefnu helfeydd fyddai'n parhau am ddyddiau lawer. Yr hwyl a'r sglefrio ar lyn anferth Rozkoš, y rhew yn ddigon trwchus i yrru coets a cheffylau drosto, a chlychau bychain yr harneisi'n gyfeiliant hyfryd i'r sglefrwyr. Dechreuodd roi gwersi Almaeneg iddi, iaith y llys ym Mhrâg, yn ogystal ag ychydig eiriau o iaith y werin. Roedd hi'n amlwg yn mwynhau pob awr o'u harhosiad ar yr ynys – ynys Afallon, chwedl hithau, oherwydd oni bai am y tywydd drycinog, roedd popeth yn berffaith yno, heb ofid na loes – a'r gorffennol wedi diflannu'n llwyr dan hudoliaeth y lle. Yn wir, ymhen blynyddoedd i ddod, fe fyddai Siôn yn cofio'r cyfnod o hapusrwydd diamod hwn fel petai'n freuddwyd, a deuai i amau mai rhith oedd ei atgofion.

Roedd Bodfel yn westeiwr di-ail: ei groeso'n ddiffuant, ei sgwrs yn ddifyr bob amser, a'r ddawn ganddo i drafod byd merched mewn ffordd mor ddeallus a llawn hiwmor ag y trafodai ryfel a marsiandïaeth. Gwyddai i'r dim pa bryd i siarad a pha bryd i dewi, ac roedd ei amseru'n berffaith. Profodd ei fod yn ŵr deallus, diwylliedig a charedig. Roedd ganddo hyd yn oed *harpsichord* Ffleminaidd yn ei barlwr, offeryn nad oedd Catrin wedi ei chwarae o'r blaen. Cymaint oedd ei phleser yn nhinc a sain arbennig yr offeryn, gyda'i allweddellau dwbl a'i stopiau, nes i Siôn addo prynu hanner dwsin ohonynt iddi ym Mohemia.

Erbyn diwedd degfed dydd eu harhosiad, roedd y gwynt wedi gostegu'n sylweddol, er ei fod yn dal i chwythu o'r gogledd-ddwyrain. Ond gyda'r gosteg hwnnw, cynyddodd y tyndra yng nghalon Siôn. A fyddai Henri yn ei ôl mewn pryd i'w hachub? Gwyddai na fyddai'n teimlo'n ddiogel nes iddynt fod ar fwrdd y llong, a Chymru'n diflannu dros y gorwel. Yr unig nam ar bleser ei ddyddiau oedd y sylweddoliad fod pob diwrnod ar yr ynys yn rhoi diwrnod ychwanegol i'r milwyr gyrraedd Aberdaron. Mater bach fyddai iddynt hawlio cychod i'w cludo i Enlli. Rhannodd ei bryderon â Bodfel un noswaith pan oedd Catrin allan o'r ystafell, a cheisiodd hwnnw dawelu ei feddwl drwy ddweud na fyddai neb yn Aberdaron yn gwybod yn iawn beth oedd wedi digwydd iddo ef a Catrin. Drwy gael eu herwgipio, roedd eu diflaniad yn ddisymwth ac yn anesboniadwy. Byddai'r pentrefwyr, fwy na thebyg, yn ofni dewiniaeth, ac yn gweld llaw y Diafol y tu cefn i'r cyfan.

At ddiwedd y prynhawn hwnnw, rhedodd cyffro drwy'r ynys wrth i wylwyr adrodd fod llong Henri yn agosáu o gyfeiriad Porthdinllaen, ac yn gyrru'n gyflym tuag at Garreg yr Honwy. Roedd trigolion yr ynys gyfan allan ar draeth Solfach yn gwylio'r hwyliau'n cael eu tynnu i mewn, a'r llong yn graddol arafu wrth fynd heibio trwyn deheuol yr ynys er mwyn angori ym mae Henllwyn. Pan laniodd Henri, credai Siôn ei fod yn edrych yn flinedig dros ben, er bod hwyliau da arno. Gwenodd yn fuddugoliaethus ar Bodfel, a datgan fod ei fordaith wedi bod yn llwyddiant llwyr. Gadawodd i'r mêt orffen y gwaith o angori a cherddodd y pedwar ohonynt – Bodfel a Henri, Siôn a Catrin – yn ôl at y tŷ. Y cynllun oedd i baratoi'r llong ar gyfer y fordaith hir o amgylch deheubarth Lloegr ac i fyny am Amsterdam cyn gynted ag y bo modd; rhoddwyd gorchmynion i'r dynion eisoes i beidio â llaesu dwylo, a chychwyn yn syth ar ailgyflenwi gyda bwydydd a diodydd a dŵr.

Roedd swper y noson honno'n wledd. Ymddangosodd Bodfel yn ei siwt o felfed du ac, wrth ei ochr, Henri yng nghymeriad Henrietta, hefyd mewn gwisg o felfed du yn null ffasiwn oes yr hen frenhines. Trefnwyd ei wallt modrwyog, euraidd yn bentwr ar ei ben, a gwelai Siôn fod haenen o golur wedi ei ledaenu'n gelfydd ar groen llyfn yr wyneb. Trodd y sgwrs o amgylch ffasiynau'r oes bresennol a'r oes flaenorol, gyda Bodfel a Henri'n traethu ar ragoriaethau gwisgoedd oes Elisabeth ar y dilladau modern.

Wedi clirio'r bwrdd, cododd Henri ac ymesgusodi. Gwell iddo fynd i lawr i'r llong, meddai, i sicrhau y byddai popeth yn barod ar gyfer hwylio gyda'r plygain fore trannoeth. Roedd ganddynt gryn dipyn o waith hel eu pac, gan nad oeddynt yn bwriadu dychwelyd i Gymru am amser maith, efallai am flynyddoedd. Wedi iddo adael, estynnodd Bodfel ei bibell glai gan gynnig tobaco i Siôn, ond gwrthododd.

A phopeth yn barod ar gyfer eu hymadawiad, teimlodd Siôn yn ddigon hyderus i holi Bodfel ynglŷn â digwyddiadau'r noson y llofruddiwyd Ficer Piers. Roedd eisiau ei fodloni ei hun, a chael cadarnhad mai Sgweiar Bodwrda oedd y gŵr gyda'r ficer a welodd yr hen offeiriad wrth ffoi o Gymru. Roedd Bodfel wedi bod mor agored ynglŷn â'i fywyd a'i fusnes, ac wedi cydnabod bodolaeth y rhwydwaith oedd yn cludo ffoaduriaid o'r wlad, nes i Siôn deimlo'n sicr y byddai'n cael atebion gonest. Cychwynnodd drwy ddisgrifio'i ymweliad diweddar ag Iwerddon. Roedd Catrin ac yntau eisoes wedi trafod yr holl fater, ac wedi rhannu gwybodaeth, fel bod y ddau'n deall ei gilydd. Disgrifiodd y cyd-ddigwyddiad anhygoel o fod wedi dod ar draws offeiriad, ym mherfeddion Wlster, oedd wedi dianc o afael yr awdurdodau gyda chymorth rhwydwaith Aberdaron. 'Rwy'n cymryd mai chi oedd yn gyfrifol am ei allforio?' holodd Siôn ar y diwedd.

Chwarddodd Bodfel yn ysgafn cyn ateb. 'Mae'n dda gwybod fod ein hymdrechion wedi ymestyn oes y gwrda,' atebodd. 'Un mlynedd ar bymtheg o fywyd ychwanegol, a'r gobaith o gael marwolaeth naturiol – er, os ydych chi'n dweud ei fod gyda'r O'Neil, efallai mai dienyddiad fydd ei ffawd wedi'r cyfan. O'r hyn rwy'n ei glywed am yr erchyllterau mae'r gwrthryfelwyr yn gyfrifol am eu hachosi, fydd 'na ddim trugaredd pan fyddant wedi cael eu dal.'

Nid oedd Siôn am ddilyn y trywydd yma, na holi pam bod Bodfel mor ffyddiog o fethiant y gwrthryfel yn y pen draw. 'Fe ddwedodd yr offeiriad yma iddo weld dyn wedi'i rwymo yn Ogof Morlo, cyn-offeiriad oedd wedi ei ddeddfrydu i farwolaeth,' meddai.

Ffieiddiodd Bodfel wrth gofio. Ysgydwodd ei ben a chamodd ei wefusau fel petai'r atgof yn stwmp ar ei stumog. 'Doedd 'nelo hynny ddim â mi,' meddai. 'Fy mhartner – fy nghyn-bartner – oedd yn gyfrifol. Gall fod yn anifail ar adegau. Yn waeth nag anifail, a dweud y gwir: yn ddiafol mewn croen.'

'Eich partner?' holodd Catrin mewn syndod. 'Ydi Ewythr John yn bartner i chi?'

Tro Bodfel oedd hi i edrych yn syn. 'Y Sgweiar 'da chi'n

feddwl? Na, nid y Sgweiar siŵr iawn. Ei asiant, Enoch Evans. Fo oedd â'r cysylltiadau a'r rhyddid, fel arweinydd y porthmyn, i grwydro'r wlad heb neb i'w holi na'i amau. Roedd yn fwgwd effeithiol iawn i'r hyn roeddan ni'n ei wneud. Pwy fyddai'n cymryd sylw o ddynion yn gyrru gwartheg drwy ei bentref neu dref? Pwy fyddai'n ymwybodol os oedd 'na wyneb diarth, annisgwyl, yn eu plith?'

'Ond y Sgweiar,' torrodd Siôn ar ei draws yn ddryslyd, 'roedd y Sgweiar gyda chi'n yr ogof, siŵr o fod!'

'Nag oedd, siŵr,' atebodd Bodfel gan syllu ar Siôn fel petai'n wan ei feddwl. 'Pam ddylai'r Sgweiar fod yna? Mae o'n Ustus Heddwch – feiddien ni ddim gadael iddo wybod am ein cyfrinach rhag iddo achwyn amdanom i'r awdurdodau.'

'Ond pwy laddodd y ficer, felly?' gofynnodd Catrin, ei llygaid gleision yn disgleirio o chwilfrydedd.

'Enoch, siŵr iawn.'

'Ond mae'r Sgweiar wedi cyfaddef i ni mai ef laddodd y ficer,' gwrthwynebodd Siôn.

Ysgydwodd Bodfel ei ben yn araf, gan hanner gwenu. 'Dyna Enoch i chi, dyn sy'n gweld cyfle i greu arian o unrhyw sefyllfa. Gwrandwch, mi ddeuda i sut roedd pethau'r noson honno.'

Yn ôl Bodfel, bu'r hen offeiriad yn nhŷ'r ffynnon am rai dyddiau yn disgwyl i'r tywydd wella. Ar y môr yr oedd ef ei hun ar y pryd, yn gyfrifol am ddod â'r llong i'r lan. 'Enoch oedd yn trefnu pethau yn Aberdaron,' meddai, 'ac ef oedd wedi taro ar y syniad o wisgo'r asynnod fel Cŵn Annwn pe byddai cyfle i symud yr offeiriad noson Calangaeaf. Roedd amser yn mynd yn dynn, gan fod diwrnod cychwyn y gyrru i Lundain yn prysur ddynesu. A dyna beth ddigwyddodd.' Arhosodd Bodfel am funud i ailgynnau ei bibell. 'Cofiwch,' meddai wedyn, 'roedd

Griffith Piers wedi bod yn ddraenen yn ein hystlys ers peth amser cyn hynny. Roeddan ni'n amau ei fod wedi bod yn 'sbïo arnon ni ymhell cyn hynny, achos roedd o wedi bod yn siarad yn awgrymog iawn ag Enoch, yn holi faint fyddai gwerth ei ddistawrwydd ac ati. Mi gefais innau gryn drafferth efo fo ynglŷn â'r busnes o drysor ar Enlli.'

'Oedd yna drysor, felly?' holodd Catrin. 'Fe ddwedoch chi o'r blaen nad oedd dim.'

Gwenodd Bodfel arni heb arlliw o euogrwydd. 'Dweud celwydd wnes i. Mi ddaethon nhw o hyd i gwdyn bach o arian oes Harri'r Pedwerydd: rhai darnau aur, rhai o arian, ac mi roedd creiriau eglwysig yno hefyd, platiau a chwpanau cymun. Mi roeddwn i'n sefyll uwch eu pennau nhw wrth iddyn nhw gloddio, a phan ddaeth y celc i'r golwg, cytunais i drosglwyddo'r creiriau yn arian parod iddyn nhw. Mi roeddwn i'n cadw fy siâr i, wrth gwrs, ond erbyn i mi allu gwerthu'r pethau, roedd Piers wedi marw.'

Aeth ymlaen i ddisgrifio sut yr oedd Enoch wedi bod yn paratoi'r offeiriad yn nhŷ'r ffynnon pan glywodd dwrw cythrwfl rywle ar y llwybr islaw. Doedd dim posib bod yn orwyliadwrus – gallai milwyr y militia fod wedi cael gwynt o'u gweithgareddau – felly aeth i lawr i weld beth oedd yn digwydd. Gwelodd Enoch y Sgweiar yn tagu'r ficer. Disgynnodd y corff i'r llawr, ond wedyn dechreuodd y Sgweiar wylo'n swnllyd. Doedd Enoch ddim am dynnu sylw neb atynt, gyda'r offeiriad Pabyddol yn ei ofal, felly mi aeth at y Sgweiar a chynnig ei gynorthwyo. Plygodd i lawr i archwilio corff y ficer, a darganfod ei fod yn dal yn fyw. Roedd edmygedd yn llais Bodfel wrth iddo adrodd sut y gweithiodd meddwl Enoch mor gyflym. Gwelodd gyfle gwych i ddial ar ei elyn a chael dylanwad dros y Sgweiar am weddill ei oes. Gadawodd i'r Sgweiar gredu fod y ficer yn farw, ac addawodd y byddai'n cael gwared o'r corff yn y fath ffordd fel na fyddai neb yn darganfod y llofruddiwr, a chytunodd y Sgweiar yn ddiolchgar. Ond doedd dim amser i'w golli. Roedd yn rhaid iddo gael y Sgweiar oddi ar y darn yna o'r llwybr cyn gynted â phosib cyn i rai o ddynion Enoch ddod i fyny gyda'r asynnod i gludo'r offeiriad. Hebryngodd ef yn ôl i Fodwrda, ac ar y ffordd adroddodd y Sgweiar sut roedd wedi dod ar draws y ficer yn treisio'i chwaer, Dorothy. Roedd wedi llusgo'r ficer oddi arni, a hithau wedi rhedeg i ffwrdd i'r coed.

Fe wyddent, meddai Bodfel, am Siôn yn cael ei ddarganfod efo Meistres Dorothy, felly ni fyddai'n ailadrodd y darn hwnnw o'r hanes. Yna, roedd Enoch wedi dychwelyd at y ffynnon. Dyna pryd y gwelodd o Twm Elias yn cicio'r ficer. Roedd ei dric wedi gweithio unwaith, felly pam nad dwywaith? Unwaith eto, roedd Enoch wedi plygu i archwilio corff y ficer, a'i gael yn dal yn fyw er, mae'n siŵr, wedi ei gleisio'n arw, ac efallai gydag asennau wedi'u torri. Roedd Twm mor ddiolchgar â'r Sgweiar iddo am guddio'i weithred ofnadwy, ac addawodd wneud unrhyw beth o fewn ei allu i dalu'r ddyled yn ôl i Enoch. Mi addawodd Enoch y buasai Bodfel yn fodlon tystio i'r ddau ohonynt fod yn yr efail efo'i gilydd tra bu Twm yn pedoli ceffyl Alex.

'Roedd hynny'n iawn gen i,' meddai Bodfel, 'achos roedd yn fy lleoli innau hefyd dros amser marwolaeth y ficer.' Tywalltodd wydraid o win i'r tri ohonynt cyn mynd ymlaen. 'Ta waeth,' meddai, 'wedi iddo gael 'madael â Twm, daeth ei ddynion gyda'r asynnod, ac fe ddywedodd Enoch wrthyn nhw am gario'r ficer i lawr i'r ogof cyn dod yn ôl i nôl yr offeiriad.

'Wyddwn i ddim byd am hyn i gyd nes i mi adael y llong, yr offeiriad yn ddiogel yn ei gaban, a mynd i'r ogof.' Ysgydwodd ei ben wrth gofio'r olygfa hunllefus. 'Roedd y lle fel lladd-dy a gwaed yn llifo ar hyd y lloriau.

Wyddwn i ddim hyd yn oed mai'r ficer oedd o, nes i Enoch dorri'r pen i ffwrdd a thynnu'r sach.'

Edrychai Catrin yn welw erbyn hyn, a phrysurodd Siôn i ofyn cwestiwn oedd wedi ei blagio dros y blynyddoedd. 'Pam wnaeth o dorri'r corff yn ddarnau? Pam na fasech chi wedi taflu'r corff i'r môr?'

'Roedd yn rhaid i ni wneud rhywbeth,' atebodd Bodfel. 'Roedd Enoch wedi dechrau ei ddarnio tra oedd yn dal yn fyw, ac ar ben hynny, torrwyd y llythyren "E" yn ddwbwl yma ac acw ar gnawd y ficer. Mi dreuliais i amser maith yn cuddio'r marciau yma efo bachyn bêlau, yn ceisio gwneud marciau fel dannedd ci tra oedd Enoch yn brysur efo'i fwyell.' Plygodd ymlaen i aildanio'i getyn o'r ganhwyllbren wrth ei ochr. 'Cofiwch hefyd fod posibilrwydd y câi'r corff ei olchi i'r lan a phawb yn gweld y marciau, pe baem ni ond wedi ei ollwng i'r môr. Na,' meddai wedyn, gan dynnu ar ei bibell, 'roedd yn well codi arswyd go iawn ar y pentref a lledu'r si mai Cŵn Annwn oedd yn gyfrifol. Fyddai neb yn holi gormod wedyn, a châi'r awdurdodau fawr o lwyddiant efo'u cwestiynau.'

'Wyddoch chi fod Ifan, hen stiward Bodwrda, a Mari Grepach, wedi gweld yr asynnod?' gofynnodd Siôn.

'Roedd Enoch wedi dechrau amau hynny pan ddechreuaist ti holi, Siôn. Mi ddeallodd gan Twm dy fod yn ceisio cael lloches iddo. Doedd o ddim am fentro fod Ifan am ddweud rhagor wrthyt ti, neu Mari Grepach, o ran hynny, felly aeth i losgi'r tŷ ffynnon cyn gynted ag y gallai. Ond roeddat ti wedi bod un cam ar y blaen iddo, ac wedi symud yr hen ddyn. Roedd o'n gandryll am hynny, ond mi lwyddodd wedyn ar ôl i ti fynd i ffwrdd.'

'Fo oedd yn gyfrifol am losgi Ifan a Mari, felly?' gofynnodd Catrin mewn arswyd. Cytunodd Bodfel.

485

'Ond pam?' holodd Siôn. 'Doedd Ifan ddim wedi sôn wrtha i amdano fo.'

'Mi allai fod wedi gwneud hynny,' atebodd Bodfel. 'Wnaeth Ifan ddim dweud wrthyt ti iddo fo a Mari ein gweld ni'n ddiweddarach y noson honno, pan oeddan ni'n gwasgaru'r tameidiau corff o amgylch y lle? Mi ddaeth y ddau ohonyn nhw wyneb yn wyneb ag Enoch yn ymyl y goelcerth, oriau ar ôl i bawb fynd adref, a darn o goes Piers yn ei law. Roeddan ni wedi gofalu gwisgo mygydau, drwy drugaredd, ac mi chwifiodd Enoch y goes yn yr awyr fel dyn gwyllt a'u dychryn nhw am eu bywydau. Ond mi roedd Mari wedi dechrau amau pwy oedd o. Rai misoedd wedyn, mi ddaeth ata i yn ensynio iddi'n gweld ni efo'n gilydd. Mi ddychrynais hi i ffwrdd drwy addo y baswn i'n cael y Siryf i'w llosgi fel gwrach pe bai'n dal ati efo'i hensyniadau, a chlywais i ddim rhagor am y peth. Ond mi wnes y camgymeriad o sôn am y digwyddiad wrth Enoch rai wythnosau'n ôl.' Ysgydwodd ei ben unwaith eto. 'Anifail,' meddai wedyn, 'mae'r dyn yn rhy hoff o achosi poen i eraill, a'u gwylio'n dioddef. Dyna pam y ces i ddigon arno fo ar ôl iddo ladd Mari ac Ifan. Mi rois y gorau i'r bartneriaeth.'

Trodd ei ben i syllu'n feddylgar drwy'r ffenestr ar y tywyllwch y tu allan. Eisteddai Siôn yn dawel hefyd, yn cnoi cil ar yr hyn a ddatgelwyd iddo. Roedd yn siom iddo na fyddai'n gallu wynebu'r llofrudd wedi'r cyfan, na datgan ei enw a'i drosedd i'r byd. Wedi meddwl ymhellach, sylweddolodd fod un peth heb ei egluro.

'Sut oedd Dafydd Rhys, a John Preis o Nefyn, yn gysylltiedig â hyn?'

Un ai doedd Bodfel ddim yn gwrando ar ei gwestiwn, neu heb glywed, oherwydd ffromodd yn drwm ac ebychu, 'Ble mae Henri wedi mynd? Mi ddylai fod yn ôl erbyn hyn.'

'Efallai ei fod o am gysgu ar y llong,' cynigiodd Catrin.

Ysgydwodd Bodfel ei ben. 'Na, mi roeddan ni wedi trafod hynny. Roeddan ni am gael un noson olaf ar dir sych cyn ein mordaith. Ysgwn i beth sy'n ei gadw?'

Cododd o'i gadair a dechrau camu'n ddiamynedd o amgylch y bwrdd, ei bibell a'i win yn angof. Aeth at y drws a'i agor, gan ei gau drachefn heb weld arwydd o Henri, ac ailddechrau ei gamu. Atgoffodd Siôn ef o'i gwestiwn.

'Nefyn?' atebodd Bodfel. 'Doeddwn i'n gwneud dim byd efo Nefyn. Rhan Enoch ei hunan o'r rhwydwaith oedd honno. Os oeddwn i'n brysur ar fordaith, neu ddim ar gael am unrhyw reswm, mi fyddai Enoch yn cludo pobol o Nefyn ar ei liwt ei hun.'

'A John Preis?'

Cododd Bodfel ei ysgwyddau'n ddi-hid. 'Wn i fawr amdano fo. Rydw i'n cofio iddo fod efo Griffith Piers ar Enlli, fo ac un arall – dydw i ddim yn cofio'i enw.'

'Dafydd Rhys?' cynigiodd Siôn.

'Efallai wir. Ta waeth, fel deudis i, mi es i â'r "trysor" – doedd o'm llawer o werth yn y diwedd – i'w werthu, ond gan fod Piers wedi marw erbyn hynny, mi rois eu cyfran nhw o'r arian i John Preis. Wyddwn i ddim sut i gael gafael ar Rhys, felly fe adewais siâr hwnnw efo Preis, gyda'r addewid y byddai'n ei anfon ymlaen.'

'Wnaeth o ddim cadw ei addewid, yn ôl pob golwg. Mi glywais i fod Rhys yn ddyn chwerw cyn ei farwolaeth.'

Ni chymerodd Bodfel fawr o sylw o'r datganiad hwn. Roedd ei bryder yn cynyddu'n amlwg, ei gamu'n fwy herciog, ac aethai i agor y drws a chlustfeinio bob hyn a hyn.

'Wyddoch chi fod John Preis wedi ei lofruddio?' holodd Siôn. 'Y noson roeddan ni yn Nefyn, ac wedi bod yn siarad ag o ychydig amser ynghynt. Bu ymosodiad ar John Bodwrda a finnau, hefyd.'

'Enoch eto, mae'n siŵr. Oedd hynny cyn neu ar ôl i ti symud Ifan?'

'Ar ôl.'

Nodiodd Bodfel ei ben. 'Dyna ti. Mi wn i fod Enoch yn gandryll efo ti, ac am gael gwared ohonat ti rywfodd neu'i gilydd. Mae'n siŵr ei fod wedi'ch dilyn i Nefyn, ac wedi cau ceg Preis yn derfynol. Cwch Preis roedd o'n ei ddefnyddio yn Nefyn, a dyn y dafarn ar y traeth yn trefnu pethau iddo.'

Disgynnodd digwyddiadau'r noson yn Nefyn yn dwt i'w lle. Ond nid oedd Siôn wedi gorffen ei holi. 'Wyddoch chi fod rhai o'ch – sut deuda i, "gwesteion"? – wedi methu cyrraedd pen eu taith?'

Torrodd ei eiriau drwy bryder Bodfel, ac arhosodd yn stond. 'Beth wyt ti'n ensynio?' holodd, ei lais yn llawn tramgwydd. 'Mi rydw i bob amser wedi ymfalchïo fy mod yn cynnig gwasanaeth trylwyr a diogel i'r "gwesteion", fel rwyt ti'n eu galw nhw, ac mi fydda i'n cynnig yr un sicrwydd i chi'ch dau!'

Ochneidiodd Siôn. 'Fyddai Enoch yn debol o ladd ei westai a thaflu'r corff i'r môr?'

'Gallai Enoch wneud unrhyw erchyllter,' atebodd Bodfel yn chwerw. 'Fo a'r tafarnwr hwnnw!'

'Sut wnaeth o dderbyn y ffaith eich bod chi wedi torri'r bartneriaeth?'

'Doeddwn i ddim digon ffôl i ddweud wrtho fo yn ei wyneb!' chwarddodd Bodfel yn sarrug. 'Mi yrrais i nodyn bach ffurfiol, cwrtais ato fo yn ei hysbysu o'r ffaith.'

Dechreuodd anniddigrwydd gynrhoni yn ymysgaroedd Siôn. A barnu yn ôl yr hyn roedd wedi'i ddysgu heno am Enoch, doedd o ddim yn ddyn i yrru neges fach gwrtais ato, gyda'r disgwyliad y byddai'n ei dderbyn mewn ysbryd yr un mor gwrtais. Mynegodd ei bryder wrth Bodfel.

'Paid â phoeni,' cilwenodd hwnnw. 'Mi wnes i 'morol am hynny!' Diflannodd y wên yn gyflym, a daeth y pryder yn ôl i'w lais. 'Beth ar y ddaear fawr sy'n dal Henri? Mi ddylai fod wedi cyrraedd yma oriau cyn hyn! Efallai yr a' i lawr i weld beth sy'n digwydd.'

'Mi ddo' innau efo chi,' cynigiodd Siôn. Gresynodd nad oedd yn gwisgo'i gleddyf, ond fe fyddai'n rhedeg i'w nôl cyn mentro allan. Roedd ei deimlad o berygl a phryder wedi cynyddu'n ddirfawr. 'Gwell inni fod yn arfog,' meddai wrth Bodfel. 'Aros di fan hyn, Catrin, a chloi'r drws ar ein holau.'

32

Aberdaron digon du,
I dychan heb odechu.
Lle anniwarth llawn newyn,
Lloches ni wna lles yn Llŷn.
Daear hyll duoer yw hon,
Di wehelyth da haelion.
Cilfach ei choeccach ni chaid,
Corlan yn amgylch carliaid.
Os drwg eu gwlad, gronniad grin,
Gwaith oer gur gwaeth yw'r gwerin.
Corraid mewn baw eu curir,
Cowion Aberdaron dir.

Morus Dwyfech (1523–90)

Cyn i Bodfel allu gafael yn y glicied, hyrddiwyd y drws ar
agor i'w wyneb, a baglodd yn ôl yn erbyn Siôn nes bod y
ddau'n syrthio'n drwsgwl. Trawodd Siôn ei ben yn hegar
yn erbyn cefn un o'r cadeiriau, a chyn iddo gael ei
synhwyrau'n ôl yn effeithiol, roedd yn eistedd ar y gadair
tra rhwymid ef yn greulon o effeithiol iddi gan ddyn
mawr trwm – y tafarnwr o Nefyn. Rhwymwyd ei
arddyrnau wrth freichiau'r gadair, a'i fferau wrth ei
choesau, a throadau o'r rhaff yn carcharu ei gorff yn
erbyn y cefn. Edrychodd o'i gwmpas yn wyllt a gweld
Enoch yn sefyll o'i flaen gan afael yn Catrin gerfydd ei
gwallt.

'Unrhyw helynt gennych chi'ch dau, ac mi fydd hon yn
ei chael hi!' bygythiodd. Chwiliodd Siôn am Bodfel, a

gweld ei fod yntau'n cael ei glymu wrth ei gadair gan drydydd dyn, ond nid mor drylwyr ag y clymwyd ef ei hun. Dim ond corff Bodfel a raffwyd i gefn ei gadair; roedd ei fferau'n rhydd. Tynnwyd dagr y ddau ohonynt o'u gwregysau, a'u gosod ar y bwrdd o'u blaenau. Gorchmynnodd Enoch i'r dyn mawr gymryd gofal o Catrin, ac fe glymwyd ei chorff hithau wrth ei chadair. Cythruddwyd Siôn wrth ei gweld hi'n cael ei cham-drin gan y llabwst ysglyfaethus. Roedd y diawl yn amlwg yn mwynhau ei brifo, ac yntau'n analluog i'w chynorthwyo.

'Wel, wel, wel,' meddai Enoch a gwên fach ddirmygus yn chwarae ar ei wefusau. 'Y giwed annuwiol efo'i gilydd – cyfleus dros ben, yntê? Siôn Rhisiart, pwy fydda'n disgwyl dy weld di ar Enlli! Wyddost ti fod Aberdaron yn fyw o filwyr, a phob un am dy waed di? Ond gen i fydd yr alwad gyntaf arnat ti, yntê? Wedi'r cyfan, mae dy ddyled i mi'n cymryd blaenoriaeth dros bob dyled arall.'

Cododd un o'r llafnau oddi ar y bwrdd a dal ei flaen yn erbyn y graith ar foch Siôn. Ceisiodd Siôn beidio dangos unrhyw ofn, na gwneud symudiad pan dorrodd y pigyn i mewn yn ysgafn i'w groen. Gallai deimlo cynhesrwydd y dafnau gwaed yn diferyd yn araf i lawr ei rudd fel dagrau araf. Dim ond ceisio'i ddychryn roedd Enoch ar hyn o bryd. Roedd hi'n rhy fuan i'r math yma o ddyn ladd ei ysglyfaeth. Byddai ar Enoch angen y pleser o'i weld yn ofnus ac yn barod i bledio am ei fywyd, ond roedd Siôn yn benderfynol o beidio rhoi'r pleser hwnnw iddo. 'Mi rwyt ti wedi dinistrio f'enw da i'n Aberdaron, yn dwyt?' Trowyd blaen y dagr fymryn bach yn ei gnawd a brathodd Siôn ei dafod. 'Blynyddoedd o waith i gyd yn ofer, a'r cyfan oherwydd dy fod di wedi penderfynu dod adref i fusnesa!' Sugnodd Siôn ei wynt rhwng ei ddannedd wrth i'r gyllell lithro'n ysgafn i lawr ei foch gan ddilyn llwybr y graith a thorri cwys newydd yn y cnawd. Roedd ei foch ar dân, ac er ei waethaf ni allai rwystro'r dagrau rhag codi'n reddfol i'w lygaid. Ni ddaeth y smic lleiaf o sŵn o'i geg, fodd bynnag. Fel petai'n siomedig yn ymateb Siôn, trodd Enoch ei sylw at Catrin.

'A Mistras Catrin,' meddai, ei lais yn sarhaus wrth ei chyfarch, 'yr hwran fawr ei hunan! Gadael nyth bach clyd er mwyn cael hwn i wthio rhwng dy goesau. Gobeithio'i fod o'n werth o!' Roedd y dagr yn dal yn ei law a gweddïodd Siôn na fyddai'n ei defnyddio arni. Ond suddodd ei galon wrth weld y blaen yn codi at ei gwallt. Cipedrychodd Enoch yn ôl ar Siôn wrth wneud hyn, a sylweddolodd Siôn yn sydyn y byddai pethau'n llawer gwaeth pe bai'n dechrau ymbilio am achubiaeth i Catrin. Er bod pob greddf oedd ynddo yn gweiddi am iddo wneud rhywbeth i achub ei wraig, cadwodd ei lygaid yn sefydlog ar wyneb Enoch.

'Faint o arian rwyt ti ei angen, Enoch?' meddai, ei lais yn dawel er bod ei ymennydd yn fwrlwm gwyllt. Ei unig obaith oedd apelio at farusrwydd gwancus yr asiant.

'Arian? Pwy ddwedodd 'mod i angen arian?' atebodd hwnnw gyda syndod ffug. 'Cynnig arian am hon wyt ti?' Cyffyrddodd blaen y gyllell gudyn o'i gwallt, a'i dynnu o'i le. 'Faint fyddai gwerth peth fel hyn, tybed? Cant? Dau gant?' Cerddodd o'i hamgylch, blaen y llafn yn troelli'r gwallt, gan edrych i lawr ar Catrin fel petai'n mesur a phwyso pris buwch neu afr. Ysgydwodd ei ben yn negyddol. 'Na, hanner coron, efallai, neu swllt. Wedi'i sbwylio, ti'n gweld. Pwy fyddai'n talu pris mawr am nwyddau ail-law? Dim John Bodwrda, yn sicir!' Ochneidiodd yn ddwfn a sefyll o flaen Catrin. 'Beth wnawn ni efo hi, tybed? Efallai y baswn i'n gallu ei gwerthu i'r llong nesaf ddaw i Enlli.' Cododd ei ben ac edrych ar y tafarnwr. 'Fyddet ti'n fodlon talu chwecheiniog am hon, Walter?' Gwenodd Walter yn ffiaidd a gwneud symudiadau awgrymog, cyfoglyd gyda'i geg.

'Ble mae Henri?' holodd Bodfel ar ei draws yn daer. 'Beth wyt ti wedi'i wneud efo fo?'

'O, mi fydd o yma o bwt i bwt,' atebodd yn siriol. 'Ond cyn hynny, mae gen i fater bach sydd angen ei drafod.' Trodd ei gefn arnynt gan ymbalfalu yn ei ddwbled, a throi'n ôl gyda darn o bapur plygedig yn ei law. Chwifiodd y darn papur o dan drwyn Bodfel. 'Adnabod hwn?' holodd, ei lais yn dal yn siriol. Gwelwodd Bodfel.

'Sut gest ti hwnna?' holodd yn floesg. Roedd pob tamaid o liw wedi diflannu o'i wyneb, ac mewn amrantiad edrychai'n wael ac yn hen. Am y tro cyntaf ers iddo'i adnabod, sylweddolodd Siôn fod Bodfel gryn dipyn yn hŷn na'i olwg gyntaf.

'Roedd John Bodwrda'n ddigon caredig i'w roi o i mi,' atebodd Enoch, fel petai'n trafod derbyn llyfr diddorol. Syllodd yn hir ar y papur yn ei law, gan ei droi drosodd a throsodd.

'Tyrd â fo i mi!' ymbiliodd Bodfel a rhan isaf ei fraich a'i law yn ymestyn o'r rhwymau ar draws wyneb y bwrdd mewn ymgais i'w gipio. Cyn i neb allu dirnad beth oedd yn digwydd, roedd Enoch wedi cipio un o'r llafnau oddi ar y bwrdd ac wedi ei ddefnyddio i hoelio llaw Bodfel i'r pren. Torrodd sgrech allan o enau Bodfel wrth iddo syllu mewn arswyd ar ei law, y bysedd yn chwifio'n ddigymorth fel coesau chwilen ar wastad ei chefn. Clywodd Siôn sŵn igian crio yn dod o enau Catrin yr ochr draw iddo, a gweddïodd na fyddai Enoch yn sylwi ar hyn.

'Wyddoch chi beth ydi hwn?' gofynnodd Enoch i Siôn a Catrin, gan ddangos y papur iddyn nhw. 'Na? Wel, dyma beth mae partneriaid da yn ei wneud i'w gilydd, yntê Alex?' Cyrnewiodd Bodfel. Chwifiodd Enoch y papur dan ei drwyn unwaith eto. 'Wyt ti am ddweud wrthyn nhw, Alex? Wyt ti am ddweud beth ysgrifennaist ti at Bodwrda?' Ysgydwodd Bodfel ei ben yn fud, y dagrau'n rhedeg yn rhydd i lawr ei wyneb. Gan symud mor gyflym ag o'r blaen, gafaelodd Enoch yn y fraich arall a hoelio honno hefyd â'r ail lafn. Roedd yn rhaid i Bodfel wyro 'mlaen yn ei gadair i dynnu pwysau ei gorff oddi ar y llafnau rhag iddynt rwygo'i ddwylo o'r cledrau i'r bysedd.

'Brad, yntê Alex?' aeth Enoch ymlaen, ei lais yn caledu. 'Fy mradychu ar ôl yr holl flynyddoedd! Dinistrio cyfeillgarwch a difetha busnes da! Anfon John Bodwrda i'm herlid efo'i *Trained Band*!' Ynganwyd y ddau air olaf gyda'r fath wawd nes i'w wefusau gamu. 'Criw o weision fferm heb allu nabod y droed dde o'r chwith, yn baglu a sathru'u ffordd efo mwy o ddwndwr na cheffylau rhyfel! Mi glywson ni nhw'n dod o bellter, a gwneud ein paratoadau'n hunain – gwaetha'r modd i ti!' Agorodd y papur allan a'i rwygo'n araf i lawr y canol cyn ei rwygo wedyn y ffordd arall dro ar ôl tro nes bod llond llaw o friwsion papur yn ei ddyrnau. Taflodd y rhain i wyneb Bodfel. Gwenodd yn filain. 'Wyddai cyw Bodwrda ddim beth drawodd o'n ei ben, y twpsyn! Meddwl y gallai fartsio i fyny at fy nhŷ i fel martsio i ryfel, a disgwyl i mi ildio'n dawel fach!' Chwarddodd yn foddhaus. 'Mi ddiflannodd ei *soldiwrs* bondigrybwyll fel cenllysg ar badall ffrio pan welson nhw'u harweinydd yn disgyn i'r llawr! Roedd y papur yma'n gyfleus iawn yn ei law o.'

'Ydach chi 'di'i ladd o?' Roedd llais Catrin yn llawn gofid. Syllodd Enoch arni'n hir cyn ateb.

'Naddo, hwran! Pa wahaniaeth fyddai hynny i ti, p'un bynnag?' Trodd ei gefn arni. 'Na, unig dramgwydd John Bodwrda ydi bod yn ffŵl, a doeddwn i ddim am ei ladd o am hynny. Mi dynnith ddigon o ofid ar ei ben ei hun os caiff o'r cyfle.' Cerddodd y tu ôl i gadair Bodfel a gwyro drosodd nes bod ei ên yn cyffwrdd gwallt ei gyn-bartner.

'Na, Alex bach, rwy'n cadw fy nigofaint i gyd ar dy gyfer di.' Rhedodd ei fysedd yn ysgafn ar hyd boch Bodfel nes bod corff hwnnw'n sythu a'i lygaid yn cau. 'Mae gen innau anrheg fach i tithau,' meddai'n dyner yn ei glust. 'Gobeithio y gwnei di werthfawrogi fy anrheg i gymaint ag y gwnes i dy un di!'

Roedd Bodfel erbyn hyn yn crio'n agored, a'i lais yn gwneud synau ymbiliol er nad oedd modd deall ei eiriau. Ni allai Siôn oddef rhagor o'r chwarae cath a llygoden yma. Ceisiodd feddwl am ffordd o droi sylw Enoch oddi ar Bodfel, ond yr unig beth ddaeth i'w feddwl oedd cwestiwn arall, wedi ei seilio ar dybiaeth ddigon gwantan.

'Os mai dim ond cyhuddiad oedd yn y llythyr, pam na fasech chi'n gallu ei wadu?'

'Pam, Siôn Rhisiart? Pam? Mi ddeuda i wrthat ti pam.' Cerddodd Enoch yn araf tuag ato, a chaledodd Siôn bob cymal a chyhyr yn ei gorff yn barod am sesiwn arall o boenydio. Ond troi i ffwrdd yn ddisymwth a wnaeth Enoch wedyn, a mynd yn ôl at Bodfel. Gafaelodd yn ei wallt a phlycio'r pen i fyny nes bod Bodfel yn sgrechian efo'r boen a achoswyd i'w ddwylo. Trodd ben Bodfel a'i orfodi i edrych ar Siôn. 'Dwed wrth Siôn Rhisiart pa wybodaeth roist ti i Bodwrda!' gorchmynnodd, gan droi llond dyrnaid o wallt yn ffiaidd. 'Dwed wrtho fo am fy mhotel fach i!'

'Mae gan Enoch botel,' ebychodd Bodfel yn gyflym, ei anadl yn fyr. 'Mae'n . . . cadw . . . bysedd ynddi hi.' Rhyddhawyd yr afael ar ei wallt a dechreuodd siarad yn gyflymach. 'Bob tro mae o'n lladd rhywun, mae'n torri bys bach un o'r dwylo, ac yn ei gadw mewn potel llawn alcohol. Mi ddeudis i yn y llythyr sut i gael hyd i'r botel honno.'

Teimlodd Siôn ei stumog yn gwasgu. Edrychodd yn

gyflym ar Catrin, ond roedd hi fel petai mewn gwewyr, heb allu amgyffred ergyd y geiriau. Roedd ei llygaid wedi eu hoelio ar Enoch, a dilynai pob symudiad o'i eiddo. Gwenai hwnnw'n foddhaus ar y tri ohonynt.

'Rydw i wedi gorfod gadael honno ar ôl, diolch i ti,' meddai wrth Bodfel, y wên ar ei wyneb o hyd. 'Felly mi fydd yn rhaid i mi gychwyn ar botel newydd. Oes gen ti botel fyddai'n dal hwn?' Gyda'r geiriau yma, tynnodd rywbeth o'i boced a'i daflu ar y bwrdd. Syllodd Siôn a'r ddau arall arno mewn distawrwydd dychrynllyd. O'u blaenau gorweddai bys, pen yr ewin yn lân a destlus, a'r pen arall yn gig amrwd, gwaedlyd lle'r oedd wedi cael ei dorri oddi ar y llaw.

'Pwy wyt ti wedi ei ladd?' holodd Bodfel mewn llais mor isel nes bod bron yn anghlywadwy.

'Mi faswn i angen potel fwy i hwn,' meddai Enoch wedyn, ei lais yn hollol resymegol wrth iddo dynnu pecyn arall o'i boced. Roedd rhywbeth wedi ei lapio mewn cadach yn goch a llaith o waed. Taflodd y cadach ar y bwrdd, ac wrth syrthio, agorodd allan i ddatgelu talpyn o gnawd. O weld beth ydoedd, cipedrychodd Siôn ar Catrin eto. Edrychai'n hollol hurt, heb allu amgyffred yr hyn a welai. Dechreuodd Bodfel weddïo.

'"*Ave Maria gratia plena . . .* "'

'Wyddost ti be?' holodd Enoch yn siriol. 'Mi rwyt ti'n dechrau f'atgoffa i o Griffith Piers, er na allai hwnnw yngan gair o Ladin, druan bach. Ond edrych, mae gen i rywbeth gwell fyth i ti.' Aeth at ddrws yr ystafell a chodi basged oedd yn gorwedd y tu draw iddo, o olwg Siôn. Gosododd y fasged yn ofalus ar ganol y bwrdd. Tawelodd pader Bodfel a hoeliwyd ei lygaid ar y fasged arswydus. O'i chrombil cododd Enoch ddyrnaid o wallt modrwyog, euraidd, gwaedlyd, ac yn hongian ohonynt yr oedd pen Henri, y llygaid gleision, echrydus ar agor led y pen.

'Dyna chdi,' meddai Enoch yn foddhaus, gan drefnu'r tri pheth ar ganol y bwrdd. 'Pen, bys a phidyn Henri. Mi ddeudais i y byddai yma o bwt i bwt.'

Dechreuodd Catrin a Bodfel sgrechian ar yr un eiliad. Trodd Enoch ar Catrin a rhoi clustan iddi gyda'r fath nerth nes i'w chadair droi drosodd a dymchwel i'r llawr, a hithau'n dal ynghlwm wrthi. Gwingodd Siôn yn ofer yn erbyn ei rwymau. Roedd y rhwystredigaeth a deimlai'n ei yrru'n wallgo. Sut y gallai arbed Catrin rhag creulondeb annynol Enoch, rhag erchyllterau'r gwaed a'r darnau corff, rhag udo dolefus Bodfel a yrrai iasau i lawr ei gefn? Oherwydd erbyn hyn roedd Bodfel druan wedi colli arno'i hun yn llwyr. Syllai ar ben Henri o'i flaen ac oernadu fel anifail clwyfedig. Chymerodd o ddim sylw o Enoch yn tynnu ei ddagr allan, nes iddo'i ddefnyddio i dorri'r bys bach oddi ar ei law dde. Sgrechiodd Bodfel cyn llewygu o'r boen, ei ben yn trawo'r bwrdd rhwng ei ddwylo clwyfedig. Diflannodd y cynddaredd o wyneb Enoch, a sythodd ei gefn wrth sychu ei ddwylo yn ei ddwbled. Rhoddodd y papur ar y bwrdd a gyrru blaen y gyllell i'w hoelio i'r pren.

Edrychodd ar Siôn am rai munudau cyn cyfaddef na wyddai'n iawn beth i'w wneud ag ef. 'Mi rydw i'n mynd i orffen paratoi'r llong rŵan,' meddai, 'ond mi fydda i'n ôl wedyn i orffen petha,' gan amneidio'i ben tuag at Bodfel. 'Rhaid i mi feddwl a oes ffordd i mi wneud elw o dy farwolaeth di.' Gwenodd yn oeraidd. 'Fydda i ddim yn hoffi lladd heb gael mantais ohono rywsut.' Heb gymryd unrhyw sylw o Catrin, cerddodd am y drws, ond cyn mynd drwyddo, trodd ei ben yn feddylgar ac edrych arni. Gwenodd unwaith eto cyn mynd yn ôl a chodi ei chadair. Gosododd y gadair yn ofalus er mwyn sicrhau bod Catrin yn gorfod edrych yn syth ar y cnawd ar y bwrdd, a Bodfel yn swp diymadferth, carnau'r cyllyll fel dwy groes erchyll yn ymwthio o'i ddwylo. Yna aeth allan yn fodlon a chau'r drws ar ei ôl. Dilynwyd ef gan Walter a'r dyn arall.

'Catrin, CATRIN!' galwodd Siôn yn daer. Roedd ei llygaid ar gau rhag gorfod edrych ar y pethau o'i blaen, ond roedd ei chorff yn crynu'n afreolus. Roedd yn rhaid iddo wneud rhywbeth i ddenu ei sylw ato fo. 'Catrin!' galwodd eto, a'r tro hwn agorodd ei llygaid ac edrych arno. 'Gwranda, elli di wthio dy gadair tuag ata i? Dydi o ddim wedi clymu dy goesau di, nag ydi?'

Edrychodd hithau i lawr a chodi ei phengliniau fel petai angen sicrwydd o'r ffaith. Ceisiodd dynnu ei hun ymlaen, ond roedd hynny'n amhosib, gan fod y gadair yn bygwth syrthio ymlaen bob tro a'i thaflu tuag at y bwrdd.

'Gwthia'n ôl, Catrin,' awgrymodd Siôn wrthi. 'Mi fydd yn haws i ti wthio'n ôl.'

Gallai Siôn weld o'i hwyneb ei bod yn canolbwyntio pob tamaid o'i meddwl ar y dasg. Yn ara' deg bach, llwyddodd i symud y gadair yn herciog ar draws y llawr nes cyrraedd Siôn. Ychydig rhagor o herciadau, ac roedd y ddau gefn yn gefn â'i gilydd.

'Elli di gyrraedd cwlwm y cortyn am fy nwylo?' holodd Siôn. Ceisiodd Catrin symud ychydig eto. Un llaw fyddai'n bosib iddi ymestyn ar y gorau, ac yn ei galon gwyddai Siôn na allai hi fyth ei ryddhau. Ond roedd yn well iddi gadw ei meddwl a'i chorff yn brysur na gadael i greulondeb Enoch weithio'i ddrygioni arni a dinistrio'i hewyllys i wrthsefyll. 'Ceisia siglo'r gadair a'i chael i wyro tuag ata i,' awgrymodd wedyn. Ceisiodd Catrin wneud hyn, ond rhoddodd y gorau i'w hymdrechion pan glywyd cnoc ysgafn ar y drws.

'Mistar Bodfel?' galwodd llais bach diniwed o'r tu allan. Ni fentrodd yr un ohonynt ateb. 'Mistar Bodfel?' daeth y llais eto, yn gryfach y tro hwn. 'Ydi Mistar Henri efo chi?'

'Deio ydi o,' sibrydodd Catrin yn ei glust. 'Deio, o'r llong.'

'Deio? Chdi sy 'na?' galwodd Siôn yn awdurdodol.

'Ia, syr,' atebodd y llais. 'Ydi Mistar Bodfel neu Mistar Henri yna, syr?'

Meddyliodd Siôn yn gyflym am ffordd i gael cymorth y bachgen heb ei ddychryn am ei einioes.

'Gwranda arna i, Deio,' dechreuodd. 'Siôn Rhisiart ydw i, a dydi pethau ddim yn dda iawn yma. Wyt ti wedi gweld Enoch Evans o gwbwl?'

'Do, syr. Mi roedd o wrth y llong, syr, yn rhoi gorchmynion newydd i'r mêt.' Eiliad bach o ddistawrwydd, cyn i Deio siarad yn betrusgar eto. 'Dyna pam dwi yma, syr. Y mêt ddim yn hapus efo'r ordors newydd, syr, ac wedi 'ngyrru i'n ddistaw bach i holi Mistar Bodfel a gneud yn siŵr mai dyna be oedd o isio.'

'Gwranda'n ofalus, Deio,' meddai Siôn wedyn, ei galon yn codi fymryn. Roedd posibilrwydd, felly, nad oedd criw y llong o blaid Enoch. 'Rydw i am iti ddod i mewn i'r stafell, ond paid â dychryn, a phaid â dweud yr un gair. Wyt ti'n deall?'

'Ydw, syr.'

'Addo?'

'Ydw, syr.'

Agorwyd y drws yn araf, araf, a chadwodd Deio'i air. Rhedodd ei lygaid llo o un i'r llall ohonynt, ac er iddo betruso wrth sylwi ar ben Henri yn y fasged, ymwrolodd a cherdded tuag atynt. Eglurodd Siôn yn gyflym y byddai angen iddo ddatod eu rhwymau. Gweithiodd ei fysedd meinion yn ddiwyd ar y rhaffau, a diolchodd Siôn am fedrusrwydd angenrheidiol y prentis morwr wrth drin a thrafod clymau. Holodd yntau y bachgen am y sefyllfa ar y llong, a deall fod Enoch wedi cyrraedd ddwy neu dair awr yn ôl, a'i fod wedi galw Henri i fae yr Higol er mwyn trafod mater o bwys. Pan ddaeth Enoch yn ei ôl amser maith wedyn, heb Mistar Henri, ond gyda gorchmynion newydd, dechreuodd y mêt deimlo'n anniddig, a dyna pam y gyrrwyd ef, Deio, i ofyn am gymorth Mistar Bodfel.

'Mae'r criw yn deyrngar i Bodfel, felly, yn hytrach nag i Enoch?' holodd Siôn.

''Dos 'run ohonan ni'n hoffi Mistar Evans, syr,' atebodd Deio, ac mewn eiliad wedyn, fel petai'n amau nad oedd ei atebiad gwreiddiol yn ddigonol, ychwanegodd, 'Mi ddaru o frifo fy mrawd mawr i, syr, Lewys. Mi farwodd Lewys rai dyddiau wedyn.'

'Mae Evans am ladd Meistras Catrin a finnau hefyd, os medrith o, a Meistar Bodfel,' mentrodd Siôn ddweud wrth y bachgen. Ni allai weld ei wyneb, ond arhosodd y bysedd prysur am funud fach, cyn ailgychwyn yn gyflymach nag erioed. 'Sawl dyn sydd efo Evans?' gofynnodd, ac o dderbyn yr ateb 'Tri', aeth ymlaen efo'i orchmynion. 'Cyn gynted ag y byddan ni'n rhydd, rydw i am iti fynd yn ddistaw bach i'r llong a dweud wrth y mêt beth sydd wedi digwydd. Mae Evans wedi lladd Meistar Henri yn barod. Rydw i am i chi chwilio am arfau, a dod i fyny i'r tŷ ata i. Mi wnawn ni drafod ffordd o ddal Evans wedyn.'

Teimlodd Siôn yr afael am ei gorff, ac yna'i arddyrnau, yn graddol lacio, a munudau'n ddiweddarach roedd wrthi'n rhwbio'r gwaed yn ôl i'w ddwylo cyn mynd ati i ryddhau ei fferau. Cyn gynted ag yr oedd ei ddwylo'n rhydd, anfonodd Deio i ryddhau Catrin. Cododd o'i gadair gan ysgwyd ei goesau a'i draed i'w hystwytho, yna penliniodd i orffen cael Catrin yn rhydd tra prysurodd Deio i ddatod y rhaff am Bodfel.

'Gad lonydd i'w ddwylo,' gorchmynnodd, 'i mi gael cadachau'n barod cyn tynnu'r cyllyll, neu mi fydd yn gwaedu'n ofnadwy.' Wrth i Siôn rwbio bywyd yn ôl i freichiau a garddyrnau Catrin, clywodd dwrw rhywle yn y tŷ. 'Brysia,' sibrydodd wrth Deio, 'dos allan drwy'r gegin! Tyrd â dynion y llong i'n hachub!'

Clywsant draed yn rhedeg i fyny'r grisiau, a llithrodd y bachgen heb oedi allan o'r ystafell. Gweddïodd Siôn y byddai'n ddiogel. Nid oedd eisiau'r cyfrifoldeb o fod wedi gyrru'r bachgen i'w dranc. Edrychodd o'i gwmpas yn wyllt am guddfan i Catrin, ond roedd pobman yn agored. Clywodd y traed yn dod i lawr drachefn, a throdd yn frysiog ati.

'Gwna rywbeth i dynnu sylw Enoch,' sibrydodd wrthi'n daer.

'Beth?' sibrydodd hithau'n ôl. 'Be wna i?'

'Rhywbeth, unrhyw beth i ddal ei sylw! Mi geisia i ddod i fyny tu ôl iddo fo pan mae o'n dy wylio di.' Diolchodd i'r drefn fod llenni hirion ar y ffenestr, a cheisiodd guddio orau y gallai y tu ôl iddynt. Cododd y croen arth oddi ar y llawr gyda'r syniad cymysglyd y gallai ei daflu dros ben Enoch a'i rwydo. Yr eiliad honno, agorodd y drws, a gwelodd fod Catrin yn sefyll yn syfrdan fel delw. Gyda holl rym ei ewyllys, mynnodd Siôn iddi symud, iddi wneud unrhyw beth fyddai'n hoelio sylw Enoch ac yn rhoi cyfle iddo yntau allu neidio arno o'r tu ôl.

Daeth sŵn bach rhyfedd o wddw Catrin a phesychodd yn gyflym. Yna dechreuodd ganu, ac wrth ganu, dechreuodd ddawnsio'n wyllt, ei gwisg yn chwyrlïo o'i hamgylch wrth iddi gylchu. Brasgamodd Enoch i ganol y llawr, a dechrau chwerthin wrth syllu arni, ei gefn at Siôn. Neidiodd Siôn o'i guddfan, y croen arth yn hongian o'i freichiau yn barod i'w daflu, ond synhwyrodd Enoch ei symudiad gan chwyrlïo ar ei sodlau i'w wynebu. Gyda bloedd o gynddaredd saethodd ei fraich allan a rhwygo'r croen arth. Llwyddodd i'w gipio o afael Siôn a'i daflu dros ei ysgwydd i gyfeiriad y lle tân. Syrthiodd y ddau ddyn ar ei gilydd ac, yn yr ymrafael, trawasant yn erbyn y bwrdd a'i daflu drosodd. Daeth sgrech o enau Bodfel wrth i bwysau'r bwrdd dynnu yn erbyn ei ddwylo, nes i'w gorff ddymchwel i ddilyn y bwrdd. Llwyddodd Siôn i dynnu'n rhydd, a chan gadw ei lygaid ar Enoch, camodd yn ôl tuag at y wal. Sylwodd fod Catrin wedi cymryd lloches y tu ôl i'r bwrdd a'i bod yn ceisio tynnu'r llafnau o ddwylo Bodfel.

Daliai Enoch i chwerthin yn fuddugoliaethus ynghanol y llawr. Rhedodd Siôn ei law dros y wal nes i'w fysedd gyffwrdd mewn picell. O weld hynny, neidiodd Enoch yntau'n ôl i gipio un o'r bwyeill rhyfel oddi ar ei fachyn uwchben y lle tân. Wrth wneud hynny, bu bron iddo faglu ar y croen arth, a gwelodd Siôn gyfle i ruthro'r dyn. Efallai y buasai wedi llwyddo, oni bai i'w law gael ei hatal gan gof o'i lw. Torrodd y chwys allan ar ei dalcen. Dduw mawr, ai dyma'r amser i'w gydwybod ei bigo?

Manteisiodd Enoch ar ei betruster, a chamu'n fygythiol tuag ato gan chwifio'r fwyell ryfel. Er mai gan Siôn oedd yr arf hiraf, roedd y fwyell yn drymach. Nid oedd digon o le iddo allu taflu'r bicell â digon o nerth i fod yn effeithiol, felly ffugiodd ymosod i'r dde ac i'r chwith cyn rhuthro ymlaen gan anelu am fron Enoch. Estynnodd hwnnw ergyd â'r fwyell a dorrodd ben y bicell o'i choes. Camodd Siôn yn ôl yn frysiog i chwilio am un arall. Sut y gallai fod wedi gadael i'w gyfle ddiflannu fel yna? Un peth oedd aberthu ei fywyd ei hun, ond ni allai fyth gyfiawnhau, o flaen Duw na neb arall, aberthu bywyd Catrin er mwyn cadw'i lw, ac ni ddylai Duw na Christ ofyn hynny ohono. Faint yn hirach y gallai gadw Enoch rhag eu lladd? Pam na ddeuai'r morwyr?

Dilynodd Enoch ef, gwên fuddugoliaethus ar ei wyneb, gan hawlio canol y llawr. Arhosodd yno'n chwarae â'i elyn, yn ffugio ymosodiad bob hyn a hyn gan fwynhau gweld ymdrechion Siôn i'w arbed ei hunan. Greddfau cath oedd gan Enoch, yn mwynhau'r chwarae cyn y lladd. Byddai'n oedi'n hir, yn blasu pob arwydd o ofn yn ei elyn, yn ymestyn y ddawns angheuol hyd yr eithaf. Gwyliai Siôn bob symudiad yn ofalus, gan synhwyro pob ymosodiad, a'i gyfeiriad, eiliadau cyn iddo ddigwydd, gan lwyddo bob tro i osgoi'r trawiadau. Rhywle yng nghefn ei feddwl roedd yn ymwybodol o arogl llosgi, ond poenai fwy am Catrin. Gobeithiai na fyddai hi'n ceisio ymosod ar Enoch. Roedd cylch y fwyell yn rhy eang o lawer i neb gael cyfle i'w oresgyn heb gael anafiadau difrifol.

'Tyrd yn dy flaen, Siôn Rhisiart,' gwatwarodd Enoch. 'Tyrd i ni gael gweld lliw dy waed di!' Gyda'r geiriau hynny, rhuthrodd ymlaen am Siôn, ac unwaith yn rhagor llwyddodd Siôn i'w osgoi, ond heb allu dwyn y tir canol oddi ar Enoch. Roedd yn rhaid iddo gael arf o rywle. Gwnaeth nifer o ffug-ymosodiadau, a chyda phob un, symudai'n raddol i'w chwith, lle'r oedd rhagor o bicellau ar y mur. Roedd yn dal yn ymwybodol o'r arogl llosgi, a'i fod yn cryfhau. O gil ei lygaid gallai weld fflamau'n dringo'n uchel yn y lle tân. Tybiodd fod Enoch wedi gollwng rhan o'r croen arth ar y fflamau. Ffug-naid neu ddwy arall, ac fe fyddai'n llwyddo i gyrraedd y picellau. Ofnai, fodd bynnag, y byddai Enoch yn rhag-weld ei fwriad ac yn ei dorri i lawr cyn iddo allu dod â'r bicell i rym. Felly roedd yn rhaid meddwl am ffordd i dynnu llygaid Enoch oddi arno am amrantiad. Ble ddiawl oedd y morwyr?

Fel ateb i'w weddi, clywodd sŵn gwichian metalig uwch ei ben. Roedd y canhwyllyr haearn yn y nenfwd yn araf ddechrau siglo, a fflamau'r canhwyllau'n crynu gan yrru cysgodion i ddawnsio o amgylch Enoch, oedd yn sefyll yn union oddi tanynt. Yr eiliad honno rhuthrodd Enoch amdano unwaith eto cyn camu'n gyflym yn ôl i'r canol a chwerthin.

'Meddwl y gelli di gael picell arall, ia, Siôn Rhisiart? Pam na ei di amdano, i mi gael dy dorri'n dy hanner?' chwarddodd. Cododd y fwyell a'i chwifio'n fygythiol. 'Tyrd yn dy flaen, 'ta. Rho dipyn o sbort i mi!'

Daeth twrw eto o'r canhwyllyr, yn uwch y tro hwn, a'r tro hwn fe glywodd Enoch ef hefyd. Cododd ei ben i chwilio am darddiad y sŵn, ond cyn i Siôn allu manteisio ar ei gyfle a rhuthro'r dyn, disgynnodd y canhwyllyr o'i fachyn yn y nenfwd a tharo Enoch i'r llawr. Gwingodd ei goesau unwaith neu ddwy cyn llonyddu. Agosaodd Siôn ato'n wyliadwrus, a syllodd yn hir ar yr hyn a welai. Roedd addurn canolog y bwth, y ddeilen fawr oedd fel llafn saeth, wedi treiddio drwy gorn gwddw Enoch Evans. Llosgwyd y rhaff a ddaliai'r canhwyllyr wrth y derbynnydd ar wal y lle tân wrth i'r fflamau o'r croen arth ei chyffwrdd, a phwysau'r canhwyllyr yn ei gyrru i lawr gyda'r fath nerth fel bod yr addurn canol wedi picellu'r dyn.

Cyrhaeddodd y dynion o'r llong yn fuan wedyn. Tra gweithiai rhai i ladd y fflamau, aeth eraill ati i rwymo dwylo Bodfel yn ofalus a'i gario'n anymwybodol i'w long. Trefnodd Siôn gyda'r mêt iddynt hwylio'r llong am Amsterdam yn unol â'r trefniadau gwreiddiol nes y byddai Bodfel wedi gwella'n ddigon da i gymryd drosodd unwaith eto. Doedd dim amdani wedyn ond mynd i'r llong a chipio ychydig o gwsg cyn dal y llanw ar doriad gwawr.

Pe byddai wedi gallu ei ryddhau ei hun, fe fyddai Catrin wedi neidio i ddŵr y môr a nofio ar ôl y llong. Yn lle hynny, gafaelai Prins yn ysgafn ond yn gadarn yn ei braich, a'i gorfodi i wylio'r llong yn tacio yma a thraw wrth fanteisio ar bob chwa ysgafn o wynt i'w chael ei hun allan o fae Henllwyn. Gallai glywed galwadau'r mêt wrth iddo lywio'r llong yn ofalus tuag at y môr heb unrhyw gymorth gan Siôn. Gallasai Siôn yn hawdd fod yn un o'r cerfiadau ar gefn y llong, mor llonydd ydoedd, yn syllu'n ôl ar lannau Enlli a hithau. Roedd fel petai edau frau, gain, yn cysylltu eu llygaid, a thra gallent weld ei gilydd, cedwid rhyw obaith afresymol yn fyw. Pan dorrai'r edau honno, fel y gwnâi'n anorfod wrth gael ei hymestyn hyd ei heithaf, byddai ei chalon hithau'n torri.

Chwalwyd byd ei breuddwyd gan floeddiadau croch o geg y mêt pan oeddynt wedi cysgu ond ychydig oriau. Roedd y gwynt wedi troi, ac wedi codi'n gryf. Neidiodd Siôn o'r gwely a dringo i fwrdd y llong. Gwrandawodd Catrin ar y gweiddi taer, y rhedeg troednoeth ar yr estyll uwch ei phen, y rhegfeydd, a daeth cwmwl du o ddrwgargoel i'w mygu. Pan gerddodd Siôn yn araf yn ôl ati, gwyddai Catrin o'r olwg ar ei wyneb fod y cwmwl wedi ei lethu yntau hefyd. Eisteddodd yn dawel wrth ei hochr ac egluro fod y gwynt yn chwythu'n ôl o'i gartref arferol, y de-orllewin, a'u bod wedi eu dal yn y bae gan y gwynt yn fwy effeithiol na phe byddai llynges lawn y Brenin yn eu cadw dan warchae. Ar ben hynny, roedd llong fechan yn hwylio tuag at yr ynys o gyfeiriad Aberdaron.

Pan ddaeth y mêt i'r caban gyda'r newyddion mai Prins oedd yn y cwch, a dynion gydag ef, cododd calon Catrin. Gwisgodd yn gyflym cyn ymuno â Siôn i wylio Prins yn agosáu. Arhosodd ei long y tu allan i'r bae, a gollyngwyd cwch rhwyfo i'w gludo atynt. Gwyliai pawb mewn tawelwch. Roedd y llanw eisoes wedi troi, a chreigiau'r bae yn graddol ailymddangos. Hyd yn oed pe byddai'r gwynt yn troi y funud honno, ni fyddai digon o ddŵr iddynt allu llywio'r llong yn ddiogel heibio i'r creigiau.

Pan ddringodd Prins i'r bwrdd a cherdded atynt a phedwar o'i ddynion yn ei ddilyn, darganfu Catrin agwedd newydd ar ei gymeriad. Doedd dim hanes o'r dyn llys pryfoclyd, difyr a adwaenai cyn hyn. Roedd ei wyneb yn llym, a chaledwch dieithr yn ei lygaid. Nid arestiodd Siôn, mae'n wir, ond gwnaeth hi'n amlwg y byddai'n gwneud hynny pe byddai raid. I lawr yn y caban, eglurodd y sefyllfa iddynt, a gosod ei delerau.

'Mi gei di hwylio i ffwrdd yn y llong yma, Siôn Rhisiart,' meddai, 'fel yr addewais i. Mae gen i ddigon o barch atat ti i sicrhau hynny. Ond mae Catrin yn aros yn Aberdaron.'

Ystyriaethau teuluol oedd yn gyfrifol am ei safbwynt, meddai. Byddai'r newydd fod merch Griffith Williams, Conwy a'r Penrhyn, darpar wraig etifedd Bodwrda, wedi rhedeg i ffwrdd gyda milwr cyffredin yn fath sarhad a gwarth ar enw da'r teulu fel na allai ganiatáu i hynny ddigwydd – heb sôn am ei gefnder yn colli'r tiroedd a'r manteision a ddisgwyliai drwy ei briodas â Catrin. Na, roedd John yn disgwyl amdani gyda thrwydded arbennig gan yr Esgob i'w galluogi i briodi yn y fan a'r lle, heb ddisgwyl eiliad yn rhagor.

'Ond mi rydw i wedi priodi'n barod!' gwrthwynebodd Catrin, gan symud i afael ym mraich Siôn.

Gwenodd Prins arni a'i lygaid yn llym, ond rhyw ffug-ddifyrrwch yn ei lais. 'Catrin fach, pa lol mae hwn wedi'i roi yn dy ben di? Elli di ddim priodi heb offeiriad, a does dim offeiriad wedi bod ar Enlli ers canrifoedd.' Syllodd arni'n hir, gan wneud i'r gwrid olchi dros ei hwyneb. 'Gorau po gyntaf i ti briodi John felly, yntê?'

'Ond . . . ' ceisiodd Catrin brotestio eto, ond tawelodd mewn cywilydd. Roedd ei ensyniad yn dibrisio'r ddefod a gyflawnwyd yn adfeilion yr eglwys, yn halogi sancteiddrwydd yr awyrgylch a dilysrwydd eu haddunedau a wnaed o flaen neb ond Duw ei hunan. Tawodd er mwyn gallu cadw'r cof o'u gwir briodas yn ddilygredd yn ei chalon. Teimlodd ei hun yn gwahanu oddi wrth y byd o'i chwmpas, a bod popeth yn colli ei arwyddocâd iddi. Gwnaeth un ymdrech wantan i geisio osgoi'r anochel, gan droi'n ymbilgar at Siôn.

'Allwn ni ddim cwffio yn eu herbyn nhw?' dechreuodd yn eiddgar, gan gipedrych ar Prins yn ei gwylio. 'Mi fyddai'r llongwyr yn ein cefnogi, mi allwn ni ddianc . . . ' Distewodd wrth weld Siôn yn ysgwyd ei ben yn araf a thrist.

'Na, Catrin. Allwn ni ddim gofyn i'r dynion yna aberthu eu bywydau er ein mwyn ni. Mi fyddai cost ein hapusrwydd yn rhy uchel.'

Pesychodd Prins yn ysgafn. 'Rhaid i mi dynnu eich sylw at y ffaith fod milwyr ar fwrdd fy llong,' meddai'n dawel, 'yn barod i ymosod pe digwyddai anffawd i mi. Roedd yn rhaid i mi fynnu fy mod ar waith cyfrinachol y Brenin er mwyn eu cadw rhag dod gyda mi.' Trodd i wenu'n ymddiheurol ar Siôn. 'Mae'r Frenhines wedi hwylio o borthladd Dofer wedi'r cyfan, Siôn! Bu'n gwaith ni'n ofer, mae arna i ofn.' Trodd eto i gynnwys Catrin yn ei sgwrs. 'Wedi dod yma ar drywydd Enoch Evans rydan ni, wrth gwrs, ac yntau wedi ymosod ar John cyn dianc. Ond mae hyd yn oed John wedi gallu gweithio allan bellach mai Enlli yw'r unig le y gallet ti fod – doedd dim un ceffyl ar goll, ac er gyrru dynion i holi ar hyd pob priffordd, doedd dim hanes ohonot. Dyma beth rydw i'n ei gynnig.'

Adroddodd ei gynllun. Gallai adael i Siôn ffoi drwy ddweud wrth y milwyr mai Alex ydoedd, gan na wyddent ddim yn amgenach. Nid oedd hanes o Siôn ar yr ynys o gwbl. Evans oedd wedi cipio Catrin a'i chadw'n garcharores, a Bodfel, ac yntau wedi troi o'r diwedd yn erbyn ei gyn-bartner, wedi llwyddo i ladd Evans a rhyddhau Catrin. Dyna pryd y cyrhaeddodd Prins, a hwythau ar fin hwylio i ffwrdd. Gan fod Bodfel yn awyddus i gychwyn ar ei siwrnai, cynigiodd Prins ddod â Catrin yn ôl i Aberdaron. Gorffennodd ei esboniad drwy droi at Siôn a dweud, 'Os nad wyt ti'n cytuno, mi wyddost beth ydi cosb ysbïwr a Phabydd. Allwn i wneud dim i'th arbed rhag cael dy grogi, dy ddiberfeddu a'th chwarteru.'

Syllodd Catrin o un wyneb cadarn i'r llall. Doedd yna ddim dewis, felly. Roedd yn rhaid iddi aberthu ei hapusrwydd er mwyn achub eilun yr hapusrwydd hwnnw. Llithrodd pob gronyn o annibyniaeth, o wrthryfel, allan o'i chymeriad, a gostyngodd ei phen yn wylaidd. 'Rhaid i ti 'ngadael i felly, Siôn,' meddai'n dawel.

Daliai i wylio llong Siôn yn pellhau am y gorwel wrth i long Prins ei chario tuag at ei thynged. Wedi i Siôn lwyr ddiflannu o'r diwedd, edrychodd i lawr ar y darn papur crychlyd a ddaliai, y darn papur a wthiodd Deio i'w llaw cyn iddynt ymadael. Aeth i'w chaban ac edrych arno'n hir cyn mentro ei agor a sythu allan yr holl blygiadau. Roedd Siôn wedi ysgrifennu llythyr ati. Wrth iddi ei ddarllen, a'r dagrau'n treiglo'n araf ar hyd llyfnder ei gruddiau, clywai eto ei lais tyner, addfwyn yn adrodd y geiriau yn ei phen.

F'anwylaf Catrin,
Gobeithio y gall Deio gael hwn i'th law cyn i ni orfod hwylio. Catrin fach, beth allaf ddweud? Dim ond gofyn maddeuant iti am dy siomi. Gad i mi geisio egluro na allwn i fyth fod wedi lladd Prins a'i griw mewn gwaed oer, ac fe wn na fyddet tithau, mewn gwirionedd, yn gallu byw gyda'r fath

weithred ar ein cydwybod. Pan arbedodd Duw fi rhag gorfod lladd Enoch Evans, roedd yn arwydd i mi fy mod wedi dewis y llwybr cywir, ac er na allaf bellach ddilyn fy mwriad i ymuno â'r gymuned yn Llanfaches, fe gadwaf at fy llw o ymwrthod â phob trais a lladd. Ofnaf fod amseroedd caled a chreulon yn wynebu ein gwlad dros y blynyddoedd nesaf, a'm hunig weddi yw y bydd congl fach mor ddiarffordd ag Aberdaron yn ddiogel rhag y rheibio gwaethaf. O na bawn wedi gallu dy achub o'r fath sefyllfa!

Catrin fach, rhaid i ni geisio wynebu'r dyfodol gyda dewrder, a'r dewrder hwnnw yn deillio o sicrwydd cryfder ein cariad. Y peth pwysicaf ddigwyddodd i mi erioed oedd ein priodas ar Enlli, a byddaf ffyddlon i'r briodas honno hyd weddill fy oes. Paid â digalonni, na meddwl dy fod yn fy mradychu, wrth orfod priodi John. Ein priodas ni yw'r un ddilys, beth bynnag ddywed y byd. Gall Duw weithio mewn ffyrdd rhyfeddol a dirgel, ac efallai mai ei fwriad Ef yw i ni orfod ymwahanu er mwyn ein paratoi ar gyfer bywyd melysach gyda'n gilydd yn y dyfodol.

Oherwydd gallaf dyngu un llw arall, a'i gadw yr un mor gadarn â'm llw cyntaf: y byddaf yn dychwelyd i Aberdaron rhyw ddydd, gyda gras Duw, ac yn dy gipio i ffwrdd i fyw gyda mi ym Mohemia. Paid byth â cholli ffydd ynof.

Gyda'm holl galon yn ysu amdanat,

Dy ŵr cariadus,

Siôn

Epilog

Bodwrda, 16 Awst 1643

F'anwylaf Siôn,

Wrth edrych ar lygaid llwyd-las ein mab yn gwenu'n rhadlon arnaf o'i grud, daeth hiraeth dirdynnol i'm llethu fel bod raid i mi geisio mynegi fy nheimladau mewn rhyw ffordd, a'r unig ffordd sydd ar gael i mi yw drwy ysgrifennu atat, fel y ceisiais wneud sawl tro o'r blaen.

Oes, Siôn, mae gennym ni fab, y peth tlysaf yn y byd, ac mor annwyl. Mi fyddet ti wrth dy fodd o'i weld, yn naw mis oed bellach, llond ei gopa o gudynnau modrwyog, gwinau. Siôn yw ei enw, er mai John mae John yn ei alw – cafodd enw ei dad, ti'n gweld. Mab John ydi o i bawb ym Modwrda, wrth gwrs, ond rydw i'n gwybod yn amgenach. Mi fydda i'n meddwl weithiau fod dy fam yn gweld y tebygrwydd i ti hefyd. Mae hi wedi edrych yn od arna i fwy nag unwaith, ond heb feiddio dweud dim. Ond rwy'n dweud y newyddion mawr yma mewn ffordd mor garbwl, gad i mi egluro'n well, a dweud yr hanes o'r dechrau.

Pan gyrhaeddon ni'n ôl yn Aberdaron, roedd John yno'n disgwyl amdanom. Derbyniodd John bopeth yn ddigwestiwn – a dweud y gwir, doedd ganddo fawr o ddiddordeb yn adroddiad Prins. Roedd y Drwydded Arbennig ganddo yn ei law, ac fe'm cipiwyd i ddrws yr eglwys o fewn dwyawr o *gyrraedd y lan, a phriodwyd ni yno gan Sieffre Edwardes.*

Fe wyddost nad oedd dim allwn i wneud i rwystro hynny, ac roeddwn yn falch o'th lythyr yn deall fy sefyllfa. Siôn, Siôn, rwy'n darllen dy lythyr bob nos yn nhawelwch fy stafell, ac yn gweddïo am y diwrnod pan welaf di eto. Paid â phoeni, fy nghariad annwyl, y gallai unrhyw gariad godi rhwng John a minnau er i ni fod yn briod. A dweud y gwir, ar ôl noson y briodas, prin y gellid ein galw yn ŵr a gwraig, cyn lleied o sylw mae'n ei dalu i mi, a diolchaf am hynny – ac am yr un noswaith honno o'i sylw, os wyt ti'n deall be s'gen i! Mae oddi cartref ers rhai misoedd bellach, ac rwyf yn mwynhau'r rhyddid oddi wrtho.

Torrodd y rhyfel allan ddechrau Awst, a chredet ti fyth beth ddigwyddodd o fewn mis neu ddau wedyn – cafodd John ei restio! Fo a Thomas Glynne, Glynllifon, yng ngharchar y castell yng Nghaernarfon, ar warant y Brenin ei hunan, ar gyhuddiad o annheyrngarwch, yn ôl Prins. Ond ni fu yno'n hir. Wedi ei ryddhau, aeth i ffwrdd, a'i ddynion gydag ef, i ymuno â mintai John Owen, Clennenau. Nid wyf wedi ei weld ers hynny. Tydi'r byd yma'n fach! John yn mynd i ryfela efo'r union ddyn yr anfonwyd ti ato dros ddwy flynedd ar bymtheg yn ôl! Ychydig iawn o newyddion sy'n cyrraedd yma o'i hynt a'i helynt, ond mae'n siŵr y buasem yn clywed yn ddigon sydyn pe bai'n cael ei ladd. Rwyf finnau wedi cymryd llw, Siôn, na fyddaf byth yn cael fy ngorfodi i briodi eto pe byddai John farw, ac y byddaf yma yn disgwyl amdanat, pa wahaniaeth sawl blwyddyn aiff heibio. Gwraig weddw ydwyf eisoes, yntê?

Gweddw-dros-dro yn disgwyl am ddychweliad ei gŵr o wledydd estron. Pa bryd y doi di, Siôn?

Mae dy fam a Twm yn cadw'n iach, er fod Twm wedi torri cryn dipyn ar ôl y noson iddo geisio lladd ei hunan. Rhoddodd y gorau i'r efail ar ôl hynny, ac mae'r ddau'n byw yn ddigon cytûn ym Mryngwyn, Uwchmynydd. Prynodd Prins y tyddyn iddynt gyda'r arian adewaist ti ar ôl, er mai yn fy enw i ac yntau mae'r gweithredoedd, a'n mab fydd berchen y lle wedi marwolaeth Prins. Bydd dy fam yn dod draw yn aml i gadw cwmni i mi, ac i warchod y bychan. Mae hi hefyd yn falch o gael gweld Ryff. Anghofiais sôn wrthyt fod Ryff wedi dewis dod i fyw gyda mi bellach. Pan gyrhaeddais i'n ôl o Enlli, roedd yntau'n disgwyl amdanaf ar y traeth, ac fe'm dilynodd yr holl ffordd i'r eglwys. Bob dydd ar ôl hynny roedd yn crio amdanaf yn nrws cefn Bodwrda nes gyrru Malan o'i chof. Penderfynais fynnu fy hawliau fel meistres y plas, a'i gael i fyw yn y tŷ gyda mi. Mae'n gwarchod y crud bob nos yn ddi-ffael, chwarae teg iddo, y ci bach ffyddlon.

Ni fydd Ewythr John yn gadael ei stafell y dyddiau yma, gan adael gofal y stad i mi. Rhyfedd meddwl, yn tydi? Pe byddai yn ei iawn bwyll, fyddai o byth bythoedd yn ymddiried ei gyfoeth i ddwylo merch. Ond bydd Ewythr Gruffydd yn dod draw o Drefgraig bob chwarter pan fydd angen delio â'r rhenti a'r gweision ac ati. A dweud y gwir, rydw i'n mwynhau edrych ar ôl y stad, ac yn fy meddwl bach i, rydw i'n llwyddiannus iawn hefyd. O leiaf rwy'n llwyddo i gadw pethau'n wastad, er bod bywyd yn galed iawn arnom gyda'r rhyfel. Ni chawn anfon ein gwartheg i Loegr mwyach, ac roedd hynny'n ergyd drom i'r ardal. Ond dyna fo, o leiaf gallaf rannu'r cig rhwng y pentrefwyr tlotaf dros fisoedd y gaeaf – y rhai na ddygwyd gan y Prif Arlwywr!

Beth yw dy hanes di, tybed? Wyt ti'n dal i weithio i'r Ymerawdwr? Wyt ti'n dal i sglefrio ar lyn Rozkoš a hela eirth a bleiddiaid? Mae'n rhy boenus i mi feddwl gormod am y bywyd y gallasem fod wedi'i gael – yn lle hynny cadwaf ein hamser ar Enlli'n fyw yn fy nghof, a thrwy bob munud o orffwys ddaw i'm rhan byddaf yn ei gofleidio a'i anwesu. Ond y cyswllt pwysicaf sydd rhyngom, y pleser mwyaf yn fy mywyd, yw ein mab. Rhaid i ti ddod yn ôl i'w adnabod, ac iddo yntau gael adnabod ei dad, a'i anrhydeddu fel y dyn gorau ar wyneb daear.

Pam ydw i'n ysgrifennu hwn, dywed? Ond dyna fo, mi fuaswn i wedi mygu pe bawn heb gymryd y cwilsyn yn fy llaw. Chei di byth mo'i ddarllen, wrth gwrs. Mi fydda i'n taflu'r tudalennau yma'n syth i'r tân ar ôl gorffen y llythyr, fel pob llythyr arall a ysgrifennais atat.

Tyrd yn ôl ata i, Siôn. Byddaf yn disgwyl amdanat hyd angau.

Gyda holl gariad dy wraig annwyl,
Catrin Rhisiart

CEFNAMWLCH, LLŶN

Griffith John = Catherine, merch
Griffith,   Syr Richard Bulkeley,
m. 1599   Baron Hill, Biwmaris

John Griffith = Jane, merch
                      Owen ap Robert
                      Owen Tudur o
                      Benmynydd

Richard   Huw   Edmund   Thomas   Robert   Margaret   Dorothy   Jane   Mary
                Esgob Bangor   = Syr William
                                                    Jones,
                                                    Castellmarch,
                                                    Prif Ustus Dulyn

John Griffith, = Margaret, merch
A.S.   Syr Richard Trefor,
Biwmaris   Trefalun

                                  Charles   Morris   Jane   Elin   Catherine   Elisabeth

John 'Prins'   William   Frances   Jane   Mary
Griffith, A.S.
Sir Gaernarfon

COCHWILLAN / PENRHYN / CONWY

Edmund   = Mary, merch
Williams   Owen Wyn,
o Gonwy   Eglwysfach

Robert Williams, = Elisabeth, merch
Penrallt, Conwy   Cefnamwlch

John Williams, DD
1582 – 1650
Archesgob Efrog a
brynodd stad y
Penrhyn yn ôl i
deulu Cochwillan

                            Catherine   Elin   merch arall

Griffith, Henry, Robert, William   Catherine   Jane   Elisabeth   Elin   Gaynor

Dorothy   Elin

BODWRDA, LLŶN

John Wynne = Jane, merch
Bodwrda   Rhys ap Thomas ap
                   Syr William Thomas, Coed
                   Helen, Caernarfon

                              John   Humphrey

Huw Gwyn = Elisabeth, merch
Bodwrda   Griffith Wynn,
m. 1622   Berthddu a chwaer
                   i Owen Gwynn,
                   pennaeth Coleg
                   Sant Ioan,
                   Caergrawnt

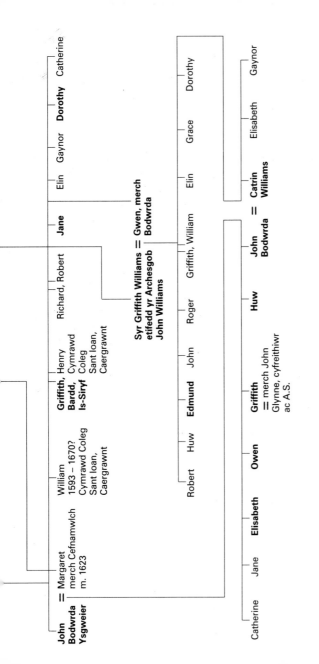

COEDEN DEULU BODWRDA, A'R TEULUOEDD CYSYLLTIEDIG

Amlygir mewn print trwm y cymeriadau sy'n rhan o'r nofel
Cymerwyd yr wybodaeth allan o waith J. E. Griffith, *Pedigrees of Anglesey and Carnarvonshire Families*,
1914, gyda rhai ychwanegiadau.

Y Cymeriadau Hanesyddol

Catrin Williams:

merch Griffith a Gwen (*née* Bodwrda) Williams, Conwy a'r Penrhyn, nith i'r Archesgob John Williams. Gwyddys blwyddyn ei marwolaeth (1704) ac iddi wneud ewyllys yn creu ymddiriedolaeth i ariannu dau fachgen amddifad o Aberdaron i'w prentisio mewn crefft addas. Gweinyddir yr ymddiriedolaeth hyd heddiw. Priododd â'i chefnder, John Bodwrda, a bu farw eu hunig fab yn ystod ei blentyndod.

John Bodwrda yr ieuaf:

mab John a Margaret (*née* Griffith, Cefnamwlch, m. 1623) Bodwrda. Mae cofnod iddo ymuno â choleg Sant Ioan, Caergrawnt, yn un ar bymtheg oed ym 1631. Cyfeirir at yr enw John Bodwrda yng ngweithiau A. H. Dodd [*Wales in the Parliaments of Charles I* (1946), *A History of Caernarvonshire 1284–1900* (1968), *Studies in Stuart Wales* (1952), *Caernarvonshire in the Civil War* (1953)] heb wahaniaethu rhwng yr hynaf a'r ieuaf. Ni wyddys dyddiad ei farwolaeth ond, yn ôl Dodd, roedd John Bodwrda wedi marw erbyn 1648.

John Bodwrda yr hynaf:

mab Huw Gwyn ap Siôn o Fodwrda. Roedd yn Ustus Heddwch ac yn sgweier y pentref.

Griffith Bodwrda:

bardd, o Drefgraig, Llangwnnadl, dirprwy Siryf i Syr Thomas Williams, Y Faenol. Brawd i John Bodwrda'r hynaf.

Jane a Dorothy Bodwrda:

chwiorydd i John Bodwrda'r hynaf, yn ôl J. E. Griffith, y ddwy yn ddibriod.

John 'Prins' Griffith yr ieuaf:

Cefnamwlch, A.S. dros Sir Gaernarfon. Cymeriad lliwgar y ceir ei hanes gan A. H. Dodd (*op.cit.*).

Alex Bodfel:

er nad oes cyfeiriad ato ymysg teulu Bodfel yn ôl J. E. Griffith, cyfeirir at ei ewyllys yn erthygl Trevor M. Owen, 'Some Lleyn Inventories of the Seventeenth and Eighteenth Centuries,' *Trafodion Cymdeithas Hanes Sir Gaernarfon* (1960).

Syr Griffith Piers:

ficer Aberdaron a fu farw ym 1624, er mai ffuglennol yw ei lofruddiaeth.

Mae pob cymeriad arall o dras bonheddig yn hanesyddol.

Y Cymeriadau Ffuglennol

Siôn Rhisiart:

Seiliwyd gyrfa filwrol Siôn Rhisiart ar yrfa hanesyddol y milwr Albanaidd, Walter Leslie, a gychwynnodd ei yrfa fel hurfilwr ym myddin y Protestaniaid Ewropeaidd ond a orffennodd yn llwyddiannus tu hwnt gyda llywodraeth yr Ymerodraeth Rufeinig Sanctaidd.

Mae *Twm a Meinir Elias, Enoch Evans* a phob cymeriad arall o dras israddol yn ffuglennol.

Y Cefndir Hanesyddol

Ymdrechwyd i greu cymeriadau allan o'r ychydig wybodaeth sydd ar gael ac, yn dilyn ymchwil fanwl, ceisiwyd ail-greu eu byd, eu hofnau a'u dyheadau yn ôl yr hyn sy'n hysbys am hanes a meddylfryd y cyfnod. Er nad yw'n ymddangos fel cymeriad yn y nofel, roedd hanes yr Archesgob John Williams yn hollbwysig yn y cynllun, a glynir at ffeithiau ei fywyd ef. Er mai ffuglennol yw'r ymgais gan foneddigion Sir Gaernarfon i achub y Frenhines Henrietta Maria, roedd yn berffaith bosib, o ystyried paranoia'r oes, iddynt fod wedi ymdrechu i wneud hynny.

Ym 1625 daeth Siarl I yn frenin Lloegr wedi marwolaeth ei dad, Iago I. Ef oedd yr ail o linach y Stiwardiaid i deyrnasu dros Brydain, ac er mai Pabyddes oedd ei nain, Mari, brenhines yr Alban a ddienyddwyd gan Elisabeth I, magwyd Iago a Siarl yn y ffydd Brotestannaidd. O gofio nad oedd Protestaniaeth eto wedi cyrraedd ei chanmlwyddiant, a bod Brad y Powdwr Gwn (1605) yn dal yn fyw yng nghof y genedl, gellir rhyfeddu at benderfyniad Iago i ddewis Pabyddes fel gwraig i'w fab. Y dewis cyntaf oedd yr Infanta, merch brenin Sbaen, ac ym 1623 teithiodd Siarl i'r wlad honno i geisio ei llaw (gyda Richard Wynn o Wydir yn un o'i fintai). Methiant fu'r ymgyrch a phriododd Siarl â Henrietta Maria, merch brenin Ffrainc. Cadwodd Henrietta Maria at ei ffydd Babyddol drwy gydol ei hoes, ac oherwydd iddi fod â dylanwad mawr ar ei gŵr, porthwyd drwgdybiaeth ddofn ynglŷn â dilysrwydd daliadau crefyddol y brenin.

Bodolai asgwrn cynnen arall rhwng y brenin a'i ddeiliaid, yn arbennig felly yr aelodau seneddol yn Nhŷ'r Cyffredin. Credai llinach y Stiwardiaid yn nwyfol hawl brenhinoedd, a'u bod yn atebol i neb ond Duw am eu gweithredoedd. Rhwng 1629 a 1640, teyrnasodd Siarl heb alw'r senedd, gan atgyfodi hen hawliau a threthi brenhinol i godi arian, hyd nes y gorfodwyd ef i ofyn am gymorth y senedd i ariannu'r ymgyrch yn erbyn gwrthryfel yr Albanwyr wedi i Siarl geisio mynnu syniadaeth Arminaidd William Laud, Archesgob Caergaint, arnynt (Rhyfel yr Esgobion, 1639). Hon oedd y Senedd Fer, a alwyd ym mis Mawrth 1640, ond chwalwyd hi o fewn tair wythnos i'w galw oherwydd i'r aelodau, unwaith eto, wrthod ariannu'r brenin. Ond roedd yn gymaint o argyfwng arno erbyn hyn fel y bu raid iddo ailalw'r senedd ym mis Tachwedd yn yr un flwyddyn, a hon oedd y Senedd Hir fu'n eistedd drwy gydol y Rhyfel Cartref hyd nes i Oliver Cromwell, drwy weithred Cyrnol Pride, fwrw allan yr aelodau hynny oedd yn gwrthwynebu dienyddio'r brenin ym 1649.

Nodwedd amlycaf y Senedd Hir oedd ei gwrthwynebiad parhaol i rym y brenin, ac o dan arweiniad John Pym a'i gyfeillion adeiladwyd carfan gref o gefnogwyr oedd â'u bryd ar gwtogi'r grym hwnnw. Er na fyddai dynion yr oes yn cydnabod fod yna bleidiau gwahanol o fewn y senedd (corff unedig ydoedd, *'comparable to the seamless robe of Christ'* yn ôl Richard Ward yn ei lyfr, *The Principal Duty of Parliament Men*, a gyhoeddwyd ym 1641), caed aelodau a arhosodd yn bleidiol i'r brenin, ac eraill a'i gwrthwynebai. Wrth edrych ar ddigwyddiadau'r flwyddyn yn arwain at ddeuchreuad y Rhyfel Cartref yn Awst 1642, gellir dychmygu Pym a Siarl fel chwaraewyr gwyddbwyll, y ddau mor ffanatigaidd â'i gilydd, ond bod Pym yn chwaraewr llawer mwy gofalus a chyfrwys na'r brenin. Yn wir, dywedwyd am Siarl iddo erioed ynganu'r un gair gwirion, ac iddo erioed gyflawni'r un weithred gall.

Ar ddechrau'r ornest, ni ymosodwyd yn uniongyrchol ar y brenin; yn hytrach, cyhuddwyd ei gynghorwyr o fod yn *'evil counsellors'*, a'r mwyaf blaenllaw yn eu mysg oedd Thomas Wentworth, Iarll Strafford, a'r Archesgob William Laud. Hwy ill dau oedd yn sicr y mwyaf hirben a phwerus o gynghorwyr y brenin, ac o'r herwydd hwy oedd y bygythiad mwyaf i gynlluniau Pym a'i gyfeillion. Dygwyd cyhuddiadau o deyrnfradwriaeth yn erbyn y ddau gan Pym a Thŷ'r Cyffredin, a'r cyfreithiwr enwog, John Glynne, brawd iau Thomas Glynne o Lynllifon, yn chwarae rhan allweddol wrth arwain yr ymgyrch at lwyddiant, gyda'r canlyniad i Strafford gael ei ddienyddio ym 1641, a'r Archesgob Laud ym 1642.

Gydag ymadawiad y brenin o Lundain yn ystod haf 1641 i deithio i'r Alban i drafod a chytuno telerau heddwch ac iawndal am golledion Rhyfel yr Esgobion, gadawyd y llwyfan yn glir i Pym hyrwyddo ei ymgyrch yn erbyn y grym brenhinol. Cychwynnwyd ar lunio'r Gwrthdystiad Mawr, y *Grand Remonstrance*, sef rhestr hirfaith o'r holl 'bechodau' brenhinol – neu o leiaf ei holl gamgymeriadau gwleidyddol – a John Glynne unwaith eto'n flaenllaw yn y gwaith. Cyflwynwyd y gwrthdystiad i Siarl ychydig ddyddiau ar ôl ei ddychweliad o'r Alban ddiwedd Tachwedd 1641, ond cyn hynny torrodd gwrthryfel allan yn Iwerddon ar y cyntaf o'r mis hwnnw – gwrthryfel Pabyddol yn erbyn yr ymsefydlwyr Protestannaidd oedd yn ymgartrefu ar diroedd Gwyddelig gyda nawdd a chefnogaeth llywodraeth Lloegr. Gyda'r newyddion o erchyllterau a gyflawnwyd gan y Gwyddelod – llawer ohonynt wedi eu gormodieithu – rhedodd cyffro ac ofn drwy boblogaeth Cymru a Lloegr. Gwaethygwyd y sefyllfa gyda'r darganfyddiad o gynllwyn Iarll Caerwrangon (oedd yn Babydd) ar 16 Tachwedd 1641 i lanio byddin o Iwerddon yn Aberdaugleddau a'u gosod dan reolaeth yr Iarll yn ei gastell yn Rhaglan. Bedwar diwrnod ynghynt daeth tad Catrin y nofel, Griffith Williams, oedd yn Is-Ddirprwy Lynghesydd Gogledd Cymru, i glywed am gynllwyn cyffelyb gan deulu Pabyddol y Creuddyn, gyda'r bwriad o ddal castell Conwy ar gyfer y Gwyddelod.

Cymro arall a ddaeth yn ôl i'r amlwg yn y cyfnod hwn oedd John Williams, Esgob Lincoln. Ac yntau'n hanu o deulu Cochwillan, cafodd yrfa ddisglair yng Ngholeg Sant Ioan, Caergrawnt, a ffafriaeth fawr gan Iago I. Penodwyd ef yn gaplan i'r Arglwydd Ganghellor ym 1612, yn Ddeon San Steffan ym 1620 ac yna'n Arglwydd Geidwad y Sêl Fawr yn ogystal ag Esgob Lincoln ym 1621. Roedd yn ewythr i Catrin, ac enwodd ei thad, Griffith Williams, yn etifedd iddo. Collodd John Williams ei ffafriaeth frenhinol wedi marwolaeth Iago ym 1625, a chymysglyd iawn oedd ei ffawd am gyfnod hir wedyn.

Roedd Laud a John Williams yn elynion i'w gilydd, ac ym 1628 cychwynnodd Laud gyngaws yn ei erbyn yn Llys y Seren, gyda'r canlyniad i John Williams fod yn garcharor yn y Tŵr Gwyn o 1637 hyd nes i orchymyn ddod o Dŷ'r Arglwyddi i'w ryddhau ym mis Tachwedd 1640. Wedi i Laud ei hunan gael ei garcharu yno gan y senedd, penderfynodd y brenin, mewn ymgais i blesio'r seneddwyr cymhedrol eu barn, ddyrchafu John Williams i Archesgobaeth Efrog, gan ei wneud, i bob pwrpas, yn brif gynrychiolydd yr eglwys drwy'r wlad.

Yn y cyfamser, roedd Pym wedi troi ei sylw at gyflwyno mesur yn Nhŷ'r Cyffredin a fyddai'n diddymu hawliau'r esgobion i bleidleisio ar faterion gwleidyddol yn Nhŷ'r Arglwyddi. Gwrthwynebai John Williams y mesur hwn yn chwyrn, gan geisio dwyn ei wrthfesur ei hun ar y mater. Erbyn Rhagfyr 1641 cythruddwyd tyrfaoedd israddol Llundain i'r fath raddau yn erbyn grymoedd a hawliau'r esgobion (gyda dilynwyr Pym yn chwythu'r fflamau, yn ôl rhai) fel iddynt ymosod ar John Williams ac un ar ddeg o esgobion eraill wrth iddynt geisio mynediad i Dŷ'r Arglwyddi. Anfonodd Williams, ynghyd â'r un ar ddeg arall, wrthdystiad i'r brenin yn datgan gan na allent fynychu Tŷ'r Arglwyddi heb ofni am eu bywydau, yna byddai pob deddf, pob gorchymyn a phleidlais a wnaed yn eu habsenoldeb yn ddi-rym. Ar 30 Rhagfyr 1641, cyhuddwyd y deuddeg o deyrnfradwriaeth gan y senedd, a'u hanfon i'r Tŵr Gwyn. Bu John Williams yno hyd 5 Mai 1642, pan ryddhawyd ef ar fechnïaeth. Honnai'r Esgob John Hacket (gweler *Bishop Hacket's Memoirs of the Life of Archbishop Williams*, 1714) na fuasai'r Rhyfel Cartref wedi digwydd pe byddai'r brenin wedi gwrando ar gynghorion doeth John Williams, un ohonynt yn rhybuddio'r brenin yn erbyn Oliver Cromwell flynyddoedd cyn i hwnnw ddod i'r amlwg wedi marwolaeth gynnar Pym ym 1642.

Chwe niwrnod wedi carcharu John Williams, gorymdeithiodd y brenin i Dŷ'r Cyffredin gyda mintai arfog y tu cefn iddo. Ei fwriad oedd arestio pump aelod seneddol ar gyhuddiad o deyrnfradwriaeth. Y pump oedd Pym, Holles, Hampden, Haselrigg a Strode, ond roeddynt wedi eu rhagrybuddio o'i fwriad, ac wedi ffoi o'r Tŷ, gan adael y brenin nid yn unig yn edrych yn dwp, ond hefyd wedi amharu ar freintiau traddodiadol Tŷ'r Cyffredin. Gadawodd San Steffan yn waglaw gyda'r geiriau *'Braint, braint!'* yn atsain yn ei glustiau. Dywedir mai pryder ynglŷn â diogelwch y frenhines oedd y rheswm dros ei weithred. Oherwydd ei Phabyddiaeth amlwg, a'i hoffter o ymyrryd mewn materion gwleidyddol drwy geisio cefnogaeth i'w gŵr ymysg swyddogion y fyddin a thramorwyr dylanwadol, edrychid arni fel gelyn peryglus i'r senedd, ac yn ystod Ionawr 1642 roedd nifer o aelodau seneddol yn mynegi'r farn y dylai'r frenhines gael ei harchgyhuddo o deyrnfradwriaeth. Mor bryderus oedd y brenin dros ei diogelwch, yn arbennig ar ôl ei fethiant yn Nhŷ'r Cyffredin, nes iddo drefnu iddi allu ffoi'r wlad o borthladd Dofer yn Chwefror 1642 dan yr esgus o hebrwng ei merch at ei gŵr newydd, y Tywysog William o Orange. Roedd gan y frenhines gefnogwyr brwd yng Nghymru gan fod Richard Wynn o Wydir yn Drysorydd iddi, a'i frawd, Henry, oedd ei chyfreithiwr.

Ceidwadol iawn, ar y cyfan, oedd agwedd bonedd Cymru tuag at unrhyw newid yn nhrefn pethau. Edrychai Siarl at Gymru am ran helaeth o'i fyddin a'i gefnogwyr, ac eithriadau oedd teuluoedd Bodwrda a Glynllifon wrth iddynt – yn llugoer – gefnogi'r senedd. Ceidwadol oedd crefydd y Cymry hefyd, gyda rhai teuluoedd yn dal i arddel Pabyddiaeth, er i'r nifer ddisgyn yn sylweddol wedi Brad y Powdwr Gwn. Nid oedd Piwritaniaeth wedi gadael llawer o'i ôl ar y wlad, oherwydd dim ond megis dechrau oedd ymgyrchoedd dynion fel Walter Cradoc a Morgan Llwyd, a William Wroth yn sefydlu'r eglwys annibynnol gyntaf yn Llanfaches ym 1639 gyda chymorth Henry Jessey. Credir i Cradoc a Llwyd ymweld â Llanfaches yng nghyfnod y nofel.

Dyna'n fras yw cefndir hanesyddol y nofel, ac fe ddefnyddiwyd y cefndir hwnnw i lunio'r stori mor hanesyddol gywir â phosib. Rhaid ymddiheuro i'r darllenydd am debygrwydd enwau nifer o'r cymeriadau: dyna'r drefn yn yr oes honno – yr un enwau'n cael eu defnyddio o genhedlaeth i genhedlaeth gan beri cymhlethdod i'r hanesydd, y nofelydd a'r darllenydd fel ei gilydd!